LE CHAMP PSYCHOSOMATIQUE

LE FAIT PSYCHANALYTIQUE

Collection dirigée par

Pierre Luquet

LE CHAMP PSYCHOSOMATIQUE

PAR

JACQUES CAÏN

PRESSES UNIVERSITAIRES DE FRANCE

Pour Anne

« Savoir que l'on ne pénètre dans le livre qu'après en avoir été dépossédé. Ainsi, nous n'habitons que notre perte », disait-il.

Edmond Jabès.

ISBN 2 13 042663 8

Dépôt légal — 1re édition : 1990, mars

108, boulevard Saint-Germain, 75006 Paris

Sommaire

Introduction

La psychosomatique en tant que concept avec ses applications pratiques dans un champ qu'elle souhaiterait bien cerné, a développé une évolution peu commune. Abordée aussi bien par des neurophysiologistes arguant de leur appartenance scientifique que par des médecins plus ou moins organicistes, c'est en fin de compte la psychanalyse qui a permis de montrer, après bien des détours que le flou de ses limites était une condition nécessaire à son existence et que même à l'intérieur du corpus qu'elle essayait de délimiter, la psychosomatique ne pouvait être caractérisée de façon claire.

Mêlé à son histoire, depuis son épanouissement en France aux alentours de 1950, nous avons été soumis comme bien d'autres à la tentation de fonder ce type de recherches dans un rapport artificiellement présupposé entre le corps et l'esprit grâce à des constructions théoriques à la fascination desquelles il était difficile d'échapper.

Les changements auxquels nous avons participé depuis cette lointaine période nous ont amenés à la réflexion qui sous-tend notre travail actuel mais il nous faut avant toute chose, tenir compte d'une remarque essentielle : c'est non seulement le psychosomaticien, observateur privilégié, qui a changé, mais tout autant l'objet de sa recherche n'est plus le même et seul a persisté au cours de toutes ces années le moyen d'en repérer le sens, c'est-à-dire la psychanalyse.

Encore faut-il ajouter que la psychanalyse n'est certes pas un outil figé ou une méthode dont l'application serait indépendante du matériel sur lequel elle s'applique : même lorsque le corps est en cause, il faut bien dire qu'il existe un tout indissociable entre ce que par commodité on distingue, à savoir l'analyste, l'analyse et l'objet choisi.

Pour montrer comment s'est faite l'évolution du concept psychosomatique, l'idée nous était venue au départ de reprendre un texte ancien paru en 1971 sous le titre *Le symptôme psychosomatique* et de le commenter. Mais ce que, d'une façon beaucoup plus large et volontairement indéfinie nous appellerons la « chose psychosomatique », depuis cette période est devenue une autre tout en demeurant la même, contradiction qui ne pourra troubler que les non-analystes, si bien que nous avons abandonné cette première intention.

Certes nous ferons par endroit référence à ce que nous avons déjà écrit, pour montrer comment on peut actuellement penser de façon différente ce qui a été alors exprimé. Ce faisant, nous remarquerons bien que ce ne sont pas les choses elles-mêmes qui ont changé mais que c'est notre propre appréhension à leur égard qui n'est plus la même. Le texte que nous présentons donc ici est d'une certaine façon une autre manière d'accommoder le passé, compte tenu de tout ce qui s'est ajouté depuis, le terme de passé étant du verbe et de l'écriture. Il y aura des failles certainement mais celles-ci, si elles touchent la forme, n'en atteignent pas le fond ; mieux même, elles font partie d'un certain type de pensée tout à fait spécifique à la psychanalyse dont est par définition exclue la rigidité.

Ceci pour la facture de l'ouvrage. Mais puisqu'il s'agit d'un travail qui se prétend jusqu'à un certain point personnel, je ne puis laisser dans l'ombre ce qu'une telle forme de travail a représenté pour moi. Revoir d'un œil critique, même s'il est forcément bienveillant, jamais neutre en tout cas, narcissisme exige, ce que l'on a écrit vingt ans auparavant, cela ne va pas sans entraîner (ou être soutenu par) une dynamique dans laquelle le terme de réflexion prend son sens le plus extrême, de celui qui réunit la forme et le fond, le corps et l'esprit, l'image et le mot, dans une nouvelle modulation.

Il y a là une certaine fidélité envers soi à reconnaître que l'image réfléchie n'est plus la même lorsque passe le temps. Fidélité qui apparaît ici dans le fait que celle à qui était dédié le premier ouvrage est la même ; et que la même affection se retrouve ici envers mon ami Michel Sapir.

Notre travail envisagera donc ce que l'on a pour habitude maintenant d'appeler « psychosomatique » selon les perspectives suivantes que nous approfondirons successivement.

Dans un premier temps nous verrons d'une façon globale comment se pose *l'ensemble des questions inhérentes* au problème psychosomatique aussi bien sur le plan théorique qu'à partir de la réévaluation actuelle d'une expérience clinique. Ensuite nous essaierons de préciser à propos de *trois exemples cliniques*, si le terme de la maladie psychosomatique a actuellement encore un sens. Dans le chapitre suivant les rapports entre *psychose et corps malade* sont approchés, qui posent le problème du lien profond entre ces deux états de la pathologie. Reprenant ensuite une perspective psychodynamique c'est à un facteur perceptif essentiel que nous accorderons une place importante en étudiant *le regard* en tant que lié au concept même de psychosomatique. De pareille importance, *l'inscription temporelle* de toutes ces notions où corps et psyché sont empreints d'une certaine durée, retiendra notre attention. Un chapitre est ensuite consacré à la façon dont *la douleur* est intégrée comme un élément constitutif de la corporéité qu'elle soit normale ou déviante.

Ces aspects où le physique et le psychique se retrouvent bien au-delà de tout dualisme, conduisent à une approche plus conceptuelle où la *notion d'économie* est discutée ainsi que la façon *dont la recherche* est effectuée dans ce domaine.

Les deux derniers chapitres consacrés à la *nosographie* et ses avatars ainsi qu'à l'importance de la relation *transfert - contre-transfert* comme éléments essentiels dans la définition de ce que représente la psychosomatique, seront enfin les aboutissants en quelque sorte obligés de ce que nous aurons exposé. Le champ psychosomatique en effet ne peut se définir que si la nosographie sur laquelle il s'appuie est entièrement renouvelée et si ses limites sont fixées par ce qui se noue, d'une façon dont nous essaierons de montrer qu'elle est spécifique, entre l'analysant et l'analyste lorsque le corps est mis en jeu.

1

Premières réflexions sur la psychosomatique

« La difficulté, on peut même dire l'impossibilité difficilement réductible sur le plan d'une logique formelle, est la suivante : écrire un Traité sur un sujet dont on ne connaît pas les définitions. Car, il n'y a d'ouvrage bien façonné que sur un thème dont les limites sont précisées, tant en surface qu'en profondeur. Aussi ce travail portant sur la Médecine psychosomatique devra-t-il être considéré comme une tentative de recherche, comme un cheminement possible pour essayer de comprendre ce que recouvre le signifiant psychosomatique. » Ainsi commençait notre première réflexion sur le symptôme psychosomatique en 1971 et bien des années après la même formule prend un sens différent : ce qui était alors une difficulté, nous apparaît maintenant comme une nécessité absolue, porteuse de fruits en elle-même. On n'écrit maintenant que sur des présents non finis car à moins de ne viser que la redondance, c'est bien dans le fond des champs non limités que la recherche peut continuer à se poursuivre.

Ceci pour la démarche car quant au terme même de psychosomatique c'est toujours à son entour que se situent les interrogations. A savoir s'il convient, ou bien s'il est là pour cacher de l'inconnu, voire même de l'inconnaissable, s'il éclaire vraiment ou s'il n'a pas seulement pour but de cacher un manque dont on ne veut pas connaître.

Déjà ces questions préliminaires nous placent dans une situation inconfortable et nous percevons les risques qu'elle entraîne : faire de la psychosomatique un objet de recherche extérieur, la chose psychosomatique comme nous le disions dans notre introduction, objet qui serait d'emblée présenté comme en dehors de l'observateur, au même titre que les astronomes étudient les planètes dont ils pensent qu'elles sont des objets situés uniquement dans le ciel. Nous risquons, ce faisant, de tenir un discours sur la psychosomatique envisagée comme un domaine à part et d'éviter ainsi la question essentielle, celle qui apparaît chez le psychanalyste lorsque dans une relation apparemment détachée de toute réalité organique, le corps apparaît avec son histoire toujours présentifié.

En somme nous voilà d'emblée affrontés à une double démarche dont l'une, certes nécessaire mais limitative, est de l'ordre de l'objectivation ; dont l'autre plus proche de ce que contient l'analyse, c'est-à-dire d'un perpétuel et indissociable mélange de pratique et de théorie, compte avant toute chose comme fondement, l'analyse du transfert et le retour perpétuel sur un moi non détachable de l'autre qui parle, c'est-à-dire le contre-transfert.

Ainsi après avoir observé de nombreux malades porteurs de lésions organiques, après avoir vu apparaître chez des névrosés des lésions qui touchent à leur corps, celui qui s'intéresse à la psychosomatique aura un type d'entretien et une écoute différents. Dans sa démarche personnelle il essaie bien sûr de comprendre, qu'il ait la surprise d'une guérison ou d'une amélioration, ou qu'il soit confronté à un échec. Il lit aussi, d'abord ce que d'autres ont écrit sur la psychosomatique et là, il faut bien l'avouer, son embarras est grand, au risque d'être partagé entre ceux qui calquent le déterminisme d'une maladie organique sur celui d'une névrose et ceux pour qui un caractère spécifique accompagne chaque maladie. Il est plus proche, mais cela n'apaise pas ses doutes, de ceux pour qui demeure un certain mystère. Le retour permanent à Freud se fait alors avec un œil différemment éveillé. Le cancer de Freud est certes troublant et beaucoup plus que la toux de Dora dont le sens, vrai ou faux, est assez bien clarifié ; plus attrayant encore car gardant leur mystère, sont les borborygmes de l'Homme aux loups qui s'interposaient dans le discours analytique.

Vient alors le moment où l'analyste se demande ce qu'il fait ainsi et sa réflexion laisse alors de côté l'apport des autres pour retourner à approfondir d'une façon générale le pourquoi de cet investissement et ceci à partir de ses propres relations transférentielles. Dans ces cas, c'est souvent un propos futile qui déclenche le mouvement, comme un reste diurne alimente un rêve déjà prêt à exprimer le désir et j'ai le souvenir de la circonstance immédiate qui a déclenché, il y a fort longtemps, une réflexion déjà prête : un collègue m'avait dit, dans une formulation où sous l'humour se cachait bien sûr une évidente vérité, que

« faire dans la psychosomatique c'était par besoin d'originalité ». Au sens de ne pas suivre le même chemin que les autres analystes et, en allant vers le corps, approcher un champ moins banal. Le besoin d'originalité ne m'effrayait pas, et je n'avais pas loin à chercher pour retrouver cette nécessité d'une différence qui étreint tous les psychanalystes pris dans l'ambiguïté d'un mélange d'individualisme absolu et de reconnaissance d'une filiation univoque.

Mais à partir de cette formule « faire dans le corps », il y avait là de quoi rêver. Faire « avec » ne m'aurait pas autant gêné ; avec le double sens de l'obligation (on est obligé de faire avec ce qu'on a, matière, intelligence, corps, argent, etc.) ; et de l'adverbe qui par définition signifie l'accompagnement (être avec, c'est avoir un autre, objet ou sujet, avec soi plus ou moins proche, mais toujours séparable). Faire « dans », c'était tout autre chose : qui était à l'intérieur de l'autre et de quel intérieur s'agissait-il ? Et pourquoi avec certaines formes de discours on est dedans d'une certaine façon, et avec d'autres discours, le dedans est différent. J'en revenais alors au terme « original » dont je n'avais pas perçu dans l'immédiat qu'il n'était pas aussi simple que j'avais voulu en conclure (au sens de forclore) tout de suite. Il y a bien près de l'original à l'originel et c'est aussi de cela qu'il devait s'agir.

La voie était alors indiquée qui me faisait retourner à ma propre analyse quel qu'en soit l'éloignement, à mes rapports avec mon propre analyste une fois l'analyse terminée (car dans les liens que nous avons par la suite avec celui chez qui on s'est allongé, s'ajoute une différence au moins sur un point : lui aussi a un corps) ou après les tranches ultérieures sur d'autres divans avec la répétition d'un à peu près même processus ; tout ce retour se mêlant avec le maintenant de ceux qui chaque jour s'allongent. L'écho en fin de compte touchait à l'essentiel : le sujet évité jusque-là dans son fond a peut-être été la maladie (réelle) conduisant à la mort (réelle), et pour en finir à la sienne propre.

Dans l'analyse des névrosés tout se situe dans un registre éminemment fantasmatique dont le langage permet le déchiffrement allégorique ; l'œil authentiquement crevé d'Œdipe n'y est jamais présent. Il est sur la scène, le plus souvent même dans la coulisse. Et pareillement si la peste est longuement décrite, qui faisait frémir Thèbes, ce n'est que par une histoire racontée que nous en connaissons les effets ; loin de nous sont les pustules, les bubons à peine évoqués, et à aucun moment nous ne touchons du doigt le corps des Thébains mourants. Chacun peut se rassurer en ceci que l'émasculation n'existe que dans les peuplades sauvages ou bien dans des temps qui ne nous appartiennent plus. Pour nous c'est la castration qui compte, mythe hautement élaboré et passé dans la parole. Mais de mutilation génitale, il n'y a guère que l'aliéné pour en tenir compte et l'agir dans certains cas.

Or, c'est peut-être dans ce champ que la psychosomatique trouve sa place, ou tout au moins qu'on essaie de l'y placer. Disons-le mieux, la psychosomatique se situe au moment où le sujet est réellement mutilé, où le sang dont on pourra éventuellement parler est un véritable liquide rouge, gluant, capable de se coaguler, où la castration concrètement agie n'a plus qu'un simple rapport de signe avec le fantasme pareillement connoté.

Nous sommes toujours à l'aise dans la névrose car dans le voyage à deux de l'analyse, nous sommes dans le même wagon. Même si la mort est envisagée, il s'agit toujours de mort symbolique, dont nous savons qu'elle est un leurre et que nous survivrons sur ce plan par notre nom, nos objets, notre souvenir. D'une certaine façon, accepter la mort symbolique, c'est refuser la mort réelle dont le propre est qu'on ne peut qu'en parler, c'est-à-dire la nier par le processus même qui la fait passer dans le discours. Et pareillement pourrait-on dire, en est-il du corps dont le simple fait d'en parler le situe à un niveau différent de ce qu'il est sans doute dans l'inconnu qui lui demeure attaché.

Il va de soi que de telles réflexions n'ont pas échappé à tous ceux qui s'intéressent au corps en psychanalyse : la plupart en tous cas, et cela transparaît, dépassent le filigrane pour atteindre le presque écrit, dans l'évolution des définitions données à la psychosomatique. Il est ainsi tout à fait exemplaire que si au début la psychosomatique se définissait par des critères simples, très rapidement cette simplicité a été dévoilée comme un leurre et l'on en est venu à une problématique toute différente.

En effet, une des premières définitions de la psychosomatique semblait suffisante, pragmatique en tous cas, pour la cerner selon deux paramètres :

— l'un restrictif, définit la Médecine psychosomatique comme l'étude des composantes psychiques de toutes les maladies envisagées jusque-là comme organiques ;
— l'autre, extensif, range sous le même terme l'étude de l'accompagnement psychologique de toutes les maladies.

On voit là le champ du problème qui d'un côté, va vers la spécificité (à titre d'exemple, y a-t-il une différence dynamique entre le diabète habituel et le diabète psychosomatique, ou bien entre le diabète et l'hypertension artérielle) ; et de l'autre vers la psychologie médicale (à titre d'exemple : former les médecins à la relation psychologique).

Or, ce n'est pas sans raison que cette deuxième perspective a pris le pas sur la première. Et que si les premiers travaux portaient sur la spécificité, les recherches actuelles s'orientent tout autant vers la psychologie médicale, le terme étant entendu dans son sens le plus vaste. Si bien que, aujourd'hui, la revue des travaux psychosomatiques nous met en présence de ces deux orientations dont le moins qu'on puisse en dire est qu'elles sont bien différentes.

En réalité la tendance actuelle évoque, sans bien le préciser, une autre définition et les auteurs français considèrent ainsi que le terme de psychosomatique ne vise plus à définir un type particulier de médecine, mais à cerner un ordre psychosomatique (Marty), un champ de recherche (Sapir), unc dynamique et une clinique originale, voire même de façon plus large encore d'avoir comme but de faire progresser la théorie psychanalytique en nous éclairant sur les préludes de la vie fantasmatique (Fain). De toute façon, et quelle que soit la conception envisagée, on peut dire que le corps du sujet est ici mis en cause avec un certain poids de réalité, ce qui n'est évidemment pas le cas dans les névroses même si elles ont pris une expression en grande partie corporelle.

Tout ceci nous conduit à poser le problème à un autre niveau : ce qui est commun en psychosomatique ce n'est pas tellement le champ sur lequel on travaille, encore que nous aurons à nous en occuper, mais plutôt ceux qui, pour la plupart partis de la psychanalyse, s'intéressent à autre chose dans la maladie qu'à la névrose, à la psychose ou à la perversion. Si bien que le point commun peut être ainsi fait d'une façon apparemment simpliste, à savoir que ce qui définit la psychosomatique c'est le psychosomaticien. A nous poser maintenant la question suivante : en quoi est-il, ce psychosomaticien, particulier ? Et plus précisément pourquoi, alors qu'il a un champ d'étude aussi large que celui défini par Freud (le fonctionnement mental et ses avatars), pourquoi donc va-t-il s'intéresser à ce qui en général n'attire que les internistes ?

Analystes sommes-nous, et c'est en tant que tels que nous posons la question, à tenter de la résoudre. Dire que la chose se situe au niveau du désir de l'analyste, dans son contre-transfert, et par là dans le résidu non analysé de sa propre didactique, c'est le point que, comme nous avons pu le voir déjà, nous poserons au départ comme hypothèse d'étude avec un deuxième point aussi fondamental : à savoir que la psychosomatique fait de toute façon intervenir le corps et son histoire [38].

En nous basant ainsi sur le corps et l'histoire du sujet, la référence à Roland Barthes [19], nous semble pertinente lorsqu'il écrit : « L'histoire a un rapport continu avec le fantasme. C'est ce que Michelet avait compris : l'histoire, c'est en fin de compte, l'histoire du lien fantasmatique par excellence, à savoir le corps humain. » On voit pointer là l'ambiguïté de la relation entre corps et histoire, un écrivain se référant à un autre à travers une vérité corporelle où se lient entièrement le fantasme et le réel, le rêve et l'accident, l'échec et la réussite. La relation devient plus claire encore lorsque dans cette leçon inaugurale, Barthes écrit que son corps est historique et qu'il est bien plus âgé que lui-même, rendant ainsi hommage à Michelet à qui il doit entre autre « d'avoir découvert la place souveraine de l'histoire au milieu des sciences anthropologiques et la force de l'écriture dès lors que le savoir accepte de s'y compromettre ». L'hommage du philosophe à l'historien est émouvant si l'on pense au corps déjà vieux d'un Michelet qui retrouvait à travers l'amour d'Athénaïs le nouveau souffle de sa propre histoire entièrement reconstruite.

Le corps fait des histoires et Michelet, on le voit dans son journal [176], en savait long à partir de celui de sa jeune épousée dont la symptomatologie clinique n'aurait pas détoné dans les *Etudes sur l'hystérie*. Le corps a aussi une histoire mais une des questions sera de savoir si tout ceci est un roman, c'est-à-dire un texte fait autant pour les autres que pour soi, avec une part de réalité, une part de défense et une grande part de fiction, au même titre que le roman familial ; ou bien s'il s'agit d'un texte dont l'origine et le but sont différents. En fait nous sommes tous concernés par le corps et son histoire et il doit exister un roman corporel des normaux-névrosés comme il doit y avoir un roman corporel des psychotiques. Nous sommes certainement tous aussi totalement impliqués lorsqu'un Cotard nous parle de son corps vide et par conséquent éternel, que lorsque nous voyons l'image de quelque star qui dénude son corps en le cachant ou de quelque Marguerite hémoptoïque : l'histoire du corps de l'autre implique forcément notre propre corps et la reconstruction que nous faisons de cette relation est en grande partie le résultat de la projection de notre désir, au même titre que les villes ensevelies sont reconstruites selon le bon vouloir de celui qui les a découvertes.

L'histoire du corps est, comme toutes les histoires, un récit fait après-coup à partir d'observations, de souvenirs, de perceptions où le sujet et son entourage sont reliés par un support qui va passer de la fusion première à la relative individuation ultérieure. Alors, et comme toute autre histoire, l'histoire du corps est une histoire de maintenant dans la mesure où elle est obligatoirement, par l'énoncé du discours, reprise dans l'actuel, même si elle utilise pour s'exprimer les verbes au passé, même si la forme de ces derniers prend un aspect fini.

Roland Barthes nous éclaire encore ici lorsque, à la fin de sa Leçon, il écrit ce passage que nous citerons dans son entier :

« L'autre jour j'ai relu le roman de Thomas Man [173], La montagne magique. *Ce livre met en scène une maladie que j'ai bien connue, la tuberculose ; par la lecture je tenais rassemblés dans ma conscience trois moments de cette maladie : le moment de l'anecdote, qui se passe avant la guerre de 1914, le moment de ma propre maladie, alentour de 1942 et le moment actuel où ce mal, vaincu par la chimiothérapie, n'a plus du tout le même visage d'autrefois. Or la tuberculose que j'ai vécue est, à très peu de chose près, la tuberculose de* La montagne magique *: les deux moments se confondaient, également éloignés de mon propre présent. Je me suis alors aperçu avec stupéfaction (seules les évidences peuvent stupéfier) que mon propre corps était historique. En un sens mon corps est contemporain de Hans Castorp, le héros de* La montagne magique. *Mon corps qui n'était pas encore né, avait déjà vingt ans en 1907, année où Hans pénétra et s'installa dans le pays d'en haut : mon corps est bien plus vieux que moi, comme si nous gardions toujours l'âge des peurs sociales auxquelles, par le hasard de la vie, nous avons touché. Si donc je veux vivre, je dois oublier que mon corps est historique, je dois me jeter dans l'illusion que mon corps est contemporain des jeunes corps présents, et non de mon propre corps, passé. Bref, périodiquement, je dois renaître, me faire plus jeune que je ne suis. A cinquante-et-un ans, Michelet commençait sa* vita nuova *: nouvelle œuvre, nouvel amour. »*

Ecrivain ou praticien de l'analyse, nous partageons en tous cas cette idée que de l'histoire du corps, de ses débuts du moins, nous ne pouvons connaître que des constructions ; et parmi toutes les constructions qui nous sont offertes (il suffit de lire pour en avoir la multiplicité) nous prendrons ici pour bonnes non pas celles qui sont efficaces, car l'efficacité n'a jamais été un critère analytique, mais celles qui ont des possibilités d'ouvertures. Nous savons bien en effet que la qualité d'une théorie n'est pas tant l'erreur ou la vérité qu'elle comporte mais qu'elle dépend surtout de sa possibilité d'engendrer d'autres théories ou d'autres fantasmes ; pour nous en tous cas c'est là la définition de ce que l'on peut appeler la science analytique.

Ayant ainsi posé le sens dans lequel nous plaçons l'histoire du corps, un autre préliminaire s'impose que rend nécessaire la comparaison entre l'évolution des théories analytiques et l'évolution des concepts psychosomatiques. Nous sommes là encore sur un terrain historique mais il s'agit cette fois d'histoire comparée, dont on sait que la valeur souvent purement analogique est un piège dangereux.

Dès que l'on soulève en effet ce problème, on est frappé par le fait que la psychopathologie analytique des atteintes somatiques a suivi un chemin bien différent de celui des névroses. Dans les états plus ou moins morbides dont l'expression est avant tout psychique, le tableau est exprimé par un discours qui sans en être le fondement, y est quand même relié et, dans ces états, les systématisations précises du début de l'analyse ont progressivement laissé place à un flou, proche expression des constatations habituelles. Même sur le plan de la nosographie, ainsi que nous le verrons plus loin, là où certains insistent sur les changements de tableaux cliniques offerts par les patients (il y aurait plus d'états limites et de névroses de caractères que d'hystérie ou d'obsession), on est en droit de se demander si ce ne sont pas nos yeux et partant nos concepts qui ont changé, les spectacles étant similaires.

Ainsi dans les cas où au début du siècle et pendant encore des décennies, on a isolé l'aspect hystérique ou psychotique de tel patient, actuellement, dans une vue différente des choses, nous appréhendons les mêmes sujets sous des aspects différents. A l'inverse, on pourrait placer Emmy von N... ou l'Homme au loups sous des étiquettes bien plus complexes que celles utilisées par Freud.

Peut-on en dire autant de la maladie psychosomatique et retrouver dans l'histoire de ce qu'elle a décrit comme lui appartenant, une succession de tableaux plus ou moins tranchés, s'estompant progressivement pour atteindre une image floue ? C'est ce qui nous semble en tous cas et nous en avons pour preuve l'essai d'isoler des tableaux psychosomatiques particuliers, essai que l'on retrouve encore autant dans certaines écoles américaines que chez certains parmi nous. Nous sommes bien d'accord avec l'idée défendue par Pierre Marty depuis longtemps que l'allergique a une relation d'objet particulière mais il n'est pas certain que celle-ci soit forcément prévalente, encore moins qu'elle soit l'unique moyen pour le porteur de trouble, de vivre sa relation au monde objectal ; et nous ne sommes même pas sûrs que cette relation soit réellement spécifique.

Aussi bien voyons-nous tant à propos du corps comme lieu d'expression, que de l'appareil purement psychique comme porteur de symptômes, les tableaux cliniques se compliquer de plus en plus au point que tout essai de schématisation apparaît comme une systématisation abusive. De plus le corps est venu « tard » si l'on peut dire, à l'esprit ou à l'intérêt des analystes, si bien que la psychosomatique a forcément pris ce même retard sur l'évolution des théories concernant les psychonévroses. On voit ainsi encore des théories psychosomatiques se présenter comme des constructions parfaitement élaborées et fondées sur ce que l'adulte pense du corps de l'enfant avant que le langage apparaisse. Or à la différence des névroses qui, certes, peuvent n'apparaître comme décompensées qu'à l'âge adulte mais dans lesquelles on retrouve toujours des traces, reconstruites ou non, marquant le début de la maladie, les maladies psychosomatiques surviennent, si on les prend comme telles, comme de véritables accidents dont le lien avec l'antérieur, même reconstruit, n'est pas évident.

Ce que l'on comprend sans trop de difficultés, ce sont les symptômes. Par exemple, qu'un nourrisson vomisse, régurgite, mérycise ou se plaigne du ventre ; on comprend l'enfant qui ne mange pas ou celui qui mange trop. Mais il est beaucoup plus difficile (et sans doute s'agit-il de mécanismes bien différents) d'entendre comment une maladie structurée survient à l'âge adulte avec son cortège de signes anatomocliniques.

On doit alors bien reconnaître que l'évolution des théories psychosomatiques, envisagées en tant qu'elles-mêmes présente un très grand intérêt. Depuis le placage absolu de la théorie des névroses sur les affections organiques, conception qui supprime pratiquement le concept de maladie psychosomatique puisque les mécanismes en jeux sont présentés comme identiques jusqu'aux théories mégalomaniaques où la maladie marque le sujet comme un signifiant mis à la portée de toutes les sciences, tout peut se voir ici, dont notre propos dans le texte sera d'en mesurer les qualités.

Le leurre est donc puissant qui consiste à penser la psychosomatique comme une simple forme de la psychonévrose, les mécanismes psychopathologiques étant les mêmes. Mais aucun de nous n'est à l'abri d'un tel errement et nous rapporterons ici un cas personnel qui exprimera bien l'évolution de nos idées sur la psychosomatique depuis une première publication faite avec A. Crémieux, J. Marricq et J. Rabattu à un très lointain Congrès de Psychiatrie (1948) sous le titre : « Quelques cas de médecine psycho-somatique ; névrose et hyperthyroïdie » [51].

Lorsque nous avons retrouvé cette observation nous avons pu mesurer le chemin parcouru en un aussi long temps (quarante ans). En rapporter l'histoire sous forme globale ou bien la résumer n'aurait qu'un intérêt restreint et il nous a paru bien plus intéressant de commenter ce document pour y pointer des connotations actuelles. Voici donc notre présentation d'alors entrecoupée de nos remarques actuelles placées entre parenthèses pour la clarté de l'exposition.

Si les troubles psychiques qui surviennent au cours de la maladie de Basedow ont attiré depuis longtemps l'attention de divers auteurs, le point de vue particulier de la médecine psychosomatique permet peut-être d'entrevoir une filiation différente de ces associations symptomatiques. Nous avons pu observer, à la consultation de psychiatrie annexée à la Clinique neurologique, quatre malades présentant des syndromes névrotiques divers, associés à une hyperthyroïdie. C'est à propos de ces observations que nous discuterons les rapports qui les relient.

(Le trait d'union entre psycho et somatique a disparu depuis dans toute la littérature, calquant en cela ce qui s'est passé pour la psychoanalyse. La forme de l'écriture ici a tout son sens, entre autres d'essayer de supprimer une dualité corps/psyché, mais nous aurons tout loisir de voir combien cette tentative est vaine. La suppression du tiret, agent de liaison et de séparation, n'est que l'expression d'un souhait rationnel de fusion mais le vieux fond de la bipartition de l'être n'en est pas changé pour autant. Par ailleurs le terme de filiation montre bien la prudence que nous ressentions alors dans la mesure où ce qui est noté là est une pure succession temporelle des faits sans pour cela qu'une relation causale soit impliquée : tel enfant né après tel homme n'est bien sûr pas forcément de lui. C'est pourquoi se pose à la fin la question de l'association des syndromes, les uns psychiatriques et les autres organiques.)

Il s'agit, dans nos cas, de quatre femmes dont deux sont mariées, âgées respectivement de 21, 27, 29 et 41 ans. Trois sont sans profession, une seule est sténodactylo. Les troubles dont ces malades se plaignent au moment de leur consultation sont de deux ordres : endocriniens et psychiques.

1° Sur le plan mental, les tableaux cliniques sont assez différents. Pour plus de clarté nous pouvons cependant retrouver chez nos malades deux aspects : les unes sont des anxieuses, les autres présentent des crises névropathiques.

Voici, très résumé, le schéma de leurs troubles actuels :

A / Des deux anxieuses, l'une se plaint surtout d'angoisse physique, « de main qui serre à la gorge », surtout quand elle est seule. « Je me sens alors perdue, dit-elle, j'ai l'impression que je vais tomber. » Elle a, de plus, une dépression de type psychasthénique importante : « La journée je m'ennuie, je n'ai pas de force, tout me fatigue, je lis des phrases sans les comprendre, c'est comme si j'avais beaucoup de soucis. » L'autre se plaint de cénestopathies diverses ; extrêmement émotive, elle rougit et se trouble profondément devant nous ; elle aussi a des angoisses, surtout le matin au réveil. Chez toutes deux, il s'agit donc d'un état banal d'anxiété, avec dépression, sans aucun trouble du contact subjectif avec le réel. Une seule particularité est à noter au point de vue symptomatique, c'est l'existence, chez la première d'obsessions de type obsessions hallucinatoires. Le soir, elle voit dans sa chambre des images qui ont une forme imprécise, lui donnant l'impression d'une « dame en noir », ou d'un spectre. Cette impression, qui se rapproche de l'hallucination vraie par son caractère extérieur, s'en éloigne par son flou, par l'angoisse qui l'accompagne et par ce fait que la malade les critique à tout moment. Il s'agit bien là de ce que Séglas a décrit sous le nom d'obsession hallucinatoire qui se reconnaît, comme le souligne Lévy-Valensi, parce que le malade en a conscience et qu'il est anxieux. Un tel symptôme est à rapprocher des images de demi-sommeil que B. Leroy, cité par Lhermitte, considère comme une pensée qui s'illumine.

B / Les deux autres malades présentent des crises de type névropathique. Chez l'une, il s'agit de crises de tremblement avec obnubilation de la conscience, de longue durée. Chez l'autre, les accès sont beaucoup plus violents : crise d'agitation psychosomotrice importante, apparaissant après une contrariété, toujours en public, de longue durée avec parfois phénomènes d'automatisme subconscient.

2° Chez toutes les quatre, l'hyperthyroïdie est évidente, tant au point de vue clinique qu'au point de vue biologique : tremblement des extrémités, amaigrissement, exophtalmie, tachycardie, se retrouvent également, à l'intensité près, chez chacune d'elles. Le métabolisme de base, d'autre part, est augmenté dans de grandes proportions.

(L'exposé des tableaux cliniques ici reflète la maladie psychiatrique du temps à un moment où notre connaissance de la psychanalyse était à la fois primaire et théorique et où la position psychiatrique était dominante chez les auteurs de cet article, comme en témoignent les références et la description des symptômes. Pareillement la médecine, disons plus précisément la formation médicale des observateurs a pour conséquence une classification des troubles qui essaie d'être bien précisée. La démarche nosographique est évidente qui cherche à faire entrer les expressions cliniques dans des entités connues, psychiatriques ou somatiques. Sur le plan endocrinien d'ailleurs il y aurait beaucoup à dire, car en quarante ans il est bien évident que les choses ont évolué et il est vraisemblable que nos certitudes du temps quant à l'hyperthyroïdie sont fondées sur des arguments cliniques et biologiques actuellement sinon discutables du moins nettement insuffisants. La démarche en tout cas se précise au cours de l'exposé : on commence par se demander si une relation existe entre des domaines différents, on décrit les phénomènes en s'appuyant pour les classer sur une nosographie imaginaire ; et cela est vrai aussi bien pour les troubles psychiques qu'endocriniens, par la suite nous essaierons de voir si ces deux tableaux peuvent se rejoindre.)

Tels sont les éléments d'ordre endocrinien et psychiatrique que présentaient les quatre malades. On voit qu'ils étaient en eux-mêmes assez caractérisés et d'un diagnostic positif facile. Devant la coexistence de ces deux ordres de symptômes thyroïdiens et psychiques, on doit se demander dans quel sens se fait la relation de cause à effet. Une première hypothèse, classique, est d'admettre les troubles psychiques comme secondaires à l'hyperthyroïdie. On sait, en effet, que les basedowiens ont déjà un état mental caractérisé par leur hyperémotivité, leur mobilité affective, la variation brusque de leur humeur, qui déterminent des troubles du caractère quasi spécifique : impatience, irritabilité, impulsivité ; que, d'autre part, ils sont assez fréquemment sujets à verser dans la psychose. Les névroses, par contre, sont beaucoup moins souvent signalées au cours de tels états. Nos malades par leur fonds caractériel, se rapprochent en partie des basedowiens. Mais, en fait, ils font de véritables névroses, dépassant le cadre du simple trouble caractériel, pour atteindre des états beaucoup plus accusés et qui trouvent leur place dans la nosographie classique : syndromes d'anxiété, crises hystériques. Il est un dernier fait qui va à l'encontre de l'hypothèse classique, c'est que les quatre tableaux psychiatriques présentés par nos malades sont assez différents les uns des autres, et c'est seulement dans un but de schématisation qu'on peut les comparer.

(Une première explication en effet est de dire que ces troubles nerveux sont consécutifs aux troubles endocriniens ; comme chacun sait, les hyperthyroïdiens sont excitables et irritables. Ce disant, nous sommes dans l'hypothèse médicale la plus radicale, à savoir que le fait antécédent devient cause absolue et que, cette cause étant décelée, elle entraîne toute une série de symptômes pouvant atteindre les diverses fonctions de l'individu. L'esprit clauderbernardien se montre ici dans une plus grande clarté et la science médicale devient l'étude de relations causales linéaires.)

A cette première interprétation, qui satisfait à la formule de la maladie conçue par le XIXᵉ siècle : maladie cellulaire donne altération morphologique, donne troubles fonctionnels, on peut substituer celle plus actuelle de la médecine psychosomatique : trouble psychique donne altération fonctionnelle, donne maladie cellulaire. On connaissait déjà les Basedow d'origine émotionnelle et nous allons voir dans quelle mesure une telle interprétation peut être légitime chez nos quatre malades.

(On peut voir dans ce renversement de situation un progrès ; et en effet par ces questions ainsi suscitées, les choses ont peu à peu progressé. Mais en fait, et toute la suite le prouve on n'a fait là qu'inverser la causalité tout en gardant les successions qui marquent la nosographie par la relation logique aristotélicienne de cause à effet. Le mot interprétation apparaît ici ; il devait être déjà dans l'esprit des auteurs, mais pas encore au sens que nous lui accordons aujourd'hui.)

a) Il est un premier fait qui vient appuyer cette hypothèse, c'est l'existence d'éléments psychiques antécédents. Nous avons pu les mettre en évidence au cours de l'entretien psychiatrique simple, aidé d'autre part, par des méthodes d'investigation d'inspiration psychanalytique et par des tests, notamment test de Rorschach.

Chez trois malades, en particulier, où nous avons pu poursuivre l'observation en profondeur, les conflits affectifs antécédents ont été mis en évidence.

Chez l'une de nos hystériques, élevée dans un milieu familial particulièrement dissocié, la jalousie envers une sœur plus jeune était évidente, mais ce qui prédominait était un complexe d'Œdipe non liquidé. Cette fille de 21 ans haïssait sa mère, ambivalente envers son père, avait comme amant un homme marié de 48 ans, symbole paternel évident. Ses crises névropathiques et son Basedow étaient apparus au moment où, devant une impasse, il fallait qu'elle prenne une décision : rompre avec le substitut du père et vivre sa vie, ou rester encore sa fille-maîtresse.

Chez une autre, l'anxiété et les obsessions étaient apparues après un accouchement qu'elle n'avait pas inconsciemment accepté et au cours d'une mésentente avec son mari. Elle-même extrêmement gâtée dans son enfance, n'avait été sevrée de son milieu familial qu'avec de grandes difficultés.

Chez la troisième, enfin, on retrouve une jalousie importante envers sa sœur et les crises d'angoisse se produisaient déjà au cours de disputes avec celle-ci. Elles s'étaient aggravées au moment où elle avait rompu avec son fiancé.

b) L'histoire de nos malades nous montre ainsi l'existence de conflits psychiques importants ; dans quelle mesure, l'explication psychosomatique est-elle, dans nos cas, légitime ? Deux critères nous semblent venir confirmer cette hypothèse : l'un d'ordre chronologique, l'autre d'ordre thérapeutique.

La succession dans le temps, l'étude des variations concomitantes de l'état psychique et des manifestations corporelles, est, en effet, une donnée importante de l'interprétation psychosomatique.

Dans nos observations, elle est cependant, assez difficile à préciser avec certitude. Les signes d'hyperthyroïdie, à l'inverse des symptômes gastriques ou vasculaires, s'installent souvent très lentement et le malade, au début, ne les rapporte pas à sa véritable cause. Toutefois, chez une de nos jeunes femmes, les crises d'angoisse ont nettement précédé, de longues années, les signes basedowiens. Chez une autre, le comportement affectif était depuis longtemps troublé, alors qu'il n'existait aucun signe d'hyperthyroïdie. Chez la troisième, les premières obsessions remontaient à plusieurs années.

(Voilà comment naît la psychogenèse dans l'esprit de l'observateur : l'entretien révèle l'existence de conflits dans l'histoire d'une patiente, ceux-ci sont antérieurs à l'éclosion de la maladie endocrinienne dont ils deviennent forcément la cause. Certes nous ne suivons pas entièrement ici un tel chemin et nos certitudes sont loin d'être admirables, mais quand même. Le raisonnement simpliste et primaire domine, bâtissant ainsi une histoire apparente avec sa relation et son explication.)

Un autre critère de légitimation de l'interprétation psychosomatique est la thérapeutique, que celle-ci soit d'ordre endocrinien ou psychothérapique.

L'une de nos observations est particulièrement démonstrative à ce sujet : l'une, qui présentait des crises nerveuses, a été traitée au début dans un service de médecine générale, où on lui a seulement prescrit des médicaments anti-thyroïdiens ; son métabolisme basal s'est ainsi rapidement amélioré, diminuant de + 38 % à + 24 %. Mais les crises ont persisté avec la même intensité.

Lorsqu'elle nous fut adressée, nous l'avons, par contre, soumise à une psychothérapie malheureusement interrompue pour des raisons matérielles, et le nombre des crises, ainsi que leur intensité se sont fortement atténués.

(L'autre critère, l'effet bénéfique de la thérapeutique est, nous le savons bien maintenant, un argument qui en médecine n'a de valeur que dans des cas bien précis. Il existe ainsi quelques rares cas où le médicament est à ce point spécifique que la guérison qui suit son application, confirme avec certitude le diagnostic posé au départ. Mais avec la psychothérapie, quelle qu'en soit la forme, nous sommes loin, et nous reprendrons là un exemple médical, de ce que l'on observe par exemple dans la trilogie paludisme-plasmodium-quinine. Sans compter bien sûr que les problèmes qui ont amené ces patientes à consulter ne sont qu'une des facettes de leur demande et que les choses se situent à un bien autre niveau.)

Il nous est difficile sur ces quelques cas de porter un jugement définitif. L'interprétation psychosomatique ne doit pas devenir une théorie systématique applicable à tous les cas. Dans la mesure d'ailleurs où l'on touche à la sphère de la causalité, on se heurte à des données parfaitement inconnues. La relation de cause à effet n'est sans doute pas aussi simple que le veut la logique formelle.

Il n'en reste pas moins que le point de vue psychosomatique n'est pas seulement une nouvelle manière d'envisager cette relation de cause à effet, de réviser nos conceptions étiologiques, mais une perspective qui vise à resserrer de plus en plus les liens entre les conflits psychiques et la physiopathologie, c'est en cela qu'elle est un progrès.

(Déjà nous posions *in fine* le problème de cette relation causale et c'est en fin de compte dans cette voie, que si progrès il y a, ils ont pu être réalisés. Mais l'article se termine quand même sur les liens entre deux domaines différents, ce qui montre bien qu'il est difficile de se sortir de ce double aspect des choses dont l'une appartient au corps et l'autre à la psyché.)

Cette communication avait été discutée par J. Sutter et E. Minkowski et il ne nous paraît pas sans intérêt de rapporter leurs arguments qui posaient déjà le problème psychosomatique dans sa profondeur.

Ainsi J. Sutter reprend la question de l'étendue et des limites du domaine « psychosomatique ». Certes, si l'on s'en tenait à l'étymologie, on devrait constater que ce domaine englobe toute la médecine et déborde même largement son territoire. Mais il est bien évident que l'expression de « médecine psychosomatique » répond pour nous à une conception beaucoup plus limitée. La difficulté apparaît lorsqu'il s'agit d'enfermer, dans les termes d'une formule précise, cette « réalité sentie » peut-être de façon différente par chacun de nous. Dire qu'il s'agit de manifestations « somatiques » relevant de causes « psychiques » ne me paraît pas satisfaisant : somatique et psychique ne désignent guère que deux aspects différents d'une même réalité. Sans doute est-il possible — et peut-être nécessaire — de conserver ces termes, puisque s'ils ne correspondent nullement à des catégories irréductibles, ils introduisent du moins dans la continuité des faits une discrimination légitime à plus d'un égard ; mais même alors, il faut bien convenir que les éléments « psychiques » et « somatiques » sont les uns et les autres présents dans le faisceau étiologique et dans le faisceau symptomatique de toute atteinte morbide, contractant entre eux les rapports les plus étroits et les plus complexes.

Peut-être pourrait-on dire que, dans les affections dites psychosomatiques, l'aspect psychologique prédomine dans l'étiologie, tandis que, paradoxalement, c'est l'aspect « organique » qui l'emporte du point de vue des symptômes. Cette définition est bien imprécise, il faut le reconnaître, et il sera sans doute possible d'en trouver une autre, plus satisfaisante ; elle a du moins l'avantage de ne pas masquer, sous une affirmation trop péremptoire, la profonde complexité des faits.

M. E. Minkowski souligne surtout que la médecine a été de tout temps d'inspiration psychosomatique, et si elle s'écarte parfois outre mesure de cette voie qui est sa vraie vocation, elle cherche à y revenir. L'opposition radicale du psychique et du somatique n'est que le résultat d'une élaboration doctrinale qui pêche par excès de rationalisme et n'émane nullement des faits eux-mêmes.

Voilà donc un des premiers errements de la recherche psychosomatique : la simplification causaliste dans un point de vue qui se prétend analytique et dont ressort, après coup l'inanité.

Mais à l'inverse de cette médicalisation simplifiée des faits, un danger est aussi grand, qui apparaît lorsque le psychosomaticien est pris par la mégalomanie du verbe, le discours devenant l'explication finale de toute chose. Nous aurions bien des exemples à puiser dans les observations publiées par d'autres, mais comme nous sommes tombés aussi dans ce même travers, nous reprendrons ce que nous avions formulé dès 1971 dans ce sens, à propos de l'allergie.

Nous disions alors :

Aucune théorie explicative nous a paru suffisante en effet jusqu'à présent pour expliquer le pourquoi de la maladie en tant qu'entité. Une hypothèse peut être maintenant avancée : la maladie psychosomatique trouverait sa genèse dans le désir de la mère, et peu importe alors qu'il s'agisse d'asthme ou d'autre chose.

On constate, en effet, que toute une série de comportements de l'adulte névrosé sont contenus dans le désir des parents. L'enfant naît déjà avec une identité, pourquoi ne naîtrait-il pas avec une maladie ? Les mères expriment d'ailleurs souvent la peur (dont nous savons le sens ambivalent) que le futur enfant soit anormal ou malade, comme l'est l'un des parents proches. De plus le terme même qui dénomme la maladie, que ce soit asthme, urticaire ou ulcère, fait partie du langage familier ; on en parle à la maison ; dans une famille où déjà un des éléments présente un syndrome morbide organique, on comprend encore plus que cette appréhension fasse partie du projet qui précède la naissance de l'enfant. Ainsi le passage apparemment héréditaire de certaines maladies se ferait par le désir et non par le gène.

Certes, il ne s'agit là que d'hypothèse et non d'une théorie explicative bien structurée. Elle ne fait qu'ajouter d'ailleurs à toute la complexité que recèle l'essence même de la maladie allergique, niveau de toute maladie envisagée en tant que psychosomatique.

Il est bien évident que cette position théorique n'est pas soutenable. Elle ne peut apparaître que comme une direction générale donnée à un certain type de recherche mais on ne voit pas comment le désir de la mère serait à lui seul suffisant pour entraîner ce que l'on appelle une allergie, si familière soit-elle. On voit par contre très bien comment ici, et quoique l'on puisse faire, ressort l'opposition entre ce qui est de l'ordre du gène et ce qui appartient au désir. Quels que soient nos efforts le dualisme est toujours prêt à renaître.

La démarche que nous avons ainsi accomplie dans cette critique actuelle d'une observation ancienne, nous met en présence des difficultés essentielles auxquelles se heurte le psychosomaticien lorsqu'il réfléchit sur sa façon d'appréhender ce avec quoi il fonctionne.

D'une façon simple, mais que la schématisation ne rend pas trop erronée, on peut dire que selon que le psychosomaticien vient du comportementalisme, de la réflexologie, de la clinique psychiatrique, de la médecine générale, ou de la psychanalyse, son observation c'est-à-dire sa théorie, est toujours entachée de conceptions créées et *valables pour un ailleurs*, mais inefficaces sauf au prix d'erreurs, dans le champ nouveau auquel il s'attache. En réalité, les théories nées de ces accidents, car c'est ainsi qu'on peut appeler ces déviations épistémologiques même si parfois les erreurs qu'elles entraînent tendent à se rapprocher d'une certaine vérité, prennent corps par la méconnaissance des écueils fondamentaux que nous présente la psychosomatique, écueils dont nous donnerons les quatre formes essentielles :

— Un premier écueil philosophique est inhérent à notre mécanisme de pensée : quelle que soit la position à laquelle on pense appartenir, il est en effet extrêmement difficile de sortir du dualisme (et les monistes sont le plus souvent des dualistes qui mélangent les objets ou bien qui demeurent parfaitement ambivalents vis-à-vis du même) et du déterminisme dont l'extrême ici est porté par la tentation de définir des spécificités dont nous connaissons la fragilité et mieux encore le projet dangereux : éliminer à la base ce qui est mauvais. Descartes, et Claude Bernard, pourquoi pas Aristote aussi, ont à ce propos beaucoup à endosser, mais sans doute ne sont-ils que les philosophes d'un désir bien humain qui est celui d'un certain clivage qui se traduit, sur un plan, par l'amour d'une mécanique bien huilée.

— Le deuxième écueil est d'ordre méthodologique et nous n'y insisterons pas car nous l'avons déjà évoqué plus haut. La difficulté qui consiste à appliquer à la médecine psychosomatique une théorie valable dans un autre champ a bien été étudiée dans un certain nombre de textes dont les travaux de Marty, dont aussi l'article de Sami-Ali sur les théories homogènes et les théories hétérogènes.

— Il existe aussi un écueil représenté par l'usage de la logique habituelle, plus exactement à propos de la causalité, et dont le meilleur exemple nous est donné par l'état émotionnel. Si en effet un comportement émotionnel, dont on connaît l'origine traumatique précède parfois le symptôme somatique, on ne peut absolument pas en déduire que cet événement est forcément la cause de la désorganisation ultérieure et du tableau précisément organique. A côté de l'après-coup que nous connaissons bien, l'expérience nous offre des compréhensions nouvelles quant à la formation du symptôme, avec une causalité qui se situant bien en dehors de toute linéarité et bien sûr de toute dialectique, devrait à l'extrême porter un autre nom.

— Enfin le dernier écueil met en cause la nosographie : on oublie que les maladies enseignées ne sont en réalité que des appareils conceptuels commodes pour communiquer, dont l'efficacité pragmatique n'est pas certaine. Mais quant au Sujet, la maladie est certainement bien autre chose qu'un simple objet dans un catalogue qui ne diffère de la classification de Linnée ou d'un catalogue de Manufrance que par la série différente à laquelle il appartient.

De tous ces écueils, la plupart des psychosomaticiens, français en tous cas, a pris conscience, à des niveaux différents peut-être mais qui sont d'autant plus clairement visibles. On peut en voir l'effet si nous suivons, sur plusieurs années, l'orientation d'un grand nombre d'entre nous dont quelques-uns ici nous servirons d'exemples. Michel Fain, lui-même proche de Marty, s'appuie sur des concepts sinon différents du moins complémentaires : par exemple les deux temps de l'Hystérie, la prégnance absolue de la castration, ou bien l'effet des distorsions du pare-excitation dans la relatation maternelle précoce. Sur un plan différent, des psychosomaticiens comme M. Sapir, ou C. Brisset sont de plus en plus orientés vers celui qui s'occupe de la maladie somatique, c'est-à-dire le généraliste ou le spécialiste, plus que sur la maladie en jeu, privilégiant ainsi la relation Soignant-Soigné ; à partir de leur pratique, ces auteurs ont chacun de leur côté et de façon personnellement différente, élaboré une théorie née de leur façon même de travailler avec les patients ou les médecins qui s'en occupent. De mon côté enfin, comme je le développerai tout au long de ce texte, après avoir utilisé comme beaucoup, le plaquage de modèles analytiques sur des cas psychosomatiques, j'ai depuis longtemps essayé de caractériser un des éléments spécifiques de la pratique psychosomatique en étudiant l'aspect tout à fait particulier que revêt la relation transfert - contre-transfert, avec ce type de patient ; de même ai-je essayé d'échafauder un type de classification différent de ce que l'enseignement nous avait appris.

Les réflexions auxquelles nous sommes actuellement attachés tournent ainsi autour de quelques termes qui formeront les charnières de ce texte. Nous aurons ainsi à nous demander si l'on peut actuellement encore définir des maladies psychosomatiques ; à essayer ensuite d'approcher le concept psychosomatique sous divers angles, entre autres celui de la psychose ; à voir dans ces cas l'importance du regard et s'il existe une relation particulière au temps ; à préciser aussi si la psychosomatique peut être définie par une économie ou une recherche particulière ; si une nosographie peut lui être spécifiquement attribuée ; si le problème de la douleur peut nous apprendre quelque chose à son propos ; enfin comment se situe la relation transfert - contre-transfert dans les cas où le corps fait partie du discours analytique.

2

Y a-t-il des maladies psychosomatiques ? Etude critique des trois exemples

La relecture des travaux datant d'une vingtaine d'années, la persistance de certaines tendances dans les revues de médecine psychosomatique nous obligent à poser cette question : existe-t-il réellement des maladies que l'on peut qualifier de psychosomatiques par rapport à d'autres qui ne le seraient pas ; ou bien, à un moindre degré, peut-on repérer dans des entités morbides plus ou moins bien définies, une partie qui appartiendrait en propre au champ psychosomatique. Il est bien évident qu'une telle remarque, si elle s'avérait vraie, comporterait en conséquence que l'on cherchât à pointer des mécanismes, des structures, des dynamiques spécifiques entraînant entre autres des formes particulières repérables dans la personnalité du patient.

Ce qui nous apparaît maintenant, en partie du moins comme une illusion, a été pendant longtemps la façon de penser de ceux qui s'attachaient à cette question et l'on ne peut faire table rase de tout ce qui a été alors construit : de cette façon de voir les choses, même si les conclusions nous apparaissent aujourd'hui erronées, demeurent de façon absolue les constatations faites alors et pareillement la réflexion qui les accompagnait. C'est à partir de ces données antérieures qu'un nouveau progrès peut s'accomplir.

De ce que nous avions alors décrit, nous garderons trois types d'entités bien distinctes par le champ de la pathologie auquel elles ressortissent : les maladies d'un organe qui est en général le plus silencieux chez l'homme dit en bonne santé : le pancréas ; des maladies où psyché et soma sont intimement mêlées d'emblée et sur la complexité desquelles tout le monde est d'accord : ce sont les maladies allergiques ;

enfin un symptôme qui peut demeurer isolé ou devenir maladie en soi : la fatigue.

Pour suivre la méthode que nous nous sommes proposés afin de dégager dans une perspective diachronique, ce qu'il en devient actuellement du concept psychosomatique et de son application, nous partirons ici d'observations que nous avons publiées. C'est après avoir repris ces trois exemples cliniques quasiment dans leur mot à mot initial que nous en ferons l'étude critique.

Nous pourrons ajouter que la reprise des observations originales nous a posé problème. Un problème de forme d'abord car une présentation qui, en son temps, paraissait satisfaire à la fois la science et la psychanalyse, est actuellement dépassée. Un problème de fond surtout car la démarche du temps posait comme *a priori* l'existence de maladies psychosomatiques dont les caractères spécifiques devaient ensuite être précisés. Touchant donc la forme et le fond, c'est bien maintenant une démarche qui n'est plus de mise mais on sait, et nous y avons déjà insisté, que l'histoire se construit toujours différemment et que les mêmes faits peuvent être soumis à des théories diverses. La réalité de ce qui est au dehors est sans doute peu sujette au changement, et l'objet photographié dans les mêmes conditions doit être toujours à peu près identique ; mais sa valeur en soi, pour l'analyste du moins, est de peu de poids par rapport à tout ce que le sujet en fait.

I - *LES MALADIES DU PANCRÉAS*

Dans une recherche conduite il y a de nombreuses années en collaboration avec des services de gastro-entérologie et en particulier avec le Pr Henri Sarles et son équipe, nous avions choisi volontairement d'étudier d'un point de vue psychosomatique la pathologie du pancréas. En effet dans la perspective qui nous intéresse, cette question tient une place à part parce que les maladies dont est atteint cet organe sont relativement rares, et parce que les études qui s'y rapportent sont peu nombreuses. Ce deuxième point pose un problème immédiat qui n'est d'ailleurs pas facile à résoudre : la rareté des travaux psychosomatiques sur les maladies du pancréas vient-elle de la méconnaissance de cet aspect ou bien du fait que les maladies de cet organe n'appartiennent pas à la psychosomatique ? La clinique médicale s'est par contre intéressée, surtout récemment, à l'association fréquente de troubles psychiques et de troubles pancréatiques, mais la relation entre ces deux éléments est évaluée différemment par les auteurs, comme nous le verrons plus loin.

Quant aux données physiopathologiques sur lesquelles est fondé ce travail, il est certain que depuis 1971 elles ont évolué et les gastro-entérologues qui se hasarderaient à lire notre travail auraient certainement des reproches à nous faire ici. Mais nous ne sommes pas responsables des changements observés en physiopathologie et c'est de notre côté avec un certain sourire que l'on pourrait entendre ces éventuelles critiques : on sait bien que la science est faite de vérités et de croyances successives. Il n'en demeure pas moins que certaines données physiopathologiques cliniques n'ont dans l'ensemble pas évolué et que le pancréas exocrine est une des principales glandes digestives dont la sécrétion est avant tout constituée d'enzymes. Il a été récemment montré que chez l'homme la sécrétion psychique était abondante et précoce. Le mécanisme sécrétoire est cependant humoral, sécrétion de deux hormones : sécrétine et pancréozymine, déclenchée par le contact des aliments avec la muqueuse duodénale. Quant aux principales affections du pancréas, elles sont ainsi décrites :

— les pancréatites aiguës, affections brutales et graves, souvent associées à la lithiase biliaire et à l'appui desquelles le rôle de l'autodigestion par la trypsine paraît moins évident qu'il y a quelques années ;
— les pancréatites chroniques d'étiologie souvent associée à l'alcoolisme. Elles peuvent faire suite à une pancréatite aiguë, bien que ce fait soit vraisemblablement rare ;
— les cancers du pancréas.

Pour en venir aux facteurs psychiques qui accompagnent les pancréatites, leur description est relativement récente. C'est en effet à partir de 1950 que deux écoles se sont plus particulièrement attachées à ce problème :

— en France, les travaux de Lagache, Combemale et Valtille [148], de Coldefy et Brunet [49], de Bertrand et coll. [24], de Poilleux et Cousinet [202], ont précisé les troubles psychiques accompagnant les affections chirurgicales du pancréas, les pancréatites aiguës et chroniques ;
— aux Etats-Unis, les travaux d'Atkinson [15], Karliner [134], Lawton, Léger, Kobel et Case [151], Savage et Noble [222] ont repris les mêmes problèmes mais se sont aussi orientés vers les facteurs émotionnels des maladies du pancréas.

De ces divers travaux, il semble que l'on peut, étant donnée leur cohérence, en tirer le schéma suivant : dans les pancréatites aiguës, le tableau psychique est celui d'une confusion mentale toxique ; dans les néoplasies du pancréas, le tableau est celui d'un état dépressif et hypocondriaque ; enfin, dans les pancréatites chroniques, on a cherché à mettre en évidence divers traits de la personnalité qui, dans l'ensemble d'ailleurs, ne paraissent, là encore, pas très spécifiques.

De toute manière, quelle que soit la forme de la maladie pancréatique, l'alcoolisme est toujours révélé comme un élément important. Nous discuterons son rôle dans l'état confusionnel des pancréatites aiguës ; mais on peut se demander si cet éthylisme chronique est semblable, quant à la personnalité du sujet chez qui il survient, à celui des malades qui présentent des cirrhoses.

Ajoutons enfin que la question du diabète est totalement éliminée de cette étude car, même si chez ces malades il existe des manifestations de ce type, elles sont nettement secondaires. La psychosomatique du diabétique est un chapitre à part, qui dans une classification systématique des maladies, n'appartient pas au domaine pancréatique.

Un dernier trait enfin est à souligner : il ne semble pas exister ici d'association particulière avec d'autres tableaux pathologiques. Et en particulier personne n'a décrit ce balancement souvent caractéristique entre une maladie psychosomatique et une autre, à propos du pancréas. La seule relation connue est celle qui se fait avec l'ulcère (syndrome de Zollinger Ellison qui, chez un de nos malades, a été aussi associé à un épisode schizophrénique).

La clinique ayant ainsi différencié trois types de maladies du pancréas, les travaux des psychosomaticiens auxquels se sont joints les nôtres, ont permis de différencier trois aspects comportant des manifestations psychiques différentes.

1 / Les troubles psychiques des pancréatites aiguës

Les pancréatites aiguës sont souvent accompagnées de troubles mentaux, du type de confusion mentale, très proches de ceux que l'on observe dans les *délirium tremens*. Le sujet est désorienté dans le temps et dans l'espace, dans un état d'agitation psychomotrice très marqué, avec sueurs, tremblements et troubles biologiques secondaires. Les travaux de Lagache, Poilleux, Bertrand et coll. ont bien insisté sur ces manifestations, et la question reste posée de savoir si l'on doit mettre ce tableau sur le seul compte de l'alcoolisme (*delirium tremens* chez un pancréatique) ou bien s'il appartient plus directement au pancréas.

D'un point de vue psychosomatique, très réduit ici, la seule question qui se pose est la suivante : l'allure cataclysmique de l'événement, semblable sur ce point à l'infarctus du myocarde, a une résonance psychique dont la mort est l'aboutissement.

2 / Les troubles psychiques des cancers du pancréas

Ces troubles sont notés par de nombreux auteurs (Savage, Noble, Karliner, Coldefy) qui insistent tous sur le fait suivant : ces manifestations sont d'ordre dépressif, mélancoliques et hypocondriaques ; elles sont si intenses que le sujet est pris en général pour un malade mental et que la maladie pancréatique n'est découverte que par hasard. Il n'existe aucun travail sur la relation inverse, envisagée dans le sens psychosomatique, et les quelques malades de ce type que nous avons pu observer ne nous ont pas permis de pousser très loin les investigations, en raison à la fois de l'importance du délabrement organique et de l'état mélancolique.

3 / Essais de mise en évidence d'une personnalité particulière dans les pancréatites chroniques

C'est là le véritable sens de la psychosomatique du pancréas, mais si l'on cite les travaux de Laughton et de Atkinson, si on y ajoute en 1974 une recherche personnelle portant sur une vingtaine de cas, on résume là toute la bibliographie sur le sujet. Les traits de personnalité de ces malades ont été recherchés à plusieurs niveaux :

a - Sur le plan clinique. Les malades qui présentent des pancréatites chroniques sont, d'une manière statistique, frustres et parfois même débiles. Il existe certes des exceptions, mais peu fréquentes.

Le fond de ces malades est dominé par des traits de petit déséquilibre mental. Ce sont des inadaptés, instables, qui passent facilement à l'acte et présentent des aptitudes toxicomaniaques : en raison de la douleur, il leur est facile de réaliser leur toxicomanie (aux morphiniques en particulier). C'est cependant l'alcool qui reste le toxique le plus souvent utilisé et un élément clinique nous a paru différencier cette toxicomanie de celle qui amène à la cirrhose : les alcooliques pancréatiques n'ont jamais subi de désintoxication et n'ont jamais cherché à en subir. Sur ce fonds de déséquilibre apparaissent des éléments névrotiques, en général mixtes, mais à prédominance obsessionnelle ; ce sont des déprimés, inquiets, présentant aussi des troubles de la sexualité avec, en général, diminution de celle-ci.

Enfin certains malades présentent des bouffées délirantes de type schizophrénique.

b - La psychotechnique a été un des procédés utilisés pour définir cette personnalité.

Le travail de Pawels et Philips, utilisant les tests de Minesota, Cornell, Rorschach et portant sur un nombre assez grand de pancréatiques chroniques, a montré que ceux-ci représentaient des préoccupations somatiques importantes, des éléments dépressifs, des troubles du comportement, une agressivité masquée et l'absence de traits psychotiques.

c - Les études que l'on peut enfin qualifier de réellement psychosomatiques n'ont pas été très nombreuses. Seuls les travaux d'Atkinson, Pawels et quelques recherches personnelles, se sont intéressés à cette perspective et les résultats sont, dans l'ensemble, assez concluants pour montrer l'absence d'élément de spécificité. Chez ces sujets, on trouve une agressivité importante mais s'exprimant difficilement, une difficulté à tolérer les frustrations et, sous une apparence d'indépendance, un très grand besoin de dépendance.

La question s'est ainsi posée alors de savoir si la maladie pancréatique pouvait être comprise dans une perspective psychodynamique (dirons-nous pour simplifier), mais les difficultés ici sont nombreuses pour préciser ainsi ce point, difficultés qui proviennent du fait qu'il n'existe pas de psychothérapies longuement poursuivies et publiées de malades pancréatiques. De plus, on peut dire que le pancréas a ceci de particulier, d'être un organe ignoré du sujet, n'entrant pas dans le langage courant, si bien qu'il existe ce fait assez spécifique d'une opposition totale entre son rôle vital et son inexistence dans le schéma corporel ou dans l'image du corps.

Toutes ces difficultés nous ont fait conclure dès nos premiers travaux que les maladies du pancréas étaient en bordure de la psychosomatique. Nous avons pensé d'abord, et c'était un avis largement partagé, que cette position marginale était primitive. Des recherches ultérieures ne permettent en réalité pas de préciser le « degré » psychosomatique des maladies du pancréas, qu'elles soient aiguës ou chroniques.

Ainsi peut se présenter un type de maladie organique dans lequel on essaye de mettre en évidence des facteurs psychologiques. La clinique, les tests, les recherches dynamiques, la recherche d'un sens demeurent des préoccupations importantes. Les remarques que nous avons faites dès les premières recherches sont toujours valables ; ce que nous devons dès maintenant critiquer, c'est l'essai d'organiser ces remarques en une structure préfigurée qui place l'ensemble dans un schéma qui se voudrait explicatif.

La façon même dont est conduite la recherche laisse apparaître le besoin d'un étayage qui se veut scientifique dans son double aspect : définition d'une structure et définition d'une dynamique causaliste. Or les maladies du pancréas échappent pour la plus grande part à cette visée. Lorsqu'un facteur apparaît, qui pourrait être considéré comme étiologique, il s'avère en fin de compte banal et peut ressortir à toute une série de significations, tel par exemple l'abus chronique de l'alcool. Pareillement ce qui peut être considéré comme des traits de la personnalité dont on pourrait inférer un caractère typique, est extrêmement banal et peut ressortir à de très nombreuses structures psychiques.

La maladie pancréatique devient alors l'exemple même, et c'est pourquoi nous nous y sommes attaché, de ce qui doit obliger le psychosomaticien à envisager la maladie de son patient d'une autre façon que celle qui a cours dans la pratique ou la théorie médicale habituelle. La nosographie telle qu'elle nous vient de l'université n'a ici plus de mise et les douleurs dont se plaint le sujet s'organisent d'une façon bien différente de ce que laisse prévoir le cadre médical.

Ainsi une démarche fondée sur la recherche d'une structure est vouée à un certain échec et c'est dans un autre sens, dans une autre direction que, si une particularité se manifeste, elle doit être attachée.

II - *LES MALADIES ALLERGIQUES*

L'allergie est une maladie qui tient une grande place en médecine d'abord, en psychosomatique ensuite puisque les premiers travaux de Pierre Marty [159] ont porté sur la relation psychodynamique propre à cet état. Nous-mêmes avec bien d'autres, avons consacré de nombreuses recherches à ce sujet.

Les choses ici ont aussi évolué mais, comme nous l'avons fait à propos des maladies du pancréas, suivant le même principe méthodologique, nous reprendrons des données que nous avions recueillies et commentées dès nos premières recherches en considérant que leur apport matériel est toujours aussi valable et c'est seulement leur interprétation qui a pris une orientation différente.

Les maladies allergiques ont ceci de particulier, si on les envisage d'un point de vue psychosomatique, de poser de façon caricaturale deux problèmes que l'on retrouve à des degrés plus ou moins marqués dans le domaine de la pathologie générale :

— Le premier de ces aspects réside en ceci que la maladie psychosomatique, quelle qu'elle soit, semble échapper au domaine symbolique. En prenant le corps comme moyen d'expression, la maladie donne l'impression de mettre d'emblée le réel en cause sans passer par les détours qui conduisent à la névrose ou à la psychose.

— Le second aspect tient au danger inhérent lui aussi à toute médecine psychosomatique, où l'on se promène toujours, qu'on le veuille ou non, entre l'émotion, l'hystérie et la maladie organique et où, tout autant, bon gré mal gré, plane toujours à l'arrière-plan un mot qui nous encombre singulièrement : la conversion. Ne parlons pas de dualisme ni des pseudo-rapports superficiels entre la biologie et les valeurs symboliques, discussion devenant actuellement marginale car ces conceptions qui opposent deux plans de fonctionnement du sujet n'ont pas de valeur explicative dans le mécanisme immédiat des phénomènes.

En fin de compte on se heurte dès ce premier temps de la réflexion à tellement de variables et de perspectives hypothétiques que l'on ne sait plus où se situe réellement le problème. Reconnaissons au moins que cette incertitude, ici tellement profonde, devient essentielle, et que le manque de clarté où nous nous trouvons à bien poser les problèmes, a cet avantage de nous pousser à essayer de comprendre ; en opposition à ces attristantes observations de psychosomatique où tout se comprend clairement, dans un déroulement qui n'est que vulgarisation. La tendance au primarisme est facile, en psychosomatique plus qu'ailleurs et, comme le dit Mitscherlich [182] : « Une description biographique naïve qui se contente de considérer une crise, un conflit comme motifs suffisants d'une pathogenèse, toute importante que cette crise, ce conflit soient dans l'apparition d'une dysbasie hystérique ou d'une affection de nature tuberculeuse, ne tient pas compte de deux facteurs : d'abord elle ne voit pas que l'homme est, de naissance, apte à agir à l'intérieur d'une situation conflictuelle et qu'il faut d'abord rechercher ce qui, dans le conflit, a ouvert la voie à une solution pathologique représentée par un symptôme déterminé. Ensuite, elle ne peut expliquer pourquoi il s'agit, tantôt d'un événement critique qui n'a lieu qu'une fois, tantôt d'une maladie chronique. »

Ceci vaut pour toute la médecine psychosomatique, que l'on entende par là seulement l'attitude générale qu'elle implique devant toute maladie, ou que l'on y entende plus spécifiquement l'admission dans une perspective psychodynamique de maladies considérées jusque-là comme organiques. Mais dans ce monde où la maladie prend place dans l'historicité du sujet, l'allergie a une place spéciale ; sans doute parce qu'elle semble ajouter, par cette démarche même, un secret supplémentaire à celui qui fait son fondement : il y a dans l'allergie un côté mystérieux, même pour les internistes, et notre démarche vient encore accroître ce mystère.

Ce préambule étant posé, qui laisse entrevoir quelques-unes de nos perplexités, il faut ajouter que cette étude, bien que partie de bases personnelles (en particulier d'asthmatiques et d'allergiques alimentaires suivis par les P^rs^ J. Charpin et H. Sarles), ce travail n'est donc arrivé à s'enrichir qu'en s'appuyant sur les études de nombreux autres psychosomaticiens qui se sont penchés sur ce même problème.

Tant de publications ont été faites sur ce thème qu'une classification diachronique des idées et des hypothèses exprimées est nécessaire.

Très schématiquement trois périodes successives peuvent être ainsi énoncées dans l'ordre suivant :

Dès 1860, Henri Hyde Salter, dans son livre sur l'asthme, rapporte de nombreux cas qui confirment sa théorie que les émotions peuvent jouer une part importante dans le déclenchement de l'attaque asthmatique et dans ses résultats. Sir John Flower, en 1898, reconnaît l'asthme hystérique. Mais comme le rappellent Miller et Baruch [178], ce n'est que quelques années plus tard, à partir de 1905, que le problème est, sinon posé, du moins orienté et que les recherches peuvent prendre une direction mieux définie, lorsque S. Freud [96] publie le fragment d'analyse d'un cas d'hystérie. A cette époque, au cours de ses commentaires concernant les premiers signes émotionnels qu'il sentait placés derrière les symptômes physiques de Dora, il écrit :

« *Les motifs de la maladie commencent à poindre dès l'enfance. L'enfant avide d'amour, et qui partage peu volontiers avec ses frères et sœurs la tendresse des parents, s'aperçoit que cette tendresse lui revient entièrement si, du fait de sa maladie, les parents sont inquiets. Cet enfant connaît dès lors un moyen de solliciter l'amour des parents et s'en servira aussitôt qu'il aura à sa dispo-*

sition le matériel psychique capable de produire un état morbide. Lorsque l'enfant est devenu et a épousé, en complète contradiction avec les exigences de l'enfance, un homme ayant peu d'égards envers elle, qui opprime sa volonté, qui exploite sans ménagement son travail et qui ne lui concède ni tendresse, ni dépenses, alors la maladie devient sa seule arme pour s'affirmer dans la vie. La maladie lui procure le repos désiré, elle force son mari à des sacrifices d'argent et à des égards qu'il n'aurait pas eus envers une personne bien portante et l'oblige à une attitude prudente en cas de guérison, sans quoi la rechute est toute prête. L'apparence d'objectivité, de non-voulu, de l'état morbide, dont le médecin traitant est obligé de se porter garant, permet à la malade, sans remords conscients, l'utilisation opportune d'un moyen qu'elle avait trouvé efficace dans l'enfance. »

De 1905 à 1938 les recherches suivent des domaines différents, même si les auteurs pour la plupart américains, se sont orientés vers une acception psychodynamique de la maladie allergique.

Ainsi Marcinowski, en 1913, écrit que l'asthme est déterminé par une hystérie de base et en 1922, Weiss, discutant un cas d'asthme qu'il avait traité par psychanalyse, en arrive à la conclusion que l'asthme est secondaire à la peur de la séparation d'avec la mère. Au même moment, Reichman admet que l'asthme bronchique est une névrose du tractus respiratoire, une manifestation partielle d'une constitution psychopatique générale. D'un autre côté, en 1923 Marx exprime son désaccord avec la théorie de l'asthme « psychogène ». Sa conception est que, chez des sujets prédisposés, le trouble organique stimule des « centres producteurs de spasmes », et que, plus tard, des stimuli psychiques peuvent augmenter la tension au niveau de ces centres à un degré suffisant pour produire des « spasmes de décharge » dans la musculature bronchique. La même année, Moos écrit que le facteur psychique est le facteur primordial, le plus habituel et le plus important dans la production de crises d'asthme. Ainsi la théorie psychogène de l'allergie n'est pas unanimement adoptée, ce qui permet à Hensen d'écrire en 1930 : « J'incline à réfuter l'interprétation de l'asthme, la maladie aussi bien que l'attaque unique isolée, comme un effet psychogène, dans le sens d'une expression primaire immédiate. La maladie, et au moins la première attaque, sont anatomiquement, physiologiquement, donc organiquement déterminés et ne sont pas des formes de réactions psychogènes. L'attaque isolée peut être précipitée, facilitée ou inhibée par des facteurs psychiques. »

Dans les huit années qui suivent, jusqu'en 1938, nombreux sont ceux qui ont cependant encore insisté sur le rôle des facteurs allergiques (comme l'urticaire par exemple). Citons, entre autres, Naber (1929), Wittkower et Petow (1931-1932), Christie (1935), Kartsmischew (1936),

Gillespie (1936). De tous ces auteurs, il nous faut cependant mettre à part David Lévy qui, l'un des premiers en 1931, parle de rejet maternel chez les enfants asthmatiques et pense que ce sentiment est souvent déguisé et caché derrière une formation réactionnelle conduisant à ce qu'il appelle une « surprotection maternelle ». Stockvis, que nous retrouverons plus loin s'est intéressé aussi à ces problèmes.

Durant cette période, de nombreux travaux ont été aussi réalisés en France, par des auteurs surtout intéressés par les troubles nerveux de la maladie sérique : May (1923), Allendy (1928), Flandin (1926), Rowe et Richet (1930), Euzière et Viallefont (1931), Tzanck et Abadi (1934), Beauchemin (1936), Paillas, Roger (1936).

En fait c'est à partir de 1938 et jusqu'à ce jour que les écoles s'individualisent.

1938 est en effet le début de la période contemporaine lorsque Dunbar [70] publie quelques « Notes psychanalytiques concernant l'asthme et le rhume des foins ». Une voie longtemps souhaitée, parfois approchée, était trouvée et les autres chercheurs, tant américains qu'européens, allaient s'engager dans cette perspective, en y ajoutant le fruit de leurs propres travaux. Ceux-ci, selon un critère apparemment géographique mais qui engage beaucoup plus le fond théorique, s'organisent autour d'un certain nombre d'écoles :

a - Les Ecoles américaines avec dès 1938 les travaux de Saul qui parle de « facteurs psychogènes dans l'étiologie du rhume et des troubles associés ». Stockes, Berman et Ingraham évoquent l'existence d'un « facteur psychoneurogène dans le mécanisme des réactions cutanées ». Marc Dermott et Cobb, en 1939, se livrent à des études statistiques poussées et dans cinquante cas d'allergie clinique, trouvent un facteur émotionnel dans trente cas ; dans sept, un trouble émotionnel quelconque et dans treize, rien. Chez vingt malades, ils ont pu prouver que le stimulus émotionnel était le facteur déterminant de l'attaque.

Mais il faut attendre deux ans encore, pour qu'en 1941, French et Alexander [95], en collaboration avec Ben Rappaport, étudient les facteurs psychiques de l'asthme bronchique. Ils envisagent, comme Lévy en 1931, l'attaque asthmatique comme un cri réprimé vers la mère (élément de répression émotionnelle). Wilson, la même année, publie un travail sur la fièvre des foins, expression déguisée hostile. Et, en 1943, Dunbar écrit que des types de personnalité bien définie peuvent être trouvés chez des individus allergiques. Les recherches aux Etats-Unis ne restent pas axées sur une seule perspective et des auteurs comme

Halliday, en 1945, pensent que, dans la classification des névroses d'organes en tant que somato-névroses, il faut classer l'asthme bronchique.

On peut encore mentionner les travaux de Metzger, de Weiss et English [242] en 1945, avant d'arriver à 1948, date de la parution des premiers travaux de Miller et Baruch [178], qui marquent une nouvelle orientation des recherches. Avec eux, le rejet maternel est présenté comme un facteur très important dans le climat émotionnel de l'entourage de l'enfant allergique. Ces auteurs font intervenir une triade : faim d'amour, peur de la mère, colère contre la mère, qui pour eux, dirige l'histoire de l'enfant allergique. Miller et Baruch continuent d'ailleurs leurs études et font paraître en 1950 un travail sur l'hostilité des enfants allergiques. C'est en 1950 aussi que Mitchell propose un questionnaire décrit par Kraft [141] dans son article : « L'application des concepts psychodynamiques dans la pratique allergique. » C'est en 1950 encore qu'Alexander postule que le système nerveux parasympathique est utilisé pour produire une énergie de blocage des émotions qui sont ainsi bloquées ou réprimées. Cette théorie est d'ailleurs reprise en 1952 par Szass pour qui « les troubles psychosomatiques ne se manifestent qu'à l'aide de phénomènes somatiques et ultérieurement à travers le système nerveux autonome ».

A partir de cette époque, les travaux se multiplient et les opinions, tout en restant sur une même ligne donnée par Dunbar en 1938, divergent sensiblement. On peut citer encore les travaux de Dawes, en 1953, qui introduisit le rôle du père dans l'histoire de l'enfant allergique, de Margolin [157] (1954), qui publie des psychothérapies de mères d'enfants allergiques, d'Alowitz (1954) qui étudie le comportement des enfants éloignés de leurs parents au National-Jewish House, de Hubie (1954). Il nous faut surtout noter à ce moment, en 1954, le début des travaux de Kaufman [137] qui se penche très pertinemment sur l'aspect psychosomatique des allergies surtout alimentaires. Citons enfin les travaux de Jessner (1955), de Duest (1955), de Crockett (1957), de Hinman (1958), de Kraf (1957, 1958, 1959), de Blumenthal (1959), d'Abramson (1959) [4].

b - L'Ecole réflexologique même si elle date, a marqué toute une époque et cependant peu de travaux ont été effectués sur ce sujet. Le plus intéressant est sans doute celui de Danilovic, Nicolic, Devecerski (1956) qui insiste sur le rôle des facteurs psychiques dans les accès asthmatiques. Ces auteurs concluent que les émotions ne peuvent pas être la cause des premiers accès asthamatiques mais qu'elles peuvent, unies à d'autres facteurs (infection, allergie...) jouer un grand rôle ultérieurement et au cours de l'asthme dans le déclenchement des accès asthmatiques. L'augmentation des névroses dans notre temps leur paraît ainsi jouer un grand rôle dans le nombre croissant d'asthmatiques et *vice versa*.

c - L'Ecole hollandaise est marquée par Stockvis, qui déjà en 1937, incluait dans les troubles psychosomatiques les névroses d'organes et l'hystérie de conversion accompagnées ou non de facteurs étiologiques ou autres. Par la suite, Groen [119] s'est intéressé de près à la médecine psychosomatique en général et à l'allergie en particulier, en insistant surtout sur les facteurs émotionnels générateurs d'accès allergiques.

d - En Italie, Roudani reprenant un schéma neurophysiologique, souligne les influences psychiques de nature émotionnelle se propageant sur les voies du système neurovégétatif, qui a ses centres supérieurs dans le diencéphale, et qu'elles peuvent agir sur les fonctions de n'importe quel organe, déterminant ainsi des désordres qui peuvent, par répétition créer de véritables lésions anatomiques. L'Ecole italienne avec Belloni, critique la théorie d'Alexander, acceptant le concept d'une action d'alarme non spécifique qu'est le stimulus émotif. Dans ce mécanisme, entrent en jeu deux facteurs : l'intensité et la durée de l'action thymotrope et la susceptibilité constitutionnelle ou acquise des centres émotifs. Il faut encore citer les travaux de Lunedei qui a, de bonne heure, exposé le problème de la pathologie non réactive des tissus en écartant l'hypothèse du choc antigène-anticorps, ou tout au moins, en ne lui accordant que peu d'importance.

e - L'Ecole allemande, formée par Branch, Brautigham, Mistcherlich, a été dans l'ensemble et pendant longtemps beaucoup plus centrée sur la phénoménologie que sur la psychanalyse.

f - L'Ecole française a suivi diverses tendances que représentent les auteurs comme Ziwar, Marty, Courchet, Racamier, Soulé et Couvreur, Sivadon, Porot, Hyvert, Fagard et Lambert. Certains se sont intéressés à l'extension de l'allergie à toute la psychiatrie, tels Hyvert, Fagard et, en un sens, aussi Sivadon. D'autres enfin se sont orientés au contraire vers une conception psychanalytique : Racamier, Courchet, Marty, Fain, M'Uzan, David. Ce sont en réalité les travaux de P. Marty qui ont le plus profondément marqué cette recherche et qui ont d'ailleurs inauguré toute la théorie psychosomatique de l'école dite de Paris.

A été ainsi diversifiée l'histoire des idées sur le plan de la psychosomatique de l'allergie, et à travers elle, l'histoire de la psychosomatique en général pendant une vingtaine d'années où les recherches se sont extrêmement étendues. Du point de vue étiologique, on peut dire que toutes les causes éventuelles ont été mises en avant, de la plus neurophysiologique à la plus psychodynamique.

En fait le bilan de toutes ces données et les efforts très importants déployés pour mieux comprendre ne représentent pas un résultat très positif. Sans doute parce que le plus important a été mis de côté, à savoir ce que nous pointons maintenant comme appartenant à la relation transférentielle.

La substance de ces nombreux travaux nous montre combien la maladie allergique, exemplaire pour la recherche et la théorisation en psychosomatique, a été d'une certaine façon codifiée selon des schémas propres à des disciplines élaborées, l'une d'elles et non la moindre étant la neurophysiologie. Des mécanismes neurophysiologiques conçus comme étiologiquement valables ont été ainsi avancés et il n'est pas sans intérêt de voir comment s'est présentée cette structuration d'allure scientifique, même si maintenant elle est dépassée.

En France, Ziwar et Courchet ont été les premiers à œuvrer en ce sens et c'est ainsi que Ziwar a pu écrire :

« Les travaux déjà classiques de Reilly et de son Ecole ont éclairé d'un jour nouveau certains tableaux cliniques des réactions allergiques au cours de la fièvre thyphoïde notamment, en établissant la participation du système nerveux autonome. La nocivité réactionnelle de l'organisme est mise en évidence d'une façon éclatante et la notion de maladie cesse d'être confondue avec celle d'étiologie au sens pasteurien du mot.

« Plus récemment, les travaux de Selye, en établissant la participation hormonale, notamment de l'ACTH et de la cortisone, ont eu le mérite de mettre l'accent sur les défenses non spécifiques de l'organisme, toujours identiques quel que soit l'agent offensant, et qui constituent quand elles sont intenses, la maladie dite d'adaptation. Or, l'ACTH et la cortisone se sont montrées particulièrement efficaces dans le traitement des symptômes allergiques. D'autre part, l'expérimentation et l'investigation anatomopathologique ont dévoilé l'étroite parenté de l'allergie et des maladies du collagène, maladies typiques de l'adaptation » (Ziwar) [246].

En fait pour présenter de façon claire ce que l'on décrit comme des mécanismes neurophysiologiques fondamentaux, nous suivrons le plan classique qui envisage successivement les influx et leur nature, les centres cérébraux et la voie centrifuge : c'est là le schéma même d'un certain type de science, à savoir l'arc du stimulus et de sa réponse, le message passant par un centre de coordination et d'intégration.

La voix centripète comprend les stimuli extérieurs qui déterminent les états allergiques. Ils sont tout autant de nature physique, quant aux qualités tenant à l'allergène lui-même, que de nature émotionnelle. A un niveau très élémentaire d'ailleurs, on a pu voir que les émotions déterminaient des réactions spasmodiques au niveau des voies respiratoires tout autant que dans le système cutané.

Grace, W. J. Wolf, H. G. Wolf [115] ont étudié les réactions cutanées chez les malades présentant de l'urticaire. Ces malades, pendant les entretiens, montraient des troubles vasculaires dès que l'on évoquait des conflits personnels (dilatation des capillaires et des artérioles). Chez d'autres, les stress émotionnels produits par un entretien chargé d'affects déterminaient des changements dans les sécrétions nasales. Ces auteurs ont bien montré l'importance de la signification des aliments plus que leur nature physicochimique : des malades sensibles au lait ont présenté des réactions allergiques après avoir absorbé des capsules qu'ils croyaient contenir ce produit.

Groen [119] a étudié d'un point de vue neurophysiologique les manifestations asthmatiques. Des stimuli physiques ou émotionnels spécifiques arrivent à déclencher un spasme bronchique qui explique le sifflement expiratoire typique.

Leigh cite le cas d'une mort soudaine au cours d'une crise d'asthme survenue quelques jours après une série d'entretiens psychothérapiques au cours desquels une libération émotionnelle intense s'était produite. Il existe d'autres cas de mort asthmatique survenue quelques heures après une séance de psychothérapie, et l'hypothèse avancée par Leigh est qu'une décharge émotionnelle excessive peut être rendue responsable d'une hyperémotivité parasympathique provoquant à la fois la bronchoconstriction et la bronchosécrétion déclenchant la crise d'asthme.

Courchet a rassemblé de même des exemples particulièrement démonstratifs dans lesquels les stimuli entraînent des réactions cutanées. Il rappelle l'observation de Ch. Richet : « Une femme qui, craignant que son enfant ne soit accidentellement décapité, voit apparaître autour de son propre cou un collier érythémateux persistant. » De même les états extatiques s'accompagnent souvent de stigmates cutanés. Enfin, l'hypnose apporte des preuves dans le même sens ; par suggestion hypnotique peuvent être créés des troubles cutanés divers.

C'est ensuite dans *un centre diencéphalique* que tous les stimuli parviennent comme l'ont montré les expériences de Cannon et de Bard.

Pareillement J. Turiaf et Martinetti, se fondant sur d'intéressantes observations, ont montré la possibilité d'une pathogénie postémotionnelle de l'asthme lorsque le diencéphale est touché par ces facteurs émotionnels. Il s'ajoute que diverses manifestations cliniques sont en faveur de cette conception, telles que : troubles du sommeil, de la faim, variation de poids, syndrome dysendocrinien, déséquilibre neurovégétatif global. Une contre-épreuve clinique conduit aussi à confirmer ces hypothèses : des essais de radiothérapie diencéphalique à petites doses régulatrices ont donné des résultats encourageants, avec suspension complète des crises dans la moitié des cas.

De notre côté et dès nos premiers travaux, nous avions insisté sur le danger que représentait la notion idéale d'un centre, à nos yeux lieu imaginaire plus qu'organe créateur. Il en est à ce niveau de même que ce qui a été dit à propos de l'aphasie où la notion de centre a subi les fortunes que l'on sait. De toute façon lorsqu'il s'agit d'un trouble de la personnalité, l'idée d'un noyau quelconque recevant et distribuant les influx et leur sens n'est bien sûr qu'une fiction.

Il en est de même de *la voie centrifuge* que les influx, dans une thématique neurophysiologique, vont suivre. Cette voie périphérique utilise le système parasympathique, et l'expérimentation a montré que, par stimulation des fibres cholinergiques, on pouvait obtenir des réactions cutanées ou des manifestations pulmonaires.

Une observation intéressante est celle de Fowler qui divise l'asthme nasal en deux types : rhume allergique et rhume infectieux, ce dernier étant dû à une hyperactivité du système sympathique, tandis que le rhume allergique est dû à l'hyperactivité du parasympathique ; l'hyperactivité du système parasympathique entraîne une pâleur de la muqueuse.

Comme preuve que cette hyperactivité du parasympathique est responsable du tableau clinique de la rhinite vasomotrice, l'auteur cite le cas d'une jeune fille dont la muqueuse de la narine gauche était pâle et suintante à la suite de l'ablation du ganglion stellaire de ce côté. Le plus léger courant d'air ou changement de temps provoquait un blocage presque complet de ce côté. Le côté non sympathectomisé demeurait normal. Cinq autres malades présentèrent des symptômes semblables après l'ablation du ganglion stellaire.

L'auteur décrit une série de malades atteints de rhinite vasomotrice. Il a trouvé des facteurs psychologiques prédominants dans tous les cas, le catarrhe nasal peut être provoqué par des stimuli endocrines, émotionnels ou physiques qui ont probablement une action sur le système nerveux autonome. Il pense que le stress émotionnel peut prédisposer le système autonome de certains individus à réagir de façon plus intense à des traumatismes physiques tels que le froid, les pieds humides ou même poussiéreux.

Tel est donc le schéma neurophysiologique avec les trois segments de l'arc réflexe. Ce que nous avons dit au sujet de la notion de centre est valable pour cette conception tout entière qui, si elle garde un intérêt certain pour les chercheurs en neurophysiologie fine, devient une simplification naïve lorsqu'on l'étend à l'ensemble de toute la personnalité.

D'un côté différent entièrement clinique celui-là, il ne faut pas négliger tous les travaux que la psychiatrie la plus classique a apportés à la connaissance de la maladie allergique. Mais si là encore certains apports paraissent fructueux, tous les efforts sont loin d'avoir porté leur fruit.

Sans aller bien loin dans des recherches psychodynamiques, les psychiatres avaient déjà noté des liens essentiels entre allergie et maladie mentale. Ces liens peuvent se faire selon différents vecteurs d'après la nature de l'état mental et la relation plus ou moins bien établie entre cet état et l'état allergique. C'est ainsi que l'on a décrit séparément des neuropsychoses d'origine allergique, des états névrotiques chez les allergiques, et enfin des psychoses chez ces mêmes patients.

Les neuropsychoses d'origine allergique sont des états psychotiques aigus ou plus ou moins chroniques apparaissant en relation directe avec des agressions allergiques. Elles apparaissent en général comme des complications au cours de maladies déjà définies et leur forme clinique peut revêtir trois modalités essentielles.

— Certaines psychoses apparaissent de façon aiguë au cours d'accidents allergiques divers tels par exemple les complications psychiques que l'on observe au cours de la maladie sérique et qui peuvent se voir dans divers types de sensibilisation. Soulé et Couvreur rapportent de nombreux cas publiés dans la littérature où des troubles psychiques aigus étaient apparus après diverses stimulations traumatisantes : teinture de cheveux (Tzanck), novocaïne (Tzanck et Abadi), novarsénobenzol (Tzanck), ingestion de craie (Mathieu), etc.

Tous ces troubles surviennent assez rapidement après l'introduction de l'allergène et se manifestent dans l'ensemble de façon assez identique. Au minimum, il s'agit d'un simple état dépressif avec anxiété ; au maximum, d'un état délirant avec agitation. Mais l'état le plus fréquemment rencontré est celui d'une confusion mentale plus ou moins intense, avec subagitation, anxiété, désorientation temporo-spatiale. Dans l'ensemble le pronostic est bon et ces états guérissent assez rapidement.

— D'autres cas plus spécifiques ont permis de décrire une véritable psychose de la maladie sérique telle que Roger et Paillas l'avait étudiée en 1936. La classification que donnaient ces auteurs est encore valable, séparant les accidents précoces avec angoisse, agitation, délire ou somnolence et s'accompagnant souvent d'accidents allergiques cutanés (urticaire, prurit), et les accidents tardifs avec anxiété, éléments confusionnels, agitation, tremblement. L'évolution est en général favorable mais l'association de troubles neurologiques de type souvent parétique est un facteur aggravant pour le pronostic.

— Enfin d'autres psychoses ou maladies neurologiques représentent un troisième aspect de ces états dont l'origine serait allergique. C'est là un sens envisagé par certains auteurs comme Hyvert, pour qui des états comme la schizophrénie sont en rapport avec des atteintes allergiques, en général bacillaires.

Plus intéressante est la théorie de Sivadon qui recherche des liens plus profonds entre l'allergie et la psychoneurose. Pour cet auteur, on trouve fréquemment dans le processus d'installation des névroses et des psychoses le schéma suivant : un événement est vécu par le sujet comme un danger grave pour sa personnalité ; suit une période de latence avec des petits signes d'intolérance (caractériels, sensoriels, digestifs...), des céphalées, de l'asthénie, des troubles du sommeil et parfois de l'éthylisme ; enfin après un délai variant de six mois à plusieurs années, un nouveau choc émotionnel, minime cette fois, déclenche les troubles pathologiques. Chez ces malades, le terrain comporte souvent : immaturité nerveuse, tuberculose, accidents allergiques. Le schéma évoque celui de l'allergie.

De plus Sivadon, partant du fait que le trouble mental paraît être un échec dans l'effort d'adaptation de l'individu à son environnement social, retrouve chez presque tous les sujets observés, dans les antécédents, des troubles de la série allergique. Dans certains cas, il observe un certain balancement entre rhumatisme et dépression, migraines et angoisses. La diffusion et la généralisation de l'allergie se traduisent par le fait que des événements et des situations de plus en plus variés et disparates suffisent à déclencher les manifestations d'intolérance d'où l'aspect « immotivé » de ces dernières. On retrouve souvent chez les psychopathes un état allergique tuberculeux. Tout rappel des événements traumatisants mobilisera les défenses allergiques créées par l'état infectieux promotif et investi par l'état émotionnel préparant.

Les psychothérapies agissent alors comme les thérapeutiques désensibilisantes. Toutes utilisent un mécanisme commun : la levée des défenses du sujet grâce à une situation privilégiée de sécurité, de transfert affectif, les événements traumatisants ayant été dépouillés de leur aspect dangereux.

Dans la mesure où le trouble mental paraît être la conséquence d'une inassimilation par le sujet de certains aspects de son environnement, il semble que la règle thérapeutique essentielle consiste à favoriser cette assimilation en levant les défenses du système nerveux par des méthodes de désensibilisation ou de choc, par l'établissement d'un climat de sécurité grâce à un mode artificiel de relations affectives (psychothérapies diverses...), par des méthodes phylactiques (sommeil, coma), et de favoriser la reviviscence, dans ces conditions privilégiées, des événements non assimilés.

En fait ce rapprochement effectué par Sivadon entre certaines psychoses et l'allergie a un caractère artificiel. Le fait qu'une psychose survienne à la suite d'un choc émotionnel déclenchant, qui succède à une première crise « préparante », après une longue période de latence, n'introduit aucune parenté de fond entre cette psychose et les phénomènes allergiques, mais seulement une certaine analogie dans le déroulement chronologique des faits. Toutefois un tel parallèle n'est pas sans intérêt et c'est pourquoi nous en avons conservé la description malgré les critiques qu'une telle conception fait naître.

Sur les états névrotiques chez les allergiques, deuxième volet de ce que nous apporte la recherche clinique, nous n'insisterons pas ici, nous réservant d'en reprendre le fond ci-dessous.

Notons seulement que les psychiatres ont repéré l'association relativement fréquente de l'hystérie, de la névrose obsessionnelle ou de personnalité psychopathique avec l'allergie.

Abramson, par comparaison avec la forme pseudonévrotique de la schizophrénie de Hoch et Polatin, décrit une forme de schizophrénie pseudo-allergique, dans laquelle les syndromes allergiques sont utilisés inconsciemment pour éviter de mettre en jeu des processus psychotiques.

Enfin, il existe des états psychotiques chez les allergiques différents des psychoses d'origine allergique. Nous entendons par là l'apparition de troubles mentaux chez les allergiques de longue date, sans qu'il y ait des relations apparentes de causalité entre les deux recherches. Certains concluent à l'existence chez les malades internés de troubles de type allergique fréquents, mais la plupart des travaux montrent l'inverse, à savoir que, exception faite pour les épileptiques, les phénomènes allergiques sont moins fréquents chez les malades internés que dans les populations témoins.

De larges statistiques faites il y a plusieurs années surtout aux Etats-Unis, en particulier par Mac Inniss, Leavitt et par Mac Allister ont en effet montré que le pourcentage de stigmates d'allergie recherchés soit par la clinique, soit par les tests, est infiniment moins grand chez les malades internés que chez des sujets normaux. Ces données semblent pouvoir expliquer dans une perspective psychodynamique la possibilité d'un balancement entre deux réactions, dont l'une est la psychose, l'autre la maladie allergique.

C'est en fait vers une compréhension psychodynamique de la maladie allergique que toute l'insuffisance des recherches précédentes nous conduit et il est bien évident que la psychanalyse lorsqu'elle s'est, d'une certaine façon, mêlée à ces problèmes, les a éclairés d'une façon toute différente.

Les choses ne sont cependant pas simples et l'on ne peut pas écrire que d'un seul coup tout s'est illuminé d'un jour nouveau parce que les psychanalystes s'étaient penchés sur ce problème. Bien au contraire selon que l'accent a été mis sur la psychogenèse ou sur l'ici-maintenant de la cure, sur la fixation ou sur la régression, sur la structure de la personnalité et sa fixité ou son évolution à travers les mécanismes de défense, les choses se sont compliquées dans le bon sens, c'est-à-dire vers une assise plus riche et une ouverture plus large mais sans que cela soit véritablement explicatif.

De notre côté, nous partirons du plus simple pour atteindre une compréhension plus complexe, c'est-à-dire : du déclenchement émotionnel admis par tous, à sa signification analytique encore controversée. Partant de l'idée que certains états allergiques aigus ont un déclenchement émotionnel, nous rechercherons s'il existe des types de personnalité spécifique à ces états, enfin nous essayerons de trouver dans l'histoire du sujet, qu'elle soit inscrite dès l'enfance ou recréée dans l'après-coup de la cure, des éléments conflictuels caractéristiques, selon diverses théories que nous exposerons successivement.

1 / *Que les crises allergiques* soient déclenchées par un vecteur émotionnel, cela est un fait clinique évident. Salter dès 1860, avait déjà noté, que les émotions déclenchent parfois de l'urticaire ou une diarrhée allergique. La littérature fournit de nombreux exemples (dont le premier pourrait être l'observation classique du cavalier de Laënnec), mais nous rappellerons, après Ziwar, l'auto-observation de Trousseau « qui croyant que son cocher trichait dans la qualité de l'avoine utilisée, s'irrita

et ordonna qu'on mesure devant lui la quantité d'avoine. A cette occasion il eut une forte attaque d'asthme. Le grand clinicien commente ainsi le fait : cent fois dans les rues de Paris ou sur les boulevards, cent fois sur les grandes routes, je m'étais trouvé au milieu d'une atmosphère de poussière autrement épaisse que celle que j'avais alors respirée un très court instant. Sous l'influence morale que déterminait chez moi l'idée d'un vol domestique, quelque peu important que fût ce vol, mon système nerveux étant ébranlé et une cause très petite en elle-même agit sur lui avec une excessive intensité. »

De tels exemples sont très courants et nous n'en citerons que deux, classiques aussi : Metzger rapporte l'observation d'un sujet allergique aux roses et qui présentait un rhume des foins en apercevant des roses artificielles. Porot remarque que des manifestations allergiques somatiques type œdème de Quincke surviennent pendant les périodes de guerre ou de conflits sociaux.

Un autre fait bien connu des médecins vient corroborer l'importance de ces événements émotionnels : c'est l'efficacité attribuée aux tranquillisants chez de tels malades. Certains sujets ayant épuisé toutes les ressources de la pharmacopée désensibilisatrice, présentant par ailleurs un petit état nerveux conjoint, étaient conduits à une guérison spectaculaire par des sédatifs.

Mais même dans de tels cas, où l'accès allergique entre dans le cadre du comportement émotionnel, s'y substituant ou s'y associant, on sent bien que le problème n'est pas atteint dans sa profondeur. D'abord parce qu'une telle vue des choses nous amène au niveau de l'arc réflexe, ce qui peut suffire sur le plan pragmatique mais laisse le désir de connaissance inassouvi. Ensuite et surtout, parce que ces stimuli émotionnels ne sont pas efficaces chez tout le monde, que bien souvent la cause échappe ou n'existe pas, ou qu'en fin de compte elle n'a de valeur que pour l'individu propre. Nous passons, à ce moment-là, de l'émotion, phénomène général, à l'émotion du sujet, phénomène particulier, individuel et comparable à aucun autre.

2 / *C'est pourquoi les recherches* se sont orientées vers l'essai d'une définition d'un type de personnalité propre à ces patients. C'est là un degré profond, qui consiste à chercher si certains types de personnalité ne sont pas plus sensibles que d'autres à l'allergie. Cette démarche a été ouverte par les travaux de Dunbar, dont la théorie est précisément celle du destin psychosomatique dépendant du type de caractère ; plus précisément on a essayé de définir des critères de personnalités selon des bases cliniques et psychotechniques.

Sur le plan clinique certains auteurs comme Leigh ont étudié la personnalité des asthmatiques en comparant entre eux : un groupe d'asthmatiques soignés par un médecin généraliste, un groupe d'asthmatiques dépendant d'un hôpital psychiatrique, un groupe de névrosés, un groupe de sujets normaux. Chaque groupe était subdivisé selon le sexe en deux sous-groupes soumis à un questionnaire qui permettait d'évaluer l'inadaptation, la dépression, l'anxiété, la colère, l'hyperémotivité. Parmi les hommes, les asthmatiques suivis par le médecin généraliste se montrèrent différents des névrosés, tandis que ceux dépendant de l'hôpital psychiatrique n'étaient différents des névrosés que parce qu'ils étaient moins émotifs.

Parmi les femmes, ces deux groupes d'asthmatiques ne révèlent pas de différence significative. Mais les asthmatiques de l'hôpital psychiatrique se rapprochent plus du groupe des névrosés que les asthmatiques suivis par un médecin généraliste.

Linfort et Rees ont étudié la personnalité et les antécédents de 762 sujets dont 441 souffraient d'asthme allergique et 321 servaient de groupe de contrôle : certains types de personnalité non spécifique se retrouvent plus fréquemment parmi les parents des asthmatiques que parmi ceux du groupe de contrôle. Pareillement, certains types de personnalité non spécifique sont associés à l'asthme et chez ces patients apparaissent, plus fréquemment chez les asthmatiques que chez les contrôles, les signes suivants : hyperanxiété, timidité, hypersensibilité et traits obsessionnels marqués. Ces auteurs ont montré là encore que les émotions précipitent la crise chez un nombre important de leurs malades ; toutes les variétés de tension émotive peuvent en être responsables, depuis l'excitation agréable jusqu'à l'anxiété et la dépression. Mais plus encore que l'émotion, c'est la suppression ou l'expression inadéquate d'une émotion qui est susceptible de déclencher une crise d'asthme.

Gendrot, qui a conduit une étude psychologique portant sur 112 cas d'asthme, en conclut que parmi les multiples facteurs psycho-émotionnels déclenchant la crise, il existe certains éléments plus constants : insécurité vitale et prolongée, sommation de soucis et frustration matérielle ou professionnelle réelle, émotion intense, rétention pulsionnelle sexuelle et agressive, abandons et chagrins réels. Decker et Grain trouvent que les exemples d'émotion provoquant une crise d'asthme ne suffisent pas à constituer une preuve de l'étiologie des crises. Essayant d'étudier de telles crises d'asthmes dites psychogéniques dans les conditions de laboratoires, ils pratiquèrent des tests cutanés et respiratoires chez douze malades et les soumirent à des stimuli psychologiques choisis d'après leur *curriculum vitae*. Les tests respiratoires consistaient en une mensuration de la capacité vitale (ils étaient considérés comme positifs lorsque la capacité vitale était réduite de plus de 10 %). Six patients ne réagirent pas quand ils furent exposés aux conditions artificielles des situations et trois eurent de franches crises et une diminution transitoire de la capacité vitale accompagnée de signes mineurs de l'asthme ; trois autres eurent de légères crises et sans diminution considérable de la capacité vitale. Ces auteurs considèrent les crises décrites comme très psychogéniques. Dans le cas de six malades qui ne répondirent pas au test provocateur, les stimuli n'étaient probablement pas assez proches des situations originales décrites.

Clarcke a étudié l'importance des problèmes caractériels chez l'enfant allergique. Les troubles observés étaient de nature très variable et il semble que pour la plupart ils se soient améliorés après le traitement de l'allergie.

De notre côté, une recherche effectuée avec Charpin et Planson, portant sur l'examen de cinquante malades asthmatiques allergiques, ne nous a apporté aucune précision quant à leur structure différentielle possible.

Sur le plan psychotechnique de très nombreux tests ont été effectués pour essayer de mettre en évidence de façon plus précise certains caractères spécifiques de la personnalité : tests projectifs, inventaires de la personnalité ou autre, mais leurs conclusions ne semblent pas avoir apporté beaucoup de résultats positifs.

C'est ainsi que Kraft et Blumenthal ont utilisé de nombreux tests en batterie, comme l'inventaire de Minnesota ou le Bell Adjustement Inventory.

Fitsell de son côté a soumis à de multiples tests cent mères d'asthmatiques et cent mères témoins dans le but de retrouver les traits caractériels familiaux particuliers. Les résultats de ces divers tests montrent qu'il n'existe pas de traits caractéristiques chez ces familles étudiées.

Toutes ces recherches, qu'elles soient cliniques ou fondées sur les tests n'ont finalement pas fait ressortir un caractère spécifique à la personnalité des asthmatiques. On peut dire que certains de ces patients ont une structure obsessionnelle, d'autres une structure hystérique, d'autres encore les deux associées ; certains sont des névrosés, d'autres n'ont que des traits névrotiques ; et en fin de compte, lorsque l'on trouve quelques traits particuliers, il ne semble pas qu'ils soient spécifiques.

3 / Si donc les recherches ne nous ont pas apporté grand-chose dans la compréhension de la maladie allergique, après l'émotion, après la personnalité fondamentale, la spécificité a été recherchée plus loin, en essayant de pointer un conflit infantile particulier.

Tout commence historiquement avec l'œuvre d'Alexander qui, en 1941, avec French et Ben Rappaport, met en valeur les facteurs psychiques de l'asthme bronchique. Dès cette date, ces auteurs définissent les fondements d'une psychodynamique des états allergiques de l'asthme en particulier, fondements qu'ils résument en dix points essentiels.

1 La séparation de la mère est le problème émotionnel central.
2 La crise d'asthme a valeur d'un cri refoulé vers la mère.
3 Les mères des personnes asthmatiques sont souvent de type « rejetant ».
4 Quelques mères de personnes asthmatiques s'énorgueillissent beaucoup de l'indépendance précoce de l'enfant.
5 La respiration du nouveau-né représente le premier pas vers une indépendance biologique de l'enfant vis-à-vis de sa mère.
6 L'asthme apparaît souvent dans la première enfance.
7 Les pulsions sexuelles paraissent être significatives dans le déclenchement des attaques.
8 Plusieurs personnes asthmatiques ont des difficultés pour se décider à se marier.
9 Après que les allergiques ont surmonté avec succès leurs conflits émotionnels dus à leur émancipation vis-à-vis de leur mère ou d'une figure maternelle, ils deviennent plus résistants aux allergènes.
10 Le seuil de sensibilité allergique dépend de l'état émotionnel du malade.

Par la suite Alexander a défendu une théorie mixte, à la fois organique et psychodynamique et sa dernière conception peut se résumer à ceci : plus il existe de facteurs psychogènes, moins les facteurs organiques sont nécessaires, et *vice versa*. Cette théorie n'apporte pas grande nouveauté et il semble que ce soit sur la plan de la dépendance vis-à-vis de la mère qu'Alexander ait dit les choses les plus vraies. Quant à l'aspect symbolique de la crise allergique, Alexander y est revenu par la suite comme il le note dans une observation où l'asthme apparaît chez une femme âgée au moment où elle perd progressivement les objets qui l'entourent, derniers liens symboliques avec une mère absente pendant son enfance.

A partir des idées d'Alexander, un certain nombre de points essentiels ont été mis en valeur que nous énumérerons :

a - Dépendance de la mère. — Ce thème était connu depuis fort longtemps et de nombreux auteurs l'avaient exposé, mais on le trouve surtout parfaitement développé dans les travaux de Miller et Baruch. Pour ces auteurs, le point de départ le plus important est le fait que la mère rejette l'enfant. Bien sûr, ce rejet peut être évident ou caché par des attitudes de surcompensation affective, ce qui rend d'ailleurs les études statistiques difficiles. On comprend alors qu'il soit peu aisé de stigmatiser la différence entre le désir et la demande, et que finalement ce qu'on appelle « rejet » n'en est pas toujours un. Toujours est-il que ce rejet étant posé, entraîne chez l'enfant d'abord un besoin d'amour qui reste perpétuellement inassouvi ; survient ensuite la peur constante qu'éprouve l'enfant de perdre sa mère et enfin l'agressivité que ressent le même enfant mais qu'il ne peut exprimer parce que, s'il l'exprimait, il risquerait, plus encore, de perdre sa mère. C'est à l'acmé de ce conflit que la crise se produit et cette crise est un véritable appel au secours qui n'a pu être verbalisé. L'étude des parents de ces enfants montre des phénomènes importants dont le premier est que la mère a, en général, elle-même été rejetée. En somme il s'agit là de transmission héréditaire, non génétique, d'une situation affective semblable. Quant au père, s'il joue un rôle, c'est par son inexistence et par son incapacité à assumer une fonction virile.

Poursuivant leurs études, ces auteurs ont montré que les allergiques avaient certains facteurs psychologiques communs. Pour eux, l'enfant allergique apparaît dans une famille alors que la mère ne le désire pas ou que son désir est ambivalent. Comme l'écrivent Miller et Baruch [178] :

> *« Parfois d'ailleurs, il faut reconnaître que l'opposé est vrai : elle désire un enfant dans la mesure de ses fantasmes, des satisfactions qu'il apportera. Des désappointements et autres sentiments surviennent et dictent sa conduite à l'égard de l'enfant. Une séparation émotionnelle est créée que l'enfant traduit par un rejet. De tels sentiments de faillite entraînent une autre sorte de sentiments ; aucun humain ne peut supporter de telles privations sans colère. L'hostilité à l'égard de la personne ou des personnes qui semblent refuser ce qu'il désire jaillit chez l'enfant. Il souhaite se renfermer, mais il craint tellement le rejet qu'il n'ose risquer sa colère qui peut entraîner un plus grand rejet. Il existe un blocage des sentiments hostiles. L'enfant les maintient à l'intérieur de lui-même, mais leur stress demande une résolution. Cette résolution, il la prend en tournant son hostilité vers l'intérieur, contre lui. »*

Une autre étude portant sur quatre-vingt-dix enfants allergiques et cinquante-trois enfants non allergiques a montré que l'hostilité extériorisée était le mode d'expression le plus commun chez les enfants non allergiques, alors que les enfants allergiques s'utilisaient plus communément comme cible.

b - Importance de l'état émotionnel. — L'état émotionnel spécifique du conflit dans lequel se trouve le sujet allergique a été étudié d'abord par Kaufman [137] à propos des allergies alimentaires. Cet auteur s'est intéressé à la signification que pouvaient revêtir certaines nourritures chez l'enfant ; en effet :

> *« La nourriture est associée symboliquement à diverses significations émotionnelles très tôt dans la vie, si bien que pour chaque individu un aliment est associé à une émotion. Les réactions psychogènes à la nourriture comprennent l'angoisse, la culpabilité, la dépression, l'hostilité, les attitudes de dépendance passives, l'euphorie. La somatisation la plus commune de ces réactions psychologiques à la nourriture se fait alors dans le tube digestif sous forme de nausées, de vomissements, de malaises, de crampes. »*

Kaufman a étudié aussi les céphalées allergiques qui apparaissent chez des personnalités de divers types mais dans l'ensemble toujours très intolérants aux effets frustrants d'un stress imprévisible. Souvent ces malades voient se développer des réactions de défense qui accroissent leur surtention émotionnelle et favorisent la production de céphalées psychogènes. Kraft a observé de son côté des phénomènes émotionnels semblables, mais chez des urticariens ou des asthmatiques. Chez les urticariens, il a utilisé surtout des tests qui lui permettent de conclure que l'urticaire chronique représente lui aussi la somatisation d'un cri réprimé de dépendance frustrée. Quant à la relation précise entre l'émotion et la crise, Kraft a rapporté cinq observations de malades morts au cours d'un accès, travail qu'il a intitulé *Suicide par l'asthme*. Ces cinq malades avaient tous des troubles importants de la personnalité, en particulier une agressivité excessive mais qu'ils n'avaient pu exprimer. Leurs deux caractères principaux étaient un sentiment de dépendance très ancien mais avec une incapacité à se lier à autrui de façon satisfaisante. Comme le dit Kraft [141] ces caractéristiques reflétaient les premières réactions de la mère qui présentait, de façon alternante, une surprotection et une compétition hostile, comportement qui finalement bloquait toutes les tentatives de l'enfant dans son désir de se rapprocher d'elle. Chez ces malades, le moindre stress était perçu comme une attaque narcissique. L'apparence émotionnelle ne pouvait plus être maintenue et, en raison de la rigidité de la personnalité, même le « moi » ne pouvait régresser. La seule issue était l'asthme, crise par laquelle ces malades obtenaient l'amour sous la forme d'attention physique et de soins. En même temps, ils utilisaient la maladie comme un moyen primitif pour exprimer leur hostilité. Mais ces deux satisfactions entraînaient à leur tour une culpabilité et un besoin d'autopunition. Avec Bennet, Kraft a montré aussi que, chez des individus souffrant de conflits névrotiques, l'expression normale de certaines émotions est bloquée à cause de la répression et de l'inhibition provenant d'une tension émotionnelle chronique. Celle-ci entraîne des troubles du système neurovégétatif.

Hinnmam a insisté sur l'influence des émotions chez de tels malades, émotions qui peuvent être la cause, ou la conséquence, ou les deux à la fois. Cet auteur montre la nécessité de connaître le niveau de maturité du malade. Danilovic, Nicolic, Devererski mettent en valeur l'importance des émotions, mais dans la mesure où elles sont aussi associées à d'autres facteurs déclenchants.

Pour Crockett enfin, le rôle de l'émotion serait plus important chez la femme que chez l'homme (statistique portant sur 819 malades).

En réalité on retrouve là ce que Mohr, Gérard et Ross avaient signalé :

> « *Les mères d'enfants asthmatiques sont très narcissiques, ambitieuses pour elles-mêmes et pour leurs enfants. Ce ne sont pas des femmes particulièrement maternelles et elles ont des attitudes ambivalentes ou rejetantes envers l'enfant. Leurs attitudes positives envers leurs enfants n'apparaissent qu'au service de gratification narcissique. Les pères sont passifs et ne s'intéressent pas aux activités de l'enfant.* »

c - C'est en fait après les travaux de Bouvet que la recherche psychanalytique a pris son véritable sens avec les travaux fondamentaux de Pierre Marty dont l'entrée si l'on peut dire dans la recherche psychosomatique s'est faite à partir de l'allergie [159]. Nous reviendrons plus loin sur les théories de Marty pour nous arrêter ici à ce qu'il a décrit chez des allergiques (asthme, eczéma, urticaire, coryza, migraine) à partir de remarques faites sur des malades en cure psychanalytique pour d'autres raisons, le développement ultérieur de l'allergie vient souvent confirmer le diagnostic. Comme l'écrit P. Marty :

> « *On peut faire un diagnostic d'allergie sur l'existence seule de la relation d'objet caractéristique, même sans la connaissance des accidents somatiques spécifiques. La relation entre l'hystérie et l'allergie est ainsi posée : l'hysté-*

rique évite l'objet, l'obsédé s'en tient à distance ; l'allergique n'a qu'un désir unique et capital : se rapprocher le plus possible de l'objet jusqu'à se confondre avec lui. »

Il y a deux mouvements dans lesquels le sujet est activement engagé : le premier consiste en la saisie de l'objet, le deuxième en l'aménagement de cet objet. Le sujet et l'objet ne font alors qu'un, par un mécanisme d'identification. Il y a aussi une domination des fixations prégénitales chez les allergiques et ces fixations entraînent évidemment quelques modifications à la forme pure qui est décrite. En effet :

« *La fusion ne peut s'accomplir que dans certaines limites convenables pour l'idéal du sujet... Les objets devant répondre aux exigences de la névrose caractérielle qui ne manque pas d'accompagner les états allergiques.* »

La régression modifie aussi la relation d'objet en particulier dans deux cas assez spécifiques de la relation allergique : le premier événement se produit lorsqu'un objet déjà investi révèle brusquement une qualité propre nouvelle, qui se situe au-delà des possibilités plastiques d'identification du sujet ; le deuxième événement déclenchant la régression survient lorsque se déclarent des incompatibilités majeures entre deux objets également investis. Cette régression de l'allergie peut aller jusqu'à des symptômes de dépersonnalisation où apparaissent des épisodes d'allure psychotique :

« *Le symptôme somatique dont la venue retarde l'écartèlement de l'allergie ne doit pas être seulement considéré comme un objet intérieur banal, un objet de secours..., il doit être estimé à son propre niveau, plus archaïque, fondamental chez l'allergique, le niveau humoral... La défense humorale est substitutive du système de relation d'objet dans la régression de l'allergique. Ce qui implique un niveau de fixation très archaïque prénatal. Le système de relation d'objet des allergiques situe peut-être ses racines au même niveau de fixation.* »

A propos du diagnostic, Marty pose encore nettement la différence entre la relation d'objet et de l'allergique et de l'hystérique :

« *Il n'y a jamais de recul de l'allergique devant un objet passif, alors que, devant le même objet passif, l'hystérique recule en raison de la projection du mauvais objet.* » De plus « *l'allergique réagira presque toujours favorablement à un mouvement de rapprochement de l'analyste, ce qui n'est pas le cas pour l'hystérique.* »

d - Nous ne serions pas complets si au-delà des théories psychogènes ou organogènes, nous ne citions pas certains auteurs qui ont une conception plus totale de la maladie dans laquelle l'opposition psychosomatique n'existe plus. Ces théories de nature phénoménologique (Weizsacker, Mistcherlich, Minkowski) trouvent leur fondement critique dans un texte comme celui de Mistcherlich [182] que nous avons rapporté plus haut. Sans nous étendre sur cette acception de la maladie psychosomatique qui met en jeu la personne dans son entier et dans la répétition présentifiée de son histoire, nous rappellerons seulement que sur le plan précis des maladies allergiques, Stockvis en conclut que la susceptibilité allergique est à la fois primitivement allergique et primitivement psychique et Groen défend des positions à peu près similaires.

Il faut bien reconnaître que si l'on excepte la théorie de Marty qui donne de l'allergie une des clés psychanalytiques possibles, toutes ces autres recherches, quel qu'en soit le poids, n'ont pas laissé de marque fondamentale au dossier psychosomatique et à l'essai de sa définition à propos des maladies allergiques.

Que l'émotion joue un rôle, cela est certain mais nullement explicable ; que le sujet ait une personnalité spécifique, cela est très peu vraisemblable si l'on excepte des mécanismes de défense et de relation d'objet particulier ; que les relations infantiles soient déterminantes, dans l'histoire ou dans l'après-coup, cela est certain mais on ne peut dire qu'il y ait là quelque originalité.

Ainsi lorsque nous reprenons les critères d'un noyau familial : une mère qui rejette son enfant et qui le surcouve par compensation, un père inexistant, cela est tout autant le milieu familial d'un schizophrène ou de certains névrotiques.

Une conception a pu être, un temps, satisfaisante, celle d'Alexander et Fromm [8] : à un moment de la vie de l'enfant, très tôt dans la situation familiale telle que nous l'avons décrite avec une mère du type rejetant et un père inexistant, se produit une atteinte organique passagère. La simultanéité des deux facteurs, de l'événement organique et du conflit familial, peut faire localiser sur tel organe l'expression du conflit. Ainsi plus tard, comme par un mécanisme de conditionnement, chaque fois que le sujet se retrouvera dans la même situation, il réagira par le symptôme acquis très tôt. En somme si l'on en reste à ce niveau, la valeur symbolique de la maladie est acquise par conditionnement.

Mais ce faisant, on opère un glissement dangereux qui fait se confondre la valeur symbolique d'un symptôme et l'éventuelle valeur symbolique d'un syndrome. On peut en effet très bien admettre que, par le mécanisme qu'a décrit Alexander, la diarrhée soit une expression signifiant l'hostilité ; que la toux soit, comme chez Dora, le désir d'être comme le père ; que l'urticaire soit un appel à la caresse maternelle refusée. Mais tout ceci n'explique que le symptôme. Or, l'asthme ne se résume pas à la toux, l'urticaire à la manifestation cutanée, la colite à la diarrhée. Si l'on en restait sur ce simple plan, on serait obligé d'en conclure qu'il n'y a pas de différence entre l'hystérie et la psychosomatique, en ce sens que l'une utilise le langage corporel de relation, l'autre le langage viscéral qui devient à son tour relationnel (Valabrega).

Mais en médecine psychosomatique et pour l'allergie plus précisément, il s'agit, a-t-on dit, de maladie, c'est-à-dire de bien autre chose que de l'association de quelques symptômes. Comment alors comprendre et la seule explication valable serait alors celle de Marty nous disant que la relation allergique s'établit telle parce qu'elle se fait très tôt, dans le ventre de la mère.

Tout devient ainsi beaucoup moins clair mais nous sommes peut-être maintenant mieux à même de comprendre cette complexité si nous prenons pour exemple un des éléments que la plupart des psychosomaticiens ont mis au centre de leurs recherches sur l'allergie : c'est la notion de rejet maternel.

Abramson la dénomme complexe de Cronos ; Newel la définit comme « situation où la naissance de l'enfant n'était pas désirée par la mère » ; Figge écrit qu'une mère rejetante est celle dont le comportement envers l'enfant est tel qu'elle a un désir conscient ou inconscient de s'en libérer et le considère comme un fardeau. Soulé et Sakellaropoulos ont dit aussi à ce propos : « Qu'à côté de l'incompatibilité sur le plan sérologique existe un rejet psychique de la part de la mère... L'enfant qui vit ce type de relation y répondra par un mode de réaction somatique d'allergie analogue à celui qu'il a vécu à la période la plus archaïque. »

Mais décrire ou nommer n'est pas suffisant pour entendre car un tel concept comporte toute une série d'attitudes aux sens à chaque fois multiples. Que le rejet soit visible, simplement vécu, ou au contraire caché derrière le paravent d'une surcompensation, il faut reconnaître que ce ne sont pas les tests ni les entretiens superficiels qui peuvent nous permettre de le qualifier.

Ensuite, en admettant même que ce rejet soit un élément de valeur, il faut remarquer qu'on le trouve tout autant dans des maladies qui n'ont rien à faire avec des maladies allergiques. De plus, même lorsque ce rejet existe, il existe dès le début, dès avant la naissance même, et fixer une date dans le développement où ce rejet a plus d'importance reste une illusion.

Enfin, si l'on veut étudier de plus près ce que peut être le rejet, nous pouvons le différencier en deux aspects : le rejet est en effet à la fois une attitude et un désir.

L'Attitude c'est encore ce que nous connaissons le mieux, mais là nous savons que, dans son objectivation cette attitude rejetante peut se stigmatiser au minimum par la main pendante des mères cinématographiées par Spitz, au maximum par la mise en pension définitive ou l'abandon réel. A l'inverse, nous savons tout autant que la main de la mère qui tient l'enfant serré par peur qu'il s'en aille, est peut-être une main dont le dessein n'est pas pur.

Le Désir lui, bien que plus difficile à approcher, est un terrain plus solide même si là encore, nous retrouvons les mêmes difficultés, les mêmes ambivalences. Le désir du rejet accompli à l'état pur, c'est l'avortement provoqué et encore n'en avons-nous là qu'une des traductions immédiates. Au-delà nous ne savons plus très bien dans l'ambivalence fondamentale ce qui peut prédominer d'un désir positif ou d'un désir négatif. De plus, on peut dire que cette même ambivalence, nous la retrouvons chez toutes les femmes, chez toutes les mères. En somme il est impossible de comprendre le sens du rejet à partir d'un symptôme : par exemple, quand une mère refuse d'allaiter, cela veut certes dire quelque chose mais cela n'exprime bien évidemment pas toujours le même désir.

III / *LA FATIGUE*

Le pancréas a été pour nous un exemple de recherche psychosomatique démonstratif dans la mesure où l'objet y est totalement interne et en temps normal totalement silencieux, absolument inconnu du sujet. Nous avons ensuite choisi l'allergie comme autre exemple, pour des raisons totalement inverses mais tout aussi démonstratives dans la mesure où elle met en cause un dedans, un dehors et un lien entre les deux. La fatigue sera notre troisième exemple de recherches psychosomatiques dans la mesure où elle oscille quant à sa genèse et dans son expression entre une totale subjectivité affective et une très grande réalité organique.

On remarquera d'abord que malgré la facilité avec laquelle les gens se plaignent d'être fatigués, ils viennent cependant rarement consulter pour ce seul symptôme ; la plupart du temps, ce n'est là qu'un signe parmi d'autres dans le tableau clinique, et son isolement pose des difficultés d'approches certaines ; dans le cabinet de l'analyste en tout cas, il est très exceptionnel qu'un malade vienne se présenter pour guérir de sensation de fatigue, et de cela seulement. Presque toujours le tableau dominant est celui de la dépression, mais nous verrons tout à l'heure que dépression et fatigue ne doivent pas précisément être accolés ; il existe dans les états dépressifs une fatigue, mais celle-là appartient en propre à la névrose ; il existe par ailleurs une fatigue pratiquement isolée, et celle-là est la seule qui nous intéresse ici. Une autre prémice doit être posée, pour nous éviter par la suite d'entrer dans une discussion stérile, qui a pour thème la différence possible entre la fatigue normale et la fatigue pathologique. En dehors des cas extrêmes où l'opposition est évidente à tous, il y a tous les cas limites pour lesquels la distinction est impossible, et semble même répondre à une erreur méthodologique. C'est la même distinction que l'on retrouve entre psychologie normale et psychologie pathologique, le problème-impasse d'une définition de la normalité. La fatigue, disons-le d'emblée, est une manifestation qui peut s'intégrer dans le cadre d'une psychologie normale ou d'une psychologie pathologique, et qu'on peut étudier en elle-même, parce que, au fond, il s'agit là sans doute de la même chose.

La clinique, si l'on se contente de rester à un niveau superficiel, nous permet déjà de comprendre une partie du sens que l'on peut accorder à la fatigue, disons plus exactement à l'homme fatigué. On peut différencier deux aspects qui, sous l'angle de la psychopathologie, nous permettront de mieux comprendre le problème : la fatigue a des caractères subjectifs bien spécifiques ; elle a par ailleurs une valeur relationnelle à autrui dont nous aurons à élucider les caractères.

1 / D'un point de vue subjectif, quant au vécu même de la fatigue cet état peut être caractérisé par les composantes suivantes :

— C'est d'abord, au niveau de l'éprouvé, par un manque d'énergie à la fois physique et psychique, que la fatigue se fait sentir. Nous savons ce que ce mot d'énergie cache d'ignorance ; disons seulement que c'est ainsi que nous vivons cet état que le langage courant peut appeler « manque de ressort », « manque d'appétit ». Appétit ou ressort, il s'agit bien là de quelque chose d'énergétique en ce sens que cet état est vécu comme tel.

— Cette fatigue s'accompagne toujours d'une sensation cénesthésique, le sujet fatigué sent son corps mais d'une façon qui n'est pas forcément douloureuse ; elle est même parfois agréable et l'on connaît les saines fatigues qui précisément s'accompagnent d'un sentiment de complétude où l'on a véritablement la sensation d'être dans son corps.

— Cette sensation est diffuse, ce qui est extrêmement important. On n'est pas fatigué d'un organe, voire d'une fonction ; on est fatigué dans la totalité de son corps et de son esprit. Il n'y a pas d'objet interne choisi, tout est au même niveau et dans cette cénesthésie dont nous parlions, la sensation touche tout l'organisme. Il y a là un aspect très important, car rares sont les états où le corps est ressenti dans sa totalité, avec une teinte agréable. En dehors de la fatigue et de certains états extatiques, il n'y a guère qu'après l'acte sexuel que la même sensation peut être retrouvée.

— C'est enfin, et toujours subjectivement, une sensation parfois diffuse quant à son but, mais ceci est l'exception ; beaucoup plus souvent la fatigue n'existe qu'en fonction de la chose à faire. On est fatigué devant telle tâche mais par contre cette sensation de fatigue disparaît très souvent pour une tâche différente. Nous connaissons tous cette possibilité de nous défatiguer des activités intellectuelles en jouant au bridge, en faisant des mots croisés complexes, voire pour certains même en résolvant des problèmes de haute mathématique. Le même phénomène se retrouve sur le plan physique et tel manuel surmené par son travail se défatiguera lui aussi en bêchant son jardin. Voulant dire par ces deux exemples que le délassement ne vient pas précisément du passage d'une activité à une autre, de l'intellectuelle à la physique, par exemple.

Manque d'énergie, sensation diffuse de son propre corps, parfois même agréable, tenant compte de la tâche à effectuer, ceci est un des aspects subjectifs importants de la fatigue.

La fatigue apparaît aussi dans son contexte social, et plus précisément dans les relations qu'elle permet d'établir entre le sujet et son entourage. Que la fatigue soit un refuge cela est évident pour un bon nombre de cas ; que le sujet en tire un bénéfice simple qui lui permet d'échapper aux contraintes de l'entourage, plus même, à se faire aimer d'une façon toute particulière, cela est tout aussi évident. Sur ce point la fatigue a les mêmes caractères que n'importe quel autre type de maladie. Elle s'en distingue cependant par un élément qui nous paraît essentiel : la fatigue, exprimée en fin de compte comme moyen bénéfique, n'est jamais anxiogène. Etre malade cela met en cause une tension anxieuse sur la question : de quelle maladie s'agit-il ? Avec la fatigue, il n'y a pas de telles questions et le sens commun peut faire la différence : il est fatigué, il n'est pas malade ; on sait que ça passera et il n'y a pas de problèmes particuliers qui peuvent être mis en cause. En somme, le climat amené par l'état de fatigue est un climat apaisant et apaisé ; les problèmes du moment sont suspendus, les conflits mis entre parenthèses sans pour autant que l'inquiétude surgisse, elle-même génératrice d'autres conflits.

Le premier aspect de la fatigue, quant à son éprouvé et quant à sa fonction relationnelle, nous permet donc de différencier l'état de fatigue de l'état de maladie.

On peut aller plus loin dans la différenciation et opposer fatigue et dépression. Ce qui n'est pas un problème simple car, d'une part, sur le plan du symptôme, les deux états peuvent se mêler, d'autre part, sur le plan nosographique, il existe plusieurs sortes de dépression. Au plus simple, la fatigue dont nous parlons peut aisément être séparée de la dépression mélancolique ; dans ce dernier cas ce qui domine, c'est le désintérêt dont nous savons qu'il est absolu et généralisé (le mot « distraction » n'a pas de sens pour la mélancolie, alors qu'il est un des traitements de la fatigue banale). Pour ce qui en est des dépressions de structure névrotique, les points de contact ou de séparation sont plus difficiles. Très souvent, la fatigue apparaît dans ces dépressions névrotiques avec les caractères que nous lui avons accordés et en propre ; mais alors cette fatigue ne devient qu'un symptôme parmi les autres, qui n'a pas plus, ni moins, de valeur que le reste du tableau de la dépression névrotique.

2 / Tournons-nous maintenant vers le deuxième aspect de notre problème, aspect psychanalytique. Certes nous répéterons qu'il est rare qu'un malade vienne se faire traiter pour une fatigue ; de plus les moments où cette fatigue apparaît chez certains névrosés, sont le plus souvent liés directement à l'état névrotique et interprétés en général comme une défense.

Il nous est arrivé, cependant, d'avoir des sujets qui sont venus nous consulter pour cela et nous avons eu, en particulier, en traitement un patient qui nous a beaucoup appris sur ce sujet.

Il s'agit d'un homme de 38 ans, extrêmement actif, apparemment du moins, marié et père de famille de quatre garçons ; industriel, fils d'industriel qui, en somme, n'a fait que reprendre l'affaire de son père. Sa vie s'est déroulée de façon monotone et assez bien dans la mesure où il était conduit par son entourage. Mais un symptôme le gênait beaucoup : une sensation de fatigue intense à certains moments de son existence, en particulier lorsqu'il avait à diriger des conseils d'administration, mais tout autant parfois devant une simple lettre à signer. Certes, la structure phobique dominait chez ce sujet, mais là n'est pas la question. Au cours d'un long traitement, non terminé d'ailleurs actuellement, ce malade nous a exposé des fantasmes extrêmement éclairants ; en particulier lorsqu'il avait cette sensation de fatigue dans des circonstances parfois banales (et que l'on pouvait interpréter au plus immédiat comme une difficulté dans l'identification au père), les choses se compliquaient sous la forme du fantasme suivant : fatigué, il arrivait à se sentir mieux en imaginant qu'il était sur le sein de sa mère et qu'elle l'allaitait.

Un autre de nos malades, marié lui aussi mais avec de fortes tendances homosexuelles, éprouvait de façon caractéristique un symptôme courant : il était fatigué de façon quasi régulière le soir au moment de se coucher lorsqu'il allait avoir des rapports avec sa femme. Là encore le fantasme lui permettait de se sortir de cette situation : dans ce cas sa fatigue disparaissait lorsque faisant l'amour avec sa femme, il avait en tête des images homosexuelles.

Dans ces deux cas, par ailleurs infiniment complexes, la fatigue apparaît à la place d'autre chose ; en ce sens, c'est un symptôme qui, à son tour, peut disparaître par une activité fantasmatique. De satisfaction orale dans un cas, de satisfaction homosexuelle dans l'autre, mais de toute manière à un niveau très libidinalement investi.

Mais on peut aller plus loin et essayer d'approfondir le lien (ou le passage) de cette activité imaginaire au symptôme de la fatigue vécu comme tel.

Trois termes semblent pouvoir orienter notre discussion à ce niveau : conversion, agression, régression.

— Peut-on dire, en effet, que la fatigue est un symptôme de conversion ? Ce qui semblerait découler de ce que nous venons de dire : d'une activité fantasmatique à un symptôme en fin de compte corporel. Il semble en réalité que, à voir les choses ainsi, on soit dans l'erreur et, à notre avis, c'est seulement par une confusion de sens que l'on peut parler de conversion. D'abord parce que, sur un plan banalement nosographique, et dans la mesure où le mécanisme de la conversion est spécifique à l'hystérie, tous les fatigués ne sont pas de structure hystérique, ce qui est une évidence. Ensuite parce que la conversion, dans son mécanisme, est toujours localisée (à une fonction), alors que dans la fatigue, il n'y a pas forcément passage dans le corps d'éléments qui ont été symbolisés, puis refoulés.

— L'agression est le deuxième terme qui nous retiendra, celui-là beaucoup plus vraisemblable. Que cette fatigue soit une manifestation agressive, cela apparaît au niveau superficiel : on se représente comme fatigué, on ennuie l'entourage. Elle se présente aussi comme l'expression beaucoup plus profonde d'une agression, mais d'une agression retournée contre le sujet et ne pouvant s'exprimer à l'extérieur. C'est d'ailleurs surtout ce type de fatigue — ou plus exactement ce mécanisme de la fatigue, dont nous pouvons voir au passage qu'elle n'est pas univoque — que l'on retrouve le plus souvent lorsque nos analysés, sur le divan, parlent de leur fatigue. La fatigue là est un peu comme le silence, ou du moins comme certains silences, dont nous savons qu'ils cachent, eux aussi, une grande possibilité d'agressivité.

— Mais c'est surtout comme une régression que la fatigue nous apparaît. Ceci est vrai de beaucoup de mécanismes névrotiques, mais c'est ici une régression particulière, en ce sens qu'elle est de style corporel diffus, c'est-à-dire replaçant le sujet à un stade très archaïque.

L'exemple de notre sujet ayant des fantasmes d'allaitement nous paraît caractéristique sur ce point, et d'autres malades sont aussi exemplaires. Il s'agit bien d'un retour à une phase extrêmement précoce du développement, à un moment où la relation maternelle est la seule vécue ; et où les situations ne peuvent être éprouvées que sur un plan physique diffus. Grâce à la fatigue, les relations orales peuvent être rétablies, sécurisantes et venant combler le manque essentiel du sujet qui, l'instant précédent, l'avait en quelque sorte déprimé. En fin de compte d'ailleurs, s'il existe une relation entre dépression et fatigue, c'est à ce niveau qu'on peut la trouver, et non au niveau nosographique superficiel.

IV / *COMMENTAIRES ET CONCLUSIONS*

Ces trois exemples qui concernent pratiquement la clinique et la dynamique de ce que l'on étudie sous le nom de psychosomatique nous conduisent aux commentaires suivants, commentaires que nous voulons succincts puisque nous en retrouverons le développement tout au long des chapitres suivants.

1 / C'est d'abord la notion même de maladie psychosomatique qui est ici à reprendre et ces trois exemples sont particulièrement démonstratifs de ce que nous avons déjà avancé dans notre introduction à savoir que l'étiquette nosographique propre à une maladie est une étiquette destinée à la science médicale et qu'elle n'a plus grand-chose à faire avec ce qui se passe dans le lieu quotidien de la pratique analy-

tique lorsque nous sommes affrontés à des patients présentant des troubles psychiques.

2 / La recherche d'une spécificité, et quel que soit le niveau où on tente de la trouver, ne relève véritablement que de la pure hypothèse. Nous l'avons déjà dit à propos de l'asthme, et cela s'avère tout aussi vrai à propos des deux autres syndromes que nous avons exposés ci-dessus.

3 / Le seul élément dont on perçoive la présence et sur lequel nous insisterons beaucoup plus par ailleurs, c'est la préoccupation de l'analyste. En effet la question fondamentale du psychosomaticien qu'elle apparaisse clairement ou non et quelle que soit sa position théorique est de chercher à préciser où il se situe lui-même dans cette relation particulièrement inhabituelle qu'est l'analyse d'un patient porteur d'une maladie dite organique.

Devant cette inquiétude nous pouvons retrouver à travers les écrits de chacun, les diverses façons que nous avons tous de résoudre les inconnus : pour certains la formule est trouvée et le « c'est ainsi parce que » est placé en évidence, comme la cause essentielle sinon unique ; pour d'autres la formule est plus ambiguë mais on perçoit qu'il s'agit là d'une position d'attente et que l'espoir, sinon la certitude, est que bientôt, en continuant de telles recherches on aboutira à la levée du secret ; d'autres enfin restent dans le doute, l'incertitude, l'ambivalence.

Parler des autres ici c'est évidemment tout autant parler de soi et tout au long de nos recherches, dans notre propre cheminement, nous avons utilisé ces divers modes explicatifs de façon diverse, n'échappant pas ainsi à la manière d'être que nous décrivons de façon critique.

4 / C'est à ce stade de nos remarques qu'apparaît au mieux pour l'avoir vécu soi-même de si près, que toutes ces théorisations ne sont en fait que des mécanismes de défense contre ce qui, en nous, répugne à appréhender un certain type de relation où le corps est tout entier présent et indissociable de celui qui, forcément, nous parle aussi par sa bouche.

La théorie avons-nous écrit par ailleurs, n'est le plus souvent qu'un mécanisme de défense ; et ici plus encore cette idée se confirme. Pratiquement cela revient à dire que la description des maladies organiques envisagées sur le plan psychosomatique tel que nous l'avons présenté, est un moyen d'éviter dans l'analyse tout ce qui appartient à notre contre-transfert ; et que c'est précisément ce lien transfert - contre-transfert, son étude, la recherche de quelque originalité éventuelle chez ce type de patient qui doit nous permettre de mieux y entendre.

3

Psychose et psychosomatique

Notre démarche est ici fondée sur le lien que fait apparaître la clinique entre les symptômes somatiques plus ou moins systématisés et les états psychotiques dissociatifs ou d'autres sortes. Depuis longtemps en effet on avait remarqué que très souvent un sujet présentant des troubles psychiques graves voyait ceux-ci céder au moment où surgissait un état psychosomatique, l'inverse étant aussi repérable. Une telle constatation, au-delà des implications cliniques qu'elle entraîne, a une autre conséquence bien plus importante : sans être bien ici une preuve, elle plaide en faveur de l'existence d'une marque corporelle dont l'empreinte se fait dans l'enfance.

Nous avons été parmi les premiers à pointer ce fait et, pour illustrer cet exposé par des cas cliniques, nous prendrons comme exemple la rectocolite hémorragique et les balancements que l'on peut observer sur des sujets dont le syndrome organique cesse, au moment où apparaît la psychose. Les travaux déjà anciens de Daniel [52], Karush [135], Flournoy [92] et Engel [73], les nôtres par la suite sont dans ce sens tout à fait caractéristiques comme en témoignent les deux vignettes cliniques que nous résumons rapidement.

Le premier patient R... est un homme âgé de 43 ans, lorsque nous le voyons pour la première fois. Ses troubles digestifs graves ont commencé deux ans auparavant sous forme de selles sanglantes et le diagnostic a été rapidement porté par les gastro-entérologues. Cette première poussée cède sous thérapie purement médicamenteuse, mais apparaissent rapidement des troubles du comportement avec une humeur dépressive, ainsi que des ruminations mélancoliques centrées sur son divorce et sur son métier dont il n'a que des échecs. La deuxième dépression disparaît à son tour, au moment précis où survient une deuxième poussée de RCH grave et c'est alors que R... nous est adressé. Parallèlement au traitement médicamenteux, une psychothérapie est mise en train dont on ne peut dire qu'elle soit allée très loin, R... se réfugiant dans des litanies à nouveau dépressives. Puis assez rapidement le syndrome digestif disparaît et s'installe un état d'excitation pseudo-maniaque intense qui nécessite le placement en milieu psychiatrique. Nous pouvons ajouter maintenant à cette observation publiée il y a longtemps que ce patient n'a plus présenté de syndrome organique mais s'est comporté comme un état limite avec des décompensations dépressives importantes.

Le second patient, suivi aussi il y a de très nombreuses années, âgé de 55 ans, présentait une recto-colite hémorragique qui évoluait depuis deux ans environ ; en fait ces troubles avaient débuté peu après son divorce et notre sujet exprimait facilement la douleur qu'il avait ressentie lors de la séparation. C'était alors pour lui un véritable déchirement, et cette rupture avait d'abord été suivie d'un état dépressif tout à fait caractéristique, avec asthénie physique et psychique, incapacité de travailler, désintérêt. Lorsque la recto-colite hémorragique s'était déclarée, l'équilibre nerveux avait à peu près repris sa place et, malgré les troubles digestifs intenses, notre malade avait recommencé à travailler de façon sensiblement normale. Traité par une thérapeutique médicamenteuse et une psychothérapie, la colite ulcéreuse céda, mais apparut alors un état psychotique grave, avec idées délirantes non systématisées et agitation psychomotrice, syndrome qui nécessita le placement en hôpital psychiatrique.

Déjà ces premières vignettes cliniques nous permettent de reprendre ce que nous décrivions sous un titre où les trois termes de psychosomatique, schizophrénie, langage étaient étroitement associés. Le lien entre ces trois mots, présentés successivement sous forme grammaticale qui les relie, montre qu'une simple énonciation, sans terme conjonctif donc entre chacun des concepts, a posé d'emblée le problème de l'incertitude de leur relation.

On peut en effet considérer que nous sommes, dès qu'il est introduit, au cœur du problème, à savoir qu'entre ces trois portes ouvertes, l'une sur la maladie somatique, l'autre sur la psychose, la dernière sur le monde du symbole, doit exister une articulation fondamentale : quelque chose qui appartient vraisemblablement aux trois, et que ce tiercé se mêle ou se démêle à plus ou moins grande profondeur. Mais cette implication (ce « doit exister »), même si elle est motivée par des fondements de clinique, psychanalytique, apparaît comme ayant surtout une valeur d'intuition ; et notre propos devra être d'en apprécier la validité.

On connaît depuis longtemps le lien entre la schizophrénie et la maladie psychosomatique ; et les observations sont nombreuses où le passage de l'un à l'autre de ces états est soigneusement noté. Tel ulcéreux qui, à la fin d'une poussée douloureuse, voit éclore un état délirant aigu non structuré ; tel asthmatique qui brutalement perd la raison, et ses crises allergiques par la même occasion ; tel psoriasique chez qui alternent, comme des saisons, l'affection cutanée et une bouffée délirante polymorphe. La structure de ces malades, et surtout le passage d'une maladie d'apparence physique à un état psychotique, a donné lieu à une abondante littérature qui n'a pas semble-t-il permis de mieux éclairer les choses.

Mais, et cela reste curieux à noter pour qui s'est frotté au langage, toutes ces observations ne dépassent pas en général le binôme qui en fait le fondement. Il nous a semblé qu'il y avait pourtant place ici pour un troisième terme, celui qui fait appel à la symbolique puisque, bon gré mal gré, tout ce qui touche à une quelconque sémiotique tourne obligatoirement autour de ce vecteur.

Nous avouerons ainsi que si pour nous la question fût naturellement ainsi posée, elle n'en fut pas pour autant résolue. Et ce sont surtout des incertitudes que nous allons exposer, ayant seulement pour excuse le fait que la clarté et l'évidence contiennent encore plus d'erreurs.

La clinique restant le fond de la connaissance, nous partirons d'une observation pour poser ensuite les considérations théoriques qui peuvent alors s'en dégager.

Une observation plus particulière était dès 1971 venue s'inscrire dans notre recherche. Nous avions pu en effet observer toute une famille dont les divers éléments ont présenté des troubles psychosomatiques pour les uns, psychotiques pour les autres, associés enfin chez au moins l'un des membres.

La mère, dans cette famille, est l'élément central, c'est elle que nous décrivons d'abord.

Germaine, âgée de 58 ans, couturière, présente une recto-colite hémorragique. La maladie organique a fait sa première apparition lorsque cette malade avait 25 ans environ et, depuis, elle apparaît par poussées, avec des paroxysmes où se manifestent la diarrhée sanguinolente et des algies abdominales. Les examens rectoscopiques, les divers tests ont permis de confirmer la nature précise de la maladie : après avoir pensé à une affection amibienne, très rapidement le diagnostic de colite ulcéreuse s'est imposé et a été confirmé par plusieurs spécialistes.

Nous ne nous étendrons pas sur l'aspect organique de cette malade, mais nous situerons d'abord son histoire personnelle : au point de vue familial, Germaine s'est mariée à deux reprises. Une première fois à l'âge de 18 ans, et de ce mariage elle a eu un enfant mort-né et un second actuellement âgé de 37 ans en bonne santé. Elle a divorcé trois ans après son mariage, la mésentente familiale, l'éthylisme du mari ne permettant pas la continuation de la vie commune. Après son divorce, Germaine retourne vivre avec ses parents et tout en restant dans son milieu familial se remarie quelques années après. Disons tout de suite que ce deuxième mari, lui aussi n'a pas apporté toute la paix nécessaire au ménage et que finalement il est mort quinze ans après, d'une tumeur au foie. Les enfants nés du deuxième mariage sont au nombre de sept ; mais en fait, seule est normale, parmi ces enfants, la première fille actuellement âgée de 34 ans : celle-ci n'a jamais présenté de troubles quelconques. Les trois grossesses suivantes se sont terminées par la mort (prématuré ou à quelques mois). Quant aux trois dernières grossesses, elles ont abouti à donner naissance à trois enfants dont nous allons voir le destin plus tard ; pour l'instant notons seulement que ces trois enfants sont vivants et que leur prénom est dans l'ordre : Jean, âgé de 27 ans, Maryse âgée de 26 ans et Jacques âgé de 20 ans.

Pour en terminer avec la constellation familiale de Germaine notons que son père est mort à 91 ans, qu'il n'avait jamais présenté aucun trouble, mais que par contre sa mère, bien que décédée à 82 ans, a été internée pendant une partie de sa vie pour des troubles de structure vraisemblablement paranoïaque.

Revenons à Germaine dont le caractère est parfaitement structuré. C'est une malade qui se présente avec une personnalité très nettement obsessionnelle. Elle est rigide, solide dans ses défenses, elle le dit elle-même : « J'ai beaucoup de caractère, beaucoup de volonté, j'organise tout. » A aucun moment on ne peut déceler chez cette malade une teinte anxieuse vraie. L'angoisse, elle ne sait pas en fait, ce que c'est, tout au plus passe-t-elle par certains moments où elle est, comme elle le dit « nerveuse ».

Le point intéressant à noter tout de suite est celui des rapports entre les poussées de recto-colite hémorragique et les événements importants de sa vie. C'est ainsi qu'une des premières poussées de recto-colite s'est produite au moment du divorce avec le premier mari ; que dans ces dernières années toutes les poussées sont survenues à la suite de troubles psychotiques présentés par les trois derniers enfants. Lorsque, nous le verrons plus loin, Jean a été interné, la colite ulcéreuse de la mère s'est réveillée ; lorsque Maryse a présenté une psychose puerpérale, la mère a de nouveau saigné et présenté une diarrhée douloureuse ; tout récemment enfin — et c'est ce qui nous a conduits à voir cette malade — lorsque Jacques a été placé dans un service hospitalier pour des troubles nerveux, sa mère a ressenti à nouveau les symptômes de la colite ulcéreuse. C'est précisément sur ce dernier point que nous reviendrons tout à l'heure.

Des enfants de cette malade, nous ne nous attarderons que sur les trois derniers, mais ils sont assez caractéristiques en eux-mêmes et nous avons pu les examiner de près.

Jean, âgé de 27 ans, est un malade qui est interné depuis sept ans environ pour un état de structure schizophrénique à forme délirante paranoïde. Le début de la maladie chez ce garçon jusque-là apparemment normal, s'est fait sous forme d'un état d'excitation avec un délire mystique, agitation et fugue délirante. Au cours de son internement, Jean a vu s'estomper l'excitation psychomotrice et de même, son délire mystique a revêtu une forme plus curieuse. En effet, au lieu d'être un délire de croyance en Dieu, Jean présente actuellement un délire de négation de l'existence de Dieu. Il en a toute une série de preuves toujours délirantes, disant par exemple : « On dit notre père qui êtes aux cieux, mais tout le monde sait que l'on ne peut avoir qu'un seul père, donc Dieu n'existe pas. » Ou bien sous une autre forme aussi rationalisée : « Dans la Cène, Dieu dit, mangez ceci est mon corps, les assistants n'étaient pas des cannibales et s'ils ont mangé, c'est que n'était pas le corps de Dieu. »

D'ailleurs actuellement le comportement de Jean est beaucoup plus calme, les périodes d'excitation ont dans l'ensemble disparu. Mais Jean reste désinséré, et son délire, qu'il n'exprime pas spontanément, se révèle avec facilité quand on l'interroge.

La troisième observation est celle de Maryse, âgée de 26 ans. Elle fut sensiblement normale jusqu'à l'âge de 25 ans, encore que son terrain émotionnel fût manifeste et que souvent elle fut en proie à des angoisses et à une hyperémotivité qui la gênait grandement. Mais cependant Maryse se marie vers l'âge de 24 ans, elle a un enfant à 25 ans et à ce moment-là présente un état de psychose puerpérale tout à fait caractéristique avec idées dépressives mélancoliques, périodes d'excitation, d'idée de culpabilité, de reproches, avec l'impression de ne plus être capable de s'occuper de son enfant. Cet état oblige à placer Maryse en clinique spécialisée et malgré divers traitements psychiatriques l'évolution régressive ne se fait que très lentement. Actuellement encore Maryse n'est pas redevenue entièrement normale, elle reste peu adaptée, inquiète, triste, le plus souvent sans raison.

De plus, Maryse présente un psoriasis qui a commencé à se manifester lorsque cette malade avait une dizaine d'années et qui évolue par poussées assez saisonnières, mais dans lesquelles il est difficile de retrouver un contexte affectif particulier. La seule chose que nous pouvons noter, pour l'avoir appréhendée personnellement, chez cette malade, est que ce psoriasis a pratiquement disparu pendant l'épisode psychotique, et que par contre il est reparu de façon plus intense ; depuis cet état a rétrocédé, mais incomplètement.

Le dernier enfant, enfin s'appelle Jacques, il est âgé de 20 ans et très tôt on a décelé une maladie congénitale du cœur, lésion qui donne un tableau très proche de la maladie de Roger. Cet état n'a en réalité jamais tellement gêné notre malade, mais par contre l'impression d'avoir une maladie tout à fait particulière a ancré très tôt Jacques dans la notion « d'être malade », sous-entendant par là d'être différent des autres, d'être soumis à un certain régime qu'il exagérait volontiers. Bien qu'il ait suivi à peu près normalement ses études, Jacques n'est pas arrivé à se fixer dans un travail bien précis et, depuis un an, il évolue progressivement vers un état proche de la schizophrénie.

Il se présente comme très introversé, très renfermé sur lui-même, se livrant peu, sans ami, et avec un comportement totalement apragmatique. En particulier il reste couché presque toute la journée : le moindre effort, la moindre vigilance l'inquiète, le gêne et l'oblige à ce qu'il appelle un repos, et qui, en fait, est un repliement sur lui-même.

En somme dans ce cas nous avons pu observer comment le balancement s'opérait selon une dynamique relationnelle, dans la mesure où les troubles apparaissaient de façon alternée chez les membres d'une même famille : lorsque la fille fait un état psychotique, la mère réagit par une recto-colite hémorragique ; lorsque le fils est interné, la colite ulcéreuse de la mère apparaît ; lorsque le dernier enfant présente des troubles schizoïdes, le saignement de la mère surgit à nouveau. On a vraiment ici l'impression qu'à un moment où l'équilibre familial est distordu, non supporté par un des éléments, rompu par la psychose de l'un ou de l'autre, la mère à son tour, noyau central avec ses défenses obsessionnelles, réagit dans son corps ; sans doute par ce que c'est la plus obsédée de tous, *elle ne peut s'exprimer par le langage*, et elle ne peut à son tour délirer. Si elle délire, c'est dans son corps, c'est en rejetant à son tour quelque chose. Chaque fois qu'un de ses enfants part aliéné de la maison, qu'il est rejeté en tant que psychotique, la mère à son tour réagit en tant que malade psychosomatique.

Tels sont parmi bien d'autres les exemples que la clinique nous apporte fréquemment et l'on en trouverait tout autant dans bien d'autres maladies organiques. Il existe un balancement entre troubles psychotiques et troubles psychosomatiques, cela est une constatation que chacun peut faire.

Un tel bouleversement nous a donc très tôt dans nos recherches, permis de comprendre la nature d'un lien éventuel entre une psychose, la dissociation schizophrénique en particulier et une maladie organique. De nombreux auteurs s'étaient penchés sur ce même problème, aboutissant parfois à des hypothèses curieuses dont nous rappellerons simplement la plus organiciste tant elle est démonstratrice. Ainsi S. Arieti s'était demandé si la schizophrénie ne pouvait pas être considérée en un mot comme la maladie psychosomatique du système nerveux. Cet auteur estimait que, chez le schizophrène, le stress émotionnel déborde les affects et provoque ainsi soit une désintégration des pattern neuronaux, soit une activité dysharmonieuse des pattern microscopiques spatio-temporaux au sein du système neuronal, soit encore plus simplement une altération des relations fonctionnelles normales entre cellules nerveuses. S. Arieti s'appuyait pour cela sur diverses études, en particulier celle de Feraro, et l'essentiel de sa théorie se résumait ainsi : une dissolution neurophysiologique de l'activité s'installerait essentiellement à un niveau d'organisation corticale élevée et non point par le canal du système nerveux autonome, ainsi qu'il en est généralement dans d'autres sphères de la médecine psychosomatique. En somme, envisagée ainsi, la schizophrénie serait la maladie psychosomatique du système nerveux, le système nerveux central étant à la fois le système récepteur et le système qui est perturbé en lui-même.

Parallèlement à cette démarche organiciste, d'autres démarches, celles-là conduites par des psychanalystes, sont apparues très tôt dans l'histoire du mouvement psychosomatique.

Les analystes ont cherché en effet à montrer la présence d'un lien profond entre les deux affections dont l'une touche à la désorganisation psychique pure, l'autre à l'atteinte lésionnelle du corps et c'est très tôt dans l'histoire infantile, en particulier dans les liens établis entre la mère et l'enfant que les causes de ces états et leur parallélisme ont été recherchés. Le meilleur exemple de cette démarche, relativement ancien mais toujours démonstratif, est ce que soutenait il y a longtemps, Mélita Sperling. Comparant les enfants psychotiques et les enfants psychosomatiques, elle montrait d'abord les différences de relation maternelle dans les deux cas et elle écrivait alors : « Les mères d'enfants psychosomatiques semblent éprouver le besoin de garder leur enfant dans un état de dépendance afin de satisfaire leur propre besoin de type prégénital. Elles ne les acceptent que malades, elles les rejettent s'ils sont bien portants. Au contraire les mères d'enfants psychotiques les rejettent d'emblée et de tels enfants n'ont rien à gagner à être malades somatiquement parlant. L'enfant psychosomatique est réduit par sa mère à accepter la gratification de ses exigences infantiles ; en même temps ses pulsions destructrices trouvent une expression organique et n'atteignent pas le niveau de la conscience. Lorsqu'un sujet ainsi conditionné perçoit une menace à sa relation maternelle ou à un symbole inconscient, il réagira sur le mode psychosomatique » [224].

Une telle conception permet alors de comprendre comment lorsque l'équilibre est rompu, les troubles psychosomatiques et les psychoses sont liés entre eux, ce que le même auteur décrit ainsi : « Une altération spécifique de cette relation peut induire le passage de l'un à l'autre. Une fois la relation psychosomatique interrompue, le malade peut trouver un substitut à l'objet perdu ou au contraire abandonner et, si la déception est trop sévère (avec la mère ou son substitut) l'enfant se retire de la relation objectale réelle, et il s'instaurera une brèche d'ordre psychotique dont le degré de gravité et la nature dépendront du degré et de l'intensité des pulsions destructrices. »

L'identité des troubles, dans cette perspective, de niveau génétique, est liée à une quasi-identité du conflit générateur des manifestations pathologiques ultérieures. Pour Mélita Sperling [230] le traumatisme que subit l'enfant est pratiquement le même à l'origine, seule l'attitude de la mère diffère et selon que le lien entre la mère et l'enfant ou son substitut sera plus ou moins perturbé, il pourra y avoir passage de l'un à l'autre des syndromes. Le terme de brèche psychotique met bien l'accent sur le passage possible, l'irruption de la psychose dans la personnalité se faisant à la faveur d'un affaiblissement de la barrière du moi. Envisagée en ce sens, la maladie psychosomatique apparaît comme une conversion (le terme est utilisé par Mélita Sperling). Mais de plus, et c'est là surtout que l'originalité se fait, la maladie psychosomatique peut être considérée comme une défense contre la psychose : tant que le sujet réagit à sa maladie, fantasme corporalisé et localisé, enkysté pourrait-on dire, le comportement reste par ailleurs normal.

Une conception de ce type, séduisante par les vertus explicatives dont elle a toutes les apparences, conduit malheureusement de façon inévitable à ce qui nous paraît être une des impasses fondamentales dans laquelle la psychosomatique s'est engluée pendant si longtemps, à savoir l'explication du trouble lésionnel par le placage pur et simple de la théorie psychanalytique des psychonévroses.

Le meilleur exemple de cette erreur nous est donné par des auteurs tels que Cécile Muschatt [187] dont l'observation suivante est le type achevé :

« Il s'agit d'un garçon de 15 ans dont la colite débute quand le père présente une maladie de cœur. La maladie s'aggrave après la mort de celui-ci. Dès le premier entretien, le malade rapporte le choc qu'avait produit la mort de son père au moment où il envisageait la responsabilité de s'occuper de sa mère et de ses sœurs. Après la mort de son père il se sentait incapable de répondre à une telle surcharge affective. Au cours du traitement, le malade exprime son agressivité contre son père et contre sa mère.

« Un jour son attitude change, mais il présente alors un accès de psychose et, au cours de son délire, exprime sa culpabilité pour la mort de son père. Parfois il disait que son père était auprès de lui, parfois que son père et lui ne faisaient qu'un : ma première poussée de diarrhée, dit-il, est apparue quand je cherchais à déterrer des coquillages dans le sable. J'aurais pu trouver un

trésor, peut-être le squelette de mon père et alors je l'aurais rapporté chez moi. J'aurais déféqué sur lui et alors je lui aurais ainsi redonné quelque chose qui lui appartenait. J'aurais pu alors le ramener dans sa tombe, il serait alors vraiment mort et j'aurais pu l'oublier. »

L'interprétation que donne l'auteur est la suivante : la relation avec le monde, chez ce malade, se fait à un niveau d'incorporation orale ; cette relation est exprimée par le corps au moyen du tractus gastro-intestinal, et les conflits sont incorporés, localisés de façon fantasmatique au niveau de l'intestin, puis restitués au monde sous forme de diarrhée.

Dans une perspective très proche, nous avons, il y a longtemps, apporté une hypothèse fondée sur la relation mère-enfant, à partir de la question suivante : comment se présentent les choses dans le discours qui a précédé le sujet, c'est-à-dire quant au désir de la mère. En effet, et c'est sur ce plan que notre observation (cf. p.   ) est privilégiée, tout se passe comme si, au-delà de la communication consciente, ce qui soutenait la trame familiale sur le plan affectif était quand même le désir maternel. Déjà, dans Mélita Sperling, est notée la différence entre le rejet total, expression du désir de la mère et qui conduit à l'aliénation de l'enfant, et le rejet partiel. C'est-à-dire l'acceptation par la mère de l'enfant en tant qu'individu malade : on sent dans cette théorie comment ce lien est fait dans la lignée familiale. Le mot désir n'est cependant pas exprimé ici et l'on doit se demander, si on le prononce, ce qu'il signifie exactement, comme il se situe, comment il peut être formulé par la mère. Ce qu'elle recherche sans doute c'est effectivement à garder son enfant malade, mais d'une façon tout à fait particulière. Ce n'est pas gratuitement que dans notre tableau généalogique c'est la mère qui tient le lieu central du contexte : c'est elle qui joue le rôle essentiel dans l'articulation de toute l'affectivité de la famille et ses propres désirs s'expriment chez ses enfants sous forme d'aliénation. Elle ne peut vivre autrement qu'en supprimant de son entourage ses enfants successivement, les uns mort-nés, les autres aliénés. Mais à titre de punition, pourrait-on dire, elle rejette l'enfant et rejette d'elle-même l'essentiel mauvais, le mauvais objet, dans sa recto-colite hémorragique.

Certes cette notion de maladie psychosomatique inscrite comme telle dans le désir de la mère n'est pas à accepter d'emblée avec facilité. Mais déjà, à propos de l'allergie, nous avions avancé que la maladie de l'enfant peut avoir un lien avec le discours préexistant de la mère, la maladie psychosomatique se présentant comme un signifiant qui, dans le langage, peut être accroché par n'importe lequel des enfants.

Or, la schizophrénie, sous un certain aspect, peut répondre à un critère semblable, la différence essentielle étant que dans ce cas le trouble passe par le discours formulé, alors que chez le malade psychosomatique, il reste inscrit dans son corps.

Il est bien évident qu'une telle appréhension des faits rend la maladie corporelle la plus grave, superposable dans sa genèse et dans son sens, à la psychose mais l'essentiel y échappe, à savoir le pourquoi de l'expression différente, psychique dans un cas, somatique dans l'autre, différence qui n'apparaît à aucun moment.

Nous avons déjà dit ce que nous pensions de cette version théorique des faits et dès notre introduction nous avons mis en évidence le danger de mettre en avant un mécanisme qui ressort plus de la magie que de la psychanalyse.

C'est pourquoi il nous semble que l'on doive envisager les choses d'une façon différente : si le balancement psychosomatique, en tant que fait observable est toujours aussi repérable cliniquement, il doit être maintenant interprété d'une autre façon.

En effet si de telles remarques incitent à chercher dans l'histoire précoce de l'enfant ce qui peut déterminer son avenir psychotique ou lésionnel somatique, ce sont d'autres voies qui semblent nous permettre de mieux l'appréhender et à ce niveau les travaux de Piera Aulagnier [13] et de Joyce Mac Dougall [172], bien avant les IVe Rencontres d'Aix, nous apportent beaucoup.

La création de son propre corps par l'enfant, à partir de la fusion maternelle nous est présentée par Piera Aulagnier [13] d'une façon très élaborée, lorsqu'elle part de la remarque suivante : « Le corps va se présenter à la connaissance et à l'investissement par deux voies : en tant que source, lieu et instrument de plaisir du Je, c'est le corps plaisir de l'enfant, c'est l'avoir premier du Je ; en tant et pareillement que corps souffrance, c'est par là que le corps se révèle définitivement extérieur, différent du Je. Il devient objet autonome. »

Que l'enfant enfante son propre corps par (ou à cause de) la douleur, c'est là une conception que nous partageons entièrement et que nous avions déjà exposée dans les Premières Rencontres d'Aix [37] à propos de la pensée générée par la souffrance. Il est bien évident en effet que la satisfaction pulsionnelle, si tant est qu'elle existe, ne peut s'accompagner de rien d'autre que de l'affect de sa propre satisfaction ; que par contre la souffrance, par le manque à assouvir qu'elle contient ne peut se supporter que par la création-substitut, la pensée par exemple ou par la prise de conscience du lieu où elle naît, le corps.

Pour reprendre les termes de Piera Aulagnier, on aboutit au schéma primitif suivant que nous reproduisons au plus près :

1 / Le corps propre se présente au Je comme le premier avoir, un fragment de la réalité qu'il a le droit d'occuper.

2 / Lors de l'éprouvé du plaisir, cet objet corps assure la présence d'une conformité entre représentation et réalité, entre la pensée et la chose.

3 / Lors de l'éprouvé du corps-souffrance, l'antinomie apparaît entre le corps réel et le corps pensée. Mais comme le Je ne peut désinvestir son corps, on assistera :

— soit à une relation de persécuté-persécuteur entre le Je et le corps, ce qui donnera une psychose ou une psychosomatisation grave ;
— soit la mère pourra servir d'intermédiaire (de pare-excitation) dans la mesure où elle pourra « parler le corps malade comme un corps à soigner ». La souffrance devient alors extérieure où elle est pensée comme un accident temporaire.

L'en-plus de l'affection de la mère à ce moment-là permet à l'enfant de penser la souffrance comme un accident contre lequel s'allient pour le combattre son propre corps, le Je maternel et la réalité ambiante. L'enfant peut alors penser la souffrance, la refuser ou la fuir.

On touche là au problème qui nous occupe à savoir que dans une situation de ce type, l'inscription peut se faire d'un mécanisme qui, plus tard, se répétera avec des oscillations entre un corps malade, réalité pour laquelle le sujet devenu adulte pourra retrouver une certaine organisation défensive, et un corps souffrant mais dont la souffrance aura quitté l'objet primitif pour trouver d'autres moyens d'expressions, dans la sphère psychique cette fois et c'est alors que la psychose apparaît.

Joyce Mac Dougall de son côté, se fondant sur la clinique retrouve aussi un chemin similaire dont la trace apparaît de façon évidente dans les parties consacrées à la psychosomatique, en particulier dans certains chapitres de son *Plaidoyer pour une certaine anormalité* [169]. L'auteur remarque d'abord et c'est là une évidence dont nous devons nous demander pourquoi nous la méconnaissons si souvent, que la somatisation « est plus fréquente que la névrotisation, ce qui pourrait faire penser en un sens que cette dernière est déjà une certaine réussite ».

Cette remarque faite, Joyce Mac Dougall nous dit que le corps se présente sous trois aspects : le corps névrotique, le corps psychotique et le corps psychosomatique, ce dernier étant caractérisé par le fait que « les éléments qui dans le passé ont facilité la voie psychosomatique, ont été entreposés, conservés dans l'inconscient d'une façon différente de ceux qui, élaborés ou même symboliques, ont été refoulés, formant ainsi un capital psychique capable d'être réalité en symptômes névrotiques ». Et nous rejoignons ainsi le lien quasi génétique entre deux formations, la psychose et la psychosomatique où l'agi psychique rejoint l'agi corporel.

Très tôt le rôle de la mère est ainsi mis en jeu dans ce que Joyce Mac Dougall appelle la « nomination » par la mère des parties du corps de son enfant qui fait que « lorsque l'assourdissement psychique aux douleurs morales est quasi constant, il n'est pas surprenant de constater que *la rupture de ce lien entre corps et psyché* offre un terrain propice aux éclosions psychosomatiques pathologiques à la place des aménagements psychiques ». La coupure entre l'organisation mentale et le corps favorise ainsi l'apparition des affections psychosomatiques et « le corps répond alors aux menaces psychiques comme s'il s'agissait de menaces biologiques ». C'est ici que les travaux rapportés par Gabriel Gachelin peuvent trouver leur place [105].

De la clinique d'une alternance entre psychose et psychosomatique à la compréhension d'un tel balancement, la mise en évidence des mécanismes psychanalytiques ne va pas, certes, de soi. Mais la ligne générale de tous les travaux que nous avons cités, des plus anciens aux plus actuels, des plus étrangers aux plus personnels, nous conduit à l'évidence suivante : chez ces patients où le corps a quelque prévalence pour se décomposer, les structures internes sont prêtes à rompre leur équilibre aussi bien dans le sens de la psychose que dans le sens de la maladie corporelle.

Il y a d'une part la mère qui n'a pu nommer à l'enfant les parties de son corps, empêchant par là même d'en faire le lieu de prédilection d'une relation érogène, et d'autre part l'enfant qui n'a pas su combler les manques qu'amenaient immanquablement les ratés de ses pulsions, par des structures de substituts allant de la souffrance à la pensée : cette dynamique crée toute une série d'organisations qui se mettent en place, prêtes à apparaître dès que l'occasion se présente. Mais tellement proches de leur origine, elles sont sans aucun doute parfaitement aptes à se substituer les unes aux autres à un moment quelconque de l'existence du sujet.

4

La place du regard dans le concept psychosomatique

L'érotisation de la perception

Le rapport entre le corps et les organes dits sensoriels a été pendant longtemps réservé aux physiologistes dont l'intérêt se centrait sur ce que l'on a appelé les mécanismes de la perception.

Il a fallu attendre pour que l'on s'aperçoive que, en réalité, l'objet perçu ne pouvait être isolé du sujet qui le perçoit que par un artifice et ainsi, une théorie qui semblait n'appartenir qu'aux philosophes, a pris une place prépondérante dans l'étude de la constitution du moi qui s'est montré intimement mêlé, voire même indistinct du monde ambiant. Ce point de vue a été poussé à son extrême, lorsque l'analyste s'en mêlant, tout ce jeu factice entre un pseudo-objet et un sujet mal identifié, a trouvé des racines solides à travers l'activité fantasmatique, dont l'érotisation se situe dès les périodes d'organisation de la sexualité.

Ce que nous allons dire du regard pourrait certainement être appliqué aux autres sens ; le sentir, l'entendre, le toucher, le goûter peuvent être aussi pris comme exemples typiques de ce que nous allons développer. Mais sur la vision nous avons plus à dire, peut-être parce que Freud nous a laissé sur ce point un texte important auquel nous nous attacherons.

De plus, on peut tout autant remarquer que la vue a toujours occupé une place privilégiée aussi bien dans les mythes que dans la psychopathologie de la vie quotidienne et que le langage courant, celui qui nous entoure tous les jours, en est truffé.

De Narcisse qui se constitue par la réflexion de son propre regard, à Tirésias dont la cécité, châtiment des Dieux, n'a pas été sans compensation, d'Œdipe bien sûr à Orphée qui tue l'objet de son amour parce qu'il le regarde ; de la femme de Loth statufiée pour avoir regardé derrière elle ; à Méduse qui ne fut terrassée que lorsque Persée la prit, en quelque sorte, à son propre stratagème ; de l'un à l'autre de ces mythes, c'est toujours de regard qu'il s'agit.

Et parallèlement lorsque nous disons d'un regard qu'il peut être dévorant, jeté à la dérobée, tourné dans un sens ou dans un autre, qu'il accompagne une traduction mot à mot, voire même qu'il permette de suivre l'évolution des égouts ou de donner du pouvoir à quelqu'un.

Mais plutôt que de s'égarer dans toutes ces métaphores et avant d'aborder le sens véritablement analytique, il faut bien repérer que le regard a été pris en considération par les médecins et par les psychiatres, ce qui vaut que nous nous arrêtions un moment sur ce point.

Le regard du médecin, regard du soignant est ce qui apparaît comme une des premières fonctions de cet exercice.

On pourrait partir de cette remarque bien banale que dans toute consultation le malade vient voir le médecin pour qu'il ait un regard clinique sur lui et ce n'est pas pour rien que cette dénomination de regard clinique a été d'une certaine façon créée par Foucault dans son ouvrage sur la naissance de la clinique.

Le regard clinique a ceci de particulier qu'il passe du visible à l'invisible, qu'il va de l'extérieur à l'intérieur par tout ce qui peut donner, du dedans, une forme imagée : la radio, la tomo, le scanner, et l'on pourrait décrire ainsi toute une évolution des regards successifs. Les recherches biologiques à ce niveau-là ont grandement changé les choses et les plus âgés d'entre nous peuvent se rappeler que la maladie de Bright par exemple nous avait été enseignée sur le fondement du seul regard clinique pour ensuite être repris par un regard biologique ultra-spécialisé.

Ce regard clinique, s'il a changé en se complétant par l'utilisation d'autres informations, a gardé cependant des critères qui sont toujours les mêmes. Je pense par exemple que les chirurgiens doivent toujours utiliser cette phrase étonnante et dont ils ne mesurent sans doute pas la portée, lorsque quelque indécision les travaille : « il faut y aller voir. » Pareillement le regard clinique est destiné à l'entourage et la rencontre des regards du médecin et de la famille au-dessus du lit du malade est toujours faite de complicité et de connivence.

Lorsque de la médecine générale le regard passe à la psychiatrie, il revêt alors des formes différentes selon l'orientation du diagnostic. Très schématiquement on peut repérer ainsi :

— du côté des névroses la phobie du regard qui comporte aussi bien le regard de l'autre sur soi que de soi sur l'autre ;
— le regard du pervers qui n'est pas seulement celui de l'exibitionniste car comme le voyeur avec qui il partage le même manque, l'un et l'autre montrent des sexes qu'ils n'ont pas, cherchant à se constituer un phallus dans les yeux d'autrui ;
— et tout autant du côté du psychotique où le délire d'interprétation est toujours d'une certaine façon teinté de persécution.

Certes on pourrait simplifier les exemples mais ce qui nous retiendra simplement ici, c'est le fait que plus que de regard d'un sujet sur un objet c'est le plus souvent de la rencontre de deux regards qu'il s'agit, la phrase charnière oscillant entre ces deux formes : « je le voyais me voir », « je me voyais le voir » et pour finir « je me voyais me voir ».

Venons-en maintenant au texte de Freud [103] lorsqu'en 1910, dans un article qu'il jugeait médiocre et qu'il avait écrit pour son ami l'ophtalmologiste Königstein, il envisage un trouble de la vision sous l'angle de la psychanalyse : c'est bien d'hystérie qu'il est alors question et très précisément de cécité hystérique. La névrose de défense est là, bien caractérisée, avec comme conséquence d'un mécanisme qui maintient l'homéostasie, le refoulement du désir de regarder les objets interdits. Cependant, cette défense, comme la plupart du temps, rate en partie, trop ou trop peu, son effet ; dépassant ici son but, elle entraine avec elle toutes les fonctions d'un œil devenu lieu-érotisé, si bien que la vision dans son ensemble, fonctions adjointes comprises, est supprimée. C'est dire qu'ici ne se distinguent plus la somatique et le psychique en tant qu'entités diverses mais que se séparent seulement deux fonctions d'un même organe dont l'une est d'ordre purement perceptuel, dont l'autre en est la version érotisée.

On peut ajouter à ces conceptions originaires que le double registre d'un organe de perception ayant acquis une finalité complémentaire qui prend le pas sur la finalité physiologique initiale, n'est pas un mécanisme spécifique à l'œil et à la vision : toutes les formes de perception du monde objectal sont aussi rapidement entourées d'une érotisation secondaire et l'on connaît ainsi les remarques de Freud au sujet de l'olfaction chez *L'Homme aux rats*, entre autres. Pareillement, en est-il de ce qui, pour une dynamique similaire, a permis le passage d'une main posée sur le front à la distance protectrice (protectrice pour qui... la question se pose et se renouvelle sans réponse pendant toute la cure), qui sépare le divan du fauteuil. Pareillement aussi, avons-nous montré dans un travail antérieur, que la surdité musicale de Freud avait à voir avec le refoulement de certains bruits particulièrement érotisés qui avaient sans doute hanté son enfance.

Ainsi envisagées, les choses sont claires et, pour nous limiter ici à la vision et au regard, on ne peut qu'être séduit par la mise au point de l'article de 1901 ; bien que la formule soit paradoxale, il apparaît que, grâce à la cécité qui en fait le fondement, ce travail apporte une très grande clarté sur les mécanismes de défense propres à l'hystérie.

Toutefois comme toujours chez Freud, la lecture de ce travail pose une interrogation génératrice à son tour de multiples questions. On sait, en effet, et les commentateurs l'ont assez fait remarquer, que c'est dans ce texte que, pour la dernière fois, Freud utilise le concept de « complaisance somatique » ; il s'agit là, on le voit, d'une formule qui n'a eu qu'une très courte vie, surtout par rapport aux autres concepts freudiens, puisque né avec Dora, environ dix ans auparavant, il meurt presque aussitôt. Or, il est remarquable de voir que si ce terme a disparu des écrits de Freud il a par contre encombré la psychiatrie et plusieurs générations de psychiatres, jusqu'à ce jour.

Freud aurait-il perçu que cette complaisance n'était qu'une vertu semblable à la dormitive de l'opium, et que ce terme avait une résonance d'autant plus grande qu'il était creux ? Ou bien, a-t-il souhaité, se méfiant comme nous le connaissons des explications qui ferment définitivement les portes de la recherche, mettre à nouveau en cause le problème du corps et le pourquoi d'un signe corporel. Ou bien encore s'est-il inquiété de privilégier ainsi une partie de l'individu, car tout autant pourrait-on compléter la formule en attribuant à une complaisance psychique la condition nécessaire pour que se produisent des désordres mentaux.

Le choix de telle ou telle névrose de même que la préférence, selon les situations, pour tel ou tel mécanisme de défense, n'est en effet souvent pas plus explicable que le passage par le corps, du moins si l'on se garde d'utiliser des théories mécanistes qui, fonctionnant un peu comme des ascenseurs, obligent à changer constamment de niveau.

Pour en revenir à l'article paru en 1910, il est difficile de ne pas rappeler quand même que l'on y trouve une description particulièrement bien élaborée de la notion d'étayage, que le concept d'érotisation y est bien décrit et que les mécanismes de défense comme le refoulement y sont aussi clairement exprimés. Mais le plus important, du moins en ce qui nous concerne ici, est la différence que Freud pose entre vision et regard, même si le mot regard n'est pas prononcé ici, en mettant l'accent sur la pulsion et ses avatars d'une part, et sur la défense du moi contre cette pulsion d'autre part.

Partant de l'amaurose hystérique, Freud montre bien que les hystériques aveugles ne sont aveugles que pour leur conscience et que pour leur inconscient, ils voient. Pour reprendre les termes de Freud, le trouble hystérique est bien défini ici comme fondé sur la ségrégation hors de la conscience de certaines représentations qui ont des rapports avec la vision. Ce sont des représentations plus fortes que le moi qui ont permis le refoulement.

Pour aller plus loin dans cet article et en restant sur le plan de la métapsychologie, on voit bien que les contradictions entre les représentations ne sont que l'expression de la lutte qui se déroule entre les divers instincts, c'est-à-dire les instincts du moi et les instincts sexuels ; la névrose est alors liée au refoulement par le moi, des instincts partiels.

C'est à partir de ces données que Freud généralise en montrant bien que les différents organes sont à la disposition de tous les instincts ; que les conflits naissent du heurt entre ces instincts et que le refoulement est secondaire ; à son tour, dans le cas particulier de la vision, il entraîne la scoptophilie.

En ce sens un certain dépassement n'est donc pas possible et l'on doit aborder les problèmes des relations entre le corps organique et ce que les organisations psychiques en font, d'une autre façon. Pour reprendre l'évolution des conceptions de Freud, il semble en effet que, progressivement, un certain revirement se soit effectué, à savoir que le fait de reconnaître à un corps des potentiels hystériques (par exemple que ce corps soit susceptible de conversion somatique) n'élimine pas forcément d'autres mécanismes correspondant à une réalité différente. A partir de là, il n'est plus besoin d'opposer à un corps doué d'une bisexualité essentielle, un corps ayant une autre forme d'érotisation et la différence, si elle existe, va se situer ailleurs ; ou bien serons-nous obligés d'envisager ce problème différemment avec des termes et des concepts complémentaires qui s'articulent pleinement avec la théorie psychanalytique la plus classique.

Le cours de notre pensée s'arrête souvent sur des mots qui nous frappent d'autant plus qu'ils condensent les problèmes soulevés sans les clôturer. Faisant suite à nos remarques précédentes, c'est le terme de Regard qui va nous retenir, terme peu usité chez Freud mais qui est entré dans le répertoire de la littérature analytique à partir des psychanalistes d'enfants et qui a trouvé sa place dans le champ psychanalytique.

La psychanalyse a en effet rapidement émis l'hypothèse d'un objet lié à la pulsion au point de ne pas en être discernable. Et même le fait que dans la satisfaction de la pulsion ou dans son manque à se réaliser un objet puisse se substituer à un autre, n'infirme pas une telle conception puisque le déplacement est toujours métaphorique. Si n'importe quel substitut sans aucun lien d'aucune sorte avec le support initial pouvait satisfaire la pulsion, il en serait certes autrement : mais c'est le propre de la psychanalyse (c'est même là qu'elle a commencé) d'avoir montré la présence d'un lien associatif obligé malgré les divergences apparentes.

C'est seulement par les mécanismes de défense qui conditionnent toute la clinique analytique que le sujet s'habitue à remplacer un objet idéal et donc inaccessible, par toute une série d'ersatz qui, selon leur degré apparent d'adaptation ou d'inadaptation, se présentent ou non comme des symptômes.

C'est chez l'enfant, et très spécifiquement dans la relation mère-enfant que ce regard est porteur de l'autre en tant qu'objet, et cela apparaît avec une grande clarté si l'on reprend les phénomènes qui accompagnent la jubilation spéculaire. Lacan, dès 1936, a bien montré l'importance du regard comme structurant un moi extérieur et aliéné. Mais ce que décrit Lacan est plus de l'ordre du voir que du regarder et c'est surtout chez Winnicott que l'on trouve la meilleure description de ce qui se passe entre les yeux de la mère, ceux de l'enfant et l'image qui les relie. La pensée de Winnicott [243], telle qu'elle apparaît clairement dans *Jeu et réalité*, peut se résumer ainsi : à un moment « l'enfant regarde sa mère et ce qu'il voit, c'est lui-même... » en d'autres termes la mère regarde le bébé et ce que son visage exprime est en relation directe avec ce qu'elle vit ; lorsque la mère est perturbée, trop prise par ses problèmes, trop enserrée dans des défenses rigides et tenant en fin de compte l'enfant dans ses bras comme un paquet anonyme, « le bébé ne reçoit pas en retour ce qu'il est lui-même en train de donner, il regarde mais ne voit pas lui-même... le visage de la mère n'est pas un miroir et la perception prend la place de l'aperception... ».

Nous savons maintenant que le regard intervient dans les moments essentiels où se structure la personnalité de l'enfant. A partir de cette remarque il va de soi que plus tard, la répétition aidant, c'est par un mécanisme similaire que s'établira l'appréhension des rapports du corps propre au corps d'autrui, relation d'où naîtra la séparation entre le moi et le monde objectal.

Le corps érotisé de l'autre, perçu par le regard, va donc se constituer en tant qu'objet de désir et en tant qu'objet désirant ; c'est par la trace mnésique qui suit une telle incorporation du monde objectal que les fantasmes premiers vont s'élaborer et se structurer de façon plus complexe.

Car si ce qui est perçu était bien là comme attendant sa révélation par la pulsion, l'expérience montre qu'il existe toujours un décalage entre ce qui est contenu dans la pulsion et ce que celle-ci rencontre ; de ce décalage naissent le manque et la déception, créant ainsi un espace vide que le sujet cherchera toujours à combler.

La question de cet espace vide où l'on peut voir le creuset des fantasmes ultérieurs a été bien approfondie par de nombreux analystes et, dans un exposé fait à un séminaire sur les mécanismes de défense, A. Barbier en rappelait l'essentiel. Ainsi P. C. Récamier parle « d'une déhiscence originaire, ébauche d'espace du moi, axe sur lequel se rencontrent l'image de soi et l'image de l'autre aux sources d'un espace transitionnel à créer ». Ainsi s'en rapproche le concept de moi-peau de D. Anzieu issu de « l'expérience d'un enfant de se représenter lui-même comme moi à partir de son expérience de la surface de son corps... ». Ainsi Bion avec son concept d'identification adhésive.

De toute façon le destin de ce manque, quel qu'en soit l'origine, est bien divers et il semble contenir en germe toutes les formes éventuelles des mécanismes de défense. Contenant tout autant l'objet que le refus d'accepter son absence, c'est lui qui sera le vecteur de ce qui va devenir le déni ; si la satisfaction est moindre ou différente, si le réel est remanié différemment compte tenu d'une réorganisation interne, c'est de refoulement qu'il va s'agir.

Tous les regards sont ainsi érotisés et tous les objets extérieurs, contenus dans la pulsion, sont au départ contenus aussi dans le corps d'autrui. Le regard sur le monde est avant tout le regard sur la mère et tout autant le regard de la mère sur l'enfant qui la regarde : on retrouve là ce que nous avait appris Winnicott.

Sans craindre de donner l'impression de faire marche arrière, nous nous tournerons maintenant vers la clinique psychiatrique car depuis longtemps elle nous a appris beaucoup sur le regard et sa pathologie ; mais l'énoncé qu'elle fait de ces troubles nous montre combien la nosographie alourdit les choses par une classification pseudo-scientifique fondée sur des critères qui veulent paraître spécifiques.

Cela est vrai de toutes les linnéifactions (au sens ou Linné en offre, quant à la botanique, l'exemple caricatural) qui font mode en médecine et qui sastifont un cartésianisme utile parce qu'efficient, mais primaire dans le fond.

En effet, si la clinique psychopathologique du regard met côte à côte l'éreutophobie, la cécité hystérique, l'exhibitionnisme, le voyeurisme et certains délires d'interprétation, elle en cherche des racines différentes et tente d'en montrer, en profondeur, la diversité : d'un côté, c'est la névrose avec tout son arrière-plan caractériel et sa présentation clinique spécifique, de l'autre, la perversion avec un plaisir centré sur la vue ou la montrance des organes génitaux ; d'un autre côté enfin, c'est la construction d'une réalité parallèle dont tout le système logique parfaitement cohérent est fondé sur des appréciations erronées.

Nous savons qu'une telle classification reposant sur la description, pour commode qu'elle soit, ne peut satisfaire l'analyste qui va chercher plus profondément dans l'organisation topique et plus relationnellement dans une dynamique répétitive, la nature du trouble. La nosographie dans la mesure où elle est affaire de savoir n'est là que pour nous éloigner de la réalité psychique et tous les troubles que nous avons décrit ont en commun un élément fondamental : le regard sur un corps porteur en négatif ou en positif d'un certain degré d'érotisation.

La comparaison de tous les symptômes ainsi évoqués nous montre combien est importante, dans ce cas, l'érotisation de la relation. Que cette érotisation du regard soit première, liée à une pulsion partielle comme dans l'exhibitionnisme, qu'elle soit secondaire ou déplacée comme dans la phobie, qu'elle soit enfin déniée, comme dans le délire, c'est toujours bien d'un rapport actuel à l'autre, actuel mais répétant le passé qu'il s'agit. La connotation sexuelle de ces symptômes est bien évidente et ce qui différencie ces divers aspects de la pathologie du regard se situe bien plus au niveau des mécanismes de défense mis en jeu qu'au niveau de la pulsion elle-même.

Là où le problème est beaucoup plus difficile à entendre c'est lorsque l'objet montré est atteint non plus de façon fonctionnelle mais de façon plus « organique » comme dans certaines maladies cutanées.

Il faudrait reprendre ici toute la question de l'herpès, du psoriasis ou de l'eczéma infantile mais il serait faux de penser que le trouble ressortit ici toujours du même mécanisme. Cependant et quelle que soit la conception envisagée, les théories psychosomatiques ont en commun de mettre en cause le corps du sujet avec un certain poids de réalité, ce qui n'est évidemment pas le cas dans les névroses à expression en grande partie corporelle.

Pour en rester et sur le thème du regard et de son érotisation, il est bien évident que les histoires les plus démonstratives sont celles qui touchent le plan cutané avec qui s'attache à leur éclosion. Nous connaissons tous des patients devenus alopéciques en quelques jours après avoir traversé une situation dont ils sont seuls à connaître la clef. Parfois même, l'observation est quasi expérimentale dans la mesure où, apparaissant pendant la cure, sur notre divan, elle se donne à notre regard comme dans le cas suivant dont nous ne rapportons qu'un extrait significatif.

Justine, âgée de 38 ans, est une littéraire au sens où l'on enseigne dans ce domaine et où le mot qualifie ainsi une certaine forme d'esprit avec des défenses bien affinées grâce à la manipulation professionnelle de processus secondaires très élaborés.

Après quelques années d'analyse où les mécanismes habituels de répétition avaient été progressivement habités par une relation transfert - contre-transfert bien établie, elle apporta un jour un rêve. Ce rêve était apparemment banal mais il avait déjà ceci de particulier de pouvoir être remémoré : Justine en effet ne se souvenait en général pas de ses rêves et c'est une des raisons pour lesquelles celui-ci a joué un rôle charnière dans l'évolution de l'analyse. Le rêve est ainsi rapporté : « Il y a devant moi un bâtiment fermé, une maison, une maison familiale ou bien mon domicile actuel, je ne peux le dire, un peu des deux sans doute et il faudrait que j'entre mais c'est dangereux sans que je puisse savoir ce qui m'inquiète ». D'elle ou de moi sur l'heure ou après, ce que je relate maintenant en tout cas du discours qui a suivi, tient à peu près en ces propositions : c'est une maison, un bâtiment, masculin ou féminin qui se rattache à un des fantasmes que Justine avait lorsqu'elle était enfant et où elle se voyait dotée d'un petit pénis ; aussi des souvenirs anciens parfois déjà évoqués, surtout lorsqu'il s'agissait de les utiliser pour me séduire et me rassurer tout à la fois, souvenirs liés à des amours qu'elle qualifie d'équivoques et que nous dirons clairement homosexuelles, avec des camarades de collège. Passé familial ou milieu présent, c'est là en quelques mots un de ses conflits : comment rattacher sa vie de femme mariée, mère de deux enfants, travaillant, socialement apparemment adaptée, à la vie passionnante de son enfance, comme si entre ces deux statuts de son existence il y avait eu une véritable coupure. La coupure d'ailleurs est le lien qu'elle établit en général avec les choses, contradiction apparente qui s'est fait jour en même temps que ses associations devenaient plus libres. Entrer ou ne pas entrer dans cette maison est un problème angoissant comme chaque fois que son mari entre en elle, rejoignant par là des craintes de type agoraphobique : à plusieurs reprises, elle a préféré se faire accompagner à son travail, évitant les espaces découverts car elle y éprouvait des espèces de vertiges, la peur que « ça la prenne dans la rue ».

En somme, jusqu'ici nous n'avons qu'un rêve assez banal, émergeant d'une dynamique ancienne dominée par une insurmontable castration et une situation œdipienne particulièrement cultivée par un père aussi séducteur qu'une mère omniprésente ; tableau infiltré par toute une problématique prégénitale de captation mortifère dans un ventre maternel prêt à l'introjecter. A ce niveau, on peut dire que cette patiente vivait perpétuellement à la lisière d'un dedans où elle aurait été absorbée par une mère dévorante et un dehors où, rejetée comme un excrément, elle risquait à tout moment de n'être plus qu'une chose morte.

Justine ajoute dans cette séance des éléments dont elle nous avait fait part depuis quelque temps et qui avaient trait à des préoccupations diurnes. Mariée depuis dix ans, elle n'a jamais eu d'aventure mais depuis quelque temps elle a retrouvé un ami d'enfance qui lui fait une cour empressée ce qui en même temps l'inquiète et lui plaît beaucoup. La veille du rêve précisément elle avait vu cet ami et il avait été décidé qu'elle le retrouverait chez lui le lendemain. Revenue à la maison (ou à son domicile), elle hésite encore, pèse le pour et le contre, imagine la retrouvaille et le plaisir qu'elle en tirera, commence à ne plus penser à sa culpabilité éventuelle au moment où elle va tromper son mari pour la première fois et elle dit en elle-même « ... tant pis ».

Oui, tant pis, car le lendemain, quelques heures avant d'aller rejoindre son ami, après avoir fait le rêve qu'elle rapporte et avoir passé une nuit agitée, en somme le matin même où elle devait rejoindre son amant d'abord et son analyste ensuite, elle se réveille avec un herpès génital important et un œdème qui lui déforme le haut des cuisses. Sa réaction immédiate est de dire : « C'est le destin » et elle annule le rendez-vous avec son ami.

Une telle séquence nous apparaît comme exemplaire dans la mesure où elle offre un matériel de base dont le devenir dépend réellement de ce que chacun peut (sait) en faire.

En effet, il est bien évident que, présenté dans ce déroulement historique, c'est-à-dire au plus près de la succession des événements, ce segment peut être interprété de la façon suivante : au moment de tromper son mari, prise dans son ambivalence et ne pouvant adopter une décision, Justine voit apparaître un symptôme tel que la satisfaction sexuelle devient impossible. En fait, une telle théorisation, en dehors de sa simplification et de sa naïveté, apparaît bien vite comme un placage et comme un pur jeu réductionnel. Il faudrait admettre en effet qu'il s'agit là d'une simple conversion hystérique ce qui n'est évidemment pas le cas pour de très nombreuses raisons dont une est suffisante : la nature et le type de lésion apparus. Ce symptôme « herpès », certes prend bien la place d'un acte sexuel mais son érotisation est de toute autre sorte : la localisation génitale est plus là pour interdire que pour représenter d'une certaine façon un équivalent orgastique.

D'un autre côté, la *nachträglichkeit* que nous avons si souvent évoquée à ce propos en mettant l'accent sur le fait d'une causalité qui n'apparaît comme telle qu'*a posteriori*, est une explication qui, sur le plan théorique, paraît satisfaisante : c'est une fois le récit raconté complètement que ce qui est présenté comme antérieur peut être considéré comme lié à ce qui suit.

Mais une remarque doit nous retenir qui revêt ici toute son importance : cette façon de voir n'est en rien spécifique à la psychosomatique, quel que soit le sens que l'on donne à ce terme et l'après-coup est un concept qui peut s'appliquer à toutes les manifestations de l'histoire d'un sujet, quel que soit le type de sa psychonévrose ou de ses mécanismes de défense. On peut dire par exemple, sur un plan différent que les manifestations prégénitales qui surviennent à la phase œdipienne ne peuvent être comprises qu'après-coup et Justine, en ce sens, paraît en apporter la preuve ; mais après-coup et régression à ce niveau ont certainement à voir en commun de très près et le problème de la déstructuration tel que Marty l'exprime peut être ici avancé. Malgré l'apparence, il n'est en réalité pas aisé de faire le lien entre les divers éléments que Justine nous apporte dans une histoire dont l'avantage est d'avoir été, en quelque sorte, expérimentale : au sens où nous l'avons vu naître dans cette situation privilégiée qu'est la relation analytique.

A reprendre la relation que nous avons faite de cette séquence, il est tout à fait frappant de voir que nous avons insisté longuement sur le début de la séance, sur le rêve et sur la difficulté qu'à ce niveau Justine avait dans cette histoire à se situer entre génital-prégénital, dehors-dedans, castration-dévoration, rejet-absorption. Qu'il y ait eu ou non eczéma infantile, que l'herpès ait serpenté sur son corps comme un phallus, que la maladie génitale ait été présentée aussi dans la relation analytique pour maintenir à moindre frais une distance protectrice, tout cela a pu être évoqué dans les séances suivantes.

Mais, et c'est là peut-être qu'il existe une certaine originalité, à aucun moment tous ces éléments n'ont pu être structurés de façon cohérente. La psychosomatique est peut-être l'exemple le plus parfait du danger qu'il y a à rendre logique ce qui demeure illogique dans l'inconscient. Seule l'énonciation des associations demeure la vérité du sujet : leur systématisation est une élaboration secondaire qui en fausse complètement le sens en donnant l'impression de lui en accorder un. Dans ce cas aussi apparemment démonstratif soit-il, les seuls véritables repères que nous puissions avoir se trouvent dans le regard que la patiente nous faisait jeter à travers sa robe, sur son herpès génital ; ne pouvant s'offrir un amant, elle se donnait à voir devant nous et c'est dans ce jeu d'érotisation du regard envers la chose voilée qu'est apparu son symptôme physique.

A partir de ce que nous venons de dire, quelques points doivent être repris en guise de conclusion pour permettre de mieux entendre notre propos et sa portée.

a / Erotisme et érotisation du corps sont tout d'abord des concepts qui nécessitent quelques précisions. Dans le champ de la psychanalyse, on peut dire que l'érotisme est caractérisé, entre autres, par la distance qu'il maintient (et qui le crée) entre le fantasme et le réel. On sait bien que les draperies qui recouvrent les corps sont plus érotiques que les corps dénudés ; les pingouins d'Anatole France en avaient bien fait l'expérience, qui avaient vu naître le désir après qu'un moine aux trois quarts aveugle, les ayant baptisés par erreur, les avait ensuite contraints à se vêtir pour cacher leur nudité ; pareillement on sait que l'exhibitionniste le plus accompli est celui qui se promène habillé dans un camp de nudistes. Ainsi l'image ne devient-elle érotique que lorsqu'elle est à côté et le regard ne s'érotise que lorsqu'il remplit les caches de la perception par les fantasmes qu'il supporte. A l'inverse, la pornographie apparaît, et les sexologues sont experts en la matière, lorsque l'image colle parfaitement, point par point au réel.

On peut ajouter que parler de corps érotisé ou d'érotisme du corps a valeur de pléonasme. Le corps en effet, lorsqu'il n'a pas subi de grandes malversations défensives, est toujours érotisé ou susceptible de se manifester comme tel dès qu'il est pris comme objet de désir. A l'extrême, et rejoignant par là la clinique médicale la plus banale, on peut dire qu'un corps non érotisé est un corps malade, en voie de mourir : l'anorexique mental est de cela le meilleur exemple. A l'inverse, et de façon tout aussi extrême, on peut penser que le corps ne devient érotisé que dans la perversion (au sens où il devient l'objet d'une pulsion partielle) ou dans l'hystérie.

Dans ce cas, c'est le corps entier qui, dans son refus à se donner tout en se présentant comme hautement excitant, prend la maladie comme support érogène : qu'on se rappelle ce que nous disions dès le début de cet ouvrage à propos de Michelet et d'Athénaïs sa bien-aimée réfugiée perpétuellement dans un corps dont les malaises permanents étaient le garant de la séduction érotique.

b / D'un autre côté, la relation mère-enfant, comme nous l'avons dit plus haut, est bien la situation exemplaire qui permet de comprendre au mieux ce qui se lie entre regard, érotisation et corps, malade ou non. On en revient ici à un texte auquel nous avons déjà fait maintes allusions, texte fondamental dans lequel, en 1971, M. Fain [84] précise les débuts de la vie fantasmatique : lorsque la mère berce son enfant et que, devenant amante son désir est ailleurs, elle ne joue plus le rôle de pare-excitation et le nourrisson est soumis à une source de stimulations à la fois externes et internes qui dépassent sa tolérance.

Son fonctionnement mental est alors d'autant plus profondément perturbé que, dans certains cas extrêmes, la pulsion de mort incluse dans le système de pare-excitation, donne à ce dernier une grande puissance de stimulation ; par un mouvement auto-entretenu, l'inassouvissement répétitif est facteur de létalité.

Nous ajouterons ici que ce qui rend la mère étrangère passe certes par le corps, par les deux corps et leur contact, mais prend tout autant le regard comme support relationnel. On rejoint ici comme nous l'avons signalé plus haut, ce que Winnicott, plus que Lacan dont le schéma présuppose un enfant capable d'intégrer une image, a décrit relatif au regard de la mère et à sa possibilité d'investir son objet d'une certaine sorte d'affects.

L'enfant regardant à son tour sa mère peut s'y compléter, s'y trouver ou ne jamais s'y voir dans la mesure où le désir de celle-ci est ailleurs ; dans ce dernier cas, tout comme Narcisse, l'enfant reste seul amoureux de sa propre image avec le destin si funèbre que l'on connaît à ce type de situation.

c / C'est en somme dans la rencontre entre deux regards que se noue la dynamique plus ou moins structurante du nouveau-né ; plus tard, la répétition des expériences traumatiques précoces apparaîtra parfois comme seul symptôme (dont l'éreutophobie par exemple) ou bien comme cause apparente du déclenchement d'un état de décompensation névrotique ou psychotique.

Sur le plan de la clinique analytique, nous nommerons cette rencontre « connivence », mot qui doit nous arrêter maintenant pour en finir sur lui avec notre développement. Beaudelaire décrit fort justement sous ce terme, y ayant repéré la charge affective qui s'y maintient celée, « une entente secrète entre deux personnes ». C'est bien « l'entre » qui est au premier plan car la relation de connivence se fait toujours dans un entre-deux rempli d'un échange tacite, l'entente se réalisant sur un troisième terme qui peut être un témoin inconscient de la scène ; mais tout aussi bien le témoin peut être un acte ou une intention, un désir serait-il mieux de dire dont le spécifique est de demeurer caché aux yeux des autres. Dans ce dernier cas le plus fréquent, la connivence devient la rencontre de deux regards sur un même objet de désir commun.

Pour finir par une référence littéraire, c'est Julien Green que nous évoquerons ici, dont toute l'œuvre est imprégnée d'un certain regard. On en trouve l'expression dès l'enfance, dans le *Journal*, lorsque le regard de la mère se porte sur le petit Julien en train de se baigner, sur son petit pénis qu'elle désigne, méprisante en disant : « Oh que c'est laid ! »

On en retrouve la note dans chaque page ou presque de ses écrits et c'est dans le jeu de scène qui sépare le premier acte du deuxième de Sud, que ce regard connivent, à la fois chargé d'érotisme et de mise en jeu d'un corps qui, en fin de pièce, va mourir, prend au mieux le spectateur en charge de sa propre connivence.

En voici le jeu de scène écrit par l'auteur :

« ... Un instant plus tard paraît sur le seuil à gauche, un jeune homme vêtu de noir. Il se tient immobile. Presqu'au même moment, Wiczewski entre par la droite et s'arrête net en voyant l'inconnu. Les deux hommes se regardent. Ni l'un ni l'autre ne bouge. Le jour baisse. »

Rideau, puis acte II, scène Ire. Même décor qu'au premier acte. Il n'y a pas d'intervalle dans le temps entre le premier et le second acte. « Le jeune en noir se découvre et avance d'un pas. Wiczewski ne bouge pas et paraît frappé de stupeur. »

Ajoutons simplement pour finir : deux personnages, des corps érotisés, un désir, la connivence des regards et la mort ; il y a là dans cette succession quelque ouverture vers la psychosomatique, du moins telle que nous pensons l'entendre.

5

Le temps du corps

Il est curieux de voir comment les analystes, à force de privilégier les processus psychiques, ont oublié que le corps est là aussi, dont la première et fondamentale essence est sa finitude ; si le sujet vivant a un début et une fin, c'est bien dans et par son corps, à l'inverse du désir ou du savoir dont on peut penser *a priori* qu'ils survivront pendant une plus ou moins longue durée à travers l'autre. Que Maïmonide ait essayé de faire se rejoindre la pensée juive et la pensée aristotélicienne sur ce thème du début et de la fin des choses, ne change rien à cela, si ce n'est de déplacer le problème sur un plan philosophique : au niveau du quotidien le corps et son histoire sont intimement mêlés au temps.

Nous n'avons bien sûr, pas plus que les autres, échappé à ce gauchissement qu'implique l'analyse, aboutissant même à ce paradoxe d'avoir écrit un livre sur le Temps en appuyant l'argumentation sur la métapsychologie sans avoir abordé la notion consubstantielle de corps, manque d'autant plus grand que le corps vivant est par définition, une condition nécessaire à l'élaboration de toute structure psychique.

Invité un jour par Michel Sapir à parler de la relation entre le temps et le corps, j'avais déjà fait cette remarque qui s'était traduite d'emblée par une hésitation à choisir entre deux titres pour intituler mon intervention :

Le premier titre aurait été : « Donner du corps au temps » ou bien « Accorder du corps au temps », dans le même sens qu'on peut dire d'une hypothèse « qu'elle prend corps ».

Une autre image venait d'ailleurs tout de suite s'accrocher à celle-ci : « Donner du corps à un tissu », mieux encore « Donner du corps au flou d'une robe », avec ce que cette idée comporte de corrélation fétichiste. Car donner du corps à une robe c'est en réalité supprimer le corps qui la porte pour lui donner un apprêt, disons une solidité sinon une raideur qui cache le manque qu'elle recouvre.

Le second titre aurait été « Le temps au corps » avec bien évidemment la coquetterie d'une référence littéraire laissant entendre qu'il y a quelque diable là-dessous avec l'évocation de Raymond Radiguet, mettant en jeu tout autant le Jean Cocteau qui demeure en chacun de nous, que le plaisir du corps de l'éphèbe à un moment où la différenciation de l'objet n'est pas tellement achevée.

De toute façon dans l'une ou dans l'autre des deux expressions, les mêmes préalables étaient implicitement contenus, qui peuvent se résumer dans les aphorismes suivants : le corps est certainement le lieu dans lequel le temps a le plus à voir ; sans lui, il n'a pas de support et donc pas d'existence ; c'est en lui qu'il va manifester son déroulement ; c'est sur lui que se voient au mieux les signes de la dégradation progressive qu'il entraîne.

Retrouvant le vieux dualisme dont, quoique nous fassions, nous n'arrivons jamais à nous débarrasser, on peut dire de façon lapidaire que si l'éternité est reliée à la psyché, le corps, lui, est fait de finitude.

Le temps est contenu dans notre corps par deux moments précis, deux dates, celle de la naissance et celle de la mort, et sur les tombes, l'identité du gisant est définie seulement par deux paramètres : un nom et deux dates, avec à l'intérieur de ce temps, dans l'entre-deux de la vie, l'existence corporelle qui a été marquée par les rythmes et érodée par l'usure, termes qui reviendront souvent dans ce chapitre.

En fait nous sommes le plus souvent gênés par ceci que, lorsqu'il est question du corps, on se réfère à un registre où la part symbolique prend le pas sur le côté organique.

Or, et c'est là une évidence, pour ce qui en est du corps représenté et parlé, les problèmes sont en grande partie sinon résolus du moins parfaitement connus dans la mesure où toutes les Bertha Papenheim du monde, hommes ou femmes, nous ont parfaitement appris ce qu'il est possible de faire avec les mots ou les signes imaginaires rattachés à un corps. Mais les problèmes soulevés sont tout autres lorsque le corps dont il va être question est un corps réel, c'est-à-dire un objet qui nous enveloppe et qui se définit par la contradiction suivante : à la fois il n'a pas d'existence propre pour nous, à la fois il nous fait totalement exister.

Nous avons évoqué plus haut les erreurs auxquelles conduit le placage de la théorie analytique des névroses à l'approche corporelle, mais nous avons aussi pointé le fait que le corps, même dans sa plus authentique organicité (ce qui deviendra poussière et rien de plus) n'est pas séparable de son entrée dans l'organisation libidinale et que de l'instinct primaire, on passe à ce qui devient pulsion. C'est une banalité, mais il est bon d'y revenir, de rappeler que l'histoire du développement de l'enfant nous montre qu'il y a bien une succession temporelle de zones érogènes et que parler du stade anal ne devient métapsychologique que par la suite, au moment de la conceptualisation. Dans l'immédiateté, une telle expression signifie que la zone anale corporelle est en cause et que, en tant que zone de plaisir elle survient après une zone érogène localisée ailleurs, que de plus elle en précède une troisième dans un troisième lieu.

Il en est de même lorsque la métapsychologie définit les concepts de fixation ou de régression, sur lesquels nous insisterons plus loin, dans la mesure où là encore la topique met en jeu une localisation corporelle précise. Certes nous savons bien, à parler ainsi, qu'il y a quelque métaphore et que réduire l'anal à la zone anale serait une vue psychotique ; mais il n'en demeure pas moins que toute activité symbolique étant comprise, l'inscription corporelle du départ persiste et que dans le développement de l'enfant, le temps est inscrit dans le corps de la façon la plus organique.

Laissant pour l'instant la métapsychologie, le retour à une vue purement clinique, disons descriptive, nous permet de repérer de façon très immédiate les formes que le temps inscrit dans le corps et qu'on peut schématiquement ramener à trois types :

1 / *Le rythme* d'abord où l'on voit le temps s'inscrire dans le corps, par son évolution sous forme de pulsations et l'on peut décrire ainsi des rythmes de toute sorte. Une science a d'ailleurs été créée qui ne s'occupe que de cela, mais pour l'usage que nous en faisons en analyse, seuls les rythmes fondamentaux suivants nous importent :

— les rythmes de type biologique tels que le pouls, la respiration, les cycles nychtéméraux, les règles, rythmes qui sont marqués dans le corps au point que c'est par eux que la vie se définit ;
— les rythmes de plaisir dont les expressions peuvent être multiples, déplacés et soumis aux mécanismes de défense, refoulement ou déni ;

— les rythmes ajoutés, enfin, comme par exemple ceux du toxicomane (la périodicité de l'injection ou de la prise) ou ceux qui sont liés à une thérapeutique régulière comme le *pace-maker*, la dialyse rénale, ou le pneumothorax autrefois.

Tous ces rythmes marquent le temps dans le corps, que ce soit un temps interne ou bien, comme dans les rythmes ajoutés, qu'ils fassent intervenir la montre ou le calendrier.

2 / *La répétition* ensuite car tous ces rythmes, quelle que soit leur forme ou leur origine, sont définis par le point commun de leur perpétuel retour. On s'aperçoit alors que si ces rythmes en surface, sont porteurs de vie, en profondeur, ils expriment quelque chose qui appartient à la pulsion de mort.

3 / *L'usure* enfin, car si les deux premiers éléments appartiennent aussi bien au psychique qu'au corporel, le troisième terme, lui, est purement somatique. Les rythmes du corps en effet s'éliment progressivement et la répétition corporelle n'est pas infinie. Le Temps s'y marque, s'exprimant aussi bien par l'espacement des besoins que par l'affaiblissement du geste répété. Le corps n'est pas définitif et c'est sans doute ce qui entraîne le temps.

Le Temps et le Corps sont ainsi reliés, cliniquement du moins par ces trois éléments qui ont en commun un caractère essentiel : *la discontinuité*. Même le côté le plus organique du corps n'échappe pas à cette qualité qui représente peut-être le concept le plus unitaire de tous les domaines physiologiques, psychologiques et psychopathologiques. En effet le propre de la répétition, comme autant le propre du rythme et de l'usure est représenté par l'alternance et la coupure, si bien que le temps dans le corps est marqué par une succession d'usures. La notion de durée nous est donnée par l'arrêt du signal et si « long » et « court » codifient le temps, « toujours » n'est pas, malgré l'apparence, un adverbe temporel. Bien avant Spinoza on savait que l'éternité était l'inverse du temps tel que nous le connaissons.

Il est bien évident aussi que la coupure n'est pas seulement faite d'objectivation, et le temps du corps, comme le temps psychique, est aussi marqué par les motivations : la coupure, au-delà de l'expression de la discontinuité d'un signal comporte aussi l'intégration de cette discontinuité dans les investissements pulsionnels. La coupure apparaît alors comme un *trouble de la continuité narcissique* et c'est à ce niveau que le corps est atteint. Le psychanalyste rejoint là Qœleth, fils de David et roi de Jérusalem, l'Ecclésiaste qui énonce de perpétuelles alternances de temps et des couples d'oppositions, faisant état non pas d'une dialectique mais d'une succession de césures : un temps pour la joie, un temps pour la douleur, un temps pour rire, un temps pour pleurer...

Lorsque dans notre étude sur le temps nous avons ainsi paraphrasé un de ces couples en décrivant un temps pour l'angoisse et un temps pour le plaisir, nous avons insisté surtout sur l'aspect fantasmatique de cette alternance. Dans le champ psychosomatique qui nous retient ici, on doit y inclure tout autant l'aspect corporel puisque ces deux types d'affect, angoisse et plaisir, sont précisément ceux qui ont une expression gestuelle, voire même somatique, particulièrement éloquente.

Le temps appartient ici au corps dans la mesure où l'on voit apparaître successivement, à des intervalles plus ou moins marqués mais qui existent toujours et qui sont d'autant plus mesurables :

— à un premier degré les manifestations émotionnelles avec le passage du rire aux pleurs et la coupure qui sépare ces deux aspects du visage ;
— à un degré de plus, c'est-à-dire faisant intervenir le refoulement et le déplacement, la crise d'hystérie par exemple, la plus caractéristique de l'alternance d'un temps de calme corporel et d'un temps d'orage corporel ;
— à un troisième degré enfin, la maladie organique véritable coupure entre la phase de bonne santé et la maladie. Sans aller bien avant dans la pathologie, l'exemple de la fracture est démonstratif, qui fait bien entendre ce que représente le terme de cassure à l'intérieur du corps, et secondairement avec le monde objectal.

Qu'une réflexion passe aussi par des alternances, cela est bien dans la ligne de notre discours et le point qui nous retiendra maintenant complète et contredit le précédent, à savoir que si nous venons de dire que l'alternance liée à la coupure dessine des avants et des après dans le corps, c'est en réalité dans le présent que tout se joue car le temps, même celui du corps, est toujours du « maintenant ».

Pour reprendre l'histoire de la pierre tombale qui ouvrait notre réflexion, on s'aperçoit facilement que l'entre-deux des dates n'est vrai que pour les autres, c'est-à-dire une fois le sujet mort. C'est un autre qui lira l'inscription gravée, dont la durée qui définit une existence passée, n'est vraie que pour les autres, ceux qui viennent après, vivants, et qui lisent le texte. Il n'y a que dans la pathologie mentale que l'homme fixe la durée de sa vie, tel un de nos patients dont nous avons parlé par ailleurs et qui faisait sur une machine à calculer, la somme des secondes qui séparaient l'instant présent de l'heure de sa naissance.

Ainsi approché, le temps au corps n'échappe pas à ce qui nous est apparu comme une règle, à savoir qu'il s'agit toujours du présent et que c'est seulement par l'élaboration secondaire que se crée une histoire : pour l'inconscient, l'histoire est de l'ordre de l'éternité, c'est-à-dire sans avant et sans après.

Evoquer le corps c'est aussi voir comment se fait le parcours du temps au corps par rapport au temps de l'organisation mentale à savoir s'il y a parallélisme, juxtaposition ou décalage entre les deux. C'est là le problème posé par les notions de régression et de fixation, concepts qui forment le fond de la théorie de Pierre Marty [164, 166] avec qui, dans ce sens, nous avons des points communs et nous nous étendrons avec détail sur ce qui dans cette conception de la relation psychosomatique nous relie et nous sépare.

Un des thèmes élaborés par Marty montre en effet l'importance des fixations et des régressions qui se traduisent par un perpétuel remaniement des organisations structurales, plus particulièrement par l'effacement ou le retour sur des lignes de repli des systèmes défensifs. La façon et le degré dont ces structures sont capables de se désorganiser devant l'événement (qui prend sens dans le champ du sujet par l'après-coup) permettent à Marty d'apporter une nouvelle classification nosographique fondée non plus sur celle que nous avions nous-mêmes critiquée et à laquelle la médecine nous a habitués, mais sur le niveau auquel le sujet peut accéder dans ses positions de repli : Evolution, Régression, Fixation, ou mieux encore Organisation, Désorganisation, Réorganisation. Tels sont les mots clés qui donnent aux deux instincts de vie et de mort un destin spécifique permettant de définir un abord particulier de la psychosomatique caractérisé alors, entre autres, par des *mouvements contre-évolutifs*.

Il en est ainsi des désorganisations somatiques dans de nombreux types de névrose de caractère, du signal d'alarme que représente la dépression essentielle, de l'éventualité du passage des désorganisations lentes par une étape de la vie opératoire, de l'insuffisance réorganisatrice, des accrochages régressifs et tout autant de la réitération de l'échec à des stades fonctionnels de plus en plus archaïques sur des terrains de plus en plus morcelés.

Mais la désorganisation n'est pas forcément et fort heureusement toujours totale, et des mécanismes sinon de guérison, du moins d'arrêt dans l'évolution peuvent apparaître. La régression peut aussi s'arrêter à un certain niveau de fixation et, malgré son aspect souvent pathologique, peut créer une des « diverses formes de réorganisations homéostatiques spontanées renvoyant à des fixations fonctionnelles, à des privilèges vitaux individuels plus ou moins étendus, quelquefois acquis depuis longtemps... Les régressions globales s'adressent à l'axe même de certaines constructions psychosomatiques, d'autres régressions, partielles, *concernant des fonctions plus isolées* se montrent d'une efficacité réorganisatrice variable..., l'étude des régressions, pour la plupart inexplorée, la recherche des fixations correspondantes ouvrent la voie à des connaissances physiologiques nouvelles » [166].

Dans toute cette conception c'est bien évidemment le terme de régression qui a le plus à faire avec le temps et, eu égard à ce que Freud nous a appris à ce propos, Marty nous présente très clairement trois types particuliers de régressions : les régressions fonctionnelles qui vont du plus mental au plus somatique prénatal, régressions dans lesquelles peuvent être distinguées des formes globales et des formes partielles ; les régressions intrasystémiques qui font retourner les mécanismes de l'état de programmation à celui de l'automation ; enfin, les régressions qui touchent la structure même des noyaux de l'inconscient.

Certes il n'est pas toujours facile de replacer ce que la clinique analytique nous offre dans un schéma aussi bien structuré. Mais Marty montre bien, dans cet aspect de sa théorie, que le temps est chevillé au corps d'une façon mobile, c'est-à-dire que son point d'attache est susceptible de se déplacer pour retrouver des positions antérieures. La régression est, en ce sens, une des manifestations essentielles du lien que fait l'histoire entre le temps et le corps qui le supporte.

Il faudrait rappeler aussi un aspect du temps du corps tel qu'il apparaît dans la cure analytique et sur ce sujet nous ne ferons que quelques remarques qui pourraient servir d'ouverture à un bien plus grand développement.

Nous retrouverons d'abord à ce propos la même importance que l'on doit accorder à la durée de la cure quant au corps et quant à la parole. S'il faut un certain temps pour parler, le corps a tout autant besoin d'un certain temps pour s'installer dans la relation et l'analyse rejoint ici l'amour : il faut, sauf circonstances exceptionnelles et d'ailleurs souvent pathologiques, un certain temps pour le faire.

Mais de plus dans la cure, le temps s'inscrit réellement au corps comme manifestation concomitante des affects, donnant lieu à des mouvements que la gestuelle transmet.

Enfin, dans la cure, le temps est « au corps » puisque les mouvements de césure sont ceux où il est le plus mis en cause. Ainsi dans les deux moments privilégiés qui donnent au cadre analytique sa limite, et dans lesquels le corps et son temps sont là : le début et la fin de la séance avec les regards, les gestes, la démarche, les mains qui se tendent.

C'est à partir de toutes ces données que le problème posé dans le titre de ce chapitre : « Du temps et du corps » nous conduit à une ouverture beaucoup plus large qui ajoute à ces deux termes deux autres notions : d'une part l'identité et d'autre part quelque chose qui est de l'ordre de la création ou de la reconnaissance.

En effet lors de l'élaboration de ce travail se sont posées à nous un certain nombre de questions où ces termes jouent entre eux : Comment se vit l'identité du corps ? Comment se maintient-elle au cours du temps alors que celui-ci marque la réalité corporelle de façon évidente et constamment changeante ?

Si nous ne pouvons aborder réellement le problème du « comment se forme-t-on sur le plan physique et comment est-ce que l'on crée pour soi une image à partir d'un rien », ici nous retient une autre question, à savoir : comment se reconnaît-on chaque jour, ce qui nous conduit à une ultime question : comment faire avec l'image de son corps et que se passe-t-il entre cette image et celui qui la regarde.

C'est encore par le biais d'une certaine clinique que nous essaierons de répondre à ces questions, au plus simple arriverons-nous peut-être seulement à les poser d'une manière plus abordable ; clinique dans la mesure où il s'agit d'observer ce qui se passe entre le sculpteur et son modèle.

Une recherche serait à faire dans les écrits sur ce terme et en particulier sur la façon dont la lecture de la personnalité de l'un ou de l'autre peut évoluer en fonction du travail qui se fait sur la pierre ou l'argile. Que devient d'abord ce qu'on enlève de la pierre d'où va sortir le sujet qui y est intérieur ; que signifie à ce niveau le terme de modèle dont le sens va et revient du verbe au corps et du corps à la terre ; que se passe-t-il entre la main du sculpteur et le corps distant du sculpté ; et quel changement va s'opérer dans le destin de celui qui près de lui-même, peut avoir en permanence un autre lui-même statufié.

Dans une étude faite sur le psychodrame analytique Anne Catn [32] s'est penchée sur un texte qui répond en partie à ces questions, texte tiré de Lou Andréas Salomé *(Ma vie)* [154] et nous ferons, après elle, appel à la même source. Rappelons pour situer le texte que Lou Andréas Salomé, évoquant son lien avec Rilke parle des difficultés psychiques que celui-ci présentait, de ses angoisses et de ses problèmes physiques.

Rilke fut présenté à Rodin par sa future femme, modèle chez le sculpteur ; lui-même posait à plusieurs reprises pour Rodin et voici ce que nous apprend Lou Andréas Salomé :

« A partir de là, on conçoit quelle délivrance ce fut pour Rainer de rencontrer Rodin, l'artiste qui lui fit don de la réalité telle qu'elle est, sans que le sujet l'altère par ses sentiments ; il lui apprit, servant lui-même de modèle, à faire coïncider la fécondité de la production avec celle de la vie, et dont l'unique précepte et loi, "toujours travailler", lui faisait "faire des choses" — non avec de l'angoisse, pour s'y réfugier, mais les yeux grands ouverts sur son "modèle". Tandis que Rainer apprenait à avoir une activité où il se consacrait à des choses concrètes en faisant abstraction de ses états d'âme du moment, sa vie quotidienne, elle aussi, patiemment occupée par le métier, par l'ouvrage technique, se soumettait peu à peu au seul et suprême pouvoir de l'art. Il y avait certes longtemps que son désir allait plein d'espoir vers ce but : dans le cercle des peintres de Worpswede déjà, grâce à Clara Westhoff, élève de Rodin, qui, avant de devenir la femme de Rainer et avant que celui-ci connût personnellement Rodin, le lui fit rencontrer. Sans doute l'angoisse pouvait-elle encore, même après son installation à Paris, s'intensifier à l'extrême ; jusqu'à ce qu'il fût exaucé dans son désir d'aller demeurer tout à fait chez Rodin, de lui appartenir totalement, d'être, en apparence seulement, son secrétaire particulier, alors que la réalité était une relation d'ami à ami où chacun prend et se donne sans limites : c'est Rodin qui, au fond, lui fit don le premier du monde des objets tout entier.

« Et pas seulement du monde des objets : mais aussi de la maîtrise des fantômes nés de ses chimères, de tout ce que ses visions déformantes avaient d'atroce, de répugnant et de diabolique. »

L'interprétation de Lou Andréas Salomé évoque plus facilement l'exorcisme que la mise en train d'un processus psychanalytique, exorcisme qui va dans le même sens que les conceptions mystiques de Rilke. Mais nous devons lire les mêmes faits d'une autre façon.

Rilke, en effet si nous reprenons l'histoire, devient le modèle d'un sculpteur qui a déjà sa future femme comme modèle, ce que l'on peut traduire ainsi : le même regard, la même main de l'artiste était posée sur le couple et c'est à travers le désir du sculpteur que Rilke et sa future femme ont pu d'une certaine façon être recréés. Comme le remarque d'ailleurs l'auteur, le lien entre Rodin et Rilke était de l'ordre d'une amitié particulièrement profonde et l'union entre les trois protagonistes de la scène apparaissait finalement comme très complexe : qui créa l'autre dans ces conditions, qui était gêné par le second devant le troisième ? Mais il faut aller plus loin encore car si une telle relation tierce est bien banale, dans le cas particulier de ce trio célèbre, la cause et la conclusion de la situation étaient la représentation sculptée de Rilke. Ce qui est créé à partir de l'entremêlement de tous ces désirs, ce qui est fait de toutes ces pulsions, c'est le corps même de Rilke qui peut se voir comme un double immobile et extérieur à lui-même. Que Rilke à partir de là ait été « amélioré » sur le plan psychique, c'est sans doute un « en plus » car une telle situation aurait pu tout autant amener à un clivage aussi bien de l'objet que du moi devenu objet, clivage dont la psychose aurait été l'issue.

L'identité du corps dans ce cas finit par échapper au temps grâce à la création artistique qui fait du moi et de son enveloppe un objet extérieur.

On passe ainsi à une autre expression du temps au corps avec d'une part le délai impliqué par ces deux dates tracées sur une tombe qui comporte le corps réel en ce qu'il en reste d'organique ; et de ce corps sculpté qui échappe au temps, conçu pour l'éternité.

Deux problèmes demeurent dont celui de l'avant n'a pas sa place ici, mais plus important est celui du reste comme nous l'avons exprimé dans l'interrogation suivante : que deviennent les morceaux enlevés à la pierre pour en faire apparaître le représentant statufié du modèle. Une des réponses serait de dire que ces morceaux, à leur tour, représentent comme le puzzle en creux de la forme sculptée.

6

Douleur et souffrance

On ne peut évoquer le champ psychosomatique, quelle que soit la définition que l'on accorde à ce terme, sans aborder les problèmes soulevés par la douleur.

C'est en effet lorsque le sujet souffre qu'il éprouve son corps et ses limites et qu'il prend conscience des processus intellectuels ou affectifs qui l'habitent. Rassasié si par aventure ses pulsions étaient satisfaites, le moi ne serait plus sujet à réflexion et c'est seulement lorsque, dans le monde, se trouve un manque que le fonctionnement mental s'établit et perdure.

A ce niveau, douleur physique et douleur morale sont parfaitement conjointes, et pour qui en douterait, la clinique du deuil viendrait lui démontrer où est la vérité.

Il existe d'abord, de la douleur, un aspect économique qui apparaît dès le premier contact du soignant avec le soigné. La phrase qui inaugure cette relation, dans le rituel quotidien du médecin par exemple, est bien celle-ci : « De quoi souffrez-vous ? », c'est-à-dire « parlez-moi de votre douleur », première parole qui établit la relation médecin-malade, quelle que soit la spécificité de cette relation. C'est dire l'universalité de ce symptôme, vécu dont l'extension dépasse de beaucoup le champ médical pour se situer pareillement dans tout mal-être, qu'il soit organique ou existentiel.

A partir de cette banalité, la clinique analytique et la théorie qui en fait la substance nous conduisent à trois remarques préliminaires :

a / Dans l'actuel dans lequel il apparaît bien que la douleur est d'une certaine façon une parole impossible au sens où elle ne peut que se vivre en s'exprimant au plus simple par un cri ou bien par une phrase stéréotypée quel que soit le milieu culturel (« J'ai mal »).

En fait on ne peut s'arrêter là, car le cri ou l'expression formulée en trois mots apparait tout de suite comme un stimulus qui va déclencher une relation dont le destin varie selon le contexte ; de la recherche d'une étiologie matérielle à la mise en évidence d'une cause morale, tous les mélanges sont possibles.

À ce niveau, dans le premier sens de son expression, la plainte se manifeste comme une formulation tout à fait infantile dans sa forme comme dans son fond. La phrase « j'ai mal » n'a pas d'âge. Sortie de son contexte c'est de la même façon que s'exprimera un adulte ou un jeune enfant. Plus évidente encore s'il s'agit d'un cri, la régression est patente : le nourrisson et l'animal, comme l'adulte ont ce point de langage en commun. Même la gestuelle qui accompagne cette plainte fait que se retrouve souvent chez l'homme âgé le comportement qu'il avait dans son enfance.

Ainsi cet actuel de la douleur exprimé dans sa naïveté (au sens clinique du terme), avant qu'il soit intégré dans un discours qui va lui donner son sens, met en jeu un système régressif qui fait que celui qui souffre utilise pour dire sa douleur les mêmes formes que celles qu'il utilisait étant enfant.

b / La deuxième remarque prend précisément sa source dans cette régression à l'état infantile et dans la place importante que prend le mécanisme de la douleur dans le processus maturatif de l'enfant. C'est là où, sur le plan économique, la douleur est un bénéfice.

Pour simplifier les choses au risque de les rendre erronées par leur schématisation, nous rappellerons que l'enfant a deux façons de réaliser ses pulsions et de vivre aussi bien son corps que le monde qui l'intéresse.

D'une part la satisfaction, le plaisir, l'assouvissement de la pulsion, l'union avec l'objet qu'il attend. C'est certes une bonne chose mais dont on perçoit tout de suite le défaut : en admettant à l'extrême que les pulsions soient toujours satisfaites, l'enfant ne ferait plus la limite entre le dedans et le dehors, entre ses pulsions et les objets, entre lui et l'autre. Toute maturation serait alors forclose et la fusion avec le monde supprimerait toute identité.

D'autre part et c'est ce qui apparaît toujours, l'expérience de la non-satisfaction de la pulsion, de la douleur qu'elle soit intérieure ou extérieure. Ce qui survient alors est un vécu de manque essentiel avec comme bénéfice ces deux conséquences : d'un côté la satisfaction hallucinatoire du désir qui entraîne la vie fantasmatique ; de l'autre, par la différenciation entre le moi et le monde extérieur hostile, l'apparition de la négation, matrice du jugement.

La douleur chez l'enfant devient, à ce niveau, créatrice de la plus grande partie de sa structure psychique, tant sur le versant intellectuel que sur le versant de l'imaginaire.

c / La troisième remarque nous ramènera après cette régression à l'enfance, à l'actuel de la douleur en en percevant mieux le destin.

On peut dire en effet que la douleur est un phénomène maturant chez l'adulte comme nous avons vu qu'il l'était chez l'enfant. Les domaines sont nombreux où se fait, en toute évidence, une relation entre création et douleur sans que ce soit toujours par un mécanisme de sublimation. Les perversions et le masochisme en particulier, certaines constructions intellectuelles, les édifices fondés sur les fantasmes, toute une activité mystique enfin : il ne serait pas difficile de trouver des exemples célèbres pour illustrer ces quatre devenirs (Allendy, Baudelaire, Masoch et Job pourquoi pas).

Plus qu'une parole impossible la douleur permet en fait d'accéder à un autre type de parole, sans doute par la régression, c'est-à-dire par la remise en jeu de toute une série de mécanismes infantiles qui, on le sait bien, sont toujours prêts à fonctionner chez l'homme même s'il n'est pas sclérosé.

Telles sont les prémices de ce que nous allons exposer maintenant en centrant notre réflexion sur le destin de la souffrance.

Les Premières Rencontres psychanalytiques d'Aix-en-Provence en 1982 [37] avaient déjà abordé ce thème de la souffrance en l'associant aux concepts de plaisir et de pensée.

En fait c'est surtout le devenir de cette souffrance, dans la mesure où corps et esprit y sont joints, qui nous retiendra ici.

Dès que l'on pose ce problème trois destinées semblent ouvertes au sujet qui souffre :

— un destin sublimé dont les religions fondées sur la souffrance sont l'exemple ;
— un destin pervers dont le masochisme est le type achevé ;
— enfin un destin maturant qui passe par le biais nécessaire de la non-satisfaction.

Une telle présentation toutefois est trop schématique car il est bien évident qu'en clinique, ces destinées s'allient dans des mélanges complexes et c'est donc d'une façon moins scolaire que nous envisagerons les choses :

1 / Il faut dire d'abord que l'utilisation du terme de douleur ou de souffrance entraîne chez l'analyste une certaine crainte, voire une certaine méfiance qui se place aussi bien à un niveau éthique (mais de celui-là je parlerai plus loin) qu'à un niveau psychologique et celui-là je le pointerai d'emblée. Ce terme de souffrance fait appel en effet à la référence d'une psychologie en première personne, c'est-à-dire à un sentiment, disons un vécu, dont le siège se trouve dans le moi conscient. Souffrir est un sentiment douloureux qu'éprouve le sujet dans son corps et dans son psychisme si bien qu'il n'y a de souffrance comme il y a d'angoisse qu'au niveau du moi.

Si l'on en restait à ce niveau, la psychanalyse n'aurait guère sa place, et pour qu'on l'interroge, il faut accorder à la souffrance la valeur de symptôme, c'est-à-dire d'une formation siégeant au niveau de la conscience mais dont les significations et les motivations sont ailleurs.

Certes la souffrance n'est pas le seul signe à répondre à ce statut et l'on peut en dire tout autant de tout ce qui est donné au moi pour être vécu en tant qu'affect ou que représentation. L'œuvre de Freud est remplie de signes qui répondent aux mêmes mécanismes.

Mais si j'insiste sur ce point c'est en raison du danger qui consisterait à rester en surface et prendre un état affectif comme comportant sa cause en soi. La souffrance, c'est ce qui amène le sujet à consulter, c'est ce que l'autre nous fait apparaître comme une demande en vue d'être soulagé, véritable panneau dans lequel nous devons éviter de choir.

2 / Un deuxième élément apparaît ensuite qui peut servir de repère entre nos concepts et qui consiste à élucider le rapport éventuel entre souffrance et déplaisir. Qu'il y ait une relation entre les deux états, cela est bien certain mais cette relation n'est pas aussi évidente qu'il paraît.

D'abord parce que, comme nous le verrons plus loin, la souffrance peut s'accompagner de plaisir (ce qui ressortit alors directement du masochisme), mais mieux encore, si l'on va plus profondément, elle peut répondre directement au principe de plaisir : voulant dire par là qu'elle ne se présente pas alors comme secondairement mais comme primitivement satisfaisante.

En fait pour l'instant nous nous bornerons à souligner la non-équivalence entre des termes aussi proches que déplaisir, auquel nous ajouterons non-plaisir et souffrance. La similitude entre ces états est de pure surface, se situant là encore au niveau conscient et se rassemblant autour d'un sentiment (et non d'un affect) commun : avoir de la peine, avoir mal. Au « mal-être » de la souffrance s'oppose de la façon la plus antithétique non pas le plaisir mais tout simplement le « bien-être ». A la phrase « je souffre » s'oppose la phrase « je suis bien » qui ressortissent toutes deux au niveau phénoménal du vécu. Avoir mal ou être mal, c'est une souffrance qui définit le moi se prenant comme objet.

Un pas de plus et en considérant les choses d'un point de vue métapsychologique, on se doit d'aller plus loin : le problème se pose alors de la souffrance conçue comme une inadéquation de la pulsion et c'est peut-être en ce sens que le déplaisir s'en rapproche au mieux.

Dans cette voie, Christian David [53] a repris avec beaucoup de clarté ce que Laplanche et Pontalis avaient aussi noté en distinguant la souffrance et le déplaisir. Comme l'ont fait ces deux derniers on peut en effet retrouver tout au long de l'œuvre de Freud une telle distinction qui apparaît dans *L'Esquisse*. C. David écrit ainsi : « La paire constrastée mise en place n'est pas comme on pouvait s'y attendre plaisir-déplaisir mais d'une part plaisir-déplaisir et douleur d'autre part » avec comme conséquence immédiate et logique que le processus de l'expérience de satisfaction autant que la satisfaction hallucinatoire qui apaise transitoirement le désir, dépend uniquement du couple plaisir-déplaisir. La douleur est alors définie comme un élément à part qui peut être sous la dépendance d'un facteur quantitatif.

C'est à peu près ce que Ferenczi [87] a exprimé en 1926 dans un de ses derniers articles « Le problème de l'affirmation du déplaisir » dont le sous-titre précise la teneur : « Progrès dans la connaissance du sens de la réalité. » En effet déplaisir et création du monde vont ensemble et les deux mécanismes de la souffrance et du déplaisir peuvent se rejoindre dans cette fonction épistémique. Toutefois une différence essentielle nous montre que la ressemblance n'est là encore qu'en surface car si le déplaisir conduit presque toujours à la connaissance, c'est-à-dire au fondement du réel, la souffrance, souvent sidérante, entraîne en général un repli du moi avec un désinvestissement objectal qui annihile la plupart du temps son issue extérieure. Ce n'est que par une voie très secondaire et très secondairement sublimée que le moi souffrant, utilisant un mécanisme spéculaire, peut prendre sa souffrance comme matériau et en faire par exemple un objet d'art ou un objet mystique.

On aperçoit ici que ce qui est en cause dans tous ces cas a quelque chose à voir avec le mécanisme de la négation dans la mesure où ce terme éveille pour nous l'article de Freud dans son entier. Le « a » privatif comme le « de » sont des préfixes qui répondent aux mêmes mécanismes. Une hypothèse consisterait alors à considérer que la négation, comportant la reconnaissance de ce qui est nié dans la lexis même de l'énoncé, conduit à une double voie pour permettre que soit atteint le plaisir dans le déplaisir : une voie immédiate qui peut s'exprimer par la forme verbale du non-plaisir et une voie secondaire, par retour, la voie du masochisme.

3 / Viennent ensuite les rapports entre souffrance, détresse et deuil dont les relations sur le plan de la langue en tous cas sont évidents.

La détresse naît d'une situation traumatisante bien spécifique : l'impuissance du nourrisson à satisfaire ses besoins et ses désirs entraîne *une incapacité à mesurer les excitations*. En réalité la détresse peut être décrite de deux façons : soit comme l'écrivent Laplanche et Pontalis en tant qu'état de manque, c'est-à-dire en mettant l'accent sur le côté objectif de la situation ; soit en demeurant au plus près du lexique en tant qu'affect, vrai sentiment ou vécu de détresse, c'est-à-dire de l'état affectif créé par l'impuissance à surmonter le danger.

A ce niveau la fréquentation du dictionnaire nous apporte un élément intéressant autant qu'imprévu : angoisse vient de *angustia* (resserrement), détresse vient de *districtia* (étroitesse). Dans les deux cas c'est d'une impression semblable qu'il s'agit.

Si de la détresse on passe au deuil, le rapport est peut-être plus facile à établir. En effet la souffrance du deuil est plus spécifique, plus caractéristique car le parallélisme est certainement plus difficile à faire avec le déplaisir.

La perte de l'objet entraîne une souffrance, douleur morale, véritable symptôme qui est l'expression au niveau du moi, de l'atteinte narcissique. En même temps c'est là un mécanisme de guérison car la souffrance dans ce cas est cohérence et non pas désorganisation psychique : le sujet souffre pour un quelque chose et toute son organisation psychique se structure autour de l'objet perdu.

4 / Du deuil à la sublimation, c'est là un domaine voisin que nous atteignons maintenant et qui sera notre quatrième repère.

Laissant de côté la sublimation artistique dont le romantisme est évidemment le plus bel exemple (et plus qu'à René je pense à : « Sois sage ô ma douleur et tiens-toi plus tranquille » ou bien aux *Leiden des jungen Werthers* un des rares textes dans lesquels le mot de souffrance soit dans le titre lui-même), je préfère m'arrêter un moment sur les relations entre souffrance et mystique religieuse.

Dans l'ancien testament les deux exemples auxquels on fait toujours allusion, Job et Isaïe sont en fait de mauvais exemples et nous souhaitons le montrer. Job par exemple n'a rien à faire dans une quelconque compréhension de la souffrance et ce sont seulement certains exégètes qui ont pu parler de sublimation religieuse, faisant la même erreur que ses trois faux amis. Job souffre sans raison et sa souffrance ne met nullement en cause la justice de l'Eternel.

S'il souffre c'est pour rien, même pas en tant qu'épreuve car pourquoi aurait-il été choisi plus qu'un autre, élu parmi les Elus. La souffrance de Job c'est d'une certaine façon *la sublimation de ses propres pulsions*.

Pareillement dans le livre d'Isaïe on trouve la figure énigmatique du serviteur de l'Eternel qui joue, ont dit encore ces exégètes, le rôle d'un Messie, mais qui est en fait Jacob en tant que représentant du peuple juif et dont le rôle est de reprendre la parole de Dieu. Il est en même temps le « Juste souffrant » qui subit les injures et les outrages de tous les persécuteurs et avec les traits d'un juste défiguré, soumis au mépris par la souffrance, portant toute la souffrance du monde. C'est à lui que l'Eternel révèle qu'il pardonne et que le peuple ainsi que Jérusalem seront sauvés. Là encore où est la sublimation ?

En fait la culture chrétienne a accordé depuis longtemps, et c'est elle qui a repris à son compte Job et Isaïe, à la notion de souffrance une valeur éthique, d'une certaine façon rédemptrice. Le rachat des péchés, les siens ou ceux des autres par la souffrance, est un mécanisme très idéalisé et à partir d'une relecture d'un livre de François Mauriac : *Souffrance du chrétien*, livre où la condition du pêcheur est survalorisée, nous avions écrit, lors des Rencontres d'Aix de 1982 : « Un des thèmes proposé à notre réflexion (la Souffrance) est tout autant connoté au départ d'une perspective éthique. Il n'est pas si aisé, en effet, quelle que soit notre formation et sa profondeur, quel que soit le temps particulièrement long de nos années d'apprentissage, quels que soient nos dons et nos perversions personnelles, de supprimer la hiérarchie des valeurs que le sens commun place entre la souffrance et le plaisir. La morale chrétienne et tout autant un certain nombre de philosophies, ont suffisamment insisté sur la valeur rédemptrice de la souffrance pour que nous soyons imprégnés d'une telle idée et qu'il aille particulièrement de soi que nos douleurs sont toujours expiatoires. De notre côté nous savons bien que les religions et les philosophies n'ont fait que renforcer ce qui forme le fondement même de la situation œdipienne : la menace de castration est consécutive à un plaisir pris, fantasmé ou souhaité par l'enfant, et une partie de sa souffrance angoissée est le fruit de son plaisir à avoir tenté de réaliser ses pulsions. Pour tout le monde culturel dans lequel vit l'homme et ceci depuis toujours sans doute, le plaisir a constamment été teinté de culpabilité et la souffrance de punition, pour la simple raison que la situation œdipienne est antérieure à toute élaboration philosophique ou religieuse. »

En fin de compte la sublimation telle que nous l'entendons dans la culture religieuse nous ramène à la conscience et d'une certaine façon, nous éloigne de l'analyse.

5 / A l'inverse, notre cinquième point nous fera approcher des rapports entre souffrance, angoisse et érotisation, termes qui sont au plus près cette fois de la métapsychologie.

Nous nous demanderons d'abord ce qui sépare l'angoisse de la souffrance car la question se pose de savoir si toute souffrance ne s'accompagne pas d'angoisse et à l'inverse si toute angoisse n'est pas souffrance. A l'extrême, peut-être on pourrait atteindre le mélancolique qui souffre de dépression profonde sans angoisse, tellement chez lui la certitude délirante de sa fin proche ou du pourquoi de son malheur sont là.

Mais cet exemple, paradigme extrême, nous permet toutefois d'appréhender en partie la différence entre angoisse et souffrance. L'angoisse par définition, du moins l'angoisse pure est au niveau du conscient, une peur de rien, c'est-à-dire une souffrance sans raison. Alors que la souffrance est toujours souffrance de quelque chose : la plupart du temps c'est, sur le plan conscient, la souffrance par mécanisme de deuil ou de mélancolie c'est-à-dire comme nous l'avons rappelé plus haut, par perte de l'objet, quel qu'il soit, du réel ou plus idéalisé, avant que les mécanismes d'introjection ou d'identification aient pu compenser la perte.

Ceci pour l'angoisse. Mais quant à l'érotisation, on doit bien remarquer que les deux affects de plaisir et de souffrance sont en général suffisamment distincts : le premier succède au second lorsque l'insatisfaction de la pulsion ayant atteint un seuil très grand de douleur, la pulsion s'assouvit plus ou moins directement et le plaisir apparaît. Mais la succession des temps peut se faire tout autant en sens inverse et l'on sait que ce sont les physiologistes les premiers qui ont montré que l'excès de plaisir pouvait être vécu comme une souffrance.

Dans ces deux cas de toute façon l'alternance fait qu'une scansion temporelle fondée sur le destin de la pulsion est génératrice de la perception du temps comme nous l'avons montré antérieurement [36].

Il existe en fait un troisième cas où la souffrance est érotisée, d'emblée ou secondairement, et c'est au masochisme que l'on doit se référer pour comprendre la métapsychologie de cet état dont la délectation morose est l'exemple le plus affirmé.

Freud [100] avait bien remarqué que « l'état d'excitation sexuelle est l'exemple le plus parfait d'une augmentation d'excitation qui s'accompagne aussi de plaisir ». Cela est vrai dans les différentes formes de masochisme qui, à des degrés multiples, font se rejoindre angoisse et plaisir ; ainsi du masochisme féminin avec la détresse du pénis absent, une des premières angoisses dont les résurgences ultérieures ne sont que le signal évoquant la trace mnésique et qui est un des éléments dont le retour se fait avec ambivalence dans le binôme angoisse-plaisir de l'adulte ; ainsi encore du masochisme érogène où ce n'est pas tant le désir d'être battu par le père qui en est la cause mais déjà l'attente anxieuse et ambivalente qui se situe à ce propos (serai-je battu ou non) ; ainsi enfin du masochisme moral où la répétition de situations douloureuses et anxiogènes est cultivée comme un plaisir par le sujet qui réalise ainsi son besoin d'échecs répétés.

Par là c'est le problème du surmoi qui est posé et l'on peut ainsi transformer dans le sens de notre recherche, par l'ajout d'un seul mot, la phrase de Freud : « Le moi réagit avec plaisir, par des sentiments d'angoisse (et de souffrance ajoutons-nous ici) à la perception qu'il est resté en-deçà des expériences passées, par son idéal, le surmoi. »

Un exemple clinique nous permettra ici de mieux éclairer notre propos : il s'agit d'un cas que nous avions rapporté déjà dans notre travail sur le Temps [36] et si nous le reprenons ici c'est parce qu'il nous semble poser de façon bien évidente les rapports entre souffrance, angoisse et érotisation, même si le terme de souffrance n'avait pas alors été prononcé lors de la première publication.

Voici l'observation telle qu'on peut la lire dans ce texte antérieur :

Aral est donc un homme d'une trentaine d'années présentant depuis longtemps une névrose d'angoisse avec des manifestations phobiques assez bien compensées jusqu'au jour où, ses défenses s'effrondrant à la suite d'un traumatisme affectif banal, il entreprend une analyse. Une séquence de cette longue aventure nous retiendra dans la mesure où elle nous paraît exemplaire dans notre recherche.

Le patient se rappelait avec grand plaisir le souvenir d'un rêve ou d'une scène plus ou moins éveillée qu'il avait vécue dans son enfance. A l'âge de 7 ans, il était allé avec son père au cinéma voir un film d'épouvante : *Le masque de cire*. Il ne se rappelait plus très bien le film, mais seulement que sur un mur, des têtes en cire étaient suspendues, scène dont il avait alimenté un rêve la même nuit. A l'origine de ce rêve s'ajoutait un autre lien avec la réalité : dans le noir de sa chambre et par un jeu de glace, il pouvait apercevoir dans l'entrée une assiette que dans la pénombre, il prenait pour un masque. Tout ceci était bien sûr très angoissant mais mon patient avait, dès les semaines qui suivirent cette scène, trouvé à partir de ces éléments de réalité, un jeu qui lui donnait un plaisir certain : il cachait la tête sous les draps puis la sortait à demi pour voir si l'image terrifiante était encore sur le mur. Epouvanté par cette vue (plus tard il comprit que la véritable phrase était : rassuré par cette vue, il cachait à nouveau sa tête sous les draps), il se rappelait parfaitement que dans ce jeu (jouer à avoir peur) ce qui lui donnait un intense et trouble plaisir était ce moment où il allait se découvrir et, par là même découvrir la présence éventuelle de l'objet inquiétant. C'est plus tard qu'il retrouva ce fantasme et que, le maîtrisant totalement en le rejouant pour lui sur sa scène imaginaire, le récit de ce souvenir qu'il se répétait presque chaque soir était devenu un moyen de s'endormir. Que la castration soit, là, mise en cause, cela semble vrai, mais peu utile dans la conduite de la cure ; que l'objet extérieur, par sa présence, soit aussi un phallus rassurant dont la réalité vient affermir la continuité du sujet, cela aussi est vrai ; que le père soit là aussi, lui qui avait amené l'enfant au cinéma pour que soient vues ensemble ces scènes troublantes, cela va de soi ; mais plus encore, ce qui nous intéresse ici c'est l'association plaisir et angoisse et la restructuration progressive de celle-ci avec le passage d'un symptôme à l'utilisation défensive de celui-ci. Car entraînant l'insomnie au départ, la même scène était devenue génératrice d'un sommeil apaisant.

Pour actualiser cette observation à propos de la souffrance on doit ajouter ici un complément qui n'avait pas sa place dans le premier exposé, à savoir qu'Aral était venu me consulter parce qu'il souffrait à la suite d'une déception amoureuse et que c'est dans cette période aiguë de souffrance morale qu'il était venu demander de l'aide. Certes il y avait bien chez lui une dépression par deuil, par perte d'objet sans que l'introjection de ce dernier ait été possible, mais à cela s'ajoutait une blessure narcissique profonde : on l'avait abandonné, il était sans valeur. Tous ces symptômes disparurent assez vite et le souvenir du masque de cire n'apparut que plus tard, mais il permit de comprendre alors que la souffrance morale vécue lors de la dépression n'était pas que négative : répétant des situations anciennes, Aral avait trouvé dans la réaction dépressive un plaisir compensatoire dont le sens dans l'immédiat lui avait bien sûr échappé.

6 / Cela nous conduit pour finir, à décrire, en prenant l'angoisse comme système de référence, deux formes de souffrance :

a - La souffrance immédiate qui correspond à ce que Freud nomme l'angoisse automatique et qui est liée à une situation traumatisante. Sémiologiquement, cette souffrance peut être en relation avec une situation immédiate de surcharge affective telle que le système pare-excitation est débordé et que les conflits présents sont insurmontables.

Si l'on remonte dans l'histoire du sujet, il est vraisemblable que cette souffrance peut être rattachée à l'état de détresse du nourrisson lorsqu'il est par exemple dans la situation d'abandon ou bien lorsqu'il est soumis à des pulsions internes insoutenables ou à des désirs externes traumatisants. Il s'agit là d'une souffrance symptôme.

b - La souffrance-signal qu'on peut rapprocher du signal d'angoisse tel que Freud l'a décrit à partir de 1920 dans *ISA*. La souffrance dans ce cas remplit une fonction différente. Elle est d'une certaine façon résolutive mais alors que le signal d'angoisse a une fonction préventive qui évite au sujet de se heurter à une situation insurmontable non seulement sur le plan de la réalité mais en raison de ses corrélations antérieures (remplissant alors le rôle d'un véritable mécanisme de défense du moi), la souffrance elle a une fonction de restructuration. Si le signal d'angoisse peut être désorganisateur, la souffrance est plus souvent un mécanisme de guérison dans la mesure où elle permet au sujet de retrouver une certaine unité ; souffrir c'est souffrir dans son entier, c'est-à-dire supprimer tout morcellement.

Ainsi à partir de la clinique comme à partir de la réflexion qui en découle peut-on appréhender comment la douleur physique ou corporelle, et quel que soit son destin, prend place à la fois dans le corps et dans les structures psychiques. Mieux encore on peut penser que grâce à la souffrance, se retrouve le monisme fondamental que l'état de santé remet toujours au second plan, un peu comme si le dualisme apparaissait alors comme un mécanisme de défense du sujet en bonne santé.

7

De l'économique en psychosomatique

Le corps plus ou moins sain ou plus ou moins malade, a à faire avec l'économie psychique, ne fusse que dans les manifestations les plus immédiatement émotionnelles que le moi peut éprouver, mais aussi et plus encore avant même l'entière différenciation des instances psychiques, on pourrait dire dès le premier cri de l'enfant. Toutefois l'appel à l'aspect économique de la psyché ne va pas de soi car, des trois points de vue énoncés dans la métapsychologie comme pivots nécessaires pour définir les processus mentaux, c'est bien cet aspect qui a le moins intéressé les psychanalystes : c'est pourquoi, avant de ramener la dimension économique à ses rapports avec la psychosomatique, il nous semble nécessaire de nous arrêter quelque peu sur le premier terme.

Dans un Congrès qui se tint à Nice en 1985, la question posée était : « Pourquoi les analystes s'intéressent-ils si peu au point de vue économique ? » A cela nous avions donné une première réponse simple, en peu de mots, pour développer ensuite notre pensée de façon plus étoffée : mégalomanes et narcissiques, nous sommes tous des dépensiers qui, sans jamais compter, ont la main percée quant aux pulsions et quant à leurs représentants. Tels de bons financiers, nous nous préoccupons peu de la quantité investie au départ pour porter notre attention avant tout sur le mouvement que subit cette somme, les fluctuations des cours (c'est-à-dire la dynamique) et sur les lieux où elle est placée, les actions par exemple (c'est-à-dire la topique). Et puis comment pourrions-nous être des adeptes de l'économie, nous qui, avec une certaine facilité, avons toujours le mot de la fin, même lorsque nos interprétations sont incertaines et que nos théories reposent sur le doute.

En fait, nous sommes pour nous-mêmes bien plus proches des véritables joueurs et des passionnés profonds et ce n'est que dans la névrose des autres que l'on peut imaginer qu'ils jouissent seulement un peu ou qu'ils font l'amour à demi. Comment imaginer un Narcisse qui jouerait l'attrait de lui-même à l'économie ?

Même dans sa pratique, l'analyste n'échappe à cette règle et il n'est pas pensable actuellement d'être analyste à moitié ou à quart d'investissement ; remarque bien banale mais qui appartient à une loi que nous connaissons bien, la loi du tout ou rien, loi qui nous amène au plus près de notre sujet, c'est-à-dire l'économie dont nous envisagerons d'ailleurs longuement l'aspect général pour nous centrer ensuite sur ce qu'il en est lorsque le corps est en question.

L'humour, nous y reviendrons plus loin, est fait pour exprimer ce qui nous pèse le plus et c'est sans doute pourquoi le début de ce chapitre est teinté d'une certaine ironie : il faut se dépêcher de rire de la chose pour ne pas être pris par un autre mouvement pulsionnel. Car toute plaisanterie défensive mise à part, il est bien vrai que le point de vue économique est celui qui nous met le plus mal à l'aise et que nous cherchons presque toujours à éviter, même si nous avons bien appris la leçon de Freud, lorsqu'il écrit dans la *Métapsychologie* : « Il n'est pas sans importance pour nous de qualifier d'un nom particulier le mode d'appréhension qui constitue l'achèvement de la recherche psychanalytique. Je propose de parler de représentation métapsychologique lorsque nous réussissons à décrire un processus psychique sous les rapports dynamique, topique et économique. Il est à prévoir que, dans l'état actuel de nos connaissances, nous n'y parviendrons que sur des points isolés ». Le conseil est bien donné là, d'avoir à respecter les trois parties de la sorcière, trois parties égales quant à leur valeur et quant à leur intérêt.

En fait le tiers que représente l'économie est bien souvent laissé de côté par Freud lui-même et c'est dans « Analyse terminable et interminable » [98] que ce manque est pointé avec la qualification suivante : « Une quantité négligeable. » Après avoir écrit que « nous nous occupons avant tout des modifications qualitatives et ce faisant nous négligeons généralement, du moins au tout début, le facteur quantitatif », Freud s'appesantit plus longuement sur cet aspect économique. Tout le chapitre est en effet centré sur « la force constitutionnelle des pulsions », comme il l'annonce dès les premières lignes, en critiquant ce mot de « constitutionnel » (ou de « congénital »), puisque dans la vie normale du sujet il existe des renforcements quantitatifs spontanés dont la puberté ou la ménopause sont des exemples. Ces critiques poussent Freud à remplacer les deux adjectifs de « constitutionnel et congénital » par le terme « actuel » en précisant « la force actuelle des pulsions ».

Les choses étant ainsi définies, la névrose apparaît comme le résultat d'un déséquilibre entre les forces du moi et les forces de la pulsion avec les deux cas de figure suivants :

1) Si les forces du moi (qui domptent les pulsions) faiblissent, par surmenage, maladie ou autre, les instincts « jusque-là heureusement réprimés font de nouveau valoir leurs exigences et tendent par des voies anormales vers des satisfactions substitutives » ;
2) Si les pulsions augmentent de force (puberté, ménopause) le même déséquilibre apparaît et fait verser dans la névrose. « Tant que les pulsions sont restées faibles, elles ont pu les contenir ; elles n'y parviennent plus lorsque ces pulsions se trouvent *renforcées*. »

Les variations dans l'économique seraient donc à l'origine des névroses. Mais on y retrouve tout autant, rapporté à la même origine, le pourquoi de certains échecs de la cure, et Freud écrit ainsi : « Le facteur quantitatif de l'instinct s'était en son temps opposé aux effets de défense du moi », ce qui a donné l'état névrotique. Par la suite le même facteur quantitatif vient limiter l'effet de cette nouvelle tentative : « Lorsque la puissance de l'instinct est trop forte, le moi protégé par l'analyse n'arrive pas plus à réaliser sa tâche que le moi encore faible d'avant. »

En réalité, et malgré l'importance du facteur économique c'est toujours la même parcimonie à s'étendre sur ce concept que nous trouvons chez Freud et c'est souvent dans des notes en bas de page que cette partie de la *Métapsychologie* [104] est évoquée. Comme dans « Deuil et mélancolie » une note fait référence au point de vue économique et renvoie à un article de Tausk.

Ainsi nous voyons dans les textes freudiens que se manifeste une constante ambiguïté entre d'une part l'affirmation quasi péremptoire de l'importance de l'économie ; et dans les faits le peu de cas qui est souvent fait de cet aspect de la métapsychologie.

Si cette remarque est vraie, nous ne devons pas en être dupes puisque là comme ailleurs c'est notre fonction de démêler ce qui se voile au-delà de ce qui s'étale. Nous avons au contraire à comprendre ce que cette ambiguïté recèle, ce que cette méconnaissance cache et la quantité ainsi négligée devient, comme dans toute bonne analyse, l'élément le plus important du tableau puisque c'est celui dont on a tendance à parler le moins.

L'économique est traité mieux encore comme un symptôme lorsqu'il est question non plus de l'énergie elle-même et de sa quantité, mais de la défense qui l'accompagne : je veux parler du *reizschutz*, du pare-excitation, paravent protecteur dont la valeur opératoire ne s'est pas démentie puisqu'on le trouve dès 1895 dans le Projet et qu'on le retrouve dans « Au-delà du principe de plaisir ». L'accent ici, comme dans un état névrotique est mis sur les caractéristiques de l'appareil protecteur plus que sur ce qui est ainsi protégé ; l'appareil sert à défendre le sujet contre les excitations extérieures lorsque celles-ci deviennent trop fortes et la protection à l'égard du trop-plein d'excitations internes est alors directement liée aux mécanismes de défense.

La présence de ce système défensif parfaitement mêlé à l'économique fait alors poser le problème à un double niveau :

— lorsqu'on parle d'économie, porte-t-elle uniquement sur l'énergie interne ?
— et si l'énergie externe est aussi mise en cause, comment se fait le lien entre les deux, entre ce qui vient du dehors et ce qui naît du dedans ?

Question difficile mais à laquelle on peut répondre partiellement : pour qu'il y ait passage d'une énergie à l'autre, cela met en question l'existence de « récepteurs » (pour reprendre la terminologie d'avant 1900) qui soient prêts à l'accueillir. Or, en dehors du cas des névroses expérimentales où la quantité d'excitation externe dépasse les normes (névroses de guerre par exemple) il faut bien, pour que le moi en soit atteint, qu'il connaisse déjà la représentation attachée à l'affect en cause. Ainsi le bloc-note magique ne devient réellement pathogène que lorsque ce qui est écrit par une main extérieure correspond, si l'on peut dire, à ce qu'attendait la cire sous-jacente.

Ajoutons que ce pare-excitation est aidé, dans son action défensive, par un autre mode de défense quasi spécifique et particulièrement bien efficace pour enrayer le surplus d'excitation : l'alternance de phases d'excitabilité et d'inexcitabilité, alternance qui est à la base de la genèse du temps, mais ceci nous renvoie à une autre étude et notre propos n'est pas de nous étendre ici sur le fonctionnement du pare-excitation ; cet appareil a seulement retenu notre attention ici parce qu'il nous a semblé être un motif de plus à s'interroger sur l'importance de ce qu'il endigue, c'est-à-dire l'énergie.

Une fois admis que la métapsychologie comporte nécessairement un aspect économique auquel nous ne pouvons échapper, une fois accepté que toutes les fonctions, tous les mécanismes de l'appareil mental en sont tributaires et que la négligence à en parler peut être étudiée comme un symptôme, il est surprenant de voir comment Freud jongle par la suite sur la façon dont évolue le destin du facteur quantitatif. Ce sont les avatars de l'économique dont nous allons parler maintenant, je pourrais dire « l'économique et son destin », et nous partirons pour ce faire de la façon dont Freud décrit ce destin dans l'article sur le refoulement (in *Métapsychologie*) : « Le destin du facteur quantitatif du représentant pulsionnel peut être triple, comme nous l'apprend un rapide survol des observations faites par la psychanalyse :

« 1) La pulsion est tout à fait réprimée, de telle sorte qu'on ne trouve aucune trace d'elle ;
« 2) Ou bien elle se manifeste sous forme d'un affect doté d'une coloration qualitative quelconque ;
« 3) Ou enfin elle est transformée en angoisse.

« Ces deux dernières possibilités nous invitent à prendre en considération un nouveau destin pulsionnel : la transposition des énergies psychiques des pulsions en affects et tout particulièrement en angoisse. »

Il nous est ainsi offert un premier destin éminemment efficace : la répression de la pulsion est telle qu'on n'en retrouve aucune trace ce qui, soulignons-le en passant, paraît curieux dans une théorie qui a pour modèle un certain aspect de la physique du temps, dominé par le principe que si rien ne se crée, rien ne se perd non plus. Et pourtant c'est cette issue que reprend Jones sous le terme d'aphanisis, défini comme la disparition du désir sexuel, et qui devient le plus extrême négatif du point de vue économique.

Il faut dire que c'est là le seul destin qui appartienne vraiment au point de vue économique car à l'inverse les deux autres issues font intervenir des facteurs qualitatifs tels que le déplacement de l'affect sous une autre représentation ou bien sa transformation en angoisse bien entendu. Ce qui, à y regarder de plus près, ne va pas de soi. Comment en effet passer d'une surcharge énergétique, d'un dépassement de ce qui est supportable en quelque sorte sans histoire, à une représentation parallèle qui transforme les effets de l'atteinte initiale. Comment entendre la transformation en angoisse d'un trop d'énergie au niveau du moi conscient ? Comment envisager le déplacement de l'énergie sous une forme différente, dans d'autres voies. Même si l'expérience quotidienne nous fait connaître le bien-fondé de ces remarques, pour autant nous n'en connaissons pas mieux le mécanisme.

Alors reconnaissons-le tout simplement : cette manifestation énergétique, il faut bien le dire, nous la comprenons d'autant mieux qu'elle se passe dans l'actuel au sens où Freud décrivait les névroses actuelles, le trop-plein d'énergie non ou mal utilisé s'exprimant ailleurs sous forme de symptômes. Mais au-delà de cette description dont la consonance bio-énergétique nous gêne, avouons-le, les choses sont loin d'être claires.

Toutes ces difficultés touchent à la psychanalyse en général et nous allons maintenant aborder les choses sous l'angle de la somatisation en rappelant d'ailleurs que l'économique est ce qui règle l'homéostasie, c'est-à-dire « le supportable interne », « l'à partir de quand » la quantité n'est plus négligeable, le gradient de la supportabilité se situant entre l'affect demeuré silencieux ou devenu supportable grâce au déplacement, et l'agir qui permet l'issue à l'extérieur par la décharge protectrice.

Joyce Mac Dougall dans le *Théâtre du Je* [171], insiste longuement sur cette économie de l'affect et sur les diverses possibilités qui nous sont offertes pour l'accommoder à la façon qui nous convient. De toutes les issues qu'elle envisage, l'une nous retiendra surtout lorsqu'elle décrit l'état suivant : « Fortement émue par les événements internes ou externes, je ne prête point attention à ce que je ressens ; au contraire j'évacue sur-le-champ toutes traces d'enregistrement psychique. Les affects ainsi suscités risquent alors d'être séparés de leur rôle psychique et réduits à leur pure expression somatique. »

Ainsi devant l'intensité due à la quantité d'énergie de l'instant, dépassant les capacités de défense du moi, la seule solution est la négation de toute représentation. Le pôle psychique de l'affect reste « blanc » et seule persiste une énergie sans support représentatif, ce que l'on peut considérer comme l'entrée dans un agir corporéisé, c'est-à-dire dans une expression purement somatique. Le passage dans le corps, la psychosomatisation est alors non pas une conversion, elle en est même l'opposé puisque le symptôme n'a pas valeur de symbole, elle devient l'expression purement corporelle d'une quantité d'énergie *qui n'a pu s'évacuer faute de représentation*. Nous sentons là comment cette absence de figuration et ce passage direct dans le corps décrit par Joyce Mac Dougall se rapprochent de la névrose de comportement et de la dépression essentielle telle que la décrivent Marty et de M'Uzan [161], ou de l'alexithymie telle que Sifnéos en parle.

Il est bien vrai en effet que chez certains patients l'économie de l'affect va jusqu'à son déni : dans une situation insurmontable, *la représentation est rejetée d'emblée* et l'affect, passant directement dans le corps n'est pas reconnu en tant que tel. Le corps malade devient alors une réalité, en dehors de tout fantasme et de toute symbolisation possible ; il devient pur agir interne, au même titre, mais en miroir, qu'un passage à l'acte externe totalement insensé.

Dans tout ce destin psychosomatique on peut, en paraphrasant Joyce Mac Dougall, dire que les mots manquent au profit d'une économie de l'affect, rendant les malades « muets quant à eux-mêmes et sourds quant à autrui sur le plan de l'expression de leurs états affectifs et de leurs désirs ».

De tels états, lorsqu'ils apparaissent chez les patients au cours de la cure, sont perçus directement dans notre contre-transfert par l'éprouvé d'une fatigue en quelque sorte écho de l'alexithymie de l'autre, mais différent d'elle en ce sens qu'elle s'accompagne toujours, chez nous, d'une angoisse et d'un mal-être.

Nous ajouterons à cela un développement complémentaire. A côté de ce tableau où l'absence de toute activité métaphorique fait que le corps est la seule expression possible ce qui a pour corollaire une économie de l'affect sur le plan psychique, on peut placer l'activité mentale qui en paraît le plus éloigné : l'humour, phénomène essentiellement mentalisé mais dont une des caractéristiques est, comme Freud l'a montré dans son article de 1928, de déterminer une économie de l'affect. L'humour en tant qu'issue d'une situation gravement angoissante (qu'on se rappelle le pendu dont la semaine commence mal) se présente comme une solution défensive (échapper à cette situation) ; mais de plus, l'épargne de dépense affective a un effet bénéfique : « elle engendre chez l'auditeur le plaisir humoristique. »

Aussi bien dans la psychosomatique où tous les mots manquent, que dans l'humour où les mots sont en plus, on assiste dans les deux cas à une économie de l'affect qui exprime une épargne affective et qui se traduit de façon opposée quant au résultat : d'un côté c'est la montagne qui écrase le corps, de l'autre c'est la montagne magique où triomphe la mégalomanie narcissique d'un moi qui évite et la mort, et la folie ; et même plus simplement la névrose.

Parler d'économie c'est donc parler aussi d'adaptation et ce n'est pas pour rien que le seul texte de Freud dans le titre duquel le terme « d'économie » soit prononcé, est le texte de 1924 sur le masochisme [98].

Rappelons pour ce qui nous intéresse que Freud reprend ici d'emblée, avant d'étudier le masochisme, le rapport entre pulsion de vie et pulsion de mort ; il rappelle au passage que la loi de Fechner relative à la tendance à la régulation, régit aussi bien les processus psychiques que les autres. La dépression naît alors de l'augmentation de la quantité d'excitation et le plaisir provient de la diminution de cette tension ce qui aboutit au principe de Nirvana qui a rapport avec un processus d'équilibre quantitatif alors que le plaisir est en quelque sorte purement qualitatif. Quant au principe de réalité, c'est seulement de façon passagère qu'il met le quantitatif en cause, par exemple lorsqu'il est question d'une mise en tension temporaire du déplaisir.

On aborde ainsi une question essentielle, qui d'ailleurs ne va en rien éclaircir le problème, à savoir les rapports entre quantité et douleur ou quantité et plaisir. Et toute la réponse de Freud sur ce point dans ce texte, sera encore marquée de la même ambiguïté, à savoir que le côté agréable n'est pas ambiguïté uniquement quantitative mais aussi qualitative sans qu'on puisse réellement le préciser. Si bien que même dans cet exemple d'une perversion précise, le masochisme, la limite entre quantité et qualité n'est pas toujours facile à tracer : il y a, écrivent Laplanche et Pontalis sur un plan plus général, un aspect d'emblée économique que revêtent les notions de déplacement et de condensation, si bien que l'utilisation même du concept d'économie nous place dans une situation difficile dans laquelle, il faut bien le dire car il n'y a là aucune spécificité, tout exposé de la théorie freudienne nous replace constamment.

L'ambiguïté apparaît en effet ainsi : d'une part prise dans son sens spécifique, isolée et en opposition aux deux concepts de la métapsychologie, l'économie est bien ce qui caractérise un facteur purement quantitatif s'opposant par là à la dynamique qui s'occupe du conflit entre les pulsions et de leur mouvement, et à la topique qui a trait au lieu de l'appareil psychique où tous ces mécanismes se situent ; mais d'autre part la répartition n'est pas si simple et surtout pas aussi compartimentée. Ainsi de la topique où, l'existence même de ces deux différenciations apporte des zones d'ombre sur la limite entre les parties conscientes et inconscientes des trois instances ; ainsi de la dynamique qui ne prend pas seulement en compte le jeu des forces opposées mais aussi le contenu de ce jeu et leur déplacement ; ainsi enfin et surtout de l'économie qui, partant d'une définition simple caractérisée avant tout par les variations d'intensité de l'énergie psychique et sa circulation, prend en compte aussi sa répartition, c'est-à-dire tout autant le déplacement que la condensation.

En réalité le flou auquel on aboutit a une explication relativement simple : il en est en effet de la théorie analytique par rapport au matériel des séances et à ce qui s'y passe comme du discours structuré de l'élaboration secondaire par rapport au discours de l'inconscient, ce que Pierre Luquet [156] a pu décrire ainsi comme la relation entre la mentalisation de l'inconscient, la pensée du préconscient et la pensée verbale du moi conscient. La théorie analytique ne peut être expliquée qu'en termes logiques même si elle est en tous points l'opposé d'une telle appréhension, qu'elle soit d'Aristote ou de Hegel. Théoriser ici, c'est comme dans le rêve, élaborer un discours pour les autres, c'est-à-dire qu'on le veuille ou non, faire un discours scientifique qui par essence même comportera autant de vérité que d'erreur. Erreur ici (dans le conscient), vérité là (dans l'inconscient) et *vice versa*.

L'exemple de cette difficulté apparaît clairement lorsqu'on envisage l'énergie selon qu'elle se rapporte au processus primaire ou au processus secondaire. C'est à ce niveau que la métaphore avec la physique est à son apogée, tout le monde sachant à l'heure actuelle ce que peut donner la libération brutale d'une certaine quantité d'énergie grâce à la scission nucléaire ; ou bien, plus modestement comme on le sait depuis toujours, qu'un morceau de charbon, solide avec une énergie particulièrement liée, libère en brûlant une énergie dont la chaleur est une des qualités. Le problème qui demeure, bien sûr, est de savoir jusqu'à quel point cette description de l'économique est une métaphore empruntée au monde physique et par voie de conséquence, de quelle façon cette description de l'économique est originale.

La question n'est certes pas facile à résoudre tant la terminologie utilisée est identique dans les deux cas, du physique et du métapsychologique, tant aussi le déterminisme physique est en soi un tout satisfaisant et pulsionnellement séduisant. En un sens on pourrait dire que la théorie physique joue, pour notre pensée le rôle d'un objet hystérisant. De cette difficulté en tous cas la preuve est constante dans toutes nos discussions mais un bel exemple de cette épine nous est donné par le contenu des deux articles du *Vocabulaire* (Energie liée et liaison) où les auteurs sont, par la force des choses, poussés à retrouver dans la physique, à travers Helmoltz, Rankine et d'autres, le fondement de la circulation de l'énergie.

Car en fin de compte ce qui nous paraît le plus difficile est d'entendre d'une part de quoi est faite cette énergie dont il est question, d'autre part de connaître les lois qui la régissent et en particulier les lois de son déplacement ainsi que les variations que ces déplacements entraînent.

Peut-être sommes-nous, dans une recherche ainsi menée et qui nous conduit du clair à l'obscur, trop perfectionnistes et je terminerai plus simplement par deux banalités :

— La première est que, hors de la constatation naïve que chacun peut faire quotidiennement, on ne sait pourquoi à 100° l'eau se transforme en vapeur.

— La deuxième est un retour à la clinique : comme avec l'eau bouillante, je ne suis pas plus certain de mieux savoir pourquoi un de mes patients exhibitionniste de la même trempe que celle décrite par Lassègue, voyait en lui sa tension monter lorsque l'idée le prenait en plein jour, même dans son bureau, d'arrêter toutes ses activités pour aller se poster dans un jardin public afin de montrer sa verge à quelque passante qu'il espérait naïve. Le sens de ce symptôme dans son histoire n'a rien à faire ici, mais seulement les variations de son énergie pulsionnelle sur le plan économique : l'idée une fois survenue se transformait en projet, le projet en démarche et la démarche en acte avec une tension de plus en plus insupportable jusqu'à l'assouvissement au moment de l'éjaculation qui suivait l'exhibition. Tout le scénario et son déroulement implacable était fonction (ou accompagné) d'une progression de l'intensité de la pulsion, disons d'une augmentation de l'excitation interne qu'aucun pare-excitation extérieur ou intérieur ne pouvait apaiser. La dépense chez lui était une obligation absolue, l'énergie de plus en plus liée à une représentation allant se précisant, se rétrécissant de plus en plus quant au but, au fur et à mesure que la cible se rapprochait, pour se libérer de tout fantasme une fois le plaisir obtenu.

Certes tout ceci a pu être intégré dans une dynamique assez élaborée mais à y regarder de près, rien dans toute la compréhension de ce symptôme n'a jamais pu me faire entendre réellement le déroulement de ce scénario sur le plan économique s'entend, excepté de le décrire. Je ne puis que me dire : « A un certain moment la pensée passe au geste » ; comme l'eau se transforme en vapeur, à un certain moment.

L'analyste est-il réellement dépensier ? La réponse à la question serait alors que de ce symptôme-là nous ne voulons en général pas parler, car c'est sans doute le seul agir que notre métier, dans son éthique, nous accorde. Et lorsque le mécanisme énergétique touche au corps il faut bien reconnaître que nous sommes encore plus muets.

Pour finir, on peut dire que le corps représente, d'une certaine manière, la façon la plus économique de revivre les traumatismes, tant les bénéfices primaires et secondaires y sont évidents, même si la mort est une des fins de la maladie somatique. L'agi corporel comme système de défense actuel, l'agi comme seul moyen d'expression avant que la parole soit survenue, est ce qui, d'une façon peut-être trop schématiquement erronée, définit un des sens du champ psychosomatique.

8

La recherche en psychosomatique

L'ensemble des réflexions que nous venons d'exposer nous conduisent à tenter de mieux approcher comment se présente la recherche en psychosomatique, à préciser tout autant le sens que prend ce concept ou cette « activité » dans le champ qui nous occupe.

Longtemps nous avons cru, et certains en sont encore persuadés que la recherche en psychosomatique répondait pratiquement aux mêmes critères que dans les autres disciplines, les scientifiques en particulier. Une telle conception, nous le verrons, risque d'entraîner des errements graves et surtout des conclusions qui n'ont de satisfaisant que l'apparence rassurante qu'a toujours la science quel que soit son genre d'application.

En fait plus on avance en analyse, car il en est exactement de même pour la psychanalyse des névroses, des psychoses et des maladies organiques, plus on s'aperçoit que le terme de recherche répond à des critères bien spécifiques et c'est ce que nous allons maintenant essayer de montrer.

L'erreur a été en effet longtemps et pour beaucoup de penser que le même signifiant (la recherche) connaissait un sens invariable et totalement indépendant de son champ d'application. En réalité si l'homme-cherchant peut, d'une certaine façon être défini par des caractères relativement spécifiques, il n'en est évidemment pas de même quant aux méthodes suivies, quant aux instruments utilisés et plus profondément encore quant au sens que le chercheur lui-même donne à ce qu'il fait. L'homme n'est pas bon à tout investiguer et, dès que l'on passe sur un plan pragmatique on se rend compte que quelle que soit la discipline le chercheur est indissociablement lié à l'objet de sa recherche et aux moyens qu'il utilise dans ce but.

Dans notre champ propre, l'esprit analytique et l'esprit scientifique peuvent parfois donner l'impression de se mêler dans un harmonieux cheminement. Mais c'est là encore une illusion dont il faut se défaire et c'est en reprenant notre propre expérience à ce propos que nous essaierons d'en dévoiler les facettes trompeuses.

Le chapitre ici se divisera en deux parties.

— Dans la première nous verrons comment une maladie prise à titre d'exemple, peut être étudiée d'une façon qui se prétend scientifique avec des méthodes apparemment expérimentales. Le syndrome que nous avons choisi pour exemplarifier ce type de démarche appartient aux maladies des voies biliaires que nous avons étudiées de près il y a de nombreuses années.

— Dans la deuxième partie plus théorique, nous envisagerons les problèmes posés par ce type de recherches en psychosomatique dans un essai critique qui pourra tout autant s'appliquer à la psychanalyse en général.

1 / Un exemple de protocole expérimental

L'exemple que nous prendrons est celui que nous offre certaines maladies du corps dans lesquelles précisément l'expérience au sens scientifique du terme et la psychanalyse peuvent donner l'impression de se compléter : telles sont les maladies de la vésicule et des voies biliaires, organes creux du tube digestif, connues depuis toujours comme étant étroitement liées aux fonctions affectives. On peut dire que ce type de maladie n'a pas attendu l'invention du vocable psychosomatique pour en faire partie. Ce n'est pas sans fondement que le mot de mélancolie a l'étymologie que l'on sait, que le sens populaire a donné à la jaunisse une étiologie émotionnelle (bien qu'il n'existe que très peu d'observations convaincantes en ce sens dans la littérature, disent les spécialistes) et dans le langage le plus courant la locution est banale « d'une bile qu'on se fait ».

D'un langage commun, des idées reçues dans lesquelles nous vivons aux concepts, il y a une distance certaine, féconde d'ailleurs dans la mesure où elle permet un travail scientifique. C'est ainsi que les maladies biliaires ont acquis progressivement une reconnaissance spécifique avec de nombreux schémas cliniques et expérimentaux que nous verrons en détail. Depuis le début du siècle, les chercheurs ont en effet mis en évidence la relation entre le psychisme au sens large du terme et les réactions de l'arbre biliaire, d'une façon démonstrative. La question s'est encore précisée dans la mesure où les maladies biliaires ont été démembrées et où se sont individualisés des aspects fonctionnels ou des maladies organo-fonctionnelles.

Une autre notion doit être enfin rappelée, essentielle : les voies biliaires font partie des organes creux des viscères appendus au tube digestif ; en cela ils ont une fonction particulière dans la symbolique autant que dans l'image que le sujet construit de son propre corps.

Sur le plan pathologique enfin les maladies de la vésicule ont ceci d'intéressant pour nous : certaines sont très nettement organiques, d'autres uniquement fonctionnelles, d'autres enfin mélangent ces deux sortes de pathologie de façon soit simultanée, soit consécutive (une lésion est souvent en effet considérée par les médecins comme la titularisation d'une atteinte fonctionnelle longue, importante et répétée). Dernier point et non des moindres, dans l'éventail nosographique des maladies responsables de malaises divers, la vésicule est très souvent et très facilement accusée autant par les médecins que par les malades d'une foule de troubles dont elle est dans bien des cas, innocente.

C'est donc sur un tel organe et sur sa pathologie que pendant plusieurs années nous nous sommes penchés, le côté gastro-entérologique médical étant parallèlement envisagé par le Pr H. Sarles et ses collaborateurs. Cette étude a été conduite, en son temps, sur le plan expérimental et sur le plan clinique.

1 / Sur le plan expérimental, déjà quelques auteurs avaient étudié ce même problème d'une façon similaire. Ainsi Grace et Wolf [115] qui, en observant directement par des fistules coliques les modifications de la muqueuse, ont montré que la peur entraîne l'hypo-fonctionnement colique et la pâleur de la muqueuse ; l'anxiété, l'appréhension, les conflits entraînent des lésions hémorragiques.

D'autres expérimentateurs (Langheirich, Wittkower en particulier) avaient utilisé l'hypnose en examinant les variations de qualité et de quantité de sécrétion biliaire selon les stimuli suggérés pendant le sommeil : le plus physiologiste des deux auteurs suggérait ainsi l'ingestion de beurre frais ou de bouillon ; le plus analyste des deux soumettait le sujet à des états affectifs aussi divers que la joie, la tristesse, l'angoisse ou la colère. Citons seulement les résultats apportés par Wittkower qui, dans des séries de plus de vingt expériences, constate que joie, tristesse et anxiété augmentent la sécrétion de la bile. Le phénomène se produit presque dès le commencement de la suggestion et la durée de la sécrétion est multipliée par deux ou par six. Par contre, pendant la durée de la colère, la sécrétion de la bile est entièrement inhibée.

En nous inspirant de ces diverses techniques nous avons donc en 1968 conduit une expérimentation qui peut être ainsi résumée : une technique gastro-entérologique appliquée par les spécialistes, une technique d'entretien et un groupe de patients sur lequel ont été appliquées ces recherches.

De ces trois éléments bien détaillés dans un travail publié alors, nous ne donnerons ici qu'un résumé en rappelant d'abord que le but de la recherche était de mettre en évidence l'éventualité de variations de la pression à l'intérieur des voies biliaires lorsque le patient est placé dans des situations émotionnelles expérimentales ; et, dans le cas de résultats positifs, de voir si ces situations émotionnelles provoquées pouvaient être mieux précisées.

Ainsi donc, les patients porteurs d'une sonde intracholédocienne permettant l'enregistrement des pressions dans les voies biliaires, étaient soumis à un entretien qui avait été codifié.

La consigne avait été donnée à deux expérimentateurs chargés de cet entretien de faire préciser : l'histoire du malade quant à sa maladie actuelle, ses antécédents et ensuite l'histoire de son existence personnelle avec des conflits possibles. A noter que, dans certains cas, l'ordre des choses était renversé de façon à ne pas toujours terminer par les mêmes questions, ce qui pouvait être une cause d'erreur quant au résultat. Il faut noter aussi que les malades n'étaient pas préparés à cette intervention, qu'ils n'étaient pas connus des médecins venus les interroger et qu'on leur disait seulement au début de l'expérience qu'on allait les questionner pour étudier le fonctionnement de certains de leurs appareils. La fin de l'entretien avait aussi une valeur expérimentale : le déroulement de l'expérience ayant été traumatisant, il était utile de voir si le fait de rassurer le malade avait une répercussion sur les variations obtenues antérieurement.

On doit noter de plus que les conditions de l'expérimentation n'étaient pas tellement parfaites au point de vue psychologique, en particulier l'expérience s'est faite souvent dans un certain bruit de fond assez spécifique aux hôpitaux et contre lesquels il n'y avait pas moyen d'assurer protection.

Le but de cette expérience étant de voir l'influence de certains stimuli sur la pression cholédocienne, ces stimuli étaient de deux ordres :

— les uns, accidentels, bruits brusques dans la pièce non insonorisée, certaines exclamations bruyantes ou sonneries diverses. Il s'agit là de stimuli entraînant des réactions émotionnelles en général et bien qu'ils n'aient pas été prévus dans le programme initial, ils se sont révélés importants ;
— les autres, plus proprement expérimentaux : au cours de l'entretien, ont été ainsi isolées deux situations pouvant être particulièrement stressantes compte tenu de la maladie du sujet et de son existence ; d'une part la crainte du patient d'avoir une maladie grave et d'autre part l'abord de problèmes personnels, en particulier affectifs liés aux relations familiales.

Nous passerons ici sur toute une série de résultats qui nous importent moins aujourd'hui pour signaler simplement que chez tous nos malades, au cours de l'entretien s'était manifestée une élévation nettement caractéristique de la courbe des pressions. Cette hyperpression ne durait que le temps où étaient évoqués les thèmes stressants et la tension redescendait une fois le stress épuisé.

2 / Parallèlement à cette étude expérimentale, une étude clinique était poursuivie sur des patients semblables et il nous avait semblé alors dans une cinquantaine de cas que l'on pouvait différencier des profils psychologiques variables selon le syndrome présenté par le sujet.

Ainsi chez les lithiasiques les résultats ne semblent pas concordants et, dans l'ensemble, la personnalité de ces malades est peu spécifique. Quelques éléments dominent cependant à savoir une tendance à l'agressivité, à l'activité hostile. Ce sont en effet des sujets qui vivent dans un climat d'hostilité qu'ils entretiennent volontiers. Leur histoire familiale ne montre pas de traits dominants ; la structure de leur personnalité est variable.

Chez les dyskinésiques, il nous semblait que l'on pouvait définir un profil différent qui se présente ainsi : le niveau mental dans l'ensemble est normal, aux alentours de la moyenne. Chez tous nos malades, le comportement répond aux caractéristiques suivantes : dépression, asthénie psychique et physique, algies d'allure cénestopathique, diffuses, troubles du sommeil, subanxiété, irritabilité. Il doit être signalé que ces symptômes préexistaient à l'apparition du trouble somatique et ne peuvent donc pas être taxés de secondaires.

Sur un plan dynamique, la vie de ces malades paraît avoir été marquée par une succession d'échecs dans tous les domaines : professionnel, sexuel, familial. Leur existence est perpétuellement tourmentée. Ils semblent avoir collectionné les traumatismes affectifs, à chaque fois intensément vécus. Il est rare qu'ils manifestent leur agressivité, ils sont presque toujours passifs, soumis et résignés, acceptent leurs vicissitudes, attendant que les circonstances extérieures changent leur destin. Presque tous ont été, depuis leur enfance, dépendants de leur entourage ou d'une personne investie d'une certaine valeur ; un soutien extérieur leur est nécessaire. La sexualité de ces sujets est inachevée, et surtout les femmes qui sont pratiquement toutes frigides. Tous ces malades enfin sont des frustrés, frustrés dans leur enfance, frustrés ensuite dans la vie où chaque séparation est vécue comme une perte totale, et de l'autre et d'une partie de soi.

Les conflits actuels ne sont pas à sous-estimer : situation familiale difficile, mésentente affective, désordre matériel. L'une est en lutte avec un mari qui la poursuit, l'autre cache sa grossesse à ses parents jusqu'à la naissance de l'enfant illégitime, celle-ci voit ses troubles apparaître après le mariage raté de sa fille, etc. Chez un certain nombre de malades, les manifestations biliaires sont survenues après une tension psychique paroxystique.

3 / Ces deux ordres de recherches, pour conclure, se résument de la façon suivante :

Sur le plan expérimental, la preuve peut être faite, précise et sans ambiguïté, de l'influence des situations psycho-affectives sur le fonctionnement des voies biliaires extra-hépatiques.

Sur le plan clinique, si les lithiasiques ne paraissent pas avoir de structure particulière, on peut retrouver chez les dyskinétiques des traits de personnalité communs.

Mais il est bien hasardeux de rechercher des traits spécifiques à une maladie organique et les caractères que nous avons ainsi mis en évidence sont superficiels sans que l'on puisse à aucun moment les considérer comme originaux et propres à cette pathologie.

Tel est le texte résumé que nous avions élaboré il y a une vingtaine d'années et qui représente encore une acception de ce que certains appellent psychosomatique.

A la lumière de la façon dont les choses ont évolué ce travail maintenant présente un certain nombre d'éléments très discutables portant d'abord sur la recherche d'une spécificité, hypothèse reconnue comme illusoire ; portant ensuite sur la forme même de la recherche en psychosomatique et c'est cet aspect que nous allons maintenant envisager.

2 / *Etude critique de la recherche en psychosomatique*

L'exemple précédent nous a donc montré comment pouvait se dérouler une recherche où la psychanalyse du corps était considérée comme objet scientifique au sens habituellement donné à ce domaine.

La réflexion va nous conduire maintenant dans une direction différente, à savoir que, lorsqu'il s'agit de la psychanalyse (et ici nous l'appliquerons à la psychosomatique mais ce que nous allons dire est aussi vrai pour la psychanalyse envisagée d'un point de vue général) la recherche donc a des caractères tout à fait particuliers qui ressortissent peut-être plus à l'exégèse qu'au déroulement causaliste ou déterministe auquel la recherche scientifique nous habitue.

Le terme même de recherche a toujours gêné les analystes et sans entrer dans le détail, un exemple caricatural de ce fait nous est donné par ce qui s'est passé en 1982 et que l'on pourrait résumer sous le titre de *La mission Godelier*. Le gouvernement avait alors créé une mission dont le but était de demander aux sociétés de psychanalyse les plus diverses d'exposer leurs besoins en guise de recherche. On a vu alors se multiplier des réunions, apparaître des manifestes divers dont le contenu était assez polymorphe mais en fin de compte cette mission a échoué et la raison de cet échec réside très clairement dans l'impossibilité où se sont trouvés les analystes de définir d'une part ce qu'étaient leurs recherches et d'autre part, si tant est qu'ils eussent pu le faire, quels étaient leurs besoins dans ce domaine.

On pourrait nous faire remarquer, et cela est certainement vrai, qu'il n'y a pas que les analystes à avoir de tels problèmes et qu'il ne serait pas forcément de bon ton de demander aux scientifiques ce qu'ils entendent définir sous le terme de « recherche ». Qu'ils cherchent, cela est sûr mais ne leur en demandons pas plus et c'est seulement les philosophes des sciences qui pourraient répondre à cette question.

Alors bien sûr en psychanalyse les choses sont encore beaucoup plus complexes et ceci pour de nombreuses raisons dont la première, la plus fondamentale est qu'elle fonctionne sur un mode purement subjectif qui ne présuppose pas procéder d'une pensée bien faite ou d'être fondée sur la logique habituelle. La psychanalyse s'oppose par là à toute démarche matérialiste, qu'elle soit ou non dialectique dans la mesure où elle ne pose pas le monde comme objet de recherche indépendant du moi.

La seule matière, au sens objectif du terme, sur laquelle travaille le psychanalyste est le cadre dans lequel il fonctionne, son divan, son bureau, ce qui est accroché sur ses murs, les bruits quotidiens du monde ambiant. A ce niveau on pourrait en effet envisager une étude scientifique des supports matériels de l'analyse et l'on sait d'ailleurs toute l'importance qu'a pris la notion de cadre dans notre discipline. Mais ce dernier terme n'a pas, là encore, le sens qu'on lui accorde habituellement, dans la mesure où il représente tout autant ce qui limite que ce qui est ainsi limité.

Les choses qui sont dans le cadre ne sont en réalité que dans une situation d'étrange inexistence dont la description a été remarquablement faite par Georges Pérec [201] lorsqu'il parle de son analyse : « Je pouvais voir trois murs, trois ou quatre meubles, deux ou trois gravures, quelques livres. Il y avait de la moquette sur le sol, des moulures au plafond, du tissu sur les murs : un décor strict et toujours bien rangé, apparemment neutre, peu changeant d'une séance à l'autre, d'une année à l'autre : un endroit mort et tranquille. »

Le verbe « chercher » n'a finalement de commun que sa transitivité (et encore) et dans notre domaine un certain nombre de caractères le définissent d'une façon qui paraît bien spécifique.

1 / Le premier point particulier a trait au plaisir à fonctionner, ce qui d'une façon vulgaire peut ainsi s'exprimer : le chercheur cherche avec (ou par) plaisir.

Cela est vrai, nous dira-t-on, dans tous types de recherches et qu'il s'agisse de la quête de l'or, de résoudre des équations difficiles, de chercher les causes des mouvements des étoiles, on voit mal comment il serait fait de la recherche dans un de ces domaines sans que le chercheur ait quelque plaisir à le faire.

Mais en psychanalyse la recherche a ceci de particulier : le plaisir non seulement fait partie de la recherche mais il est analysé comme tel dans le processus analytique qui le sous-tend. Alors que le scientifique se contente de reconnaître qu'il a plaisir à fonctionner, il est de la nature de l'analyste de se demander pourquoi il en est ainsi et à quoi répond ce plaisir dans la situation de travail où il se trouve. S'interroger sur le plaisir (ou le déplaisir) qui existe dans la relation avec autrui fait partie de l'objet même de la recherche et nous ne connaissons pas d'autre domaine qui soit sur ce point comparable.

2 / Le deuxième point a trait à la fusion à la fois intime et discontinue qui existe en analyse entre l'objet et le sujet.

Une telle remarque semble faire rentrer l'analyse dans un cadre philosophique purement idéaliste ; mais l'analyse n'est pas une philosophie au sens où elle ne se résout pas à une constatation de la nature du monde et des choses qu'il contient mais elle est tout autant définie par son action : là encore le « nous » qui fait le cadre de l'analyse ne devient analytique que dans la mesure où il est à son tour sujet d'interrogation.

D'un autre côté on peut avancer le fait que les scientifiques eux-mêmes ont compris l'impact de celui qui regarde sur la chose regardée, disons mieux de l'expérimentateur sur l'objet de son expérience et qu'il avait à en tenir compte. Qu'en ont-ils fait en réalité ? Certains, rares, en ont conservé toute l'importance et les spécialistes de la relativité auraient là à nous apprendre. Mais pour la plus grande partie l'effort a été porté sur la nécessité d'isoler le plus possible la part de l'expérimentateur dans l'expérience afin d'obtenir le maximum d'objectivité.

Nous avons connu ainsi un célèbre psychologue expérimentaliste qui avait préparé ses expérimentations sur l'apprentissage chez le pigeon de telle manière que l'homme en soit totalement exclu : les animaux travaillaient la nuit, dans les cages, complètement isolés du monde extérieur. Notre savant avait simplement oublié que ce n'est pas le pigeon qui avait construit lui-même le programme auquel il était soumis et de plus que ce n'était pas lui qui dépouillait les enregistrements polygraphiques qui étaient apparus dans les conditions les plus idéales d'objectivité. Un autre collègue me faisait remarquer un jour que pour une loi aussi importante que la pesanteur et l'attraction universelle, le lien entre la pomme et Newton n'avait été qu'un accident passager ; qu'à l'inverse on peut dire que Freud et Dora s'étaient connus depuis toujours pour découvrir et décrire l'hystérie.

3 / Il nous faut aussi prendre en compte le fait suivant, à savoir que dans son fonctionnement, l'investissement de l'analyste est total et constant ; celui du scientifique est intermittent et partiel. Cela ne veut évidemment pas dire que l'analyste, tel le mystique, sera à tout moment de ses nuits et de ses jours à se poser la question du pourquoi de ses pensées et de ses actes ; pas plus cela ne veut-il dire qu'il n'y a d'analystes que ceux qui font de l'analyse à tout moment. L'analyste peut faire n'importe quoi, et le faire aussi bien ou aussi mal que tout le monde. Mais sa spécificité est de pouvoir, si cela lui convient, réfléchir sur n'importe quoi d'autre et l'intégrer dans sa conception analytique des choses et du monde. En somme l'analyste est condamné à ne pas avoir de double activité.

A l'inverse les scientifiques nous donnent très souvent l'exemple d'être, dans leurs laboratoires, des matérialistes absolument convaincus, plus réalistes dans leurs pensées que les plus impétueux des partisans, même si sortis de leurs laboratoires, ils peuvent se rattacher à n'importe quelle orthodoxie la plus spiritualiste soit-elle.

4 / Enfin, et ce dernier point n'est pas un détail, la recherche en analyse n'implique aucun but extérieur et ne comporte aucune visée politique. Dans la terre étrangère qui, en fait, est leur véritable terre, l'analysant et l'analysé n'ont de l'aspect social qu'un support fantasmatique et totalement dépourvu d'une attache à un quelconque matérialisme historique.

Les scientifiques eux, sont à l'opposé, quelle que soit leur position personnelle : dans la recherche scientifique il y a une ingérence constante du politique, que ce soit pour l'obtention du budget (condition nécessaire à la qualité de l'expérience) ou que ce soit pour l'utilisation secondaire faite des résultats obtenus. Il serait trop facile d'évoquer ici l'utilisation à des fins militaires de toutes recherches spatiales et atomiques.

Certes on a pu dans certains cas chercher à utiliser la psychanalyse en tant que méthode ou en tant que position fondamentale dans des buts politiques. Les critiques marxistes de Politzer, plus précisément les critiques parues juste après guerre dans la Pensée sous la direction de Laffite, ont montré que, par exemple, un concept comme la frustration pouvait être utilisé de façon politique négative (les revendications tendant alors toujours à s'expliquer par des raisons internes et non par des raisons sociales). Ces critiques semblent n'avoir été qu'une question d'époque et de toute manière actuellement il existe tout un courant marxiste qui essaye de reconnaître à la psychanalyse son bien-fondé.

Pour conclure ces points fondamentaux je dirai que ce qui spécifie la recherche en psychanalyse c'est que « chercher » signifie avant tout (et peut-être seulement) élucider la relation transfert - contre-transfert. C'est-à-dire comprendre ce qui se passe dans un domaine où sujet et objet ne sont plus séparés mais ont à faire ensemble et à élucider le lieu commun de leurs fantasmes. On peut dire autrement qu'en psychanalyse l'objet de la recherche est contenu dans le chercheur.

A partir de ces remarques il semble que l'on puisse définir ce que signifie « chercher » en psychanalyse, comme en psychosomatique d'ailleurs, par trois aspects qui demeurent liés mais que nous séparerons pour la clarté de notre exposé.

1 / Un premier sens de la recherche est constitué par les cas où il s'agit avant toute chose d'une recherche sur la psychanalyse, voulant préciser par là qu'elle porte sur la psychanalyse considérée comme un objet. La psychanalyse étant entrée dans le domaine social, elle est devenue un corpus fait de concepts, d'auteurs, de sociétés, d'évolutions et la recherche peut donc s'exercer à son propos comme elle le fait dans tous les domaines auxquels elle s'intéresse. On retrouve là la même attitude générale du savant vis-à-vis de l'objet de son savoir, qu'il s'agisse d'astronomie, de botanique, ou de tout autre chose.

On voit ainsi se multiplier des travaux portant sur l'histoire de la psychanalyse, sur tel ou tel des premiers disciples de Freud, sur la vie et les conditions sociales à Vienne au début du siècle, sur les groupes d'analystes et leur évolution : la lecture de tous ces travaux nous fait bien comprendre qu'il s'agit là d'essais souvent fort bien faits mais demeurant souvent extérieurs au réel problème de l'analyse. D'ailleurs ceux qui écrivent de cette façon ne sont pas toujours des analystes même s'ils prétendent l'être, ce qui n'a d'ailleurs pas grande importance. L'un des meilleurs exemples nous est offert par l'autobiographie de Schnitzler, non pas en tant qu'autobiographie même de cet auteur dont le but n'était pas de parler de Freud, mais quant aux travaux des critiques qui à partir de ce journal ont tiré ce qui leur paraissait éclairer l'œuvre de Freud.

Même si nous connaissons la limite de ce type de recherche dont l'essence est d'une certaine façon comportementale, il faut prendre ces textes pour ce qu'ils sont : des objets extérieurs à l'analyse que, dans un deuxième temps, l'analyste pourra intégrer à sa propre recherche.

2 / Le deuxième sens du terme « recherche » en psychanalyse, nous le réserverons à ce que l'on peut appeler l'exégèse des textes fondamentaux.

Il s'agit là d'un travail essentiel à nos yeux où se mêlent de façon indissociable l'enseignement, la recherche et la pratique, à condition de garder au terme d'exégèse son sens le plus profond : lecture et relecture plusieurs fois répétées par divers auteurs d'un texte freudien qui renvoie à d'autres textes, le sens pouvant varier selon les moments et selon la pratique de l'exégète ; mais ces sens même s'ils sont contradictoires s'ajoutent en fin de compte les uns aux autres.

L'exemple nous en est quotidiennement donné par les séminaires pratiqués dans les instituts de psychanalyses : il y a près de cent ans que l'histoire de Dora a été écrite et il y a presque autant de temps que, chaque année, des analystes se penchent sur ce texte. A chaque fois, cette relecture entraîne de nombreuses réflexions.

L'exégèse ici est tout à fait talmudique : un auteur a dit ceci à propos de tel texte, un autre auteur a dit autre chose, tel paragraphe se rapproche de tel autre ce qui amène à penser tel concept sans que cela soit une conclusion mais toujours une ouverture. Tout un travail serait d'ailleurs à faire qui comparerait les divers modes d'interprétation talmudique et l'interprétation analytique : du signe collant au signifié au pur symbole en passant par l'allégorie par exemple.

3 / Enfin « chercher » se rapporte ici à un troisième sens : la continuité de l'analyse personnelle et la pratique de l'analyse. La recherche se situe là dans le maintien de l'appréhension de ce qui se passe dans la relation transfert - contre-transfert. Remarque dont l'exemple le plus achevé se trouve dans *Le trouble du souvenir sur l'Acropole*, écrit quand Freud avait 77 ans à propos d'un événement qui s'était passé environ quarante ans auparavant.

Pour finir, ces trois éléments réunis représentent pour nous ce que le mot de chercher veut dire en analyse : Chercher, verbe qui sous son aspect infini, met l'analyste dans une double image conjointe, celle de Moïse et celle de Léonard de Vinci, telles que Freud nous en a donné les deux représentations.

Nous pouvons ici très rapidement apporter à ces deux parties précédentes une conclusion d'ensemble dans laquelle ce qui a été dit à propos de la première partie pourrait être repris de façon schématique par la seconde.

Ainsi compte tenu de ce que nous venons de décrire comme définissant le sens de la recherche en psychosomatique, l'expérimentation que nous avons décrite au début de ce chapitre et qui avait été, rappelons-le, réalisée il y a une vingtaine d'années, entraîne les remarques suivantes :

— Au cours de la mise en train de l'expérience, le lien entre le médecin et le malade, la notion de transfert ou simplement l'investissement de l'expérimentateur, n'ont pas été pris en ligne de compte. On a traité le patient comme un objet sans tenir compte de ce qui reliait le patient et l'analyste.

— L'expérimentation a mis en évidence l'influence des stimuli émotionnels sur le fonctionnement de la vésicule, ce que l'on savait déjà. Disons simplement que l'expérience a apporté une preuve indiscutable, « scientifique » de ces phénomènes mais sans plus.

— A considérer cette recherche de plus près, on peut dire qu'une telle expérimentation nous apprend peut-être quelque chose sur l'émotion mais rien de précis sur la maladie dans son ensemble.

— L'aspect clinique est trop superficiel pour donner une valeur aux résultats obtenus, trop superficiel au sens d'un entretien conduit dans un certain but : de tels entretiens conduisent irrémédiablement aux fiches d'observation et à l'extrême à l'ordinateur qui abolit toute relation.

— Est-ce à dire que toutes ces recherches soient négatives ? Non sans doute car elles permettent quand même un certain type de progression qui reste à définir ; elles nous donnent un aspect du champ dont on doit connaître les limites ; elles sont enfin susceptibles d'être améliorées si l'on tient compte de ce que nous apprend une réflexion plus profonde sur le sens de la recherche en psychosomatique tel que nous l'avons développé dans notre deuxième partie.

9

La nosographie

Du symptôme au fantasme en vue d'une classification

Le cadre nosographique est un des premiers a être mis en cause dans une étude sur les avatars corporels, tant la science médicale nous a contraints à en faire un usage absolu. L'apprentissage de la médecine oblige en effet à intégrer un corpus de règles, dont seule l'apparence est scientifique et dont l'ossature est faite des maladies avec leurs définitions aussi complètes que possible ; la médecine nous conditionne à une classification dont la commodité pratique n'est évidemment pas en cause mais dont l'analyse, sauf risque d'erreur, ne peut tenir compte qu'à un degré très secondaire. On peut ajouter à cela qu'une telle classification varie selon les modes, les époques et les cultures : après Foucault, il est bien facile de montrer que les référents ayant valeur dans d'autres civilisations ont autant de vérité même pratique, que ceux auxquels notre culture occidentale fait appel.

Mais avec la psychanalyse, et c'est là une banalité, les choses vont plus loin encore puisque le corps auquel elle se réfère, est orienté aussi bien dans son évolution que dans son immédiateté, autour des zones érogènes : tenant compte de ce fait, il devient alors tout à fait impossible sinon incohérent d'accorder, dans notre domaine, une valeur à la nosographie que la médecine nous enseigne, à moins d'en préciser les points de jonction. Tout au plus peut-on penser que l'intitulé d'une maladie quelconque, ce qui s'énonce par exemple comme l'ulcère ou l'infarctus, peut à son tour se mettre au service des idées, des représentants ou des images que les pulsions et leur destin véhiculent.

On ne rappellera jamais assez que la classification nosographique de la pathologie a une fonction purement médicale, elle est faite pour que, dans le champ de la médecine, les observations soient comparées dans un discours réservé à une certaine classe professionnelle. Ainsi une maladie est définie par ses symptômes, son étiologie, sa pathogénie et ses fondements anatomo-cliniques ; on dira par exemple que la typhoïde est une maladie caractérisée cliniquement par tels signes, anatomiquement par telle lésion, sérologiquement par telle réaction et dont une des causes est un bacille précis ; ou bien que le tabès est une méningo-encéphalite syphilitique qui s'exprime par une aréflexie, des signes pupillaires et des crises gastriques. Mais il s'agit là d'une classification établie dans une perspective scientifique et l'on pourrait envisager d'autres tables de matières, car non seulement les maladies ont changé mais les conceptions à leur propos ne sont plus les mêmes ; sans compter qu'il existe des attitudes médicales fondées sur des critères tout à fait différents, telle l'homéopathie.

De tout cela, de toute cette classification, le corps tel qu'il est intégré par le sujet, n'a que faire car pour le moi, le corps est un corps qui crie, qui souffre, qui saigne, qui jouit et les seules zones que le psyché connaisse sont les zones érogènes.

On pourrait prendre comme comparaison, mais elle n'est pas qu'analogique, les classifications botaniques dont il est bien évident qu'elles n'ont rien de naturel et qui s'opposent aux classifications subjectives communes. On voit mal en effet, sauf à être spécialiste, comment les dicotylédones se distinguent des mono-cotylédones, mais par contre on voit bien comment, sous des climats et sur des terres semblables, se présentent les mêmes associations végétales. Et pour l'homme qui, dans sa réalité, est bien le créateur quotidien de ce qui l'entoure, la couleur des fleurs, leurs formes, les vertus qu'on leur prête autant que les adages qu'on leur accorde, tous ces caractères sont beaucoup plus vrais en tant que critère de classification que la linéomanie du botaniste.

Le patient en analyse nous livre les secrets de son corps mais pour autant il ne nous apprend certes pas la médecine ; jamais un analyste, quel que soit le nombre d'analysants qu'il aura suivis, ne sera capable, à partir des informations qu'il a pu recevoir, de connaître ce que l'on enseigne en médecine et il est tout à fait curieux de remarquer que certains analystes aient oublié à ce point que la plainte d'un malade n'est en général pas d'avoir telle ou telle maladie, mais d'éprouver tel ou tel malaise ou de nous faire entendre telle ou telle douleur. Même d'ailleurs lorsque le patient est atteint d'une maladie très précise, l'énonciation qu'il en fait n'a qu'un rapport très lointain avec la réalité médicale. Le champ psychosomatique se situe ici entre la parole du malade et ce que la maladie évoquée dans cette parole représente dans l'enseignement médical.

Cela nous oblige à nous poser ici une question qui nous a retenus dès le début de nos recherches à savoir : le patient exprimant son corps par des symptômes, est-ce que ce terme de symptôme a le même sens en médecine et en psychosomatique, voire même en psychanalyse.

Il faut d'abord pointer que le symptôme médical se rapproche en fait du « signe », ne le dépassant que lorsqu'il entre dans une histoire ; il demeure très proche du signal et la première fonction du médecin praticien consistera à l'extraire parmi les plaintes diverses du patient, puis à l'intégrer dans ses propres valeurs scientifiques ; le signe en médecine devient symptôme lorsqu'il prend une certaine signification mais celle-ci demeure toujours sur le plan nosographique.

En réalité, il est nécessaire de remonter plus loin et de préciser la définition classique de tous ces termes :

a - Le symptôme, par son étymologie même a deux référents qui signifient : tomber ensemble, survenir en même temps. Ce qui nous amène à la traduction française : « coïncider », dans laquelle, quant à la racine latine, nous retrouvons les mêmes origines *(cum et cadere).*

A partir de cette étymologie le retour aux dictionnaires est intéressant car il permet d'approfondir le sens indiqué. C'est ainsi que *Le Littré* définit le symptôme au sens large du terme, mais en restant sur le plan médical comme un phénomène insolite dans la constitution matérielle des organes ou dans les fonctions qui se trouve lié à l'existence d'une maladie, et qu'on peut constater pendant la vie des malades. Par extension, le sens du symptôme dépasse le domaine médical et prend la signification de figure, indice, messsage.

Dans *Le Larousse* la définition comporte les caractères suivants : « Le symptôme est un phénomène qui traduit les états morbides et qui est lié aux troubles fonctionnels ou lésionnels qui le déterminent : c'est sur la connaissance des symptômes qu'est fondé le diagnostic. »

L'Encyclopédie enfin est plus précise dans la façon dont elle détermine le symptôme, plus méthodique et plus qualificative aussi. Elle permet de distinguer les symptômes objectifs et les symptômes subjectifs. Les premiers peuvent être perçus immédiatement ou à l'aide de procédés cliniques ou techniques par le médecin. Certains sont des symptômes généraux liés à la réaction générale du sujet à la maladie : fièvre, accélération du pouls, abattement, etc. D'autres sont des symptômes (ou signes physiques) recueillis par le médecin au cours de l'examen. Enfin certains symptômes fonctionnels peuvent être objectifs, telles la dyspnée, la polypnée, etc. Les symptômes subjectifs sont perçus seulement par le malade ; ils sont la plupart du temps fonctionnels, c'est-à-dire liés aux troubles du fonctionnement de l'organe malade et se présentent sous forme de douleurs, de troubles de la sensibilité ou de troubles sensoriels, tels les maux de tête, le bourdonnement d'oreilles, par exemple.

On distingue encore des symptômes directs, produits par la lésion ou par le trouble fonctionnel en cause, et des symptômes indirects qui ne dérivent que secondairement de cette lésion ou de ce trouble fonctionnel ; ainsi certaines affections de la peau peuvent-elles être des symptômes indirects d'une maladie de foie.

Enfin, on appelle symptôme pathognomonique celui dont l'existence seule suffit à faire porter le diagnostic.

b - Il existe, et cela est pour nous d'importance, une différence entre le symptôme et le signe même si cette différence tend parfois à disparaître pour aboutir à une confusion des deux sens.

Retournons là encore à nos dictionnaires où nous voyons que, dans *Le Littré*, la définition du signe est nettement plus large que celle du symptôme qu'elle déborde en de nombreux domaines, tels que les sciences naturelles, pour signifier figures ou caractères particuliers (terme de marine, marque distinctive, indice d'une chose...). Dans le domaine médical, le signe non seulement est équivalent au symptôme mais dépasse celui-ci dans l'usage et dans le sens suivant ; « Tout phénomène apparent, tout symptôme et toute disposition ou caractère par lequel on parvient à la connaissance d'effets plus cachés dérobés au témoignage direct des sens. On distingue trois ordres de signes dans la maladie : les diagnostics, les commutatifs et les pronostics. »

Pour *L'Encyclopédie*, le signe, au sens plus général du mot, est un phénomène sensible destiné à manifester un autre phénomène qui n'est pas visible actuellement ou même qui peut ne jamais l'être ; par exemple la fumée que je vois est le signe d'un feu que je ne vois pas.

Le signe, à la différence du signal qui s'adresse au réflexe, suppose une intelligence qui l'interprète et qui établit le rapport entre le fait perçu et un autre qui ne l'est pas, en un mot qui « induit ».

Par cette interprétation, on dépasse l'aspect descriptif déterminé dans l'autre définition. On dit : c'est un signe de quelque chose, et on recherche où est ce quelque chose. Comme en pratique médicale, le signe de la maladie suppose la recherche de cette maladie. Par différence avec le symptôme, le signe est la marque conventionnelle d'autre chose. Le symptôme porte en lui-même le sens de ce qu'il pourrait signifier. Comme le dit *Le Littré* : « Le signe est une conclusion que l'esprit tire des symptômes observés. Le signe appartient plus au jugement et le symptôme au sens ». Par exemple, un ictère est un symptôme qui porte en soi le sens de la maladie ictérique, et une douleur gastrique traduit un phénomène que provoque dans l'organisme l'état de malade. Si on pousse les choses au fond, le symptôme, dans un certain sens, est équivalent à la maladie alors que le signe ne serait interprété et ne prendrait sa valeur qu'en fonction du jugement qui l'accompagne. Par exemple, un souffle systolique est un signe, mais ce signe ne traduirait un état pathologique qu'en fonction du jugement ; il pourrait être un souffle systolique dit innocent, comme il pourrait être un souffle organique confirmant le rétrécissement mitral.

En conclusion on peut dire que :

— un symptôme traduit un état pathologique ;
— un signe est un attribut d'un état pathologique et en fait les deux sens peuvent se rejoindre au niveau de la maladie.

Si bien que la différence entre symptôme et signe est une différence d'usage et de sens à la fois :

— le symptôme est équivalent à la maladie, il est impossible d'étudier le symptôme sans étudier la maladie ;
— par contre, le signe n'est pas spécifique, ni l'équivalent de la maladie, en dehors de l'usage et du sens attribué. Il devient symptôme lorsqu'il est attribué à un processus pathologique. Il se sépare du symptôme (la maladie) pour rejoindre l'état normal (le processus) : on dit signe de guérison et non symptôme de guérison.

Ajoutons un mot sur le signal, puisque ce terme est aussi utilisé en médecine. Signal d'alarme comme par exemple, l'hémoptysie qui est un signal au niveau du malade qui se précipite chez le médecin : mais une fois exprimé le langage du malade : « je crache du sang », on passe au langage du médecin et ce signal devient un symptôme : « il s'agit d'une hémoptysie ».

Enfin si le symptôme est l'équivalent de la maladie, le signe et le signal ne le seront qu'à la suite de l'attribution du sens du processus pathologique.

Ainsi nous percevons dans toutes ces définitions une série d'éléments condradictoires et nous sommes conduits dans un champ beaucoup plus étendu que ce qui pouvait paraître à essayer de redéfinir le symptôme en médecine, en psychosomatique et très rapidement, en psychanalyse.

c - Le symptôme en médecine générale. — La définition du symptôme en médecine générale paraît aller de soi. Nous nous sommes posé la question et pour mieux nous informer nous l'avons posée dans un groupe d'étude à des médecins généralistes. Notre question les a surpris. Dans l'ensemble, leur réponse a été la suivante : « Nous parlons de symptômes couramment, mais jamais nous ne nous étions demandé, avant que tu nous le demandes, ce que nous voulions dire par là. » Pourtant on peut remarquer que toutes les études médicales se font par le biais d'une formation sémiologique ; ainsi l'externat était un concours fondé uniquement sur la connaissance des symptômes (la toux, le point de côté, les hémorragies digestives). Tout l'apprentissage de la médecine se fait par l'acquisition progressive d'une espèce d'automatisme qui peut se caractériser ainsi : une sorte d'algèbre où les symptômes importants sont soulignés trois fois en rouge, les moins importants deux fois et les moins valables une seule fois. On aboutit à une équation qui permet par la suite d'arriver à un diagnostic. Ceci est vrai tant au niveau de l'étudiant qu'au niveau de celui qui, passé au stade de professeur, enseigne à d'autres étudiants. L'exemple donné par l'un de nos confrères est le suivant, qui nous paraît définir parfaitement la méthodologie médicale : si, chez le malade, je trouve une aréflexie pupillaire, une aréflexie rotulienne et une douleur dans les jambes, je dis : trois signes dans le chapeau, ils y sont, c'est le Tabès. Et comme le faisait remarquer notre confrère, l'intelligence n'est pas mise en jeu.

Nous avons demandé à ces confrères, compte tenu de ce que nous avons exposé plus haut, en quoi ils faisaient la différence entre un signe et un symptôme, leur rappelant que telle question de concours ou tel cours ou tel article dans un traité de médecine portait « Signes du Tabès » plutôt que « Symptômes du Tabès » par exemple, ou bien « Signes de l'insuffisance ventriculaire » ou tout autre chose encore. Les réponses ont fait apparaître la différence entre le signe et le symptôme du point de vue de la méthodologie médicale et non pas d'un point de vue linguistique, le signe n'étant pas forcément du champ de la pathologie. C'est ainsi que, comme nous l'avons dit, on parle de « signes d'amélioration » ; à l'inverse, si le titre porte « Signe de telle maladie » on énumère les « symptômes » dans la mesure où l'on entre dans une histoire.

Le symptôme a un avant et un après ; il peut être envisagé, beaucoup plus que le signe, d'une façon à la fois diachronique et synchronique.

Nos médecins se laissant aller, nous ont rappelé (ou appris) bien d'autres choses encore, qui nous éclairent à nouveau sur la valeur du symptôme. C'est ainsi que, malgré son étymologie, le symptôme est extrêmement variable dans sa valeur. Il y a des symptômes privilégiés (le dédoublement du deuxième bruit, c'est la sténose mitrale et pas autre chose). Il y a une hiérarchie des symptômes mais le travail de synthèse qui préside à cette hiérarchisation est fait avec un empirisme considérable. Le premier symptôme qui apparaît a, lui aussi, une prégnance par rapport aux autres, ce qui fait la difficulté du diagnostic. Les façons d'aborder le malade font que certains symptômes paraissent dominants mais ne le sont que pour le médecin impliqué. Si, par exemple, on a l'habitude de commencer par l'examen du système nerveux, il est bien certain que les symptômes des autres appareils passeront au second plan.

La différence entre signe et symptôme peut être encore mieux appréhendée si l'on envisage les diverses opérations par lesquelles on passe de l'un à l'autre. Il y a en somme trois opérations : en premier lieu, l'extraction du signe, c'est-à-dire son isolement dans le contexte ; en second lieu, la manipulation de ce signe, c'est-à-dire toutes les opérations logiques que l'on peut faire à son propos ; enfin, dernière opération, la sémantique, c'est-à-dire la recherche du sens de ce signe, de sa signification ; c'est dans cette dernière opération que le signe devient symptôme. A titre d'exemple, le signe de Babinski ne reste un signe que dans la mesure où, fermant les yeux, on s'imagine, comme une espèce de peinture figurative, un gros orteil se redressant sous la friction plantaire. Mais si on se replace dans une position de neurologue vis-à-vis d'un malade, ce signe, qui demande d'abord pour être mis en valeur, tout un avant, toute une série de préparations, éveille un après, c'est à dire tout un réseau de significations bien précis ; il devient alors un symptôme.

Une autre façon d'envisager les choses, enfin, est de voir le sens que peut revêtir ce symptôme selon celui qui l'entend. Prenons l'exemple d'une hyperglycémie. Pour la secrétaire du laboratoire qui tape le résultat à la machine, c'est un simple signal. Pour le biologiste qui examine ce résultat, c'est un signe. Pour le médecin, enfin, c'est un symptôme, au moment où ce signe entre dans un réseau de significations.

d - En psychanalyse, le symptôme a été le centre d'intérêt des analystes dès le début de leurs recherches mais s'il fallait faire une étude à ce propos c'est tout l'exposé de la théorie psychanalytique qui devrait ici prendre sa place. Aussi nous ne nous étendons pas plus, disant seulement que les critères ne sont plus les mêmes et que le sens auquel il est fait référence n'appartient plus ici à la logique mais à l'inconscient.

Comme l'écrit Freud [102] « le symptôme est l'indice du processus morbide..., le signe d'une pulsion instinctuelle et inassouvie, le substitut de sa satisfaction adéquate ». L'originalité du symptôme ici est d'être à la fois une satisfaction érotique, à la fois l'expression d'un mécanisme de défense, à la fois un signal protecteur.

Or, lorsque le corps du patient en analyse est atteint, que la maladie apparaisse pendant la cure ou qu'elle motive celle-ci, on assiste au passage du premier type de symptôme au deuxième : le malaise acquiert une valeur relationnelle et l'on passe ainsi d'un corps purement organique (dont à l'extrême on peut dire que c'est là une vue de l'esprit) au corps érotisé qui forme le support réel de notre psychopathologie quotidienne.

Quant au symptôme psychosomatique plusieurs positions très différentes ont été pendant longtemps proposées à son sujet. Nous en rappellerons deux positions essentielles, même si elles n'ont de valeur qu'historique car elles marquent toute une période du mouvement psychosomatique actuellement bien dépassé mais qui permettent de comprendre comment les positions ont pu évoluer depuis 1963 lors d'un Congrès des Psychanalystes de Langues romanes où elles ont été précisées.

1 / Le symptôme psychosomatique a un sens, comme le symptôme névrotique

C'est la position défendue alors par beaucoup, dont Garma [109] pouvait être le représentant officiel lorsqu'il écrivait : « Les symptômes organiques, exactement comme les psychiques, acquièrent graduellement des significations qui les intègrent dans les restes de la personnalité. » Ce qui signifie que, pour Garma, à l'intérieur d'une théorie kleinienne, il n'existe strictement aucune différence dans la dynamique d'un symptôme psychosomatique. Ce dernier a des caractères que l'on peut bien préciser ; il a d'abord une signification toujours psycho-affective, il a une spécificité, c'est-à-dire que chaque symptôme entre dans une structure qui lui est propre et, en voie de conséquence, chaque maladie a une détermination purement psychique. Enfin, au point de vue dynamique, le symptôme psychosomatique est une manifestation due à des mécanismes de régression et de fixation où le refoulement joue un rôle. C'est autour de la castration que les choses se jouent très tôt dans la vie du sujet.

Garma n'était bien sûr pas le seul à défendre cette théorie que l'on retrouvait avec des exemples peut-être plus démonstratifs encore chez Mélita Sperling, en particulier dans les observations de sujets porteurs de rectocolites hémorragiques.

Répondant par avance à une des critiques possibles que l'on pouvait faire à sa théorie, Garma écrivait : « Si cette spécificité du symptôme psychosomatique n'est pas toujours manifeste, c'est parce que l'investigation psychanalytique des symptômes organiques se fait plus superficiellement, comme s'il existait une crainte de pénétrer plus avant, ou comme si l'on croyait possible d'arriver à des conclusions sans trop d'efforts appropriés. »

2 / Le symptôme psychosomatique n'a pas de sens

C'est la théorie longtemps défendue par Marty, Fain, M'Uzan et David [161]. Et c'est toujours au cours de ce même Congrès des Psychanalystes de Langues romanes de 1963 que la pensée de ces auteurs (certainement aussi parce qu'elle s'exprime là en tant que réaction à l'exposé de Garma) prend son caractère le plus défini.

Telle est la position de M'Uzan qui écrit alors : « Le symptôme psychosomatique est bête, il est lié à une véritable carence des activités de représentation ; ce qu'il traduit, c'est moins une valeur symbolique qu'un manque de moyens de symbolisation. »

A cette date, ces auteurs caractérisent ainsi la maladie psychosomatique et, partant, le symptôme qui lui appartient, par les éléments suivants :

— Il y a chez ces sujets une absence de vie fantasmatique ; les fonctions imaginaires de ces malades n'existent pas, ou bien tendent à se réduire ; les fantasmes sont au contraire construits pour être mis à la disposition du malade et c'est de cette façon d'ailleurs que l'Ecole de Marty arrive à concevoir une évolution du malade psychosomatique.

— Il existe aussi une pauvreté du transfert, et sur ce point nous étions alors bien d'accord. Le symptôme psychosomatique est tellement solidifié, chosifié, le malade y retourne tellement avec un attachement intense, qu'il est difficile de le faire passer à un autre niveau.

— De plus la libido et l'agressivité sont transformées en une énergie indifférenciée. Certes, il s'agit bien d'une pulsion mais elle n'a pas encore de sens, le mot de sens étant entendu là aussi comme concept directionnel.

— Enfin, existe une structure particulière du surmoi, scindé en deux parties, ce qui entraîne une activité au niveau du moi caractérisée par une pensée opératoire : la praxis prend le pas sur le reste, le monde est à manipuler sans plus.

Si bien qu'à la phrase que nous avons citée de Garma et qui donnait bien l'exemple de sa conceptualisation, on peut opposer celle de M'Uzan : « Il ne faut pas chercher le sens original du symptôme psychosomatique puisqu'il n'en a pas, mais lui en conférer un. »

A ce stade, une observation que nous avions ainsi rapportée en 1971 nous avait conduits à une réflexion différente en raison de son aspect dramatique :

Le malade dont il est question était un sujet d'une trentaine d'années qui présentait une recto-colite hémorragique grave. Nous l'avions pris en traitement à plusieurs, c'est-à-dire que ce malade était suivi en clinique, quotidiennement, par un groupe de soignants, dont deux infirmières particulièrement nursantes, trois médecins et un psychanalyste. Cette recto-colite évoluait de façon assez banale, s'améliorant puis s'aggravant, puis s'améliorant à nouveau. Un jour cependant ce syndrome s'aggrava de façon plus importante : les rectorragies commençaient à s'accroître, précisément à un moment où nous abordions sans tellement l'expliciter, le problème d'un des fantasmes de ce malade, qui était d'être percé. Je dis bien d'être percé et non pas percé par quelqu'un ; le fantasme n'ayant pas toujours, et nous y reviendrons, le support symbolique, mais étant réduit à une simple image vécue. Devant cette aggravation, notre contre-transfert (chose que nous avons analysée bien après) a été mis en cause. Nous avions vraiment l'impression que ce malade allait s'aggraver de façon très importante, et dans un besoin de réassurance de notre part, nous avons fait appel au gastro-entérologue qui le soignait habituellement. Celui-là nous le connaissions, il était habitué à nos méthodes : mais il ne put venir et il nous envoya un remplaçant. Ce dernier n'avait pas l'habitude de ces contextes psychodynamiques et dès son arrivée dans la chambre du malade (nous n'étions pas là), il décida sur le champ de faire une rectoscopie. Le résultat de son examen, transcrit sur le papier, était très rassurant : les lésions étaient en voie de sédation et, finalement en comparaison à des résultats antérieurs, il n'y avait rien d'affolant ; loin de là, tout allait bien même pour le mieux. Cependant et malgré toutes ces réassurances, dès le soir même notre malade mourut dans une hémorragie cataclysmique.

Bien sûr on peut donner à cette évolution le sens que l'on veut. Mais dans la perspective qui nous intéresse, il nous semble que les choses peuvent, de façon schématique certes, être reconstruites de la façon suivante. Ce malade avait parmi ses fantasmes celui d'être pénétré, mais ce fantasme était à la fois un désir et tout autant quelque chose d'irréalisable. Que fait le gastro-entérologue : il accomplit le fantasme sur le plan de la réalité. Son adéquation, sans possibilité même de passer par un autre niveau symbolique, a déterminé la mort de notre sujet.

Ici dans cet exemple difficile, le symptôme (l'hémorragie intestinale) est directement lié au fantasme fondamental du sujet, le malade était réellement à un niveau où les défenses, prises dans une barrière corporelle, exprimaient à la fois le désir et le refus de ce désir. Pour lui la question était du souhait d'être percé, mais dans une perspective si réelle que toute actualisation ne pouvait qu'être néfaste et abattre d'un seul coup la structure défensive.

De tout ceci il nous semble ressortir que le symptôme psychosomatique s'il n'a pas de véritable spécificité, est du moins caractérisé par trois empreintes particulières : la mise en cause du réel, sa valeur fantasmatique et enfin son appartenance à un certain type de nosographie.

mise en cause du réel

1 / *La mise en cause du réel*

Nous parlions de corps, mais la chose va plus loin : le symptôme psychosomatique, en effet, met le réel en cause ; il fait entrer le corps réel du malade dans la relation intersubjective. Et c'est une chose dont nous n'avons pas l'habitude avec la psychanalyse où nous ne manipulons que les registres de l'image et du symbole. De la réalité nous n'avons en général que faire, si ce n'est qu'à la considérer comme support pour le reste, comme une donnée inaccessible et qui sert seulement de construction de base, édifice sur lequel tout sera construit. Chez le malade psychosomatique, il ne s'agit pas seulement d'une construction de base, mais le réel est tout le temps présent. Et lorsque l'on parle du réel, on parle de mort, c'est-à-dire de mort réelle et non pas de mort symbolique. Or, c'est bien là qu'est notre problème, notre angoisse qui apparaît lorsque survient l'éventualité de l'inexorable. Si nous savons que nous survivrons dans notre nom au moins pendant quelque temps, nous sommes aussi certains que nous ne survivrons pas dans notre corps.

Vu du côté du psychosomaticien, du côté de son contre-transfert, il y a là certainement une difficulté très importante qui explique en grande partie les différences de théories, voire même le refus qu'on peut éprouver à envisager la validité de la psychosomatique. De même que le schizophrène met en cause notre morcellement et que, en tant que névrose narcissique, il est très difficile d'avoir contact avec lui — non pas tant pour lui, mais pour nous —, de même le malade psychosomatique, à travers ses symptômes, met notre vie — c'est-à-dire notre mort — entre nous deux.

Or, dans un dernier exemple, celui de la *RCH*, nous en avons eu peur et c'est notre propre fragilité corporelle qui a été mise en mouvement. Ici le lien se fait du symptôme du malade, non pas au fantasme du thérapeute — comme cela pourrait se voir avec un névrosé — mais à sa position en face de l'éventualité de sa mort réelle.

2 / *Quant au fantasme*

Que le symptôme tel que nous l'évoquions soit soutenu par une activité fantasmatique, c'est là un fait qui nous paraît évident et la question de savoir si cette entrée dans l'imaginaire est primaire ou secondaire n'est pas essentielle dans la mesure où elle n'est pas tellement différente de celle qui se pose chez les névrosés : qui viendra nous prouver, et Freud lui-même nous a apporté le doute, que les fantasmes les plus riches d'un quelconque névrosé ne sont pas le produit de la reconstruction que nous effectuons ensemble dans la cure ?

Bien plus important est de savoir comment ces fantasmes se présentent chez des sujets dont le corps est la scène principale de l'histoire et, sur ce point, nous ne pouvons que confirmer une hypothèse soutenue depuis longtemps. A savoir que les fantasmes des malades dits psychosomatiques sont « corporels et primaires », c'est-à-dire non organisés en schèmes comme le sont les fantasmes originaires, mais caractérisés par une dominance à l'agi. Ce que nous avons écrit en 1971 nous paraît toujours valable : « Seule l'action y est présente, le sujet de l'action passant au second plan. Il ne s'agit pas par exemple comme chez un névrosé, du fantasme d'être pénétré par le père, ou de le pénétrer, mais du fantasme plus général : être pénétré ou pénétrer, percer, être percé sans que le complément du verbe intervienne fatalement. Ceci peut-être parce que ces fantasmes se créent à un moment où la relation symbolique avec l'entourage n'a pas été élaborée. »

Pour préciser ces remarques avec plus de recul et d'expérience clinique, éclairé aussi par les théories de Piera Aulagnier sur la naissance du corps de l'enfant, rejoignant là aussi ce que cet auteur décrit sous le nom de pictogramme, les fantasmes tels que nous les décrivons ici, sont, pour reprendre les termes de Pierre Marty, des mouvements de vie et de mort dont le scénario n'est pas encore écrit (ou lisible par nous). De telles activités fantasmatiques sont, on le comprend facilement, dangereuses pour l'économie du moi qui ne peut se sentir que débordé, sans défense possible, dès qu'il perçoit leur irruption. Car comment se défendre contre une énergie dont le représentant est à peine formé, hors utiliser à nouveau le corps d'où est partie cette énergie ? Ainsi envisagées les choses, on peut dire que le fantasme du psychosomatique court-circuite l'activité psychique secondaire susceptible d'établir les symptômes de défenses psychonévrotiques habituels.

3 / *Quant au point de vue nosographique*

Il faut se fonder sur la remarque première que si la plainte du sujet exprime la façon dont son moi réagit à un malaise corporel, l'analyste ne peut entendre l'énoncé de cette plainte que dans la mesure où elle est faite à la fois pour l'autre, à la fois pour soi. C'est-à-dire que la souffrance du moi s'organisera, secondairement ou non, dans un certain discours et qu'elle s'inscrira sur un vecteur particulier de relation d'objet. Toutes les plaintes, toutes les douleurs corporelles sont aussi faites pour les autres mais sans aucun doute le degré d'objectalisation secondaire de cette plainte peut être plus ou moins marqué ; à l'extrême il doit exister des douleurs dont la fin est en soi, ce que l'on pourrait considérer, de façon analogique, comme des malaises narcissiques qui n'ont à faire qu'avec le moi et qui, se réverbérant à son endroit, sont sans doute les plus mortifères. Nous verrons plus loin que la relation transfert - contre-transfert ajoute encore à cet aspect spécifique de la nosographie psychosomatique. Pour l'instant nous pointerons seulement quatre critères qui permettent, à notre avis, d'envisager une classification des maladies psychosomatiques :

a - A écouter ainsi la plainte corporelle, il y aurait donc un premier type de classification du symptôme offert par le corps selon le *degré plus ou moins grand de sa qualité transférentielle*, l'échelle se situant entre un degré zéro où le corps est aussi psychotique dans son organisation physique que le corps psychique l'est dans les névroses les plus narcissiques ; et une position diamétralement opposée où le symptôme est marqué par un maximum de qualité transférentielle, rejoignant alors, secondairement ou non, le symptôme hystérique.

b - Un deuxième critère de classification fait intervenir *le degré plus ou moins grand d'objectalisation et d'activité fantasmatique agie*... C'est là que toute nosographie médicale, comme nous venons de le voir, ne peut être qu'un leurre, hors son entrée dans le discours du sujet en tant que repère dans le roman familial. Lorsqu'un patient vient nous dire « j'ai le diabète » ou bien « j'ai un infarctus », la phrase ainsi énoncée se complète bien vite de circonstances apparemment connexes mais fondamentales : « le diabète comme mon père » ou bien « dans ma famille tous les hommes sont morts d'infarctus ». Ce qui change tout le sens d'un terme dont la destinée n'est plus médicale au sens strict mais supporte toute l'histoire et se présente comme pièce constitutive du roman sur lequel l'analyse va commencer à se dérouler.

c - Un troisième critère de classification enfin nous est donné par la pratique analytique lorsqu'elle nous montre comment les maladies se présentent pour nous, comment le patient nous en fait part et quel rôle elles jouent entre nous. Si bien que nous avons pu depuis longtemps et là encore l'expérience nous l'a confirmé, proposer une typologie de la morbidité corporelle fondée avant tout sur *les notions de dedans et de dehors*.

C'est sur ce point que nous nous étions attachés déjà en montrant que le symptôme psychosomatique doit d'abord être envisagé en tant que barrière corporelle ; c'est en effet un fondement que l'on oublie souvent que le symptôme psychosomatique apparaît d'abord comme quelque chose qui touche au corps. Mais comme toute barrière, cette barrière est double : elle existe entre le médecin et le malade, empêchant le premier de pénétrer à l'intérieur de celui-ci, permettant à celui-là de s'éloigner ou de se débarrasser du premier. Elle existe aussi à l'intérieur du malade et, en effet, le symptôme est vécu comme un corps étranger, qui fait que le malade a la sensation d'être double : lui et sa maladie. On rejoint par là le schizophrène, schisme qui lui aussi est double, avec l'extérieur d'une part et avec l'intérieur de lui-même d'autre part. Cette *Spaltung*, ce n'est pas pour rien que nous la retrouvons à des niveaux apparemment aussi différents que dans les psychoses et dans les maladies psychosomatiques. Nous savons en effet que, au langage près, les choses historiquement, sont identiques, elles se produisent au même moment.

On pourrait objecter qu'il n'y a dans cette double face du symptôme psychosomatique aucune originalité ; que tout symptôme est une barrière double, c'est-à-dire qu'aussi bien à la fois elle protège et elle permet une pénétration ; il en est ainsi de l'obsession que nous présente tel malade, de sa paralysie hystérique, ou même tout banalement de son angoisse. Mais chez nos malades il s'agit de barrières qui représentent à la fois un moyen de protection et une valeur relationnelle ; leur originalité ici est de mettre le corps en question.

En suivant ce critère on peut d'une certaine façon séparer les maladies organisées autour de ce qui se voit ; celles qui sont cachées dans un intérieur dont elles ne sortent pas ; celles qui traversent l'enveloppe (du dedans au dehors ou l'inverse) ; enfin celles qui utilisent les orifices naturels qui font communiquer l'intérieur et l'extérieur.

Ce faisant, il ne s'agit bien sûr pas de créer une nouvelle nosographie, nomenclature à laquelle pourrait d'ailleurs s'appliquer les mêmes critiques que nous avons portées aux classifications existantes. Mais nous avons cherché par cet exemple, à montrer que le véritable sens de la maladie organique, au moins dans sa première approche, s'établissait d'une façon dynamique en liant analysant et analyste par un mode relationnel qui place l'accident au niveau de la surface de contact entre le moi et le monde objectal avec tous les avatars qui peuvent survenir à une telle surface, à ce qu'elle contient, et à ce qu'elle isole de l'extérieur.

Peut-on faire se rejoindre ce type de classification avec la nosographie médicale habituelle ? Il semble que ce serait là une voie erronée qui, dans son désir d'une synthèse globalisante ne fait qu'imbriquer des paramètres non juxtaposables. Pratiquement il faut obligatoirement en revenir à ces concepts tirés de notre pratique analytique et là, les critères de classification ne pourront s'éclairer de façon spécifique qu'à la condition, à notre avis absolument nécessaire, d'abandonner la nomenclature médicale classique pour réorganiser les troubles dont se plaint le patient selon des critères spécifiques à notre champ.

10

Psychosomatique et contre-transfert

Comme nous l'avons laissé entendre tout au long de notre développement, c'est bien autour du contre-transfert que se crée d'abord, se structure ensuite, se conceptualise enfin ce que l'on nomme communément la maladie psychosomatique, terme auquel on pourrait substituer : l'Histoire du Corps et ce qu'il en advient.

Cette importance du contre-transfert dans notre écoute de la plainte organique de l'autre nous était apparue d'emblée ou presque dès que nous avions commencé à réfléchir sur un matériel clinique assez important ; et tout autant bien sûr à partir d'observations privilégiées qui nous touchaient plus directement dans notre propre corps.

Car c'est bien par le contre-transfert que le trouble de l'autre est perçu et l'analyste n'échappe pas, dans sa relation avec celui qui vient le consulter, aux investissements ou aux contre-investissements qui naissent en lui. Il en est ainsi en face d'un névrosé et la différence ne tient peut-être pas à la nature du symptôme mais à ce que nous en faisons par la suite.

Les observations de ceux qui se sont penchés sur la psychosomatique sont à cet égard particulièrement évocateurs d'autant plus que chacun à propos de ces cas se réfère à sa propre théorie. Ainsi lorsque Sifnéos parle d'alexithymie, lorsque Joyce Mac Dougall signale l'ennui anxiogène que déterminent les litanies de certains patients, lorsque Marty décrit la dépression essentielle et le cortège de désintérêt qui l'accompagne, nous pensons qu'il s'agit là d'un certain type de qualités que revêt le contre-transfert, qualités qui sont spécifiquement attachées aux patients souffrant de maladies organiques. Le mode opératoire du patient ne serait-il pas celui qui entraîne aussi chez nous le risque d'un fonctionnement tout aussi opératoire et ne serait-ce pas à partir de ce pragmatisme qu'un certain champ peut être cerné ?

Pour mieux situer encore sa position nous reprendrons ici deux phrases de Joyce Mac Dougall qui préfacent bien l'état actuel de notre propos : « De tels états lorsqu'ils apparaissent chez les patients au cours de la cure sont perçus directement dans notre contre-transfert par l'éprouvé d'une fatigue correspondant à l'alexithymie de l'autre mais différent d'elle en ce sens qu'elle s'accompagne d'une angoisse et d'un mal être » [169]. Et plus loin l'auteur continue : « En raison de débordements divers, nous pouvons tous nous trouver déconnectés de notre réalité psychique dans ses aspects émotionnels et de ce fait incapables d'élaborer ou de contenir les forces affectives mobilisées, faute d'avoir pu obtenir et reconnaître leurs effets. A la place, nous risquons de les agir ou peut-être de tomber malade. » Certains patients, ajoute-t-elle, déterminent chez l'analyste des sensations « d'entrave, de paralysie de la fonction d'analyste, de désespérance. On peut les appeler les anti-analysants. »

Ces expériences que l'on a d'emblée avec certains sujets mais qui apparaissent aussi avec tous les patients au cours de la cure, se déroulent avec ces patients qui déterminent chez nous au minimum « une fatigue » et la différence entre l'alexithymie de l'autre et celle qu'il détermine chez nous, est que nous nous en sentons affectés.

Un autre point de vue est de considérer que si la psychosomatique entre quelque part dans le champ de l'analyse, c'est au même titre que les névroses y ont pénétré (ou qu'elles l'ont créé) c'est-à-dire par la prise de conscience de ce qui se passe chez l'analyste pendant la cure.

A ce moment de notre réflexion apparaissent un certain nombre de remarques :

1 / Un premier point est de préciser comment se conçoivent, pour nous, les concepts de transfert et de contre-transfert, tous deux inséparables, leur isolement en deux entités séparées n'étant valable que pour des commodités de communication.

Cette position supprime bien évidemment la question insoluble de savoir qui a commencé, du transfert ou du contre-transfert, question que chacun résout de la façon qui lui convient. Sur ce point on peut aller au-delà de la position de Neyraut [193] qui inverse la séquence habituelle : « Le transfert n'est apparu, nous dit-il, qu'après, dans la demande analytique, comme un après-coup... Il est donc précédé de quelque chose... qui en réalité est le contre-transfert. »

De toute façon et en suivant au plus près la thèse de Neyraut on peut dire que le contre-transfert présente l'implication même de l'analyse qui élabore un lien avant même que le patient vienne à en être le support.

Comme le rappelle M. Fain [81], il n'y a pas d'objectivité absolue, « il n'y a pas d'écoute neutre, il ne peut y avoir qu'une écoute libre, libre de s'intéresser et de se désintéresser successivement dans des mouvements d'identification et de reprise..., la neutralité n'est pas définie par la situation d'écoute mais par la règle d'abstinence ». Or, cette écoute déjà impure bien que libre, elle est déjà là, au moment même où l'autre vient demander une analyse et si l'on applique cette position à la relation psychosomatique, celle-ci prend un éclairage particulier : le choix que nous faisons en effet d'accepter ce patient qui souffre dans son corps, la façon dont nous entendons la survenue d'une affection somatique au cours de la cure d'un névrosé, fait partie de ces « impuretés » sur lesquelles il y aurait grand bénéfice à s'interroger.

2 / Cette première remarque nous contraint à prendre en compte, autant que le corps de l'autre, le corps de l'analyste, terrain difficile sur lequel on ne peut s'aventurer que par touches légères, si l'on peut dire, sans doute parce qu'il nous est plus difficile de parler de notre corps que des symptômes psychiques que nous éprouvons en telle ou telle occasion de les sous-entendre en tous cas.

Freud nous a certainement grandement aidés à cultiver cette crainte : qu'est-ce en effet que la règle d'abstinence si non un *noli me tangere* autant qu'un *noli te tangere* ? Ne pas toucher son corps, ne pas toucher à son corps ni au corps de l'autre, la cohabitation pendant près de vingt ans avec un cancer visible et gênant pour s'exprimer n'y est sûrement pas pour rien et les conseils techniques de prudence donnés à Ferenczi partent certainement de la même source.

Une étude serait à faire sur le comportement corporel des analystes, travail sans doute impossible et la seule question que l'on pourrait approfondir, sans trop de risques, est de s'interroger sur le pourquoi de cette impossibilité.

Certes on peut être séduit par une notion qui fût un temps à la mode et qui s'exprimait sous la forme suivante : « le retour au corps » ou bien « le retour du corps ». Mais en fait le corps a toujours été présent et le seul retour dont il est question, c'est le retour de l'intérêt que l'analyste y porte sans que l'on puisse à son propos parler de levée du refoulement. On doit voir là une partie des raisons qui ont concouru à la naissance de méthodes issues de l'analyse, très proches d'elle et faisant état du corps. Deux exemples sont sur ce point, caractéristiques, et dans le meilleur des sens :

— les groupes de relaxation analytique de Michel Sapir [219] qui écrit à leur propos : « Aux similitudes du cadre concernant une analyse de groupe viennent s'ajouter les différences que je viens de rappeler. Et avant tout le regard de l'analyste, réel et projection, suscite des représentations d'autant plus chargées d'affects qu'il aura à toucher ces corps qu'il a vus debout et qu'il contemple allongés. Son dire va faire partie de son contre-transfert naissant, car inspiré de ce regard, de la perspective du toucher à venir, de ce qu'il imagine de l'histoire de chacun ; s'y ajoute au début la trace de son savoir préalable qu'efface peu à peu l'analyse de son contre-transfert » ;

— pareillement à propos du psychodrame analytique où Anne Caïn [32] montre bien que si le corps seul ne peut être discours, il le devient lorsqu'il est placé dans une situation groupale au moment où il se met en mouvement pour venir rejouer son histoire.

3 / Le corps qui jusqu'à un certain point nous pose problème et nous effraye, se meut aussi dans notre espace analytique et sa façon d'être dans ce cadre fait question.

Mis en présence, les volumes animés s'inscrivent dans un espace qui répond à des critères temporo-spatiaux précis et leur mouvement n'est pas lié au simple fait de leur existence mais à la finalité de leur mise en présence : l'espace ainsi créé a un but thérapeutique. Si bien que l'organisation du champ ainsi délimité ne doit plus rien au hasard mais au contraire se détermine selon des vecteurs sémantiques qui se situent entre deux extrêmes : la fusion et l'*acting out*.

Selon que la relation duelle est en face à face ou fauteuil-divan, on voit apparaître les éléments suivants qui font bien comprendre pourquoi le contre-transfert de l'analyste lui fait préférer la deuxième position.

— Dans le corps allongé, puisque la vue est unilatérale, parfois même impossible, ce sont les autres pulsions partielles qui prennent leur place, dont l'entendu et le senti, comme si le patient était aveuglé et ne pouvait se diriger qu'au son et à l'odeur. C'est ce que nous avons rappelé à plusieurs reprises et Freud a décrit entre autres dans L'Homme aux loups, avec la relation entre les plaintes et les borborygmes qui se répondent pendant la séance.

— Dans le cas où le patient est assis, les deux protagonistes peuvent se regarder mais alors le plaisir des pulsions exhibitionnistes-voyeuristes apparaît rarement. Ce qui ressort de cette situation est au contraire le côté agressif qui accapare ces pulsions et que traduisent des expressions comme : « être mangé des yeux... être dévoré du regard ». Etat si difficile à supporter sur le plan de l'économie libidinale de l'analyste que ce dernier prend souvent une position assise pratiquement parallèle à celle du patient, évitant les regards qui se croisent.

4 / En fait, évoquer le corps ne fait pas appel à un seul référent, mais au contraire trois aspects sont toujours en cause :

— La réalité des corps en présence, réalité de ces corps dont on dit qu'ils finiront en poussière. De ce réel-là, il est difficile de faire état puisqu'on ne peut le connaître qu'à travers la réfringence pervertissante des projections fantasmatiques après leur passage par le discours. On peut toutefois admettre cette réalité comme une nécessité première sur laquelle viennent se greffer plus tard les activités mentales qui ont pour but de lui donner un sens. Copiant le philosophe on pourrait dire que « le corps c'est ce qui résiste » ;
— les corps fantasmés ou plus précisément l'entrée de ces corps en présence dans une activité imaginaire qui permettra toutes les projections et toutes les identifications possibles ;
— enfin, les corps dont il est parlé par les deux protagonistes de la scène analytique, soit pour les faire entrer directement dans la vie fantasmatique (c'est l'analyse), soit pour les ramener à un côté physiologique (le corps en mouvement par exemple).

Ces trois types de corps sont liés au pare-excitation et la reprise du terme de Freud, même s'il s'agit d'une image, est ici tout à fait explicative, dans la mesure où cet organe protecteur a été ainsi décrit par Freud dans Au-delà du principe de plaisir : « Le fragment des substances vivantes est plongé dans un monde extérieur, chargé d'énergie de la plus grande intensité, et il ne tarderait pas à succomber aux assauts de ces énergies s'il n'était muni d'un moyen de protection contre les excitations. Le moyen consiste en ce que sa surface la plus extérieure... se transforme en une membrane destinée à amortir les excitations... » La comparaison est donnée ensuite avec la boule protoplasmique... « Pour l'organisme vivant la protection contre les excitations constitue une tâche presque plus importante que la réception d'excitations... »

C'est à partir de ces remarques que le raisonnement suivant s'est imposé à nous : s'il est bien évident que les mécanismes névrotiques n'ont pu être isolés que dans la mesure où l'inventeur de la psychanalyse par son auto-analyse et son contre-transfert vis-à-vis des patients, en a discerné les formes ; s'il est tout aussi vrai que, avec chacun de nos analysants, pendant le long temps que nous passons ensemble, nous faisons nous-mêmes cette re-découverte, ces deux prémices nous font aboutir au fait que c'est de phénomènes similaires qu'il s'agit lorsque l'autre nous apporte des plaintes somatiques et non plus seulement une souffrance psychique.

En 1971 nous avions conclu notre premier travail en remarquant que les démarches habituellement utilisées en psychosomatique n'apportaient que des résultats qui paraissaient toujours plaqués. C'est ainsi que la méthode expérimentale, par le scrupule inhérent à l'expérimentateur paraît s'arrêter trop tôt ; souvent elle finit même par devenir à son tour une projection dans le dépouillement du résultat. C'est ainsi tout autant que certains analystes, en faisant coller la théorie des névroses à un champ qui n'était pas le sien, ont donné de la psychosomatique une vue que nous pensons erronée.

C'est pourquoi nous avons envisagé un troisième niveau où le champ peut mieux s'éclaircir, à partir du moment où le psychosomaticien ne craint plus d'aller au fond de ses motivations et de l'analyse de son vécu en face du malade organique, fait que l'on peut tout autant appeler le contre-transfert.

Pour vérifier cette hypothèse nous avions dès 1970 avec Guy Bruère Dawson utilisé la méthode suivante : repérer et analyser ce que vivait le psychosomaticien en face de son malade. Remarquons que les psychosomaticiens mis en cause peuvent se diviser en deux catégories qui pourraient séparer nos observations : il y a d'une part des psychanalystes habitués à analyser leur contre-transfert ; il y a d'autre part des omnipraticiens orientés vers la médecine psychosomatique et qui, au cours d'entretiens personnels ou bien dans des groupes Balint, nous avaient fait part de leurs propres difficultés et de leurs propres réactions.

Nous avions alors remarqué que le psychosomaticien, analyste ou non, quand il se trouve en présence d'un malade organique, vit un certain nombre de types relationnels que nous pouvons schématiser selon les trois formes suivantes :

1/ Parfois le psychosomaticien réagit devant le malade organique en utilisant un système de défense psychiatrique.

C'est le cas d'un de nos confrères qui avait vu un malade souffrant de douleurs abdominales diffuses et très importantes avec une constipation opiniâtre ; tous les examens radiologiques et biologiques étaient normaux. Dès le début de l'entretien, le malade longiligne et boutonneux, parle de problèmes difficiles centrés sur la sexualité ; et notre confrère en ressent une « impression d'homosexualité ». Le confrère ne poursuit pas l'entretien, et dans une espèce d'affolement parfaitement vécu, envoie ce malade chez un psychiatre en arguant le fait qu'il peut s'agir d'un schizophrène. Le malade étant sorti du cabinet médical, notre confrère rectifie tout de suite le diagnostic psychiatrique : il ne doit pas s'agir d'un schizophrène mais d'un malade névrotique qui n'exprime pas tellement sa névrose mais offre des symptômes somatiques ; mais son homosexualité lui a été insupportable.

Dans ce cas on peut penser, en schématisant que si le médecin avait accepté sa propre homosexualité, il n'aurait pas réagi de telle façon. C'est en quelque sorte la méconnaissance par ce confrère de ses propres problèmes à ce niveau qui a entraîné à la fois le rejet du malade et le rejet des troubles psychosomatiques qu'il pouvait présenter.

2 / Dans d'autres cas, le psychosomaticien peut « fonctionner » avec son malade sur un plan que l'on pourrait qualifier « d'accompagnement fonctionnel ».

C'est ainsi qu'un autre confrère voyant un malade asthmatique et mélancolique, se rend compte qu'au cours de l'entretien, il accompagne par son propre rythme respiratoire celui du malade. Il nous dit alors : « Je m'identifiais à lui, c'était une espèce de lien viscéral, je respirais en même temps que lui. » Ajoutons que l'élément mélancolique avait inquiété suffisamment notre confrère, à juste titre d'ailleurs puisque le malade s'est suicidé peu après.

3 / Le psychosomaticien peut réagir aussi devant un malade organique en vivant lui-même une affection organique.

C'est ainsi qu'un de nos confrères nous a rapporté l'histoire suivante : « Un de mes malades présentait comme symptôme des douleurs diffuses et une masturbation qu'il se reprochait grandement. J'ai eu peur d'entrer dans ce dernier domaine. Mais j'ai vécu les choses de la façon suivante : mon malade se masturbe, c'est le moment où moi-même j'ai eu une orchite ; mon malade présente des troubles intestinaux, j'ai, à la même période, des hémorroïdes. »

Un autre de nos confrères, toujours devant des problèmes homosexuels présentés par un de ses malades, qui à la faveur de troubles digestifs réclamait « une rectoscopie » s'était laissé aller à répondre à la demande de son patient.

C'était pourtant une attitude inhabituelle chez lui, mais dans le cas particulier cette rectoscopie se révéla utile puisqu'elle montra une rectocolite hémorragique débutante. Mais notre confrère, dans la même semaine, note que lui-même s'est fait faire une rectoscopie pour de petits saignements rectaux, rectoscopie effectuée par le même praticien que celui qui a effectué celle de son malade.

En-deçà de ces passages à l'acte du médecin, particulièrement nets, nous trouvons dans toute une série d'observations, des réactions émotionnelles de types végétatifs qui apparaissent chez le confrère pendant l'entretien avec son malade somatique, que ce soient des réactions au niveau cardiaque, digestif ou urinaire.

Nous donnerons pour dernier point l'extrait d'un commentaire que nous a confié un confrère que nous avions à cette époque dans un groupe Balint, sans changer les termes de son observation :

« Avec un névrosé, mon angoisse est plus intellectuelle ; avec un malade somatique, elle est plus viscérale. Je la vis dans mon ventre, sans qu'il s'agisse pour moi de me mettre à la place du malade. Quand j'ai une colique en écoutant un malade psychosomatique, c'est de mon propre corps qu'il s'agit. Est-ce que écouter mon propre corps n'est pas quelque chose de mortel ? »

En somme cette première élaboration nous avait amené à différencier trois modes contre-transférentiels chez le psychosomaticien ayant en traitement un patient porteur d'une maladie organique : un mode de défense dominé par le rejet ; un mode d'« accompagnement fonctionnel » où l'analyste est saisi en son corps par des manifestations cenesthétiques ; enfin un mode de réaction réellement organique où l'agi se retrouve des deux côtés, l'organicité devenant le lieu commun de la relation transfert - contre-transfert.

Ce schéma, commode pour nous orienter au départ nous est apparu par la suite trop élémentaire et, *a posteriori*, nous pouvons y reconnaître à notre tour, entrant dans le champ psychosomatique par cette nouvelle voie, la nécessité que nous avions de nous y repérer facilement.

En réalité la pratique et la réflexion qu'elle comporte ont grandement émoussé cette élaboration par trop simplifiée et, actuellement, nous présentons ces mêmes faits avec moins de certitude, de la façon suivante.

Lorsque le patient nous fait part d'un dysfonctionnement ou d'une lésion de son corps, troubles qu'il exprime par les symptômes que son discours reprend et utilise aussi à d'autres fins, notre attitude, dans la cure, passe par diverses oscillations.

1 / A certains moments, nous n'entendons du système psychosomatique que la résonance psychique, secondaire ou primaire, avec la même sensibilité pour le discours du sujet, même si l'énoncé est différent.

2 / A d'autres moments, nous restons aussi muets et sourds que le patient vis-à-vis de son histoire corporelle mais notre détachement n'est qu'apparence et très vite en certain type d'inquiétude revient.

3 / D'autres fois encore, c'est dans notre propre corps que nous réagissons, pas forcément pendant la séance mais tout aussi bien dans notre vie quotidienne et c'est sans doute là une des meilleures caractéristiques de l'organicité que de repérer lorsque notre propre corps réagit avec quelque retard.

4 / Et puis il y a encore d'autres périodes où ce contre-transfert est tellement insupportable ou tellement dangereux que nous utilisons à titre de défense, des constructions théoriques : de même que dans la cure d'un névrosé alternent des périodes de sexualisation et de désexualisation, de même avec les porteurs de troubles organiques y a-t-il une alternance comparable de somatisation et d'élaboration psychique.

A ce niveau, le corps, celui de l'adulte, objet formé et support organique de toute relation d'objet telle que notre organisation psychique le structure, est lié à toute une histoire qui lui est propre et qui devient, à ce stade, indissociable de tous les moyens d'expression qui sont à sa portée : de l'émotion la plus physiologique à la conceptualisation la plus élaborée, la chose du corps ne peut être démêlée de la chose du discours et des pulsions qui les relient. C'est pourquoi le seul niveau où l'on semble accéder au corps seul est le stade du nourrisson où d'une façon schématique, on peut séparer la parole maternelle des mouvements corporels de l'enfant ; c'est seulement dans ces temps premiers que le dualisme, perdu ensuite, est là, évident, qui permet une dichotomie de l'approche psychosomatique. Encore faut-il se demander si même dans ce cas nous ne sommes pas encore dans l'illusion car ce qui est remarqué chez le nourrisson est immédiatement transcrit par la voix des parents et quelque part théorisé par l'entourage. La comparaison pourrait se faire ici avec le rêve dont nous ne connaissons que la traduction consciente ; mais dans le cas du rêve le jeu des associations permet l'aller-retour nécessaire entre l'élaboration primaire et l'élaboration secondaire. Un tel jeu est loin d'être évident dans l'écoute des maladies.

Les choses ainsi présentées sont certes moins claires et le retour en arrière que nous avons fait dans ce texte montre bien que le chemin est devenu plus touffu. Ce que nous pensons pouvoir être entendu ainsi : c'est parce que ce faisant, nous sommes moins éloignés de la vérité.

Aux certitudes que nous pouvions avoir il y a quelques années quant à la médecine psychosomatique, en particulier quant à ses critères de spécificité, succède une période critique au double sens de la remise en cause de ses fondements et de son identité.

Le flou qui en découle est nécessaire dans la mesure où il supprime des conceptions erronées et nous permet ainsi d'essayer de comprendre, d'une façon différente, le fonctionnement d'un sujet atteint dans son corps, dans le cadre du processus analytique. De même qu'il existe une psychanalyse des névroses et une psychanalyse des psychoses, il existe tout autant une psychanalyse du corps malade.

11

En suite...

Lorsque Feyerabend nous dit que la science est beaucoup plus proche du mythe qu'une philosophie scientifique n'est prête à l'admettre, nous pouvons reprendre ce dit en écho à propos de la psychosomatique.

Car parallèlement en est-il de ce champ mal défini dont l'échec est venu de ceux qui voulaient l'isoler en un domaine bien limité, bien distinct des autres domaines des sciences humaines, Toute tentative de caractériser la psychosomatique par des éléments qui se veulent spécifiques, que ce soit d'un point de vue dynamique au niveau de la structure de la personnalité, que ce soit dans une régression spécifique des pulsions d'un point de vue dynamique, que ce soit enfin à travers un référent économique, toutes ces tentatives ont en fin de compte plus ou moins échoué.

Si l'on en restait à ces constats négatifs, il y aurait là une grande déception à ne prendre en compte que le passif final d'une recherche où tant s'est dépensé.

En fait ce n'est pas un analyste qui méconnaîtra la valeur du négatif et on peut dire que tout ce qui s'est avéré faux dans des théorisations bien souvent réifiantes, nous a beaucoup apporté.

Car pour tout dire il ressort de ces conclusions négatives, un élément positif qui à notre sens fait le fondement de la psychosomatique. Toutes ces recherches ont en effet en commun de mettre en avant un mode de penser particulier qui est fondé sur la reconnaissance de la présence du corps dans la relation psychanalytique. On pourrait dire ainsi que le corps devient psychosomatique quand il entre à son tour en analyse, faisant partie comme le reste du discours, de ce qui lie analysant et analyste, c'est-à-dire la relation transfert - contre-transfert.

La véritable matière de la psychosomatique se situe dans ce champ et si des progrès doivent être faits c'est en approfondissant ce qui, d'une telle remarque, peut être spécifié.

En ce sens, il est bien vrai que la psychosomatique est plus proche du mythe que de tout autre forme de pensée, qu'elle soit de l'ordre de la science ou de l'ordre de l'esthétique. Le mythe reste à déchiffrer pour chacun de nous pendant toutes les séances. Contrairement en effet à ce que beaucoup pensent, sans en avoir conscience, Œdipe avait aussi un corps.

Bibliographie

[1] Abraham G., Le corps et ses limites, *Psychothérapies*, 1982, vol. II, n° 4, p. 155-160.

[2] Abraham G., Psychothérapie en médecine, *Psychothérapies*, 1981, vol. I, p. 109-113.

[3] Abraham N., *L'écorce et le noyau*, collaboration et autres essais de M. Torok, Paris, Aubier, Flammarion, 1978, p. 318-321.

[4] Abramson H. A., *Evaluation of maternal rejection theory in allergy*, 1954, 12, p. 129-140.

[5] Aisenstein M., Solution psychosomatique. Issue somatique ? Notes cliniques : l'Homme de Birmanie, *Les Cahiers du Centre de Psychanalyse et de Psychothérapie*, 1987, n° 14, p. 73-97.

[6] Albot G. et Bonnet G.-F., L'avenir des cholécystectomisés pour dyskinésie vésiculaire, *Arch. mal. app. dig.*, juillet-août 1954, 43, p. 785-797.

[7] Alby J.-M., La médecine psychosomatique aujourd'hui, *Revue de Médecine psychosomatique*, 1979, t. 21, n° 3, p. 259-275.

[8] Alexander F., *La médecine psychosomatique*, trad. franç., Paris, Payot, 1952.

[9] Alexander F., *Grundzüge der psychosomatischen Furschung*, Overbeck Gerd & Anneg. Seelischer konflikt-köperliches Leiden, Hambourg, Rowohlt, 1978, p. 46-55.

[10] Allendy R., *Journal d'un médecin malade*, 1 vol., 188 p., Paris, Ed. du Piranha, 1980.

[11] Andreoli A., Pour une théorie psychosomatique de la psychothérapie, in *Eros et changement. Le corps en psychothérapie*, Paris, Payot, 1981, p. 251-299.

[12] Arnoux D., La maladie écoutée, *Adolescence*, 1985, t. 3, n° 2, p. 267-281.

[13] Aulagnier P., Naissance d'un corps - Origine d'une histoire, in *Corps et Histoire*, IVe Rencontres psychanalytiques d'Aix-en-Provence, Paris, Les Belles Lettres, 1986, p. 99-143.

[14] Azzoni A. et coll., Epilepsie, manifestations allergiques et organisation primitive du psychisme : à propos d'un cas, *Perspectives psychiatriques*, 1986, n° 4/5, p. 339-343.

[15] Atkinson R. P., Emotional factors in pancreatopathy, *Surg. clin. north am.*, avril 1958, 38, n° 2, p. 785-792.

[16] Balint M., *Les voies de la régression*, Paris, Payot, 1972, 1 vol.

[17] Balint M., *Le défaut fondamental*, Paris, Payot, 1971, 1 vol., 258 p.

[18] Balint M. et Balint E., *Techniques psychothérapiques en médecine*, Paris, Payot, 1966, 1 vol., 270 p.
[19] Barthès R., *Leçon*, Paris, Seuil, 1978, 1 vol.
[20] Bégoin J., Espace psychique et psychosomatique, *Revue française de Psychanalyse*, 1981, vol. 45, n° 2, p. 303-308.
[21] Benedetti G., Le problème de l'alexithymie, *Psychothérapies*, 1982, vol. 11, n° 1, p. 9-13.
[22] Berblinger K. W. et Greenhill M. H., Levels of communication in ulcerative colitis ; a case study, *Psychosom Med.*, mars-avril 1954, 16, n° 12, p. 156-162.
[23] Beretti F., *Le point de vue psychosomatique dans la recto-colite hémorragique*, Thèse Marseille, 1955.
[24] Bertrand et coll., Contribution à l'étude des encéphalopathies d'origine pancréatique, *Rev. neurol.*, 1958.
[25] Bonadies A., La composante émotive dans certaines cholécystalgies, *Minerva méd.*, 8 septembre 1941, n° 44, p. 356-357.
[26] Bonnefoi M., *Contribution à l'étude psychosomatique des affections des voies biliaires*, Thèse Marseille, 1955.
[27] Bonnel F., *Les aspects psychosomatiques de la recto-colite hémorragique*, Thèse Marseille, 1964.
[28] Boss M., *Introduction à la médecine psychosomatique*, Paris, PUF, 1959, 1 vol., 182 p.
[29] Braunschweig D., Psychosomatique et psychanalyse, in *Corps malade et corps érotique*, Paris, Masson, 1984, p. 116-122.
[30] Brette F., De la complaisance somatique à la complaisance dépressive, *Revue française de Psychanalyse*, 1986, t. 50, n° 3, p. 961-969.
[31] Brisset Ch., Hystérie et pathologie psychosomatique, *Rev. Praticien*, 14 avril 1964.
[32] Caïn A., Sur une technique du psychodrame analytique et son évolution, *Confrontation psychiatrique*, n° 26, 1986, p. 131-149 Spécia.
[33] Caïn J., *Le symptôme psychosomatique*, Privat, 1re édition, 1971, 1 vol., 226 p.
[34] Caïn J., Regard, érotisation et psychosomatique, *Revue française de Psychanalyse*, 1984, vol. 48, n° 5, p. 1183-1195.
[35] Caïn J., *Le double jeu*, 1 vol., 200 p., Paris, Payot, 1977.
[36] Caïn J., *Temps et psychanalyse*, Paris, Privat, 1982, 1 vol., 220 p.
[37] Caïn J., Fusion et défusion de la pensée et des affects, in *Souffrance, plaisir et pensée*, Ires Rencontres psychanalytiques d'Aix-en-Provence, Paris, Les Belles Lettres, 1982, P. 165-203.
[38] Caïn J., *Contre-transfert et psychosomatique. Corps et Histoire*, IVe Rencontres psychanalytiques d'Aix-en-Provence, 1985, Paris, Les Belles Lettres, 1986, p. 205-256.
[39] Calvo Melendro J. C., Disquinesias biliares de causa endocrina y psiquica, *Revista espanola de las enfermedades del aparato digestiva y de la nutricion*, 1951, 10.
[40] Canet-Palaysi C., Cornier M., Kalmanovitch J., Lehmann J. F., L'induction en relaxation, *Revue de Médecine psychosomatique*, 1975, vol. 17, n° 3, p. 305-311.
[41] Canu A.-M. et Bellet M., *Sur une guérison catastrophique*, PUF, 1976, t. 2, n° 5, p. 99-111.
[42] Cachard C., Enveloppes de corps, membranes de rêves. Enveloppes et entourages : hypothèses psychosomatiques, *Evolution psychiatrique*, 1981, t. 46, p. 849-856.
[43] Célerier M.-C., De la causalité psychosomatique, *Topique*, décembre 1978, n° 22, p. 111-133.
[44] Célerier M.-C., Projet, déconvenue, espoir d'un psychanalyste à l'hôpital, *Topique*, 1980, n° 26, p. 83-99.

[45] Challe G., L'œil parle, *Perspectives psychiatriques*, 1985, n° 104, p. 361-363.

[46] Chemouni J., *Georg Groddeck. Psychanalyste de l'imaginaire (Psychanalyse freudienne et psychanalyse groddeckienne)*, Paris, Payot, 1984, 347 p.

[47] Chertok L., Psychosomatique expérimentale : la vésication, *Annales médico-psychologiques*, 1977, t. 2, n° 1, p. 1-13.

[48] Chertok L. et Bourguignon O., *Vers une autre médecine. Espoirs de formation psychologique des futurs médecins*, Toulouse, Privat, 1977, 256 p.

[49] Coldefy J. M. et Oughourlian J. M., *Approche psychosomatique de la pratique médicale et chirurgicale*, préface de P. Charbonneau, Toulouse, Privat, 1975, 400 p.

[50] Covello-Gabrieli L., Somatique : symptôme ou maladie, *Evolution psychiatrique*, 1985, vol. 50, n° 4, p. 871-877.

[51] Crémieux A., Caïn J., Marriq J. et Rabattu P., *Névrose et hyperthyrodie. Le point de vue psychosomatique*, XXXXVIe Congrès des Al. et Neur. de Langue française, Marseille, Masson, 1948, 1 vol.

[52] Daniels G. E., Three decades in the observation and treatment of ulcerative colitis, *Psychosom. méd.*, janvier-février 1962, 24, n° 1, p. 85-93.

[53] David C., *Souffrance, plaisir, pensée - un mythe indissociable*, Paris, Les Belles Lettres, 1982, 11, 15, 62.

[54] Debray R., Adolescence et maladie somatique. Quelques réflexions actuelles, *Adolescence*, 1985, t. 3, n° 2, p. 309-319.

[55] Debray R., Les balancements de la symptomatologie psychosomatique dans le triangle : père-mère-bébé, in *Corps malade et corps érotique*, Paris, Masson, 1984, p. 21-30.

[56] Debray R., A propos des troubles somatiques dans l'œuvre de Freud et celle de certains de ses successeurs, *Revue française de Psychanalyse*, 1984, vol. 48, n° 5, p. 1133-1141.

[57] Debray R., Préconscient et maladie somatique. Quelques interrogations actuelles, *Revue française de Psychanalyse*, 1983, vol. 47, n° 2, p. 527-537.

[58] David-Menard M., *L'hystérique entre Freud et Lacan. (Corps et langage en psychanalyse.)* Paris, Ed. Universitaires, 1983, 215 p.

[59] Dejours C., *Le corps entre biologie et psychanalyse (Essai d'interprétation comparée)*, préface de Fr. Dagognet, Paris, Payot, 1986, 267 p.

[60] Dejours C., Economie de la perception et processus de somatisation, *Psychanalyse à l'Université*, 1987, t. 2, n° 47, p. 417-435.

[61] Dejours C., Traitement psychosomatique de la douleur, *Le coq héron*, 1986, n° 97, p. 36-43.

[62] Delay J., *Introduction à la médecine psychosomatique*, Paris, Masson, 1961.

[63] Demole M. et Lassère R., Le facteur psychique dans la colite ulcérative, *Acta gastroenterol. belg.*, octobre 1953, 16, p. 605-613.

[64] Deutsch F., *The Psychosomatic Concept in Pschoanalysis*, New York, Internat. univ. press, 1953.

[65] Deutsch L., Psychosomatic medicine from a psychoanalytic viewpoint, *Journal of the american psychoanalytic Association*, 1980, vol. 28, n° 3, p. 653-702.

[66] Dongier M., *Névroses et troubles psychosomatiques*, Bruxelles, Delassart, 1966, 296 p.

[67] Dosal A. F. et Del Pinal J. L., Aspectos de la patologia funcional de vias biliares extraepaticas, in *Problematica de la Elaboracion de los sindromes psycosomaticos*, Saragosse, Clin Lab., décembre 1953, 61, 333.

[68] Dscheff M., Experimenteller Beitrag uber affective beeinflussung der Gallenausscheidung, *Eschr. Ges. Exp. Med.*, 1933, 87, p. 178-188.

[69] Dubarry J.-J. et Dubarry E., Sur l'influence des troubles endocriniens et des émotions sur certaines poussées de recto-colite hémorragique, *Acta gastro-enterol. belg.*, mai-juin 1950, 13, p. 769-771.
[70] Dunbar F., Notes psychanalytiques concernant l'asthme et le rhume des foins, *Psychoanalyt. Quart.*, 1938, 7-25.
[71] Dunbar F., *Le diagnostic psychosomatique*, New York, Hoeber, 1944.
[72] Duret, The psychosomatic aspect of ulcerative colitis, *Acta gastro-enterol. belg.*, septembre 1961, 24, p. 457-466.
[73] Engel G. L., Studies of ulcerative colitis. V. Psychological aspects and their implications for treatment, *Am. J. Digest. dis.*, avril 1958, n° 3-4, p. 315.
[74] Ey H., Médecine psychosomatique et névroses d'organes, *EMC Psychiatrie*, 2, 1955, 37400 A 10.
[75] Fain M., Troubles psychosomatiques survenus au cours d'une psychanalyse. Etude des facteurs ayant contribué à déterminer leur localisation, *Rev. franç. Psychanal.*, 1953, n° 2.
[76] Fain M. et Marty P., Perspectives psychosomatiques sur la fonction des fantasmes, *Rev. franc. Psychanal.*, 1964, p. 609.
[77] Fain M., A propos des troubles allergiques, *Rev. franç. Psychanal.*, 1967, p. 717.
[78] Fain M., Vers une conception psychosomatique de l'inconscient, *Rev. franç. Psychanal.*, 1981, vol. 45, n° 2, p. 281-292.
[79] Fain M., Du corps érotique au corps malade : complexité de ce passage, in *Corps malade et corps érotique*, Paris, Masson, 1984, p. 123-135.
[80] Fain M. et Dejours C., *Corps malade et corps érotique.* Travail réalisé dans le cadre de l'IPSO (Institut de Psychosomatique de Paris) Paris, Masson, 1984, 135 p.
[81] Fain M., Avant-Propos, *Rev. franc. Psychanal.*, vol. 48, n° 5, p. 1125-1132.
[82] Fain M., Des complexités de la consultation en matière psychosomatique, *Rev. franç. psychanal.*, 1984, vol. 48, n° 5, p. 1209-1227.
[83] Fain M., Les assises freudiennes de la psychosomatique, *Bulletin de la Société psychanalytique de Paris*, 1983, n° 2, p. 3-8.
[84] Fain M., Prélude à la vie fantasmatique, *Rev franç. de Psychanal.*, XXXV, 1971, 291-364.
[85] Fedida P., *Corps du vide et espace de séance*, Paris, J.-P. Delarge, 1977, 368 p.
[86] Fedida P., La question de la théorie somatique dans la psychanalyse, *PF*, 1978, 3, n° 12, p. 821-847.
[87] Ferenczi S., Le problème de l'affirmation du déplaisir, in *Œuvres complètes*, t. III, Paris, Payot, 1974, p. 389-401.
[88] Fernandez-Zoila A., *Freud et les psychanalyses*, chap. VII : « Psychosomatiques et psychanalyses du corps », Paris, Nathan, 1986, p. 192-290.
[89] Feyerabend P., *Contre la méthode*, Paris, Seuil, 1979, 1 vol., 350 p.
[90] Fine A., Eléments d'une cure d'un sujet atteint de recto-colite hémorragique, éclairant l'économie des *actings* et l'hypothèse d'*actings* somatiques (Séminaire de perfectionnement, janvier 1987), *Revue franç. de Psychanal.*, 1987, 51, n° 4, p. 1123-1136.
[91] Fiskus R. M. et Girouin D., Manifestation psoriasique. Approche psychanalytique. Colloque de l'Evolution psychiatrique, janvier 1983, *Ev. psychiat.*, 1983, t. 48, fasc. 4, p. 961-972.
[92] Flournoy O., Ulcerative colitis and relations. Obs. d'un cas, *Ev. psychiat.*, septembre/octobre 1961, 26, n °3, p. 419-444.
[93] Flournoy O., L'ulcère à cheval, *Revue franç. de Psychanal.*, 1984, vol. 48, n° 5, p. 1163-1172.

[94] French T. M. et Shapiro L. B., Analyse des rêves au profit de la recherche psychosomatique, *Psychosom. méd.*, mars-avril 1949, p. 110-112.
[95] French T. M., Alexander et coll., Psychogenic factors in bronchial asthma, *Psychosom. méd.*, 1941.
[96] Freud S., *Cinq psychanalyses*, Paris, PUF, 1954, 1 vol.
[97] Freud S., *Résultats, idées, problèmes*, I, Paris, PUF, 1984, 1 vol., 260 p.
[98] Freud S., *Résultats, idées, Problèmes*, II, Paris, PUF, 1985, 1 vol., 298 p.
[99] Freud S., *La vie sexuelle*, Paris, PUF, 1973, 1 vol., 165 p.
[100] Freud S., *Névroses, Psychoses et Perversions.*, Paris, 1973, 1 vol., 306 p.
[101] Freud S., *Etude sur l'hystérie*, Paris, PUF, 1956, 1 vol., 254 p.
[102] Freud S., *Inhibition, symptôme et angoisse*, Paris, PUF, 1951, 1 vol., 113 p.
[103] Freud S., Le trouble psychogène de la vision dans la conception psychanalytique, in *Névroses, psychoses et perversions*, PUF, 1973, p. 167-175.
[104] Freud S., *Métapsychologie*, Paris, Gallimard, 1968, 1 vol.
[105] Gachelin G., Vie relationnelle et Immunité, in *Corps et histoire*, IVe Rencontres psychanalytiques d'Aix-en-Provence, Paris, *Les belles lettres*, 1986, p. 45-98.
[106] Gaddini E., notes on the mind - body question, *The international journal of psychoanalysis*, 1987, 68, n° 3, p. 315-329.
[107] Garcia R. H., *Cancer. A Psychogenetic illness* (Psychoanalytic and gastroenterological research in the origin of cancer carried out since 1946), Mexico, Olimpia, 1980, 175 p.
[108] Garma A., *La psychanalyse et les ulcères gastroduodénaux*, PUF, 1957.
[109] Garma A., L'intégration psychosomatique dans le traitement psychanalytique des maladies organiques 1963, XXIVe Congrès des Psychanalystes de langues romanes, *Rev. franc. Psychanal.*, 1964-1965, 28, numéro spécial, 5-45.
[110] Gauthier Y., Reconstruction et observation en psychosomatique des enfants, *Rev. franc. Psychanal.*, 1984, vol. 48, n° 5, p. 1229-1242.
[111] Giovacchini P. L., Somatic symptoms and the transference neurosis, *in* P. L. Giovacchini, *Psychoanalysis of character disorders*, New York, Jason Aronson, 1975, p. 402-414.
[112] Gontard F. Approche psychosomatique d'un jeune hypertendu, *Adolescence*, 1985, t. 3, n° 2, p. 379-384.
[113] Gorot J., Allergie, délire et processus projectif, *Psychanalyse à l'Université*, 1980, t. 5, n° 20, p. 709-714.
[114] Gorot J., Image du corps et réanimation, suivi d'un commentaire de Sami-Ali, p. 317-320, *Psychanalyse à l'Université*, 1977, t. 2, n° 6, p. 311-316.
[115] Grace W. J., Wolff S. et Wolff H. G., Life situation emotions and chronic ulcerative colitis, *JAMA*, 8 avril 1950, 142, p. 1044-1048.
[116] Grinker R. R. et Robins F. P., *Cliniques psychosomatiques*, Paris, PUF, 1959, p. 90-100.
[117] Groddeck G., Conférences psychanalytiques à l'usage des malades prononcées au Sanatorium de Baden-Baden (Conférences 1 à 40, 16 août 1916 - 23 mai 1919), édité et traduit par R. Lewinter, Paris, Champ libre, 1978, 332 p.
[118] Groddeck G., « *Nasamecu* ». *La nature qui guérit*, traduit par Pierre Villain, avec une préface de C. Clément, Paris, Aubier-Montaigne, 1980, 244 p.
[119] Groen J., *L'approche psychodynamique de l'asthme bronchique*, Rapport du Congrès d'Allergologie, Londres, 1959.
[120] Groen J., Psychogenesis and psychotherapy of ulcerative colitis, *Psychosom. méd.*, mai-juin 1947, 9, p. 151-174.

[121] Groen et Bastiaans, Psychotherapy in the ulterative colitis, *Gastro-enterology*, mars 1951, 17, p. 344-352.

[122] Guedeney A., Les aspects psychosomatiques des malnutritions protéino-caloriques de la première enfance en milieu tropical. Faits et hypothèses, *La Psychiatrie de l'Enfant*, vol. XXIX, n° 1, p. 155-189.

[123] Gutton Ph. et Berger M., A propos d'une observation de maladie de Crohn chez l'enfant, *La Psychiatrie de l'Enfant*, 1978, vol. XXI, fasc. 1, p. 57-66.

[124] Gutton Ph. et Levy-Leblond E., Psychopathologie clinique et hépatologie infantile, *La Psychiatrie chez l'Enfant*, 1978, vol. XXI, fasc. 1, p. 5-56.

[125] Guyotat J., Grille pour un repérage des singularités de la filiation, *Psychanalyse à l'Université*, 1979, t. 4, n° 16, p. 639-652.

[126] Hayem D., La psychosomatique peut-elle casser des briques, *Topique*, 1983, n° 32, p. 123-132.

[127] Hayem D., Le corps fou, *Topique*, 1981, n°27, p. 123-134.

[128] Haynal A. et Pasini W., *Abrégé de médecine psychosomatique*, préface de G. Garrone et M. Jenny, Paris, Masson, 1978, 292 p.

[129] Haynal A., A propos de la problématique des modèles en médecine psychosomatique. Colloque de l'Evolution psychiatrique, janvier 1983, *Ev. Psychiat.*, 1983, t. 48, fasc. 4, p. 943-959.

[130] Held R., *Problèmes de la cure analytique aujourd'hui. Us et abus de la psychanalyse*, IIe partie : « Médecine psychosomatique et troubles psychofonctionnels », Paris, Payot, 1975, p. 153-226.

[131] James M., The non-symbolic nature of psychosomatic disorder : a test case of both Klein and classical theory, *The international Review of psycho-analyses*, 1979, vol. 6, n °4, p. 413-422.

[132] Jean Ch., Questions de vie ou de mort, *Adolescence*, 1985, t. 3, n° 2, p. 283-294.

[133] Jones E., Stethoscope as phallus (1911), in *Papers on Psa*, 1938.

[134] Karliner W., Manifestations psychiatriques du cancer du pancréas, *New York State J. méd.*, 15 juillet 1956, 56, n° 14, p. 2251-2252.

[135] Karush A. et Daniels G. E., Ulcerative colitis, the psychoanalyse of 2 cases, *Psychosom. méd.*, mars-avril 1953, 15, n° 2, p. 140-167.

[136] Karush A., Hiat R. B. et Daniels G. E., Psychophysiological correlations in ulcerative colitis, *Psychosom. méd.*, janvier-février 1955, 17, p. 36-56.

[137] Kaufman W., Some psychosomatic aspects of food allergy, *Psychosom. méd.*, 1954, 16, p. 10-40.

[138] Kipman S. S., Contre la psychosomatique du nourrisson : le cas C., *Revue de Médecine psychosomatique*, 1982, vol. 24, n° 4, p. 361-372.

[139] Klein H. S., Notes on a case of ulcerative colitis. Internat., *J. Psycho-anal.*, 1965, 46, p. 342-352.

[140] Koechlin Ph., Modèle psychosomatique ? Mise en place du thème. Colloque de l'évolution psychiatrique, janvier 1983, *Ev. Psychiat.*, 1983, t. 48, n° 4, p. 931-934.

[141] Kraft B., The application of psychodynamics concepts in an allergy pratice, *Ann. allergy*, 1959, 8, p. 664-667.

[142] Kreisler A., Psychothérapie d'un enfant épileptique (Psychosomatique de l'enfant), *Psychanalyse à l'Université*, 1981, t. 7, n° 25, p. 65-81.

[143] Kreisler L., De la pédiatrie à l'économie psychosomatique de l'enfant, *Rev. franc. Psychanal.*, 1984, vol. 48, n° 5, p. 1245-1257.

[144] Kreisler L., L'enfant du désordre psychosomatique, *Rencontres cliniques*, Toulouse, Privat, 1981, 400 p.

[145] Kreisler L., *Le nouvel enfant du désordre psychosomatique*, Toulouse, Privat, 1987, 345 p.

[146] Kubie L. S. (1953), The central representation of the symbolic process in psychosomatic disorders, *Psychological issues*, 1978, XI, n° 4, monograph 44, p. 115-126.

[147] Kuhn R., Clinique et expérimentation en psychopharmacologie, *Psychanalyse à l'Université*, 1986, t. 11, n° 41, p. 105-116.

[148] Lagache G., Combemale B. et Valtille C., *Les troubles psychiques des pancréatiques aiguës*, Lille chir., septembre-octobre 1964, 19, n° 5, p. 227-232.

[149] Lanouzière J., Régression et psychothérapie des cancers. Les voies nouvelles de la thérapie, *Psychologie française*, juin 1984, vol. 29, n° 2, p. 151-157.

[150] Lefèbvre P., La psyché de la somatose en quête de névrose. Le sentier obstrué, *Rev. franç. de Psychanal.*, 1984, vol. 48, n°5, p. 1173-1182.

[151] Léger, Kobel et Case, Chronic pancreatitis and gastro-duodenal ulcer, *Arch. mal. dig.*, juin 1960, 49, n° 6, p. 727-751.

[152] Le Goues G., Aspects de la vie mentale tardive, *Rev franç. de Psychanal.*, 1984, vol. 48, n° 5, p. 1259-1272.

[153] L'Heureux-Le-Bœuf D., Corps malade, corps érotique : un cas d'encoprésie chez un jeune enfant, in *Corps malade et corps érotique*, Paris, Masson, 1984, p. 1-10.

[154] Lou Andreas Salomé, *Ma vie*, Paris, PUF, 1985, 1 vol., 315 p.

[155] Luminet D., Psychothérapie et psychosomatique : un problème essentiellement « économique » ?, *Psychothérapies*, 1982, vol. II, n° 4, p. 161-166.

[156] Luquet P., Tentative de description du fonctionnement psychique et du « moi » à travers les niveaux de conscience, de pensée et de langage, *RFP*, 1983, 2, 539, 565.

[157] Margolin S. G., La signification du terme psychogenèse dans les symptômes organiques, *Ev. psychiat.*, juillet-septembre 1953, p. 373-386.

[158] Marty P., Les difficultés narcissiques de l'observateur devant le problème psychosomatique, *Rev. franç. de Psychanal.*, juillet-septembre 1952, 12, n° 3, p. 339-356.

[159] Marty P., La relation d'objet allergique, *Rev. franç. de Psychanal.*, 1950, p. 22, 350.

[160] Marty P., *Clinique et pratique psychosomatiques. La psychanalyse d'aujourd'hui*, Paris, PUF, 1956, p. 532-573.

[161] Marty P., de M'Uzan M., David Ch., *L'investigation psychosomatique*, Paris, PUF, 1963.

[162] Marty P. et Loriod J., Fonctionnement mental et fonctionnement somatique, in *Corps et histoire*, IVe Rencontres psychanalytiques d'Aix-en-Provence, 1985, Paris, Les Belles-Lettres, 1986, p. 143-204.

[163] Marty P., A propos des rêves chez les malades somatiques, *Rev. franç. de Psychanal.*, 1984, vol. 48, n°5, p. 1143-1161.

[164] Marty P., *Les mouvements individuels de vie et de mort, I : Essai d'économie psychosomatique*, Paris, Payot, 1976, 247 p.

[165] Marty P., Des processus de somatisation, in *Corps malade et corps érotique*, Paris, Masson, 1984, p. 101-115.

[166] Marty P., *Les mouvements individuels de vie et de mort*. II : *L'ordre psychosomatique*, Paris, Payot, 1980, 299 p.

[167] Masson O., Aspects théoriques et cliniques systémiques de la transmission intergénérationnelle de la psychopathologie, *Psychanalyse à l'Université*, 1979, t. 4, n° 16, p. 653-669.

[168] Mazza S. et Lombardi R., Phénomènes épileptiques et événements protomentaux, *Perspectives psychiatriques*, 1986, 25e année, n° 2, p. 155-161.
[169] Mc Dougall J., *Plaidoyer pour une certaine anormalité*, Paris, Gallimard, 1978, p. 184-202.
[170] Mc Dougall J., *L'interprétation de l'irreprésentable*. II : *Etats psychosomatiques, névrose d'angoisse et hystérie, Etudes freudiennes*, octobre 1981, n° 17-18, p. 39-53.
[171] Mc Dougall J., *Théatre du Je*, Paris, Gallimard, 1982, 247 p.
[172] Mc Dougall J., Un corps pour deux, in *Corps et histoire*, IVe Rencontres psychanalytiques d'Aix-en-Provence, 1985, Paris, Les Belles-Lettres, 1986, p. 9-43.
[173] Mann Th., *La Montagne magique*, 1 vol.
[174] Meltzer D., *Le développement kleinien de la psychanalyse : la phénoménologie de l'hypocondrie différence entre l'hypocondrie, les phénomènèses psychosomatiques et la somatisation délirante*, trad. de M. Despinoy et P. Geissmann, Toulouse, Privat, 1987, p. 79-83.
[175] Meyer B. C., Aspect de la psychothérapie en médecine psychosomatique, *Rev. franç. de Psychanal.*, juillet-septembre 1955, 19, n° 3, p 357-368.
[176] Michel F. B. *Le souffle coupé*, Paris, Gallimard, 1984, 1 vol., 275 p.
[177] Michelet J., *Journal*, Paris, Gallimard, 1962, 2 vol.
[178] Miller H. et Baruch D.W., A study of hostility in allergic children, *Am. j. orthopsychiat.*, 1950, 20, p. 506-519.
[179] Minuchin S. et coll., *Psychosomatic families : anorexia nervosa in context*, Cambridge, Harvard University Press, 1978, 351 p.
[180] Missenard A. et coll., *L'expérience Balint*, Paris, 1982, 1 vol., 286 p.
[181] Mitscherlich A., *Ammerkungen über die chronifizierung psychosomatischen geschehens, in* Gerd et Annegret Overbeck, Hambourg, Rowohlt, 1978, p. 143-169.
[182] Mistcherlich H., *Die psychosomatic in der Allergie*. Rapport au IIe Congrès européen d'Allergologie, Florence, 1956.
[183] Mohr G. J., Psychological aspects of ulcerative colitis, *Am. j. gastro-enterol.*, 8 juillet 1960, 34-42.
[184] Montsallut A. J., Maladies de l'adaptation et médecine psychosomatique, *Rev. franç. de Psychanal.*, 1951, 2, p. 261-272.
[185] Moran G. S., De l'interaction entre troubles psychologiques et diabète infantile, *La psychiatrie de l'Enfant*, XXX, 1987, n° 1, p. 33-58.
[186] Moreau F., Médecine interne et psychanalyse de l'homme de verre à l'homme qui pense, *Psychanalyse à l'Université*, 1986, t. 11, n° 41, p. 117-128.
[187] Musshatt C., Psychological aspects of non-specific ulcerative colitis, in *Recent developments in psychosomatic medecine* par Wittkower et Cleghorn, Lipincott-Philadelphie, 1955, p. 345-363.
[188] M'Uzan G. de, Relaxation et psychanalyse, *Rev. franç. de Psychanal.*, 1981, vol. 45, n° 2, p. 379-390.
[189] M'Uzan G. de, Economie du fonctionnement mental dans les affections psychosomatiques, *Bulletin de la Fédération européenne de Psychanalyse*, 1976, n° 8, p. 6-10.
[190] Nacht S. et Held R., Maladies psychosomatiques ou malades psychosomatiques, *Rev. Méd. psychosom.*, 1960, 2, n° 3.
[191] Nassikas K., Somatoses et étayage, *Psychothérapies*, 1986, vol. VI, n° 4, p. 211-216.
[192] Nenna A. D. et Tainturier C., Modèle psychosomatique et incertitude, *Ev. psychiat.*, 1983, t. 48, fasc. 4, p. 935-941.

[193] Neyraut M., *Le transfert*, 1 vol., Paris, PUF, 1974.
[194] Obadia J.-P., Qu'il est justifié de récuser le concept de maladie psychosomatique, *Rev. franç. de Psychanal.*, 1984, vol. 8, n° 5, p. 1197-1208.
[195] Oeschler, Ueber der Einfluss der psychischen Erregung auf die Sekretion des Galle und des Pankreas, *Internat. Beitr. Path. ther. Ernährgsstörgn*, 1913, 5, p. 26-30.
[196] Overbeck A. et G., Das asthma bronchiale im zusammenhang familiendynamischer vorgänge, in *Psyché*, Stuggart, 1978, vol. 32, n° 10, p. 929-955.
[197] Pankow G., *Structure familiale et psychose*, chap. V : « Structures familiales et maladies psychosomatiques », p. 149-170, Paris, Aubier-Montaigne, 1977, 205 p.
[198] Parcheminey G., La problématique du Psychosomatisme, *Rev. franç. de Psychanal.*, 1948, n° 2.
[199] Pasini W., L'approche corporelle en psychosomatique, *Psychothérapies*, 1982, vol. II, n° 4, p. 207-210.
[200] Pedinielli J.-L., Perdre le souffle : l'insuffisance respiratoire chronique, *Perspectives psychiatriques*, 1986, 25e année, n° 2, p. 101-109.
[201] Perec G., *Penser-Classer*, Paris, Hachette, 1985, 1 vol., 185 p.
[202] Poilleux F. et Cousinet G., Deux observations de pancréatiques aiguës avec manifestations d'encéphalopathie traitées par les anti-enzymes, *Presse méd.*, 26 octobre 1963, 71, n° 45, p. 2161.
[203] Pollock G., The Psychosomatic specificity concept its evolution and re-evolution, *The annual of psychoanalysis*, New York, International Universities Press, 1977, vol. V, p. 141-168.
[204] Psychopathologie et maladies somatiques, *Perspectives psychiatriques*, 1986, 25e année, n° 2.
[205] Quinodoz J.-M., Manifestations somatiques, relation d'objet mélancolique et pulsion de mort au cours du processus psychanalytique, *Bulletin de la Fédération européenne de Psychanalyse*, 1985, n° 25, p. 101-105.
[206] Rad L. von et Lolas F., Psychosomatische und psychoneurotische patienten im vergleich, *Psyché*, Stuttgart, 1978, vol. 32, n° 10, p. 956-973.
[207] Saada D., Fantasme et psychosomatique, *Etudes psychothérapiques. Le fantasme*, décembre 1978, 34, n° 4, p. 245-251.
[208] Sami-Ali M., Cardiologie et psychosomatique. Présentation d'une recherche, *Psychanalyse à l'Université*, 1979, t. 5, n°17, p. 163-164.
[209] Sami-Ali M., Corps, langage et somatisation, *Bulletin de Psychologie*, 1984-1985, XXXVIII, 370, n°8/11, p. 417-420.
[210] Sami-Ali M., Corps réel-corps imaginaire. Pour une épistémologie psychanalytique, *Corps et somatisation. Le tout et les parties*, Paris, Dunod, 1977, p. 92-116.
[211] Sami-Ali M., *Penser le somatique. Imaginaire et pathologie*, Paris, Dunod, 1987, 148 p.
[212] Sami-Ali M., Penser le somatique. A propos de « Mars » de Fritz Zorn, *Nouv. rev. de Psychanal.*, 1982, n° 25, p. 299-308.
[213] Sami-Ali M., Présentation d'une recherche en psychosomatique, *Psychanalyse à l'Université*, 1977, t. 2, n° 6, p. 309-310.
[214] Sami-Ali M., *Le visuel et le tactile. Essai sur la psychose et l'allergie*, Paris, Dunod, 1984, 134 p.
[215] Sans P., Eléments pour une critique du concept de psychosomatique, *Ev. psychiat.*, 1977, vol. 42, n° 2, p. 261-274.
[216] Sapir M., *La formation psychologique du médecin*, Paris, Payot, 1972, 1 vol., 354 p.

[217] Sapir M. et coll., *Les groupes de relaxation*, Paris, Dunod, 1983, 1 vol., 225 p.
[218] Sapir M., Corps et filiation, filiation tissulaire, filiation de l'imaginaire, *Psychanalyse à l'Université*, 1979, t. 4, n° 16, p. 685-696.
[219] Sapir M., *Soignant-soigné : le corps à corps*, Paris, Payot, 1980, 216 p.
[220] Sapir M., De soignant à soigné : le corps à corps. Mythe ou champ de recherche, *Ev. psychiatrique*, 1983, t. 48, fasc. 4, p. 989-1004.
[221] Sapir M., Trouble fonctionnel ou trouble de la relation, *Rev. Méd. psychosom.*, 1979, 21, n° 4, p. 417-434.
[222] Savage C. et Noble D., Cancer of pancreas : 2 cas simultaning psychogenic illness, *J. nerv. ment. dis.*, juillet-août 1954, 120, p. 62-65.
[223] Savitt R. A., Conflict and somatization : psychoanalytic treatment of the psychophysiologic reponse in the digestive tract, *The psychoanalytic quarterly*, 1977, 46, n° 4, p. 605-622.
[224] Seguin G. A., *Introduction à la médecine psychosomatique*, Paris, L'Arche, 1950, 1 vol., 220 p.
[225] Sichel J.-P. et Fasla F., La rectocolite ulcérohémorragique chez l'enfant. Etude psychosomatique, *La Psychiatrie de l'Enfant*, 1975, vol. XVIII, fasc. 1, p. 7-73.
[226] Schur M., Zur metapsychologie des somatisierung. Gerd et Annegret Overbeck, *Seelischer konflict-köperliches leiden*, Hambourg, Rowohlt, 1978, p. 83-142.
[227] Sivadon P. et Fernandez-Zoila A., *Corps et thérapeuthique. Une psychopathologie du corps.*, Paris, PUF, 1986, 226 p.
[228] Soubiran G. B. et Coste J.-C., *Psychomotricité et relaxation psychosomatique*, préface de R. Mucchielli, Paris, Doin, 1975, 240 p.
[229] Sperling M., Psychoanalytic study of ulcerative colitis in children, *Psychoanal. quart.*, 1945, 15, 302, 1946.
[230] Sperling M., The role of the mother in psychosomatic disorders in children, *Psychosom. méd.*, novembre 1949, 11, n° 6, p. 377-385.
[231] Sperling M., *Technique psychothérapeutique en médecine psychosomatique Bychowski et Despert. Techniques spécialisées de la psychothérapie*, Paris, PUF, 1952, 1 vol.
[232] Stephanos S., Analytical psychosomatics in internal medicine, *The international Review of Psychoanalysis*, 1980, vol. 7, n° 2, p. 219-232.
[233] Stephanos S., The contribution of psychoanalytic object theory to psychosomatic medicine, *The Annual of Psychoanalysis*, 1982, vol. X, p. 187-204.
[234] Stephanos S., Médecine psychosomatique et analyse des relations d'objet, *Psychothérapies*, 1986, vol. VI, n° 4, p. 197-203.
[235] Touhami M., Slaoui A. et Moussaoui D., Le « Balancement asthmatique » : à propos de l'asthme, *Ev. psychiat.*, 1987, 52, n° 4, p. 989-992.
[236] Trono C., *Figures de double. L'inconscient entre corps et théâtre*, Paris, Denoël, 1986, 254 p.
[237] Valabrega J.-P., *Les théories psychosomatiques*, Paris, PUF, 1954, 1 vol.
[238] Valabrega J.-P., *La relation thérapeutique*, Paris, Flammarion, 1962, 1 vol., 273 p.
[239] Valla I., Un cas d'obésité (Psychosomatique de l'enfant), *Psychanalyse à l'Université*, 1981, t. 7, n° 25, p 83-95.
[240] Verrier A. et Defernand C., Image du corps, identité et sclérose en plaques, *Perspectives psychiatriques*, 1986, 25e année, n° 2, p. 125-128.
[241] Verron M. et Angel P., Pathologies somatiques à l'adolescence. Repères statistiques, *Adolescence*, 1985, t. 3, n° 2, p. 239-251.

[242] Weiss E. et English S., *Médecine psychosomatique*, Paris, Delachaux & Niestlé, 1952, p. 53-98.

[243] Winnicott, *Jeu et Réalité*, 1 vol., Paris, Gallimard.

[244] Zepf S. et Gattig E., « Pensée opératoire » und die Todestrieb-hypothese. Kritische Anmerkungen zum theoretischen Konsept der französischen psychosomatische schule, *Psyché*, 1982, 36, n° 2, p. 123-138.

[245] Zimeray C., Emilie (psychothérapie d'un nourrisson atteint d'eczéma), *Corps malade et corps érotique*, Paris, Masson, 1984, p 11-20.

[246] Ziwar M., Asthme. Allergie in Encyclopédie médico-chirurgicale, *Psychiatrie*, XXXX.

[247] Zuili N. et Nachin C., Le travail du fantôme au sein de l'inconscient et la clinique psychosomatique : à propos du psoriasis, *Annales médico-psychologiques*, 1983, vol. 141, n° 9, p. 1022-1028.

Imprimé en France
Imprimerie des Presses Universitaires de France
73, avenue Ronsard, 41100 Vendôme
Mars 1990 — N° 35 252

Printed by Amazon Italia Logistica S.r.l.
Torrazza Piemonte (TO), Italy

38054228R00132

Die STILLEN müsst ihr fürchten

Tatort Köln

Die STILLEN müsst ihr fürchten

Tatort Köln

SALIM GÜLER

1. Auflage August 2015

Autor: Salim Güler
Lektorat: Christiane Saathoff, www.lektorat-saathoff.de
Covergestaltung: Irina Bolgert
Erstveröffentlichung: 2015 als E-Book bei KDP-Amazon

ISBN-13: 9781517156152
ISBN-10: 1517156157

DAS BUCH

Ein psychopathischer Killer vergewaltigt und ermordet junge Frauen in Köln auf brutale Weise. Nach dem Mord stellt er Bilder der toten Frauen in die Facebook-Profile der Toten.

Die Kripo Köln um Lasse Brandt ermittelt auf Hochtouren, da der Mörder bereits seine nächste Tat angekündigt hat. Zu allem Überfluss bekommt Brandt einen neuen, unerfahrenen Partner an die Seite gestellt.

Kann die Kripo Köln den Täter schnappen, bevor die nächste junge Frau dem Psychopathen zum Opfer fällt?

DER AUTOR

Salim Güler, aufgewachsen in Norddeutschland, studierte in Köln Wirtschaftswissenschaften und promovierte an der TU-Chemnitz. Er arbeitete lange Zeit in der freien Wirtschaft, zuletzt als Pressesprecher.

Schon als Schüler begann er mit dem Schreiben von selbsterfundenen Geschichten und diese Leidenschaft ließ ihn bis heute nicht los.

In seinen Romanen finden sich immer wieder gesellschaftlich aktuelle Themen, die er geschickt in eine fiktive und hoch spannende Geschichte einzubetten versteht.

Seine Bücher landen regelmäßig in den Bestsellerlisten der Amazon Verkaufs-Charts.

Salim Güler ist sehr am Austausch mit seinen Leserinnen und Lesern interessiert und freut sich daher über jeden Kontakt, entweder über Facebook oder über seine Homepage.

www.salim-gueler.de

https://www.facebook.com/salim.gueler.autor

Kapitel 1

Ich kenne dich! Du glaubst mir nicht? Das solltest du aber. Ich weiß, wo du wohnst, wo du dich heute herumgetrieben hast, mit wem du rumhurst. Ich weiß alles über dich. Ich bin dein stiller Liebhaber. Mache ich dir Angst?

Nein?

Warum nicht?

Weil du mir nicht glaubst?

Das solltest du aber.

Ich weiß, wann du nach Hause kommst, erschöpft und unzufrieden von der Arbeit. Ich weiß, wo dein Schlafzimmer ist und ich weiß, dass du immer kurz nach elf Uhr abends ins Bett gehst, da du um sieben Uhr schon wieder aufstehen musst.

Überrascht?

Ich weiß noch mehr über dich. Viel mehr. Ich weiß, dass du, bevor du ins Bett gehst, die Fenster im Schlafzimmer öffnest. Dass du, während du lüftest, ins Badezimmer verschwindest, um deine Zähne zu putzen, dein Make-up zu entfernen und dich bettfertig zu machen.

Und ich weiß, dass du Single bist, seit einigen Monaten, und dass du darüber sehr unglücklich bist. Es ist halt nicht leicht, in deiner Position einen verständnisvollen Freund zu finden.

Woher ich das alles weiß?

Weil ich dich kenne, sehr gut sogar. Wie gesagt, ich bin dein stiller Liebhaber.

Du bist nicht anders als die meisten Menschen, die meisten anderen Schlampen. Deine Gewohnheiten machen dich schwach, angreifbar, und mich stark.

Während du gerade im Bad bist, habe ich mir durch dein Fenster Zugang zu deiner kleinen schnuckeligen Wohnung verschafft. Ich höre, wie du deine Zähne putzt, du nutzt eine elektrische Zahnbürste, wie süß …

Ich lege mich in dein Bett, wärme es für dich vor. Ich hoffe, es gefällt dir. Deine Bettwäsche riecht gut, du riechst gut. Aber was tue ich überrascht, das weiß ich doch bereits, denn ich war schon öfter bei dir. Immer dann, wenn du im Bad warst und das Fenster zum Lüften aufgemacht hast, habe ich dich besucht. Du hast es sicherlich nie bemerkt, oder?

Ich war aber da, ich konnte einfach deinem Duft nicht widerstehen.

Warum ich mich dir noch nicht vorgestellt habe? Die Zeit war noch nicht reif. Doch jetzt ist sie es. Gleich wirst du mich endlich kennenlernen, und ich freue mich darauf. Auch mein kleiner Freund freut sich.

Vielleicht können wir ja Freunde werden oder ein Paar? Lass mich nachdenken – nein, ich glaube nicht.

Ob ich mich vielleicht doch ausziehen sollte, bevor du kommst? So mit Klamotten im Bett liegen wäre vielleicht unhöflich, oder?

Egal, ausziehen kann ich mich auch noch später. Du hast gerade aufgehört, deine Zähne zu putzen, die Zahnbürste ist verstummt und ich muss gestehen, dass ich ein wenig aufgeregt bin, mein Herz schlägt schneller. So müssen sich frisch Verliebte fühlen, die zum ersten Mal Sex haben.

Schließlich weiß ich nicht, wie du dich anfühlst. Ich habe dich ja bisher nur gesehen, zwar auch von Nahem, aber deinen Körper habe ich noch nie berührt.

Aber glaube nicht, dass es keine Gelegenheit dazu gab, die gab es reichlich, so leichtsinnig wie du bist. In der U-Bahn, in der Fußgängerzone, selbst im Schwimmbad war ich dir sehr nahe, näher als du glaubst. Du hast mich nie wahrgenommen, aber was meinst du, wie oft ich dich hätte berühren können, wenn ich nur gewollt hätte. Ich hätte dir gar in die Sauna folgen können, ohne dass du mich bemerkt hättest. Aber ich wollte es nicht. Mein erstes Mal sollte etwas ganz Besonderes sein, ich wollte dich zum ersten Mal berühren, wenn du nackt bist. Gleich.

Ich muss mich beherrschen, meine Aufregung und Geilheit unter Kontrolle halten, da ich gerade höre, wie du die Tür zum Badezimmer schließt.

Wie immer wirst du jetzt deinen Kindle aus dem Wohnzimmer holen, um noch ein paar Seiten zu lesen, wie an jedem Abend.

Wie leicht du mir doch alles machst. Das ist schön, denn andere werden es mir auch sehr leicht machen. Eine wunderbare Zeit kommt auf mich zu.

Wie recht ich hatte. Ich spüre deinen Atem, ich sehe deine Silhouette, die vom Mondlicht sanft beschienen wird. Du bist verdammt sexy.

Zum Glück schläfst du bei offenem Fenster, im Sommer erst recht. Und da dein Kindle beleuchtet ist, machst du nicht einmal das Licht an.

Ich würde gerne laut loslachen, weil alles so einfach ist. Aber sei ohne Sorge, es gibt viel mehr Frauen wie dich, und einige von ihnen werde ich in den nächsten Tagen aufsuchen, aber jetzt gilt meine volle Konzentration nur dir.

Du steigst ins Bett, ich rieche dich immer stärker. Dein Geruch macht mich wahnsinnig. Du liest und bemerkst mich nicht einmal, so ein Doppelbett hat schon seine Vorzüge, muss ich sagen.

Ich kann dir nicht mehr widerstehen, ich muss dich berühren, dich spüren und besitzen.

Dann geht alles ganz schnell. Du schreist, als ich meine Hand auf deinen Arm lege, versuchst, dich zu wehren, doch schnell verstummst du, als du die kalte Klinge an deinem Hals spürst. Ich kann deine Angst förmlich riechen und das macht mich noch geiler.

Glaubst du mir jetzt, dass ich dich kenne, du aber mich nicht?

Und das ist auch gut so.

KAPITEL 2

Tag 2, Agnesviertel – Köln

»Immer wenn ich glaube, ich hätte schon alles gesehen, werde ich eines Besseren belehrt«, sagte Alexander Rech, Kriminalbeamter bei der Spurensicherung der Kölner Polizei, mit betrübter Stimme.

Brandt antwortete nicht gleich. Sein Blick ruhte auf der übel zugerichteten Leiche. Auch ihm fiel es schwer, seine Fassung zu behalten.

»Endlich bist du da.«

Mit diesen Worten wurde Brandt aus seinen Gedanken gerissen. Er drehte sich um, neben ihm stand seine Chefin Kristina Bender. Sie war neununddreißig Jahre alt, knapp einen Meter siebzig groß und hatte kurze braune Haare. Rein äußerlich wirkte sie wie eine ganz normale Frau ihres Alters. Sie hielt nicht viel von Schminke, und wenn, dann sah man es nicht auf den ersten Blick. Ihre Wortwahl war öfter alles andere als ladylike, aber sie war eine Überfliegerin.

Seit zwei Jahren war sie die Chefermittlerin der Kölner Mordkommission und damit die jüngste Leiterin vom K-11, das war die interne Abkürzung für das Kriminalkommissariat.

Bender war sehr ehrgeizig, fachlich kompetent und schien für ihren Beruf zu leben. Diese Eigenschaften verschafften ihr Respekt und Anerkennung bei den Mitarbeitern und Kollegen. Trotz ihres jungen Alters war sie die Richtige für den Job.

»Ging nicht schneller«, antwortete Brandt trocken.

»Hast du getrunken?«, fragte Bender.

»Das tut man, wenn man in einer Kneipe ist.«

Bender verdrehte nur ihre Augen. »Du bist aber nicht mit dem Wagen hier?«

»Nein, natürlich nicht«, antwortete er pflichtbewusst. So viel Verstand besaß er noch, schließlich hatte er mehr als fünf Kölsch getrunken.

Als ihn der Anruf seiner Chefin erreicht hatte, war er zunächst versucht gewesen, das Auto zu nehmen, hatte sich dann aber doch dafür entschieden, die Strecke zu laufen, da die Kneipe fußläufig zum Tatort lag. Ansonsten hätte er sich nicht nur eine Predigt von Bender anhören dürfen, sondern wer weiß was noch.

Bender duldete keine Pflichtverletzungen in ihrer Abteilung, ihre Mitarbeiter mussten immer Vorbilder sein und über jeden Zweifel erhaben. Gerade Brandt fiel das nicht immer leicht, da er doch hier und da zu unkonventionellen Methoden neigte. Das führte immer wieder dazu, dass er mit Bender aneinandergeriet.

Bender hielt sich die Hand vor den Mund, als sie die Leiche sah. Es schien, als wollte sie einen Schrei unterdrücken.

»Schlimm, sehr schlimm«, machte sich Rech bemerkbar.

»Habt ihr schon etwas?«, wollte Bender wissen.

»Nein, nicht wirklich. Wir haben ja gerade erst angefangen. Aber nach dem zu urteilen, was ich auf den ersten Blick sehe, dürfte der Todeszeitpunkt noch nicht lange zurückliegen. Ich vermute maximal zwei Stunden.«

»Wer hat sie gefunden?«, fragte Bender.

»Niemand. Um 1:15 Uhr ging ein Notruf bei der Polizei ein«, erklärte Bender.

»Und wer hat den Notruf getätigt?«, hakte Brandt nach.

»Das wissen wir nicht. Die Stimmenanalyse läuft noch.«

»Warum soll jemand einen Mord melden und sich nicht zu erkennen geben? Konnten wir den Anruf zurückverfolgen?« Brandt bekam ein ganz mulmiges Gefühl, die Sache fing an zu stinken, bevor die Ermittlungen überhaupt angefangen hatten.

»Genau diese Frage stelle ich mir auch. Der Notruf wurde aus der Wohnung übermittelt, vom Festnetzanschluss.«

»Aus dieser Wohnung?«

»Mensch, Brandt, wie viel hast du getrunken? Ja, aus dieser Wohnung, verdammt noch mal, und es ist davon auszugehen, dass der Notruf nicht von der Frau kam.« Benders Stimme erhob sich, sie machte einen genervten und ungehaltenen Eindruck.

»Wieso ruft der Mörder bei der Polizei an?«, fragte Brandt laut in die Runde.

»Wieso macht ein Mensch *so was*?«, bemerkte Bender sarkastisch und schaute auf die Leiche. »Rech, was hast du für uns?«, wandte sich Brandt an seinen Kollegen von der Spurensicherung. Er war zu angetrunken, um sich auf eine Diskussion mit seiner Chefin einzulassen.

»Wie gesagt noch nicht viel. Bei der Toten handelt es sich um Julia Schick. Sie ist zweiundzwanzig Jahre alt und soweit wir das bisher beurteilen können, lebte sie alleine. Jedenfalls gibt es in der Wohnung keine Hinweise darauf, dass sie einen Freund hatte.«

»Habt ihr Spermaspuren gefunden?«

»Nein, noch nicht. Aber ich gehe davon aus, dass sie vergewaltigt wurde.«

»Nachdem Sie ermordet wurde?«, unterbrach Bender das Gespräch der beiden Männer.

»Ich denke nicht. Wenn ich mir die Verletzungen anschaue, deutet vieles darauf hin, dass er die junge Frau nach dem Sexualakt, wenn es denn wirklich dazu gekommen ist, ermordet hat.«

»Meinst du, dass sie vielleicht gar nicht vergewaltigt wurde?«

»Doch, ich vermute es. Leichte Verletzungen im Intimbereich lassen darauf schließen. Aber wir haben noch keine Spermaspuren gefunden.«

»Könnte es sein, dass er versucht hat, sie zu vergewaltigen, und als es nicht geklappt hat, ist er ausgeflippt und hat sie so zugerichtet?«

»Sehr gut möglich. Der Mörder muss unter extremer Anspannung gestanden haben. Wenn er auf diese Weise keine sexuelle Befriedigung finden konnte, hat er sie sich anders geholt …«

»… indem er sein Opfer abgeschlachtet hat«, beendete Brandt den Satz. Es war nichts Ungewöhnliches, dass Psychopathen durch Gewalt erregt wurden.

Trotz der schlimmen Verletzungen konnte Brandt sehen, dass Julia Schick eine junge attraktive Frau war. Sie war schlank und sehr gepflegt.

»Warum hat er das Gesicht nicht verletzt?«, fragte Bender.

»Gute Frage, vielleicht hat das Gesicht eine bestimmte Bedeutung für ihn.«

»Oder er hat sich an ihrem Gesicht einen gewichst«, zeigte Brandt eine weitere Möglichkeit auf.

Bender verdrehte nur die Augen, ihr abwertender Blick war für ihn Antwort genug.

»Wir treffen uns morgen früh um 10 Uhr zur Besprechung. Ich hoffe, dass wir bis dahin brauchbare Hinweise haben.«

»10 Uhr?«, fragte Brandt. Schließlich war es inzwischen schon fast 2:30 Uhr und er vermutete, dass er und seine Kollegen noch einige Zeit am Tatort verbringen würden – im Gegensatz zu Bender, die jetzt nach Hause fuhr, um zu schlafen. Das jedenfalls nahm er an.

»Sei froh, dass ich nicht 9 Uhr gesagt habe«, fiel Bender ihm ins Wort.

Er antwortete nicht. Sie verabschiedete sich von den Kollegen und verließ die kleine Wohnung.

»Mann, ist die gut drauf«, spottete Brandt, als sie gegangen war.

Er trat an die Leiche heran und betrachtete sie genauer. Der Brustkorb war blutverschmiert, ebenso ihre Beine und ihre Füße. Am Bettlaken blieb sein Blick hängen.

Mit der rechten Hand berührte er das Laken, natürlich mit Einmalhandschuhen, um keine Spuren zu verwischen. Er senkte den Kopf und schaute genauer hin.

»Nass«, sagte er überrascht.

»Ja, wir wissen auch noch nicht, was das zu bedeuten hat. Aber um den Intimbereich ist es nass.«

»Urin?«

»Ich denke nicht. Sie hat sich zwar entleert, was typisch ist, der Körper wird schlaff nach dem Tod, aber da ist nicht nur Urin, sondern auch Wasser.

»Wollte der Täter Spuren verwischen?«, suchte Brandt nach einer Antwort.

»Gut möglich. Aber für eine konkrete Aussage ist es noch zu früh, ich hoffe, dass ich morgen im Meeting mehr dazu sagen kann.«

»Ist er durchs Fenster eingestiegen? Oder gibt es Spuren an der Haustür?« Brandt schaute zum Schlafzimmerfenster, das nur angelehnt war.

»Davon ist auszugehen. An der Haustür gibt es keine Spuren, die auf Gewalteinwirkung schließen lassen.«

»Oder er kannte sie«, überlegte Brandt weiter.

»Auch möglich. Bevor du fragst, es gibt noch keine Hinweise auf Fingerabdrücke. Du musst mir einfach noch ein wenig Zeit lassen, ming Fründ.«

Brandt näherte sich dem Fenster. Er öffnete es und schaute sich den Rahmen an, danach schaute er hinaus. Julias Wohnung lag im Erdgeschoss, das Schlafzimmer wies zum Innenhof und war leicht versetzt, es bot somit gute Voraussetzungen für einen Einbruch.

Jedoch deutete nichts am Tatort auf einen Einbruch mit Diebstahl hin, sondern allein auf ein Sexualverbrechen mit Todesfolge.

Woher wusste der Mörder, dass eine junge Frau hier wohnt?, fragte sich Brandt. Ob die junge Frau ihren Mörder gekannt hatte?

Ein Gefühl sagte ihm, dass es so war.

Köln war groß, das Agnesviertel war eine sehr beliebte Wohngegend, nah am Zentrum, und es lag linksrheinisch, was für viele Kölner wichtig war. Die richtige Rheinseite. So waren die Kölner eben, sie hatten ihre Prinzipien, auch wenn einige von ihnen arg an den Haaren herbeigezogen waren. Doch das machte sie auch sympathisch.

Die kühle Luft, die durchs Fenster eindrang, half ihm, seine Gedanken zu sortieren. Kurzentschlossen schwang er ein Bein durch den Fensterrahmen.

»Was machst du da?«, hörte er Rech fragen, aber da war er schon zum Fenster hinaus.

»Alles gut, ich will nur mal sehen, wie der Einbrecher sich Zugang verschafft hat«, erklärte Brandt.

Das Grummeln seines Kollegen verriet ihm, dass er mit dieser Antwort nicht glücklich war. Die größte Sorge der Spurensicherung war immer, dass andere wertvolle Spuren verwischen könnten.

Der Boden des Innenhofes brachte die erste Enttäuschung. Mit bloßem Auge konnte er keine Schuhabdrücke entdecken, alles war betoniert.

»Rech, schaut bitte auch hier nach Schuhspuren.«

»Gerne, aber wenn du da rumtrampelst, wird nicht mehr viel davon übrig bleiben.«

»Ich fürchte, das passiert so oder so », entgegnete Brandt.

»Und warum soll ich dann die Männer damit beschäftigen?« Ärger lag in Rechs Stimme.

»Man kann nie wissen«, erklärte Brandt und konnte sich ein kleines Grinsen nicht verkneifen.

Der Innenhof war dunkel, er machte ein paar Schritte in der Hoffnung, dass ein Licht angehen würde, aber nichts geschah.

Ein dunkler Innenhof?, dachte er verwirrt. *Oder hat der Mörder die Glühbirne zerstört?*

Dank des Mondlichts, das zwischen die Häuser fiel, war es nicht stockfinster. Auch das Licht aus dem Schlafzimmer hellte den Innenhof leicht auf. Er ging Richtung Eingang, schaute auf die Namensschilder, fand dann den Lichtschalter und betätigte ihn. Es wurde hell.

»Kein Sensor«, stellte er fest und musste seinen Gedanken, dass der Mörder am Licht manipuliert hatte, revidieren. Kein Bewegungsmelder.

Sparmaßnahmen? Umweltschutz? Brandt schüttelte ärgerlich den Kopf und blickte sich um.

Vom Eingang aus konnte man das Schlafzimmer nicht sehen, also hatte sich der Mörder fast ungehindert Zugang verschaffen können. Dann fiel sein Blick auf ein anderes Fenster.

Das Nachbarhaus!

Er ging hinüber. Es war ein kleines Fenster, aber von hier aus hatte man einen guten Blick zum Schlafzimmer von Julia.

Ein kleiner Hoffnungsschimmer!

Brandt ging zur Haustür und klingelte. Niemand reagierte, er klingelte noch ein zweites Mal, wieder reagierte niemand.

Er schaute auf seine Uhr, inzwischen war es kurz vor 3 Uhr. Er wusste zwar, dass es die denkbar ungünstigste Zeit war, jemanden zu sprechen, aber hier ging es um einen Mord, da konnte er keine Rücksicht auf die Belange anderer nehmen. Also betätigte er die Klingel ein weiteres Mal, diesmal ausdauernd.

»Mist«, fluchte er. Wer immer in der Wohnung wohnte, schlief entweder tief und fest oder hatte einfach keine Lust, die Tür zu öffnen.

Er klingelte noch einmal, aber wieder keine Reaktion.

»So nicht«, sagte er verärgert und beschloss, eine andere Klingel zu nehmen, um in das Haus zu kommen. Wenn er erst einmal den Flur betreten hatte, würde er so lange an die Tür klopfen, bis geöffnet wurde. Brandt konnte sehr hartnäckig sein.

Gerade als er eine andere Klingel betätigen wollte, berührte ihn jemand an der Schulter.

KAPITEL 3

Was jetzt wohl die Polizei macht? Ob sie noch immer am Tatort ist? Ein Blick auf meine Uhr sagt mir Ja. Wieso muss ich nur grinsen? Weil die Polizei niemals erfahren wird, dass ich es war, es sei denn, ich will es? Oder weil ich es endlich getan habe? Endlich habe ich das Zuschauerdasein hinter mir gelassen und den großen Schritt gewagt.

Ob ich es bereue? Nein, warum sollte ich?

Es war schön, sehr schön, auch wenn du es mir anfangs nicht leicht gemacht hast, liebe Julia, dabei hattest du doch versprochen, brav zu sein. Ich dachte, die kalte Klinge an deinem Hals würde dich zur Vernunft bringen. Es hätte nicht so enden müssen, aber nein, du musstest mich ja wütend machen, sehr wütend.

Du Schlampe!

Allein daran zu denken, macht mich wieder wütend. Ich hätte dir die Faust ins Gesicht schlagen können, wenn du nicht so schön wärst. Dein Gesicht, das eines Engels. Ich bin stark geblieben, trotz all der Wut, habe ich dein Gesicht nicht … du weißt schon.

Ein Lächeln spielt bei diesem Gedanken um meinen Mund. Ach, ich bin noch ganz aufgewühlt. Es ging alles so schnell, dabei waren es nur fast zwei Stunden, oder? Warte, es waren zwei Stunden und fünf Minuten. Ich weiß es ganz genau. Woher ich das weiß? Ich habe die Zeit gestoppt. Ist das nicht schön, an was ich alles denke?

Ich muss meine Gedanken sortieren und mich von deinem Blut befreien, aber jetzt noch nicht. Ich möchte noch eine Weile deinen Geruch an mir spüren, du riechst so gut, selbst dein Blut riecht gut.

Ich hätte nie gedacht, dass der Anblick von menschlichem Blut mir so gefallen könnte. Ich muss gestehen, es hat mir fast so gefallen wie dein Gesicht, wie das Gefühl, dich zu berühren und in dich einzudringen …

Warte … Nein! Du Schlampe, du hast mich ja nicht reingelassen. Verdammte Schlampe, jetzt machst du mich wieder wütend, dabei gibt es keinen Grund, wütend zu sein, schließlich habe ich meine Ängste überwunden und meine Fantasien endlich ausgelebt.

Du warst dafür die Richtige. Und ich habe dazugelernt. Ich dachte, es wäre eine gute Idee gewesen, mir vorher einen runterzuholen, jetzt weiß ich es besser.

Es heißt doch immer, das erste Mal sei etwas Besonderes, beim ersten Mal klappt es oft nicht so, wie man es sich erhofft. Unser erstes Mal wird immer etwas Besonderes bleiben, auch wenn es anders war, als ich es mir gewünscht hatte.

Warum musstest du dich auch wehren? Du hattest doch versprochen, dass du brav sein wolltest, wenn ich das Messer von deinem Hals nehme. Ich habe mich an mein Versprechen gehalten. Ich halte immer meine Versprechen.

Anfangs habe ich dir vertraut, ich habe dich zärtlich gestreichelt, deinen Busen berührt, mit der Zunge umkreist und verwöhnt und zärtlich an ihm gesaugt. Dein Busen zeigte mir, dass es dir gefiel, du warst erregt, also habe ich mich weiter runtergewagt, weil ich wollte, dass es auch dir Spaß macht. Ich bin kein Egoist.

Und was machst du Schlampe? Du versuchst mit deinen Schenkeln meinen Kopf zu zerdrücken, mit deinen Händen hast du auf mich eingeschlagen, versucht, dich loszureißen, wolltest mir das Messer aus der Hand zerren. Du dummes Mädchen, ich bin ein Mann, ich bin dir überlegen, also musste ich tun, was ich tat, schließlich hast du mich wütend gemacht. Ich habe dir eine gescheuert, aber dann fingst du an zu schreien. Das konnte ich nicht zulassen, also habe ich zugestochen und gleichzeitig deinen Mund zugehalten.

Selbst dann hast du noch keine Ruhe gegeben, es war deine Schuld, dass ich erneut zustach und dann wieder und wieder. Nur deinetwegen. Und

dann passierten zwei Missgeschicke. Du hast dich nicht mehr geregt und ich habe abgespritzt.

Ehrlich, ich weiß nicht, wie das geschehen ist, es ist einfach passiert. Ich wusste gar nicht, wie mir war. Aber du kannst dir sicher denken, dass ich erschrocken war. Alles war perfekt, aber mein Sperma konnte ich nicht am Tatort lassen, also musste ich es wegmachen. Ich glaube, ich konnte alles wegwischen. Ich bin mir sicher, dass ich alles wegwischt habe.

Nein, ich habe garantiert alles weggewischt. Ich mache keine Fehler!

Die dumme Polizei wird niemals auf mich kommen, es sei denn, ich will es. Ich werde noch ein wenig mit ihnen spielen. Morgen früh gibt es die nächste Überraschung.

KAPITEL 4

Als Brandt den Besprechungsraum betrat, waren bereits alle Kollegen da. Ein Blick auf die Wanduhr sagte ihm, dass er pünktlich war. Er nahm einen Kaffee aus der Kanne, die auf dem Tisch stand, und setzte sich.

Er war noch bis 4 Uhr morgens am Tatort gewesen.

Die Person, die ihn im Innenhof an der Schulter berührt hatte, war Frank Schneider gewesen. Brandt hatte diesen Zufall dankend angenommen, denn Schneider wohnte in der Wohnung, die zu dem Fenster gehörte, welches Brandt so brennend interessierte.

Allerdings war seine kleine Hoffnung schnell enttäuscht worden. Schneider arbeitete in der Nachtschicht und kam immer zwischen 3 und 4 Uhr morgens nach Hause. Er hatte demzufolge nichts gesehen.

»Da wir jetzt vollzählig sind, sollten wir keine Zeit verschwenden. Eine kurze Zusammenfassung für die, die nicht am Tatort waren: Gestern Abend gegen Mitternacht wurde die zweiundzwanzigjährige Julia Schick vergewaltigt und auf brutale Weise ermordet.«

Bender öffnete ihre Mappe, nahm zwei Fotos heraus und reichte sie herum. Ein Stöhnen ging durch die Reihen.

Brandt ließ sich für einen kurzen Augenblick ablenken, da er unter den Kollegen eine Person sah, die er nicht kannte.

»Rech, informiere uns bitte über den aktuellen Stand der Spurensicherung«, bat Bender und gab ihm das Wort.

Rech warf einen kurzen Blick in die Runde, sein Blick blieb kurz bei dem Neuen hängen, wanderte dann aber weiter.

Also kennt er ihn auch nicht?, dachte Brandt und fragte sich, warum Rech nicht gleich etwas über den neuen Kollegen in Erfahrung bringen

wollte. Wenn er denn ein neuer Kollege war. Er machte einen recht jungen Eindruck. Zu jung für die Mordkommission?

Rech nahm noch einen Schluck aus seiner Tasse, ehe er anfing zu berichten: »Wie schon gehört, bei der Toten handelt es sich um die zweiundzwanzigjährige Julia Schick. Nach unseren bisherigen Erkenntnissen machte sie eine Ausbildung zur Bürokauffrau. Aller Wahrscheinlichkeit nach lebte sie alleine. Die Eltern wohnen in Bayern. Sie werden heute gegen 12 Uhr erwartet, um die Leiche zu identifizieren. Wir sind auch gerade dabei, ihre Telefon- und Internetkontakte zu überprüfen.«

»Internetkontakte? Wenn ich helfen kann, ich habe gerade Luft«, bemerkte Lutz Fischer. Fischer war vierunddreißig Jahre alt und arbeitete in der IT-Abteilung der Kölner Polizei. Es gab fast nichts, was er in Sachen Computer und Programme nicht entschlüsseln konnte. Brandt hatte das Gefühl, dass er mit seinem Computer sogar ins Bett ging.

»Die E-Mail sollte schon zu dir unterwegs sein. Ich gehe mal davon aus, dass Bender dich genau deswegen zu diesem Meeting gerufen hat«, bemerkte Rech, er konnte sich eine spitze Bemerkung nicht verkneifen. Einige Kollegen grinsten, als sie jedoch Benders scharfen Blick sahen, sanken ihre Mundwinkel wieder herab.

Bender duldete es nicht, dass in Besprechungen allzu sehr abgeschweift oder gar herumgefrotzelt wurde. Dennoch konnten die Mitarbeiter manchmal nicht anders.

»Alles klar, sobald ich im Büro bin, mache ich mich an die Arbeit. Sicherlich das Übliche, oder?«

»Ja, vor allem Verhaltensmuster. Mit welchen Personen hat sie in letzter Zeit kommuniziert, gab es irgendwelche Abweichungen in ihrem Onlineauftritt etc. Du weißt das ja. Und setze bitte Brandt und mich in cc. Er wird die Ermittlungen leiten«, kam Bender Rech zuvor.

»Klar«, antwortete Fischer.

»Wir konnten auf ihrem Laptop zum Glück die Profile von Facebook und Instagram sicherstellen. Sie hatte Cookies auf dem Laptop, sodass sie nicht jedes Mal ihre Passwörter eingeben musste«, führte Rech aus.

»Super, das macht die Arbeit noch einfacher, wobei ich Herausforderungen auch schätze«, sagte Fischer mit einem vielsagenden Blick.

»Gibt es neue Erkenntnisse zur Todesursache?«, fragte Brandt.

»Die Obduktion findet nach dem Meeting in der Rechtsmedizin statt, ich werde mich nachher direkt auf den Weg dorthin machen, darfst mich gerne begleiten, ming Jung«, bemerkte Rech. Ein Schmunzeln umspielte seine Lippen, weil er wie die anderen wusste, dass Brandt Obduktionen hasste. So oft es ging, entzog er sich diesem Teil seiner Arbeit.

»Du schaffst das schon ohne mich. Ich denke, ich bin mit den Befragungen und den Ermittlungen mehr als ausgelastet«, suchte Brandt nach einer Ausrede.

Glücklicherweise war seine Chefin in dieser Angelegenheit nicht stur. Rech und sein Team zeichneten verantwortlich für den Kontakt zur Rechtsmedizin und das seit über zehn Jahren. Bender hatte diese Regelung von ihrem Vorgänger übernommen.

Dies war vermutlich auch ein Grund dafür, warum sie im Team so schnell Anerkennung gefunden hatte: Sie hatte nicht mit allen Ritualen und Bräuchen gebrochen, sondern viele Dinge ihres Vorgängers übernommen.

»Wie du meinst«, sagte Rech und fuhr mit seinem Bericht fort: »Alles deutet darauf hin, dass sie durch die unzähligen Messerstiche im Brustbereich gestorben ist, Todesursache war vermutlich Verbluten. Die Stiche alleine waren nicht tödlich, erstaunlicherweise hat er das Herz nicht getroffen. Es gab auch Spuren an der Halsgegend. Ich gehe davon aus, dass sich der Mörder Zugang durchs offene Fenster verschafft und das Opfer im Bett überrascht hat.«

»Ist das sicher?«, warf Jens Schmadtke ein. Er war als Kriminalkommissar Teil des Ermittlungsteams.

»Ja, es gab weder Spuren an der Haustür noch an den Fenstern, die darauf deuten, dass sich jemand gewaltsam Zugang zur Wohnung verschafft hat.«

»Was, wenn es ein Bekannter war? Wäre ja nicht das erste Mal, dass sich ein Ex-Freund an seiner Freundin rächt. Verschmähte Liebe«, erwiderte Schmadtke.

»Das ist nicht auszuschließen, daher ist auch die Auswertung der Onlineprofile wichtig. Wir haben jedenfalls in der Wohnung keine Hinweise auf einen Freund oder Ex-Freund gefunden.«

»Wenn ich kurz dazwischen darf: Die Befragung einiger Anwohner bestätigt Rechs Annahme. Sie schien wirklich alleine zu leben«, meldete sich Brandt zu Wort.

Rech ging nicht weiter auf den Einspruch Schmadtkes ein und setzte seine Ausführungen fort: »Die Spuren an der Halsgegend lassen vermuten, dass er versucht hat, sie zu vergewaltigen. Bevor jemand Einspruch erhebt, will ich auch gleich erklären warum. Er hat sie mit einem Messer bedroht, um sie ruhigzustellen, und wollte sich dann an ihr vergehen. Wir haben Spermaspuren gefunden, die diese Annahme unterstützen.«

»In ihr?«, hakte Brandt nach. Gleichzeitig kam ihm ein Gedanke.

»Nein, nicht in ihr. Auf dem Bettlaken, daher auch die Wasserspuren. Es ist denkbar, dass der Mörder nach seiner Tat versucht hat, die Spermaspuren wegzumachen. Das nasse Laken deutet darauf hin.«

»Wieso hat er das Laken nicht vernichtet oder mitgenommen?«, fragte Schmadtke.

»Keine Ahnung. Warum hat er sie abgeschlachtet?«, gab Rech bissig zurück. »Der Mann muss unter enormem Druck gestanden haben. Gut möglich, dass er nicht daran gedacht hat, dass er glaubte, durch Wegwischen mit Wasser keine Spuren zu hinterlassen.«

»Er hat einen Fehler gemacht, das könnte uns in die Hände spielen. Wir sollten uns darüber freuen. Wir werden die Spuren mit den Profilen in unserer Datenbank abgleichen. Vielleicht haben wir Glück und es handelt sich um einen Wiederholungstäter. Brandt, ich möchte, dass du dich dessen annimmst.« Bender fiel Rech ins Wort. Sie schien intuitiv immer zu spüren, wenn die Kollegen begannen, sich verbale Wortgefechte zu liefern, die am Ende nur eine gereizte Stimmung hervorbrachten.

»Steht auf meiner To-do-Liste«, antwortete Brandt und machte sich eine Notiz.

»Wenn er außerhalb des Körpers ejakuliert hat, kannst du schon sagen, ob er überhaupt in sie eingedrungen ist?«, wollte Brandt wissen.

»Ich vermute nicht. Aber exakt kann ich dir das erst nach der Obduktion sagen.«

»Danke. Also wäre es denkbar, dass sie sich gewehrt hat, er nicht in sie eindringen konnte, weil er vielleicht zu nervös war, dann wurde er wütend und wollte sie ruhigstellen. Dabei ist das Ganze eskaliert und er hat sie in seiner Wut getötet«, versuchte er den möglichen Tatverlauf nachzuzeichnen.

»Das ist denkbar«, bestätigte Rech.

»Und wie konnte er abspritzen?«, erwiderte Schmadtke.

»Vielleicht danach«, antwortete Brandt. »Das hieße allerdings auch, dass es sich um einen Ersttäter handelt.«

»Warum?«, fragte Fischer.

»Ein Wiederholungstäter weiß, wie er in sein Opfer eindringt, auch wenn es sich wehrt. Sollte die Obduktion ergeben, dass der Mörder nicht in die Tote eingedrungen ist, spricht doch nicht viel für einen Wiederholungstäter«, erklärte Brandt.

»Das stimmt. Gut, Rech, gibt es von deiner Seite noch etwas zu berichten, was wichtig ist?«, nahm Bender wieder das Gespräch an sich. Sie schien unruhig. Sie wirkte nervös, als hätte sie eine böse Vorahnung, wo die ganze Geschichte noch hinführen würde.

»Eigentlich nicht. Die restlichen Ermittlungsergebnisse folgen im Bericht.«

»Gut! Brandt, kannst du uns bitte noch updaten?«

»Klar, es gibt allerdings nicht viel. Ich konnte drei der sieben Mieter in dem Wohnhaus sprechen. Die anderen haben nicht aufgemacht oder waren nicht da. Ich werde sie heute aufsuchen.«

»Und was ist bei den Gesprächen herausgekommen?«

»Leider nicht viel. Die Nachbarn kannten sie als zuvorkommende und nette Person. Man sah sie selten in männlicher Begleitung.«

»Verstehe. Ich hoffe, die weiteren Gespräche bringen mehr Erkenntnisse. Egal ob Wiederholungstäter oder Ersttäter, ihr bekommt jede erdenkliche Unterstützung. Die Zeit arbeitet gegen uns, das wisst ihr. Heute wird die Presse offiziell von uns informiert, aber sicherlich wird schon irgendein Nachbar geplaudert haben.

Die Brutalität des Verbrechens an Julia Schick wird leider dazu führen, dass die Presse ausführlich darüber berichten wird. Ich möchte daher um höchste Konzentration bitten. Alle hier Anwesenden sind Teil der ‚Soko Julia'. Ihr werdet euch in den nächsten Tagen und Wochen nur mit dem Fall Julia Schick beschäftigen. Alles andere wird zurückgestellt oder an Kollegen übergeben.«

»Ich bin aber schon sehr weit in der Angelegenheit Hardenberg«, fiel ihr Schmadtke ins Wort.

»Was heißt sehr weit?«, fragte Bender. Ihr Ton drückte Missmut aus.

»Na ja, es fehlt nicht mehr viel. Nur noch die schriftliche Aussage der Zeugen, dann kriegen wir das Schwein«, erklärte Schmadtke.

»Gut, was denkst du, wie lange du noch brauchst?«

»Zwei, vielleicht drei Wochen.«

Bender verzog ihre Lippen zu einem schmalen Spalt. Ein deutliches Zeichen, dass ihr das nicht gefiel.

»Dann bleib dran, aber Brandt kann dich jederzeit zu den Ermittlungen hinzuziehen, wenn nötig. Dein Handy sollte die nächste Zeit immer erreichbar sein.«

»Das ist es sowieso.«

»Das gilt für euch alle. Ihr habt 24/7 Bereitschaft. Bevor das Raunen losgeht, nach dem Fall bekommt ihr mehr als genug Zeit, euch zu erholen. Wir müssen den Täter schnappen, bevor er erneut zuschlägt.«

Brandt konnte nicht viel mit solchen Floskeln anfangen. Natürlich war sein Handy immer an, auch nachts, und das der Kollegen auch. Aber Bender schien es immer wieder betonen zu müssen. Brandt fragte sich, ob es einfach eine Macke ihrer Chefin war, die Mitarbeiter immer wieder auf grundsätzliche Dinge hinzuweisen, oder ob sie vielleicht einmal schlechte Erfahrungen gemacht hatte.

Wie Bender hoffte auch er, dass sie den Täter schnell zu fassen bekamen, allerdings hatten sie bisher keinen einzigen Anhaltspunkt. Er hoffte, dass sich das schnell änderte.

Brandts Blick fiel wieder auf den Neuen, der noch immer kein Wort gesagt hatte.

Wer bist du?

»Bevor wir uns trennen – die nächsten Sitzungen machen wir on-the-fly, das heißt, per E-Mail und Telefon, falls nötig treffen wir uns hier im Meetingraum.« Bender hielt inne und nahm einen Schluck aus ihrer Tasse. Ihr Blick wanderte durch die Reihe.

Einige Kollegen wollten gerade aufstehen, da ergriff sie wieder das Wort: »Nicht so schnell, es gibt noch einen letzten Punkt auf der Agenda. Die Begrüßung eines neuen Kollegen.«

Plötzlich wurde es still im Raum und alle Blicke wanderten zu dem jungen Mann, der die ganze Zeit links neben Bender gesessen und kein Wort gesprochen hatte.

»Emre Aydin wird ab sofort unser Team verstärken. Er kommt direkt von der Hochschule und ich möchte, dass ihr alle ihn tatkräftig unterstützt.«

»Klar, willkommen im Team«, antwortete Fischer und schenkte ihm ein freundliches Lächeln. Die anderen Kollegen hießen ihn ebenfalls willkommen. Auch Brandt, der allerdings ein mulmiges Gefühl hatte.

»Ach ja, Aydin ist ab sofort der neue Partner von Brandt.«

Kapitel 5

Brandt hatte Mühe, beherrscht zu bleiben. Die Nachricht war für ihn ein Schock. Er arbeitete seit zwei Jahren alleine, seit der Geschichte mit seinem Partner, und nun das.

Dass Bender ihm einfach einen neuen Partner vorsetzen würde, ohne Rücksprache mit ihm zu halten, hätte er nie für möglich gehalten. Und dann auch noch einen Jungspund, jemanden, der von Polizeiarbeit keine Ahnung hatte. Jedenfalls nicht in der Praxis. Das, was sie an der Hochschule lernten, war doch nur dämliche Theorie.

Hoffentlich nicht so ein Klugscheißer, dachte Brandt. *Der Tag fängt ja echt gut an.*

Wortlos folgte Aydin ihm ins Büro. Als Brandt die Tür öffnete, folgte die nächste Überraschung. Der freie Bürotisch, an dem sein letzter Partner gesessen hatte und der seitdem leergestanden hatte, war nicht mehr leer. Ein Monitor und ein Laptop standen darauf.

Ein Kollege von der IT war gerade dabei, den Computer einzurichten.

»Bin gleich fertig«, machte sich der Kollege bemerkbar.

»Ich denke mal, das ist Ihr neuer Arbeitsplatz«, sagte Brandt.

Er tat sich unglaublich schwer damit, seinen neuen Partner zu duzen. Es fühlte sich einfach nicht richtig an, dass Aydin jetzt sein Partner war.

Er hatte einen gehabt, und er wollte keinen neuen. Die Erinnerungen an Stahl, der gleichzeitig sein bester Freund gewesen war, hatten sich unauslöschlich in sein Gedächtnis gebrannt. Immer wieder suchten ihn Bilder heim, die er mit Alkohol auszulöschen versuchte.

Er setzte sich.

»Was machen wir jetzt?«

»Ermitteln«, antwortete Brandt trocken und holte seinen Monitor aus dem Schlafzustand, indem er eine Taste auf seinem Laptop betätigte.

»Du bist doch der neue Kollege von Brandt, Emre Aydin?«, fragte der Kollege von der IT.

»Ja, genau. Mein erster Tag«, antwortete Aydin mit leicht nervöser, aber freundlicher Stimme.

»Lass uns gleich mal probieren, ob dein Zugang klappt«, schlug der Kollege vor.

Aydin setzte sich an seinen Platz und folgte den Anweisungen des Kollegen.

Einige Minuten später war die Anmeldeprozedur erledigt.

»Super, wenn was sein sollte, einfach die 25 wählen, das ist die Durchwahl der Technik. Wenn du Probleme bei der Navigation und den Menüs hat, wird dir sicherlich Brandt helfen.«

»Danke.«

Der Kollege reichte Aydin zum Abschied die Hand, klopfte ihm auf die Schulter und verließ das Büro. Dabei warf er Brandt einen kurzen Blick zu, der Missbilligung ausdrückte, als ahnte er, dass Brandt sich seinem neuen Kollegen gegenüber nicht ganz vorbildlich verhielt.

»Kennst du dich mit dem System aus?«, fragte Brandt. Der Blick des Kollegen hatte Schuldgefühle in ihm geweckt. Schließlich konnte Aydin nichts dafür, dass Bender so ein linkes Ding abgezogen hatte. Trotzdem fasste er den Entschluss, Bender diesbezüglich bald aufzusuchen und ihr diese Flausen wieder auszutreiben. Er brauchte keinen Partner. In den letzten zwei Jahren hatte er auch alleine sehr gute Arbeit geleistet.

Sie hätte mich vorher fragen müssen!, dachte er wütend.

»Ja, ich habe damit schon gearbeitet. Im Studium haben wir die wichtigsten Polizeidatenbanken kennengelernt, und ich habe ein Praktikum bei der Polizei in Hamburg gemacht, die nutzen das gleiche System.«

Brandt wollte gerade etwas antworten, als sein Telefon klingelte. Es war Fischer.

»Komm, Fischer hat was«, sagte Brandt und stand auf. Aydin folgte ihm zum Büro des IT-Spezialisten.

»Das ging aber schnell«, grüßte Fischer, als die beiden in seinem Büro waren.

»Was hast du Interessantes für mich?«, fragte Brandt.

»Für euch«, berichtigte ihn Fischer.

Aydin schien das sehr unangenehm, er lief rot an. Brandt antwortete nicht, da er keinen Streit provozieren wollte.

»Ich bin im Facebook- und Instagram-Account von Julia Schick.«

»Super, schon etwas Verdächtiges gefunden?«, fragte Brandt.

»Ja, das Passwort.«

»Das Passwort?«, Brandt konnte ihm nicht folgen.

»Julia hatte, wie wahrscheinlich die meisten Facebook-Nutzer, Cookies aktiviert, damit erspart man sich das nervige Passwort Eingeben. Somit war ihr Account auf ihrem Laptop immer aktiv. Das birgt aber auch Risiken«, erklärte Fischer.

»Was für Risiken?«

»Nun, wenn jemand anderer sich Zugang zum Laptop verschafft, kann er alle Passwörter abgreifen.«

»Der Laptop wurde aber nicht gestohlen.«

»Das muss er auch nicht. Es reicht eine E-Mail mit einem Trojaner im Anhang, den Julia öffnet«, versuchte Fischer zu erklären und fügte hinzu: »Ich glaube, du und das Internet werden nie Freunde.« Dabei lachte er kurz.

»Wozu auch. Ich verstehe diese ganze Facebookscheiße nicht. Will damit auch nichts zu tun haben.«

»Mag sein, aber die Realität sieht nun mal anders aus. Facebook und Co. bestimmen immer mehr unser Leben, auch unsere Polizeiarbeit. Ich hoffe, du bist nicht so ein Internetinvalide wie Brandt«, antwortete Fischer an Aydin gewandt.

»Nein, wir haben im Studium Facebook, Instagram und andere virtuelle Identitäten behandelt und erkannt, warum sie so wichtig für die Ermittlungen sind. Es gab sogar mal ein Planspiel in einem Online-Rollenspiel.«

»Echt? Cool, so was gab es zu meiner Studienzeit nicht. Was ist das für ein Planspiel gewesen?«

»Wir haben versucht, einen virtuellen Mörder zu identifizieren, der sich im Second Life herumtrieb und dort seine Opfer suchte.«

»Klingt spannend.« Begeisterung schwang in Fischers Stimme.

»Könnt ihr euch bitte nach der Arbeit darüber unterhalten? Erzähl mir bitte, was es mit dem Passwort auf sich hat«, versuchte Brandt das Gespräch wieder auf das Wesentliche zu lenken.

Es behagte ihm nicht, dass Aydin so fit in Internetdingen war, es gab ihm das Gefühl, alt zu sein. Dabei fühlte er sich mit seinen fünfundvierzig Jahren alles andere als alt. Er war einen Meter einundachtzig groß, hatte eine sportliche Figur, ein markantes Gesicht und strahlend blaue Augen, dadurch fühlte er sich attraktiver als manch Dreißigjähriger. Die Blicke der Frauen und auch das ein oder andere Techtelmechtel bestätigten dieses Selbstbewusstsein.

Für Computer und Internet hatte er sich noch nie wirklich interessiert. Die grundlegenden Dinge wie surfen, Emails abrufen oder auch Youtube kannte und nutzte er natürlich, aber nur über seinen Firmenlaptop oder sein Smartphone. Privat besaß er keinen Computer. Aber mit Portalen wie Facebook, Xing oder wie sie alle hießen, stand er auf Kriegsfuß.

Er musste diese Dinge auch nicht beherrschen, dafür hatten sie die IT-Abteilung. Dennoch fühlte er sich gerade ein wenig unwohl, versuchte es aber nicht zu zeigen, was ihm ganz gut gelang.

»Ich glaube nicht, dass Julia sich das Passwort ausgedacht hat.«

»Wieso, wie heißt es denn?« Brandt wurde ungehalten.

»AuchnureineSchlampe.«

»Was?« Brandt wollte seinen Ohren nicht trauen.

»Du willst doch nicht, dass ich das wiederhole?«, war Fischers trockene Antwort.

Brandt fuhr sich durchs kurz geschnittene, blonde Haar.

»Das heißt entweder, dass der Mörder bereits vorher Zugang zu ihrem Account gehabt hat, oder er hat sich diesen Scherz erlaubt, nachdem er sie umgebracht hat«, schlussfolgerte Brandt.

»Was soll ihm das bringen?«, fragte Aydin.

»Ich glaube nicht, dass er vorher bereits Zugang hatte«, erwiderte Fischer.

»Warum?«

»Ich konnte die letzten Passwörter auf dem System wiederherstellen. Sie hat in den letzten drei Jahren zwei Mal das Passwort geändert. Glücklicherweise hat sie ihren Laptop nie einer gründlichen Cookie-Reinigung unterzogen.«

»Wie hieß das Passwort davor?«, hakte Aydin nach. Er schien seine Schüchternheit langsam abzulegen.

»Nutella1605 und davor Nutella16.«

»Lass mich raten, sie hatte am sechzehnten Mai Geburtstag?« Brandt schüttelte verständnislos den Kopf.

Was brachten Passwörter, wenn sie so naheliegend waren?

»Ja, du brauchst gar nicht den Kopf schütteln. Ich habe mal eine Studie gelesen, in der stand, dass die meisten eher einfache Passwörter in Kombination mit ihrem Geburtstag oder ähnlichem suchen. Du wirst nie darauf kommen, welches Passwort das beliebteste ist.«

»Ehrlich gesagt, will ich das auch gar nicht wissen«, erwiderte Brandt.

»Ich sags dir trotzdem. Es ist: 123456.« Fischer lachte kurz auf und hielt sich die Hand vor den Mund, um nicht noch mehr zu lachen.

Aydins Lippenpartie zuckte auch kurz, nur Brandt blieb davon unberührt. Er hatte so etwas schon geahnt.

»Gehen wir davon aus, dass er sie umgebracht und dann vergewaltigt hat. Danach begibt er sich in aller Ruhe ins Wohnzimmer, setzt sich an den Laptop und öffnet ihren Facebook-Account, um ihr Passwort zu ändern. Und das macht er nur, weil er es lustig findet?«, dachte Brandt laut nach. »Ich weiß nicht, das macht nicht wirklich Sinn. Er wird doch voller Adrenalin sein und möglichst schnell das Weite suchen, da er befürchten muss, jederzeit entdeckt zu werden.«

»Es sei denn, er ist sich seiner Sache sehr sicher«, entgegnete Aydin.

Gar nicht mal so ein dummer Gedanke, dachte Brandt.

»Weil er sie vorher beobachtet hat«, spann Brandt Aydins Gedanken weiter.

»Gut möglich, oder wir irren uns und es ist doch ein Freund oder Bekannter von ihr. Vielleicht hat sie ihn sogar eingeladen. Es gab Streit und …«

»Laut dem vorläufigen Bericht von Alexander Rech deutet nichts auf eine körperliche Auseinandersetzung außerhalb des Schlafzimmers hin. Im Wohnzimmer fanden sich keine Spuren, die auf irgendeine Form von Gewalteinwirkungen schließen lassen«, unterbrach Aydin.

»Sonst irgendwelche Spuren im Wohnzimmer?«, fragte Brandt und beschloss, den Bericht nachher zu lesen. Dass Aydin das bereits getan und somit einen Informationsvorsprung hatte, schmeckte ihm eigentlich nicht, andererseits fand er es aber auch gut.

Er konnte diesen Widerspruch in seinen Gefühlen selbst nicht erklären.

»Bisher laut Bericht nicht. Aber vielleicht findet das Labor etwas bei den Proben, die genommen wurden.«

»Dann bleibt uns nichts anderes übrig, als auf den Laborbericht zu warten. Ich frage mich nur, warum sich der Mörder in aller Ruhe an dem Passwort zu schaffen macht und dann auch noch bei der Polizei anruft, um den Mord zu melden. Fischer, weißt du, ob die Stimmenanalyse schon etwas ergeben hat?«, fragte Brandt und kratzte sich an der Stirn.

»Darüber wollte ich als Nächstes mit euch sprechen.«

»Lass mich raten, noch mehr schlechte Nachrichten«, schlussfolgerte Brandt.

»Leider. Die Stimme ist nicht menschlich.«

»Nicht menschlich? Hat ein Roboter gesprochen?«, antwortete Brandt mit ironischem Unterton.

»Eine Computerstimme.«

»Eine Computerstimme?«

»Ja, er hat ein Programm auf dem Laptop installiert, einen Text eingetippt und danach die Polizei angerufen. Als er die Polizei in der Leitung hatte, startete er das Programm, sodass der Text in ein Audiosignal übertragen wurde und über die Lautsprecher des Laptops übermittelt wurde.«

»Scheiße! Von wo hat er das Programm installiert?«

»Das ist Freeware, das bekommst du auf unterschiedlichen Seiten. Brauchst nur googeln, dann findest du reichlich dieser kostenlosen Programme.«

»Also ist der Mörder jemand, der sich gut mit Computern und Internet auskennt«, machte sich Aydin bemerkbar. »Obwohl diese Dinge auch

jemand hinbekommt, der kein Computerfreak ist«, relativierte er gleich seine Aussage.

»Ein bisschen Ahnung sollte er schon von diesen Dingen haben. Brandt wird das kaum hinbekommen«, sagte Fischer und wollte über seinen eigenen Witz lachen, als er jedoch Brandts scharfen Blick sah, räusperte er sich nur.

»Egal ob Internetfreak oder nicht. Er wird sich was dabei gedacht haben. Das lässt nur einen Schluss zu: Wir haben es mit einem Mörder zu tun, der die Tat von langer Hand geplant hat. Er wusste also, was er tat. Und wenn dem so ist, ist nicht auszuschließen, dass er es erneut tun wird.« Brandt schluckte.

»Ein Serientäter?«, fragte Aydin, der auf den Laptop schaute, auf dem das Facebook-Profil von Julia Schick zu sehen war.

»Was ist los?«, fragte Brandt, dem der versteinerte Blick seines Kollegen nicht entgangen war.

»Jemand hat Bilder auf Julia Schicks Profil hochgeladen«, antwortete Aydin.

Brandt schaute auf den Bildschirm und konnte nicht glauben, was er sah.

Kapitel 6

»Lösch das sofort!«, rief Brandt.

Auf dem Bildschirm erschienen Fotos von Julia Schick. Doch nicht irgendwelche Fotos, sondern Fotos von ihrer blutverschmierten Leiche.

Fischer tippte hastig etwas in den Laptop.

»Geht nicht, das Passwort wurde geändert. Ich komme nicht rein.«

»Wie geht das?«, fragte Brandt ungehalten. »Lösch das, verdammt.«

»Kann ich nicht. Ich habe keinen Zugang mehr. Jemand hat das Passwort geändert, während wir miteinander gesprochen haben.«

»Nicht jemand, der Mörder«, korrigierte ihn Aydin.

»Dann hack das verdammte Ding, bevor die Fotos sich verbreiten.«

Brandts Blick war noch immer auf den Bildschirm gerichtet. Inzwischen hatte die unbekannte Person vier Fotos hochgeladen. Alle Fotos zeigten Julias misshandelten Körper aus verschiedenen Perspektiven.

»Das ist nicht so einfach. Vielleicht komme ich über ihren GMX-Account rein.«

Wieder tippte Fischer hastig etwas in den Laptop. »Mist, auch zu.«

»Wie kann das passieren? Habt ihr die Passwörter nicht geändert?«

»Nein, wieso hätten wir das tun sollen? Konnte doch keiner ahnen, dass der Mörder sich Zugang zu ihren Daten verschafft hat.«

Brandt antwortete nicht, da er fürchtete, wütend zu werden, sehr wütend. Aber er wollte diese Wut nicht an Fischer auslassen. Sein Inneres brodelte, kochte schon fast über, dennoch zwang er sich zur Geduld.

»Kannst du den Account hacken?«

»Ich bin schon dran, das geht aber nicht so schnell.«

Brandts Blick war noch immer auf den Bildschirm geheftet. Inzwischen kamen die ersten Reaktionen von Facebook-Nutzern, die meisten hielten die Bilder für einen Fake. Einige enge Freunde schienen aber wirklich besorgt.

Die Person, die den Account unter Kontrolle hatte, antwortete auf die Kommentare und verwies darauf, dass die Bilder kein Fake seien. Brandt las sich den letzten Kommentar des Mörders durch. Es konnte nur der Mörder sein, wer sonst sollte so etwas Krankes machen.

Die Schlampe hat das verdient! Sie war nicht so toll, wie ihr alle glaubt. Sie war eine Nutte. Und ich habe sie gefickt wie eine Nutte, dann habe ich sie befreit!

Brandt ballte die Hand zur Faust. Nur zu gern hätte er sie diesem Wichser in die Fresse geschlagen, aber der versteckte sich hinter einer virtuellen Identität.

Es blieb ihm nichts anderes übrig, als zu warten und zu hoffen, dass Fischer den Zugang möglichst schnell hackte, damit dieser Horror ein Ende fand.

Inzwischen änderten sich auch die Kommentare der anderen Facebook-Nutzer. Der Tenor war eindeutig, die Bilder waren kein Fake.

Da das Profil öffentlich war, gab es schon mehr als einhundert Kommentare und es wurden sekündlich mehr. Einige der Nutzer hatten auf den Like-Button geklickt.

Brandt widerte es an, noch immer hilflos zusehen zu müssen.

»Verdammt, Fischer. Wann verschwindet die Scheiße vom Bildschirm?«

»Das geht nicht so schnell, wenn du mich ablenkst erst recht nicht«, verteidigte sich Fischer, der inzwischen einen zweiten Laptop angeschaltet und ihn über ein Kabel mit dem ersten verbunden hatte. Was genau er da tat, wusste Brandt nicht. Es interessierte ihn auch nicht. Er wollte nur, dass sie den Account unter ihre Kontrolle bekamen.

»Das sollten Sie sich anschauen«, mischte sich Aydin in das Gespräch.

»Was …«, konnte Brandt nur antworten, als er las, was auf dem Bildschirm stand.

Liebe Ermittler der Mordkommission, Sie sind sicherlich gerade dabei, das Profil unter Ihre Kontrolle zu bringen. Ich wage zu bezweifeln, dass Ihnen das gelingen wird. Wollen wir die Zeit nicht sinnvoller nutzen und plaudern?

»Der spielt mit uns«, reagierte Brandt gereizt und warf Fischer einen Blick zu, der noch immer eifrig etwas in seinen Laptop tippte. Fischer hob abwehrend die Schultern.

Brandt schaute wieder auf den Bildschirm.

»Eine Nachricht«, sagte Aydin. Zeitgleich hatte Fischer die Nachricht geöffnet. Sie war von einer besorgten Freundin.

»Soll ich was schreiben?«, fragte Fischer.

»Nein, natürlich nicht. Ich will den Account unter unserer Kontrolle haben.«

Eine weitere Nachricht erschien auf dem Bildschirm. Fischer öffnete auch diese. Sie kam von einem Account ohne Foto.

Der Accountname lautete: Peter Heinz666.

Brandt las die Nachricht:

Vielleicht antworten Sie ja, wenn andere nicht mitlesen können.

Am Ende des Textes war ein Smiley.

»Vielleicht sollten wir auf sein Angebot eingehen«, schlug Aydin vor.

»Ich denke auch, er könnte sich verraten. Wir können einen unserer Dummy-Accounts nutzen«, schlug Fischer vor.

»Gut, dann antworten wir dem Schwein. Kann ich den PC da drüben nutzen?«, fragte Brandt.

»Klar, ich melde dich nur kurz an«, sagte Fischer.

Die Polizei Köln hatte verschiedene Dummy-Accounts, mit denen sie undercover bei Facebook ermittelte.

Fischer ging zum PC, öffnete ein Browserfenster und loggte sich ein.

»So, jetzt könnt ihr ihn anschreiben. Ich habe ein Programm mitlaufen, damit wir seine IP-Adresse gleich checken können. Wenn ich weiß, von wo er gerade schreibt, sag ich euch Bescheid.«

»Danke«, sagte Aydin, während Brandt sich an den PC setzte und in die Suchmaske von Facebook den Benutzernamen: Peter Heinz666 eingab.

Das Profil erschien und man sah schon auf den ersten Blick, dass es sich um einen neuen Account handelte.

»Der hat sich gerade erst angemeldet«, sagte daher auch Aydin.

Brandt ging nicht darauf ein, er öffnete das Nachrichtenfenster und schrieb:

Dann lassen Sie uns die Zeit sinnvoll nutzen.

Keine Minute später erschien die Antwort auf dem Bildschirm:

Sehr gut, die Polizei, dein Freund und Helfer

Ich stelle die Spielregeln auf, dachte Brandt und tippte als Antwort:

Stellen Sie sich, machen Sie es nicht noch schlimmer, dann verspreche ich Ihnen einen fairen Prozess.

Die Antwort kam sofort:

Fängt man so ein freundliches Gespräch an? Ich bin enttäuscht. Wollen Sie sich nicht zunächst vorstellen?

Fangen Sie an, nennen Sie mir Ihren Namen, dann verrate ich Ihnen meinen Namen.

Brandt glaubte zwar nicht, dass dieser alte Trick funktionierte, aber man konnte ja nie wissen. Vor allem dann nicht, wenn der Mörder sich seiner Sache so sicher war.

Gerne!

erschien auf dem Bildschirm.

»Der wird doch nicht …«, sagte Aydin und Brandt war geneigt, ihm zuzustimmen. War der Mörder sich seiner Sache so sicher, dass er sich für unangreifbar hielt? Keine seltene Eigenschaft bei psychisch gestörten Menschen. Dass es sich hier um genau solch einen Menschen handeln musste, stand für Brandt außer Frage.

Gespannt schaute er auf den Bildschirm, er wollte keine Antwort schreiben, da er fürchtete, dass sein Gegenüber von seinem Vorhaben abrücken könnte.

Und dann erschien der Name auf dem Bildschirm:

Peter Heinz! Jetzt sind Sie dran.

»Spast«, fluchte Brandt.

»Vielleicht heißt er wirklich so«, gab Aydin zu bedenken.

»Seien Sie nicht so dumm, was bringt man Ihnen an der Uni bei? Peter Heinz ist ein Pseudonym. Der spielt mit uns.«

»Was, wenn nicht? Peter Heinz ist ein sehr geläufiger Name, deswegen hat er keine Angst, ihn uns zu nennen. Bis wir in Deutschland alle Peter Heinz identifiziert haben, ist er schon wer weiß wo«, verteidigte Aydin seine Position.

»Das ist Müll«, reagierte Brandt genervt. »Typisch Uni«, fügte er noch hinzu.

Aydin reagierte nicht auf diese Demütigung. Allerdings schien er eingeschüchtert, da er leicht rot anlief.

Brandt wandte sich wieder dem Bildschirm zu und tippte:

Ich hatte Sie für einen ehrbaren Mann gehalten.

Wenn es auf die freundliche Art nicht klappte, reagierte der Mörder vielleicht auf psychologische Spielchen. Auf das Ehrgefühl anzuspielen, konnte den Täter vielleicht aus der Reserve locken.

Was sollen diese Spielchen? Ich habe Ihnen meinen Namen genannt und Sie beleidigen mich. Ich versichere Ihnen, Herr Kommissar (oder sind Sie

Hauptkommissar?), dass Peter Heinz mein Name ist. Ich habe keinen Grund zu lügen, im Gegensatz zu der Schlampe. Sie hatte keine Ehre.

Damit beleidigen Sie eine junge Frau, eine tote junge Frau. Und was immer Sie von ihr halten, es gibt Ihnen nicht das Recht, sie zu vergewaltigen und auf brutale Weise abzuschlachten.

Ich wollte das nicht, die Dinge haben einfach ihren Lauf genommen.

Die Antwort überraschte Brandt. War die Tat vielleicht wirklich im Affekt erfolgt? Er musste diese Steilvorlage nutzen.

Ich glaube Ihnen,

antwortete Brandt. Den ursprünglichen Satz, sich zu stellen, löschte er wieder. Er musste das Vertrauen des Killers gewinnen.

Das freut mich sehr. Ich wollte das wirklich nicht, aber es ist irgendwie passiert. Ich hatte alles ganz anders geplant.

»Schüttet er uns gerade sein Herz aus?«, fragte Aydin mehr als überrascht.

»Richtig erkannt, Greenhorn«, antwortete Brandt und hoffte, dass er ihn noch weiter aus der Reserve würde locken können. Vielleicht löste sich der Fall ja schneller auf, als gedacht.

Das kann schon mal passieren, wenn Sie wollen, können wir gerne darüber reden,

wagte Brandt den nächsten Schritt. Ein persönliches Gespräch war sein Ziel, ob sein Gegenüber darauf eingehen würde, wusste er nicht.

Das ist sehr freundlich von Ihnen, aber ich bin noch nicht so weit, mich mit Ihnen persönlich zu treffen, ich kenne ja noch nicht mal Ihren Namen,

kam als Antwort.

Ich heiße Brandt,

antwortete er.

»Wieso haben Sie ihm Ihren echten Namen verraten?«, fragte Aydin überrascht.

»Ich muss sein Vertrauen gewinnen. Was soll er mit meinem Namen anfangen? Mich zu Hause besuchen? Soll er ruhig, wäre mir mehr als recht«, erklärte Brandt, der natürlich wusste, dass die eigentliche Vorgehensweise in solchen Fällen die war, mit verdeckten Namen zu arbeiten.

Ich danke Ihnen, es bedeutet mir sehr viel, dass Sie mir so vertrauen, Herr Brandt.

Ich hoffe, Sie vertrauen mir auch?,

antwortete Brandt.

Ich will es versuchen.

Sehr gut, dachte Brandt und wagte einen erneuten Angriff:

Dann lassen Sie uns ein Treffen vereinbaren. Ich möchte Ihr Freund sein und Ihnen helfen.

Und mich verhaften,

antwortete der Mörder.

Nein, ich will Ihnen helfen. Wenn Sie Julia nicht ermorden wollten, dann kann man Ihnen auch nichts anhaben,

versuchte Brandt die Situation wieder unter Kontrolle zu bringen. Mit Absicht brachte er den Namen des Opfers ins Spiel, damit der Mörder nicht nur an seine Tat erinnert wurde, sondern die Tat ein Gesicht bekam. Viele Psychopathen sprachen ihren Opfern das Menschliche, Persönliche ab. Die Opfer zu personalisieren, konnte diese Psychos angreifbar und schwach machen.

Die Schlampe hat es nicht anders verdient!

»Mist«, fluchte Brandt.

Julia war zweiundzwanzig, sie hatte ihr ganzes Leben vor sich. Stellen Sie sich Ihrer Verantwortung, ich bin Ihr Freund, ich werde Ihnen helfen. Versprochen,

antwortete Brandt in der Hoffnung, dass der Unbekannte sich nicht in seine Wut hineinsteigerte, denn dann würde er ihn verlieren.

»Fischer, konntest du schon die IP-Adresse zurückverfolgen?«

»Ja, müsste aus Köln kommen. Allerdings fehlt mir noch die Location. Bin gerade dabei, sie beim Provider anzufragen.«

»Die sollen sich sputen. Was macht der Account?«

»Dauert noch. Ich komme einfach nicht an den Zugang. Entweder hat er ein verdammt kompliziertes Passwort genommen oder aber ein Programm laufen, welches andauernd das Passwort aktualisiert. Er scheint sich definitiv mit diesen Dingen verdammt gut auszukennen.«

Brandt atmete verärgert aus.

Sie hatte auch versprochen, brav zu sein, aber sie war nicht brav. Es war ihre Schuld, dass ich tun musste, was ich getan habe,

erschien auf dem Bildschirm.

»Das deckt sich mit Rechs Aussage, dass Julia versuchte, sich zu verteidigen«, bemerkte Aydin.

»Ja, gut möglich, dass er sie nur vergewaltigen wollte, egal. Er hat sie ermordet, dafür wird er zahlen.«

Ich verstehe dich, Peter. Frauen können manchmal richtige Schlampen sein,

antwortete Brandt und versuchte eine neue Taktik. Freunde duzten sich doch?!

Schön, dass du das auch so siehst. Sie war eine Megaschlampe, eine Nutte. Ihr solltet die Suche nach mir einstellen. Sie hatte es verdient,

war die Antwort. Es war noch ein Anhang angefügt. Brandt klickte darauf. Es öffnete sich ein Bild. Auf dem Bild war Julia Schick zu sehen. Sie lag auf dem Bett und lächelte in die Kamera. Sie war dabei nackt und hatte die Beine gespreizt.

»Verdammt, woher hat er das Foto?«, fluchte Brandt.

»Das ist leider keine Seltenheit. Viele junge Mädchen lassen sich so für ihren Freund ablichten und speichern das auf ihrem Computer, in Dropbox oder in der Apple-Cloud. Sie sind sich der Risiken oft nicht bewusst. Wir hatten an der Uni einen Fall, wo eine Fünfzehnjährige ihrem Freund solche Bilder aufs Handy schickte und er sie in der Klasse verteilte, nachdem sie Schluss gemacht hatte.

Das Mädchen hat sich danach umgebracht. Also gut möglich, dass solche Fotos auf ihrem Laptop oder Handy waren.«

»Fischer, gab es Nacktbilder von Julia auf dem Laptop?«, hakte Brandt nach. Er hatte ebenfalls von solchen Mobbingfällen mit Todesfolge bei Jugendlichen gehört. Selbst hatte er so einen Fall noch nicht bearbeitet.

»Ja, wir haben einen Ordner mit solchen Bildern in ihrer Dropbox gefunden.«

»Was ist mit ihrem Handy?«, bohrte Brandt weiter nach.

Er konnte sich nämlich nicht daran erinnern, dass ein Handy gefunden worden war.

»Im vorläufigen Bericht der Spurensicherung wurde kein Handy erwähnt«, antwortete Aydin.

»Klären Sie bitte, ob ein Handy gefunden wurde. Rufen Sie die Spurensicherung an und lassen Sie prüfen, ob Julia Schick ein Handy besessen hat. Würde mich sehr wundern, wenn nicht.«

»Okay. Wo finde ich die Spurensicherung?«

»Durchwahl 26. Um die Handynummer soll sich die Informationsbeschaffung kümmern.«

»Du kannst mein Telefon benutzen«, sagte Fischer.

Aydin trat an seinen Schreibtisch und wählte die Nummer.

Brandt richtete seinen Blick wieder auf den Bildschirm.

Du weißt, dass ich das nicht kann. Die Staatsanwaltschaft sitzt mir im Nacken und mit den Bildern auf Facebook hast du dir keinen Gefallen getan. Willst du die Bilder nicht wenigstens löschen?,

tippte Brandt in den Facebook-Chat.

Das kann ich nicht. Jeder soll die Schlampe so sehen, wie sie in Wirklichkeit war.

»Brandt, das solltest du dir anschauen«, wurde er von Fischer unterbrochen.

»Was ist denn jetzt schon wieder los?«, Brandts Nerven war bis aufs Äußerste gespannt, so langsam fühlte er sich von dem Mörder verarscht.

Er spielt mit mir, dachte er wütend.

Brandt schaute auf Fischers Laptop, auf dem noch immer das Facebook-Profil aktiv war. Es wurden neue Fotos hochgeladen. Fotos, die Julia in sehr intimen Posen zeigten. Inzwischen gab es unzählige Kommentare und Nachrichten dazu.

»Verdammt, stoppt Facebook solche Bilder nicht automatisch?«

»Das geht nicht so schnell. Die Bilder müssen sehr oft gemeldet werden, wenn sie erst mal durch ihre automatischen Kontrollen gekommen sind. Und er muss einen Weg gefunden haben, diese automatischen Prüfkontrollen auszuhebeln«, erklärte Fischer, und Brandt war fast geneigt zu glauben, dass so etwas wie Anerkennung für das Internetwissen des Mörders in seiner Stimme mitschwang.

»Schließ den Account, verdammt noch mal«, wurde Brandt laut und setzte sich wieder an seinen Tisch, um das Gespräch mit dem Unbekannten fortzuführen.

»Die Spurensicherung hat kein Handy gefunden. Die Informationsbeschaffung prüft, ob es einen Anschluss gab. Sie melden sich dann bei Fischer«, teilte Aydin mit und trat wieder zu ihm.

Sei kein Feigling, lass uns das wie Männer persönlich regeln,

antwortete Brandt, dem langsam der Kragen platzte. Er wollte sich nicht weiter vorführen lassen.

Warum so wütend? Ich dachte, du bist mein Freund. Du musst mich doch verstehen?

»Dieser Arsch, er spielt mit uns«, wurde Brandt laut. Er fuhr sich mit seiner rechten Hand durchs Haar und atmete hörbar aus.

In diesem Moment ließ sich Fischer sichtlich aufgeregt vernehmen: »Ich habs!«

»Was?«

»Die Adresse, zu der die IP-Adresse gehört.«

»Sehr gut. Wo?«

»In Kalk.«

»Ich schnapp mir das Schwein. Schreib mir die Adresse auf. Aydin, Sie müssen ihn hinhalten, egal wie. Ich brauche zehn Minuten, dann gehört der Wichser mir«, rief Brandt.

Er sprang von seinem Sitz auf, schnappte sich Fischers Zettel und bevor Aydin etwas sagen konnte, lief er Richtung Wagen, um nach Kalk zu fahren.

Kapitel 7

Die Polizei, dein Freund und Helfer! Denken die wirklich, ich würde mich ihnen offenbaren? Ich habe ihnen schon so viele Hinweise geliefert. Wenn sie zu dumm sind, diese Hinweise richtig zu deuten, kann ich ihnen auch nicht helfen.

Warum muss ich nur so schlau sein?

Warum tust du das? Warum spielst du mit ihnen?

Na genau deswegen, es ist ein Spiel. Es muss doch ein wenig Spannung in die Geschichte. Dieser Brandt interessiert mich. Ich werde ihn beobachten. Wie die Schlampen, die ich beobachte. Kaum denke ich an Schlampen, muss ich an ihre feuchten Mösen denken. Ich könnte mir wieder einen wegstecken. Aber ich muss mich gedulden.

Nur wenn ich Geduld habe, werden sie nicht auf mich kommen, bis zum großen Finale. Ich darf mich nicht von meinen Emotionen leiten lassen. Emotionen machen schwach und ich bin stark.

Allerdings waren es Emotionen, die mir gestern dieses besondere Erlebnis beschert haben. Ich weiß noch immer nicht, ob ihr nackter straffer Körper mich abspritzen ließ oder ob es dieser Geruch nach Blut war.

Aber ich werde das herausfinden. Ich öffne die obere Schublade meines Schreibtisches und sehe mir ein Foto an. Auf dem Foto ist eine junge braunhaarige Frau zu erkennen. Ich halte das Foto vor mein Gesicht und rieche daran. Mein Blick geht vom Foto zur Wand und dann wieder zurück zum Foto. Ich rieche noch einmal daran.

Heute Melanie? Der Gedanke an dich erregt mich..

Wie ich mich auf dich freue. Gleich werden wir uns wiedersehen, aber du wirst mich natürlich nicht bemerken. Ich bin für dich nur Luft. Früher

hätte mich das gestört, aber inzwischen empfinde ich es als Befreiung. Es ist schön, unsichtbar zu sein.

Das macht mich stark, und genau deswegen wird man auch nie auf mich kommen. Ich bin unsichtbar. Es ist schön, unsichtbar zu sein.

Ach, eine weitere Antwort von diesem Brandt. Oh, er wird forscher. Dann will ich mal antworten.

Ich muss schmunzeln. Glaubt er noch immer, dass er mich aus der Reserve locken kann?

Er wird niemals mein Freund sein, das will ich auch gar nicht. Ich brauche keine Freunde, ohne Freunde hat man es leichter im Leben.

Na, dann werde ich mal ein wenig für Abwechslung sorgen und noch ein paar Bilder von dieser Nutte Julia hochladen. Herrlich, diese Kommentare auf Facebook. Alle beschweren sich und beschimpfen mich, aber jeder klickt auf die Bilder.

Wer ist hier das Monster?

Die Polizei ist zu dämlich, sie wird den Account niemals sperren können, wenn ich es nicht will. Ich bin ihnen in allen Belangen überlegen. Vielleicht beende ich den Spaß gleich, aber noch ist es zu lustig. Bis Facebook den Account sperrt, wird die ganze Welt darüber sprechen. Dabei ist es mir eigentlich völlig egal, mich interessieren diese gierigen Medien nicht. Ich lese keine Zeitungen, schaue auch kein Fernsehen. Warum auch? Dass die Welt ungerecht und gemein ist, weiß ich auch so.

Oh, eine Antwort. Was schreibt denn mein lieber Kommissar?

Wir können über alles reden. Sie können mir vertrauen.

Was soll das? Ich dachte, wir duzen uns? Will der mich für dumm verkaufen? Warte, vielleicht ist er es gar nicht, vielleicht ist es ein Kollege. Ich werde das testen.

Und wieder so eine dämliche Antwort. Das ist doch ein ganz anderer Schreibstil. Für wie dämlich halten mich die Bullen eigentlich? Warum machen sie das? Musste Brandt aufs Klo? Ich muss über meinen Witz lachen.

Mein Blick wandert wieder zu dem Foto, Melanies Foto. Ich kann nicht anders, ich fasse mir an den Schritt, und während eine weitere dämliche Nachricht auf dem Bildschirm erscheint, habe ich die richtige Antwort für die Bullen gefunden. Noch während ich sie eintippe, bricht ein lautes Lachen aus mir hervor, ich kann es nicht aufhalten.

KAPITEL 8

Mit Blaulicht dauerte es keine zehn Minuten, bis Brandt seinen Dienstwagen in der Dieselstraße parkte. Er hatte, als er von der Kalker Hauptstraße in die Dieselstraße abbog, das Blaulicht ausgemacht. Während der Fahrt hatte er Fischer angerufen und sich mit Aydin verbinden lassen, um sicherzugehen, dass der Mörder sich noch immer mit Aydin schrieb.

Er hatte Glück, er schien nichts zu bemerken und antwortete weiterhin. Aydins Vorschlag, Verstärkung zu schicken, lehnte Brandt ab. Er wollte den Überraschungsmoment nutzen, außerdem war er überzeugt, dass er mit dem Täter alleine fertig werden würde. Schließlich wusste er nicht, dass er kam.

Brandt schaute auf die Namensschilder neben der Tür des Wohnblocks.

»Dritter Stock«, sagte er zu sich.

Er betätigte eine Klingel im Erdgeschoss. Nur wenige Sekunden später hörte er eine Stimme aus dem Lautsprecher, die fragte, wer er sei.

Nachdem er sich als Polizist vorgestellt hatte, ertönte der Summer und er trat in den Flur.

»Bleiben Sie in der Wohnung«, flüsterte er der älteren Frau zu, die die Tür geöffnet hatte.

Die Frau erschrak und ließ die Tür wieder ins Schloss fallen.

Brandt nahm die Treppe zum dritten Stock, betrat den Flur und stand vor der Tür.

Eintreten oder stillen Zugang verschaffen?

Mit einem Blick erkannte er, dass die Tür mit einem einfachen Schloss versehen war, das er mit seinem Spezialwerkzeug in wenigen Sekunden öffnen konnte.

Er entschied sich für den stillen Zugang.

Er hatte Glück, die Tür war nicht abgeschlossen, was das Öffnen noch einfacher machte. Leise ließ er die Tür aufschwingen. In der rechten Hand hielt er die entsicherte Waffe, bereit, sie jederzeit zu benutzen.

Der Wohnungsflur hatte drei Türen, eine von ihnen stand offen, leise Geräusche drangen heraus.

Kann das die Tastatur sein?, überlegte Brandt.

Es hörte sich jedenfalls so an, als ob jemand etwas in eine alte Tastatur tippte. Seine Anspannung stieg, und obwohl er ein alter Hase war und sich schon etliche Male in ähnlicher Situation befunden hatte, war die Anspannung jedes Mal da. Sie steigerte seine Konzentration, denn jede Nachlässigkeit hätte zu einem tödlichen Fehler führen können.

Mit langsamen Schritten näherte er sich der offenen Tür am Ende des Flurs.

Das gleichmäßige Geräusch wurde lauter.

Das kann nur eine alte Tastatur sein, war er inzwischen überzeugt.

Zwei Schritte trennten ihn von der Tür. Er holte tief Luft und nutzte den Überraschungsmoment.

»Keine Bewegung, hier ist die Polizei«, rief er, als er mit einem Schritt im Wohnzimmer stand.

Das Geräusch erstarb augenblicklich.

»Keine Bewegung …«, wiederholte Brandt seine Aufforderung, konnte aber vor Schreck seinen Satz nicht beenden.

Vor ihm saß eine ältere Dame an ihrer Nähmaschine. Sie hatte die Hände hochgehoben und die Farbe war aus ihrem Gesicht gewichen.

Die Frau stand augenscheinlich unter Schock.

Brandt wusste nicht, wie ihm war. Die Situation überforderte ihn und es dauerte eine Weile, bis er sich gefangen hatte.

»Wohnen Sie alleine hier?«, war dann auch das Erste, was ihm zu fragen einfiel. Eine böse Vorahnung machte sich in ihm breit.

»Ja, bitte tun Sie mir nichts. Ich habe kein Geld«, antwortete die Frau hochnervös und ängstlich.

»Oh, verzeihen Sie bitte, ich wollte Sie nicht erschrecken. Sie können die Hände wieder herunternehmen«, bat Brandt sie.

Die Frau zögerte, ihr Blick war auf die Waffe gerichtet, die noch immer auf sie zielte.

Brandt steckte die Waffe weg.

»Alles gut. Ich bin von der Kriminalpolizei. Mein Name ist Brandt. Lasse Brandt«, erklärte er, nahm seinen Ausweis aus der Hosentasche und zeigte ihn der alten Frau.

Jetzt erst sah er, dass die Frau sich entspannte, was ihn beruhigte. Er wollte nicht für einen Schwächeanfall oder Herzinfarkt der alten Dame verantwortlich sein.

»Was habe ich denn verbrochen?«, fragte die Frau.

»Heißen Sie Heinz?«, fragte Brandt und ignorierte ihre Frage.

»Ja, Magarete Heinz«, antwortete die Frau pflichtbewusst.

»Sie sind nicht zufällig mit einem Peter Heinz verwandt?« fragte Brandt. Es wäre mehr als ein Zufall, wenn der Täter den gleichen Nachnamen trug wie sie.

»Peter war mein Ehemann.«

»War?«

»Er ist vor drei Jahren gestorben«, erklärte sie mit leiser Stimme. Ihre Augen glänzten, als hätte Brandt mit dieser Frage alte Wunden geöffnet.

»Das tut mir leid, Frau Heinz. Haben Sie Kinder?«

»Nein, irgendwie haben Peter und ich uns nie Gedanken darüber gemacht.«

»Sind Sie Schneiderin?«, versuchte Brandt das Thema zu wechseln, denn er wollte unbedingt verhindern, dass die freundliche alte Dame anfing zu weinen.

»Nein, nein. Ich bin Rentnerin, das ist nur ein Hobby. Irgendetwas muss man ja tun, um nicht einzurosten, und reisen kann ich mir nicht leisten bei der schmalen Rente.«

Brandt nickte nur. Jetzt hatte er auch die Antwort auf das Geräusch, welches er für das Tippen auf einer Tastatur gehalten hatte. Es war die Nähmaschine gewesen.

Nichts in der Wohnung deutete darauf hin, dass er hier eine Verbindung zum Mörder finden würde, die irgendeinen Sinn ergab.

Er spielt mit uns, dieses Arschloch, stellte Brandt bitter fest.

»Haben Sie einen Computer?«, wollte er dennoch wissen.

»Ja, im Arbeitszimmer.«

»Sie haben ein Arbeitszimmer?«

»Ich nicht, aber Peter.«

»Darf ich mir das Zimmer mal ansehen?«, bat Brandt.

Magarete Heinz stand auf und gemeinsam gingen sie nach nebenan. Auf dem Schreibtisch, der an der rechten Wand stand, waren ein Monitor und ein Desktop PC aufgebaut. Man sah, dass der Computer schon einige Jahre auf dem Buckel hatte.

»Nutzen Sie den PC?«

»Ab und zu. Es gibt sehr schöne Youtube-Videos mit tollen Nähanleitungen«, antwortete sie.

Brandt war überrascht, hätte er doch eher damit gerechnet, dass der Computer seit dem Tod ihres Mannes nicht mehr benutzt worden war.

Ihm kam eine Idee.

»Darf ich den Computer starten?«

»Gerne.«

Brandt drückte auf den Startknopf und der Computer fuhr hoch. Es war noch das alte Windows XP installiert.

»Wie unfreundlich von mir, möchten Sie etwas trinken?«, fragte die alte Dame.

Brandt verneinte und als der Computer nach einer gefühlten Ewigkeit hochgefahren war, bewegte er den Mauszeiger auf den Punkt, wo man sehen konnte, über welches Netz die Internetverbindung aufgebaut wurde.

Er war zwar kein Computerexperte, aber solche einfachen Dinge beherrschte auch er.

Und dann erschien genau das, was er vermutet hatte.

Der Anschluss hieß: Peter Heinz.

Das konnte nur bedeuten, dass der Mörder in irgendeiner Verbindung zu diesem Netzwerk stand.

Brandt verabschiedete sich von Magarete Heinz und teilte ihr mit, dass einige Kollegen sie wegen des Internetanschlusses aufsuchen würden.

Die alte Dame schien nervös, stimmte dem aber zu und fragte nicht nach den Gründen. Brandt erklärte ihr auch nicht, dass es dabei um Ermittlungen in einem Mordfall gehe, da er ihr keine Angst machen wollte.

Auf dem Rückweg zum Büro rief er Fischer an, dabei sah er, dass dieser ihn bereits zwei Mal angerufen hatte. Er hatte sein Handy lautlos gestellt. Er stellte es wieder um, rief Fischer zurück und bat ihn, ein paar Kollegen zu Magarete Heinz zu schicken, da er vermutete, dass der Mörder sich irgendwie Zugang zu dem Internetanschluss der Heinz' verschafft hatte.

Fischer hatte indes auch gute Nachrichten. Der Facebook-Account war unter seiner Kontrolle und gelöscht.

»Sehr gut«, sagte Brandt und klopfte Fischer auf die Schulter, als er wieder im Präsidium war.

»Ganz ehrlich, ich habe das Gefühl, dass es eher daran lag, dass der Mörder wollte, dass wir den Account endlich unter unsere Kontrolle bringen. Er muss über sehr tiefes IT-Wissen verfügen.«

»Mir egal. Hauptsache, die Scheiße ist weg. Sind die Kollegen schon auf dem Weg?«

»Ja, sie müssten gleich bei Frau Heinz sein. Wenn die einen WLAN Router haben, was ich vermute, haben wir auch schon eine der Möglichkeiten warum die IP-Adresse zu Peter Heinz geführt hat.«

»Wie meinst du das?«, fragte Brandt. Denn genau diese Frage brannte ihm auf den Nägeln.

»Er hat sich über den Anschluss von Peter Heinz eingeloggt. Viele WLANs sind schlecht oder gar nicht mit Passwort gesichert. Für jemanden, der sich ein wenig auskennt, ist es ein Leichtes sich über fremde Zugänge ins Internet einzuloggen.«

»Aber das würde doch bedeuten, dass sich der Täter in der Nähe der Wohnung aufgehalten haben muss«, unterbrach Aydin.

»Theoretisch schon.«

»Dann hat er damit gerechnet, dass wir bei den Heinz' aufschlagen?«, schlussfolgerte Brandt. Bei dem Gedanken, dass der Mörder nur wenige

Meter von ihm entfernt gewesen war und er es nicht gewusst hatte, wurde ihm flau im Magen.

»Wie gesagt, gut möglich. Es könnte aber auch sein, dass er über den WLAN-Zugang oder eine E-Mail einen Trojaner auf dem Computer der Heinz‘ platziert hat. Dieser Trojaner macht nichts anderes, als deren IP-Adresse als seine auszugeben. In diesem Fall könnte er überall sein, ohne dass wir ihn lokalisieren können. Noch schwieriger wird es für uns, wenn er außerdem einen Anonymisierer verwendet«, erklärte Fischer.

Brandt hatte schon an der Stelle mit dem Trojaner aufgehört, Fischer zuzuhören. Das Ergebnis war ohnehin das gleiche, ob er die Sache mit WLAN und IP-Adresse nun verstand oder nicht: Der Mörder spielte mit ihnen, und wie es ausschaute, war es unmöglich, ihn ausfindig zu machen.

»Kannst du ihn trotzdem lokalisieren?«, fragte er dennoch.

»Das wird schwierig. Aber ich versuche es. Das ist mal eine echte Herausforderung«, antwortete Fischer und grinste dabei. Allerdings war es eher ein verzweifeltes Grinsen.

»Danke, gib mir Bescheid, wenn du was hast. Auch, was die Kollegen bei Heinz‘ Anschluss herausgefunden haben.«

»Gibt es bei Ihnen Neuigkeiten?«, fragte Brandt an Aydin gerichtet und setzte sich an den Computer, um zu sehen, was sich Aydin und der Täter geschrieben hatten.

»Ehrlich gesagt nichts.«

Nichts anderes hatte Brandt erwartet. Er las den Text und wie vermutet stand nichts Verwertbares darin.

Dennoch tippte er noch einen Satz:

Den Account einer alten Frau zu missbrauchen, zeigt, was für ein Mensch Sie sind.

Er hatte bewusst zum *Sie* gewechselt, weil er dem Mörder damit zeigen wollte, was er wirklich von ihm hielt.

Hat Ihnen die kleine Scharade gefallen?,

kam als Antwort. Am Ende war ein lachender Smiley eingefügt.

Ich kriege Sie, dann lachen Sie nicht mehr, denn Sie werden für sehr lange Zeit hinter Gitter wandern und Sie wissen, was man im Knast mit Typen wie Ihnen macht.

Brandt kochte. Er streckte und ballte die Hand immer wieder. Am liebsten hätte er auf den Tisch geschlagen, um seine Wut herauszulassen.

Unterschätzen Sie mich nicht, Herr Brandt,

erschien auf dem Bildschirm.

Und Sie sollten mich nicht unterschätzen. Ich verspreche Ihnen, dass ich Sie jagen werde, bis ich Sie kriege.

Wenn Sie meinen, viel Erfolg! Sie werden nur das erreichen, was ich will, oder dachten Sie wirklich, dass Ihre IT-Abteilung den Account eigenständig unter Kontrolle gebracht hat?

Mit diesem Satz hatte er indirekt bestätigt, was Fischer angenommen hatte. Ein eiskalter Mörder, der über tiefes IT-Wissen verfügte, gefiel Brandt gar nicht, weil er nicht nur äußerst brutal, sondern gleichzeitig hochintelligent sein musste.

Sich hinter einer virtuellen Identität zu verstecken, ist sehr mutig,

tippte Brandt ein. Er wusste, dass er mit diesem Satz zwar nicht viel erreichen würde, denn bisher hatte der Täter auf keine Anspielung so reagiert, wie er es sich gewünscht hatte, aber dennoch wagte er es ein weiteres Mal. Es war schon fast pure Verzweiflung.

Ich verrate Ihnen ein kleines Geheimnis: Ich habe keinen falschen Stolz, Ihre kleinen Psychotricks werden mich nicht aus der Reserve locken. Und wenn wir

schon mal dabei sind, mir gefällt meine Position außerordentlich gut. Es hat was Erhabenes, Göttliches.

Göttlich? Sie sind ein Freak. Ein Versager. Ein Loser, der sich hinter einer digitalen Identität versteckt.

»Denken Sie, das bringt was, diese Eskalation?«, unterbrach ihn Aydin, der anscheinend mit der Vorgehensweise seines Kollegen nicht einverstanden war.

»Lassen Sie mich das mal machen. Das hier hat nichts mit dem Unimüll zu tun, den man Sie unterrichtet hat. Das ist die verfickte Realität«, antwortete Brandt sichtlich gereizt und zeigte Aydin seine Grenzen auf.

Aydin antwortete nicht. Brandt warf wieder einen Blick auf den Monitor, wo bereits eine Antwort stand.

Sie irren sich, ich bin kein Versager! Ich bin sogar sehr erfolgreich in dem, was ich tue. Fragen Sie nur Ihre Kollegen aus der IT.

Sie sind ein Feigling!

Die Antwort kam auf dem Fuße.

Nun gut, ich will Ihnen beweisen, dass ich kein Feigling bin. Ich werde die Spielregeln zu Ihren Gunsten ändern.

Der Täter schickte einen Anhang. Brandt öffnete den Anhang und es erschien das Foto einer jungen, braunhaarigen Frau.

Wer ist das?

KAPITEL 9

Der Bulle nervt mich! Und er fasziniert mich. Er nimmt kein Blatt vor den Mund, dennoch nervt er mich. Ich muss vorsichtiger sein, noch vorsichtiger, als ich es sowieso schon bin. Ich hoffe, es war kein Fehler, dass ich die Spielregeln zu meinen Ungunsten geändert habe.

Nein, es war kein Fehler. Die haben nicht mal meinen einfachen Passwort-Automatisierer hacken können, wie sollen sie dann darauf kommen, wer die Schlampe ist, die ich nachher beglücken werde?

Bullen sind Bullen, auch wenn dieser Brandt etwas Anziehendes an sich hat.

Aber genug! Zeit für mich, zu gehen, sie müsste bald aus der Uni kommen.

Ich packe meinen Laptop in die Tasche, ziehe mich an und verlasse meine kleine Wohnung.

Mit der Straßenbahn fahre ich bis zur Haltestelle Universität. Ich bin natürlich viel zu früh da, aber das ist auch gut so. Ich habe Zeit und kann warten.

Von Weitem sehe ich dich schon. Du kommst in Begleitung von zwei Männern. Was anderes hätte ich von dir auch nicht erwartet, du Schlampe.

Wie immer siehst du verdammt geil aus. Du trägst eine kurze Hose, ach was, nicht kurz, es ist nur ein Streifen einer Hose. Viel zu kalt für den Mai, aber als Schlampe willst du, dass jeder deine braun gebrannten, langen sportlichen Beine sieht.

Ich muss gestehen, ich reagiere auf diese Signale, ich habe einen Ständer.

Einige Meter vor mir bleibst du stehen, unterhältst dich mit deinen Freunden, schaust dabei aber immer wieder in die Gegend, als wolltest du

sichergehen, dass auch ja alle Männer dich sehen. Du liebst es, mit deinem Aussehen zu spielen.

Dann kommt die Straßenbahn und ihr steigt ein. Wenige Augenblicke später steige auch ich ein. Um diese Zeit ist die Straßenbahn wie immer sehr voll.

Ihr lacht, du spielst mit deinem Haar, einer deiner Freunde kommt dir immer wieder sehr nahe. Er berührt dich, als wäre es Zufall oder nur freundschaftlich.Doch du, er und ich wissen, dass er dich ficken will. Und ich sehe in deinen Augen, dass dir dieser Gedanke gefällt. Du liebst es, begehrt zu werden. Aber der Dummkopf wird dich niemals ficken können, weil er kein Geld hat.

Du stehst auf Männer, die dir Luxus bieten können, nicht umsonst studierst du BWL. Was sollst du da mit einem armen Studenten anfangen?

Der Idiot, er begreift gar nicht, wie er sich zum Affen macht. Er wird dich niemals ficken, aber ich schon sehr bald. Heute Abend schon.

Am Rudolfplatz steigt ihr aus, wie immer, so auch an diesem Tag. Und ich natürlich auch. Ich weiß auch, wohin ihr gehen werdet.

Das Starbucks am Hohenzollernring ist euer Ziel. Ihr bestellt euch einen Latte. Verzeih, aber ich muss gerade grinsen, denn eine Latte habe ich auch.

Natürlich bin ich auch im Starbucks. Das Café ist voll und noch immer scheinst du mich nicht zu bemerken, obwohl dein Blick immer wieder durch die Gegend wandert. Bin ich dir nicht attraktiv genug?

Ich hoffe nicht, schließlich werden wir sehr bald zusammen Sex haben, und eigentlich bist du doch gar nicht so anspruchsvoll.

Wir bleiben einige Stunden im Starbucks. Inzwischen ist es schon fast 19 Uhr, als du dich von deinen Freunden verabschiedest und mit der Bahn nach Deutz fährst, in deine kleine Zweizimmerwohnung, die einer deiner Gönner bezahlt.

Dass ich seit Stunden in deiner Nähe bin, merkst du noch immer nicht. Nicht schlimm, umso größer wird die Überraschung sein.

Ich habe noch ein wenig Zeit, ich gehe spazieren, komme bis nach Kalk. Der Hunger führt mich zu einem Döner-Imbiss. Nachdem ich meinen Döner gegessen habe, gehe ich zurück zu dir.

Es ist inzwischen fast 21 Uhr und von meinem kleinen Versteck aus sehe ich das Fenster deines Schlafzimmers. Es ist zu – noch, denn dann sehe ich dich.

Du läufst an mir vorbei, ohne mich zu bemerken, bleibst an der Wohnungstür stehen, nimmst deinen Schlüssel und öffnest die Wohnungstür. Du bist verschwitzt, schließlich bist du eine Stunde gejoggt. Ich kann deinen Schweiß riechen, und er macht mich richtig geil.

Ich sehe, dass du das Licht im Schlafzimmer anmachst und gleichzeitig das Fenster öffnest.

Dafür danke ich dir sehr. Jetzt geht das Licht aus, weil du ins Bad verschwindest.

Auch dafür danke ich dir. Aber wieso eigentlich? Du machst das ja immer so.

Ich nähere mich der Wohnung, schaue mich kurz um. Wie immer keiner da, der mich sehen oder beobachten könnte, dann steige ich in das Schlafzimmer. Ich merke, wie sich ein Grinsen auf meinem Gesicht ausbreitet. Es ist die Vorfreude.

Kapitel 10

Jeder im Büro verstand die Botschaft, die der Mörder ihnen mit dem Foto hinterlassen hatte. Die junge Dame, die man nur von hinten und sehr verschwommen darauf erkennen konnte, sollte das nächste Opfer sein.

Auf seine Frage, wer die Frau sei, hatte der Unbekannte nicht mehr reagiert. Mit dem Foto und der Gewissheit, dass in wenigen Stunden ein unschuldiges junges Mädchen vergewaltigt oder ermordet werden sollte, änderten sich die Prioritäten schlagartig.

Fischer schlug vor, den Facebook-Account des Mörders zu deaktivieren und Facebook zu melden. Brandt lehnte den Vorschlag ab, da er einen direkten Draht zum Täter brauchte. Außerdem hätte sich der Täter jederzeit ein neues Profil anlegen können.

Das Foto war leider von so schlechter Qualität, dass eine Suchmeldung wenig Erfolg versprach. Die Frau war aus einiger Entfernung von hinten fotografiert worden. Das Foto wirkte nicht nur unscharf, sondern so, als wäre ein Nebelschleier, ein besonderer Effekt über die Aufnahme gelegt.

Jedoch konnte man anhand der Silhouette erkennen, dass es eine junge Frau mit langen, wahrscheinlich dunklen Haaren war.

Fischer, die gesamte IT-Abteilung, die Informationsbeschaffung und die Kollegen aus allen anderen Abteilungen, die irgendwie in der Lage waren, zu helfen, wurden um Unterstützung gebeten. Bender hatte umgehend alles Notwendige in die Wege geleitet.

Seit Stunden wurde in den verschiedenen Abteilungen versucht, das Foto zu identifizieren und den Schleier zu entfernen, damit man die Frau erkennen und eine Suchmeldung herausgeben konnte. Doch alle Mühe schien zwecklos.

Fischer war inzwischen der Überzeugung, dass das Foto nicht digital nachbearbeitet, sondern mit einer analogen Kamera aufgenommen worden war, vermutlich als Gegenlichtaufnahme, sodass dieser Effekt auf natürliche Weise entstanden war.

Aydin, Brandt und ein paar Kollegen durchforsteten das Facebook- und Instagram-Profil von Julia Schick nach Kontakten von jungen Frauen, die dem auf dem Foto ähnelten.

Es kamen siebzehn Frauen infrage. Sieben dieser Frauen stammten aus Köln. Brandt, Aydin und zwei Kollegen suchten sie auf. Die anderen Frauen wurden von den Kollegen der zuständigen Polizeidienststellen aufgesucht, nachdem Bender dort um Unterstützung gebeten hatte.

Auch die restlichen Mieter im Wohnblock von Julia Schick wurden erneut befragt, doch leider ohne neue Erkenntnisse.

Die Untersuchung des Computers von Peter Heinz hatte ergeben, dass Schadsoftware installiert worden war, über die sich der Mörder möglicherweise Zugang zu dem WLAN von Magarete Heinz verschafft hatte. Die Analyse konnte allerdings einige Wochen in Anspruch nehmen, daher hakte Brandt diesen Punkt ab. Das war ganz klar eine Sackgasse.

»Und, was denkt ihr?«, fragte eine sichtlich angespannte Bender, als Brandt und Aydin zu später Stunde den Besprechungsraum betraten.

»Keine Ahnung. Wir haben die Frauen aus Köln gebeten, heute woanders zu schlafen. Streifenpolizisten halten Wache. Wenn es eine von ihnen ist, hat der Mörder keine Chance, sich ihnen zu nähern«, antwortete Brandt und hoffte, dass er damit recht behalten würde, dass den Mörder seine Überheblichkeit zu einem Fehler verleitet hatte. Sein Bauchgefühl sagte ihm allerdings etwas ganz anderes.

»Was ist mit den anderen Frauen?«, fragte Aydin.

»Die Kollegen der dort ansässigen Dienststellen konnten alle erreichen, bis auf zwei, die laut Nachbarn seit einigen Tagen nicht gesehen wurden. Verdeckte Ermittler und Polizeistreife halten Augen und Ohren offen. Wenn das Schwein es außerhalb Kölns wagen sollte, werden wir ihn schnappen. Fischer, gibt es von dir Neuigkeiten?«

»Leider nicht. Ich fürchte, das Foto bekommen wir nicht sauber.«

»Mist«, fluchte Bender, »und dann sitzt uns auch noch die Presse im Nacken. Die Bilder auf dem Facebook-Profil haben eine große Welle geschlagen. Alle haben bereits darüber berichtet. Wenn wir morgen eine zweite Tote haben, wäre das für uns der Supergau.«

»Vielleicht vergewaltigt er sie ja nur«, redete Fischer dazwischen.

Bender warf ihm einen vernichtenden Blick zu. Fischer lief rot an und schaute eingeschüchtert zu Boden.

»So unrecht hat er nicht. Es hört sich brutal an, aber wenn ich Rech und den vorläufigen Bericht richtig verstanden habe, wollte der Täter sie ursprünglich nur vergewaltigen. Erst als Julia sich gewehrt hat, ist er ausgerastet. Das deckt sich auch mit dem Chat, den ich mit dem Mörder hatte«, gab Brandt Fischer Rückendeckung.

»Die Obduktion bestätigt das, es wurden Speichelspuren am ganzen Körper gefunden. Er hat sie also geküsst, aber es fanden sich keine Spermaspuren in ihrem Intimbereich, weder im Mund, in der Vagina noch im After, nur an der Oberfläche, also konnte er nicht in sie eindringen«, äußerte sich Rech.

Bender antwortete nicht, sie schnaubte nur.

Brandt spürte, warum sie so ungehalten war. Bender wollte weder eine Vergewaltigung noch eine weitere Tote. Der Mörder hatte ihnen einen Hinweis gegeben, einen Hinweis, der entweder darauf zurückzuführen war, dass er jeden Bezug zur Realität verloren hatte, oder er sich seiner Sache sehr sicher war.

»Was denkst du?«, fragte Bender an Kramer gerichtet.

»Nachdem ich mit meinem Team den Tatort untersucht und wir die vorläufigen Berichte ausgewertet haben, deutet alles auf jemanden hin, der etwa zwischen zwanzig und vierzig ist, unauffällig, mit hoher IT-Affinität«, begann Kramer seine Einschätzung. Brandt konnte sich ein Grinsen nicht verkneifen.

»Was gibt es da zu lachen?«, brüllte Bender und schlug mit der Innenseite der rechten Hand auf den Tisch.

»Nix für ungut, Kramer. Aber das wissen wir bereits«, erklärte Brandt sein unbeabsichtigtes Grinsen.

Er mochte Kramer nicht. Eugen Kramer war ein arrogantes, eingebildetes Arschloch. Er war etwas kleiner als Brandt, zweiundvierzig Jahre alt, sehr schlank, blass und hatte eine Glatze. Sein Gesicht war genauso schmal wie seine Augen. Er war seit zwei Jahren bei der Polizei Köln und bereits nach wenigen Monaten zum Abteilungsleiter befördert worden. Seitdem nervte er mit seinen Psychoanalysen und Täterprofilen.

Brandt konnte sich nicht an einen Fall erinnern, bei dem Kramer wertvolle Informationen beigesteuert hatte, die er nicht schon selber herausgefunden hatte. Bender hingegen schien von Kramers Fähigkeiten mehr als überzeugt, kein Mord, bei dem Kramer nicht zurate gezogen wurde.

»Wenn du mich ausreden lassen würdest, lieber Kollege«, kokettierte Kramer, verdrehte seine Augen und schüttelte dabei den Kopf

Brandt hasste diese überhebliche Geste, versuchte aber, ruhig zu bleiben. Statt etwas zu sagen, griff er nach der Kaffeekanne und schenkte sich ein.

Kramer wartete, bis Brandt die Kaffeekanne zurückgestellt hatte, ganz so, als würde er es genießen, dass alle Augen auf ihn gerichtet waren. Er warf Brandt einen kurzen Blick zu, seine Augen funkelten, dann setzte er seine Erzählung fort: »Wie gesagt, es muss jemand mit einer hohen IT-Affinität sein, sonst hätte er unsere IT-Spezialisten nicht so narren können. Auch der Anruf bei der Polizeizentrale mit einer Computerstimme lässt keinen anderen Schluss zu. Wenn wir das zweite mögliche Opfer berücksichtigen, scheint er es auf junge, ledige Frauen abgesehen zu haben, die Single sind.«

»Noch wissen wir nicht, ob die zweite Single ist«, unterbrach Aydin ihn.

Kramer schüttelte abwertend den Kopf und antwortete: »Glauben Sie mir, die junge Dame auf dem Foto ist Single.«

Wie Brandt siezte auch Kramer den neuen Kollegen. Er legte viel Wert auf Förmlichkeit, weshalb es fast ein Jahr gedauert hatte, bevor er Brandt das »Du« angeboten hatte. Nur bei Bender nicht. Soweit sich Brandt zurückerinnern konnte, hatten sich beide bereits nach sehr kurzer Zeit geduzt.

»Und was, wenn Sie sich irren?«, hakte Aydin nach.

»Ausgeschlossen«, antwortete Kramer und verdrehte die Augen, als wollte er zeigen, dass ein Greenhorn wie Aydin nicht an seiner Schlussfolgerung zu

zweifeln hatte. »Der Täter wird das Risiko scheuen. Wenn er ein Nerd ist, dürfte er hochintelligent sein, sich also Opfer aussuchen, die er abends, ohne erkannt zu werden, aufsuchen kann.«

»Na ja, er geht doch bereits ein hohes Risiko ein, weil er uns das Bild geschickt hat«, gab Fischer zu bedenken.

»Da irrst du dich, Kollege. Das Bild hat nichts zu bedeuten. Wir konnten es nicht identifizieren, also ist er kein Risiko eingegangen. Er spielt mit uns. Ob das ein Teil seines perfiden Denkens ist, weiß ich zu diesem Zeitpunkt nicht. Gut möglich, dass er das spontan entschieden hat.«

»Also heißt das nichts anderes, als dass wir sehr bald eine Nachricht erhalten werden, welche junge Frau sein zweites Opfer ist?«, schlussfolgerte Brandt und gab Kramer in Gedanken recht, denn genau das glaubte er auch.

»Davon ist leider auszugehen. Schick war Single, sie wohnte alleine. Der Täter konnte sich im Innenhof gut verstecken. Der Einzige, der etwas gesehen haben könnte, war der Nachbar Frank Schneider, aber der war arbeiten. Und das bedeutet wiederum, dass der Täter sein Opfer beobachtet hat. Nicht nur sein Opfer, sondern auch die Umgebung. Er hat nicht spontan zugeschlagen, es war von langer Hand geplant.«

»Das glaube ich auch. Sehr gut gemacht, Kramer«, lobte Bender. »Also suchen wir einen Mann, der wahrscheinlich noch recht jung ist und über eine hohe Internetaffinität verfügt. Was denkst du, kann es jemand aus ihrem Freundeskreis gewesen sein?«

»Das zweite Opfer wird uns diese Frage beantworten.«

Aydin schaute irritiert, Brandt verstand, worauf Kramer hinauswollte.

»Wenn Julia und das nächste Opfer miteinander befreundet sind, ist davon auszugehen«, erklärte Kramer seine Anspielung.

»Und wenn nicht? Dann suchen wir die Nadel im Heuhaufen«, schlussfolgerte Bender.

»Er wird einen Fehler machen. Seine Überheblichkeit wird ihn zu einem Fehler verleiten«, war Brandt überzeugt.

»Hoffentlich«, sagte Kramer. Er schien sich dessen nicht so sicher.

»Was macht die Auswertung der Facebook- und Instagram-Profile?«, fragte Bender an Fischer gewandt.

»Läuft noch. Wir prüfen, ob es irgendwelche Ausreißer gibt. In Ihrem Facebook-Profil sind auch Nachrichten von vielen Nichtfreunden.«

»Warum?« Bender schien überrascht.

»Na ja, sie war eine sehr attraktive Frau und hat oft Fotos in anzüglichen Positionen gepostet.«

»Anzüglich?«, unterbrach Bender. »Davon weiß ich nichts.«

»Das kommt in den Bericht von heute Abend«, erklärte Fischer.

»Meinst du Nacktbilder?«, wollte Brandt wissen.

»Nein, das nicht direkt. Nacktbilder sind bei Facebook verboten. Sie hat welche von sich in sexy Unterwäsche gepostet. Sie arbeitete neben dem Studium als Model.«

»Als Model, wo?«, fragte Brandt.

»Bei einer kleinen Kölner Agentur auf den Ringen. Könnt ihr alles in dem Bericht nachlesen, den ich nach dem Meeting herumschicken werde.«

»Und was für persönliche Nachrichten bekam sie nun auf Facebook?«, kam Bender wieder auf ihre Frage zurück.

»Nun, unterschiedlich. Von Bewunderungen für die tollen Bilder bis hin zu eindeutig sexuellen Angeboten.«

»Hat sie eines dieser Angebote angenommen?«

»Nein, hat sie nicht.«

»Könnte es sein, dass der Täter ihr Avancen gemacht, sie ihn abgelehnt und er sie deswegen ermordet hat?«, fragte Bender an Kramer gerichtet.

»Das ist eine Möglichkeit. Allerdings glaube ich nach den bisher vorliegenden Informationen nicht daran. Er wird kein Risiko eingehen. Er ist wie ein Schatten und verlässt seine sichere Tarnung erst, wenn er sich seiner Sache ganz sicher ist.«

Bender massierte ihre Stirn.

»Also bleibt uns nichts anderes übrig, als zu warten?«, fragte sie. Es war mehr eine Feststellung.

Julia Schick hatte Hunderte männliche Freunde auf ihrem Facebook-Profil und ebenso viele Follower auf Instagram. Bis sie alle ausgewertet oder befragt hätten, würden Wochen vergehen. Wochen, in denen der Täter sich neue Opfer suchen konnte.

Brandts Blick fiel auf Aydin. Er hielt es für einen großen Fehler, ihn in so einen komplexen Mordfall mit hineingezogen zu haben, aber Bender war nun mal die Chefin. Dennoch wollte er sie am nächsten Morgen darauf ansprechen. Jetzt war garantiert der falsche Zeitpunkt dafür.

»Fischer, du kannst gehen. Schick uns den Bericht. Ich werde dann gleich morgen früh entscheiden, was zu tun ist.«

»Ach ja, die Handysuche hat ergeben, dass Julia eins hatte, aber wir können es nicht tracken. Also müssen wir davon ausgehen, dass der Mörder es an sich genommen und vernichtet hat. Als IT-Experte wird er wissen, wie man das macht. Nichts Besonderes«, ergänzte Fischer.

»Mist, aber danke«, antwortete Brandt.

Fischer nickte nur, stand auf, blickte kurz in die Runde, verabschiedete sich und verließ das Büro.

»Ich werde das Team der, Soko Julia‘ morgen aufstocken. Ich habe ein ganz schlechtes Gefühl. Wir werden jeden Mann gebrauchen können. Keiner von euch redet mit der Presse, ist das klar?«

Niemand in der Runde antwortete, alle nickten nur schweigend.

Das Telefon im Meetingraum klingelte. Bender nahm den Hörer ab.

»Was? Bring mir einen Laptop, sofort!«, rief sie in den Hörer und legte auf.

»Was ist los?«, fragte Kramer.

»Der Mörder hat uns gerade eine Nachricht geschrieben«, erklärte sie, ihr Blick war wie versteinert auf den Tisch gerichtet. Dann blickte sie zu Brandt und fügte hinzu: »Er will mit dir sprechen.«

KAPITEL 11

Fischer war ganz außer Atem, als er mit dem Laptop in den Meetingraum platzte.

Er überreichte ihn Bender. Sie gab ihn direkt weiter an Brandt.

»Ist Facebook aktiv?«, fragte Brandt.

»Ja, er schreibt über den gleichen Fake-Account.«

»Konntest du schon feststellen, von wo der Account angemeldet wurde?«

»Ich fürchte, er benutzt die gleiche Taktik wie bei dem Account von Julia. Er manipuliert die IP-Adressen. Ich halte es nämlich für ausgeschlossen, dass er in Russland sitzt.«

»Russland?« Brandt verstand nicht.

»Die letzte IP-Adressprüfung hat ergeben, dass die IP aus Russland stammt.«

»Wieso weiß ich das nicht?«, wurde Brandt laut.

»Das steht in dem Bericht, an dem ich noch dran bin«, verteidigte sich Fischer.

Brandt antwortete nicht, da er Fischer für eine aufrichtige Person hielt.

»Das heißt doch nichts anderes, als dass er ein Programm benutzt, das fremde IP-Adressen ermittelt, so wie die IP-Adresse von Heinz?«, fragte Aydin.

»Ja, genau. Deswegen ist es fast unmöglich, seine wahre Identität herauszufinden. Vor allem, wenn er auch noch einen Anonymisierer benutzt. Aber ich bin dran, vielleicht finde ich einen Backdoor, um ihn auszutricksen.«

»Einen Backdoor?«, fragte Kramer interessiert.

»Ja, wenn es mir gelingt, ihm einen Trojaner unterzujubeln, könnte ich seinen IP-Konverter austricksen.«

»Wie hoch sind die Chancen?«

»Das ist schwer einzuschätzen. Kann aber einige Tage, im schlimmsten Fall Wochen dauern, falls ich es überhaupt schaffe, dass er anbeißt«, gab Fischer ehrlich zu.

»Was schreibt er?«, fragte Bender an Brandt gerichtet und beendete damit die Diskussion. Anscheinend hielt sie von der Idee nicht viel und wollte wieder aufs Wesentliche zu sprechen kommen.

»*Herr Brandt, sind Sie da? Lassen Sie sich nicht zu viel Zeit*«, las Brandt vor und tippte als Antwort:

Ich bin hier, was wollen Sie von mir?

Sehr schön. Haben Sie die Frau auf dem Foto identifiziert?

Bender war von ihrem Stuhl aufgestanden und stand hinter Brandt.

»Schreiben Sie Ja«, forderte sie Brandt auf.

Das sollten wir doch?! Natürlich haben wir sie identifiziert. Verdeckte Ermittler sind bereits in der Nähe, außerdem sind alle Zufahrtswege mit Streifenwagen besetzt. Geben Sie auf, noch ist es nicht zu spät. Ich verspreche Ihnen einen fairen Prozess.

Brandt hackte geradezu in die Tasten und kaute nervös auf seiner Unterlippe.

»Sehr gut«, sagte Bender.

Nur wenige Sekunden später kam eine Antwort.

Sie glauben noch immer, mich narren zu können. Sind Sie sicher, dass wir von der gleichen Frau sprechen?

Ganz sicher!,

tippte Brandt sofort ein.

Sie meinen sicherlich diese Frau?,

fragte der Mörder und schickte einen Anhang mit.

Brandt klickte auf den Anhang. Es war ein Foto. Auf dem Foto war eine junge braunhaarige Frau zu erkennen. Sie war wie Julia sehr attraktiv. Aber sie war keine der Frauen, die er, Aydin und die Kollegen heute aufgesucht hatten. Er bekam einen Kloß im Hals. Bender hielt vor Schreck die Hand vor den Mund.

»Er hat die Kröte nicht geschluckt«, sagte Brandt.

»Mail das Foto an Fischer. Fischer, sieh zu, dass du die Identität der Frau feststellst. Gleich sie mit den Datenbanken und den Profilen von Julia ab und veranlasse eine Fahndung«, forderte sie den IT-Experten auf, der das Büro sogleich mit schnellen Schritten verließ.

Brandt verschickte das Bild.

Ich tue Ihnen noch einen Gefallen,

erschien nun auf dem Bildschirm. Bevor Brandt etwas antworten konnte, folgte der nächste Satz des Täters:

Ersparen Sie sich die Recherche und die Fahndung. Die junge Nutte heißt Melanie Klose.

Was wollen Sie damit sagen?,

fragte Brandt und ahnte bereits das Schlimmste. Bender griff nach dem Hörer und rief bei der Informationsbeschaffung an. »Melanie Klose heißt das mögliche Opfer. Nein, suchen Sie nur im Umkreis Kölns. Ich möchte, dass zwei Polizisten bei jeder Melanie Klose in Köln aufschlagen. Sofort.«

»Wie lange brauchen wir?«, fragte Brandt. Melanie Klose war kein seltener Name. Es gab sicherlich unzählige Frauen dieses Namens.

»Keine Ahnung, wenn wir Glück haben, ist sie in unserer Datenbank. Wenn wir über das Einwohnermeldeamt gehen müssen, kann das länger dauern.«

»Wir sollten auch übers Internet suchen. Gib doch mal den Namen bei Facebook ein«, schlug Aydin vor.

Brandt tat ihm den Gefallen. Er gab den Namen ein und es erschienen einige Ergebnisse.

»Fischer soll das machen«, sagte Bender, nahm den Hörer ab und übergab Fischer den Suchauftrag.

»Wir sollten das Foto mal durch Google laufen lassen, vielleicht finden wir sie über die Bildsuche«, mischte sich Aydin ein.

»Sehr gute Idee. Fischer, hast du das gehört? Gut, ach so, warst eh schon dabei. Gib mir sofort Bescheid, wenn du etwas findest. Danke.« Mit diesen Worten beendete sie das Gespräch.

Brandt wandte sich wieder dem Bildschirm zu und las, was der Täter in der Zwischenzeit geschrieben hatte:

Ich will Ihnen helfen. Sie haben sicherlich die letzten Stunden nichts anderes versucht, als die Nutte ausfindig zu machen, und wie ich sehe ohne Erfolg!

Wie kommen Sie darauf?

Lassen Sie das! Ich bin weder dumm noch naiv. Keine Spielchen, Herr Brandt. Ich gebe die Spielregeln vor.

Brandt antwortete nicht sofort, er schaute in die Runde. Bender schien genauso hilflos wie er. Wie konnte man mit einem Geist verhandeln? Denn nichts anderes war diese virtuelle Identität.

»Schreib, dass wir den Namen der Frau kennen und wissen, wo sie wohnt, und dass dort bereits verdeckte Ermittler auf ihn warten, falls er es wagen sollte, sie aufzusuchen.«

»Ich weiß nicht …«, warf Brandt ein.

»Schreib das, verdammt noch mal«, brüllte Bender.

Einige der Kollegen, vor allem Aydin, schraken zusammen. Brandt blieb gelassen, er kannte Benders Wutausbrüche. Der Fall schien ihr näher zu gehen, als sie nach außen hin zeigte.

Wir kennen die Identität der Frau. Wir wissen auch, wo sie wohnt. Die Umgebung ist unter unserer Kontrolle,

schrieb Brandt und fürchtete bereits die Antwort.

Hahahahahahahahaha,

erschien auf dem Bildschirm.

»Was hat das zu bedeuten?«, fragte Aydin. Brandt hatte den Laptop an den Beamer angeschlossen, sodass jeder sehen konnte, was er sich mit dem Täter schrieb.

»Dass er uns nicht glaubt. Er ist bei ihr«, antwortete Kramer in seiner kühlen trockenen Art.

Bevor jemand etwas darauf erwidern konnte, erschien die nächste Antwort des Täters:

Sie enttäuschen mich, Brandt!

Und wieder war ein Anhang an den Text angefügt. Brandt öffnete ihn. Das Foto war in einer Wohnung aufgenommen worden, es zeigte einen Fernseher und ein paar Schränke.

»Er ist bei ihr«, platzte Brandt heraus.

Sie haben gewonnen! Ich glaube Ihnen. Was wollen Sie?,

schrieb er hastig. Er hoffte, dass es nicht zu spät war, dass der Killer Melanie noch nicht auf dem Gewissen hatte.

Das hier ist kein Spiel, aber schön, dass Sie mir glauben. Was ich will? Ich will nur, dass wir ehrlich zueinander sind.

Gut, ich werde ehrlich sein, aber dann sollten Sie auch mir ehrlich antworten: Warum wollen Sie Melanie etwas antun?

Und wieder halten Sie mich für dumm. Lassen Sie es! Ich bin mit Ihnen nicht in Kontakt getreten, um über meine Beweggründe zu sprechen oder zu

schreiben. Ich bestimme die Spielregeln. Vielleicht werde ich Ihnen in naher Zukunft mehr von mir verraten, aber nur, wenn Sie brav sind.

»So ein Psycho! Was nun? Ist das ein Spiel? Zeig dich Face-to-Face!«, wurde Brandt laut.

»Beruhig dich, Kollege, du solltest doch inzwischen wissen, dass Psychopathen für unser Empfinden nicht rational handeln. In ihrer Welt hat alles seinen festgelegten Ablauf. Gewinnen wir sein Vertrauen, gewinnen wir die Schlacht«, gab Kramer einen seiner unpassenden Kommentare von sich. Brandt wusste, dass er ihn damit nur bloßstellen wollte.

»Schlacht? Sag mal, hier geht es um das Leben einer jungen Frau und du sprichst von Schlacht?«

»Nichts anderes ist es. Der Mörder hat uns nicht aus purer Nächstenliebe kontaktiert. Er will, dass wir von seinen Taten aus erster Hand erfahren, dass wir die Leiche finden, bevor andere sie finden. Das gibt ihm ein Gefühl des Triumphs«, erklärte Kramer seine Sichtweise.

»Sie meinen, Melanie ist bereits tot?«, fragte Aydin.

»Selbstverständlich«, antwortete Kramer trocken.

Gut, ich werde mich nach Ihnen richten, aber bitte lassen Sie Melanie Klose am Leben,

hackte Brandt verzweifelt in die Tasten. Welche Wahl hatte er? Er musste das Spiel mitspielen, so wenig ihm das gefiel. Wenn Melanie noch lebte und er sie retten konnte, war er bereit, dem Mörder sein Vergnügen zu lassen. Er versuchte, Kramers Worte zu ignorieren, doch sein Verstand hatte die Informationen längst abgespeichert und setzte schlimme Überlegungen in Gang.

Ich wollte die Nutte am Leben lassen, aber sie hat mir leider keine andere Wahl gelassen. Ich bin kein schlechter Mensch. Wenn Sie mich privat kennenlernen würden, würden Sie mich sicherlich mögen. Ich bin nämlich sehr umgänglich und dränge mich nicht in den Mittelpunkt.

»Sie ist tot! Wie ich vermutet habe. Auch dass er eher eine unauffällige Person ist, bestätigt sich jetzt. Genau deswegen kann er seine Opfer beobachten, weil ihn keiner wirklich wahrnimmt. Wir suchen einen durchschnittlichen Typ«, posaunte Kramer mit stolz erhobenem Haupt.

Brandt schnaubte innerlich vor Wut. Kramer musste, wann immer es ging, mit seinem Wissen und seinen Erkenntnissen angeben. Dass es in dieser Situation total unangebracht war, schien ihn wenig zu interessieren. Benders Blick allerdings sagte Brandt, dass auch sie fand, Kramer sollte besser seinen Mund halten.

Bender klopfte Brandt auf die Schulter, als ahnte sie, dass er innerlich kochte. Vielleicht ging es ihr ähnlich und sie wollte sich damit beruhigen.

»Schreiben Sie nichts Unüberlegtes. Er hat sie getötet. Jetzt soll er uns sagen, wo wir sie finden.«

»Er ist noch bei ihr. Wieso hat sich die Informationsbeschaffung noch nicht gemeldet? So schwer kann es doch nicht sein, die Melanie Kloses in Köln ausfindig zu machen«, antwortete Brandt nervös. Genau in diesem Augenblick klingelte das Telefon.

Es war die Informationsbeschaffung. Man hatte drei Frauen mit Namen Melanie Klose in der Polizeidatenbank gefunden und die Kollegen von der Streife waren bereits auf dem Weg zu ihnen.

»Was ist mit Fischer?«, fragte Kramer und fügte hinzu: »Ich kann mir schwer vorstellen, dass unser Opfer in der Polizeidatenbank ist.«

Brandt musste sich zusammenreißen, um Kramer nicht seine Faust schmecken zu lassen. Was dachte der Idiot? Sollten sie Däumchen drehen und warten? Sie mussten nach jedem Strohhalm greifen, der sich ihnen bot.

Bender rief Fischer an, aber der hatte noch weniger gute Nachrichten. Weder die Facebook- noch die Google-Bildsuche hatten ein Ergebnis geliefert.

Ich glaube Ihnen, dass Sie umgänglich sind. Aber wie kann ich Sie privat kennenlernen, wenn Sie nie auf meinen Vorschlag eingehen, uns zu treffen?,

tippte Brandt in den Chat. Er musste Zeit gewinnen. Wenn eine der drei Frauen die gesuchte Melanie Klose war, saß der Täter in der Falle.

Darüber sprechen wir ein andermal, ich muss Sie jetzt leider verlassen,

kam als Antwort.

»Mist, wir dürfen ihn nicht verlieren«, sagte Bender.

»Ich weiß, verdammt«, war Brandts gereizte Antwort.

Selten hatte er sich so hilflos gefühlt.

Warum ein andermal? Möchten Sie mich nun treffen, oder nicht? Sie sprechen von Vertrauen, davon, dass ich keine Spielchen machen soll, aber genau das tun Sie! Wie kann ich Ihnen vertrauen, wenn ich nicht mal weiß, wer Sie sind, weil Sie nicht auf meine Fragen antworten?,

schrieb er.

»Sehr gut, Brandt. Sie haben den Spieß umgedreht, das wird ihn nicht kalt lassen«, stellte Kramer fest.

Ich spiele nicht, ich handele. Beide Nutten hatten es verdient, zu sterben! Ich werde Ihnen noch einen Gefallen tun,

schrieb der Mörder und es erschien eine Freundschaftsanfrage. Brandt bestätigte sie, ohne nachzudenken. Er musste den Unbekannten in der Leitung halten, Zeit schinden. Dafür war ihm jedes Mittel recht.

Kurz darauf erschien eine weitere Nachricht.

Sehen Sie, ich handele, und schon bald werden wir uns persönlich kennenlernen. Vertrauen Sie mir einfach!

Darf ich Ihnen einen Vorschlag machen?

»Worauf willst du hinaus?«, fragte Bender.

»Das wirst du gleich sehen«, antwortete Brandt. Er wollte seinen Plan erst einmal für sich behalten.

Ein Vorschlag? Machen Sie schnell, ich bin in Eile,

kam als Antwort.

»Warum ist er in Eile?«, fragte Aydin.

Kramer verdrehte die Augen und antwortete: »Weil er weiß, dass wir ihm auf den Fersen sind. Es gibt einen Sicherheitspuffer, den sich Psychopathen meistens einräumen. Innerhalb dieser Zeit müssen sie den Tatort verlassen. Zu einem späteren Zeitpunkt kehren viele von ihnen allerdings wieder an den Tatort zurück, weil sie das Erlebte nochmals erleben und fühlen wollen.« Er zeigte aufs Neue, über welch breites Wissen er verfügte.

»Kramer, kannst du nicht einfach mal die Fresse halten«, platzte Brandt heraus. Kramer warf Bender einen Blick zu, doch die sagte nichts. Das bedeutete nichts anderes, als dass sie Brandt zustimmte.

Wieso tippen wir, wieso telefonieren wir nicht wie Männer?,

schlug Brandt vor.

Gerne. Schicken Sie mir Ihre Nummer,

war die schnelle Antwort.

»Schnell, wir müssen den Anruf zurückverfolgen«, sagte Bender und rief die dafür notwendige Stelle an.

Jetzt kriege ich dich, dachte Brandt und ballte in Gedanken die Hände zur Faust, nahm er doch an, dass der Täter endlich einen Fehler gemacht hatte.

Er tippte die direkte Durchwahl zum Besprechungszimmer in den Chat. Kurz darauf klingelte das Telefon.

Angespannt nahm Brandt den Hörer ab. Er stellte auf Lautsprecher.

»Dachten Sie wirklich, ich falle auf diesen Trick rein? Wieso müssen Sie mich immer enttäuschen? Aber ich will nicht nachtragend sein. Sie finden die Nutte in Köln Deutz …«, begann eine Computerstimme zu sprechen.

Kapitel 12

Sie sind bestimmt schon bei dieser Nutte. Brandt glaubt wirklich, dass er mich verarschen kann. Dieser Idiot. Ich bestimme. Sie finden die Nutten nur, weil ich es will, nicht weil sie so gute Ermittler sind. Die Bullen sind blind ohne mich. Sie sollten ein wenig mehr Dankbarkeit zeigen!

Wann begreift der Idiot das endlich? Dennoch fasziniert er mich. Vielleicht wird er noch ein ebenbürtiger Gegner. Jeder braucht doch einen Gegenspieler, nur so kann man Großes erreichen.

Ich habe ihnen den Namen der Schlampe gegeben, und wo waren sie? Nein, ich brauche keine Angst zu haben, sie werden mich niemals schnappen. Obwohl der Gedanke etwas hat. Könnte ich mich aus ihren Fängen befreien? Vielleicht … Nein, ich könnte es, ich bin viel schlauer als diese Dummköpfe.

Leider lief es wieder anders als gewünscht, und dennoch gefällt mir der Ausgang sehr. Ich bin noch voller Blut von dieser Schlampe. Es war diesmal eine etwas versautere Aktion. Ich bin mir noch nicht sicher, was mich geiler macht. Melanie hatte schon einen scharfen Körper, keine Frage.

Als ich durch ihr Fenster einstieg, kam mir nicht nur ein süßer Frauenduft, sondern auch ein Männerparfüm entgegen. Aber wieso war ich darüber überrascht? Ich wusste doch, dass dein Gönner dich regelmäßig in deinem Schlafzimmer fickt, dennoch war der Geruch ekelig und es ekelte mich auch ein wenig der Gedanke, dass ich in deinem Bett Sex mit dir haben müsste. In demselben Bett, in dem dieser Wichser dich immer gefickt hat.

Die Geilheit war aber stärker, sodass ich entschied, nicht wieder aus dem Schlafzimmerfenster zu steigen. Ich zog mich aus und legte mich ins Bett.

Ich wusste, dass du immer nackt schläfst, das machte die Sache einfacher. Obwohl ich ahnte, was mich gleich erwartete, war ich nervös. Mein Herz schlug immer schneller, denn ich konnte deine Schritte hören, und wie bei Julia erkannte ich deine Silhouette, als du durch die offene Tür eintratst.

Im Gegensatz zu Julia schläfst du nicht bei offenem Fenster, du schließt es immer. Dieser Moment war auch der gefährlichste. Was, wenn du auf dem Weg zum Fenster einen Blick auf das Bett geworfen und mich unter der Decke erkannt hättest? Mein Herz pochte wie verrückt. Aber du hast es nicht getan, du hast das Fenster geschlossen und dich einfach ins Bett gelegt, dich zur Seite gedreht und auf süße Träume in deinem großen Himmelbett gehofft.

Doch es sollte anders kommen. Der Einzige, der Spaß haben sollte, war ich, und das war auch gut so. Bevor ich mich zu erkennen gab, genoss ich noch für einen kleinen Augenblick deinen Geruch. Nichts riecht schöner als ein frisch geduschter junger Frauenkörper. Ich sog deinen Geruch durch die Nase ein, er erfüllte mich mit Wonne. Allein von deinem Geruch bekam ich einen Ständer. Ich wollte dich nur noch berühren.

Wie bei Julia spürtest du die kalte Klinge, aber nicht an deinem Hals, sondern an deinem Rücken. Schließlich lagst du auf der Seite, daher konnte ich deinen süßen Hals nicht erreichen.

Im Gegensatz zu Julia bliebst du cool, das gefiel mir, gab es mir doch Hoffnung, dass du nicht hysterisch werden, dass du meinen Anweisungen folgen würdest. Denn dann hättest du jetzt noch leben können. Ich wollte dich nie töten, ich wollte nur deinen Körper spüren, dich spüren und mich entspannen.

Du sagtest, dass ich dich haben könnte, das machte mich noch geiler. Du hattest dich auf den Rücken gelegt, und ich wertete es als Einverständnis, dass du mir gehörst. Ich küsste dich und du erwidertest die Küsse. Du konntest nicht wissen, wie glücklich du mich damit machtest. Deine Lippen waren so weich, so sinnlich, dass ich dabei ganz vergaß, wie viele Wichser diese Lippen schon berührt hatten, vor allem der eine. Ich bekam einen Ständer und hätte am liebsten eingelocht, aber ich wollte dich noch genießen. Ich glaubte nämlich, dass ich sonst zu schnell abgespritzt hätte.

Ich küsste deinen Oberkörper, nahm deine straffen Brüste in die Hände, drückte sie zusammen, leckte und knetete sie. Du stöhntest dabei leicht, so wie ich es mag. Immer wieder wurde ich von dir aufgefordert, es dir zu besorgen, und du sagtest unter leichtem Stöhnen, wie geil ich dich machte.

Das steigerte meine Lust noch mehr. Ich küsste deinen Bauch, du fuhrst mir mit der Hand durchs Haar. Das gefiel mir sehr, fast hätte ich das Messer zur Seite gelegt, so geil hattest du mich gemacht. So sehr vertraute ich dir. Meine Lippen kamen deiner Muschi immer näher und ich wollte dich lecken, dir einen Gefallen tun, dir zeigen, dass ich kein Egoist bin, dass auch du auf deine Kosten kommen solltest. Doch gerade, als ich dich lecken wollte, sagtest du: »Leck mich, Schatz, leck mich ganz tief, Schatzi.«

Mit diesen Worten hast du alles kaputt gemacht, denn ich wusste, dass du nur spielst, weil du eine Nutte bist. Dass du mich nur verarschst. Ich war nicht dein Schatz, wie hätte ich es auch sein können? Wut, unberechenbare Wut übermannte mich, und ich hielt das Messer noch fester. Dann geschah das, was du verdient hattest: Ich rammte das Messer in deine dreckige Fotze.

Kapitel 13

Die Tür stand noch offen, als die Kripo in die Wohnung von Melanie Klose eindrang. Brandt wusste, dass der Mörder die Tür extra offen gelassen hatte. Der Täter hatte sich sehr sicher gefühlt, so sicher, dass er einfach in die Wohnung hatte hineinmarschieren können. Gleichzeitig verhöhnte er sie, indem er der Kripo den Zutritt zur Wohnung erleichterte.

Als Brandt das Schlafzimmer betrat, war Rech mit seinem Team gerade dabei, die Untersuchungen aufzunehmen. Der Anblick der toten jungen Frau war noch schrecklicher als der von Julias Leiche.

Melanie war blutüberströmt, das Bettlaken um sie herum blutgetränkt. Es sah nicht nach einer Vergewaltigung, sondern nach einer Hinrichtung aus.

Das Bettlaken schien allerdings nicht von Wasser nass zu sein.

»Rech, gibt mir bitte Bescheid, wenn du Spermaspuren findest.«

»Nur ruhig, Brauner. Wir haben noch nicht mal angefangen, und schon willst du Ergebnisse, du Jeck«, antwortete Rech in seiner gewohnt lockeren kölschen Art.

»Du weißt, dass ich kein Jeck bin. Ich hasse Karneval.«

»Aber nur, weil du nie echten Karneval gefeiert hast. Euer Fasching in Hamburg, das ist doch kein Karneval.«

»Auch Fasching kann ich nicht leiden«, erwiderte Brandt.

»Jung, ich sags dir seit Jahren, komm doch einfach mal mit, dann wirst du uns Urkölner auch verstehen«, grinste Rech, der gerade seine Einmalhandschuhe anzog. Er reichte Brandt und den Kollegen ebenfalls welche. »Nicht vergessen, safety first«, grinste er dabei.

Brandt nahm die Handschuhe und zog sie an. »Ich schütze immer«, antwortete er trocken und überging damit die Einladung zum Karneval. Er würde diese dämliche Verkleidungsorgie, wie er es nannte, nie mögen. Rech reichte ihm und den Kollegen Schuhüberzieher, die sie über ihre Straßenschuhe streiften.

Brandt trat an die Leiche heran. Sein Blick fiel auf Aydin, dem die Farbe aus dem braun gebrannten Gesicht gewichen war.

»Ist was anderes, eine frische Leiche zu sehen, was?«, kommentierte Brandt Aydins Zustand und warf Bender einen vorwurfsvollen Blick zu.

Bender ignorierte ihn. Brandt war einfach davon überzeugt, dass man niemanden von der Hochschule direkt in die Mordkommission holen sollte, diese jungen Polizisten sollten lieber im Streifendienst oder woanders Erfahrungen sammeln. Die Mordkommission war nach der Spurensicherung das Härteste, was man sich bei der Polizei antun konnte. Immer wieder hatten sie mit Toten und ihren entstellten Körpern zu tun.

Glücklicherweise waren die meisten Toten nicht in einem so entsetzlichen Zustand wie Julia Schick oder Melanie Klose. Für keinen Polizisten war es einfach, einen Toten zu sehen, schon gar nicht, wenn der Tote ein junger Mensch war.

»Er hat ihr die Kehle durchgeschnitten«, stellte Brandt fest.

Rech trat ebenfalls zur Leiche und schaute sich den Halsbereich an.

»Wahrscheinlich ist das die Todesursache. Wenn ich mir allerdings den Schnitt so ansehe, sieht es nicht danach aus, als sei das Messer bewusst an ihren Hals gehalten worden.«

»Was meinst du damit?«, fragte Bender.

»Der Schnitt ist nicht sauber. Wenn er ihr den Hals bewusst hätte durchschneiden wollen, hätte er das Messer zunächst an ihren Hals gehalten und dann einen gleichmäßigen Schnitt gemacht. Aber wenn ich mir die Schnittwunde anschaue, sieht es eher so aus, als ob das Messer von unten geführt wurde.«

»Von unten?«, fragte nun Aydin, der langsam wieder Farbe bekam.

»Ja, etwas muss ihn spontan zu der Tat veranlasst haben«, erklärte Rech. Sein Blick wanderte weiter hinab. Er näherte sich dem Intimbereich, wo sich

eine große Blutlache ausbreitete. »Und hier haben wir es, glaube ich, auch schon.«

»Geht das auch genauer?«, wurde Bender ungehalten.

Auch wenn sie sich cool gab, wusste Brandt, dass ihr der Anblick der Leiche große Sorgen bereitete.

Rech nahm ein Skalpell und inspizierte den Intimbereich der jungen Frau.

»Es sieht so aus, als ob er ihr das Messer in die Vagina gerammt hat.«

»Und warum schneidet er ihr dann die Kehle durch?«, fragte Aydin irritiert.

Bevor Rech etwas sagen konnte, machte sich Kramer bemerkbar, der ebenfalls ins Schlafzimmer getreten war. Er hatte bereits Einmalhandschuhe und Überzieher über seinen schwarzen Schuhen an.

»Weil sie geschrien hat. Es ist im Affekt passiert. Das heißt nichts anderes, als dass Melanie sich nicht gewehrt hat.«

»Und warum schneidet er ihr dann die Kehle durch?«, zweifelte Brandt Kramers Gedanken an.

»Weil ihn etwas spontan erzürnt haben muss. Er hat ihr erst in die Vagina gestochen, dann hat sie geschrien und er hat ihr impulsiv die Kehle durchgeschnitten, damit sie Ruhe gibt, dafür spricht auch der unsaubere Schnitt. Das heißt, es muss noch etwas passiert sein, bevor er ihr das Messer in die Vagina rammte.«

So ungern Brandt es eingestehen mochte, aber Kramers Annahme hörte sich plausibel an.

»Das würde aber bedeuten, dass wir es hier mit einem recht großen Täter zu tun haben«, schlussfolgerte Brandt.

»Stimmt. Wenn er, nehmen wir mal an, sie oral befriedigt und ihr dann das Messer in die Vagina gerammt hat, wird sie mit Sicherheit geschrien haben. Das dürfte dem Täter Angst gemacht haben, entdeckt zu werden, also hat er ihr im Affekt den Hals durchgeschnitten. Es ist sehr gut möglich, dass es eine schnelle Bewegung aus der Liegeposition heraus war. Ich schätze Melanie auf knapp einen Meter achtzig, also muss der Täter recht lange

Arme haben, um schnell an ihren Hals zu gelangen. Wahrscheinlich ist er größer als einen Meter achtzig«, stellte Rech eine erste These auf.

»Ganz ehrlich, er hätte auch in weniger als einer Sekunde an ihrem Hals sein können. Ich denke nicht, dass wir allein anhand dieser Überlegungen davon ausgehen können, dass er groß sein dürfte«, erwiderte Aydin, der anscheinend von der Erklärung nicht überzeugt war.

»Möglich, aber schau dir die Schnittwunde an. So schneidet niemand, der über einem Opfer kniet. Alles spricht dafür, dass das Messer von unten angesetzt wurde. Wie auch immer, wir müssen die Obduktion abwarten«, begründete Rech seinen vorläufigen Standpunkt.

Ihn auf etwas festzunageln, war nahezu ausgeschlossen, da er zwar ein lockerer, aber sehr gewissenhafter Beamter war. Erst wenn er etwas beweisen konnte, ließ er sich dazu hinreißen, seine Meinung festzulegen.

Brandt schaute sich das Bettlaken um den Intimbereich genauer an. Seine erste Annahme, dass es, abgesehen vom Blut, trocken war, bestätigte sich.

»Kein Wasser«, sagte er in Gedanken.

»Wie bitte?«, fragte Bender.

»Das Bettlaken scheint nicht mit Wasser bespritzt worden zu sein.«

»Was willst du damit sagen?«, fragte Kramer.

»Bei Julia war das Bettlaken von Wasser durchtränkt und wir hatten Spermaspuren. Jetzt ist das Laken trocken, das heißt, wir werden Spermaspuren in Melanies Körper finden. Das würde die Annahme bestätigen, dass sie sich nicht gewehrt hat. Sie muss sich ihrer ausweglosen Situation bewusst gewesen sein. Das würde auch Rechs Annahme stützen, dass der Mörder sich an ihr austoben konnte. Die Frage ist: Was ist geschehen, damit es zu diesem Blutbad kam?«

»Viel interessanter ist die Frage, warum sie sich nicht gewehrt hat? Eine junge Frau, ein Vergewaltiger in ihrem Bett, wäre da nicht jede Frau erst einmal panisch? Warum ist sie so cool geblieben?«, fiel Kramer ihm ins Wort.

Einfach Fresse halten, hätte Brandt ihn am liebsten angeschrien, obwohl die Frage nicht dumm war. Doch sie kam von Kramer, und das reichte, um Brandt wütend zu machen.

Er würde Kramers Art nie mögen.

»Das ist eine sehr gute Frage, vielleicht war sie wirklich eine Professionelle«, machte sich Aydin bemerkbar.

Fall du mir noch in den Rücken, dachte Brandt verärgert und hatte damit einen weiteren Grund, Aydin so schnell wie möglich wieder loswerden zu wollen.

Keiner mag Kramer, und wenn du mein Partner sein willst, hast du ihn verdammt noch mal auch nicht zu mögen … ach, vergiss es, du wirst gar nicht mein Partner bleiben, sagte Brandt zu sich selbst. Er musste diese Geschichte so schnell wie möglich mit Bender klären.

»Ihr könnt spekulieren, so viel ihr wollt, aber ihr müsst euch gedulden, bis der Bericht von der Rechtsmedizin vorliegt«, mischte sich Rech in die Diskussion ein.

»Gerne, dann werden meine Worte Bestätigung finden«, antwortete Kramer.

»Kramer, du bist hier, um den möglichen Tatverlauf zu analysieren, ich will keine Nickeligkeiten. Das gilt auch für dich, Brandt«, blaffte Bender. Ihr schien wohl langsam der Kragen zu platzen. »Wir haben es hier mit einem Serientäter zu tun, das steht fest. Wie es scheint, sucht er die jungen Damen auf, um sie zu vergewaltigen. Aber er scheint auch ein großes Gewaltpotenzial in sich zu tragen, denn es bleibt nicht bei der Vergewaltigung, er bringt seine Opfer auf bestialische Weise um.

Er ist sehr darauf bedacht, keine Spuren zu hinterlassen. Wir haben bei Julia, gemäß dem vorläufigen Bericht der Spurensicherung, keine Fingerabdrücke gefunden und werden sicherlich auch hier keine finden. Auf der anderen Seite haben wir Speichel- und Spermaspuren entdeckt, was hier auch der Fall sein wird. Damit haben wir belastbare DNA. Allerdings konnten wir diese DNA bisher nicht in unserer Datenbank finden, also war unser Serientäter vorher noch nicht straffällig, jedenfalls lag keine Straftat vor, bei der eine DNA-Probe genommen wurde.

Der Täter verfügt über tiefes IT-Wissen. Er beobachtet seine Opfer, bevor er zuschlägt. Er fühlt sich so sicher, dass er es sogar wagt, mit uns seine Spielchen zu spielen.

Da der Mörder durchs Fenster steigt, kann er nicht dick sein. Also suchen wir einen Zwanzig- bis Vierzigjährigen, der schlank, um die einen Meter achtzig oder größer und ein IT-Freak ist«, resümierte Bender. Ihre Augen wurden zu Schlitzen. Sie rieb sich die Stirn, als ahnte sie, dass das erst der Anfang einer Reihe von Morden sein könnte.

Kapitel 14

Tag 3, Polizeipräsidium Köln

Brandt hatte sich den Ausgang des Gespräches mit Bender anders vorgestellt.

Die Chefin hatte ihm unmissverständlich klargemacht, dass ihre Entscheidung endgültig sei. Er solle sich freuen, dass jemand wie Aydin sein neuer Partner war. Aydin sei einer der Besten seines Jahrgangs. Viele Dienststellen in Deutschland hätten um seine Gunst gebuhlt, und er hätte sich für die Kölner Polizei entschieden, darüber dürfe man sich freuen. Nur weil er noch jung sei, solle man ihn nicht unterschätzen. Auch das Argument, dass Aydin aufgrund mangelnder Erfahrung bei der Mordkommission nicht gut aufgehoben sei, ignorierte Bender. Man lerne am besten, wenn man ins kalte Wasser geschubst werde. So habe auch sie gelernt.

Egal welchen Einwand Brandt vortrug, Bender entkräftete sie alle. Außerdem bemerkte sie, er solle froh sein, dass jemand aus Hamburg sein neuer Partner sei, schließlich seien Hamburger untereinander erträglicher. Besser als ein Süddeutscher mit einem Norddeutschen in einem Team. Fischköppe müssten doch zusammenhalten, betonte sie, was Brandt gar nicht witzig fand.

Zum Ende hin hatte er gar nicht mehr zugehört, da er wusste, dass nichts Benders Entscheidung ändern konnte. Er musste die Kröte schlucken: Aydin war sein neuer Partner. Vorerst jedenfalls.

Als er das Büro betrat, saß Aydin bereits an seinem Platz.

»Moin«, grüßte Brandt ihn.

»Moin. Ich habe Ihnen einen Kaffee mitgebracht«, sagte Aydin und zeigte auf den Becher auf Brandts Tisch.

»Danke«, antwortete er und hoffte, dass der Kaffee nicht kalt war. Er nahm einen Schluck. Der Kaffee war noch heiß.

»Wen besuchen wir als Erstes?«

»Besuchen?«

»Nicht? Ich dachte, wir verhören ein paar mögliche Tatverdächtige«, erklärte Aydin. Seine Augen leuchteten, als würde er sich darauf freuen.

»Es sind keine Tatverdächtigen. Wir verhören Personen, die in Kontakt mit den Opfern standen. Das macht sie noch lange nicht zu Tatverdächtigen«, erklärte Brandt und schüttelte den Kopf.

Warum ich?, dachte er.

»Ach ja, Fischer hat vorhin angerufen.«

»Was wollte er?«

»Er hat den Facebook-Account von Melanie gefunden. Der Mörder hat auch auf diesem Profil Fotos der Toten veröffentlicht.«

»Was?« Brandt war fassungslos.

»Alles gut, Fischer konnte den Account deaktivieren.«

»Hat der Mörder den Hinweis geliefert?«

»Ja.«

»Verdammt! Warum tut er das? Warum macht er die Bilder öffentlich, wenn er uns gleich danach darüber informiert?«

»Vielleicht will er nur sichergehen, dass wir die Bilder sehen, bevor Facebook das Profil eigenständig löscht.«

»Und welchen Sinn hat das? Er weiß doch, dass wir am Tatort waren«, entgegnete Brandt. Er konnte einfach nicht verstehen, was dieser Psychopath damit bezweckte. »Hat Fischer sonst noch etwas gesagt?«

»Leider nicht. Du meinst sicher, ob es eine Verbindung zwischen Julia und Melanie gab? Bei Facebook waren sie jedenfalls nicht miteinander vernetzt. Wir müssen uns gedulden.«

Brandt nahm einen Schluck aus seinem Becher. »Wäre ja auch zu schön gewesen. Egal, lass uns diese Modelagentur besuchen, die Fischer in seinem Bericht erwähnte«, erwiderte Brandt und stand auf.

»Dachte ich mir schon. Ich habe die Adresse notiert.«

Ich auch, du Depp, dachte Brandt, sagte aber nichts, sondern schritt aus dem Büro. Von der Seite sah er, dass Aydin Schwierigkeiten hatte, seinem schnellen Schritt zu folgen, was ein kurzes Grinsen über sein Gesicht huschen ließ.

Die Agentur war nur zwei Minuten vom Friesenplatz entfernt. Sie lag im zweiten Stock eines mehrstöckigen Bürokomplexes.

Nachdem Sie sich bei der Anmeldung als Kripobeamte ausgewiesen hatten, wurden sie vom Assistenten der Geschäftsführung begrüßt und zum Chef der Agentur gebracht.

»Guten Tag, die Herren, Lange mein Name, was führt Sie zu mir?«, begrüßte sie der sichtlich gut gelaunte Geschäftsführer. Er ging auf die beiden Beamten zu und reichte ihnen die Hand.

Brandt schätzte ihn auf Mitte dreißig. Er war in etwa so groß wie er, schlank und sah verdammt gut aus. Seine kurzen schwarzen Haare waren akkurat nach rechts gescheitelt. Er hatte große blaue Augen und hohe Wangenknochen, seine Haut sah sehr gepflegt aus. Insgesamt machte er einen durchtrainierten Eindruck, da seine Muskeln sich deutlich durch das Hemd abzeichneten.

Vielleicht selbst mal ein Model gewesen, dachte Brandt. Allein durch sein Äußeres fiel der Agenturchef als Verdächtiger aus. Vorerst jedenfalls, da sich Brandt schwer vorstellen konnte, dass so jemand Probleme hatte, Frauen kennenzulernen.

Und nach allem, was sie bisher wussten, suchten sie einen Nerd, einen Niemand, den die Frauenwelt links liegenließ.

Doch dieser hier war jemand, dem die Frauenherzen einfach nur zuflogen – es sei denn, er war schwul.

Kaum hatte Brandt dies zu Ende gedacht, fühlte er sich in seinen Überlegungen bestätigt. Der Assistent der Geschäftsführung erschien mit Kaffee für alle und der Blick des Agenturchefs auf den Hintern seines Angestellten zerstreute alle Zweifel.

»Möchten Sie mir nun sagen, was Sie zu mir führt? Sie wollen doch sicherlich nicht beim Casting mitmachen?«, grinste er und schaute dabei

Aydin an. »Obwohl, wenn Sie ein bisschen größer wären und sich etwas mehr pflegen würden, könnte man etwas aus Ihnen machen.«

Aydin schien verunsichert. Sein Blick wanderte irritiert zu Brandt. Der musste sich beherrschen, um nicht laut loszulachen, da es mehr als offensichtlich war, dass der Geschäftsführer Aydin Avancen machte. Allerdings war die ganze Sache zu ernst, als dass ein Lachen angebracht gewesen wäre. Mit seinen kräftigen schwarzen, zur Seite gekämmten Haaren und seiner sportlichen Erscheinung schien Aydin den Vorstellungen des Agenturchefs sehr gut zu entsprechen. Er war auf seine Art ein attraktiver Mann, stellte Brandt fest.

»Herr Lange, wir sind wegen Julia Schick hier«, kam Brandt auf den Punkt.

»Die liebe Julia, was ist mit ihr? Hoffentlich ist ihr nichts zugestoßen.« Seine Augen funkelten.

»Frau Schick wurde vor zwei Tagen ermordet. Herr Lange, wann haben Sie sie zuletzt gesehen?«, antwortete Brandt und sparte sich eine böse Bemerkung. Spätestens seit den Facebook-Bildern wusste jeder, wer die Ermordete war.

»Oh mein Gott«, platzte es erschrocken aus Lange heraus.

»Lesen Sie keine Zeitungen?«, fragte Aydin. Brandt warf ihm einen ungehaltenen Blick zu.

»Natürlich tue ich das, das gehört zu meinem Beruf. Aber ich komme gerade aus New York«, verteidigte sich Lange und fügte hinzu: »Wieso steht das überhaupt in der Zeitung?«

Meinst du das ernst oder bist du nur ein verdammt guter Schauspieler?, dachte Brandt.

»Herr Lange, wann haben Sie Frau Schick das letzte Mal gesehen?«, wiederholte er seine Frage ungerührt.

»Das war vor zwei Wochen.«

»Was war der Anlass?«

»Ein Shooting für den Playboy.«

»Also hatte Julia Schick keine Berührungsängste?«

»Nein, ganz und gar nicht. Warum sollte sie? Sie war verdammt attraktiv. Wäre doch eine Schande, so einen tollen Körper zu verstecken.«

»Und ihr Studium?«, fragte Aydin.

»Wenn Sie glauben, das Studium war nur ein Alibi, dann irren Sie sich. Sie war eine überaus gute Studentin. Sie träumte von einer eigenen Agentur. Dieser Traum hat sich jetzt leider in Luft aufgelöst«, stellte er süffisant fest.

Brandt verwunderte diese Bemerkung.

Sah er in ihr eine Konkurrentin? Das wäre ein Motiv!

»Was für einen Eindruck machte sie auf Sie, als Sie sie das letzte Mal sahen?«

»Gut gelaunt wie immer. Wenn Sie darauf hinauswollen, ob ich irgendetwas bemerkt habe, ob sie etwas bedrückte, muss ich diese Frage verneinen.«

»Hatte sie Feinde? Missgönner?«

»Alle Mädchen hier sind eifersüchtig und gönnen der anderen nicht die Butter auf dem Brot, aber das ist normal im Modelbusiness. Schließlich hat jede Angst, die andere könnte ihr einen lukrativen Auftrag wegschnappen. Glauben Sie mir, die Welt ist nicht so glamourös, wie die Medien es Ihnen vorgaukeln. Viele Models haben einen Zweit- oder Drittjob. Denken Sie, ein Model hat sie getötet?«

»Wir denken nichts. Wir stehen noch am Anfang unserer Ermittlungen und gehen jedem Hinweis nach«, stellte Brandt fest und setzte gleich eine Frage nach: »Wie groß ist Ihre Agentur?« Er hatte da so eine Idee.

»Wir sind neunzehn Personen, nein, warten Sie, zwanzig.«

»Und wie viele Männer?«

»Drei, mich eingeschlossen«, kicherte er und hielt sich dabei beschämt die Hand vor den Mund, als wüsste er, dass es unangebracht war, in so einer Situation zu kichern.

Ein Mann, der gerne eine Frau wäre, dachte Brandt bei sich, *ganz sicher ist er nicht unser Täter.*

»Also Sie und Ihr Assistent. Wer ist die dritte männliche Person?«, hakte Brandt nach.

»Das ist Theo, unser Fahrer und Hausmeister. Er fährt die Mädchen zu den verschiedenen Castings und hilft bei der Post oder bei kleinen Reparaturen.«

»Wie alt ist Theo?«

»Vierundsechzig«, antwortete Lange und machte auch diese kleine Hoffnung zunichte. Dennoch wollte Brandt sich mit Theo unterhalten.

»Ist Theo heute hier?«

»Ja, er macht ein paar Besorgungen, müsste aber jeden Augenblick zurück sein.«

»Wir würden ihn gerne kurz sprechen.«

»Sie verdächtigen ihn doch nicht etwa?«, fragte Lange erschrocken.

»Wie schon gesagt, wir verdächtigen niemanden, wir ermitteln«, stellte Brandt ein weiteres Mal klar.

»Haben Sie eine junge Frau namens Melanie Klose in Ihrer Kartei?«, fragte Aydin.

»Nein«, kam die Antwort schnell und sicher.

Mist, dachte Brandt. *Also gibt es zwischen Melanie und Julia vielleicht wirklich keine Verbindung.*

»Wer macht …«, wollte Brandt seine nächste Frage formulieren, als plötzlich die Tür aufflog und eine Person ins Zimmer stürmte.

Neugierig wandten Brandt und Aydin sich um.

»Ah, Theo, sehr gut, auf dich haben wir gewartet«, grüßte Lange seinen Mitarbeiter.

Brandt brauchte eine Weile, bis er einen klaren Gedanken fassen konnte. Nicht weil Theo ohne anzuklopfen ins Büro gerauscht war, sondern weil ihn sein Aussehen irritierte. Er hatte ihn sich ganz anders vorgestellt, denn Theo war ein Kleinwüchsiger und schied somit als Täter aus. Oder?

»Wer ist wir?«, fragte Theo wenig begeistert. Sein Blick wanderte zu den beiden Beamten, dabei verzog er das Gesicht, ein deutliches Zeichen dafür, dass er alles andere als erfreut war.

»Herr …«, fing Aydin an, wurde aber von Theo unterbrochen.

»Theo, einfach Theo!«

Aydin warf Brandt einen Blick zu.

»Theo, wir müssen Ihnen ein paar Fragen stellen.«

»Wollen Sie sich nicht erst mal vorstellen? Ach, lassen Sie es, Sie sind bestimmt Bullen«, stellte er trotzig fest. Mit etwas Mühe nahm er auf einem Stuhl Platz.

Lange konnte sein Kichern nicht abstellen, die ganze Situation schien ihn sehr zu amüsieren.

Was für ein Chef? Hört, dass sein Model ermordet wurde, und kichert wie ein Kind, dachte Brandt verärgert.

»Wir sind von der Kripo. Julia Schick wurde ermordet und wir sind die leitenden Beamten der Soko«, erklärte Brandt und fügte ihre Namen hinzu.

»Julia? Die war doch immer so lieb und lustig, wer sollte ihr etwas anhaben wollen?«, fragte Theo.

Brandt war nicht sicher, ob die Worte ehrlich gemeint waren. Er konnte Theos Körpersprache nicht deuten.

Gut möglich, dass er lügt. Aufgrund der bisherigen Erkenntnisse schied Theo als Verdächtiger aus. Er war zu klein, um Melanie oder Julia über einen langen Zeitraum unbemerkt beobachten zu können. Er wäre aufgefallen, außerdem kannte Julia ihn. Und aufgrund seiner Körpergröße war es sicher auch nicht einfach, durch ein Schlafzimmerfenster zu steigen.

»Können Sie uns sagen, wo Sie vor zwei Tagen abends waren?«, fragte er dennoch.

»Sie spinnen wohl! Warum sollte ich Julia umbringen? Wir waren Freunde. Aber gut, ich war bei Freunden, die ganze Nacht«, antwortete Theo ungehalten.

»Beruhig dich, lieber Theo, die Herren machen nur ihren Job«, verteidigte Lange die beiden Beamten.

»Wer macht eigentlich bei Ihnen die IT?«, fragte Brandt, da er keine Lust auf eine Diskussion mit diesem Zwerg hatte. Es schien einfach unrealistisch, dass er der gesuchte Täter war.

»Das ist ein Externer, so ein Freiberufler«, antwortete Lange.

»Freiberufler?«, hakte Brandt neugierig nach.

»Ja, Jens Voigt.«

»Wissen Sie zufällig, wie alt dieser Voigt ist?«

»Ich glaube Anfang dreißig, ein typischer Freak halt.«

Kapitel 15

Noch immer muss ich an diesen Bullen denken. Diesen Brandt. Jetzt, da ich weiß, dass er weder einen Facebook- noch einen Instagram-Account oder sonst was besitzt, macht er mich noch neugieriger. Was ist das für ein Bulle, der sich der modernen Technik verschließt?

Dennoch weiß ich, wo er wohnt. Ich bin einfach zu clever.

Die Bilder, die ich ihm geschickt habe, haben einen kleinen Trojaner transportiert, so gut versteckt, dass nicht mal ihre IT-Abteilung es bisher bemerkt hat. Aber mit diesem kleinen Trojaner habe ich Zugang zur Polizeidatenbank erhalten.

Dafür darf ich mir auf die Schulter klopfen.

Lieber Brandt, Sie haben mich so neugierig gemacht, dass ich meine Pläne geändert habe. Ich werde mich heute nicht der nächsten Glücklichen widmen, sondern Ihnen. Ich hoffe, Sie wissen das zu schätzen.

Nachdem ich der Polizeidatenbank entnehmen konnte, wo Sie wohnen, war es klar, dass ich Sie besuchen muss. Ich will sehen, wie Sie leben.

Genau deswegen sitze ich gerade in der U-Bahn. Die U-Bahn ist voll, wie immer um diese Zeit. Ich habe leider nur einen Stehplatz. Was ich zunächst als äußerst unerfreulich empfinde, ändert sich schlagartig, als eine junge Schlampe einsteigt.

Sie trägt eine dieser ganz engen Hosen und darüber ein hautenges T-Shirt. Ich kann nur den Kopf schütteln, es ist doch viel zu kalt für so ein nuttiges Outfit. Aber was denke ich da, sie ist eben eine Nutte wie Melanie, Julia und all die anderen, die noch auf meiner To-do-Liste stehen. Dennoch riecht sie verdammt gut.

Es ist Dior. Kein Zweifel. Ich kenne über fünfzig Parfümdüfte, genauer gesagt siebenundfünfzig. Ich irre mich nicht, niemals. Der Duft macht mich ganz geil. Nur ein alter Sack trennt dich von mir.

Die U-Bahn hält, und der alte Sack tut mir einen großen Gefallen, er steigt aus.

Neue Passagiere steigen ein, aber ich bin clever, ich nehme schnell den Platz des Alten ein. Jetzt steht nur noch die abgestandene Luft der U-Bahn zwischen uns. Dein Parfüm ist so intensiv, dass ich einen Ständer habe. Als die U-Bahn losfährt, komme ich dir einen Schritt näher.

Wie alt magst du sein?

Zwanzig? Achtzehn? Vielleicht jünger, ich weiß es nicht. Aber du bist reif zum Pflücken, so viel steht fest.

Ich würde gerne meinen Ständer an dir reiben, doch noch traue ich mich nicht. Stattdessen puste ich ein wenig Luft in deine Richtung. Eine Erfrischung für dich. Auch wenn du dich nicht rührst, sehe ich, dass der kleine Windhauch dich nicht kalt lässt. Deine Nackenhaare stellen sich auf, das macht mich noch geiler. Ich kann nicht anders, ich berühre ganz kurz meinen harten Schwanz.

Ich glaube, keiner hat es bemerkt. Als sich jemand durch die Menge drängelt, nutze ich den Moment und komme dir noch näher, drücke mich an dich. Mein harter Stängel berührt deinen verdammt durchtrainierten Arsch. Ich bin fast geneigt zu glauben, dass du unter der engen dünnen Hose keine Unterwäsche trägst. Du bewegst dich nicht.

Ich bin kurz irritiert, muss ich zugeben. Bist du nur zu schüchtern oder regst du dich nicht, weil so etwas Alltag ist in den überfüllten U-Bahnen?

BistdueineNutte,dieesgeilfindet,wennjemandseinenSchwanzandirreibt? Die Antwort werde ich nie erfahren, denn kurz danach steigst du aus, ohne mir auch nur einen Blick zuzuwerfen. Schade!

Grinsend stelle ich fest, dass ich in die Hose abgespritzt habe. Ich schaue auf meinen Schritt und bin erleichtert, man kann durch die dicke Jeans nichts sehen. Hoffentlich sehe ich dich wieder, dann werde ich dich auf meine To-do-Liste setzen. Du bist ein glücklicher Zufall gewesen.

Doch deswegen werde ich meine Termine nicht verschieben, ich wollte ja zu Brandt.

Ich verlasse die U-Bahn und keine zehn Minuten später stehe ich in sicherer Entfernung zu seiner Wohnung. Das Glück ist mir heute hold, denn ich sehe dich, Brandt. Du verlässt das Haus, bist in Eile und machst einen übermüdeten Eindruck, hoffentlich nicht meinetwegen.

Kapitel 16

War es möglich, dass dieser IT-Dienstleister ihr Mörder war? Brandt wollte sich nicht zu viel davon versprechen, aber Langes Beschreibung gab dieser Hoffnung genug Nahrung.

Der IT-Dienstleister wohnte rechtsrheinisch, in der Rüdigerstraße in Köln Merheim.

»Hat der Mörder eigentlich nach mir verlangt?«, fragte Brandt, als sie wieder im Auto saßen.

»Wie bitte?«, fragte Aydin, er schien mit den Gedanken gerade woanders zu sein.

»Na, Sie sagten doch, dass der Täter auch auf Melanies Facebook-Profil diese abscheulichen Bilder hochgeladen habe, aber Fischer das Profil deaktivieren konnte.«

»Ja, wieso?«

»Der Mörder hat uns doch den Hinweis darauf gegeben, ich gehe mal davon aus, dass er uns wieder über dieses Heinz-Profil kontaktiert hat.«

»Ja, worauf wollen Sie hinaus?«

Du Depp, was fragst du, wieso der Mörder nicht nach mir verlangt hat? Ich dachte, du wärst so ein Überflieger, dachte Brandt verärgert, versuchte seinen Ärger aber nicht zu zeigen.

»Na, beim letzten Mal hat es ewig gedauert, bis das Profil deaktiviert werden konnte, und das laut Fischer wohl auch nur, weil der Täter es zuließ.«

»Stimmt, er hat diesmal das Katz-und-Maus-Spiel mit uns früher beendet«, schlussfolgerte Aydin trocken.

»Wahrscheinlich …«, Brandt kratzte sich am Kopf.

Aydin schien verunsichert und schaute aus dem Fenster.

Brandt wusste sich nicht zu helfen, aber wenn er seinen neuen Partner so sah, bekam er Mitleid mit ihm, obwohl er das nicht wollte. Was hatte Bender ihm gesagt? Man lerne am besten, wenn man ins kalte Wasser springe. Schließlich hatte ihn ja niemand gezwungen, zur Mordkommission zu gehen.

Wärst du bloß in Hamburg geblieben, Kleiner, das hier ist eine Nummer zu groß für dich, dachte Brandt, als er in die Rüdigerstraße abbog.

Voigts Büro war in einem Mehrfamilienhaus untergebracht. Ein Schild an der Front sagte den Beamten, dass das Büro im zweiten Stock lag.

Die Haustür stand offen. Sie folgten der Treppe in den zweiten Stock und erreichten die Wohnungstür. Brandt klingelte, kurze Zeit später öffnete ein Mann die Tür.

Verdammt!, dachte Brandt.

Voigt passte bestens ins Täterprofil.

Nicht nur das Alter passte, es passte einfach alles. Er war schlank, blass, groß und sah aus wie ein Nerd. Er hatte kurze braune Haare, kleine Augen, trug eine Nickelbrille, die in den 80ern einmal modern gewesen war, und sein Gesicht war von einer schlimmen Akne gezeichnet.

Genau genommen war er jemand, auf den die Frauen niemals fliegen würden. Schon gar nicht Frauen wie Julia oder Melanie.

War das vielleicht der Grund, warum er sie ermordet hatte? Hass auf schöne Frauen, die ihn verachteten, nicht wahrnahmen? Wenn er für die Agentur arbeitete, war er ständig mit den Bildern der Models und den jungen Frauen selbst konfrontiert, denn er war sicher öfter vor Ort. Ein zermürbender Umstand, wenn er dabei regelmäßig von ihnen ignoriert wurde, und davon war auszugehen.

Vielleicht hatte er auch einmal eine Abfuhr erhalten und war dann auf den diabolischen Plan gekommen, die Frauen zu ermorden. Für Brandt waren diese Gedanken gar nicht abwegig, nur fehlten der Beweis und die Verbindung zwischen Voigt und Melanie.

Vielleicht über eine andere Agentur, in der der Nerd die IT pflegt, dachte Brandt. Er war sehr auf das Gespräch gespannt.

»Ja, wie kann ich Ihnen helfen?«, fragte Voigt.

»Herr Voigt, wir kommen von der Kripo und müssten kurz mit Ihnen sprechen«, antwortete Brandt und zeigte seine Dienstmarke. Aydin ebenfalls.

»Kommen Sie doch bitte rein«, bat Voigt die Herren mit leicht nervöser Stimme.

Seine Augenlider flatterten verdächtig schnell.

Das Büro war eigentlich eine Wohnung. Auf den ersten Blick glaubte Brandt, drei Zimmer zu erkennen. Es wirkte alles recht ordentlich, die Möbel und die Ausstattung schienen von IKEA zu sein. Nichts in der Wohnung deutete darauf hin, dass Voigt eine Freundin hatte.

Das brachte ihn der Verhaftung einen Schritt näher.

Voigt bat sie, im Wohnzimmer, das zugleich das Büro zu sein schien, Platz zu nehmen. Ein Bürotisch und Computerequipment standen an der gegenüberliegenden Wand.

»Darf ich nach dem Grund Ihres Besuches fragen?«, wagte Voigt einen ersten Vorstoß.

Aydin wollte etwas sagen, aber Brandt legte schnell die Hand auf seinen Arm. Aydin verstand und presste die Lippen zusammen.

So leicht wollte Brandt es Voigt nicht machen. Sollte er ruhig ein wenig im Unklaren bleiben. Je nervöser und unsicherer Voigt wurde, desto besser für sie.

»Ist das hier Ihr Büro?«, fragte Brandt.

»Ja, ich lebe und arbeite hier.«

»Warum haben Sie kein separates Büro?«

»Kann ich mir leider noch nicht leisten«, antwortete Voigt. Brandt glaubte ihm, denn er entspannte sich ein wenig bei der Antwort.

»Verstehe, wie lange machen Sie das schon?«

»Seit vier Jahren.«

»Und warum laufen die Geschäfte nicht so gut? Ich dachte immer, Informatiker werden überall gesucht«, griff Brandt Voigts Stolz an.

»Informatiker schon, aber bei Systemadministratoren und Dienstleistern, die selbstständig arbeiten, sieht das leider anders aus. Der Markt ist hart umkämpft.«

»Und wieso arbeiten Sie nicht als Informatiker?«

»Das habe ich drei Jahre lang gemacht. Habe auch gutes Geld verdient, aber der Stress war nichts für mich. Ich bin lieber mein eigener Chef und verdiene weniger. Ich brauche nicht so viel Geld, ich bin sehr genügsam«, erklärte Voigt und versuchte, sich ein Lächeln abzuringen. Aber seine Gesichtsmuskeln waren so angespannt, dass es sehr künstlich wirkte.

»Haben Sie eine Freundin?«

»Nein«, antwortete Voigt und schaute beschämt zu Boden.

»Warum nicht?«, hakte Brandt nach. »Sie sind doch sicher weit über dreißig. Da sollte man doch schon an Familienplanung denken.«

»Ich bin unfruchtbar, viele Frauen haben damit ein Problem«, antwortete Voigt ganz offen, was Brandt sehr überraschte. Mit so einer ehrlichen und schonungslosen Antwort hatte er nicht gerechnet. Selbst Aydin schien verblüfft.

Brandt überlegte kurz, was er davon halten sollte. Machte Voigt diese Bemerkung, um keinen Verdacht auf sich zu lenken, oder konnte es sein, dass er sich damit noch verdächtiger machte?

Ein unfruchtbarer Mann, umgeben von schönen Frauen, die nichts für ihn übrighaben, das muss doch am Selbstbewusstsein kratzen, es sei denn …?

»Aber Sie können noch Sex haben, oder?«, formulierte Brandt seine Gedanken in eine Frage.

»Ja, das geht. Aber warum interessiert Sie meine Sexualität? Das geht Sie doch überhaupt nichts an. Was genau wollen Sie von mir?«, ging nun Voigt in die Offensive.

»Herr Lange teilte uns mit, dass Sie für ihn die IT machen, stimmt das?«, kam Brandt endlich zum Grund ihres Besuches. Es war langsam Zeit, Fakten sprechen zu lassen.

»Ja, warum? Stimmt etwas nicht?«

»Ein Model der Agentur wurde ermordet.«

»Ermordet? Wie schrecklich! Wer denn?«, fragte Voigt. Er bewegte die Hand zum Mund, als wollte er echte Betroffenheit ausdrücken.

Brandt war sich nicht sicher, ob sie gespielt oder echt war. Im Gegensatz zu vielen Verbrechern konnten Psychopathen eine bestimmte Körpersprache vorspielen, somit war es auch für Profis, die sich mit der Deutung von Gestik

und Mimik auskannten, sehr schwer einzuschätzen, ob die Person log oder nicht.

Brandt fiel es jedenfalls sehr schwer, Voigts Signale zu deuten.

Sag schon, bist du der Mörder?, dachte Brandt. Laut sagte er: »Julia Schick.«

»Julia?«, platzte es aus Voigt heraus.

»Sie kannten Sie?«, schlussfolgerte Brandt.

»Ja, ich kenne viele Models. Sie war noch eine der Nettesten«, erklärte Voigt.

»Der Nettesten?«, fragte diesmal Aydin und fügte hinzu: »Wie ist denn Ihr Verhältnis zu den anderen Models?«

»Nicht so gut. Aber ich habe auch nicht wirklich viel mit ihnen zu tun«, wand sich Voigt, als hätte er bemerkt, dass er etwas gesagt hatte, was er eigentlich nicht hätte sagen sollen.

Ein Motiv?!

»Wieso ist Ihr Verhältnis nicht so gut?«, wollte diesmal Brandt wissen. So leicht wollte er Voigt nicht von der Leine lassen.

»Na ja …«, begann Voigt und unterbrach sich kurz, da er das Folgende offensichtlich nur ungern aussprach. »Nun … sie lassen mich spüren, dass ich nicht in ihre Welt passe.«

»Weil Sie für die Models zu unscheinbar sind?«, wandelte Brandt Voigts Aussage in etwas Belastbares.

»Ja.«

»Also stimmt es, dass Models oberflächlich sind?«, erweitere Brandt seine Frage.

»Leider, viele von denen halten sich für was Besseres. Wenn sie etwas von mir wollen, muss ich immer zur Stelle sein, danach behandeln sie mich wie Luft. Aber eigentlich ist mir das egal.«

»Eigentlich?«

Sagte dieses Wort nicht, dass es ihn doch wurmte?

»Es ist mir egal. Die Models und ich leben in verschiedenen Welten. Ich kann mit so oberflächlichen Menschen nichts anfangen«, erklärte Voigt.

»Wie ist Ihr Verhältnis zu Lange?«

»Ganz gut.«

»Ist er auch so oberflächlich?«, mischte sich Aydin wieder ein.

»Nein, ganz und gar nicht. Man mag das kaum glauben, aber er ist wirklich okay.«

Brandt hätte wetten können, dass der Agenturchef keinen Deut besser war als seine Models, aber wenn ein Nerd wie Voigt das sagte, musste etwas dran sein.

»Sicher? Er hält Sie nämlich für einen Freak«, griff Brandt ihn an. Er wusste, dass das nicht die feine Art war, dass er damit einen Keil zwischen den Agenturchef und Voigt trieb, aber das war ihm herzlich egal. Wenn es half, Voigt aus der Reserve zu locken, war ihm jedes Mittel recht.

»Das hat er wirklich gesagt?«, fragte Voigt verblüfft, als könnte er nicht glauben, was er gerade gehört hatte. Seine Augenlider flatterten. Ein deutliches Zeichen seiner Nervosität.

Die Welt ist gemein, Nerd!, dachte Brandt. Genau so wollte er ihn haben: nervös und unsicher. Voigt sollte einen Fehler machen.

»Das können Sie mir glauben. Er hat uns ja schließlich Ihre Kontaktdaten gegeben, für ihn sind Sie ein typischer IT-Nerd.«

»Sicherlich hat er nur gescherzt, sein trockener Humor ist manchmal nicht so einfach zu durchschauen«, versuchte Voigt seine Unsicherheit zu kaschieren.

»Wie Sie meinen. Wie ist Ihr Verhältnis zu diesem Zwerg, Theo?«, fragte Brandt.

»Diesem Giftzwerg? Er hasst mich.«

»Wie kommen Sie darauf?«

»Weil er mir das mehr als einmal gesagt hat. Ich sei eine Schande für die Menschheit.«

»Warum sagt er das?«, wollte nun Aydin wissen.

»Weil ich angeblich so hässlich und dumm bin. Dabei habe ich studiert, und dieser Clown hat nicht mal einen Schulabschluss.«

»Wissen Sie, wie das Verhältnis zwischen Theo und den Models ist?«

»Die meisten verarschen ihn. Aber er ist zu blöd, um das zu kapieren. Sie nutzen ihn für Botengänge aus, machen sich auf seine Kosten lustig. Vielleicht ist er deswegen so wütend auf mich.«

»Was haben Sie denn damit zu tun?«, fragte Aydin.

Brandt schüttelte in Gedanken den Kopf, die Frage war total überflüssig und barg das Risiko, dass Voigt glaubte, auch die Polizisten seien nicht die Hellsten. Ein typischer Anfängerfehler.

»Nichts, aber an wem sonst kann er seinen Frust rauslassen? Tief in seinem Herzen weiß er bestimmt, dass die Mädels ihn verarschen. Da er sich aber für den geilsten Hengst hält, verdrängt er diese Gedanken, und bei wem soll er seine Enttäuschung dann abladen? Bei mir.«

Jeder Schwächere suchte sich einen noch Schwächeren, frei nach dem Motto: Friss oder werde gefressen.

»Sie sagten, dass Ihr Verhältnis zu Julia Schick ganz gut war. Können Sie das bitte etwas genauer erklären?«, fragte Brandt.

»Ja, sie war nett. Wenn sie mich gesehen hat, hat sie immer freundlich gegrüßt und sich auch mit mir unterhalten.«

»Über was haben Sie gesprochen?«

»Über nichts Bestimmtes. Smalltalk halt. Sie gab mir dabei nicht das Gefühl, dass ich ein Nerd sei«, erklärte er.

»Haben Sie sich mit ihr oder einer der anderen auch außerhalb der Agenturräume getroffen?«

»Mit den anderen nicht«, antwortete Voigt.

»Aber mit Frau Schick schon? Warum?«

»Ich habe ihre private Website gepflegt.«

»Sie hatte eine Website? Warum?«

»Sie war sehr ehrgeizig. Sie wollte sich nicht alleine auf die Agentur verlassen, daher hat sie eine eigene Website gehabt mit Bildern von sich und einem Formular, über das man sie buchen konnte.«

»Hat das die Agentur nicht gestört?«, wollte Aydin wissen. Brandt lag die gleiche Frage auf der Zunge.

»Das weiß ich nicht. Ich habe nur die Seite programmiert und administriert«, erklärte Voigt.

»Können Sie mir die Website zeigen?«, bat Brandt.

Er fragte sich, warum Lange das bei ihrem Gespräch nicht erwähnt hatte.

Voigt ging zu seinem Schreibtisch und kam mit einem Laptop zurück. Er öffnete den Webbrowser und tippte etwas ein, kurz darauf erschien die Website von Julia Schick.

»Darf ich?«, fragte Brandt. Voigt reichte ihm den Laptop, Aydin schaute ihm über die Schulter.

Über die Homepage gelangte man zu Julias Portfolio mit einer Sedcard und verschiedenen Bildern. Von seriösen Porträtaufnahmen über Fashion bis hin zu erotischen Bildern war alles dabei.

Brandt notierte sich die Webadresse. Er wollte, dass Fischer sich die Website genauer anschaute.

»Es gibt hier einen geschützten Bereich. Warum?«, fragte Aydin. Brandt hatte das nicht bemerkt.

Voigt antwortete nicht sofort, als würde er seine Antwort gut abwägen.

»Das ist ein Abomodell«, antwortete er dann, dabei spielte er mit dem linken Fuß, als wollte er ihn ins Laminat eingraben.

»Ein Abomodell? Für was?«

»Für besondere Fotos.«

»Sexbilder?«, hakte Brandt nach.

»Nicht Sexbilder, aber Solobilder von ihr, die sie in eindeutigen Posen zeigen.«

»Sie meinen Bilder, auf die sich Männer einen runterholen?«

»Ich weiß nicht, was Männer mit diesen Bildern machen. Ich habe nur die Website gemacht. Was mit den Bildern passiert, weiß ich nicht.«

»Aber wenn Sie die Site administrieren, haben Sie doch auch Zugriff auf die Bilder?«, schlussfolgerte Aydin.

Vielleicht doch nicht so verkehrt, das Greenhorn dabeizuhaben, dachte Brandt.

»Ja, schon. Aber ich habe mir die Bilder nie angeschaut«, verteidigte sich Voigt.

»Und warum nicht?« Brandt glaubte ihm nicht. Welcher Mann würde nicht einen Blick auf die Bilder werfen? Julia war schließlich sehr attraktiv.

»Weil ich so was nicht tue. Ich bin Profi«, versuchte Voigt, eine Erklärung zu liefern.

Brandt glaubte ihm nicht.

Haben die Bilder dich am Ende so geil gemacht, dass du sie unbedingt berühren musstest und sie deswegen ermordet hast?, dachte er.

»Was hat Lange dazu gesagt? Als Model einer seriösen Agentur muss das doch ein absolutes No-Go sein.« Brandt erinnerte sich an Langes Aussage, dass Julia Bilder für den Playboy gemacht und keine Berührungsängste gehabt habe. Konnte es sein, dass er etwas verheimlichte?

»Er wusste davon nichts«, erklärte Voigt.

»Wir brauchen den Administratoren-Zugang«, sagte Brandt.

»Den kann ich Ihnen nicht geben. Meine Kunden vertrauen mir.«

»Hören Sie, das ist mir ehrlich gesagt scheißegal! Julia Schick wurde ermordet, und wenn der Mörder ein perverser Abonnent war, interessiert mich nicht, was Ihre Kunden denken. Sie geben mir jetzt den Zugang, ich kann auch ganz anders«, drohte Brandt und versuchte damit, das Machtverhältnis geradezurücken. Voigt durfte nicht das Gefühl haben, dass er im Recht war. Rein juristisch bewegte er sich damit in einer Grauzone. Die Polizei brauchte eine richterliche Genehmigung, um komplette Zugänge zu Websites oder Daten zu bekommen, das konnte manchmal einige Tage dauern, selbst bei dringendem Tatverdacht, aber unter Druck erledigte sich manches von selbst, ohne den langen Weg des Gesetzes gehen zu müssen.

»Wenn ich helfen kann, den Mörder zu finden, tue ich das natürlich gerne«, beschwichtigte Voigt, schrieb etwas auf einen Zettel und reichte ihn Brandt. »Das ist das Admin-Passwort, damit haben Sie Zugang zu allen Bereichen.«

Brandt nahm den Zettel an sich.

»Wissen Sie, ob Julia Feinde hatte?«

»Nicht dass ich wüsste, aber einige der Models mochten sie nicht. Futterneid.«

»Und Männer? Gab es Abonnenten, die ihr nachstellten? Ihr Nachrichten schrieben, über das Kontaktformular der Website?«, hakte Aydin nach.

»Jede Menge.«

»Wie hat Julia darauf reagiert?«

»Soweit ich das beurteilen kann, gar nicht.«

Brandt griff sich ans Kinn. Auf Fischer wartete noch jede Menge Arbeit. Die Abonnenten mussten durchleuchtet werden, zumindest ihre Nachrichten.

»Wo waren Sie eigentlich vor zwei Tagen zwischen 20 Uhr abends und 3 Uhr morgens?«, fragte Brandt.

»Ich, warum?«, fragte Voigt wieder deutlich nervös.

»Beantworten Sie mir nur die Frage.«

»Ich war zu Hause«, antwortete er. Er schien sehr angespannt, vielleicht wusste er, dass er mit dieser Aussage sehr weit weg von einem Alibi war.

»Wir melden uns«, sagte Brandt und stand auf, um die Wohnung zu verlassen. Aydin folgte ihm. Kurz bevor Brandt durch die Wohnungstür verschwand, blieb er stehen und fragte: »Kennen Sie eine Melanie Klose?«

Die Antwort ließ ihn erstarren.

Kapitel 17

So also wohnst du! Ein Junggeselle, in deinem Alter! Was hast du falsch gemacht, lieber Brandt? Für einen Beamten legst du aber nicht viel Wert auf Sicherheit. Das Fenster auf Kipp zu stellen, ist mehr als fahrlässig. Gerade du als Bulle … tzzz … aber gut für mich. Nachdem ich mich versichert habe, dass niemand mich beobachtet, öffne ich das Fenster. Eine meiner leichtesten Übungen.

Nun stehe ich in deinem Wohnzimmer. Es sieht recht geschmackvoll aus, wenn ich das beurteilen kann. Doch, ich glaube schon, dass ich das kann, wenn man bedenkt, wie viele Wohnungen von Nutten ich in den letzten zwei Jahren besucht habe. Mit der Zeit entwickelt man ein Gefühl dafür, was wohl geschmacklich trendy ist und was nicht.

Im Gegensatz zu mir scheinst du viel Wert auf Äußerlichkeiten zu legen. Wahrscheinlich steckt tief in dir auch eine Schlampe. Wärst du eine Frau, wärst du bestimmt eine Nutte geworden, wenn ich mir deine Badartikel so anschaue.

Haargel, mehrere Parfüms, alles teure Marken. Ich verrate dir ein Geheimnis, ich benutze kein Parfüm, warum auch? Ich denke, der Eigengeruch ist noch immer der schönste, warum sollte ich jemanden spielen, der ich nicht bin? Spaßeshalber verstelle ich die Parfüms.

Was will ein Mann in deinem Alter nur mit so vielen Cremes? Bist du nur eitel oder hast du Angst vorm Älterwerden? Angst, dass dich keine Schlampe mehr will?

Ich mache die verschiedenen Schränke auf, überall nur unnützes Zeug, Rasierer, Epilierer, noch mehr Gesichtscremes, nur Müll. Dafür solltest du dein schmales Beamtengehalt nicht ausgeben. Das wäre jedenfalls mein Rat.

Und Kondome, eine ganze Packung sogar, und noch eine zweite Packung. Die ist geöffnet. Daneben Gleitcreme, Öl. Machst du es dir selber? Ich konnte jedenfalls bisher keine Bilder von einer Frau sehen, geschweige denn irgendetwas, das darauf deutet, dass du regelmäßigen Frauenbesuch hast.

Und laut deiner Polizeiakte bist du ledig. Wofür also dieses Lager an Kondomen? Bestellst du dir Nutten nach Hause? Wer weiß, vielleicht hast du ja auch schon mal die Julia oder die Melanie gefickt?

Nein, ich glaube nicht, du kannst es dir nicht leisten, sicherlich musst du ins Laufhaus oder irgendwelche Drogenschlampen ficken. Aber am Ende ist Loch gleich Loch, nicht wahr?

Irgendwie bin ich ein wenig enttäuscht von dir. Ich hatte dich für einen ganzen Mann gehalten. Du bist groß, sportlich, siehst gut aus, und unsere Konversation ließ mich in dem Glauben, dass ich es mit einem ebenbürtigen Gegner zu tun haben könnte. Aber dein Badezimmer sagt mir etwas anderes, nämlich dass du eine Pussy bist.

Hmmm … warte, vielleicht bist du ja eine Schwuchtel? Kann es sein, dass du alle narrst und schwul bist? Das würde deinen dramatischen Hang zu diesem ganzen Schönheitsmüll erklären.

Ich grinse meinem Spiegelbild zu, denn das könnte eine gute Erklärung sein. Eine Schwuchtel! Was wohl deine Kameraden dazu sagen würden? Wer nimmt einen Bullen ernst, der eine Schwuchtel ist?

So leid es mir tut, aber ich muss dir gestehen, dass ich maßlos enttäuscht bin. Du bist mir in keiner Weise ebenbürtig. Aber egal, dann mache ich da weiter, wo ich aufgehört habe. Es war ein netter Zeitvertreib mit dir, mehr nicht. Dennoch will ich mir deine restliche Wohnung etwas genauer anschauen. Das Wohnzimmer setzt deinen stilvollen Geschmack fort. Wieder lache ich, weil jetzt alles einen Sinn ergibt: Schwuchteln haben doch den gleichen Geschmack wie Nutten!

Eine große norwegische Flagge hängt an einer Wand, stehst wohl zu deiner Herkunft. Dabei bist du doch nur Halbnorweger. Deine Mutter kommt aus Norwegen, aber dein Vater aus Deutschland, wenn die Polizeiakte nicht lügt. Ob deine Eltern das wissen? Ich könnte sie ja mal besuchen?

Ich betrete das Schlafzimmer. Es sieht ordentlich aus, zu ordentlich für einen Mann. Aber du bist ja kein Mann. Ich schnüffele an deinen Sachen, rieche dein billiges Schwuchtelparfüm. Soll ich es wagen?

Warum nicht! Ich lege mich in dein Bett, wälze mich von rechts nach links – ups! Ein Furz ist mir entfleucht.

Egal, ich ziehe deine Bettdecke nur oberflächlich gerade, bin gespannt, ob du es merkst.

Deine kleine Wohnung hat nur zwei Zimmer, wahrscheinlich gibt dein Beamtengehalt nicht viel mehr her. Egal, wird Zeit, dass ich gehe. Na, warte, die Küche könnte ich mir auch noch anschauen, aber eher, weil ich Hunger habe.

Die Küche ist klein, aber mit allen Geräten ausgestattet, sie wirkt nicht gerade billig, wenn ich da an meine denke …

Ich schaue in den Kühlschrank, nehme mir einen Joghurt, esse ihn. Trinke aus deiner Cola-Flasche, mit dem Mund natürlich. Dann schaue ich aus dem Fenster und verschlucke mich fast. Wie ist das möglich? Das ist doch nicht …?

KAPITEL 18

Voigt hatte auch für Melanie Klose eine Website eingerichtet.

Da er ihnen bis zu diesem Moment bereitwillig alle Fragen beantwortet und ihnen sogar den Zugang zu Julias Website gegeben hatte, hatte Brandt noch gezögert, Voigt sofort zu verhaften. Doch dass er für beide Toten eine Website betrieb, machte ihn mehr als verdächtig. Auf der anderen Seite waren dies die einzigen Indizien, die gegen ihn sprachen, was eine Verhaftung nicht rechtfertigte.

Bender war in dieser Hinsicht sehr sensibel, sie hasste es, wenn man Verdächtige aufgrund bloßer Vermutungen verhaftete, die damit einhergehenden Risiken waren einfach zu hoch.

Daher hatte Brandt ihn nach dieser unglaublichen Offenbarung lediglich weiter befragt. Als er Voigt von dem Mord an Melanie berichtet hatte, war sein Entsetzen echt gewesen. So etwas konnte nicht gespielt sein, oder?

Darüber hinaus hatte Voigt ein Alibi für die Nacht, in der Melanie ermordet worden war, dennoch hatte er eingewilligt, am nächsten Tag auf dem Revier eine Speichelprobe abzugeben. Danach würden sie wissen, ob Voigt sauber war oder nicht.

Nach ihrem Besuch bei Voigt hatten Aydin und er erneut mit den Nachbarn der beiden Toten gesprochen. Bis auf zwei hatten sie alle angetroffen, doch keiner hatte wertvolle Hinweise für sie gehabt.

Fischer hatte inzwischen auch einige Informationen für sie. Melanies Wohnung lief auf einen Holger Schwarz, der jedoch noch auf Geschäftsreise und erst am nächsten Tag in seinem Kölner Büro anzutreffen sei, so seine Assistentin.

Brandt hatte Fischer die Administratoren-Zugänge der Websites von Julia und Melanie geschickt, mit der Bitte um Prüfung.

Inzwischen hatte Fischer auch die Analyse der Onlineprofile der beiden Mordopfer abgeschlossen. Wie es aussah, kannten sich die beiden nicht. Jedenfalls in der Online-Welt. Im Gegensatz zu Julia hatte Melanie ihre Onlineprofile auf Facebook und Instagram viel besser geschützt. Nur Freunde hatten Zugriff auf ihr Profil.

Was ihr Passwort anbelangte, glaubte Fischer nicht, dass es von ihr war, dafür war es zu pervers, es lautete:

FUERGELDFICKEICHJEDEN.

Er ging davon aus, dass es vom Täter stammte. Vermutlich hatte er das ursprüngliche Passwort geändert und sich wie bei Julia einen Scherz erlaubt. Brandt sah das genauso.

Um 22 Uhr hatte es noch eine Besprechung mit Bender und dem Team gegeben. Die Presse und damit auch der Polizeipräsident saßen ihr im Nacken. Zwei tote junge Frauen innerhalb von zwei Tagen, dazu Bilder der Toten auf Facebook – schlimmer konnte es nicht mehr kommen. Die BILD-Zeitung berichtete auf der Titelseite:

Der Facebook-Mörder geht um.

Der Kölner Express stand dem in nichts nach:

Facebook-Mörder schlachtet junge Frauen ab,

lautete der Aufmacher.

Selbst in der Tagesschau wurde von dem Doppelmord berichtet und empfohlen, in nächster Zeit nicht bei offenem Fenster zu schlafen.

Die Medien schienen zum Leidwesen Benders sehr gut informiert zu sein. Die einzig wichtige Information aus dem Meeting war, dass auch bei Melanie die gleiche DNA sichergestellt worden war wie bei Julia. Es konnte also mit Sicherheit gesagt werden, dass es sich um ein und denselben Täter handelte. Jedoch kam diese Information für Brandt nicht überraschend, sie bestätigte nur, was er ohnehin schon ahnte.

Kurz vor Mitternacht betrat er erschöpft und müde seine Wohnung. Am liebsten hätte er sich direkt ins Bett begeben, aber er war verschwitzt, sodass er noch schnell unter die Dusche sprang. Er achtete sehr auf seine Körperhygiene und sein Aussehen. Es gab einige Kollegen, die sich darüber lustig machten, ihm war das jedoch völlig egal. Warum sollten nur Frauen das Recht haben, auf ihr Äußeres zu achten? Mit über vierzig war er nicht mehr der Jüngste, der Zahn der Zeit nagte auch an seinem Körper, daher war es ihm noch wichtiger, sich zu pflegen. Und nicht ohne Stolz glaubte er sagen zu können, dass er eher wie Mitte dreißig als wie fünfundvierzig aussah.

Sport, gute Ernährung und die richtigen Pflegeprodukte halfen ihm dabei. Natürlich hatte er auch Glück mit den Genen. Seine Eltern sahen für ihr Alter noch recht jung aus. Sein Körper war das Kostbarste, was er hatte, und genau so ging er auch damit um, jedenfalls was die Pflege anbelangte.

Trotz dieser Eitelkeit war er im Beruf alles andere als eingebildet oder pingelig. Er wälzte sich im Dreck wie jeder andere Kollege, schreckte vor keiner Prügelei zurück, wenn es sein musste, und legte Hand an, wo er gebraucht wurde. Man konnte sogar so weit gehen zu sagen, dass er ein Adrenalinjunkie war. Er brauchte Verfolgungsjagden, Gefahr. Vielleicht war das mit ein Grund, warum er zur Mordkommission gegangen war.

Nachdem er geduscht hatte, trocknete er sich ab und cremte seinen Körper mit einer Bodylotion ein, danach sein Gesicht mit einer Nacht- und Antifaltencreme, dabei fiel sein Blick auf seine Parfüms.

»Komisch, die habe ich doch nicht so hingestellt«, sagte er zu sich. Er positionierte die Parfümflaschen wieder wie gewohnt und dachte nicht weiter darüber nach.

Er ging ins Schlafzimmer, zog sich frische Unterwäsche an und wollte gerade ins Bett gehen, als er eine Veränderung der Bettdecke bemerkte.

»Was stimmt hier nicht?«, fragte er sich erneut verwundert. Er war absolut sicher, dass er das Bett ordentlich zurückgelassen hatte, als er die Wohnung morgens verließ. Allerdings war er so müde, dass er sich auch darüber keine weiteren Gedanken machte.

Er schlief sehr schnell ein.

Tag 4, Brandts Wohnung

Kurz vor acht Uhr stand er auf, duschte sich nochmals ab und ging in die Küche, um einen Kaffee zu trinken und einen Joghurt zu essen wie jeden Morgen. Er nahm sich einen aus dem Kühlschrank und während er frühstückte, sah er in seinem Smartphone nach, ob er neue E-Mails erhalten hatten. Keine.

Er warf den leeren Joghurtbecher in den Mülleimer.

»Verdammt, hier war jemand!«, fluchte er, als er einen weiteren Joghurtbecher im Mülleimer sah. »Den habe ich nicht gegessen. Scheiße, und ich glaube, ich weiß, wer hier war!«

Plötzlich fiel es ihm wie Schuppen von den Augen. Die Parfümflaschen, das Bett und der Joghurt, das waren absichtlich hinterlassene Hinweise des Einbrechers. Und dieser konnte nur der Mörder gewesen sein!

Aber woher um alles in der Welt wusste der Mörder, wo er wohnte?

Brandt lief es eiskalt den Rücken herunter. Intuitiv ging seine Hand zur Waffe, die auf dem Küchentisch lag. Auch wenn er es sich nicht eingestehen wollte, aber der Gedanke, dass der Mörder sich so einfach Zugang zu seiner Wohnung verschafft hatte, beunruhigte ihn.

Was, wenn er eine Bombe versteckt hat?, dachte er, verwarf aber diesen Gedanken. Angst war das Letzte, was er jetzt gebrauchen konnte. Diesen Gefallen wollte er dem Täter nicht tun.

Er zog sich an, schloss die Tür ab und fuhr zum Polizeipräsidium.

Aydin und Bender waren schon im Besprechungszimmer, als er eintrat.

»Dank dir hat uns der Mörder einen Trojaner geschenkt«, begrüßte Bender ihn. Sie schien sehr verärgert.

Brandt schaute nur verdutzt. Bevor er antworten konnte, traten auch Fischer, Rech und Kramer ein.

Sie grüßten ihn, Kramer hatte ein komisches Grinsen aufgesetzt.

»Und, weiß er schon, was er verbrochen hat?«, fragte er mit gespielter Freundlichkeit, als er sich Kaffee einschenkte.

»Was ist hier los?«, wurde Brandt laut. »Was sollen diese Anspielungen?«

»Der Mörder hat dir einen Trojaner untergejubelt«, erklärte Fischer.

»Einen Trojaner? Wie?« Brandt kam noch immer nicht mit.

»Die Fotos, die er dir geschickt hat, in denen war ein Trojaner versteckt.«

»Haben wir nicht Virenschutzprogramme dafür?«

»Ja, schon, aber den hat er selber geschrieben, den kannte unser Programm nicht. Und als du das Bild hochgeladen hast, hat sich der Trojaner ins Firmennetzwerk eingeschlichen. Die IT hat ihn erst gestern bemerkt und konnte ihn zum Glück unschädlich machen.«

»Wissen wir, was er wollte?«

»Ja, er hat die Datenbank angezapft.«

»Welche Informationen?«, hakte Brandt nach, plötzlich bekam er ein ganz komisches Gefühl.

»Theoretisch hätte er die komplette Mitarbeiterdatenbank runterladen können, aber er hat sich nur deine Daten geholt.«

»Das erklärt auch, warum er gestern bei mir war.«

Aber es erklärte nicht, warum er nur an Brandts Daten interessiert war.

»Er hat was?«, mischte sich jetzt Bender in das Gespräch ein.

»Jemand ist gestern bei mir eingebrochen.«

»Und wieso sagst du uns das erst jetzt?«, wurde Bender laut. Sie schien mächtig unter Strom zu stehen.

»Weil ich das erst heute Morgen bemerkt habe.«

»Wieso erst heute Morgen? Hat er nichts geklaut?«, fragte Kramer.

»Nein, hat er nicht. Er hat Dinge vertauscht und einen Joghurt gegessen.«

»Nicht mal deine teuren Cremes?«, amüsierte sich Rech.

»Jungs, das ist nicht witzig«, mahnte Bender zur Disziplin. »Wie es scheint, wollte der Mörder Brandt deutlich machen, dass er weiß, wo er wohnt, und dass er sich jederzeit Zugang zu seiner Privatsphäre verschaffen kann. Die Frage ist, warum gerade Brandt?«

»Diese Frage kann ich vielleicht beantworten«, fiel Kramer ihr ins Wort, bevor ein anderer etwas sagen konnte.

»Dann mal zu.«

»Durch Facebook hat der Mörder direkten Kontakt zu Brandt. Er muss ihn als ebenbürtigen Gegner akzeptiert haben. Da wir es mit einem sehr gründlichen und bedachten Täter zu tun haben, will er natürlich wissen,

wer sein Gegenspieler ist. Er ist sehr geschult in der Beobachtung seiner Opfer, dieses Wissen wendet er auch bei Brandt an. Er besorgt sich seine persönlichen Daten, beobachtet ihn und nutzt die Gelegenheit, sich Zugang zu seiner Wohnung zu verschaffen. Ein Kinderspiel für den Täter. Er will nichts klauen, er will nur sehen, wie und wo sein Gegenspieler wohnt. Und damit dieser weiß, dass er bei ihm war, hinterlässt er ihm kleine Hinweise wie einen gegessenen Joghurt.«

»Ich lasse eine Streife vor deiner Wohnung postieren«, unterbrach Bender.

»Nein, nein. Soll er ruhig denken, dass er sich unbemerkt Zugang bei mir zuhause verschaffen kann. Keine Streife, nichts. Der Täter soll sich in Sicherheit wiegen, vielleicht macht er einen Fehler«, erwiderte Brandt.

Kurz überlegte er, ob er nicht mit dem Mörder über Facebook Kontakt aufnehmen sollte, verwarf aber diesen Gedanken. Er sollte nicht das Gefühl haben, dass er von der Polizei als Verhandlungspartner akzeptiert wurde. Er war ein Psycho, und Brandt war nicht gewillt, diesem Psycho noch eine Plattform zu liefern.

»Verdammt, das ist kein Spiel«, blaffte Bender.

»Für ihn schon«, ging Kramer dazwischen. »Ich muss Brandt recht geben. Wir sollten ihm nicht das Gefühl vermitteln, dass wir Angst vor ihm haben. Das könnte ihn noch brutaler werden lassen.«

»Ich weiß nicht, Kramer«, erwiderte Bender, »aber gut. Sobald du etwas Verdächtiges bemerkst, melde das sofort, ansonsten …«, vollendete sie ihren Satz an Brandt gerichtet, ihre Augen funkelten drohend.

Brandt nickte nur.

»Glücklicherweise hat der Mörder gestern Abend nicht zugeschlagen, das gibt uns ein wenig Luft. Das Präsidium gibt jeden Mittag um 14 Uhr eine Pressekonferenz. Das Ministerium hat sich ebenfalls in den Fall eingemischt. Das ist gleichermaßen gut und schlecht. Gut, weil wir jede Ressource, die wir benötigen, abrufen können. Schlecht, weil es uns enorm unter Erfolgsdruck setzt und den Täter verschrecken könnte. Die Medienaufmerksamkeit könnte dazu führen, dass er sich zurückzieht«, führte Bender kurz aus. Sie nahm einen Schluck Kaffee.

Ihr Gesicht wirkte fahl, ihre Augen waren rot unterlaufen, ein Zeichen, dass sie schlecht geschlafen hatte.

»Rech, ich möchte, dass du anfängst. Was gibt es Neues?«, fragte sie und gab damit Rech das Wort.

»Seit gestern Abend nicht wirklich viel. Die DNA-Spuren des Täters sind bei beiden Opfern identisch. Wir können jetzt mit Sicherheit sagen, dass beim zweiten Opfer keine Spermaspuren gefunden wurden.«

»Keine Spermaspuren, bist du sicher?«, unterbrach Brandt.

»Ja, ganz sicher. Entweder ist er nicht gekommen oder er hat ein Kondom benutzt.«

»Ist er denn in sie eingedrungen?«

»Es gab keine Spuren, die darauf schließen lassen.«

»Aber warum bringt er sie um, wenn er nicht zum Höhepunkt kommt?«, meldete sich Aydin zu Wort.

»Vielleicht kam er nicht zum Schuss, weil sie etwas getan hat, was ihn sehr verärgerte, oder er hatte gar nicht die Absicht, in sie einzudringen, sondern ins Kondom abzuspritzen«, zeigte Rech zwei Möglichkeiten auf.

»So langsam habe ich das Gefühl, dass unser Täter immer mehr Gefallen an den Morden findet, dass zwar die jungen Körper ihn erregen, aber der Gedanke, das Blut der Frauen schmecken zu können, ihn zur Ejakulation bringt«, warf Kramer ein.

»Und das bedeutet?«, fragte Fischer.

»Dass er seine nächsten Opfer in jedem Fall töten wird. Der unbeabsichtigte Mord an Julia Schick hat in ihm Gelüste geweckt, die er so nicht kannte und verborgen hielt oder halten musste. Wenn dem so ist, muss er jemand sein, der sehr viel Wut in sich trägt. Wut, die er so nie ausleben konnte oder durfte. Ein introvertierter Mensch, der von seinen Mitbürgern unterdrückt oder gemobbt wurde und wird. Wahrscheinlich ein unzufriedener Angestellter.«

»Na super, dann befragen wir einfach alle unzufriedenen Angestellten in Köln«, bemerkte Brandt sarkastisch. »Hat sich Voigt eigentlich schon gemeldet?«

»Voigt?«, fragte Bender.

»Ja, Aydin und ich haben ihn gestern besucht. Er passt perfekt ins Täterprofil. Ein IT-Freak, er hat die Website für Julia und Melanie betrieben. Fischer wollte die Seiten analysieren. Voigt sollte eine Speichelprobe abgeben.«

»Gut, dass ich das auch schon erfahre«, murrte Bender mit zusammengekniffenen Augen.

»Wir haben die Speichelprobe«, antwortete Rech. »Gib mir noch zwei Stunden, dann hast du das Ergebnis. Aber ich denke, wenn er sich freiwillig meldet, wird er unschuldig sein.«

»Sag das nicht. Ich erinnere nur an den Fall Daum. Der hat auch eine Haarprobe abgegeben, weil er überzeugt war, keinen Koks konsumiert zu haben«, erwiderte Kramer und konnte sich ein Schmunzeln nicht verkneifen.

»Witzig«, reagierte Rech trotzig.

»Jungs, es reicht. Heute Mittag werden wir es wissen. Ich werde eine Streife in die Nähe von Voigts Wohnung schicken. Wo wohnt er?«

Brandt teilte ihr die Adresse mit. Sie nahm den Hörer ab und bat einen Mitarbeiter, alles Weitere in die Wege zu leiten.

»Rech, hast du noch etwas für uns?«

»Nicht mehr viel. Todesursache bei Melanie war Verbluten. Sie ist durch den Schnitt am Hals regelrecht ausgeblutet. Die Wunde in der Vagina war nicht tödlich. Die Analyse hat ergeben, dass der Schnitt spontan erfolgt sein muss. Er hat ihn von unten ausgeführt. Das bedeutet, dass sie etwas gesagt oder getan haben muss, was ihn zu dieser spontanen Tat verleitet hat. Was, kann ich nicht sagen.«

»Ich denke, ich habe da eine Antwort. Wenn wir von einer introvertierten Person ausgehen, die sehr viel Wut in sich trägt, dann war es die plötzliche Wut, die ihn zu dieser Tat angestiftet hat«, antwortete Kramer.

»Und warum war er wütend?«, fragte Aydin.

»Das kann alles Mögliche gewesen sein, eine dumme Bemerkung, ein Satz, ein Wort, und der Psycho rastet aus.«

»Fischer, was hast du für uns?«, fragte Bender.

»Wie gestern schon ausgeführt, Melanie hatte ihre Onlineprofile viel besser geschützt. Und jetzt weiß ich auch warum.«

»Warum?«

»In ihren alten Nachrichten, die sie nicht gelöscht hat, fand sich der Hinweis. Sie hatte einige sehr anzügliche Verehrer. Wir gehen davon aus, dass sie anschaffen ging.«

»Anschaffen?«, hakte Bender nach.

»Ja, sie hat ihr Studium durch Arbeit im Escortservice finanziert. Jedoch enden diese Anfragen, als sie Kontakt zu Holger Schwarz bekam.«

»Der reiche Geschäftsmann, der die Miete bezahlt«, fügte Kramer hinzu.

»Es ist denkbar, dass sie seine Geliebte war und er ihr Studium finanzierte«, mischte sich Aydin ein.

»Aydin und ich haben in einer Stunde ein Treffen mit ihm. Ich habe den Termin auf dem Weg hierher organisiert«, fügte Brandt hinzu.

»Sehr gut, ich will alles über Schwarz wissen«, sagte Bender angespannt.

»Ist es möglich, dass Julia auch eine Professionelle war?«, fragte Brandt.

»Bis jetzt deutet nichts darauf hin. Sie bekam jede Menge anzüglicher Nachrichten, aber sie ging auf keine ein. Allerdings haben wir ihre Website noch nicht analysiert. Vielleicht erfahren wir da mehr.«

»Mach das. Fischer, unterrichte mich sofort, wenn du was Neues hast. Wenn beide Damen im Escortservice gearbeitet haben, wäre es denkbar, dass sich vielleicht ein enttäuschter Freier an ihnen rächen wollte. Wir müssen unbedingt herausfinden, ob bestimmte Personen beide Frauen kannten.«

»Ich bin dran, aber die Onlineprofile geben darauf bisher keine Hinweise.«

»Brandt, teile du uns jetzt bitte kurz den aktuellen Stand mit«, forderte Bender ihn auf.

»Na ja, seit gestern Abend hat sich bei uns nichts mehr getan, bis auf den Einbruch bei mir. Die einzige heiße Spur ist Voigt. Allerdings mache ich mir wenig Hoffnungen. Wenn der schon so früh zur Speichelprobe im Revier erscheint, wird er sauber sein.«

»Na gut, dann beenden wir das Meeting. Ich will, dass sich jeder sofort bei mir meldet, sobald er neue Erkenntnisse hat. Und ich meine das ernst, wir stehen unter enormem Erfolgsdruck. Eine weitere Tote können wir

uns nicht leisten. Ich will den Bericht bis 14 Uhr auf meinem Schreibtisch haben, ist das klar?«

»Sicher, den schreibt Aydin.«

Aydin machte einen überraschten Eindruck, antwortete aber nicht.

»Mir egal wer, um 14 Uhr. Und jetzt raus mit euch.«

Aydin folgte Brandt zum Wagen.

»Wieso muss ich eigentlich den Bericht schreiben?«, fragte er leicht angesäuert.

Brandt hatte mit dieser Frage nicht gerechnet.

»Weil Sie das lernen müssen«, antwortete er und machte deutlich, dass er nicht gewillt war, über das Thema zu diskutieren. Aydin schien die Kröte geschluckt zu haben. Vorerst jedenfalls.

Die Kanzlei von Schwarz lag am Kaiser-Wilhelm-Ring. Das Gebäude sah schon von außen sehr imposant aus. Als sie die Kanzlei betraten, setzte sich das luxuriöse Erscheinungsbild fort.

Dunkles Holz und Marmor bestimmten den Raum, die Innenausstattung war vorwiegend aus dunklem Leder.

Brandt stellte Aydin und sich am Empfang vor. Die Empfangsdame bat um ein wenig Geduld.

Wenige Minuten später holte sie die beiden Beamten im Wartezimmer ab und brachte sie zu Schwarz.

Dieser saß hinter einem großen dunkelbraunen Echtholztisch. Er machte keine Anstalten, aufzustehen. Brandt schätzte ihn auf Ende fünfzig. Er war einige Zentimeter kleiner als Brandt und schlank. Er trug die grauen Haare straff nach hinten gekämmt, seine Augen waren schmal und sein Gesicht wirkte wie das eines Habichts. Ein Anwalt, den man sich in einer Verhandlung nicht als Gegner wünschte.

Brandt fand ihn vom ersten Augenblick an ausgesprochen unsympathisch.

»Ich hoffe, wir können das alles schnell und unbürokratisch hinter uns bringen«, begann Schwarz ohne eine Begrüßung. Brandt fühlte sich in seiner Abneigung bestärkt. Er freute sich auf das Gespräch.

KAPITEL 19

Ich habe die ganze Nacht unruhig geschlafen, dabei ist nicht mal Vollmond. Aber was mache ich mir vor, es lag nicht am Vollmond, sondern an dieser Schlampe aus der U-Bahn, die mir nicht aus dem Kopf geht.

Gestern hatte ich für einen kurzen Augenblick an einen glücklichen Zufall, eine Fügung geglaubt, als ich dachte, dich durchs Küchenfenster des Bullen gesehen zu haben. Ich lief raus, aber als ich dich einholte, erkannte ich, dass du es nicht warst. Sie sah dir ähnlich, aber sie hatte nicht diesen fantastischen Arsch.

Das Mädchen schaute mich böse an und schimpfte, ich sei ein perverser Spanner. Ich habe mich in dem Augenblick sehr schlecht gefühlt, bin einfach weggelaufen, dabei hätte ich der Schlampe gerne ins Gesicht gespuckt oder ihr mein Messer ins Herz gerammt, stattdessen bin ich abgehauen.

Jetzt bereue ich, dass ich mir das habe gefallen lassen. Und als sei das nicht schon schlimm genug, gehst du mir nicht aus dem Kopf.

Wie du wohl heißen magst? Nadine? Elke? Susi?

Ich werde es wahrscheinlich nie erfahren. So ein Mist!

Die Wut packt mich wieder. Ich versuche den Becher, den ich in der Hand halte, zu zerdrücken, was mir leider nicht gelingt. Vor lauter Wut schmeiße ich ihn gegen die Wand, jetzt zersplittert er in seine Einzelteile.

Ich schaue auf die Uhr. Ich muss los. Ich will dich finden. Ich muss wissen, ob du mich magst. Warum sonst solltest du deinen Arsch an mir reiben?

Denn nichts anderes hast du gestern getan. Eigentlich muss ich heute ins Büro, aber ich habe mich vorsorglich krankschreiben lassen, du gehst vor.

Ich verlasse die Wohnung, gehe zur U-Bahn-Haltestelle. Jetzt kann ich nur hoffen, dass du wieder in die gleiche Bahn einsteigst. Aber warum solltest du das nicht tun? Menschen sind Gewohnheitstiere.

Mit jeder Haltestelle steigt meine Anspannung. Ich weiß, dass ich ein Risiko eingehe. Es war auch ein Risiko, den Bullen mit ins Spiel gezogen zu haben. Aber ein kalkuliertes. Jetzt, da ich weiß, dass er eine Schwuchtel ist, bin ich mehr als enttäuscht. Ich hoffe, du enttäuschst mich nicht.

Ob du mich liebst? Also, wenn ich eine Frau wäre, würde ich meinen Arsch nicht an jedem wildfremden Penis reiben, nur wenn es der Mann meiner Träume wäre oder ich eine Nutte bin.

Gott, bitte lass dich keine Nutte sein! Natürlich glaube ich nicht an Gott, es ist nur eine dumme Floskel. Du bist keine Nutte, einmal muss doch auch ich Glück haben.

Weder Julia noch Melanie hatten so einen knackigen Arsch. Wieso werde ich nur dieses Bild nicht los? Dabei hatte ich doch heute etwas ganz anderes vor. Maike stand auf meiner To-do-Liste. Maike, diese Edelnutte. Die, die sich für was Besseres hält, dabei macht sie die Beine für dicke, alte, ekelige Männer breit, Hauptsache, die Kohle stimmt. Und für mich sollte sie heute auch die Beine breit machen. Egal, wenn ich meine Traumfrau finde, wen interessiert da noch Maike? Nur noch zwei Stationen. Meine Nervosität steigt. Meine Hände fangen an zu schwitzen. Ich stehe an der gleichen Stelle wie gestern, ich will nichts dem Zufall überlassen.

Die Bahn hält, nur noch eine Station. Es steigen sehr viele Studenten ein. Für einen kleinen Moment erstarre ich, weil ich denke, dass ein Kollege mich erkannt hat. Aber ein genauer Blick sagt mir, dass er kein Kollege ist, sondern diesem nur ähnlich sieht. Ich atme erleichtert aus. Das Letzte, was ich gebrauchen kann, sind dumme Fragen oder ein Kollege, der petzt, er hätte mich in der U-Bahn gesehen.

Obwohl, auch Kranke mit Fieber müssen zum Arzt.

Die Bahn verringert ihr Tempo, ich sehe die Haltestelle. Einige Personen warten, ich hoffe, dass auch du dort wartest. Die Bahn hält, die Türen öffnen sich. Du glaubst gar nicht, wie nervös ich gerade bin. Ich habe vor lauter

Aufregung und Vorfreude einen Ständer. Ich schaue überall hin, doch ich kann dich nicht sehen.

Ich will es nicht wahrhaben, du musst in die Bahn einsteigen. Menschen sind doch Gewohnheitstiere. Aber du bist nicht da. Die Türen schließen sich und die Bahn fährt ohne dich los.

Ich werde plötzlich sehr wütend. So war das nicht geplant!

Eine alte Frau schaut mich entgeistert an, das macht mich noch wütender.

»Was schaust du, du alte dreckige Fotze?«, brülle ich sie an.

Kapitel 20

»Herr Schwarz, sicherlich wissen Sie, warum wir hier sind.«

»Natürlich weiß ich das. Es stand ja heute ganz groß im Schmierenblatt der Nation«, antwortete Schwarz und sein Blick wanderte zur Bild-Zeitung, die neben ihm auf dem Tisch lag.

»Wie haben Sie Melanie Klose kennengelernt?«, kam Brandt direkt zum Anliegen seines Besuches. Schwarz machte den Eindruck, als hielte er nichts von höflichen Floskeln, das war Brandt mehr als recht. Je schneller er das Gespräch mit diesem Ekelpaket hinter sich gebracht hatte, desto besser.

»Bevor ich auspacke, will ich Zusagen.«

»Zusagen?«, fragte Brandt irritiert.

»Ich will nicht, dass mein Name in der Presse erscheint. Meine Frau wäre darüber nicht sehr erfreut. Wir haben einen Ruf zu verlieren.«

»Dann hätten Sie nicht die Miete von Frau Klose bezahlen sollen.«

»Hätte ich das geahnt, hätte ich mich nie auf Lange eingelassen.«

»Auf Lange?«, fragte Brandt überrascht. Was hatte der Agenturchef mit der ganzen Sache zu tun? Sie sei nicht in seiner Kartei, hatte er gesagt – das schloss allerdings nicht aus, dass er sie doch kannte. War er vielleicht gar nicht so sauber, wie er vorgab? Warum hatte er sie angelogen?

»Ja, er meinte, das sei alles ohne Risiko. Er habe viele gut betuchte Stammkunden. Diskretion sei oberstes Gebot. Dieses Arschloch.«

»Na ja, er konnte ja nicht ahnen, dass eines seiner Models ermordet werden würde«, versuchte Aydin den Agenturchef zu verteidigen.

»Verdammt, hätte der Mörder nicht eine andere Nutte töten können? Melanie war doch so vielversprechend, nicht so ein Hohlbrot wie die anderen.«

»Zurück zu meiner Frage, wie haben Sie Frau Klose kennengelernt?«

»Was ist mit Ihren Zusagen?«, bohrte Schwarz nach. Er kaute unruhig auf seiner Unterlippe. Seine Anspannung war ganz unverkennbar.

»Sie verstehen mich wohl nicht richtig! Entweder beantworten Sie meine Fragen oder ich nehme Sie mit aufs Revier. Als Anwalt sollten Sie doch genau im Bilde sein, welche Möglichkeiten wir haben«, zeigte Brandt ihm seine Optionen auf.

»Sie verstehen mich wohl nicht. Wenn meine Ehefrau irgendwie davon erfährt, war es das mit meiner Ehe. Noch einen Seitensprung wird sie mir nicht verzeihen.«

Dann lass dich doch verdammt noch mal scheiden, du schwanzgeiles Arschloch, hätte Brandt ihm am liebsten entgegengeschleudert, doch stattdessen antwortete er: »Ihr Privatleben interessiert mich nicht. Ich muss zwei Morde aufklären. Entweder Sie zeigen sich jetzt kooperativ oder ich nehme Sie mit zum Verhör.«

Schwarz antwortete nicht sofort. Er schien seine Möglichkeiten abzuwägen. Seine Augen wurden immer schmaler, er lehnte sich in seinen Lederstuhl zurück.

»Ich habe Melanie auf einer Party von Lange kennengelernt.«

»Und dann?«

»Nichts …, wir sind uns nähergekommen. Sie hat mir gefallen. Sie war nicht nur sexy, sondern auch gebildet. Das hat mir imponiert. Ich habe sie die ganze Nacht durchgevögelt.«

»Wie kam es dazu, dass Sie die Wohnung für sie angemietet haben?«

»Wir hatten eine Affäre. Ich wollte nicht, dass sie ihre Beine für andere Männer breit macht, also habe ich ihr angeboten, ihr die Wohnung und das Leben zu finanzieren, damit sie sich aufs Studium konzentrieren kann.«

»Und was musste sie im Gegenzug dafür machen?«, fragte Brandt.

»Einmal die Woche Sex mit mir haben.«

»Und sie hat sich auf den Deal eingelassen?«

»Warum hätte sie es nicht tun sollen? Glauben Sie mir, die wenigsten Frauen in der Agentur sind Nymphen. Die machen die Beine nicht breit, weil sie es geil finden, mit alten Männern Sex zu haben, sondern weil sie

geldgierig sind. Doch Melanie war anders. Sie wollte nur ihr Studium finanzieren, und ich glaube, sie hatte sich auch ein wenig in mich verliebt.«

»Wissen Sie, ob Melanie Feinde hatte?«, fragte Brandt und ging nicht weiter auf das Gefühlsleben von Melanie und Schwarz ein. Es interessierte ihn nicht. Genauso wenig interessierte ihn, warum hübsche junge Frauen anschaffen gingen. Jede von ihnen musste sich im Klaren darüber sein, welches Risiko sie damit einging, denn sie konnte nie wissen, an welchen Freier sie geriet.

Hatte sich vielleicht doch ein enttäuschter Freier an Melanie und Julia gerächt?

»Nein, sie war bodenständig. Sie lernte viel, ging wenig auf Partys. Soweit ich weiß, hatte sie auch nicht viele Freunde.«

»Kennen Sie Julia Schick?«

»Die andere, die ermordet wurde?«

»Ja.«

»Nein, habe sie noch nie gesehen.«

Brandt nickte nur. Vielleicht mochte Schwarz die Wahrheit sagen, vielleicht kannte er Julia nicht. Aber es gab eine Verbindung zwischen Melanie und Julia, und die hieß Lange.

»Wo waren Sie …«, setzte Brandt gerade zu seiner nächsten Frage an, als er von Schwarz scharf unterbrochen wurde.

»Sie spinnen doch! Ich hatte eine Affäre mit Melanie. Warum hätte ich sie umbringen sollen?«

»Beantworten Sie mir nur die Frage«, antwortete Brandt wenig beeindruckt. Er konnte sich zwar auch nicht vorstellen, dass Schwarz der Mörder war, dennoch musste er die Frage stellen. Schwarz hatte einfach zu viel zu verlieren: eine Familie, einen guten Ruf, sein Vermögen. Menschen wie er töteten nicht die Geliebten, sie hielten sie verborgen und taten alles, damit es auch geheim blieb.

Auf der anderen Seite gab es auch immer wieder Morde in der ach so feinen Gesellschaft. Jedoch zweifelte Brandt, dass Schwarz über so spezielle IT-Kenntnisse verfügte wie der Mörder.

»Ich war zu Hause, aber ich muss Sie nochmals bitten, meine Frau aus der Sache herauszuhalten.«

»Das kann ich Ihnen zu diesem Zeitpunkt nicht versprechen«, stellte Brandt die Sache klar. Hier ging es nicht darum, Schwarz einen Gefallen zu tun, sondern zwei Morde aufzuklären.

Aydin und er verabschiedeten sich von Schwarz und begaben sich zum Wagen.

»Wir sollten unbedingt den Agenturchef aufsuchen«, sagte Brandt und warf einen Blick auf die Uhr. »Und danach müssen Sie den Bericht schreiben, Bender kennt da kein Erbarmen.«

Aydin antwortete nicht, sondern schaute aus dem Beifahrerfenster. Von der Kanzlei zur Agentur waren es gerade einmal fünf Minuten. Brandt parkte den Wagen und wenige Minuten später waren sie schon am Empfang.

Gerade als er die Empfangsdame ansprechen wollte, kam Lange zur Tür herein.

»Guten Tag, die Herren«, grüßte er.

»Guten Tag, zu Ihnen wollten wir.«

»Dann folgen Sie mir bitte. Wollen Sie etwas trinken?«

Beide Beamten verneinten.

Im Büro des Agenturchefs nahmen sie am Besprechungstisch Platz.

»Was führt Sie zu mir?«, fragte Lange.

»Kennen Sie einen Holger Schwarz?«, fragte Brandt.

Lange überlegte kurz und antwortete dann bestimmt: »Nein, noch nie gehört.«

»Sicher? Er kennt Sie nämlich«, erwiderte Brandt ruhig.

»Gut möglich, in meiner Branche kennen mich jede Menge Leute. Ich kann mir da schwer jeden Namen merken, alles sehr oberflächlich. Wieso sollte ich ihn kennen?«, antwortete Lange. Seine Stimme klang nicht mehr ganz so sicher.

»Herr Schwarz behauptet, dass Sie ihm eine Dame als Escort vermittelt haben.«

»Wie kommt er auf so etwas? Wir sind eine seriöse Agentur. Ich kenne diesen Mann nicht und ich weiß auch nicht, warum er Ihnen solche Märchen erzählt«, reagierte Lange ungehalten.

»Die Dame, die Sie ihm vermittelt haben, war Melanie Klose«, fuhr Brandt mit seinen Ausführungen fort. Er wusste, dass Lange log, aber er wollte sehen, wie lange er dieses Spiel noch durchhalten würde.

»Sie scherzen«, tat Lange schockiert, »wie geschmacklos! Ich sagte Ihnen doch bereits, dass ich die besagte Dame nicht kenne.«

»Herr Lange, ich habe mir Ihren Müll lange genug angehört. Entweder Sie rücken jetzt mit der Wahrheit heraus oder ich nehme Sie mit aufs Revier und beantrage eine Durchsuchung Ihrer Agentur. Ich weiß nicht, wie das in den Medien ankommt.«

»Ich …«

»Es reicht!«, blaffte Brandt. So langsam platzte ihm der Kragen. »Sie kommen jetzt mit und dann gibt es eine Gegenüberstellung mit Herrn Schwarz.«

»Warten Sie … bitte …«, wurde Lange kleinlaut.

»Warum nicht gleich so?«, fragte Brandt. Er konnte mit oberflächlichen Menschen wie Lange, die dachten, dass ihr gesellschaftlicher Status sie unangreifbar machte, nichts anfangen.

»Gut, vielleicht kenne ich Schwarz …«, fing er endlich an zu reden.

»Wie haben Sie ihn kennengelernt?«

»Über einen Geschäftspartner. Er hat uns mal in Rechtsfragen geholfen. Ein sehr guter Anwalt, aber ein übler Charakter.«

Brandt hätte das sofort unterschrieben, denn er hielt das Gleiche von Schwarz.

»Haben Sie ihm viele Damen vermittelt?«

»Nein, nein. Meine Agentur ist seriös.«

»Herr Lange …«, wurde Brandt laut. Aydin hörte aufmerksam zu, wagte aber anscheinend nichts zu fragen. »Fängt das schon wieder an?«

»Nein, nein … Sie verstehen nicht. Ich habe damit wirklich nichts zu tun.«

»Verdammt, wollen Sie mir jetzt weismachen, dass sie Melanie Klose immer noch nicht kennen?«

»Doch, doch. Ich kenne sie. Aber lassen Sie mich doch bitte erklären.«

Brandt konnte Schweißperlen auf Langes Stirn entdecken. Er schien in seinem tiefsten Inneren getroffen.

»Dann erklären Sie mal … und keine Geschichten, bitte!«, forderte Brandt ihn auf.

»Die Mädchen werden über einen Geschäftspartner vermittelt, das hat nichts mit der Agentur zu tun.«

»Aber es sind doch die Frauen aus der Agentur?«

»Ja, einige. Sie müssen wissen, die jungen Mädchen werden für viele exklusive Veranstaltungen gebucht, mit sehr reichen und einflussreichen Gästen. Und einige dieser Mädchen werden bei all dem Luxus schnell schwach. Warum sich das nicht vergolden lassen?«, erklärte Lange.

»Was kann denn ein Mädchen verdienen?«, fragte Brandt. Er konnte sich gut vorstellen, wie leicht einige dem schnellen Geld verfielen.

»Kommt auf das Mädchen und den Gast an.«

»Was konnte denn Julia Schick nehmen?«

»Bis zu zweitausend Euro pro Nacht. Aber Julia wurde selten vermittelt, ich hatte immer den Verdacht, dass sie die Escort-Agentur umging.«

Brandt war fassungslos. Das war mehr Geld, als die meisten in ihrem Alter monatlich verdienten. Schönheit und Geld schienen viel öfter Hand in Hand zu gehen, als viele ahnten.

»Wie meinen Sie das?«

»Sie war nicht dumm und gleichzeitig geldgeil. Die Agentur kassiert dreißig Prozent, warum also mit der Agentur teilen, wenn man seine Dienste auch alleine anbieten kann? Dass die Agentur ihrerseits auch Kosten hat und für ihre Sicherheit sorgt, hat sie nicht in ihre naive Rechnung einbezogen. Sie könnte noch am Leben sein.« Bitterkeit lag in seiner Stimme.

»Sie meinen, der Täter war ein Freier? Hat Melanie Klose die Agentur auch umgangen?«

»Gut möglich, dass ein durchgeknallter Freier sie getötet hat. Melanie war anders. Sie schaffte an, um ihr Studium zu finanzieren. Sie hat nie als Model bei uns gearbeitet. Sie arbeitete für die Escort-Agentur, als sie Schwarz begegnete.«

»Hat sie sich in Schwarz verliebt?«, hakte Brandt nach. Bisher deckte sich alles mit den Aussagen von Schwarz.

»Ich glaube nicht. Schwarz ist ein schmieriges Arschloch! Der behandelt Frauen wie Waren. Sie war halt clever, hat ihn ausgenutzt, sich alles bezahlen lassen, alles! Ist doch angenehmer, nur für einen alten Kerl die Beine breit zu machen. Und in zwei Jahren hätte sie ihr Studium abgeschlossen gehabt. Danach hätte sie ihn fallengelassen.«

»Sind Sie sicher?«

»Nein, natürlich nicht. Aber welche intelligente Frau steht schon auf jemanden wie Schwarz?«, fragte Lange.

Wahrscheinlich mehr, als Lange und er selbst gerne glauben wollten. Frauen sprachen zwar oft davon, dass sie einen Mann als Partner wollten, der sie respektierte und gut behandelte, aber heimlich träumten viele von einem Macho. Für Brandt blieben Frauen viel zu oft unbegreiflich.

»Haben Sie Zugriff auf die Datenbank der Escort-Agentur?«

»Ich, nein. Warum?«

»Ich brauche alle Namen der Damen.«

»Dann müssen Sie sich bitte direkt an die Escort-Agentur wenden.«

»Ich dachte, Ihnen gehört die Agentur?«

»Ich bin nur stiller Teilhaber. Mit dem Tagesgeschäft habe ich nichts zu tun«, erklärte Lange.

Brandt konnte sich denken, warum. Lange wollte nicht, dass sein Name in irgendeiner Verbindung zur Escort-Agentur stand. Der gute Ruf war alles in dieser vor Oberflächlichkeit stinkenden Welt.

Nachdem Lange ihnen den Namen des Geschäftsführers und seinen Aufenthaltsort genannt hatte, verabschiedeten sie sich von ihm und gingen zum Wagen.

»Ich muss so langsam den Bericht schreiben«, machte sich Aydin bemerkbar.

»Entspannen Sie sich. Den können Sie heute Abend noch schreiben.«

»Aber Bender meinte doch …«

»Lassen Sie das meine Sorge sein. Wir haben jetzt Wichtigeres zu tun, als einen Bericht zu schreiben.«

Aydin antwortete nicht, schien aber angespannt, wahrscheinlich hatte er kein gutes Gefühl dabei, Benders Anweisung zu ignorieren.

Typischer Anfänger, dachte Brandt, nicht ohne insgeheim schelmisch zu grinsen.

»Denken Sie, dass es ein Freier war?«

»Ja, gut möglich. Zwei Prostituierte aus der gleichen Agentur, das sieht schon verdammt nach einem Freiermord aus. Der Mörder hat also nicht gelogen, als er schrieb, dass es ‚Nutten' waren.«

Brandt fragte sich, ob er noch in anderen Dingen die Wahrheit sagte. Sie mussten unbedingt seine Texte analysieren.

»Dann bin ich mal gespannt, was der Agenturinhaber zu sagen hat.«

»Ich auch, aber ich denke, wir sollten vorher etwas essen«, antwortete Brandt und bog links ab. Er parkte vor einem Imbiss.

»Bringst du einen neuen Kunden?«, wurde er herzlich begrüßt.

»Ist ein neuer Kollege, Walter«, antwortete Brandt und reichte dem Imbissbesitzer die Hand. Walter war Ende fünfzig und mit seinen ein Meter fünfundachtzig ein kleines Stück größer als Brandt. Sein Bauchumfang verriet, dass er gerne aß. Er trug eine Glatze, hatte ein breites Gesicht und Augen, die gerne lachten. Einige Falten und Narben in seinem Gesicht zeigten, dass er kein Kind von Traurigkeit war. Seine Arme waren komplett tätowiert, auch am Oberkörper hatte er Tattoos.

»Wie immer Currywurst mit Pommes?«

Brandt nickte und sagte zu Aydin gewandt: »Er macht die beste Currywurst der Stadt.«

»Ich esse kein Schweinefleisch«, antwortete Aydin zu Brandts Überraschung.

»Echt? Sie wissen nicht, was Sie verpassen. Sagen Sie nicht, dass Sie Vegetarier sind?« Spott lag in Brandts Stimme.

»Nein, das nicht. Ich esse kein Schweinefleisch.«

»Mensch Brandt, hinter welchem Mond lebst du eigentlich? Er ist Moslem, richtig?«, schlussfolgerte Walter mit einem breiten Grinsen.

»Na und, ich kenne einige Moslems, die Schweinefleisch essen.«

»Ich aber nicht«, erwiderte Aydin. Er schien eingeschnappt.

»Jung, wie wäre es mit einer leckeren Rindswurst?«, fragte Walter.

»Gerne.«

»Du weißt nicht, was du verpasst«, zog Brandt ihn weiter auf.

»Ich habe bisher auch ohne Schweinefleisch überlebt«, antwortete Aydin leicht gereizt. Anscheinend hatte er ein Problem damit, wenn man ihn aufzog.

»Meine Rindswürste sind auch sehr lecker.«

Brandt hob nur abwehrend die Hände.

»Außerdem denke ich nicht, dass du nur wegen meiner Currywurst hergekommen bist«, fuhr Walter fort und entlockte Brandt damit einen überraschten Blick. »Du willst sicherlich wissen, ob ich was über den Facebook Mörder weiß.«

Kapitel 21

Ich steige aus der U-Bahn aus und setze mich. Ich muss mich beherrschen. Die ganze Sache hat stärker an mir genagt, als ich geglaubt habe, und die alte Schlampe mit ihrem dämlichen Blick hat mir den Rest gegeben. Dabei will ich nicht wütend sein. Ich muss meine Wut kontrollieren, aber irgendwie habe ich immer öfter das Gefühl, dass die Wut mich kontrolliert. Das darf nicht sein! Ich habe doch alles unter Kontrolle.

Ich frage mich, warum die Schlampe nicht in der Bahn war.

Menschen sind doch Gewohnheitstiere! Hat sie die Bahn verpasst? Hat sie vielleicht Urlaub oder ist sie krank? Ich weiß es nicht, aber ich werde es morgen noch einmal versuchen. Ich wünsche mir so sehr, dass sie morgen da ist. Mein Herz sagt mir, dass sie auf mich steht, dass sie ihren Arsch an meinem geilen Schwanz gerieben hat, weil sie gerne von mir gefickt werden möchte. Wie könnte ich da die Suche nach ihr aufgeben? Ich kann sehr beharrlich sein. Geduld ist meine Stärke!

Ich schaue auf die Uhr, es ist noch Zeit. Zeit für meinen Plan!

Meine Traumfrau hat mich zwar kurz aus der Bahn geworfen, aber morgen ist noch genug Zeit, um nach ihr zu suchen, jetzt muss ich mich wieder an den Plan halten.

Maike dürfte gleich von der Nachtschicht kommen.

Ich verstehe die Nutte nicht. Verdient an einem Abend zweitausend Euro, aber geht nach wie vor im Krankenhaus arbeiten.

Ich steige in die nächste U-Bahn und fahre bis zur Haltestelle Kalk Kapelle. Ich steige aus, die Luft tut mir gut, sie reinigt meine Gedanken. Es ist angenehm mild und trocken.

Ich warte in sicherer Entfernung zum Evangelischen Krankenhaus. Mein Blick wandert zu meiner Uhr, du müsstest jeden Augenblick herauskommen. Wie es aussieht, verspätest du dich. Das sieht dir eigentlich gar nicht ähnlich. Denn diese Verspätung bedeutet, dass du noch länger als üblich arbeitest, so kenne ich dich gar nicht.

Bist doch sonst so gewissenhaft. Bevor ich diesen Gedanken weiterverfolge, sehe ich dich endlich aus dem Krankenhaus kommen.

Du bleibst kurz stehen und fährst dir durchs lange schwarze Haar.

Das macht mich geil. Ich könnte schwören, dass ich von hier aus deine spitzen Nippel sehe. Du hast nämlich einen großen E-Busen. Er ist zwar aus Silikon, aber er sieht schon verdammt scharf aus. Das enge schwarze Oberteil betont ihn noch mehr.

Ich frage mich, ob deine Patienten einen Dauerständer haben, wenn du nach ihnen siehst. Ich hätte jedenfalls einen.

Ist das der Grund, warum du noch im Krankenhaus arbeitest? Brauchst du die Aufmerksamkeit von kranken Menschen? Ist das dein Fetisch? Bist du eine kleine Perverse?

Mir egal, solange du mich heute erleichterst. Ich wünsche mir nämlich schon sehr lange, auf deine Titten abspritzen zu können. Erstaunlich, es ist nicht der Sex, der mich zu dir hinzieht, sondern nur der Gedanke, meine Spermien auf deinen Titten verteilen zu dürfen.

Und wenn du ganz lieb bist, massiere ich dich mit meinem Sperma.

In sicherem Abstand folge ich dir. Ich achte darauf, dass immer ein oder zwei Fußgänger zwischen uns sind.

Da ich weiß, wo du wohnst, muss ich keine Angst haben, dass ich dich aus den Augen verliere. Du gehst direkt nach Hause, schließlich war es eine lange Schicht. Wer könnte es dir übel nehmen?

Vor der Haustür suchst du nach deinem Schlüssel und öffnest die Tür. Es ist erstaunlich, dass du in so einer bescheidenen Wohnung lebst, du verdienst doch bestimmt einige Tausend Euro im Monat durch deinen Nuttenjob. Warum lebst du dann in so einer Gegend, in so einem Loch?

Vielleicht werde ich dich fragen, aber erst will ich auf deine Titten abspritzen.

Du betrittst den Hausflur. Deine Wohnung liegt im ersten Stock. Glücklicherweise hast du einen Balkon, den kann ich leicht erreichen. Ich begebe mich in den Innenhof, schaue mich um. Da die Personen, die mich sehen könnten, um diese Zeit arbeiten, muss ich eigentlich keine Angst haben, entdeckt zu werden. Eigentlich, aber der Tag lief heute so beschissen, dass ich irgendwie das Gefühl habe, besonders vorsichtig sein zu müssen.

Mein Messer, Einmalhandschuhe und Kondome habe ich zum Glück dabei, so ganz habe ich meinen Kopf nicht verloren, als ich mich heute auf die Suche nach der Schlampe gemacht habe.

Wozu ich die Kondome diesmal brauche, ist mir zwar schleierhaft, da ich nur auf deine Titten spritzen will, aber man kann ja nie wissen.

Ich bin auf dem Balkon, leicht außer Atem, aber sicher, dass mich niemand gesehen hat. Die Balkontür müsste offen sein, denn die öffnest du immer als Erstes, wenn du die Wohnung betrittst, damit frische Luft reinkommt, solange du duschst.

Doch die Tür ist nicht offen! Verdammt, warum ist die Tür nicht offen?!

Kapitel 22

Walter war nicht nur Brandts Lieblingsimbissbudenbesitzer, sondern auch einer seiner besten Informanten. Brandt hatte Walter vor einigen Jahren kennengelernt und mit der Zeit waren Freunde aus dem ungewöhnlichen Gespann geworden.

Walter hatte wegen vielerlei Delikte jahrelang im Knast gesessen, von Urkundenfälschung bis zu Schlägereien war alles dabei. Er war der typische Kleinkriminelle, der auf die schiefe Bahn geraten und irgendwie nicht davon weggekommen war. Es gab einen Spruch unter den Knackis: An dem Tag, an dem du deinen Fuß ins Gefängnis setzt, verlierst du deine Freiheit.

Dabei war nicht die Freiheit im Gegensatz zum Gefangensein gemeint, sondern die Freiheit, jemals wieder ein normales Leben führen zu können. Es war wie ein Brandmal, das man mit sich trug. Die Rückfallquote war extrem hoch.

Doch Walter schien diese hoffnungslose Spirale hinter sich gelassen zu haben. Vor knapp zehn Jahren hatte er die Idee gehabt, eine Würstchenbude zu eröffnen. Warum? Brandt hatte ihn nie nach dem Grund gefragt.

Es war auch egal, seit diesem Zeitpunkt schien er dem Verbrechen Adieu gesagt zu haben, dennoch schien er über alles, was in seinem Kölle geschah, bestens im Bilde zu sein. Warum also sollte er nicht wertvolle Infos über den Callgirl-Mörder haben?

Allerdings wusste Walter nicht mehr als Brandt. Er erzählte ihm daher noch ein paar mehr Details über die Mädchen in der Hoffnung, dass Walter damit an weitere für Brandt nützliche Informationen gelangte. Walter versprach, sich umzuhören, da er sich nicht vorstellen konnte, dass so etwas geschah, ohne Aufsehen zu erregen. Vielleicht hatte eine der Prostituierten

einen Zuhälter, und der würde es nicht gerne sehen, wenn seiner »Ware«, wie Walter sagte, etwas zustieß.

Brandt glaubte allerdings nicht daran, dass Julia oder Melanie einen Zuhälter hatten. In diesem Hochpreis-Escortservice waren Zuhälter selten zu Hause. Hier ging es vor allem um Diskretion. Aber jede Info war willkommen.

Die Adresse der Escort-Agentur war in Hahnwald, einem Villenviertel am Kölner Stadtrand.

Brandt parkte den Wagen am Straßenrand, sie traten zur Haustür. Die Villa war modern, hatte einen weißen Anstrich, der Vorgarten war gepflegt. Sie machte was her, war aber nicht übermäßig imposant, da gab es in der Ecke noch ganz andere Villen. Dennoch ließ sie vermuten, dass ihr Besitzer viel Geld oder eine verdammt gute Hausbank hatte.

Kurz nachdem Brandt die Türklingel betätigt hatte, wurde geöffnet.

»Zu wem wollen Sie?«, wurden sie von einer jungen hübschen Frau begrüßt.

»Zu Maximilian Groß«, antwortete Brandt.

Ihm entging der verwunderte Blick der jungen Frau nicht.

Werden hier auch Männer empfangen?, überlegte Brandt.

»Und wer sind Sie?«, fragte sie nun weniger freundlich und mit misstrauischem Blick.

»Wir sind von der Kripo Köln.« Beide Beamte zeigten ihre Dienstmarken. Dies schien die richtige Wirkung zu erzielen. Die Frau bat sie herein. Sie folgten ihr in den ersten Stock. Auch das Innere der Villa wirkte sehr luxuriös, einiges wirkte kitschig und deplatziert, wie zum Beispiel römische Statuen, aber jeder Geschmack war anders. Brandt mochte eher klare Linien und schlichte Formen.

Nachdem die Frau an eine Zimmertür geklopft hatte, betrat sie den Raum.

»Max, die Herren von der Polizei wollen dich sprechen«, machte sie sich übertrieben freundlich bemerkbar.

»Guten Tag, die Herren. Ich habe Sie eigentlich nicht so früh erwartet«, begrüßte er die beiden Beamten.

Der Nachname machte ihm alle Ehre. Groß war wirklich groß. Brandt schätzte ihn auf über einen Meter neunzig. Er war sehr durchtrainiert, braun gebrannt und sein dunkles Haar war zur Seite gekämmt. Eine ganze Tube Haargel schien für den perfekten Halt zu sorgen. Trotz seiner freundlichen Art wirkten seine Augen bedrohlich und gefährlich. Groß wirkte eher wie ein Türsteher als wie ein Geschäftsführer. Auf der anderen Seite erfüllte er mit seiner Größe und seinen Muskeln bestens das Klischee der Escort-Branche. Eine dicke Goldkette rundete sein Äußeres ab.

Ob er der Zuhälter ist?, überlegte Brandt.

»Wenn wir Ihnen bereits angekündigt wurden, dann kennen Sie ja den Grund unseres Besuches«, antwortete Brandt und ärgerte sich, dass Lange Groß bereits vorgewarnt hatte, denn nichts anderes hatte er offensichtlich getan.

Sicherlich hatte er dem Hünen bereits eingeimpft, was er sagen sollte und was nicht. Den hellsten Eindruck machte Groß nämlich nicht.

»Schlimme Sache. Mandy, bringst du uns bitte Kaffee?«, bat Groß in freundlichem Ton.

Mandy nickte und verschwand.

Brandt und Aydin nahmen am Besprechungstisch Platz.

»Ich habe eine Bitte an Sie«, begann Groß.

»Und die wäre?«

»Könnten Sie die Angelegenheit so vertraulich wie möglich behandeln? Wir sind eine sehr seriöse Agentur. Wir haben keine eigene Website, auch inserieren wir nicht in Zeitungen oder auf irgendwelchen Erotikportalen. Unsere Kunden sind handverlesen. Diskretion ist das oberste Gebot.«

»Das hängt alles von Ihrer Kooperationsbereitschaft ab. Wenn wir mit Ihrer Unterstützung den Mörder schnappen, können Sie machen, was immer Sie wollen«, erklärte Brandt.

»Wenn ich helfen kann, den Mörder zu schnappen, sehr gern«, versicherte Groß mit übertriebener Freundlichkeit. Seine strahlendweißen Zähne blitzen kurz auf und Brandts Blick fiel auf eine goldene Rolex an Groß' Handgelenk.

Das Gespräch wurde kurz durch Mandy unterbrochen, die ihnen den Kaffee brachte und gleich darauf das Zimmer wieder verließ.

»Wohnen die Frauen hier?«, fragte nun Aydin.

»Mandy ist keine Escort-Dame. Sie ist meine persönliche Assistentin«, stellte Groß klar. »Die Frauen wohnen hier nicht, allerdings kann es schon mal vorkommen, dass manchem Kunden an besonderer Anonymität gelegen ist, dann bieten wir auch ein Gästezimmer an.«

»Warum kein Hotelzimmer?«, fragte Brandt.

»Nun, wie ich eingangs sagte, wir bewegen uns hier in einem besonders exquisiten und sensiblen Kundenkreis. Für manchen ist selbst eine Hotelbuchung zu gefährlich … nein, nicht gefährlich, zu indiskret.«

Groß nahm einen Schluck aus seiner Tasse.

»Das Geschäft scheint ja sehr lukrativ zu sein«, stellte Brandt fest.

»Über Geld reden wir nicht, aber wir können uns nicht beklagen. Auf der anderen Seite verdienen die Mädels auch nirgends mehr als bei uns, und wir sorgen für ihre Sicherheit. Dafür sind unsere Qualitätsansprüche sehr hoch. Hier kann nicht jede Frau arbeiten. Wir haben nur die Hübschesten im Portfolio«, antwortete Groß. Wieder legte sich dieses künstliche Lächeln über sein Gesicht.

»Für Julias und Melanies Sicherheit konnten Sie offensichtlich nicht garantieren«, fiel Brandt ihm ins Wort. Groß' überhebliche Art nervte ihn.

»Wenn Frauen auf eigene Rechnung Geschäfte machen, können wir schlecht für ihre Sicherheit garantieren«, verteidigte sich dieser.

»Wir brauchen die Namen sämtlicher Frauen, die für Sie arbeiten«, lenkte Brandt das Gespräch in eine andere Richtung. Er wollte mit Groß nicht weiter auf »wir haben uns lieb« machen.

»Das sollte kein Problem sein. Aber bitte behandeln Sie die Daten diskret. Zum Eigenschutz der Mädels. Es sind keine billigen Nutten, die hier ihren Job machen. Es sind Models und junge Frauen mit seriösem und intaktem Umfeld. Ich will nicht, dass sie dadurch Probleme bekommen.«

»Seien Sie unbesorgt. Wir werden die Daten äußerst sorgsam behandeln. Darüber hinaus brauchen wir auch alle Namen Ihrer Kunden.«

»Wieso der Kunden?«

»Für unsere Ermittlungen.«

»Sie vermuten den Mörder doch nicht unter unseren Kunden?«

»Wir ermitteln in alle Richtungen«, antwortete Brandt.

»Das ist doch lächerlich! Sie sollten ihre Zeit nicht mit unseren Kunden verschwenden. Das sind Ärzte, Anwälte, reiche Unternehmer, aber doch keine Mörder«, wurde Groß laut.

»Sie können uns die Daten freiwillig übermitteln oder ich komme morgen mit einer ganzen Mannschaft und stelle Ihre schöne Villa auf den Kopf. Die Entscheidung liegt ganz bei Ihnen«, stellte Brandt sachlich fest.

Es nervte ihn ungemein, dass Erfolg und Geld mit Anstand, Ehre und einer hohen Moral gleichgesetzt wurden. Als seien Otto-Normalbürger nicht den Dreck wert, den diese feinen Pinkel unter ihren Fingernägeln hatten.

Er hatte sich sowieso schon viel zu nachsichtig gezeigt. An sich hätte er gleich einen Durchsuchungsbeschluss anfordern sollen, dann hätte die feine Gesellschaft sehen können, wo ihre Diskretion blieb.

Brandt war Groß' Rücksichtnahme auf seine Kunden scheißegal, zwei junge Frauen waren auf brutale Weise ermordet worden und sein einziges Ziel war es, den Mörder zu schnappen, bevor er erneut zuschlagen konnte.

Der Agenturchef schien seine Möglichkeiten abzuwägen, doch dann zauberte er sich ein breites Grinsen aufs Gesicht und antwortete: »Sie bekommen die Listen. Wenn wir helfen können, den Mörder zu finden, tun wir das gerne. Aber seien Sie nicht enttäuscht, wenn der Mörder sich nicht darauf wiederfindet. All unsere Kunden werden vorher gescreent. Die meisten von ihnen sind Stammkunden, die können sich so eine wahnsinnige Tat gar nicht erlauben, ganz zu schweigen davon, dass niemand von ihnen jemals zu so etwas fähig sein könnte.«

»Das überlassen Sie mal uns.«

»Wie Sie meinen. Ich will Sie nur darüber in Kenntnis setzen, dass es sich um sehr einflussreiche Kunden handelt, die es sicherlich nicht gerne sehen, wenn ihr Name in der Presse landet. Kunden mit Kontakten in hohe Kreise der Politik.«

»Wollen Sie uns einschüchtern?«, fragte Brandt. Das ganze Gelaber ging ihm gehörig auf den Senkel. Aydin sagte indes nichts, er hörte nur zu.

»Darauf käme ich nie. Ich will nur, dass Sie wissen, mit welchem Kundenkreis Sie sich anzulegen gedenken. Manche Karrieren sind schon wegen weitaus weniger ruiniert worden.«

»Das lassen Sie mal meine Sorge sein. Geben Sie mir einfach die angeforderten Listen.«

»Die sollen Sie haben«, bestätigte Groß erneut mit einem künstlichen Lächeln.

»Ach, eines hätte ich fast vergessen. Ich brauche noch etwas von Ihnen.«

»Was denn noch?«, fragte Groß. Sein Lächeln erstarb.

Kapitel 23

Was für ein beschissener Tag! Nicht mal zwei doppelte Espresso können mich beruhigen. Das war anders geplant. Warum hat die Schlampe die Balkontür geschlossen? Das hat sie doch noch nie gemacht. Sie war immer offen. Schließlich hat sie sich doch nach dem Duschen immer direkt ins Bett gelegt und vorher die Tür geöffnet, um zu lüften.

Warum heute nicht?

Ich verstehe das nicht. Dabei war es doch fest eingeplant, dass ich ihr heute auf die Titten spritze. Diese dicken, geilen Dinger. Stattdessen rege ich mich auf und versuche den Vulkan, der in mir kocht, nicht zum Ausbrechen zu bringen.

Ich hätte mir heute Morgen einen runterholen und im Bett bleiben sollen, dann wäre all das nicht passiert. Erst taucht meine Traumfrau mit dem geilen Arsch nicht auf, und jetzt hält sich die Nutte Maike nicht an ihre Gewohnheiten.

Ein böses Omen? Kann das sein?

Ich glaube nicht an Zufälle. Aber wenn das kein Zufall war, was dann? Trotzdem, ich bin nicht so abergläubisch, um an diese Omen-Scheiße zu glauben. Es muss einen anderen Grund geben.

Wenigstens hat mich niemand gesehen, als ich vom Balkon abgestiegen bin. Am liebsten hätte ich die Balkontür eingetreten, hätte mich auf dich gestürzt und dich so gefickt, wie man eine Nutte halt fickt. Warum ich es nicht getan habe? Weil Planung alles ist, und das war nicht mein Plan. Außerdem, wer sagt mir denn, dass niemand etwas gehört hätte, wenn ich die Tür eingetreten hätte. Der Besuch bei dir barg halt die größten Risiken, da du nicht im Erdgeschoss wohnst. Aber es wäre es wert gewesen, allein wenn ich an deine scharfen Titten denke.

Geile Titten, die ich erst einmal nicht sehen und durchkneten kann. Ich will den Grund wissen. Es muss einen geben.

Ich bestelle mir einen dritten doppelten Espresso. Auch diesen trinke ich in einem Zug aus. Ist kein Kunststück. Den Preis für den Espresso finde ich unverschämt hoch, dennoch zahle ich ihn. Ich will ja nicht auffallen. Ich brauche Ruhe, ich muss nachdenken, aber im Starbucks finde ich keine Ruhe. Neben mir sitzen zwei Schlampen. Schätze sie auf Ende dreißig, somit weit überm Ablaufdatum, dennoch führen sich diese Schlampen auf, als seien sie junge Feger. Einfach widerlich. Sie scheinen auch keine Scham zu haben, sprechen über Sex. Darüber, dass der Ehemann es der einen nicht mehr so gut besorgt und sie darüber nachdenkt, eine Affäre mit ihrem Kollegen anzufangen.

Widerlich!

Ich scheine für die beiden Frauen Luft zu sein. Obwohl ich am Nebentisch sitze, nehmen sie keine Notiz von mir. Warum sonst sollten sie so ungeniert sprechen?

Für einen kurzen Augenblick überlege ich, ob ich meinen Freund bei der Kripo anrufen sollte. Schließlich habe ich auch seine Handynummer, stand alles in der Personalakte.

Ich nehme mein Handy aus der Hosentasche, gehe auf die Kontaktliste und suche seine Nummer. Deine Nummer erscheint mit Namen auf dem Bildschirm. Oh verzeih, wieso duze ich dich schon wieder? Wir sind ja beim Sie!

Nein, ich will dich nicht anrufen. Noch nicht. Ich muss raus, die beiden hässlichen Schlampen gehen mir mit ihren Fremdgehgesprächen auf den Sack.

Ich gehe in Richtung Neumarkt, betrete die Mayersche Buchhandlung in der Absicht, mir ein schönes Buch zu kaufen. Lesen lenkt mich ab und gibt mir immer wieder neue Ideen. Ich mag keine Ebooks, ich will ein Buch spüren, riechen, das geht mit so einem digitalen Scheiß nicht. Ich schlendere ein bisschen durch den Buchladen, da mich keines der Bücher wirklich in seinen Bann zieht. Dann bleibe ich plötzlich im Zeitschriftenbereich stehen. Ein Titel hat meine Aufmerksamkeit geweckt. Es ist dieses Käseblatt, welches ich abgrundtief verachte.

Ich lese dieses Schmierenblatt nie, eigentlich lese ich ganz selten Zeitungen. Warum auch? Es steht eh immer nur drin, wie schlecht es in der Welt zugeht. Nachrichten schaue ich auch nicht. Ich schaue überhaupt nicht fern. Vielleicht hätte ich das tun sollen, denn als ich das Käseblatt in den Händen halte und die Titelstory lese, läuft es mir eiskalt den Rücken herunter. Das nackte Entsetzen packt mich. Ich bekomme kalten Angstschweiß. Bedeutet dieser Artikel das Ende meiner Pläne?

Kapitel 24

Nachdem Groß ihnen widerstrebend zugesagt hatte, ihnen die Listen der Mädchen und der Kunden seiner Escort-Agentur zur Verfügung zu stellen, wollte er sich Brandts letzter Bitte verweigern: der Herausgabe einer Liste, der zu entnehmen war, welcher Kunde welche der Frauen besucht hatte. Zunächst behauptete er, es gebe so eine Liste überhaupt nicht, da die Terminlisten aus Diskretionsgründen nach 24 Stunden automatisch gelöscht würden. Aus anderen Fällen im Rotlichtmilieu wusste Brandt allerdings, dass das nicht stimmte. Alle Agenturen speicherten die Termine der Gäste mit ihren Damen ab und archivierten diese.

Brandt musste erneut mit einer Hausdurchsuchung drohen, bevor Groß zugab, dass die Listen noch vorrätig waren.

Brandt nannte ihm die E-Mail Adresse, an die Groß die Daten schicken sollte.

Als sie wieder im Auto saßen, rief Rech an und teilte ihnen mit, dass Voigts Speichelprobe negativ sei. Weitere Neuigkeiten hatte er nicht.

»Schade, wäre auch zu schön gewesen«, sagte Brandt zu Aydin.

»Damit wären wir wieder am Anfang. Er scheint wie ein Geist zu sein«, antwortete der.

»Glauben Sie mir, es gibt keine Geister. Jeder macht Fehler, auch dieser Freak wird sie machen, früher oder später. Die Frage ist nur, ob es weitere unschuldige junge Mädchen das Leben kosten wird oder nicht.«

»Denken Sie wirklich, es ist ein Freier?«

»Ich weiß es nicht, aber das ist bis jetzt der einzige Anhaltspunkt, den wir haben. Der Verdacht gegen Voigt hat sich ja gerade in Luft aufgelöst und

ich halte es für keinen Zufall, dass die beiden Toten für ein und dieselbe Agentur gearbeitet haben.«

»Müssten wir dann nicht alle Damen der Agentur warnen?«, schlug Aydin vor.

Gar nicht so dumm, dachte Brandt und wählte Fischers Nummer, das Gespräch lief über die Freisprecheinrichtung.

»Fischer, du musst mir einen Gefallen tun«, begann Brandt.

»Klar, schieß los. Ach ja, bevor du fragst, es gibt leider noch nichts. Die Webseiten von Schick und Klose sind sauber.«

»Sauber?«, wollte Brandt genauer wissen.

»Na, auf der von Julia Schick waren Pornobilder und Videos von ihr, die man per PayPal oder Paysafecard bezahlen konnte. Allerdings wurden die Bilder und Videos erst nach Bezahlung an die Kunden geschickt. Und Melanie machte im geschützten Bereich ihrer Website Werbung für sich. Bevor du fragst, sie hat sich dort als Escort zur Verfügung gestellt.«

»Also ist sie zweigleisig gefahren«, schlussfolgerte Brandt. Diese Erkenntnis deckte sich mit seiner Vermutung, warf aber gleichzeitig die Frage auf, ob Melanie auch während ihrer Affäre mit Schwarz nebenbei als Escort gearbeitet hatte. Beide schienen neben der Agentur privat etwas dazuverdient zu haben. Anscheinend waren sie so begehrt, dass sie die Agentur nicht mitfinanzieren wollten.

»Ja, beide haben das getan. Leider finden sich keine übereinstimmenden Daten bei den Anfragen und Kontakten. Entweder hatten Julia und Melanie unterschiedliche Kunden oder diese haben sie nicht über ihre echten Namen gebucht.«

»Ist das nicht gefährlich?«, mischte sich Aydin in das Gespräch ein.

»Nicht unbedingt. Wenn die beiden ihre Freier kannten und diese vereinbart haben, dass sie auch online ihre Pseudonyme benutzen, ist alles gut. Viele dieser Freier sind schließlich Ehemänner, haben gut dotierte Jobs und sind dementsprechend vorsichtig«, erklärte Brandt.

Aydin nickte.

»Fischer, du wirst gleich eine E-Mail mit Daten von einem Maximilian Groß bekommen. Er ist der Geschäftsführer der Agentur, für die Julia und

Melanie gearbeitet haben. Bitte gleiche diese Daten mit denen von den Websites ab und prüfe auch, ob in den Listen Doppler sind. Ich kann mir schwer vorstellen, dass die beiden nicht irgendwann den gleichen Freier hatten.«

»Mach ich. Die E-Mail ist noch nicht da.«

»Sie sollte in der nächsten Stunde kommen, wenn nicht, meld dich bei mir. Du musst mir bitte noch einen Gefallen tun.«

»Welchen?«

»Ich brauche sehr schnell die Auflistung der Damen aus der Escort-Agentur mit Angaben, wann sie das letzte Mal gearbeitet haben.«

»Wenn ich die E-Mail habe, sollte das kein Problem sein.«

»Sehr gut. Schick die Liste auch an Bender … wenn man vom Teufel spricht.«

»Was?«

»Ach, sie ruft gerade an. Ich muss auflegen.«

»Klar, die Liste bekommt ihr, sobald die E-Mail da ist«, antwortete Fischer und beendete das Gespräch.

Brandt rief Bender an.

»Gibt es Neuigkeiten?«, begann Bender sogleich das Gespräch.

»Leider nicht. Die Escort-Agentur scheint sauber zu sein. Aber wir bekommen gleich von Fischer die Daten sämtlicher Damen, die für die Agentur gearbeitet haben. Außerdem noch eine Liste der Kunden mit Angaben, welcher Kunde welche Damen gebucht hat.«

»Sehr gut. Wäre ja ein großer Zufall, wenn keine der Damen nicht irgendwann vom gleichen Freier besucht wurde. Auf diese müssen wir uns konzentrieren. Da Voigts Speichelprobe negativ ist, gehen uns so langsam die Alternativen aus, verdammt«, polterte Bender los. Selbst am Autotelefon konnte man hören, wie angespannt sie war.

Der Druck auf sie musste übermächtig sein. Fälle, die ein großes Medieninteresse auf sich zogen, waren für jede Mordkommission ein Horror.

»Kannst du mir bitte einen Gefallen tun … eigentlich sind es sogar zwei«, sagte Brandt. Ihm war noch etwas eingefallen.

»Was?« Wirklich begeistert klang Bender nicht.

»Wir sollten alle Damen, die bei der Agentur arbeiten, warnen. Wenn der Mörder es nur auf diese Frauen abgesehen hat, sollten wir das Risiko minimieren.«

»Die Idee hatte ich auch schon. Sobald Fischer mir die Liste schickt, werden die jungen Frauen kontaktiert. Was ist das Zweite?«

»Kannst du mir den Handelsregisterauszug der Escort-Agentur besorgen?«

»Wieso?«

»Mich würde mal interessieren, als was sie firmiert und wer die Gesellschafter sind.«

»Das beantwortet noch immer nicht meine Frage«, wurde Bender ungehalten.

»Ich weiß es noch nicht genau. Ich will nur mal die Namen sehen.«

»Mensch Brandt, du verschweigst mir doch was«, fluchte Bender in den Hörer.

»Ehrlich nicht, ist nur so eine Ahnung.«

»Du und deine Intuition, aber gut, die Namen bekommst du.«

»Danke.«

Brandt hatte nicht gelogen. Er wusste wirklich nicht genau, was ihm die Firmendaten bringen sollten, denn der Mörder war sicherlich kein Gesellschafter der Agentur. Aber er dachte an Lange. Brandt wollte nachprüfen, ob er wirklich nur stiller Teilhaber war.

»Willst du nicht wissen, warum ich angerufen habe?«, fragte Bender.

»Du wirst es mir schon sagen, deswegen habe ich ja gleich zurückgerufen«, flachste Brandt.

Bender schien den Kommentar bewusst zu ignorieren. »Ich hatte vorhin einen Anruf von der Polizeizentrale.«

»Okay, und was soll daran besonders sein?«, unterbrach Brandt sie.

»Hör mir doch erst mal zu!«, ermahnte Bender ihn. »Eine junge Dame hat den Polizeinotruf angerufen, weil sie jemanden auf ihrem Balkon gesehen hat. Die Kollegen von der Streife konnten leider niemanden mehr finden. Die Frau hatte wohl große Angst«, begann Bender ihre Erklärung.

Brandt verstand immer noch nicht, worauf sie hinauswollte. Einbrüche gab es leider viel zu viele in Köln. Und mit Sicherheit hatte der Einbrecher kalte Füße bekommen, als er bemerkt hatte, dass sie zu Hause war. Sie sollte sich freuen, es hätte auch böse enden können.

»Die Streifenpolizisten haben sich bei uns gemeldet. Wäre vielleicht nicht schlecht, die junge Frau mal aufzusuchen.«

»Warum? Denken Sie, es war unser Mörder?«, fragte Brandt mehr ironisch als ernst. Selbst Polizisten waren nicht davor gefeit, Dinge zu sehen, die nichts miteinander zu tun hatten. Nicht jeder Einbruch bei einer jungen Frau musste zwangsläufig mit ihrem Fall zusammenhängen. Sie bekamen oft Hunderte solcher Hinweise, die leider alle ins Nichts führten. Brandt hatte ehrlich gesagt überhaupt keine Lust, dieser Spur zu folgen.

»Werd nicht frech! Ich will, dass ihr die Frau aufsucht. Die Kollegen meinten, sie sei sehr hübsch, damit passt sie in unser Raster.«

»Kann das nicht jemand anders machen? Du weißt doch, wo solche Hinweise meistens hinführen.«

»Nein, ihr beide fahrt da jetzt hin, keine Diskussion. Oder ihr kommt ins Präsidium und schreibt den verdammten Bericht, der noch immer nicht vorliegt«, verlangte Bender wütend. Brandt kannte sie nur zu gut, er wusste, dass sie keine andere Wahl hatten. Sie mussten die Frau aufsuchen.

»Na gut, dann schieß mal los, wo wohnt sie«, antwortete er daher möglichst ruhig.

»Nicht weit vom Präsidium entfernt«, erklärte Bender und teilte ihnen die Anschrift mit.

Wenige Minuten später erreichten Brandt und Aydin die Wohnung der jungen Frau. Sie wohnte in der Albermannstraße in Köln Kalk. Das mehrstöckige Wohngebäude wirkte von außen sehr schlicht, vieles erinnerte an sozialen Wohnungsbau.

»Schon komisch«, begann Aydin.

»Was?«

»Die Fake-IP-Adresse stammte aus Kalk.«

»Ja und?«, Brandt verstand nicht, worauf Aydin hinauswollte.

»Vielleicht wohnt er hier.«

»Das ist aber sehr weit herausgeholt«, erwiderte Brandt und ging zur Haustür.

Er betätigte die Klingel. Eine Frauenstimme ertönte durch den Lautsprecher.

Brandt stellte sich und seinen Partner vor, danach ertönte der Summer und sie betraten das Haus.

Die junge Frau wohnte im zweiten Stock. Sie machte vorsichtig die Tür auf und bat nochmals um die Ausweise der beiden Männer. Brandt und Aydin zeigten ihre Dienstmarken.

Irgendetwas schien die Frau zutiefst verängstigt zu haben. Sie zitterte noch immer am ganzen Körper.

Kapitel 25

Ich koche, nein, ich brenne! Ich muss etwas zerschlagen, etwas kaputt machen. Am liebsten einer Fotze in die Fresse schlagen, immer wieder.

Warum interessiert sich das Schmierenblatt für mich? Niemand interessiert sich doch für mich!

Als ich noch jung war, in der Schule, da gab es eine Zeit, in der ich mir nichts sehnlicher wünschte, als dazuzugehören. Eine Umarmung, ein Lob, ein Freund – all das blieb mir verwehrt. Damals war ich noch zu jung, um zu verstehen, warum. Ja, ich war anders, aber nicht so, wie ich glaubte – oder wie ich es glauben sollte, weil sie es mir immer wieder sagten. Es dauerte lange, bis ich begriff, dass ich kein Freak bin, sondern dass ich alleine lebe, weil ich intelligenter bin als all die, die denken, sie seien cool und sexy. Intelligenz ist mächtiger als diese oberflächliche Scheiße!

Kann das Schmierenblatt nicht begreifen, dass ich diese Aufmerksamkeit nicht brauche? Ich will meine Ruhe. Ich habe Pläne. Pläne, bei denen meine Lust gestillt wird. Warum können die Medien nicht auch meine Bedürfnisse respektieren?

Es kostete mich viel Kraft, den Artikel zu lesen. Sie stellen mich als Monster dar, das sie hoffentlich bald gefangen nehmen und töten werden. Aber ich bin kein Monster, ich bin ein Mensch!

Ihr kennt mich doch gar nicht. Ich tue nichts Böses, ich nehme mir nur das, was mir verwehrt wurde. Es ist nicht meine Schuld, dass die Nutten tot sind. Es war ihre Schuld. Ich wollte nicht ihren Tod, ich wollte nur Sex. Sie machen es doch mit allen. Die Nutten solltet ihr als Monster darstellen, sie spielen mit uns Männern, geben uns das Gefühl, Sie würden uns schätzen, ja sogar lieben. Dabei lieben diese Schlampen nur unser Geld und zerstören ganze Familien.

Wenn jetzt alle Schlampen ihre Fenster geschlossen halten, wie soll ich da meine Pläne ausführen? Meine monatelangen Recherchen – alles umsonst! Verdammt!

Faust ballen, entspannen, du findest einen Weg, nicht jede hat den Artikel gelesen.

Hoffentlich. Es macht mich einfach wütend. Sehr, sehr wütend.

Menschen sind Gewohnheitstiere.

Ja, vielleicht, aber sie lassen sich auch von den Medien manipulieren. Maike hat sich schon von ihnen beeinflussen lassen, warum sonst hätte sie die Balkontür plötzlich verschließen sollen? Sie hat den Artikel gelesen, garantiert.

Es ist heute einiges schief gelaufen. Was, wenn sie später geduscht hat? Vielleicht war sie so müde und erschöpft, dass sie sofort ins Bett gegangen ist. Sollte ich es noch einmal riskieren?

Ich bin unsicher.

Ich habe die Buchhandlung schon längst verlassen und lasse mich mit den Menschen durch die Schildergasse treiben. Meine rechte Hand steckt in der Hosentasche und umfasst das Messer. Es sind viele Menschen in der Fußgängerzone. Es juckt mich in den Fingern.

Ich könnte das Messer herausholen und einfach jemandem in die Seite rammen. Niemand würde es merken und wenn doch, wäre ich schon längst in der Menschenmenge untergetaucht.

Meine Hand umschließt den Griff immer fester. Eine fette Gestalt geht vor mir. Nein, der Mann geht nicht, er kriecht. Sein Fett schwabbelt aus dem Hemd. Er wäre das perfekte Opfer. Den würde niemand vermissen. Die Krankenkassen, der Sozialstaat würden mir sogar dankbar sein, würde ich damit doch die Kassen entlasten.

Ich habe mich dem fetten Sack so weit genähert, dass ich nur noch das Messer herausholen muss, um es ihm in die Seite zu rammen. Aber ich fürchte, dass das Fett die Klinge aufsaugen wird wie ein Schwamm. Specki wird bestimmt nicht mal bluten.

Meine Hand löst sich vom Griff und ich ziehe an dem stinkenden fetten Walross vorbei. Inzwischen hat sich ein anderer Gedanke manifestiert.

Ich beschließe, Maike erneut aufzusuchen. Ich nehme die U-Bahn nach Kalk und bin schon kurze Zeit später dort.

In der Nähe der Wohnung bin ich besonders vorsichtig. Ich schaue mich unzählige Male um, bevor ich mich an den Balkon anschleiche. Es stehen einige Autos an der Straße, aber ich habe nicht das Gefühl, dass mich jemand beobachtet. Ein gewisses Restrisiko bleibt dennoch.

Ich riskiere es einfach, ich muss unbedingt ihre Titten in den Händen halten, davon träume ich schon so lange. Ich will sie vollspritzen.

Als ich mich gerade Richtung Balkon aufmache, sehe ich eine ältere Dame aus dem Wohnblock kommen, ich kann mich noch rechtzeitig umdrehen und Richtung Ausgang gehen. Mein Herz pumpt wie verrückt, ich fange an zu schwitzen.

Hat sie mich gesehen?

Ich hoffe nicht, aber ich bin mir nicht sicher. Soll ich auf sie zugehen und in ein Gespräch verwickeln, um zu sehen, ob sie mich bemerkt hat, ob sie mich verdächtig findet?

Mein Herz schlägt immer schneller und lauter, sodass ich beschließe, mich in sichere Entfernung zu begeben. Ich biege in die nächste Straße ein, merke mir nicht einmal den Straßennamen, meine Konzentration gilt meinem Herzschlag, der viel zu rastlos ist. Einige Hundert Meter weiter stoppe ich und atme laut ein und aus, versuche, ein paar Atemübungen zu machen, damit ich zur Ruhe komme. Es wirkt, das glaube ich jedenfalls, denn mein Herzschlag wird immer langsamer und leiser.

»Vergiss es. Nimm die andere Schlampe auf deiner To-do-Liste«, flüstere ich mir zu.

Aber ich weiß, dass ich es nicht kann. Maikes Busen hat Besitz von mir ergriffen und ich will verdammt sein, wenn ich nicht prüfe, ob die Balkontür jetzt offen ist oder nicht.

Ich will sie zu sehr, als dass ich jetzt umkehren könnte. Außerdem will ich damit beweisen, dass ich kein Mörder bin. Ich will Maike nicht töten, ich will nur auf ihre Titten abspritzen. Ich wollte auch Julia oder Melanie nie töten.

Vielleicht wird das die Schmierenblätter beruhigen, vielleicht werden sie mich dann in Ruhe lassen. Dieser Artikel macht mir einfach zu schaffen, viel mehr, als ich es mir eingestehen mag.

Langsam gehe ich wieder zurück zu Maike. Ich bin jetzt noch vorsichtiger, schaue mich viel öfter um. Wieder fängt mein Puls an, zu beschleunigen.

Erst nach einer gefühlten Ewigkeit wage ich es, Richtung Balkon vorzustoßen. Ich stehe jetzt direkt unter dem Balkon, wo dieser komische Metallkasten steht, in dem der Hausmeister das Streugut für den Winter verstaut hat.

Ein schneller Blick in alle Richtungen und ich bin sicher, dass mich niemand sieht. Selbst wenn Maike auf dem Balkon wäre, würde sie mich nicht sehen, es sei denn, sie würde sich über die Brüstung beugen.

Von dem Metallkasten kann man sich, wenn man groß genug und so geschickt ist wie ich, auf den Balkon ziehen und über die Brüstung klettern. Genau das habe ich vor, doch dann höre ich plötzlich Stimmen. Ich erstarre, bin wie gelähmt.

Kapitel 26

Die junge Frau bat die beiden Beamten in ihre kleine Wohnung. Brandt schätzte sie auf knapp unter einen Meter siebzig. Sie hatte schwarze lange Haare, war schlank, braun gebrannt und hatte eine Oberweite, die zeigte, dass sie Schönheitsoperationen gegenüber offen war.

Auf den ersten Blick wirkte sie wie eine selbstbewusste junge Frau, die streng auf ihren Körper achtete, doch jetzt erweckte sie eher den Eindruck eines verängstigten Rehkitzes.

»Frau Schüler, möchten Sie uns bitte erzählen, was genau vorgefallen ist?«, bat Brandt in ruhigem Tonfall.

Natürlich wusste er, was vorgefallen war, schließlich hatte Bender es ihm erzählt, aber er wollte es von Maike Schüler hören. Und er hoffte, dass sie sich dabei beruhigte. Noch immer wollte er nicht glauben, dass es der Mörder gewesen war, den sie auf dem Balkon gesehen hatte. Sie war hübsch und sexy, keine Frage, aber war sie deswegen gleich ein Callgirl?

Der Täter hatte es bisher nur auf Frauen abgesehen, die Escort-Dienste anboten, warum hätte er das jetzt ändern sollen?

»Ich kam von der Arbeit«, fing Maike Schüler an. Sie hielt kurz inne. Da sie nur ein T-Shirt trug, sah Brandt, wie sich ihre Unterarmhaare aufrichteten.

»Nehmen Sie doch bitte Platz. Es wird Ihnen nichts passieren, wir sind für Sie da«, sagte Brandt und zeigte mit der rechten Hand auf die Couch. Sie setzten sich. »Möchten Sie etwas trinken?«, fragte Brandt.

Schüler schüttelte den Kopf.

»Sie sagten, Sie kamen von der Arbeit. Darf ich fragen, was Sie arbeiten?«

»Ich bin Krankenschwester im Evangelischen Krankenhaus.«

»Das ist doch gleich um die Ecke?«, hakte Brandt nach.

»Ja, genau. Ich habe es nicht weit zur Arbeit«, erklärte sie.

Brandt konnte sich jetzt noch weniger vorstellen, dass eine Krankenschwester als Escort arbeitete und schon gar nicht für Groß. Die Damen dort waren Edelescorts, die hatten es nicht nötig, nebenbei zu arbeiten. Auf der anderen Seite sah sie nicht so aus, wie man sich eine Krankenschwester vorstellte. Jedenfalls konnte sich Brandt nicht daran erinnern, jemals eine Krankenhausangestellte gesehen zu haben, die so viel Erotik ausstrahlte.

»Was ist denn eigentlich genau passiert?«, mischte sich Aydin in die Diskussion ein.

Seine Stimme klang fast schüchtern, man konnte meinen, dass sie ihm gefiel.

Das brachte Brandt zum Schmunzeln. Er versuchte es zu unterdrücken, schließlich war das in dieser Situation alles andere als angebracht.

»Eigentlich gehe ich nach der Arbeit gleich unter die Dusche, lüfte währenddessen die Wohnung und lege mich schlafen. Nach der Nachtschicht bin ich ziemlich kaputt.«

»Aber diesmal war das nicht so?«, schlussfolgerte Brandt.

»Nein, ich bin später aus der Klinik rausgekommen. Wir hatten einen Notfall, da konnte ich nicht einfach gehen. Als ich dann zu Hause war, habe ich mich sofort ins Bett gelegt.«

Brandt schaute sich kurz um. Der Balkon ging vom Wohnzimmer ab und wenn er richtig gesehen hatte, lag das Schlafzimmer auf der gegenüberliegenden Seite des Flurs.

»Und was war mit der Balkontür?«

»Ich war zu müde, ich wollte nur ins Bett.«

»Aber wie konnten Sie dann sehen, dass jemand auf dem Balkon war?« Brandt zweifelte an ihren Worten. Irgendetwas ergab hier keinen Sinn, das jedenfalls sagte ihm sein Gefühl.

»Ich habe mich im Badezimmer abgeschminkt und wollte die leere Klorolle in den Mülleimer werfen, als ich durchs Fenster jemanden sah. Mir

blieb fast das Herz stehen«, erklärte Schüler. Ihr Mund schien trocken zu sein, sie befeuchtete ihre Lippen und schluckte.

»Wie sah der Mann aus?«, fragte diesmal Aydin.

»Ich weiß nicht, ich sah ihn nur von hinten.«

»Von hinten?«

»Ja, als würde er den Balkon gerade wieder verlassen.«

Hat ihr die verschlossene Balkontür vielleicht das Leben gerettet?, fragte sich Brandt. Es war nicht auszuschließen. Aber war das allein schon Beweis genug, dass es sich dabei um ihren Mörder gehandelt hatte? Brandt hegte starke Zweifel.

»Können Sie ihn beschreiben?«, fragte er daher.

»Leider nicht besser, als ich es schon Ihren Kollegen erzählt habe.«

»Versuchen Sie es bitte noch einmal.«

»Er schien schlank und groß zu sein, und ich glaube, er hatte kurze Haare. Wie gesagt, ich habe ihn nur durch die Glasscheibe gesehen. Es war zu kurz.«

»Welche Kleidung trug er?«

»Ich weiß nicht«, antwortete sie deutlich nervöser. Sie rutschte unruhig auf der Couch hin und her.

»Frau Schüler, jede Erinnerung kann uns weiterhelfen, den Täter zu schnappen«, erklärte Aydin in verständnisvollem Ton.

»Ich glaube, eine Jeans, ja, eine blaue Jeans und ein Hemd oder einen Pulli, ich weiß nicht.«

»Können Sie sich denn an die Farbe des Oberteils erinnern?«

»Ich weiß nicht …, warten Sie, ich glaube, es war grau«, sagte sie fahrig.

Nach dieser Täterbeschreibung hätte es jeder sein können, damit hatten sie nichts in der Hand.

»Kennen Sie Personen, die Ihnen vielleicht einen Streich spielen wollten? Haben Sie Feinde?«

»Ich? Nein, wieso? Warum sollte mir jemand so einen Streich spielen?«, fragte sie mit deutlichem Vorwurf in der Stimme.

»Na ja, vielleicht gab es Streit mit einem Verehrer oder so?«

»Nein, ich bin Single. Ich habe keinen Streit, mit niemandem.« Schüler erhob ihre Stimme.

»Viele Frauen wissen nicht einmal, dass sie einen heimlichen Verehrer haben. Sie sind attraktiv. Kann es da nicht sein, dass vielleicht ein Kollege oder ein Patient sich heimlich Hoffnungen gemacht hat?«

»Nein, das glaube ich nicht. Das kann nur der Facebook-Mörder gewesen sein«, platzte es aus ihr heraus.

»Wie kommen Sie darauf?«, fragte Brandt ruhig.

»Was soll ein Dieb hier klauen? Ich besitze nichts von Wert. Schauen Sie sich die Wohngegend an, sieht es hier so aus, als könnte man reiche Beute machen?«, gab sie zu bedenken.

»Da stimme ich Ihnen zu, deswegen habe ich Sie ja auch gefragt, ob Sie nicht vielleicht doch einen heimlichen Verehrer haben. Glauben Sie mir, viele Frauen bekommen das sehr lange nicht mit. Passive Stalker verhalten sich lange Zeit sehr unauffällig, erst wenn die Sehnsucht zu groß wird, nähern sie sich ihrem Opfer. Und vielleicht …«

»Nein, nein, ich kann das nicht glauben. Ich bin keine billige Tussi, die Männern Hoffnungen macht«, fiel sie ihm ins Wort und hielt sich die Hand vor das Gesicht, als wollte sie nicht, dass man ihre feuchten Augen sah. Oder als wollte sie nicht die Nerven verlieren.

Brandt antwortete nicht sofort. Aydin warf ihr einen mitleidigen und Brandt einen bösen Blick zu, ganz als wollte er sagen, dass sie die junge Frau nicht noch mehr unter Druck setzen sollten.

Dabei setzte Brandt sie gar nicht unter Druck, er versuchte nur, alle Möglichkeiten durchzuspielen. Die Sache mit dem Verehrer gefiel ihm immer mehr.

»Darf ich mich einmal umsehen?«, fragte er.

Schüler nickte. Brandt warf Aydin einen Blick zu und zum Glück verstand er. Er blieb bei der jungen Frau und versuchte, sie zu beruhigen.

Brandt trat an den Balkon und öffnete die Tür. Gerade als er hinaustreten wollte, klingelte sein Handy. Es war Bender. Er nahm das Gespräch entgegen und sein überraschter Gesichtsausdruck verriet, dass er mit der Information, die Bender ihm übermittelte, nicht gerechnet hatte. Er

beendete das Gespräch und steckte das Handy zurück in die Hosentasche, als ein Geräusch seine Aufmerksamkeit auf sich zog. Es kam von unterhalb des Balkons.

Mit einem schnellen Schritt war er draußen, sein Blick wanderte in die Richtung des Geräusches. Er sah, dass am Boden schräg unterhalb des Balkons ein Kasten stand und er war sich sicher, dass er dort etwas gesehen hatte. Um den Kasten waren Schuhspuren im Sand zu erkennen.

»Scheiße«, fluchte er, sprang vom Balkon auf den Kasten und von dort auf den Boden. Die Schuhspuren waren nun deutlich zu sehen. Ohne weiter nachzudenken, lief er los. Wenn jemand sie belauscht hatte und dann geflüchtet war, konnte er nur über den Innenhof die Straße erreichen.

Brandt rannte durch den Innenhof, schaute auf der Straße kurz nach links und rechts. Und dann sah er jemanden. Einen Mann, der sich mit schnellen Schritten entfernte.

Er trug eine Jeans und ein graues Oberteil. Ein Pullover oder ein Hemd, aus der Entfernung konnte er es nicht mit Bestimmtheit sagen.

Er rannte dem Mann hinterher. Doch nur wenige Sekunden später bog der Fremde rechts ab. Brandt dachte gar nicht daran, die Verfolgung aufzugeben, er rannte so schnell er konnte, bog ebenfalls rechts ab und glaubte gesehen zu haben, dass der Mann nach links abbog, also folgte er ihm weiter.

Kurz überlegte er, ob er einen Warnschuss in die Luft abfeuern sollte, aber was hätte das gebracht? Der Mann war einfach zu weit weg, als dass er wirklich eine Chance hatte, ihn einzuholen. Obwohl Brandt Seitenstiche bekam, sprintete er weiter. Der Fremde bog diesmal nach rechts ab, einige Zeit später tat Brandt es ihm nach. Er keuchte. Und plötzlich war der Mann weg. Er sah ihn nicht mehr, dennoch hastete er die Straße hinunter. Einige Hundert Meter weiter blieb er stehen. Er hustete, war außer Atem, doch das war alles nicht schlimm. Schlimm war, dass er den Mann nicht eingeholt hatte. Er war ihm entwischt. Sein Aussehen passte zur Beschreibung, die Maike Schüler von dem Einbrecher gegeben hatte.

Warum war er an den Ort des Geschehens zurückgekehrt?

Zusammen mit den Informationen, die Bender ihm vorhin am Telefon gegeben hatte, hatte sich alles verändert. Er lief zurück zur Wohnung.

»Wo waren Sie?«, fragte Aydin, dem nicht entgangen sein konnte, dass Brandt völlig außer Atem war.

»Das ist nicht wichtig. Frau Schüler, es wird Zeit, dass wir die Wahrheit erfahren.«

»Wie bitte?«, fragte Maike Schüler sichtlich irritiert.

»Warum haben Sie der Streifenpolizei und uns verschwiegen, dass Sie als Prostituierte arbeiten?«, antwortete Brandt, dem überhaupt nicht mehr nach Spaßen zumute war.

Kapitel 27

Das war knapp, verdammt knapp! Vielleicht habe ich den Bullen unterschätzt. Ich bin noch immer außer Atem. Erst jetzt traue ich mich, etwas zu entspannen, denn ich stehe in der U-Bahn und habe ihn nicht mehr gesehen.

Ich habe ihn abgeschüttelt. Ehrlich gesagt, bin ich ein wenig stolz darauf. Immerhin ist er ein Bulle, trainiert darin, Verbrecher zu schnappen. Andererseits bin ich kein Verbrecher, es sind die Schmierenblätter, die mich zu einem gemacht haben.

Ich steige am Rudolfplatz aus. Der Bulle war mir viel näher, als ich es für möglich gehalten hätte. Maike hat alles verändert. Diese dämliche Balkontür hat alles verändert. Jetzt, da ich mich wieder beruhigt habe, steigt Wut in mir auf.

Wieso kann ich nicht einfach irgendjemandem den Schädel einschlagen? Vielleicht den des Jungen vor mir, der mich so dämlich angrinst.

Nein, ich bin kein Kindermörder.

Ich folge der Ehrenstraße, der verdammten »Ich bin cool«-Straße. Viele Möchtegernmetrosexuelle und Hipster kommen mir entgegen. Sie nehmen mich natürlich nicht wahr. Mit meiner blauen nullachtfünfzehn Jeans und dem grauen Pulli bin ich nun mal ein Niemand. Ich liebe es, ein Niemand zu sein.

Aber dieser Gedanke macht mich wieder wütend, denn ich bin nicht mehr ein Niemand, die Medien haben mich zum Freiwild erklärt, und dieser verdammte Bulle denkt, er ist der Jäger. Doch seine Beute konnte ihm entkommen.

Ziellos irre ich durch die Ehrenstraße, erreiche die Breite Straße und irgendwann die Hohe Straße, wo bereits dichter Shoppingverkehr herrscht. All die Menschen, die sich durch die enge Fußgängerzone quälen, weil die Werbung sie verarscht und sie glauben, dass sie den nächsten Fernseher, die nächste Jeans oder die nächsten Paar Schuhe unbedingt besitzen müssen. Verdammter Konsum. Zum Glück war ich nie so. Mich konnten die Medien nie manipulieren.

Ich betrete ein Café und gönne mir einen doppelten Espresso. Ich mag dieses dunkle Gesöff. Es hilft mir oft, meine Gedanken zu sortieren. Und es scheint auch diesmal so zu sein.

Denn ich habe eine Idee und fasse einen Entschluss. Ich hake die Pechsträhne einfach ab, soll Maike doch in der Hölle schmoren, denn dort wird sie schon sehnsüchtig erwartet.

Ich beschließe, einfach weiterzumachen. Die Nächste auf meiner Liste ist Selma. Die kleine türkische Schlampe, die ihren Eltern erzählt, sie studiere und sei noch Jungfrau, dabei ist sie eine der dreckigsten Huren, die ich kenne.

Sie wohnt in Nippes. Eigentlich steht sie erst in drei Tagen auf meiner To-do-Liste, dennoch kann es nicht schaden, sie heute zu beobachten. Sie dürfte in einer Stunde aus dem Fitnessstudio kommen und dann nach Hause gehen, um sich frisch zu machen. Schließlich hat sie heute um 20 Uhr einen Ficktermin mit einem ihrer Freier, wie jede Woche an diesem Tag.

Diesmal warte ich nicht in sicherer Entfernung zum Fitnessstudio auf sie. Ich bin bereits in Nippes und warte in Sichtweite der Haltestelle. Auf Selma ist Verlass, stelle ich erleichtert fest. Sie kommt pünktlich an und geht die restliche Strecke zu Fuß nach Hause. Ich folge ihr unauffällig.

In der Nähe ihrer Wohnung bleibe ich stehen und verstecke mich hinter einem Busch. Kein Mensch kann mich dort sehen, aber ich kann Selmas Schlafzimmer sehen. Ich sehe sie eintreten, wie jeden Tag um diese Zeit. Die Jalousien sind noch nicht heruntergezogen. Gleich müsste sie das Fenster aufmachen, um zu lüften. Ich sehe, wie sie sich durch den Raum bewegt, doch sie öffnet das Fenster nicht. Sie verlässt das Schlafzimmer und kurze Zeit später macht sie im Badezimmer das Licht an. Dabei ist es draußen noch hell genug. Typisch Tussi halt.

»Verdammt!«, fluche ich. Das darf nicht wahr sein. Warum öffnet sie das Fenster nicht? Haben die Medien auch auf sie einen so großen Einfluss?

Ich will es nicht glauben, ich werde wütend, sehr wütend. All meine Pläne lösen sich gerade in Luft auf. Die lange, anstrengende und minutiöse Planung, das Beobachten, alles für die Katz! Am liebsten würde ich laut losschreien, aber ich tue es nicht. Stattdessen verlasse ich mein Versteck und überlege, was ich tun soll.

Ich könnte versuchen, durch die Wohnungstür zu ihr zu gelangen. Wie ein gewöhnlicher Dieb. Verdammt, ich bin kein Dieb, außerdem müsste ich die Eingangstür und dann noch die Wohnungstür überwinden. Viele dieser Schlampen haben Sperrbügel an ihrer Tür. Wie soll ich das alles unbeobachtet meistern?

Mein Plan war perfekt. Menschen sichern ihre Haustüren, Schlampen sichern ihre Wohnungstüren, aber die Fenster, die Fenster werden außen vor gelassen.

Es war einfach zu schön, um wahr zu sein. Und das alles nur wegen der dramatischen Darstellung in den Medien. Wissen die denn nicht, dass ich die Frauen niemals töten wollte? Dass ich unschuldig bin? Dass ich nur das haben wollte, was auch andere bekommen, was mir als Mann zusteht?

Soll ich die Medien kontaktieren und ihnen meine Sicht darlegen? Vielleicht werden sie mich verstehen.

Nein, werden sie nicht.

Sie hassen dich, weil du zu intelligent bist. Sie werden auf dir herumtrampeln. Sie werden nichts verstehen. Sie denken nur an die Auflagenhöhe!

Was mache ich dann? War wirklich alles umsonst? Ich will das nicht glauben, ich kann das nicht akzeptieren. Es muss doch einen Ausweg geben? Sollte ich mich vielleicht doch auf Einbruch durch Türen spezialisieren? Im Internet gibt es jede Menge Tutorials dafür.

Nein! NEIN! Nein! Ich bin kein Einbrecher, das ist viel zu riskant und nicht intelligent. Dumme Menschen ohne Bildung brechen durch die Wohnungstür ein. Ich nicht! Ich muss mich beruhigen.

Ganz ruhig werden. Mit Verstand handeln. Schön durchatmen. Atemübungen machen. Ja, das hilft.

Meine Gedanken sortieren sich. So muss es sein. Und dann macht es klick. Manchmal liegt die richtige Antwort viel näher, als wir glauben.

Vielleicht ist es besser, einen Schritt zurückzugehen, um dann wieder mit stolz geschwellter Brust voranzumarschieren.

Ich bin bereit für dieses Opfer, auch wenn es mich viel Kraft kosten wird und ich über die Entscheidung nicht glücklich bin, aber es ist die einzig logische Entscheidung. Und da ich kein Freak bin, werde ich mich an sie halten. Die Vernunft muss immer über die Lust siegen.

Ich beschließe, mich zurückzuziehen, bis Gras über die Sache gewachsen ist.

Denn Menschen sind Gewohnheitstiere, irgendwann werde ich für die Presse langweilig, da ich keine Nutten mehr heimsuchen werde. Wenn mich die Presse vergessen hat, werden die Frauen auch ihre Ängste vergessen und wieder zu ihren alten Gewohnheiten zurückkehren, und dann? Dann werde ich da sein!

KAPITEL 28

Statt zu antworten, fing Schüler an zu weinen. Sie hielt ihre Hände vors Gesicht und schluchzte. Aydin wollte intuitiv den Arm um sie legen. Doch Brandt warf ihm einen strengen Blick zu, sodass er den Arm wieder wegzog. Sie war nicht seine Freundin und sie hatte gelogen. Deswegen gab es für sie auch keinen Grund zu weinen.

Brandt hätte nie geglaubt, dass diese hübsche Krankenschwester in der Escort-Agentur von Groß arbeitete. Er dachte, dass nur Models dort arbeiteten, dabei hätte er sich das eigentlich denken können, warum sonst hätte sie solche Angst haben sollen?

Groß hatte die angeforderten Listen inzwischen gemailt. Somit hatte er Wort gehalten. Wenigstens eine gute Nachricht.

Jetzt war es an der Zeit, dass Maike Schüler ein paar Fragen beantwortete. Der Mann, dem er nachgelaufen war, konnte nur der Mörder gewesen sein, daran zweifelte Brandt keinen Augenblick, daher war es noch ärgerlicher, dass er ihn verloren hatte.

Den Gedanken, nach ihm fahnden zu lassen, verwarf er. Was hätte das bringen sollen?

Er konnte den Mann genauso wenig beschreiben wie Schüler. Er war schlank, groß, unauffällig. Wie konnte man nach so einem Mann fahnden? Er war ein Geist, aber Brandt war gewillt, das bald zu ändern. Wie? Das wusste er nicht, noch nicht. Doch vielleicht konnte Schüler sie auf eine heiße Spur bringen.

»Jetzt erzählen Sie uns bitte die Wahrheit. Sie müssen sich für nichts schämen«, versuchte Brandt zu ihr durchzudringen. Sie weinte nicht mehr und wischte sich die letzten Tränen aus den Augen.

Aydin reichte ihr ein Taschentuch, dabei schaute er nicht zu Brandt, als fürchtete er, sein Kollege könnte auch diese Geste mit einem bösen Blick kommentieren.

»Welche Wahl hatte ich denn …«, begann die junge Frau leise. Dabei schluchzte sie noch leicht, schien aber deutlich gefasster.

»Was meinen Sie damit?«, fragte Aydin verständnisvoll.

»Ich sitze auf einem Berg Schulden«, antwortete sie.

»Frau Schüler, wieso fangen Sie nicht einfach von vorne an. Von was für Schulden sprechen Sie? Wie sind Sie zur Agentur gestoßen?« Brandt wollte endlich Fakten hören.

»Mein Ex-Freund wollte sich selbstständig machen, und da habe ich eine Bankbürgschaft unterschrieben, über 50.000 Euro. Leider hat die Selbstständigkeit nicht geklappt, aber die Bank wollte ihr Geld zurück.«

»Hat denn Ihr Freund nicht bezahlt?«, erwiderte Aydin.

»Nein, der ist untergetaucht, wurde aber kurze Zeit später verhaftet. Es ging um Unterschlagung, Urkundenfälschung und was weiß ich nicht alles. Dieses Schwein hat mich die ganze Zeit nur benutzt und angelogen«, erklärte sie. Ihre Augen wurden wieder feucht, als würde eine alte Wunde aufgerissen.

»Und die Bank ist dann auf Sie zugekommen, weil Sie die Bürgschaft mitunterschrieben haben?«, versuchte Brandt das Offensichtliche zu verknüpfen. Schüler hatte anscheinend viel Pech mit ihrem Freund gehabt. Aber es interessierte ihn nicht wirklich. In seinem Beruf war er viel zu oft mit Schicksalsschlägen konfrontiert, wenn er alle an sich herangelassen hätte, wäre er schon längst in der Psychiatrie gelandet. Allerdings war das nicht immer so gewesen. Sein Blick wanderte zu seinem jungen Kollegen, den diese Geschichte viel mehr berührte.

Mach nicht die gleichen Fehler wie ich, Kleiner, dachte Brandt.

»Ja, die hat es nicht interessiert, dass mein Ex-Freund mich verarscht hat. Sie wollten ihr Geld. Aber woher sollte ich das mit meinem Job nehmen?«

»Also haben Sie entschieden, für eine Escort-Agentur zu arbeiten? Wie sind Sie auf die Agentur von Groß gekommen? Die inserieren doch nirgends.«

»Auf einer Party. Ich war verzweifelt, das Angebot war für mich fast wie ein Wink des Schicksals.«

»Hat Groß Sie angesprochen?«

»Nein, es war eine, die für ihn arbeitet. Ich habe mich bei ihr ausgeheult und sie hat mir den Tipp gegeben, dann ging alles ganz schnell.«

»Wie hieß die Frau?«

»Selma.«

»Und weiter?«

»Das weiß ich ehrlich gesagt nicht. Die wenigen Frauen, die ich aus der Agentur kenne, kenne ich nur beim Vornamen.«

»Wann war das?«

»Vor einigen Jahren.«

»Einigen Jahren? Ich dachte, man verdient sehr viel Geld beim Edel-Escort?«, fragte Brandt überrascht.

»Tut man auch. Aber ich habe mich dabei nie wohlgefühlt. Wenn Sie wüssten, was für Kunden wir haben … Je erfolgreicher der Kunde, desto perverser ist er. Aber ich mache keine perversen Sachen. Mehr als ein bis zwei Kunden im Monat, ertrage ich nicht.«

»Sie müssen nicht über Ihren Job sprechen«, wollte Aydin sie trösten.

»Es ist nicht mein Job. Ich bin Krankenschwester. Und wenn ich die Schulden abbezahlt habe, war's das«, fuhr sie ihn an.

Brandt glaubte ihr. Dennoch schien der Job gut genug, um sich die Brüste vergrößern zu lassen. Dass sie diese Schönheits-OP mit ihrem Krankenschwesterngehalt je hätte bezahlen können, daran glaubte er nicht.

»Wieso haben Sie uns das nicht gleich erzählt?«, fragte Aydin.

»Weil ich nicht will, dass irgendjemand weiß, was ich neben meinem Beruf noch machen muss«, gestand sie.

»Was ist Groß für ein Mensch?«, wollte Brandt wissen.

»Er ist nett, aber man bekommt ihn selten zu Gesicht. Die Termine werden über seine Mitarbeiter koordiniert. Ich habe ihn kaum gesehen.«

»Haben Sie keine Herren in seiner Villa empfangen?«

»Nein, ich mache nur Hotelbesuche.«

»Kennen Sie Lange?«

»Nein, sagt mir nichts.«

»Ich muss Ihnen diese Frage noch einmal stellen: Kennen Sie den Mann, der heute auf Ihrem Balkon war?«

»Nein, ich kenne ihn nicht. Ich habe mir lange den Kopf darüber zerbrochen. Aber keiner meiner Freier sieht ihm ähnlich. Ich habe große Angst, dass ich die Nächste bin.«

»Seien Sie unbesorgt, wir werden Sie beschützen«, antwortete Aydin.

»Mein Kollege hat recht. Ihnen wird nichts geschehen. Können Sie für einige Tage woanders wohnen?«

»Leider nicht. Ich muss arbeiten, und meine Eltern wohnen in Kassel.«

»Sie sollten in den nächsten Tagen nicht zur Arbeit gehen. Wir können Sie in Ihrer Wohnung beschützen, aber nicht an öffentlichen Plätzen.«

»Ich kann nicht einfach freinehmen«, erwiderte sie.

»Lassen Sie das unsere Sorge sein. Wir werden uns mit der Klinikleitung in Verbindung setzen.«

»Bitte nicht. Ich will nicht, dass irgendjemand erfährt, was ich …«, flehte sie ängstlich.

»Das wird niemand, versprochen. Jetzt geht es nur um Ihre Sicherheit«, versuchte Aydin sie zu beruhigen.

Brandt rief Bender an und klärte mit ihr die nächsten Schritte. Kurze Zeit später kamen Kollegen und lösten die beiden ab.

»Sie hat Ihnen gefallen«, zog Brandt Aydin im Wagen auf.

»Mir, wieso?«, tat Aydin unschuldig.

»Na ja, so wie Sie sich an sie geschmiegt haben … Am liebsten hätten Sie Schüler doch in die Arme genommen. Ist sie Ihr Typ?«

»Nein, ganz und gar nicht. Ich dachte, ich beruhige sie ein wenig«, versuchte sich Aydin herauszureden. Brandt konnte sich ein Lachen nicht verkneifen. »Wirklich, sie ist nicht mein Typ. Ich kann Berufliches und Privates trennen.«

»Sicher? Sah mir nicht so aus.«

»Ist aber so.«

Brandt wollte ihn gerade noch mehr aufziehen, als das Telefon klingelte. Es war Bender.

»Wir haben den Handelsregisterauszug von der Escort-Agentur. Es ist eine GmbH«, kam sie gleich auf den Punkt.

»Schickst du ihn mir?«, fragte Brandt.

»Ja, sollte gleich bei dir sein. Es steht etwas Interessantes drin. Neben Lange ist auch Schwarz stiller Gesellschafter der GmbH.«

»Ist nicht dein Ernst?«, platze Brandt heraus.

»Höre ich mich an, als würde ich scherzen? Und bevor du weiter fragst: Ich habe euch auch die Adresse von Schwarz gemailt. Ihr solltet ihn unbedingt aufsuchen. Da stinkt etwas gewaltig zum Himmel.«

»Das glaube ich auch, darauf kannst du wetten. Wir versuchen es erst in seiner Kanzlei«, antwortete Brandt.

»Heute um 21 Uhr gibt es eine Abschlussbesprechung. Ich hoffe, ihr habt bis dahin neue Erkenntnisse. Dass wir Schüler vor diesem Wahnsinnigen retten konnten, spielt uns in die Karten.«

Brandt beendete das Gespräch und fuhr ohne Umwege zur Kanzlei von Schwarz. Doch sie war bereits geschlossen, weshalb er direkt zu seiner privaten Adresse weiterfuhr.

Schwarz wohnte in einer sehr modern wirkenden Villa in Marienburg, einem der nobelsten und teuersten Viertel Kölns.

Kurze Zeit später standen sie vor der imposanten weißen Haustür und Brandt betätigte die Klingel. Es dauerte eine Weile bis aus dem Lautsprecher eine Stimme zu vernehmen war.

»Wer ist da?«, fragte die Stimme. Sie wirkte alles andere als freundlich und Brandt erkannte sie sofort.

»Herr Schwarz, wir müssen Sie kurz sprechen«, antwortete er.

»Wer ist wir?«, giftete Schwarz zurück.

»Verzeihen Sie, wir sind von der Kriminalpolizei. Aydin und Brandt. Wir hatten heute bereits miteinander gesprochen.«

»Worum geht's denn? Können wir das nicht morgen in der Kanzlei machen?«

»Nein, können wir nicht. Wir haben noch ein paar Fragen an Sie«, blaffte Brandt zurück. Schwarz' Tonlage gefiel ihm gar nicht.

»Ich bin im ersten Stock, das letzte Zimmer«, kam als Antwort und kurze Zeit später ertönte der Summer.

Die Beamten betraten den Flur, das Licht brannte bereits. Menschen wie Schwarz machten sich anscheinend keine Gedanken über die Stromrechnung, stellte Brandt süffisant fest.

Rechts ging eine Treppe vom Flur in den ersten Stock ab. Sie folgten der Treppe und erreichten das besagte Zimmer.

Brandt klopfte kurz an, dann traten sie ein.

Schwarz saß hinter einem braunen Schreibtisch und schien etwas in den Computer einzutippen. Als er die Beamten sah, unterbrach er seine Tätigkeit und wandte sich den Besuchern zu.

»Warum müssen Sie mich zu Hause stören? Was ist so wichtig, dass es nicht bis morgen warten kann?«, fragte er sichtlich genervt.

»Wir wollen Sie nicht länger als nötig stören. Es geht um Ihre stille Beteiligung.«

»Welche stille Beteiligung?«, fragte er, noch immer klang seine Stimme gereizt und überheblich.

»Ihre stille Einlage bei der Escort-Agentur«, antwortete Brandt trocken.

Für einen kurzen Augenblick sah Brandt Unsicherheit in Schwarz' Gesicht, er bekam etwas Angreifbares. Aber es war nur von kurzer Dauer, denn sofort legte Schwarz wieder seine arrogante Maske auf.

»Na und? Als Geschäftsmann pflege ich zu investieren«, erklärte er.

»Wir reden hier aber von derselben Agentur, aus deren Reihen zwei Frauen ermordet wurden. Einen dritten Mord konnten wir noch rechtzeitig verhindern«, entfuhr es Brandt. Er hätte ihn am liebsten an der Gurgel gepackt und ordentlich durchgeschüttelt.

»Was habe ich mit den Morden zu tun?«, erwiderte Schwarz und ging zu Brandts Überraschung gar nicht auf den dritten Mord ein. Das war ihm allerdings sehr recht, da er darüber vorerst nicht hatte sprechen wollen.

»Hoffentlich nichts. Warum haben Sie uns Ihre stille Beteiligung verschwiegen?«

»Sie haben nicht danach gefragt.«

Brandt hasste Schwarz schon jetzt. Etwas stank an diesem schmierigen Anwalt ganz gewaltig. Er war einfach zu selbstsicher, was natürlich seinem Beruf geschuldet war, da er genau wusste, was Polizeibeamte tun durften und was nicht.

»Seit wann sind Sie an der Agentur beteiligt?«

»Ich müsste in meinen Papieren nachschauen lassen.«

»Fängt das Spiel von vorne an? Hören Sie, ich nehme Sie mit, und bevor Sie fragen warum: Paragraf 164 der Strafprozessordnung erlaubt mir die Verhaftung, wenn Personen der Anordnung von Polizeibeamten nicht Folge leisten«, erklärte Brandt und hoffte, dass Schwarz darauf ansprang.

»Haben Sie extra für mich einen Paragrafen auswendig gelernt? Welcher Anordnung folge ich denn nicht? Ist es, weil ich in eine Escort-Agentur investiert habe? Oder verdächtigen Sie mich als Mörder?«, machte sich Schwarz über Brandt lustig. Dieser versuchte, seine Wut weiter im Zaum zu halten.

»Wir verdächtigen niemanden, wir ermitteln nur«, kam Aydin Brandt zu Hilfe, als ahnte er, dass sein Partner nicht mehr lange würde an sich halten können.

»Das wäre auch lächerlich, warum sollte ich die jungen Frauen umbringen? Sie bringen mir eine gute Rendite.«

So schwer es Brandt fiel, aber er musste ihm recht geben. Es ergab einfach keinen Sinn, dass Schwarz der Mörder war. Dennoch hatte er ihnen verschwiegen, dass er ein stiller Teilhaber der Agentur war. Als Anwalt hätte er doch wissen müssen, dass sie das früher oder später herausfinden würden. Wäre es da nicht am klügsten gewesen, gleich mit der Polizei zu kooperieren, um jeglichen Verdacht von sich abzuwenden?

»Wie sind Sie darauf gekommen, in die Agentur zu investieren?«, fragte Aydin.

Die gleiche Frage hatte auch Brandt im Kopf.

»Liegt das nicht nahe? Ich kannte einige Damen, ich wusste, wie viel Geld dort zu holen war, also habe ich investiert.«

»Warum hat man Sie überhaupt beteiligt, wenn die Agentur so viel Geld einbringt? Wenn ich mich nicht irre, holt man sich doch zusätzliche Gesellschafter dann ins Unternehmen, wenn man expandieren will oder es einem schlecht geht«, gab Aydin zu denken.

»Das müssen Sie Herrn Groß fragen. Ich habe ein Angebot gemacht und er hat eingewilligt.«

»Wir fragen aber Sie! Warum brauchten die Ihre Einlage, wenn das Unternehmen rentabel war? Es gibt doch in einer Agentur kein Sachvermögen. Kein Betriebsgelände, in das investiert werden müsste«, bohrte Brandt weiter nach.

»Ich kann Ihnen diese Frage nicht beantworten. Ich habe ein Angebot gemacht, das überaus fair war, und er hat angenommen.«

»Und Sie haben ihn nicht gefragt, warum er Sie als Teilhaber wollte? Auch dann nicht, als Sie gesehen haben, dass die Agentur fette Gewinne abwirft?«

»Nein, warum? Ich bin Geschäftsmann. Ich investiere mein Geld, um damit Geld zu verdienen. Ich habe nichts zu verschenken.«

»Kann es sich vielleicht um eine Gefälligkeit gehandelt haben?«

»Was wollen Sie damit sagen?«, wurde Schwarz laut.

Seine Stimme verriet ihn, dessen war sich Brandt sicher.

»Laut unseren Akten waren Sie der Anwalt von Groß.«

»Macht doch Sinn, er ist mein Geschäftspartner«, entgegnete Schwarz und ahnte nicht, welchen Gefallen er Brandt mit dieser Aussage getan hatte. Brandt hatte eine reine Hypothese aufgestellt, da es für ihn die einzig sinnvolle Antwort darauf war, warum Groß den Anwalt als stillen Gesellschafter aufgenommen hatte. Es musste sich um eine Gefälligkeit handeln.

»Ich bezweifle, dass Sie schon damals stiller Gesellschafter waren, oder wollen Sie das auch leugnen?«, erwiderte Brandt und beobachtete Schwarz genau. Er wollte sehen, ob seine Körperhaltung ihn verriet. Für den Bruchteil einer Sekunde zuckte seine Lippenpartie.

»Gut möglich, dass ich ihn verteidigt habe«, antwortete Schwarz mit gesenkter Stimme. Anscheinend hatte er mit diesem Gesprächsverlauf nicht gerechnet. »Aber was hat das mit den Morden zu tun?«

Vielleicht nichts, vielleicht alles, dachte Brandt. In diesem Moment wünschte er sich, dass Schwarz der Mörder war. Aber die Wahrheit schien viel komplizierter zu sein.

Jedoch glaubte er inzwischen, dass Schwarz den Leiter der Escort-Agentur in der Hand und von ihm eine Gefälligkeit erwartet hatte, nämlich ihn an der lukrativen Agentur zu beteiligen. Dennoch fehlte das Mordmotiv.

Und dann kam ihm ein neuer Gedanke. Er war verrückt, aber vielleicht, vielleicht war es die richtige Spur.

Bevor er den Gedanken in Worte fassen konnte, klopfte es an der Tür.

Eine ältere, sehr gepflegte Dame trat ein.

»Schatz, ich wusste nicht, dass du Besuch hast«, sagte sie.

»Die Herren wollten gerade gehen«, antwortete Schwarz.

»Wir wollen nicht weiter stören, Frau Schwarz«, antwortete Brandt und gab Aydin ein Zeichen, aufzubrechen.

»Darf ich fragen, wer Sie sind?«, fragte Frau Schwarz. Ihr Ausdruck verriet ihr Misstrauen.

»Ich begleite Sie nach draußen«, kam Schwarz den Beamten zuvor.

»Wir sind von der Kripo«, antwortete Brandt und konnte sich ein kurzes Schmunzeln nicht verkneifen. Wenn Schwarz dachte, dass er mit ihnen spielen konnte, dann sollte er seinen Spaß haben.

»Von der Kripo?«, hakte die Ehefrau nach.

Schwarz stand schon neben den Beamten und hielt ihnen die Tür auf, als fürchtete er, was jetzt kommen würde.

»Ja, wir ermitteln in einem aktuellen Mordfall und mussten Ihrem Mann ein paar Fragen stellen.«

»Meinem Mann?« Ihre Augen wurden groß und wanderten erst zu Schwarz, dann zu Brandt.

»Sicherlich wissen Sie, dass Ihr Mann Gesellschafter einer Escort-Agentur ist.«

Kapitel 29

Tag 5, eine Wohnung in Köln

Der Schlaf kann eine reinigende Funktion haben. Nach einem erholsamen Schlaf sieht die Welt gleich ganz anders aus. Das sagt man doch.

Ich habe darauf gehofft, aber ich habe beschissen geschlafen. Habe mir vorher einen runtergeholt in der Hoffnung, dass ich besser schlafen könnte, aber weit gefehlt. Mitten in der Nacht bin ich aufgewacht und habe zunächst mit dem Gedanken gespielt, eine Nutte zu bestellen. Nicht irgendeine Nutte, sondern Selma. Sie ist eine der Wenigen, die auch Hausbesuche machen.

Ich hätte ihr vor Wut wahrscheinlich die Kehle durchgeschnitten. Zum Glück habe ich sie nicht gebucht, denn dann hätten sie meine Adresse, meine Identität und damit alles, was geheim bleiben muss.

Ich weiß nicht, ob ich meinen neuen Plan, von der Bildfläche zu verschwinden, durchziehen kann. Ich fühle diese unendliche Sehnsucht. Diese Sehnsucht nach weiblicher Nähe, nach Geborgenheit. Ich wünsche mir doch wie alle Menschen nichts sehnlicher als Liebe.

Ist das denn ein so unmögliches Verlangen für jemanden wie mich? Sollte nicht jeder Mensch ein Anrecht auf Liebe haben?

Oder ist das die naive Vorstellung eines Einzelkindes, dessen Eltern zu beschäftigt waren, als dass sie sich um ihren Erben hätten kümmern können? Ich möchte nicht an meine Eltern denken, das macht mich nur wütend. Ich liebe und hasse sie. Aber was soll ich machen, sie sind meine Eltern und ich kann ja schwer beide fertig machen, oder?

Aber ich könnte ihnen die Kehle durchschneiden. Ich habe das schon mal versucht. Es ist Jahre her, da war ich noch jung, und sie fanden es nicht so witzig, als ich meinem Vater das Messer an die Kehle hielt, während beide schliefen.

Statt mich in den Arm zu nehmen, haben sie mich zu irgendwelchen Ärzten geschickt, als ob Ärzte mir helfen könnten! Ich wollte doch nur Zuneigung und Liebe. Aber jetzt will ich das alles nicht mehr von ihnen. Jetzt nerven sie nur noch. Ich will, dass sie endlich sterben, damit ich an all das Geld rankomme.

Stimmt doch gar nicht! Geld hat dich nie interessiert, sonst würdest du nicht in so einem Loch wohnen. Nein, deine wahren Beweggründe haben deine Eltern nie verstanden, sie haben dir einfach nicht zugehört.

Es nervt mich, dass ich gerade an meine Eltern denken muss. Ich will nicht an sie denken. Sie denken schließlich auch nicht an mich, so selten, wie sie sich bei mir melden.

Dabei sollten sie stolz sein, dass sie einen so intelligenten Sohn haben. Ich bin mehr als intelligent, ich bin außergewöhnlich. Vielleicht werden sie das irgendwann begreifen.

Aber jetzt ist es genug, weg mit den Gedanken an meine Eltern. Mein Blick wandert zur Uhr. Zu spät, stelle ich fest. Zu spät, um zur U-Bahn-Haltestelle zu gehen und zu sehen, ob die Schlampe mit dem geilen Arsch diesmal in der U-Bahn ist. Ich kenne nicht mal ihren Namen. Wenn ich ihren Namen wüsste, wäre alles viel angenehmer und leichter. Sie hat bestimmt ein Facebook-Profil oder eins bei Instagram. Jede junge Schlampe hat eins. Dabei wünschte ich mir, dass sie keins hat, dann könnte sie weiterhin meine Traumfrau bleiben, dann könnte ich ihr meine Aufwartung machen. Ich will nämlich keine Freundin, die von allen Bestätigung braucht. Zu nichts anderem sind doch diese Portale da. Menschen mit Komplexen suchen dort nur Bestätigung.

Mist! Irgendwie will mir die Schlampe nicht aus dem Kopf gehen. Vielleicht werde ich morgen mein Glück versuchen.

Ich brauche Zerstreuung. Da gibt es eigentlich nur eins, was mir einen Kick gibt: der dumme Bulle.

Kapitel 30

Den Blick von Schwarz würde Brandt so schnell nicht vergessen. Es hatten so viel Hass und Wut darin gelegen, als hätte er ihn damit töten wollen.

Brandt hatte es genossen. Schwarz' Ehefrau war kreidebleich geworden, sie schien nicht glauben zu können, was sie gerade gehört hatte. Brandt war das herzlich egal. Er hatte erreicht, was er wollte: Schwarz von seinem hohen Sockel herunterzustoßen.

Er mochte ihn nicht, warum also hätte er seiner Frau gegenüber den Mund halten sollen? Wäre Schwarz kooperativer gewesen, hätte er ihn sicherlich nicht bloßgestellt. Dass seine Frau etwas von der Beteiligung gewusst hatte, war für Brandt unvorstellbar. Schon auf den ersten Blick hatte er gewusst, dass sie sich für ein Mitglied der besseren Gesellschaft hielt, da passte eine finanzielle Beteiligung an einer Escort-Agentur so gar nicht in diese heile ehrenwerte Gesellschaft. Schwarz hingegen schien das zu sein, was er auch ausstrahlte: ein schmieriger Typ, der nur Geld verdienen wollte.

Und genau das hatte Brandt auf eine Idee gebracht. Er konnte es zwar noch nicht beweisen, aber er war gewillt, die dafür notwendigen Informationen zu beschaffen. Schwarz hatte Dreck am Stecken, das stand für ihn fest, und er würde diesen Dreck finden, um sich den arroganten Kerl vorzuknöpfen.

Das gestrige Meeting um 21 Uhr hatte keine neuen Informationen gebracht, sodass Bender es zügig beendet hatte. Brandt hatte noch um ein paar weitere Nachforschungen gebeten, danach hatten sich alle getrennt.

Pünktlich um 9 Uhr am nächsten Morgen begann die Sitzung der ‚Soko Julia'.

»Brandt, ich habe die Informationen, die du wolltest. Schwarz scheint kein unbeschriebenes Blatt zu sein. Wenn ihr lest, wen er alles verteidigt hat und zu seinen Mandanten zählt, werdet ihr verstehen, was ich meine. Vor einigen Jahren gab es Ermittlungen gegen ihn wegen Geldwäsche, aber es konnte ihm nichts nachgewiesen werden. Ich habe euch die Unterlagen per E-Mail zukommen lassen«, begann Bender.

Nichts anderes hatte Brandt erwartet. Er hoffte nur, dass er ein Detail finden würde, das er gegen Schwarz nutzen konnte. Etwas, was bis jetzt niemandem aufgefallen war.

»Ich habe einiges überflogen, aber genau genommen sehe ich keinen Grund, warum Schwarz für die Ermordung der jungen Frauen verantwortlich sein sollte. Er ist ein Arschloch, ohne Frage, dafür muss ich ihn nicht mal kennen. Allein die Unterlagen legen diesen Schluss nahe. Aber wäre er fähig dazu, einen oder gar mehrere Morde in Auftrag zu geben? Ich weiß nicht, das passt nicht«, fuhr Bender fort.

»Was ist mit der Verbindung zwischen Schwarz und Groß?«, fragte Brandt.

»Wie du bereits gestern Abend vermutet hattest: Sie kannten sich schon, bevor Schwarz in die Agentur investierte. Groß war sein Mandant. Es ging um eine Messerstecherei, als Groß noch als Türsteher auf den Ringen arbeitete. Schwarz hat ihn vorm Knast bewahrt.«

»Und deswegen stand Groß ihm gegenüber in der Schuld?«, stellte Kramer in den Raum. Er klang nicht überzeugt.

»Gut möglich. Es sah laut Akten sehr schlecht aus für Groß. Ein Zeuge konnte ihn entlasten. Und erstaunlicherweise war dieser Zeuge auch ein Mandant von Schwarz«, erklärte Bender.

»Welcher Zeuge?«, hakte Brandt nach. Vielleicht war das die Verbindung, nach der er suchte und die Schwarz zu Fall bringen würde.

»Jochen Pohl heißt der Mann. Laut Akten ist er einunddreißig Jahre alt, hat vor einigen Jahren in Dellbrück gewohnt. Ich habe bereits angefragt, wo er sich derzeit aufhält. Ein Foto müsste jeden Augenblick an meine E-Mail Adresse gesendet werden«, antwortete Bender und warf einen Blick auf ihren Laptop, den sie mitgenommen und an den Beamer angeschlossen

hatte. »Foto ist da, die vom Einwohnermeldeamt haben wieder vorzügliche Arbeit geleistet.«

Kurze Zeit später erschien ein Foto auf der Leinwand. Brandt wäre fast vom Stuhl gefallen, als er das Gesicht sah.

Der Mann war schlank, hatte kurze Haare und wirkte wie ein Niemand. Jemand, den man einfach nicht bemerken würde.

»Scheiße, das ist unser Mann«, platzte es aus ihm heraus.

»Das wissen wir noch nicht. Er sieht sehr durchschnittlich aus, zugegeben. Aber warum sollte dieser Mann Auftragsmorde für Schwarz durchführen? Soviel ich bisher von euch gehört habe, kann man behaupten, dass Schwarz charakterliche Schwächen hat. Aber ist er deshalb ein Mörder? Dazu gehört eine ganz andere Persönlichkeit. Jemand, der so erfolgreich ist, wird nicht einfach zum Mörder«, gab Kramer in seiner gewohnt überheblichen Art zu bedenken.

»Er hat die Frauen auch nicht ermordet. Das war Pohl. Im Auftrag von Schwarz. Auch Pohl muss in seiner Schuld stehen. Ich habe mal eben kurz die Bilanzen der Agentur überflogen. Sie macht fette Gewinne. Warum sollte Schwarz nicht versuchen, Groß zu verdrängen?«, suchte Brandt nach einer Erklärung für seine Annahme.

»Komm, jemand wie Groß wird sich doch nicht verdrängen lassen, nur weil ein paar Callgirls ermordet wurden. Schwarz trägt das größere Risiko. Er muss damit rechnen, dass die Presse eigene Recherchen anstellt, und wenn dabei herauskommt, dass er an der Agentur beteiligt ist, werden sie sich auf ihn und seine Familie stürzen. Nach dem, was du uns über seine Frau erzählt hast, kann ich mir beim besten Willen nicht vorstellen, dass Schwarz dieses Risiko eingegangen wäre. Das passt einfach von vorne bis hinten nicht«, erwiderte Kramer. »Apropos, dass du der Ehefrau Schwarz‘ kleines Geheimnis verraten hast, war aber nicht die feine englische Art«, fügte er schmunzelnd hinzu, als wollte er sagen, dass er Brandt so viel Gemeinheit gar nicht zugetraut hätte.

»Brandt, ich muss Kramer recht geben. Es passt nicht, da es aber unsere heißeste Spur ist, sollten wir ihr natürlich folgen. Pohl wohnt noch immer in Dellbrück. Ich habe dir die Adresse gemailt. Du und Aydin sollten nach dem Meeting mal hinfahren. Und wenn du Schwarz ein nächstes Mal besuchst, möchte ich vorher informiert werden«, betonte Bender.

»Warum das?«, fragte Brandt überrascht.

»Der Mann hat Kontakte, sehr gute Kontakte in die höchsten Kreise. Und er hat sich über dich beschwert. Das Präsidium möchte nicht …«

»Scheiß aufs Präsidium. Ich habe nichts Unrechtes getan, ich mache nur meinen Job«, wurde Brandt laut. Menschen, die ihre gesellschaftliche Stellung nutzten, um ihn bei seiner Arbeit zu behindern, waren ihm zuwider. Aber er gehörte nicht zu den Kripobeamten, die sich einschüchtern ließen. Während seiner Laufbahn hatte er sich schon mit ganz anderen Schwergewichten angelegt.

»Brandt hat recht. Er hat nichts Unrechtes getan. Es war Schwarz, der sich nicht kooperativ gezeigt hat«, verteidigte Aydin seinen Partner.

»Es ist sehr nett von dir, deinen Partner zu verteidigen. Aber ich kenne Brandt ein bisschen länger und ich weiß, dass er manchmal alle fünfe gerade sein lässt«, konterte Bender. Allerdings hatte ihr Ton nichts Mahnendes, sondern eher etwas Fürsorgliches, als wollte sie sagen: Pass einfach auf, mit Schwarz ist nicht zu spaßen.

Brandt nahm es positiv auf, dass Aydin sich für ihn einsetzte, obwohl er noch neu im Team war. Trotz seiner Schüchternheit und seines jungen Alters schien er keine Angst zu haben, seinen Standpunkt und seine Meinung mitzuteilen, das gefiel ihm.

»Es passt zum Profil von Schwarz, das ich im Kopf habe. Er ist rücksichtslos und schlägt zurück, wenn man ihn angreift, aber ist er auch ein Mörder?«, brachte Kramer erneut als Einwand vor.

»Ich hoffe, nach dem Gespräch mit Pohl wissen wir mehr. Ich will wissen, warum er für Groß ausgesagt hat. Alle Damen der Escort-Agentur werden von Polizeikollegen aufgesucht und befragt. Es sind achtundfünfzig Frauen, das wird leider einige Zeit in Anspruch nehmen, aber vielleicht gewinnen wir weitere Erkenntnisse. Beamte in Zivil werden die Frauen im Auge behalten oder sie an einen geheimen Ort bringen lassen, jedenfalls die, die im Umkreis von Köln wohnen. Die Agentur ist bundesweit tätig. Aufgrund des großen Medieninteresses hat das Innenministerium Gelder freigegeben. Kein Politiker will eine weitere tote junge Frau, das spielt uns in die Karten. Wir werden alle Freier aufsuchen, und zwar zunächst die, die

die toten Mädchen gebucht haben. Das wird einiges an Zeit und Ressourcen in Anspruch nehmen. Wie lange wir auf diese Ressourcen zurückgreifen können, weiß ich allerdings nicht. Wir müssen endlich etwas Belastendes finden, bisher ist das alles Murks«, erläuterte Bender.

Danach gab sie das Wort an Fischer und Rech, die allerdings nichts wirklich Verwertbares beisteuern konnten.

Direkt im Anschluss an das Meeting fuhren Brandt und Aydin nach Dellbrück. Der Stadtteil lag wie das Polizeipräsidium rechtsrheinisch.

Knapp zwanzig Minuten später parkten sie vor dem Wohnblock, in dem Pohl wohnte, in der Dellbrücker Hauptstraße. Laut den Akten war Pohl Freiberufler.

Brandt betätigte die Klingel. Der Summer ertönte. Beide Beamte betraten das Treppenhaus und gingen in den zweiten Stock, wo bereits eine Wohnungstür offen stand.

Brandt bedeutete Aydin zu schweigen und leise gingen sie in die Wohnung. Brandt fand es merkwürdig, dass Pohl einfach so die Tür offen ließ.

Als sie im Flur waren, hörten sie Geräusche. Es klang, als würde jemand Fernsehen schauen.

»Endlich bist du da«, hörten sie einen Mann sagen, als sie im Wohnzimmer waren.

»Ich brauche dringend neuen Stoff …«, war der zweite Satz, ehe er bemerkte, dass fremde Menschen in seiner Wohnung standen. »Wer sind Sie?«, fragte er deutlich nervös. Seine Augen waren weit aufgerissen.

»Wir sind von der Kriminalpolizei«, antwortete Brandt und instinktiv ging seine Hand Richtung Waffe.

Ein kurzer Blick genügte, das Äußere von Pohl passte zum Täterprofil wie die Faust aufs Auge. Er war schlank, groß, unauffällig. Und er trug eine blaue Jeans und ein graues T-Shirt.

Brandt versuchte, Pohl mit der Person zu vergleichen, die vor ihm weggelaufen war.

Könnte passen, dachte er zufrieden. Jedoch wirkte Pohl nicht wie ein Sextriebtäter oder jemand, der für Schwarz Auftragsmorde durchführte, sondern wie ein Junkie. Sein Gesicht war blass, zu blass.

Auf der anderen Seite konnte das aber die Erklärung sein, warum Schwarz ihn in der Hand hatte.

»Bullen? Was wollen Sie hier? Verschwinden Sie«, wurde Pohl laut, nachdem er seine anfängliche Nervosität überwunden hatte.

»Nur mit der Ruhe. Wenn wir verschwinden, nehmen wir Sie mit«, giftete Brandt zurück.

»Ich habe nichts getan«, erwiderte Pohl.

»Sie waren gerade im Begriff, Drogen zu erwerben«, konterte Brandt.

»Das stimmt nicht«, versuchte Pohl sich herauszureden.

»Und was ist das da auf dem Tisch? Das sieht nicht danach aus, als seien Sie clean«, sagte nun Aydin. Auf dem Tisch lagen eine Pipe und ein wenig Gras.

»Das ...«

»Es reicht, Herr Pohl. Wir haben nur ein paar Fragen an Sie, dann lassen wir Sie wieder in Ruhe. Wir sind weg, bevor ihr Dealer kommt«, erklärte Brandt bestimmt.

Pohl antwortete nicht, er schien seine Möglichkeiten abzuwägen. Sein Blick wanderte unruhig zur Uhr, als fürchtete er, dass es für ihn wirklich brenzlig werden könnte, wenn sein Dealer vor der Tür stand.

Oder fürchtete er, dass die Polizisten ihm eine Falle stellen wollten?

»Woher weiß ich, dass Sie wirklich Bullen sind?«

Brandt und Aydin zeigten ihm ihre Marken.

»Keine Spielchen mehr«, erhob Brandt seine Stimme.

»Was wollen Sie denn von mir?«

»Wir wollen Ihnen nur ein paar Fragen stellen. Womit verdienen Sie Ihren Lebensunterhalt?«

»Ich bin selbstständig«, antwortete Pohl, ohne die Beamten anzuschauen.

Brandt ließ seinen Blick kurz durchs Wohnzimmer streifen. Es war sehr spartanisch eingerichtet. Was immer Pohl auch arbeitete, entweder er verdiente oder er arbeitete zu wenig. Brandt tippte eher auf Letzteres.

Damit hätte Pohl genug Zeit, die jungen Frauen zu beobachten, sie zu stalken und zu ermorden. Aber warum gerade Edel-Callgirls?

»Was machen Sie als Selbstständiger?«, fragte Brandt.

»Projektmanagement.«

»Verdienen Projektmanager nicht gut?«, fragte Aydin, dem auch nicht entgangen sein durfte, dass die Wohnung nicht gerade luxuriös eingerichtet war.

Oder er gibt alles für Drogen aus, überlegte Brandt.

Ein drogensüchtiger Mörder, der dazu vielleicht unzurechnungsfähig war, war das Letzte, was Brandt gebrauchen konnte. Damit könnte Schwarz, das feige Schwein, seiner gerechten Strafe entgehen. Aber am Ende war ihm das lieber, als dass weitere junge Frauen ermordet wurden.

»Woher wollen Sie wissen, wie viel ich verdiene?«, wurde Pohl laut.

»Wie viel verdienen Sie denn?«, bohrte Brandt nach.

»Das geht Sie nichts an«, schimpfte Pohl.

»Was für Projekte managen Sie?«, änderte Aydin die Stoßrichtung.

»Ich kümmere mich um IT-Projekte.«

»Also können Sie programmieren?«, fragte Brandt.

»Das sollte man dafür schon können«, antwortete Pohl ironisch.

Alles passte so gut. Das Aussehen, die IT-Affinität. Es war noch besser als bei Jens Voigt. Nur die Drogen waren das Haar in der Suppe.

»Haben Sie für die Anwaltskanzlei Schwarz schon mal Aufträge durchgeführt?«, versuchte Brandt, den blassen Mann aus der Reserve zu locken.

Manchmal war Angriff die beste Verteidigung.

»Der Name Schwarz sagt mir nichts. Ich habe keine Anwälte als Kunden. Eher mittelständische Unternehmen, die Personalengpässe haben«, erwiderte Pohl.

»Noch eine Lüge und ich verhafte Sie! Wir wissen, dass Sie ein Mandant von Schwarz waren und dass Sie in einem seiner Prozesse eine Aussage zugunsten von Maximilian Groß gemacht haben. Aufgrund Ihrer Aussage kam Groß frei. Und jetzt noch einmal: In welcher Beziehung stehen Sie zu Holger Schwarz?« Brandt blieb nur mit Mühe ruhig.

So langsam reichte es ihm. Allein die Drogen auf dem Tisch reichten aus, um Pohl zu verhaften. Aber er war nicht an diesem kleinen Delikt interessiert. Er wollte Schwarz zur Strecke bringen und die Morde aufklären.

»Ist ja gut, vielleicht kenne ich Schwarz«, gab Pohl reumütig zu. »Aber worum geht es überhaupt?«

»Beantworten Sie nur unsere Fragen«, mahnte Brandt. »Warum hat Schwarz Sie verteidigt? Er ist bestimmt nicht gerade billig.«

»Wenn Sie wissen, dass er mein Anwalt war, dann wissen Sie doch auch …«, holte Pohl gerade aus, da wurde er von Brandt scharf unterbrochen.

»Warum hat Schwarz Sie verteidigt?«, wiederholte er seine Frage.

Auf dem Weg zu Pohl hatte Aydin Benders E-Mail vorgelesen. Daher wusste Brandt, dass Pohl wegen Drogenbesitzes angeklagt worden war und Schwarz ihn rausgeboxt hatte.

»Wegen seines Sohnes.« Pohl schaute ängstlich auf den Tisch.

»Sein Sohn? Sind Sie Freunde?«

»Nicht mehr, wir waren mal im Studium ganz dicke. Aber selbst für mich war der zu krass.«

»Was meinen Sie damit?« Brandt verstand nicht ganz, was Schwarz‘ Sohn mit der ganzen Sache zu tun hatte.

»Der hat einfach keine Grenzen gekannt. Sein Vater hat ihn ja aus jeder Scheiße rausgeholt.«

»War er drogensüchtig?«

»Keine Ahnung. Manchmal habe ich gedacht, der kann ohne das Zeug nicht leben, und dann wieder, der braucht keine Drogen, der ist so schon durchgeknallt genug. Ohne seine Eltern hätte er sich schon längst den goldenen Schuss gesetzt.«

»Und wegen dieser Freundschaft hat Schwarz Sie verteidigt?«, wollte Aydin wissen. Sein Blick sagte Brandt, dass er mit dem Gehörten nicht wirklich zufrieden war.

Brandt kannte Kinder wie den Sohn von Schwarz. Kinder aus reichen Familien, die von ihren Eltern vermittelt bekamen, dass ihnen die Welt gehörte und dass sie sich alles erlauben konnten, weil die Kontakte der Eltern und ihre Stellung all ihre Fehltritte ausbügelten.

Glücklicherweise waren nicht alle Kinder vermögender Eltern so, aber Schwarz junior schien so einer zu sein. Doch das interessierte Brandt jetzt nicht. Pohl verschwieg etwas.

»Ich denke schon, ich kannte ja keinen anderen Anwalt.«

»Und Schwarz hat das Mandat nicht vielleicht übernommen, weil sein Sohn auch drogensüchtig war?«, konterte Aydin.

»Nein, nein. Ich habe Scheiße gebaut. Habe von einem verdeckten Ermittler Drogen gekauft. Pierre hatte nichts damit zu tun«, antwortete Pohl. Die Antwort kam zu schnell, so als hätte er sie auswendig gelernt. Seine Stimme war leer, er klang nicht aufrichtig.

Brandt warf ihm einen eingehenderen Blick zu. Pohls Pupillen waren groß und seine Augen wirkten schwerfällig. Es war gut möglich, dass sein Marihuana-Konsum drastisch gestiegen war, vielleicht waren auch andere Drogen im Spiel. Immerhin konnte es dabei helfen, mehr aus Pohl herauszukitzeln.

»Warum sollte ein Top-Anwalt wie Schwarz einen Junkie wie Sie verteidigen? Welchen Vorteil hatte er davon? Sie hätten doch seine Anwaltskosten niemals bezahlen können.«

»Ich sagte es doch bereits, weil ich mit seinem Sohn befreundet war.« Pohl wurde ungehalten. Seine Augen wanderten schnell nach rechts und links und immer wieder zur Uhr.

»Das glaube ich Ihnen nicht«, antwortete Brandt scharf. Bevor Pohl antworten konnte, ertönte die Klingel. Jemand stand vor der Haustür.

»Ihr Dealer?«, fragte Aydin.

»Nein, nur ein Freund«, antwortete Pohl hastig. Aber alles an ihm verriet, dass er log.

»Gut, dann lassen wir ihn doch einfach herein«, antwortete Brandt und gab Aydin ein kurzes Zeichen, die Haustür zu öffnen.

Aydin wollte gerade das Wohnzimmer verlassen, als Pohl rief: »Nein, bitte nicht.«

Die Klingel ertönte ein zweites Mal.

»Warum hat Schwarz Sie verteidigt?«

»Weil ich seinen Sohn gedeckt habe«, platzte es aus Pohl heraus. Die deutliche Anspannung in seinem Gesicht und seinem Körper ließen nach. Fast war es, als würde er wie ein Sack in sich zusammenfallen. »Ich will nicht noch mal in den Knast«, jammerte er.

»Dann erzählen Sie uns, warum Sie Pierre gedeckt haben.«

»Pierre war ein Psycho. Er hatte sich nicht im Griff, trotz zahlreicher Therapien. Er hat im Suff einer Frau ein Messer ins Bein gerammt«, rückte er endlich mit der Wahrheit heraus.

Die Klingel ertönte ein drittes Mal.

»Und Sie haben die Tat auf Ihre Kappe genommen?«, fragte Brandt, dabei kannte er die Antwort bereits. Sie stand in der E-Mail von Bender. Es war das erste Delikt gewesen, für das Pohl vor Gericht gestanden hatte. Aufgrund seines jungen Alters, seines Studiums und weil er die Tat im Vollrausch begangen hatte, wollte der Richter ihn nicht ins Gefängnis stecken. Er kam unter Auflagen frei und bekam eine zweite Chance.

In der Akte wurde Schwarz' Sohn jedoch mit keinem Wort erwähnt. Das Opfer hätte wissen müssen, wer ihr das Messer ins Bein gerammt hatte.

»Ja. Das war im Karneval. Wir haben viel getrunken und gekokst. Dann hatte er plötzlich das Messer in der Hand, und bevor ich merkte, was geschah, sah ich nur, wie vor mir eine junge Frau umkippte.«

»Und wieso wurden Sie verurteilt? Hatte das Opfer Pierre nicht erkannt?«, fragte Aydin.

Die Klingel war nun nicht mehr zu hören, stattdessen vibrierte Pohls Handy auf dem Tisch. Sicher war das der Dealer.

Pohl schaute verlegen auf sein Handy, dann auf den Tisch. Bevor er danach greifen konnte, hatte sich Aydin das Handy geschnappt.

»Der Dealer«, sagte Aydin.

»Wir haben Sie an den Eiern. Wenn Sie uns alles erzählen, was wir wissen wollen, bekommen Sie Ihr Handy zurück und ich verspreche Ihnen, dass das hier unser kleines Geheimnis bleibt«, machte Brandt unmissverständlich deutlich. Singen oder Knast!

Pohl schaute zunächst irritiert, nickte dann aber.

So langsam zweifelte Brandt daran, dass er ihr Täter war. Aber ausschließen wollte er es nicht. Er hoffte, dass er unter dem Einfluss der Drogen und der Angst vor dem Gefängnis endlich gestand.

»Das Opfer war sich nicht mehr sicher. Waren ja alle betrunken. Einige der Männer dort haben Pierre und mich festgehalten. Zunächst wurden wir beide verhaftet.«

»Auf dem Messer müssten doch die Fingerabdrücke von Pierre gewesen sein?«, erwiderte Aydin.

»Ja, waren sie auch. Aber meine ebenfalls, weil wir die ganze Zeit vorher mit dem Messer gespielt haben. Wir waren voll drauf. Haben geflachst, ich habe es nicht ernst genommen, dass er das Messer jemandem in den Körper rammen wollte. Er sprach von nichts anderem, die ganze Zeit.«

»Wie ist es dann dazu gekommen, dass nur Sie angeklagt wurden?«, fragte Brandt und war gespannt, wohin das Gespräch führen würde.

War der Mann am Ende ein Opfer? Oder nur ein verdammt guter Lügner?

Pohl gab einen gehässigen, abfälligen Laut von sich.

»Weil sein Vater mich erpresst hat.«

»Womit?«

»Er drohte, wenn ich nicht die Schuld auf mich nähme, würde ich im Knast auf sehr üble Typen stoßen, die mich jeden Tag ficken würden. Er würde mein Leben zerstören.«

»Und Sie haben ihm das geglaubt?«

»Natürlich. Ich hatte Angst, ins Gefängnis zu gehen, man hört doch nur schlimme Sachen. Und da die Frau sich nicht genau daran erinnern konnte, ob ich ihr das Messer ins Bein gerammt habe oder Pierre, sah alles danach aus, als würde ich ins Gefängnis gehen.«

»Aber wenn Sie die Schuld alleine auf sich genommen haben, war das Risiko doch noch größer, dass Sie ins Gefängnis gehen. Das ergibt doch keinen Sinn«, erwiderte Aydin. »Das hätte Ihr Anwalt wissen müssen.«

»Der Anwalt war ein Freund von Schwarz. Er hat das gemacht, was Schwarz wollte. Die Frau hat ihre Anklage später fallen lassen, weil sie uns beiden eine zweite Chance geben wollte«, lachte er höhnisch. »Ich glaube, Schwarz hat ihr ordentlich Schmerzensgeld bezahlt. Und nachdem Schwarz mir zugesichert hat, dass ich nicht ins Gefängnis muss, wenn ich die Schuld auf mich nehme, habe ich mich auf den Deal eingelassen. Welche Wahl hatte ich denn? Sein Psycho-Sohn war fein raus und Schwarz hielt Wort, ich musste nicht ins Gefängnis.«

Das passte zu dem gewieften Anwalt. Pohl war ihm nicht gewachsen und Schwarz hatte seinen Sohn aus der Schusslinie gebracht.

»Trotzdem sind Sie später wieder im Gefängnis gelandet«, sagte Aydin.

»Ja, eine dumme Sache. Diebstahl.«

»Dumme Sache? Es war ein besonders schwerer Fall des Diebstahls. Mussten Sie Ihre Drogensucht finanzieren?«

»Ich habe dafür bezahlt. War sechs Monate im Knast. Menschen wie ich sind dort ein leichtes Opfer. Danach habe ich eine Therapie gemacht«, verteidigte sich Pohl.

In diesem Augenblick machte es klick bei Brandt.

»Und Schwarz hat Ihnen die Therapie bezahlt?«

»Ja, die Krankenkassen können Sie in die Tonne treten. Wenn man den Staat braucht, duckt er sich weg. Schwarz hat alles für mich bezahlt. Ich dachte, weil er sich dafür bedanken wollte, dass ich seinen Sohn nicht verpfiffen habe. Ich Idiot, wenn ich gewusst hätte, wie abhängig ich mich damit von ihm mache, wäre ich doch lieber weiter ein Junkie geblieben.«

Aydin warf ihm einen misstrauischen Blick zu.

»Das ist doch nur Dope, Mann!«, erklärte Pohl mit Blick auf die Rauchutensilien auf dem Tisch. »Ich bin clean. Kein Koks und kein Kokain. Das hier ist wie Zigaretten.«

»Dennoch wurden Sie erneut beim Drogenerwerb erwischt und dann hat Schwarz Sie verteidigt, sodass Sie noch tiefer in seiner Schuld standen«, schlussfolgerte Brandt.

»Ja, er ist wie ein Blutegel. Wenn er Ihnen ein Mal einen Gefallen getan hat, setzt er sich an Ihnen fest und lässt nicht mehr los, bis er Sie ausgesaugt hat. Bei Menschen wie Schwarz stehen Sie immer in der Schuld.«

»Und deswegen haben Sie auch für Groß ausgesagt?«

»Welche Wahl hatte ich denn? Ich war von Schwarz abhängig.«

Brandt nickte nur. Schwarz hatte damit auch Groß an sich gebunden. Durch Pohls Meineid war Groß freigekommen und stand seitdem in der Schuld von Schwarz.

Sicherlich hatte Schwarz das nur getan, weil er hoffte, früher oder später davon profitieren zu können. Und er hatte recht behalten: Groß wurde Unternehmer einer Escort-Agentur, die fette Gewinne abwarf. Von diesem Kuchen wollte Schwarz ein großes Stück abhaben.

Ein widerlicher Typ, daran gab es nichts zu zweifeln, aber noch immer passten die Morde an den Prostituierten nicht ins Bild. Pohl schied langsam als Mörder aus.

Gerade als Brandt einen weiteren Gedanken formulieren wollte, klingelte sein Handy.

Die Nachricht, die ihn erreichte, war mehr, als er erwarten konnte.

Kapitel 31

Langeweile ist das Schlimmste aller Übel, oder? Ich glaube schon. Ich habe mich schon mein ganzes Leben lang sehr schnell gelangweilt. Und immer wieder habe ich mich gefragt, warum? Wie können sich andere Menschen nur mit banalen Dingen wie Fernsehen oder Computerspielen ablenken, damit ihre Zeit vertreiben.

Welchen Sinn sehen Sie darin, ihr kostbarstes Gut, ihr Leben, für solch dumme Dinge zu verschwenden? Ich hasse dumme Menschen, ich hasse Menschen. Hasse ich vielleicht alle Menschen? Gut möglich. Egal.

Ich habe selbst das Interesse an diesem dummen Bullen verloren. Ich bin gerade in seiner Wohnung. Obwohl er wissen müsste, dass ich schon einmal bei ihm war, hat er wieder sein Fenster auf Kipp gelassen. Dummheit stirbt nie. Welch Ironie, dass gerade er ein Bulle ist.

Oder hat er meine Hinweise nicht bemerkt? An dem Joghurt kann er unmöglich vorbeigegangen sein. Jetzt, wo ich so darüber nachdenke, wundert es mich schon, dass er oder einer seiner Kollegen keine Nachrichten über Facebook sendet. Immer muss ich den ersten Schritt machen.

Leider ist er nicht da, ich kann ihn nicht nach dem Grund fragen. Ach, scheiß drauf. Ich bin besser als er. Er ist doch ein typisches Opfer dieser Gesellschaft. Lebt nur, um zu arbeiten in der Hoffnung, irgendwann seine bescheidene Pension zu bekommen. Wenn er Glück hat, bekommt er gleich danach einen Herzinfarkt, dann muss er sich die Schmach des Altwerdens nicht antun.

Ich habe mir wieder den Spaß erlaubt und einen Joghurt gegessen, auch seine Parfümflaschen habe ich umgestellt. Ich liege gerade in seinem Bett, aber ich langweile mich.

Der Mann hat nicht mal einen Computer oder Laptop, dann hätte ich wenigstens ein bisschen in seiner digitalen Welt schnüffeln können.

Auch sonst gibt es in seiner Wohnung wenig Interessantes. Habe ein altes Fotoalbum von ihm gefunden, das zusammen mit seinem Telefon neben mir liegt. Ich muss sagen, er sah schon in seiner Jugend gut aus. Jungs wie er haben mich immer ignoriert, und jetzt? Jetzt wünscht er sich nichts sehnlicher, als mir persönlich zu begegnen, aber diesen Gefallen tue ich ihm nicht, denn ich bin viel schlauer als er.

Er hat einen Festnetzanschluss. Ich überlege, ob ich ihn anrufen sollte. Ich halte den kabellosen Hörer in der Hand, lasse das Teil in meinen Händen kreisen. Seine Handynummer kenne ich inzwischen auswendig. Ich wähle die Nummer, lege dann aber wieder auf.

Ich wiederhole diesen Vorgang einige Male, bis ich den Hörer gelangweilt in die Ecke schmeiße.

Es ist einfach alles anders, als es sein sollte. Ich hasse es, wenn meine Pläne durch andere gestört werden. Ich habe noch so viele Namen auf meiner Liste ... Was, wenn diese Nutten in einigen Monaten umziehen, untertauchen oder sterben?

Ich mag gar nicht daran denken, allein bei dem Gedanken fange ich an zu schwitzen. Das darf nicht sein, bevor ich das bekomme, was ich verlange und verdient habe.

Meine Gedanken sind wieder bei Maike und ihren dicken Titten. Mit ihr fing das Unglück an.

Mein Handy klingelt, ich werfe einen Blick auf das Display, es ist meine Mutter. Ich überlege, ob ich den Anruf annehmen soll. Das Klingeln hat etwas Forderndes. Einen Ton, der mir keine Wahl lässt. Es ist eine Aufforderung, eine Anweisung, nein ein Befehl, der mir sagt: Nimm den Anruf an!

Ich kann zum Glück diesem Druck widerstehen, ich lasse es einfach weiterklingeln. Ich bin kein Soldat, kein Sklave. Ich bin mein eigener Herr!

»Lasst mich einfach in Ruhe«, schreie ich hinaus.

Ich spüre wieder, wie ich wütend werde, wie es in mir kocht. Ich balle meine Hand zur Faust, möchte sie in die Fresse meiner Mutter und meines

Vaters schlagen. Dabei mache ich das auch für dich, Mutter! Aber wenn ich das für dich mache, warum hasse ich dich dann so?

Weil ich dich liebe?

Diese Gedanken verwirren mich, ich kann nicht klar denken. Da hilft nur eins. Ich ziehe die Unterhose aus und wichse mir einen, biss ich auf das Laken spritze. Erst jetzt löst sich die Anspannung, die Wut entweicht wie die Luft aus einem Schlauchboot. Ich entspanne mich und dann habe ich eine Idee.

Ich muss unwillkürlich grinsen.

Kapitel 32

Fischer hatte Brandt angerufen, da er sehr gute Neuigkeiten hatte. Der Mörder hatte einen kleinen Fehler gemacht, mit vermutlich fatalen Folgen. Fischer hatte diesen Fehler nur durch Zufall entdeckt, als er die Bilder, die der Mörder über Facebook an Brandt geschickt hatte, genauer analysiert hatte aus Sorge, dass noch weitere Viren oder Trojaner darin versteckt waren.

Auf dem letzten Bild, welches das Wohnzimmer von Melanie zeigte, gab es eine Spiegelung. Melanies Schrankwand hatte eine Vitrine, in der eine große Glasvase stand. Und genau in dieser Vase gab es eine Spiegelung vom Gesicht des Mörders.

Fischer hatte das Gesicht erst durch eine nachträgliche Bildbearbeitung sichtbar machen können, doch jetzt hatten sie endlich das Bild des Täters. Es war zwar nicht perfekt, aber man konnte die Person erkennen. Endlich war das Glück auf der Seite der Kölner Kripo.

Dadurch stand eins fest: Der Gesuchte war nicht Pohl. Wie Voigt passte Pohl perfekt ins Täterprofil, aber wie Voigt schien auch Pohl unschuldig zu sein.

Brandt hatte Fischer gefragt, ob der Mann schon zur Fahndung ausgeschrieben sei, was Fischer bejahte. Die Polizeidatenbank hatte noch keine Ergebnisse ausgespuckt, aber Fischer hoffte, dass vom Bürgerservice etwas Brauchbares kommen würde. Inzwischen konnte sich Brandt nicht mehr vorstellen, dass es keinen Zusammenhang zwischen dem Mörder und Schwarz oder Groß gab. Es musste jemand sein, der in irgendeiner Beziehung zu dem Escort-Unternehmen stand.

Es könnte auch ein enttäuschter Freier sein, überlegte er. Aber auch die Freier der Frauen wurden gerade von Kollegen überprüft. Sie hatten jetzt das

Gesicht des Mörders, nicht mehr lange, und sie würden wissen, wer dieser Psycho war.

Dennoch dauerte ihm das alles zu lange. Die Sorge, dass der Täter erneut zuschlagen würde, trieb ihn voran.

»Sie behalten das aber für sich«, machte sich Pohl bemerkbar, dem anscheinend die Stille, die durch das Telefonat entstanden war, nicht behagte.

»Kennen Sie diesen Mann?«, fragte Brandt und zeigte Pohl das Foto, welches er auf seinem Smartphone abgespeichert hatte.

»Wer soll das sein?«, fragte Pohl und schaute kurz darauf.

»Sie kennen ihn!«, mahnte Aydin.

Anscheinend war ihm genauso wenig wie Brandt entgangen, dass Pohl für einen kleinen Augenblick erschrocken wirkte.

»Nein, kenne ich nicht. Warum sollte ich?«

»Ich dachte, wir hätten eine Abmachung?«, stellte Brandt klar und zeigte auf Pohls Handy, welches Aydin noch immer in der Hand hielt.

»Was ist mit dem Foto?«, fragte Pohl und sein Blick war starr auf die Pipe, die auf dem Tisch lag, gerichtet.

»Brauchen Sie einen Zug?«, schloss Brandt aus diesem Blick. »Beantworten Sie unsere letzten Fragen, dann können Sie sich zudröhnen, bis der Arzt kommt.«

»Ich habe schon viel zu viel verraten. Wer sagt mir, dass ich Ihnen vertrauen kann, dass Sie mich nicht gegen die Wand laufen lassen? Man legt sich nicht mit Schwarz an, auch als Bulle nicht. Verdammt!« Pohl schien sich in Rage zu reden, denn er wurde immer lauter. »Mein Leben war echt wieder okay. Warum holen Sie die ganze alte Scheiße wieder vor? Ich will mit Schwarz und seinen Machenschaften nichts mehr zu tun haben.«

»Beruhigen Sie sich!« Brandt hob nun seinerseits die Stimme. Typen wie Pohl, die unter dem Einfluss von Drogen standen, konnte man nur mit Härte beikommen, das jedenfalls war seine Überzeugung.

»Was wissen Sie denn schon? Sie haben doch überhaupt keine Ahnung, welche Scheiße ich durchgemacht habe«, jammerte Pohl.

Für die Scheiße bist du selbst verantwortlich, hätte Brandt ihm am liebsten entgegengeschleudert. Er hatte noch nie mit Drogen experimentiert, selbst

in seiner Jugend nicht. Er rauchte nicht, nur dem Alkohol war er nicht abgeneigt. In letzter Zeit mehr als früher.

»Wir wissen, was Sie durchgemacht haben, und wir haben sehr viel Respekt dafür, dass Sie noch die Kurve gekriegt haben. Dass Sie einen Job haben und keine harten Drogen mehr nehmen. Hat nicht jeder von uns mal einen Joint geraucht?« Aydin schien Brandt eine Brücke bauen zu wollen.

Der Verständnisvolle, dachte Brandt leicht verärgert. Er schob das dem jungen Alter und der Unerfahrenheit von Aydin zu. Er würde noch schnell genug merken, dass man Personen wie Pohl mit Strenge entgegentreten musste. Verständnis war der falsche Schlüssel, um an Informationen zu gelangen.

»Scheiße Mann, Sie werden es eh herausfinden …«, fing Pohl an und kaute auf den Fingern. »Das ist Pierre.«

»Pierre? Der Sohn von Schwarz?«, fragte Aydin ungläubig.

»Ja, klar. Den erkenne ich sofort. Dieses kranke Schwein«, bestätigte Pohl.

Brandt war genauso sprachlos wie Aydin. Er hätte mit allem gerechnet, aber nicht damit, dass der Sohn von Schwarz ein Mörder war. Was hatte ihn dazu veranlasst?

Hatte Schwarz seinen eigenen Sohn mit den Morden beauftragt? Es konnte gut möglich sein, schließlich vertraute man doch eher seinem Sohn als einer fremden Person. Gerade wenn es um so eine Sache ging.

Wollte Schwarz also auf Nummer sicher gehen? Und das nur, weil er die lukrative Escort-Agentur an sich reißen wollte?

Was für ein kranker Vater, der seinen eigenen Sohn zum Mörder machte, aus purer Geldgier.

»Sie hatten vorhin gesagt, dass Pierre in Behandlung war«, begann Brandt.

»Ja, der Junge war ein Freak. Total durchgeknallt. Möchte nicht wissen, wie viele Haustiere der auf dem Gewissen hat. Habe ihn einmal beobachtet, wie er einem Welpen bei lebendigem Leib den Bauch aufgeschnitten hat. Als ich ihn fragte, warum er so eine Scheiße macht, meinte er, er wolle sehen, wie lange der Überlebenskampf des Welpen dauern würde. Danach hat er

sich das Blut des kleinen Hundes auf seine Wangen geschmiert und dabei gelacht. Ich kriege noch jetzt eine Gänsehaut dabei. Die Therapie hat bei dem nicht angeschlagen.«

»Warum nicht?«, fragte Aydin.

»Der war einfach zu clever für die ganzen Psychologen. Er hat denen erzählt, was sie hören wollten. Aber mir hat er gesagt, dass ihn niemand manipulieren könne. Weder sein Vater noch die Ärzte. Ich glaube, er liebte es einfach, anderen Schmerzen zuzufügen. Besonders Tieren, da sie sich nicht wehren können«, erklärte Pohl.

Brandt musste ihm in Gedanken widersprechen. Schließlich war es dem Vater gelungen, den Sohn für seine perfiden Pläne zum Mörder zu machen. Die gewalttätige Ader, der Psychopath in seinem Sohn, machten es dem Vater sicherlich leicht, ihn für seine Zwecke zu missbrauchen.

»Was hat Pierre verbrochen, dass Sie ihn suchen?«, fragte Pohl. Diesmal schien er sehr gefasst, als ahnte er, dass die Beamten ihn nun in Ruhe lassen würden.

»Darüber dürfen wir nicht sprechen. Geben Sie uns bitte Ihre Handynummer. Sie müssen in den nächsten Tagen jederzeit erreichbar sein.«

»Warum?«, moserte Pohl und fügte hinzu: »Sagen Sie nicht, dass er der Nuttenmörder ist.«

»Nuttenmörder?«, fragte Brandt irritiert.

»Die beiden jungen Frauen, die ermordet wurden, waren doch Nutten. Das habe ich vorhin auf der Bild-Seite gelesen.«

Verdammt, dachte Brandt verärgert. War die Presse schon hinter das Geheimnis der Frauen gekommen? Schneller, als er es für möglich gehalten hatte. Die Zeit drängte, sie mussten Pierre finden, bevor es ein weiteres Opfer gab. Bis sämtliche Frauen von der Polizei überwacht wurden, konnte es Tage dauern. Tage, die möglicherweise über Leben und Tod entschieden.

»Ihre Handynummer«, drängte Aydin.

»Krass, er ist es wirklich. Ich traue es dem Bastard sogar zu.«

»Hören Sie, wenn Sie auch nur ein Wort an die Presse verlieren, kommen wir wieder und verhaften Sie wegen Meineides und Verleumdung, dann gehen Sie für sehr lange Zeit ins Gefängnis. Wir haben mit keiner

Silbe erwähnt, dass der Sohn von Schwarz verdächtigt wird«, ermahnte ihn Brandt. Er traute Pohl das ohne Weiteres zu und die Presse würde ihn sicherlich fürstlich dafür entlohnen.

»Ganz ruhig, ich sage nichts. Ich will mit dieser kranken Familie nichts zu tun haben«, antwortete Pohl, nahm seine Geldbörse und reichte Aydin eine Visitenkarte.

Aydin gab Pohl sein Handy zurück, das dieser sofort in der Hosentasche verschwinden ließ.

»Kein Wort zu den Medien«, wiederholte Brandt und gab Aydin ein Zeichen, ihm zu folgen. Sie verließen das Wohngebäude und stiegen in den Wagen.

Brandt wählte Benders Nummer und teilte ihr die neuen Erkenntnisse mit.

»Sehr gut gemacht, Jungs«, lobte sie. »Die Fahndung geht sofort raus. Ich schicke euch die Adresse von dem Schwein, sobald sie mir vorliegt. Und dann schnappen wir ihn uns. Ihr solltet den Vater verhaften. Ich sorge für die Haftbefehle.«

»Wir sind gerade auf dem Weg in die Kanzlei«, antwortete Brandt. »Lass Aydin und mich Pierre Schwarz verhaften. Ich fürchte, wenn zu viele Kollegen vor Ort sind, könnte ihn das abschrecken und zur Flucht verleiten. Der Junge scheint nicht nur äußerst brutal, sondern auch hochintelligent zu sein. Wir müssen vorsichtig sein. Sind die Frauen in Sicherheit?«

»Na gut, Brandt. Aber verbockt mir das nicht! Noch sind nicht alle in Sicherheit, das wird noch dauern. Aber wir haben schon einige erreicht. An den anderen sind wir dran. Bringt mir das Schwein«, sagte Bender und beendete das Gespräch.

Mit Blaulicht fuhr Brandt von Dellbrück in die Innenstadt zum Kaiser-Wilhelm-Ring.

»Was machen wir mit Pohl?«, fragte Aydin.

»Wie meinen Sie das?«

»Na ja, er hat gestanden, dass er einen Meineid geleistet hat«, erklärte Aydin.

»Unter Drogen«, erwiderte Brandt.

»Aber ich war dabei. Ich kann bestätigen, dass er gar nicht so stoned war.«

»Wie wollen Sie das beurteilen? Kiffen Sie?«

»Ich? Nein, nein«, antwortete Aydin. Es klang wie eine billige Ausrede. Letzten Endes war es Brandt egal. Viele Kollegen bei der Polizei kifften, auch wenn es niemand offiziell zugab. Solange die Kollegen während der Arbeitszeit nicht kifften, interessierte es Brandt nicht. Am liebsten aber wäre ihm aber ein Partner, der gar nicht kiffte.

»Pohl hat uns Informationen geliefert, seinetwegen wissen wir, dass der Mann auf dem Foto Pierre Schwarz ist. Das hat uns wertvolle Zeit gespart. Vielleicht sogar das Leben eines weiteren Callgirls gerettet. Es gibt für mich keinen Grund, Pohl hochgehen zu lassen.«

»Aber …«, wollte Aydin gerade ausholen, wurde aber von Brandt scharf unterbrochen.

»Sie müssen noch viel lernen«, stellte dieser fest und fuhr von der Autobahn herunter, um auf die Ringe zu gelangen. »Das hier ist nicht die Akademie, das ist das echte Leben. Sie werden im Laufe Ihrer Karriere noch viele Informanten haben. Wollen Sie die alle verhaften, bei jeder kleinen Gesetzesübertretung? Dann wird Ihnen keiner mehr wertvolle Informationen geben.«

»Das ist doch nicht das Gleiche«, versuchte Aydin seinen Standpunkt zu verteidigen.

»Was bringt die Verhaftung von Pohl? Der ist ein armes Schwein. Wenn wir an Schwarz rankommen, würde ich das Risiko eingehen. Aber was denken Sie, wie schnell sich Schwarz aus der Affäre ziehen wird? Spätestens wenn der Staatsanwalt fragt, ob Pohl die Aussage unter Drogeneinfluss gemacht hat, bricht das ganze Kartenhaus zusammen. Vergessen Sie Pohl. Wenn wir Schwarz rankriegen wollen, geht das nur über Pierre. Pohl ist ein kleiner Fisch.«

Aydin antwortete nicht, aber sein trotziges Gesicht sprach Bände. Er schaute zur Seite.

Brandt parkte den Wagen in der Tiefgarage des Geschäftsgebäudes. Keine fünf Minuten später standen sie am Empfang der Kanzlei.

»Ja, bitte?«, grüßte die Empfangsdame.

»Kripo Köln. Wir müssen mit Herrn Schwarz sprechen.«

»Er ist gerade in einer Besprechung«, antwortete die junge Dame.

»Dann ist er ja in seinem Büro«, schlussfolgerte Brandt und eilte mit schnellen Schritten zur Tür. Aydin folgte ihm.

»Sie können nicht, einfach ...«, rief die Dame ihnen hinterher.

Natürlich konnten sie.

Brandt klopfte nicht einmal an, er betrat einfach das Büro. Schwarz' überraschten Gesichtsausdruck wollte er nicht verpassen.

»Verdammt, sehen Sie nicht, dass ich in einer Bespr...«, schimpfte Schwarz, als die Tür aufgerissen wurde. Als er jedoch sah, wer eingetreten war, verstummte er augenblicklich.

»Verzeihen Sie, Herr Schwarz«, stammelte die Empfangsdame.

»Ich bin in einem persönlichen Termin, was erlauben Sie sich, einfach hier hereinzuplatzen?«, polterte Schwarz weiter.

»Guten Tag, Herr Bürgermeister«, antwortete Brandt an Schwarz' Besucher gewandt. Der Bürgermeister nickte nur freundlich zurück. Die ganze Sache schien ihm mehr als unangenehm.

Brandt wusste nun, was Bender damit gemeint hatte, als sie sagte, Schwarz habe Kontakte bis in die höchsten Kreise.

Brandt war das dennoch herzlich egal, jetzt kam der beste Teil seines Jobs.

Gut gelaunt und mit vollem Nachdruck sagte er: »Herr Schwarz, hiermit verhafte ich Sie wegen der Anstiftung zum Mord in zwei Fällen.«

KAPITEL 33

Meine Mutter lässt einfach nicht locker. Sie will, dass ich unbedingt zum Abendbrot komme. Scheiße! Vielleicht ist es besser, wenn ich mich mal kurz blicken lasse.

Vielleicht macht sie ein wenig Kohle locker.

Sie hat extra gesagt, dass der alte Herr nicht zu Hause ist, ich also keine Angst haben müsse, zu kommen.

Nach Hause? Dass ich nicht lache, das ist nicht mein Zuhause, schon lange nicht mehr. Seit dem Tag nicht mehr, an dem sie mich in die Anstalt eingewiesen haben. Wieso denkt meine Mutter eigentlich, ich hätte Angst vor meinem Vater? Was weiß die Schlampe eigentlich?

Nichts!

Ich habe keine Angst vor dem alten Herrn. Sie ist es doch, die Angst vor ihm hat, sie ist der Feigling. Er betrügt sie, schlägt sie, und sie? Sie ist noch immer mit ihm zusammen. Warum? Weil sie geldgeil ist, das ist die einfache und beschissene Antwort.

Mein Vater, mein Erzeuger, bekommt immer, was er will. Er hat auch mich immer wieder manipuliert. Aber im Gegensatz zu den anderen habe ich das gewusst und das Spiel mitgespielt, weil ich meine Ruhe wollte.

Ich schlendere durch die Innenstadt, bin aus einem mir unerklärlichen Grund die U-Bahn-Strecke gefahren, auf der ich zuletzt meine Traumfrau sah. Natürlich war sie weder an der Haltestelle noch in der U-Bahn. Warum hätte ich auch mal Glück haben sollen?

Einmal durfte ich an ihrem Nektar riechen, dieses geile Gefühl, als mein Schwanz ihren straffen Hintern berührte, werde ich nie vergessen.

Morgen wage ich es auf alle Fälle noch einmal, ich muss sie wiedersehen. Ich muss ihr meine Liebe gestehen. Wenn sie Gleiches empfindet, würde das alles vergessen machen. All meine Pläne, die aufwendige Vorbereitung, um die anderen Nutten aufzusuchen, wären hinfällig. Ich will doch am Ende auch nur glücklich sein wie alle anderen Menschen.

Ich bilde mir zwar ein, ich wäre glücklich, aber ich glaube, das stimmt nicht. Mit ihr wäre ich glücklich, dabei hatte ich mir eigentlich geschworen, mich nicht zu verlieben. Nie eine Ehe wie meine Eltern zu führen.

Zu allem Übel schlendert vor mir ein verliebtes Pärchen. Sie halten Händchen und küssen sich, als wären sie siamesische Zwillinge. Ihr Glück macht mich wütend und ich frage mich, wie lange es wohl dauern wird, bis er sie betrügt. Wahrscheinlich wird sie eher ihn betrügen, sie ist deutlich hübscher als er.

Ich will nicht sehen, wie sie ihn küsst. Ich verlangsame das Tempo, lasse mich nach hinten fallen und laufe gemächlich die Hohe Straße entlang.

Statt weiter das Pärchen zu beobachten, beobachte ich die schleichende und nach Schnäppchen gaffende Menschenmenge um mich herum und traue meinen Augen nicht. In kurzer Entfernung sehe ich doch tatsächlich die Nutte Selma. Was macht die hier?

Hätte sie nicht woanders sein müssen? Sich fertig machen für ihren Abendfick? Wieso kann sich niemand mehr an seine Gewohnheiten halten? Ich werde wütend. Sehr wütend! Ich erhöhe mein Tempo. Seit die verdammten Medien über mich schreiben, machen die Nutten, was sie wollen.

Das darf nicht sein, das bringt mich aus dem Konzept. Gleichzeitig erregt mich meine Wut. Manchmal frage ich mich, ob die Wut mich erregt oder die Körper dieser geilen Nutten. Ich weiß es nicht. Ist auch scheißegal.

Selma und mich trennen nur noch wenige Schritte. Die Hohe Straße ist wieder sehr gut besucht. Selma merkt nicht, dass ich ihr folge. Wieso auch? Sie telefoniert mit irgendjemandem. Einem Freier? Meinem Vater?

Ich weiß es nicht, aber ich bin geil, meine Hand umklammert das Messer, drückt sich an den festen Griff, will, dass ich die Klinge benutze.

Aber mitten in der Stadt? Ist das nicht zu gefährlich?

Inzwischen ist nur noch eine Person zwischen Selma und mir. Sie telefoniert weiter, lacht in den Hörer, spielt dabei mit ihren Haaren. Diese geldgeile Schlampe.

Ich spüre den Griff des Messers. Meine Hand möchte, dass ich mal etwas wage, etwas Mutiges tue. Ihr das Messer in die Niere ramme.

Ein schneller Schritt und ich wäre an ihr vorbei, dann könnte ich es wagen. Keiner würde es mitbekommen. Die Fußgängerzone ist voll. Bevor sie umfällt, bin ich weg.

Ich muss sie bestrafen, weil sie sich nicht an ihre Gewohnheiten gehalten und damit meine Pläne durcheinandergebracht hat. Irgendjemanden muss ich doch bestrafen!

Tu es! Tu es!, schreit es in meinem Kopf.

Ich koche und explodiere vor Geilheit, ich könnte glatt in meine Hose abspritzen. Sie bleibt kurz stehen, schaut sich das Schaufenster des Schuhladens an. Typisch Frau, Schuhe. Ich bleibe einige Schritte hinter ihr stehen, schaue in die entgegengesetzte Richtung. Ich sehe ihr Bild auf der Fensterfront, die Scheiben spiegeln ganz gut.

Sie scheint zu überlegen, ob sie den Laden betreten soll oder nicht. Frauen scheinen wirklich multitaskingfähig, denn sie telefoniert noch immer, während sie die Schuhe im Schaufenster genau mustert.

Ich sehe es an ihrer Körperspannung, dass sie gerne in den Schuhladen möchte. Sie lacht, dreht sich dann zur Straße und geht weiter Richtung Bahnhof.

Ich folge ihr. Klebe an ihren Fersen. Ich fürchte, der Mut von vorhin hat mich verlassen. Schließlich hatte ich mir fest vorgenommen, unterzutauchen. Auf der anderen Seite muss ich diese glückliche Fügung doch nutzen, oder? Vielleicht ist es Schicksal, dass diese Nutte mir über den Weg gelaufen ist.

Ich hasse sie, denn nach außen gibt sie das biedere türkische Mädchen, das noch Jungfrau ist, aber in Wirklichkeit ist sie eine Dreilochstute. Lässt sich in alle Löcher ficken. Am liebsten hätte ich ihren Eltern und Freunden ein paar ihrer Bilder gemailt, damit sie merken, was für eine Schlampe sie ist.

Aber ich habe es nicht getan, weil ich diszipliniert bin und meine Pläne damit nicht gefährden will. Dass alles einmal anderes kommen würde, hätte ich nie für möglich gehalten.

Wieder trennt mich nur noch eine Person von ihr. Ich bin mir sicher, dass sie noch immer nicht bemerkt hat, dass ich hinter ihr bin. Warum sollte sie auch? Die Fußgängerzone ist voller Menschen und sie telefoniert die ganze Zeit. Außerdem sehe ich wie ein Niemand aus, jemand, den man einfach nicht wahrnimmt.

Und das ist sehr gut so, denn wieder ist dieser Gedanke da, der mich stark macht. Das Messer will, dass ich sie bestrafe, kein Zweifel. Wir erreichen den Domvorplatz und dann ertönen die Domglocken. Jetzt weiß ich, es ist ein Zeichen. Ich zögere keinen Augenblick, mit einem schnellen Schritt gehe ich an ihr vorbei, gleichzeitig ramme ich ihr das Messer in die Seite und ziehe es genauso flink wieder heraus.

Ich gehe mit schnellen Schritten weiter, mein Herz pocht wie verrückt. Ich wage einen kurzen Blick nach hinten. Mann, bin ich mutig. Sie geht noch, aber sie wird langsamer, sie hält sich die Hand an die Seite. Sie sieht das Blut, ihr Gesicht wird blass, kreidebleich, und bevor sie ihre Angst hinausschreien kann, bricht sie zusammen.

Ein breites Lächeln legt sich auf mein Gesicht, denn niemand hat mich bemerkt. Ich könnte vor Glück laut loslachen. Sie hat diese Strafe verdient, hoffentlich verreckt sie. Die Nervosität lässt langsam nach, das Glockengeläut des Kölner Doms ist verstummt. In sicherer Entfernung warte ich und beobachte das Treiben. Eine Menschentraube hat sich um die Nutte gebildet und es dauert lange, bis ein Notarzt und die Polizei kommen.

Zeit für mich, zu gehen. Und ich weiß auch wohin.

Zu meiner Mutter, denke ich grinsend.

Kapitel 34

Schwarz hatte eine Riesenszene gemacht und versucht, sich der Verhaftung zu entziehen. Immer wieder war sein Blick zum Bürgermeister gewandert, doch dieser hatte den Schwanz eingezogen und sich schnell verabschiedet.

Feiger Politiker, dachte Brandt, der sich ein Mal mehr darin bestätigt fühlte, warum er diese Leute nicht mochte.

Als sie im Präsidium ankamen, lag auch schon der Haftbefehl vor. Schwarz wurde zusehends gesprächiger.

»Sie spinnen, ich habe doch nichts mit den Morden zu tun. Warum sollte ich meine besten Pferde im Stall umbringen?«, fluchte er.

»Weil Sie die Escort-Agentur für sich allein wollen. Sie wollen Groß ausboten.«

»Wieso sollte er mir die Agentur überlassen?«

»Na, wenn genug Frauen gestorben sind und die anderen Frauen Angst haben, dort zu arbeiten, wird die Agentur bestimmt keine Gewinne mehr abwerfen und Sie können Groß die Anteile günstig abkaufen«, erklärte Brandt.

»Das ist doch verrückt. Die Sache ist für Sie noch nicht vorbei. Wenn ich freikomme, werde ich Sie in den Ruin klagen«, schimpfte Schwarz.

»Sie werden sehr lange Zeit hinter schwedischen Gardinen sitzen. Wir haben ein Foto von Ihrem Sohn.«

»Meinem Sohn?«, fragte Schwarz. Die Wut und der Hass in seiner Stimme schienen verschwunden.

»Ja, er hat einen Fehler gemacht. Er hat uns nach der Tat kontaktiert und ein Foto von der Wohnung des Opfers geschickt. Dummerweise hat sich sein Gesicht in einer Glasvitrine gespiegelt, das war auf dem Foto deutlich zu sehen«, antwortete Aydin.

»Das kann nicht sein. Warum sollte mein Sohn die Frauen ermorden?«, erwiderte Schwarz. Es schien, als könnte er nicht glauben, dass sein Sohn etwas mit den Morden zu tun hatte.

Dabei nahm Brandt an, dass Schwarz ihn erst zu den Taten angestiftet hatte.

»Sie haben ihn doch dazu angestiftet. Er ist nur Ihre Marionette.«

»Sie sind nicht ganz bei Trost!«, giftete Schwarz zurück.

»Ihr Sohn ist der Mörder, daran gibt es keinen Zweifel. Wir haben genug DNA am Tatort gefunden. Spätestens wenn wir ihn verhaften, werden wir den Beweis haben. Und dann wandern Sie beide ins Gefängnis.«

»Mein Sohn ist kein Mörder. Er ...«

»Wo wohnt Ihr Sohn?«

»Er hat eine eigene kleine Wohnung, warum?«

»Weil wir ihn verhaften müssen. Nennen Sie mir die Adresse.«

Zu seiner Überraschung nannte Schwarz die Adresse, ohne irgendeinen Einwand vorzubringen.

Brandt und Aydin begaben sich sofort zu Brandts Dienstwagen, um nach Ehrenfeld zu fahren, wo Pierre Schwarz wohnte.

»Was, wenn er nicht da ist?«, fragte Aydin im Wagen.

»Die Fahndung läuft. Wenn er in Köln ist, schnappen wir oder die Kollegen ihn früher oder später. Er sitzt in der Falle.«

»Wäre es nicht klüger gewesen, Verstärkung dabeizuhaben?«

»Haben Sie Angst?«, fragte Brandt.

»Ich, nein, aber ...«

»Ich schon. Es ist gut, Angst zu haben. Angst lässt uns vernünftig sein und hilft uns, keine Dummheiten zu begehen. Bleiben Sie hinter mir, versuchen Sie nicht, der Held zu sein. Die Verstärkung kommt, das haben wir mit Bender besprochen. Er ist alleine. Zwar gefährlich, aber alleine. Ich will die Sache unblutig zu Ende bringen. Er soll nicht vom SEK erschossen, sondern für seine feigen Taten zur Rechenschaft gezogen werden. Deswegen gehen wir zuerst.«

Aydin nickte nur. Brandt sah ihm an, dass er mehr als angespannt war. Sein erster richtiger Einsatz und dann gleich ein brutaler Mörder.

Aber Aydin hatte sich das selbst ausgesucht. Es hatte ihn niemand gezwungen, zur Mordkommission zu kommen.

Pierre Schwarz wohnte in der Philippstraße, sie ging von der Venloer Straße ab, es war eine typische Wohngegend für diesen Kölner Stadtteil.

Brandt hatte eigentlich damit gerechnet, dass Schwarz' Sohn in einer hochwertigen Wohnung wohnte, schließlich war Schwarz vermögend. Doch offensichtlich war es anders.

Er parkte den Wagen vor dem Wohnblock.

»Im Treppenhaus Waffe entsichern. Und halten Sie sich genau an meine Anweisungen, keine Alleingänge, keine Heldentaten. Klar?«

Aydin nickte und stieg aus.

Ein Blick auf die Namensschilder verriet ihnen, dass Pierre Schwarz im dritten Stock wohnte, Dachgeschoss.

Brandt betätigte eine Klingel im Untergeschoss. Die Stimme einer alten Dame ertönte aus dem Lautsprecher.

»Kriminalpolizei, öffnen Sie bitte die Tür.«

Ohne eine Antwort wurde die Tür geöffnet. Beide Beamte traten in den Hausflur.

Die Tür rechts neben ihnen wurde geöffnet und eine alte Dame erschien.

»Kennen Sie einen Herrn Pierre Schwarz?«, fragte Brandt.

»Wieso? Darf ich erst einmal Ihre Marken sehen?«, erwiderte die alte Dame, sie schien nicht gerade ängstlich zu sein.

Brandt und Aydin wiesen sich aus.

»Selbstverständlich kenne ich Herrn Schwarz. Er bewohnt die kleine Wohnung im Dachgeschoss. Er ist ein wenig still, ganz im Gegensatz zu seinem Vater.«

»Seinem Vater?«

»Ja, diesem Staranwalt. Ich glaube, er hat ihn ein oder zwei Mal hier besucht.«

»Zahlt er die Miete?«

»Nein, nein. Die Wohnung gehört mir. Die Miete zahlt der Junior. Er ist Programmierer in irgend so einer Internetfirma. Ich kenne mich mit diesem neumodischen Zeugs nicht aus.«

»Wissen Sie, ob er in der Wohnung ist?«, fragte Brandt. Er wusste nicht recht, was er mit diesen Informationen anfangen sollte. Es schien, als sei das Verhältnis zwischen Vater und Sohn doch nicht so ausgezeichnet, wie er angenommen hatte. Jedenfalls nicht so gut, dass der Sohn für seinen Vater Morde begehen würde.

Das wiederum würde sich mit dem überraschten Eindruck decken, den Schwarz gemacht hatte, als Brandt auf seinen Sohn zu sprechen gekommen war.

Aber was wusste schon die alte Dame? Und Schwarz war Anwalt, er war geübt darin, seine Gegner zu täuschen.

»Das weiß ich nicht. Warum? Er hat doch nichts verbrochen? Kann ich mir bei dem nämlich gar nicht vorstellen. Er ist doch immer so still und schüchtern. Spricht kaum ein Wort mit irgendjemandem hier.«

Die Stillen müsst ihr fürchten, schoss es Brandt durch den Kopf. Waren das nicht wesentliche Merkmale von Psychopathen? Sie waren hochintelligente Menschen, die von der Gesellschaft sehr oft als ruhige, introvertierte Menschen wahrgenommen wurden. Schließlich konnte niemand in ihr Inneres schauen.

»Haben Sie einen Zweitschlüssel für die Wohnung?«

»Ja, wieso?«

»Dürfen wir den kurz haben?«

»Ich weiß nicht, ist das nicht verboten?«, fragte sie unsicher.

»Es ist auch verboten, einen Schlüssel zu behalten«, konterte Aydin.

»Nein, nein, junger Mann, so eine bin ich nicht. Das ist ein Notfallschüssel, den habe ich von jeder Wohnung. Für den Fall, dass sich die Mieter ausschließen oder den Schlüssel verlegen. Das ist mit den Mietern so abgesprochen«, verteidigte sie sich.

»Wir glauben Ihnen. Wir müssen den Schlüssel haben und Sie bitten, in der Wohnung zu bleiben. Es liegt ein Haftbefehl gegen Pierre Schwarz vor«, erklärte Brandt und zeigte ihr den Haftbefehl.

Die alte Frau verlor plötzlich ihre lockere und souveräne Art, sie befeuchtete ihre Lippen und eilte in die Wohnung.

»Hier, der Schlüssel. Ich hoffe, es handelt sich alles um ein Missverständnis«, sagte sie angespannt.

»Wir auch. Bleiben Sie bitte in der Wohnung und schließen Sie hinter sich ab«, versuchte Brandt die alte Dame zu beruhigen, als er den Schlüssel entgegennahm.

Die Vermieterin tat wie geheißen und die beiden Beamten gingen langsam in Richtung Dachgeschosswohnung.

»Waffe entsichern und keine Heldentaten«, wiederholte Brandt seine Worte von vorhin im Flüsterton. Aydin nickte, er hielt die Waffe in der linken Hand.

Linkshänder, registrierte Brandt.

Vor der Wohnungstür von Pierre blieben sie kurz stehen.

»Ich zuerst, Sie geben mir Deckung.«

»Okay«, antwortete Aydin und befeuchtete seine Lippen.

Man sah ihm an, dass er äußerst nervös war. Am liebsten wäre es Brandt gewesen, wenn Aydin im Auto gewartet hätte, aber das konnte er nicht verlangen, das wusste er nur zu gut.

Vorsichtig öffnete er die Tür mit dem Schlüssel. Danach betrat er mit nach vorn gestreckter Waffe den Flur.

Kein Lärm!

Vielleicht schläft er?, hoffte Brandt. *Oder er liest ein Buch.*

Vom Flur gingen drei Türen ab. Eine Tür stand offen, es war die zum Bad. Noch immer mit möglichst leisen und langsamen Schritten folgten sie dem Flur. Brandt öffnete die nächstgelegene Tür und betrat sie mit vorgehaltener Waffe.

Sie waren im Wohnzimmer. Niemand war zu sehen.

»Ich glaube, der ist ausgeflogen«, machte sich Aydin bemerkbar. Sehr zum Ärger von Brandt. Er hielt den Finger an die Lippen, damit er ruhig blieb.

Falls Pierre in der Wohnung war, hatten sie ihm damit einen Riesengefallen getan.

Brandt versuchte, seinen Ärger herunterzuschlucken, am liebsten hätte er Aydin eine verpasst. Solche Fehler konnten tödlich enden. Allerdings glaubte auch er immer mehr daran, dass Pierre nicht in der Wohnung war. Dennoch durften sie kein Risiko eingehen. Vielleicht schlief er.

Brandt betrat wieder den Flur. Aydin folgte ihm. Er öffnete die dritte Tür. Es war stockdunkel in diesem Raum, die Jalousien waren heruntergelassen.

Er nahm seine Taschenlampe und leuchtete hinein, immer bereit, bei der kleinsten Bewegung von seiner Waffe Gebrauch zu machen.

Nichts, der Raum war leer.

Brandt betätigte den Lichtschalter. Was sich ihm nun zeigte, überraschte und erstaunte ihn.

Es war das Schlafzimmer. Allerdings war das nicht der Grund für Brandts Verwunderung, sondern das, was sich an den Wänden befand.

Im Zimmer stand an der rechten Seite ein normales Bett, 90 mal 200 Zentimeter vermutete Brandt. Nichts Besonderes. Auf der gegenüberliegenden Seite standen ein Kleiderschrank sowie ein Schreibtisch mit Computer.

An sich ein harmloses Zimmer, wären da nicht die vielen Fotos an der Wand gewesen. Fotos von jungen Frauen.

»Was für ein Freak.« Aydin fand als Erster Worte für das, was sie hier sahen.

»Wir müssen ihn finden, bevor er weiteren Schaden anrichten kann«, bemerkte Brandt bitter.

Es waren Hunderte Fotos, sie zeigten verschiedene Frauen in unterschiedlichen Situationen: beim Einkaufen, in der U-Bahn, in der Bibliothek, beim Schwimmen, beim Sport, in der Uni oder im Café. In ganz alltäglichen Momenten. Einige der Fotos waren durchgestrichen.

Es waren die Fotos von Julia und Melanie, den beiden ersten Opfern von Pierre Schwarz. Diese Fotos änderten alles. So schwer es Brandt auch fiel, er konnte nicht glauben, dass Pierres Vater etwas damit zu tun hatte.

Er musste die Taten alleine vorbereitet haben, irgendetwas in seinem kranken Hirn musste ihn dazu gebracht haben, dies alles akribisch genau zu planen.

Brandt sah auch Fotos von Maike. Sie waren noch nicht durchgestrichen, aber es gab nun keinen Zweifel mehr: Der Mann, den er gesehen hatte, dem er nachgelaufen war, war Pierre Schwarz gewesen. Maike hatte großes Glück gehabt.

»Was machen wir jetzt?«

»Das Schwein finden«, antwortete Brandt, und er spürte, wie sich eine maßlose Wut in seinem Bauch zusammenballte. Er nahm sein Handy und informierte Bender. Sie beschloss, die Spurensicherung und ein SEK-Team vorbeizuschicken. Alle Zufahrtswege zur Wohnung wurden ab jetzt durch verdeckte Ermittler überwacht. Wenn Pierre Schwarz nach Hause wollte, würde die Kölner Polizei ihn erwarten. Brandt besprach noch ein paar andere Dinge mit Bender.

»Komm«, sagte er schließlich zu Aydin.

»Warten wir nicht auf die Kollegen?«, fragte der irritiert.

»Wozu? Wir können hier nichts mehr tun. Wir müssen Pierre finden. Wenn er so schlau ist, wie Pohl meinte und ich nach diesen Fotos vermute, wird er Lunte riechen und nicht nach Hause kommen.«

»Und wo wollen wir dann suchen?«

»Wir fragen seine Mutter.«

»Seine Mutter?«

»Ja, vielleicht weiß sie, wo sich ihr Sohn herumtreibt. Bender wird Schwarz noch einmal ins Gebet nehmen. Außerdem ist die Informationsbeschaffung dabei zu prüfen, ob Pierre ein Handy besitzt, welches wir orten können. Komm, wir dürfen keine Zeit verlieren.«

Brandt eilte mit schnellen Schritten die Treppen hinunter, Aydin hatte Mühe, ihm zu folgen.

Unten angekommen, wollten sie schon den Hausflur hinter sich lassen, als sich die Tür der Vermieterin öffnete.

»War er nicht da?«, fragte sie mit neugieriger, aber leiser Stimme.

»Nein, bleiben Sie bitte in der Wohnung. Wenn Sie mitbekommen, dass er ins Haus geht, benachrichtigen Sie uns bitte sofort«, antwortete Brandt und reichte ihr seine Karte.

Sollte Pierre nach Hause kommen, würden die Kollegen ihn sicher schneller verhaften, als die alte Dame es bemerken würde. Aber sicher war sicher.

»Hier ist der Schlüssel zurück. Es kommen gleich Kollegen von uns. Sie werden bei Ihnen klingeln. Bitte händigen Sie ihnen den Schlüssel aus.«

»Gut, gut. Was um alles in der Welt hat er denn verbrochen? Er war doch immer so ein Stiller, Unauffälliger«, stellte die alte Dame fassungslos fest. Sie machte den Eindruck, als würde sie die Anspannung und Ungewissheit nicht länger aushalten.

»Darüber dürfen wir nichts sagen«, antwortete Brandt und überlegte kurz, ob er Bender bitten sollte, die gesamte Wohnanlage zu räumen, verwarf den Gedanken aber wieder. Die bisherigen Maßnahmen sollten ausreichen.

»Wissen Sie, wie das Verhältnis zwischen Pierre und seinen Eltern war?«, fragte Aydin.

»Ehrlich gesagt, habe ich nicht viel mit ihm zu tun gehabt. Wie ich schon sagte, er war eher ein stiller Mieter. Aber er hat seine Miete immer pünktlich gezahlt und nie Lärm gemacht oder so. Ein vorbildlicher Mieter. Ich hatte nur ein, zwei Mal das Vergnügen, mit seiner Mutter und seinem Vater zu sprechen.«

»Waren sie gemeinsam bei Pierre?«

»Nein, nie. Wenn Herr Schwarz bei ihm war, jedenfalls die Male, als ich es mitbekam, wirkte er sehr aufgelöst. Die Mutter hingegen wirkte traurig. Eine Mutter eben, Mütter machen sich immer Sorgen um ihre Küken«, erklärte sie.

»Also war das Verhältnis zwischen dem Sohn und den Eltern angespannt?«

»Gut möglich, ich weiß es nicht. Fragen Sie doch die Mutter. Ich glaube, er besucht sie ab und zu.«

»Danke«, antwortete Brandt und verabschiedete sich zusammen mit Aydin.

Vielleicht kann die Mutter uns wirklich wertvolle Informationen liefern, dachte er, als sie wieder im Auto saßen. Er gab Vollgas.

Vor der Villa der Familie Schwarz parkte er den Wagen.

Er betätigte die Klingel, doch keine Reaktion. Er klingelte erneut, wieder keine Reaktion.

»Vielleicht ist sie nicht da«, sagte Aydin.

»Das glaube ich nicht. Schau doch mal in die Garage, da steht ein Cabrio.«

»Vielleicht haben die mehrere Autos?«, gab Aydin zu bedenken.

»Glaubst du im Ernst, dass jemand wie Schwarz ein rosa Cabrio fährt?« Brandt schüttelte den Kopf. Sie war da, aber sie öffnete aus irgendeinem Grund nicht die Tür.

Er klingelte noch einmal und wieder passierte nichts.

»Hier stimmt etwas nicht«, sagte er zu Aydin.

Kapitel 35

Brandt versuchte, die Eingangstür zu öffnen, aber sie war verschlossen. Er nahm sein Spezialwerkzeug zu Hilfe, das er immer bei sich trug.

»Funktioniert nicht«, flüsterte er Aydin zu. Es musste sich um ein Spezialschloss handeln, eigentlich konnte er damit so gut wie jede Tür öffnen.

»Vielleicht mit einer Kreditkarte?«, schlug Aydin vor, was bei Brandt nur Kopfschütteln auslöste.

»Kommen Sie«, antwortete er und schlich um die Villa herum in der Hoffnung, ein offenes Fenster zu finden. Das Glück sollte nicht lange auf sich warten lassen. Ein auf Kipp gestelltes Fenster auf der Rückseite der Villa lud förmlich dazu ein, in das Haus einzusteigen.

Brandt wollte sich gerade am Fenster zu schaffen machen, als Aydin ihn am Arm hielt.

»Was ist?«

»Alarmanlage«, flüsterte Aydin und zeigte auf einen weißen Kasten, der an der Wand angebracht war.

»Die ist nicht aktiv, sonst wäre das Fenster nicht offen. Also ist sie in der Villa. Etwas stimmt hier nicht, ganz und gar nicht«, erwiderte Brandt.

Vorsichtig versuchte er, das Fenster zu öffnen. Da er keinen langen spitzen Gegenstand hatte, gelang es ihm nicht. Es sah mehrmals danach aus, als würde es ihm gelingen, den Griff des Fensters nach links zu drehen, aber seine Mühen blieben erfolglos.

»Soll ich?«, fragte Aydin.

Brandt schüttelte zwar den Kopf, ließ ihn aber vor. Er glaubte nicht, dass das Greenhorn es schaffen würde.

»Was machen Sie da? Wir haben keine Zeit für Spielchen«, teilte er seinen Unmut mit. Aydin hatte den Schnürsenkel seines linken Schuhs gelöst. Da er hohe Chucks trug, war der Schnürsenkel sehr lang.

»Vertrauen Sie mir«, erwiderte der, machte eine kleine Schlaufe und versuchte, den Schnürsenkel als Leine zu benutzen. Die ersten Male ging es daneben, doch dann umschloss die kleine Schlaufe den Griff, als wäre sie ein Henkersseil. Aydin ließ das Fenster in den Rahmen fallen, zog an dem Schnürsenkel und das Fenster öffnete sich.

Mit einem breiten Grinsen nahm er den Schnürsenkel und steckte ihn in die Hosentasche. Der Schuh schien auch ohne Schnürsenkel zu halten.

Brandt konnte sich ebenfalls ein Lächeln nicht verkneifen. Sein junger Kollege hatte ihn für einen kleinen Augenblick beeindruckt.

Aydin wollte gerade durchs Fenster steigen, als Brandt ihn an der Schulter hielt.

»Nach mir, als Rückendeckung«, antwortete er.

Er stieg durchs Fenster und Aydin folgte ihm. Sie fanden sich in einem Zimmer wieder, das wie ein Gästezimmer aussah.

Die Tür stand offen.

Mit langsamen Schritten näherten sie sich der Tür zum Flur, den sie noch von ihrem ersten Besuch bei Schwarz kannten.

Brandt glaubte, Geräusche zu hören. Es klang, als weinte, schluchzte jemand.

Scheiße, er wird doch nicht …, dachte Brandt besorgt.

Er traute Pierre alles zu. Wenn dieser Psycho bereit war, die jungen Mädchen zu ermorden, warum sollte er nicht auch seine Mutter töten? Auf der anderen Seite, warum hatte er das bis jetzt nicht getan?

Angst! Nicht alle Psychopathen lebten ihre Fantasien aus, aus den verschiedensten Gründen – Angst, soziale Stellung, Unterdrückung, Scham oder was auch immer. Es war ein Trugschluss zu glauben, dass alle Psychopathen früher oder später zu Mördern wurden, genauso falsch wie die Annahme, dass alle hochintelligent waren. Aber die, die die Tür zur Hölle aufstießen, brauchten einen immer größeren Kick, und früher oder später führte dieser Rausch manche von ihnen zu den Ursprüngen zurück. Zu den

Personen und Orten, die sie für ihr Versagen verantwortlich machten. In vielen Fällen waren es Familienmitglieder oder eben die Eltern.

Brandt hatte vor Jahren einen Fall geleitet, bei dem ein Ehemann seiner Frau nach sechzig Jahren Ehe den Kopf abgeschlagen hatte. Der Ehemann hatte diese Fantasie seit der Hochzeitsnacht mit sich herumgetragen, aber erst sechzig Jahre später hatte er sich getraut, sie in die Tat umzusetzen.

Konnte es möglich sein, dass Pierre genau das gerade vorhatte? Zuerst seine Mutter töten und dann seinen Vater?

Bei einem Vater wie Schwarz kann man nur gestört sein, machte sich ein gehässiger Gedanke in seinem Kopf breit.

Das Schluchzen wurde immer deutlicher, als sie den Flur betraten. Jemand weinte, daran gab es keinen Zweifel. Brandt gab Aydin ein Zeichen, dass er im Flur warten sollte, um ihm Rückendeckung zu geben. Der Flur war glücklicherweise leicht verwinkelt, so dass man ganz gut in Deckung gehen konnte. Er wollte alleine in das Zimmer gehen, aus dem das Geräusch kam. Falls Pierre dort war und seiner Mutter etwas antat, war es besser, wenn er zunächst nur Brandt sah und nicht noch einen zweiten Kripobeamten.

Vielleicht würde er ihn zur Vernunft bringen können, damit er von ihr abließ. Falls nicht, würde er ihn anschießen oder erschießen, das gehörte zu seinem Job. Dass Pierre eine Waffe bei sich haben könnte, fürchtete Brandt nicht. Schließlich waren die Frauen mit Messern ermordet worden, warum hätte er seine Mutter erschießen sollen?

Dennoch würde er kein Risiko eingehen. Er wollte sich so langsam und vorsichtig wie möglich anschleichen und erst, wenn er sicher wäre, dass Pierre keine Schusswaffe bei sich trug, aus der Deckung kommen.

Langsam betrat er das Zimmer. Es wirkte groß und offen, eine breite Fensterfront erstreckte sich über die gegenüberliegende Seite. Vermutlich handelte es sich um das Wohnzimmer. Das Schluchzen war nun gar nicht mehr zu überhören. Hinter einer riesigen Vase, die mit ägyptischen Hieroglyphen versehen war, ging Brandt in Deckung.

Vorsichtig schaute er sich nach Aydin im Flur um.

Mist, ich sehe ihn nicht, fluchte er in Gedanken. Aber er musste das Risiko eingehen. Er schaute wieder zur Fensterfront und sah nun Aydins

Spiegelbild. Draußen war es bereits dunkel, ein riesiger Kronleuchter erhellte den Raum.

Aydin schien auch Brandt zu bemerken. Er machte eine hastige Handbewegung. Aydin verstand die Geste und verschwand wieder aus dem Sichtfeld.

Brandt konnte ihn hier jetzt nicht gebrauchen.

Erneut versuchte er, sich über die Fensterfront einen Überblick über das Wohnzimmer zu verschaffen, was ihm aber nicht wirklich gelang. Es spiegelten sich viele Dinge, aber er konnte weder Pierre noch seine Mutter erkennen.

Doch sie mussten da sein, das Weinen war nicht zu überhören.

Drei, zwei, eins, zählte Brandt in Gedanken, dann machte er einen schnellen Schritt nach vorne, raus aus der Deckung.

»Wer … wer sind Sie?«, schrie ihn eine Frauenstimme an, als er plötzlich mitten im Wohnzimmer stand. Mit vorgehaltener Waffe starrte er Frau Schwarz entgegen.

Sie war alleine. Sie saß auf der weißen Ledercouch und hielt ein Taschentuch in der Hand. Ein halb leeres Cognacglas ließ vermuten, dass sie etwas getrunken hatte. Vermutlich aus Frust.

»Alles in Ordnung, Frau Schwarz? Ich bin von der Kripo.«

»Von der Kripo? … Was … was … ich kenne Sie doch«, stammelte sie, sichtlich überfordert mit der Situation.

Verdammt, ist Pierre nicht hier?, fluchte Brandt in Gedanken.

»Ja, wir haben uns gestern Abend kurz gesehen.«

»Haben Sie meinen Mann verhaftet?«, fragte sie direkt, als habe sie sich wieder gefasst.

»Das haben wir.«

»Der soll im Gefängnis verrotten, dieser Bastard«, fluchte sie.

Über die Ausdrucksweise war Brandt mehr als überrascht, denn er hatte angenommen, dass sie sich für etwas Besseres hielt und da ziemten sich doch solche Kraftausdrücke nicht, oder?

»Wo ist Ihr Sohn?«

»Mein Sohn? Warum?«, wollte sie wissen, dabei klang die Vorsicht einer Mutter in ihrer Stimme mit.

»Wir haben einen Haftbefehl gegen ihn«, erklärte Brandt, der keinen Grund sah, sie anzulügen.

»Einen Haftbefehl gegen meinen Sohn? Mein Sohn ist unschuldig, den wahren Verbrecher haben Sie bereits verhaftet«, erwiderte sie. Ihre Augen waren rot unterlaufen, aber sie weinte nicht mehr. Ihr Blick wirkte jetzt wie der eines Habichts, der sein Nest beschützen will.

»Ihr Sohn wird verdächtigt, zwei junge Frauen ermordet zu haben. Bitte sagen Sie mir, wo er ist, bevor noch weitere unschuldige Mädchen sterben müssen.«

»Er ist unschuldig. Die Nutten hat mein Mann auf dem Gewissen«, blaffte sie, und bevor Brandt antworten konnte, fügte sie hinzu: »Ich habe die eine Nutte erkannt, diese Melanie Schlampe, in den Nachrichten. Dachte mein Mann wirklich, dass ich nichts von seinen Affären wüsste?«

»Sie wussten auch von der Escort-Agentur?«

»Ich wusste alles, aber natürlich konnte ich es mir nicht anmerken lassen, irgendeiner musste ja den Schein wahren. Anfangs war ich von seinem Fremdgehen sehr gekränkt und wollte die Scheidung, doch irgendwann habe ich mich damit arrangiert, so getan, als ob ich nichts mitbekäme. Aber glauben Sie mir, einer Ehefrau entgeht nichts. Trotzdem wollte ich mich nicht scheiden lassen.«

»Warum nicht?«, unterbrach Brandt sie. Das ergab für ihn keinen Sinn. Wenn sie doch so sehr von ihrem Partner verletzt worden war, war es da nicht das Vernünftigste, sich zu trennen? Und warum erzählte sie ihm das? War der Alkohol Schuld daran oder etwas anderes?

»Damit er mit einer Jüngeren eine neue Familie gründet? Nein, diesen Gefallen hätte ich ihm nie getan. Solange ich nicht die Scheidung wollte, hätte er nie danach gefragt. Seine gesellschaftliche Stellung war ihm wichtiger, das habe ich schon immer gewusst.«

Brandt glaubte, die Beweggründe von Frau Schwarz zu verstehen, so wirr sie auch klangen. Aber anscheinend war es ihre Form der Rache. Mit dieser angeblich heilen und vorbildlichen Ehe, die beide für die feine Gesellschaft spielten, stellte sie sicher, dass Schwarz keine jüngere Frau heiratete und keine neue Familie gründen konnte.

Sie musste ihn wirklich hassen, wenn sie bereit war, dieses perfide Spiel zu spielen, bei dem auch sie letztlich als Verliererin dastand. Hätte sie die Scheidung eingereicht, hätte sie vielleicht schon längst einen neuen Partner haben und glücklich sein können. Aber so? So wurde sie alt und verbittert.

»Wo ist Ihr Sohn?«, hakte Brand nochmals nach.

»Mein Sohn ist unschuldig«, beharrte sie und nahm einen Schluck aus dem Cognacglas.

»Wir haben ein belastendes Foto von Ihrem Sohn und DNA vom Tatort. Wenn Sie Ihren Sohn schützen wollen, sagen Sie uns, wo er ist, bevor alles viel schlimmer wird.«

»Sie verstehen nicht. Er ist unschuldig. Er hat die Frauen nicht ermordet«, erklärte sie erneut.

»Frau Schwarz, wo ist Ihr Sohn?«

Und wo ist Aydin? Er müsste doch langsam merken, dass die Luft rein ist, dachte Brandt, konnte das Spiegelbild seines Kollegen auf der Fensterfront aber nicht entdecken. Er nahm an, dass er noch immer in Deckung war.

Anfänger …

»Mein Sohn ist unschuldig. Hören Sie mir doch zu!«, wurde sie laut. »Er hat nichts Ungesetzliches getan, nichts, was ein liebender Sohn nicht für seine Mutter tun würde.«

»Was meinen Sie damit?«, wollte Brandt genauer wissen. Eine dunkle Vorahnung überkam ihn.

»Es war meine Idee.«

»Ihre Idee?«

»Ja, ich wollte diese ganzen Huren tot sehen. Ich hatte die Idee, sie umzubringen. Mein Sohn hat nur das gemacht, worum seine liebende Mutter ihn gebeten hat.«

»Frau Schwarz, Sie sind betrunken. Sie sollten sich nicht selbst belasten, um Ihren Sohn zu schützen. Wir haben genug Beweise, die Pierre des mehrfachen Mordes überführen«, mahnte Brandt, da er nicht verstand, warum Frau Schwarz sich selbst belastete.

Oder sprach sie die Wahrheit? War sie der Kopf der ganzen Sache? Hatte sie ihren Sohn dazu gebracht, die Morde für sie durchzuführen?

»Warum? Ich sage die Wahrheit! Mein Sohn ist kein Mörder. Er ist ein ruhiger, introvertierter Mensch. Ich wollte mich damit an den Nutten rächen, die mir meinen Mann weggenommen haben. Holger war nämlich nicht immer so. Es gab eine Zeit, da hat er mich geliebt, da hatte er nur Augen für mich.« Sie schien in längst vergangene Zeiten abzutauchen, dabei glänzten ihre Augen und ein flüchtiges Lächeln huschte über ihr Gesicht.

Die schöne, herrliche Vergangenheit …

»Wo ist Ihr Sohn?«, fragte Brandt nun sehr bestimmt und überlegte, ob er auch Frau Schwarz verhaften sollte.

Wenn das, was sie gerade sagte, wirklich ein Geständnis war, dann war sie genauso verantwortlich wie ihr Sohn. Nur der, dem er es am ehesten zugetraut hatte, Holger Schwarz, schien unschuldig.

»Ich weiß nicht …«, setzte sie an, als sie von einer Männerstimme unterbrochen wurde.

»Waffe runter …«, sagte der Mann.

Brandt drehte sich um und erkannte ihn sofort. Es war der Mann auf dem Foto. Pierre Schwarz! Und er hatte eine Waffe in seiner Hand. Aber nicht irgendeine, sondern die von Aydin.

Brandt schwante nichts Gutes. War das der Grund, warum er von Aydin nichts mehr gehört hatte? Eine unbändige Wut überkam ihn. Genau deswegen wollte er alleine arbeiten. Wie konnte Bender ihm einen Anfänger, einen von der Hochschule an die Seite stellen?

Das war verantwortungslos. Sie hatte ihn auf dem Gewissen. Nein! Er hatte ihn auf dem Gewissen, weil er sich von Bender hatte überrumpeln lassen. An seinen Händen klebte das Blut eines jungen Polizisten.

Er war kurz davor, die Kontrolle zu verlieren, doch genau das durfte er nicht. Es kostete ihn viel Mühe, diese unbändige Wut herunterzuschlucken.

»Das Spiel ist vorbei«, rief Brandt in der Hoffnung, dass Pierre einen Fehler machen würde, damit er das Schwein erschießen konnte.

»Was machst du mit der Waffe?«, mischte sich seine Mutter ein.

»Beweise vernichten«, grinste Pierre und richtete den Lauf der Waffe auf Brandt. »Waffe fallen lassen.«

»Ein Sondereinsatzkommando ist auf dem Weg hierher. Geben Sie auf. Sie kommen hier nicht mehr raus«, antwortete Brandt.

»Sie lügen. Nur Sie und Ihr Kollege sind hier, und der ist tot. Also, Waffe fallen lassen. Ich wiederhole mich ungern.«

Brandt biss sich auf die Lippen. Pierre hatte Aydin ermordet. Seine Augen wurden zu Schlitzen und blitzten vor Hass.

»Lassen Sie die Waffe fallen. Es wird bereits nach Ihnen gefahndet«, gab Brandt zurück.

»Das glaube ich nicht. Sie waren mir schon immer ein Dorn im Auge. Aber ich muss gestehen, ich habe Sie unterschätzt. Sie sind gar nicht so dumm. Dennoch haben Sie nichts gegen mich in der Hand.«

»Sie irren. Sie haben einen Fehler gemacht«, entgegnete Brandt.

»Lügen Sie nicht! Ich mache niemals Fehler, meine Intelligenz verbietet das«, brüllte Pierre.

»Tja, so helle sind Sie wohl doch nicht«, provozierte Brandt und sah in Pierres Blick, dass er nicht nur innerlich kochte, sondern auch unsicher wirkte. »Sie erinnern sich sicherlich an das Foto, das Sie im Wohnzimmer von Melanie Klose geschossen haben.«

»Sagt mir nichts«, antwortete Pierre, doch seine Unsicherheit war nicht mehr zu übersehen.

»Sollten Sie aber. Ihr Gesicht hat sich in der Glasvase gespiegelt und mit Ihrer DNA kriegen wir Sie dran. Sie landen im Gefängnis, da können Sie mal sehen, wie es ist, wenn man den Arsch hinhalten muss«, reizte er ihn weiter.

»Ich wollte die Frauen nicht töten. Nur Spaß haben. Ich wollte verstehen, warum mein Vater nach diesen jungen Körpern lechzte wie ein Hund. Aber sie haben mich wütend gemacht, diese Schlampen. Und niemand sollte mich wütend machen, auch Sie nicht.« Pierres Augen wurden groß und strahlten Unberechenbarkeit aus. Speichel sammelte sich in seinen Mundwinkeln.

»Dann legen Sie die Waffe runter und lassen Sie uns die Sache in Ruhe beenden, wie erwachsene Männer«, versuchte Brandt nun, die Situation zu entschärfen. Mit Provokationen konnte er bei Pierre nichts erreichen, das wusste er nun.

»Was soll dieser Unsinn? Erwachsene Männer, denken Sie, ich bin ein Kind? Wen wollen Sie eigentlich verarschen? Ich habe mit Ihnen gespielt. Ich habe in Ihr Bett gewichst und von Ihrem Joghurt gegessen, Ihnen einen Trojaner eingeschleust. Sie sind ein Nichts im Gegensatz zu mir. Wissen Sie, welchen IQ ich habe?«

Brandt antwortete nicht. Er versuchte, sich zu beherrschen in der Hoffnung, dass Pierre sich wieder beruhigte. So langsam wurde die Situation mehr als brenzlig und alles deutete darauf hin, dass es zu einem Showdown wie in einem Western kommen würde. Der, der als Erster die Waffe abfeuerte, würde überleben. Und Brandt war gewillt, nicht der Langsamere zu sein.

»Sie sind gleich genauso tot wie Ihr dämlicher Partner. Dann haue ich ab. Mich finden die dummen Bullen nie. Ich bin zu intelligent für sie. Menschen wie ich fallen nicht auf. Ich tauche unter, irgendwo in Europa. Vielleicht Ungarn, Tschechien. Was interessiert mich Deutschland«, sagte Pierre und versuchte gelassen zu wirken.

Brandt beobachtete, wie Pierre immer wieder zu seiner Mutter blickte. Konnte es sein, dass sie die Wahrheit gesagt hatte, dass er wirklich nur ihre kranken Wünsche ausgeführt hatte und am Ende ein armes Schwein war?

Brandt hatte eine Idee. Sie war gewagt und unkonventionell, aber einen Versuch war es wert.

»Legen Sie die Waffe runter oder ich erschieße Ihre Mutter«, antwortete er und richtete die Waffe auf Frau Schwarz.

»Mir doch egal, erschießen Sie sie nur. Dann sind Sie mutiger als ich, aber so wie ich die dummen Bullen kenne, tun Sie das eh nicht. Da gibt es ja etwas wie Ethik bei euch verlogenem Pack«, verhöhnte ihn Pierre.

Dieser naive Plan war also nicht aufgegangen. Vielleicht hatte Frau Schwarz doch nicht die Wahrheit gesagt.

Sie schwieg weiterhin, aber ihr Blick, die Enttäuschung in ihren Augen, sprachen Bände. Anscheinend hatte sie nicht mit einer so eiskalten Antwort ihres Sohnes gerechnet.

Brandt richtete die Waffe schnell wieder auf Pierre, bevor dieser die Gelegenheit nutzen konnte, ihn zu erschießen, und bekam nicht mit, wie

das Cognacglas, welches Frau Schwarz in der Hand hielt, gegen seinen Hinterkopf flog.

Brandt wurde schwarz vor Augen. Das Glas hatte ihn mit voller Wucht getroffen. Er fürchtete, jeden Augenblick umzukippen, und keine Sekunde später geschah genau das. Wie ein nasser Sack fiel er zu Boden. Bevor es dunkel wurde, sah er noch ganz verschwommen ein Gesicht über sich, ein Gesicht, das von einem breiten Grinsen überzogen war. Er glaubte, direkt in den Lauf einer Waffe zu blicken, die ihm jeden Moment das Leben aushauchen würde.

Er und Aydin hatten verloren. Der Mörder hatte nicht nur Aydin kaltgestellt, er würde auch ihn erschießen. Die Ohnmacht, die nun einsetzte, würde es wenigstens kurz und schmerzlos machen.

In diesem Moment musste er an seinen alten Partner denken, der bei einem Einsatz ums Leben gekommen war. Er war gestorben, weil er Brandt das Leben gerettet hatte.

Gleich würden sie wieder vereint sein, und er hoffte, dass er sich dann bei ihm bedanken konnte, wenn es denn ein Jenseits gab.

Er meinte, einen Schrei zu hören, ehe es komplett schwarz um ihn wurde.

Kapitel 36

Die Realität war nie schöner gewesen als in diesem Augenblick. Als Brandt wieder zu sich kam, lag Pierre neben ihm auf dem Boden. Er war tot. Jemand hatte ihm ein Messer in den Rücken gerammt.

Nein, nicht jemand, sondern Aydin.

Frau Schwarz trug Handschellen und schluchzte. Brandt war nur kurze Zeit außer Gefecht gesetzt gewesen. Doch diese kurze Zeit hatte gereicht, dass er den Kampf zwischen Aydin und Pierre nicht mehr mitbekommen hatte. Der Aufschrei, den er noch kurz vor seiner Ohnmacht zu hören geglaubt hatte, war von Pierre gekommen. Aydin hatte ihm in diesem Moment das Messer in den Rücken gerammt.

Es war das Messer, welches Pierre Aydin in die Seite gestochen hatte, als er ihn entdeckte. Aydin erzählte Brandt, dass er nicht bemerkt habe, wie sich Pierre an ihn heranschlich, da er auf ein Zeichen von Brandt gewartet habe, um aus seiner Deckung herauskommen zu können. Daran, dass Pierre sich ihm hinterrücks nähern könnte, habe er vor lauter Anspannung nicht gedacht.

Durch den Messerstich verlor Aydin das Bewusstsein. Als er wieder zu sich kam, belauschte er das Gespräch zwischen Brandt und Pierre. Er zögerte keinen Augenblick und nutzte den Überraschungsmoment, um Pierre anzugreifen.

Mit einem gezielten Angriff warf er Pierre zu Boden. Das Messer steckte in Pierres Rücken. Er schrie auf und ließ dabei die Waffe fallen. Es kam zu einem Kampf, bei dem Aydin Pierre mit einem Faustschlag unschädlich machen konnte. Aydin griff nach der Waffe und wollte Pierre zwingen, aufzugeben, doch dieser dachte gar nicht daran. Er zog das Messer aus

seinem Rücken und stürzte auf Aydin zu. Der zögerte keinen Moment und schoss. Die Kugel traf Pierre tödlich.

Der hysterischen Mutter verpasste er Handschellen und befestigte sie an der Heizung, damit sie auf keine dummen Gedanken kam.

Danach hatte er sich um Brandt gekümmert und die Zentrale angerufen, damit sie einen Krankenwagen und Verstärkung schickten.

All das erzählte er Brandt, noch bevor die Kollegen und der Krankenwagen eintrafen.

Brandt hatte ihm sein Leben zu verdanken. Er hatte den jungen Kollegen unterschätzt, stellte er zufrieden fest.

Sein Schädel brummte, und obwohl er sich ansonsten gut fühlte, ließ er sich mit Aydin ins Krankenhaus fahren. Frau Schwarz wurde verhaftet. Aydins Stichwunde erwies sich zum Glück als nicht so tief, wie befürchtet. Er musste nur zwei Tage im Krankenhaus bleiben, zur Sicherheit.

Tag 7, Polizeipräsidium Köln

»Gute Arbeit«, sagte Bender. Sie saß Brandt gegenüber in seinem Büro.

»Wir haben viel Glück gehabt. Hätte Pierre das Messer etwas weiter rechts in Aydins Körper gebohrt, wären er und ich jetzt tot.«

»Das Glück ist mit den Tüchtigen«, antwortete Bender, doch ihre Augen sagten etwas anderes. Sie ließen ahnen, dass sie wusste, dass Brandt recht hatte und dass sie froh über den glimpflichen Ausgang der Verhaftung war.

»Was wird mit Frau Schwarz geschehen?«

»Sie bleibt bei ihrer Aussage, dass sie ihren Sohn angestiftet habe. Doch die Beweise sprechen gegen diese Annahme. Es wird noch Wochen dauern, bis wir alle Details ausgewertet haben. Alles deutet darauf hin, dass Pierre die Taten alleine geplant und ausgeführt hat. Wir haben so etwas wie ein digitales Tagebuch entdeckt, in dem er die Affären seines Vaters für sein verkorkstes Leben verantwortlich macht. In einem Satz heißt es: Ich weiß, wie ich dir wehtun kann. Indem ich deinen Nutten wehtue.«

»Also hat er die jungen Frauen ermordet, weil er sich an seinem dominanten Vater rächen wollte?«

»Gut möglich. Aber es gibt auch psychiatrische Gutachten aus seiner Jugend, die ihn als extrem gewaltbereit, labil und introvertiert bezeichnen. Er war jahrelang in Behandlung. Ein introvertierter Mensch, der all seine Wut in sich hineingefressen und dann irgendwann ausgelebt hat.«

»Das passt aber nicht zu den Spermaspuren. Er hat doch Lust empfunden bei den Morden, warum sonst sollte er dabei ejakulieren?«, erwiderte Brandt, für den viele Dinge noch nicht ganz zusammenpassten.

»Das werden wir nie herausfinden. Gut möglich, dass sein ursprünglicher Gedanke wirklich der war, die Frauen nur zu vergewaltigen, es dann aber eskaliert ist. Und da er zu Gewalttaten neigte, hat diese Seite dann Besitz von ihm ergriffen. Das Handeln von Psychopathen rational zu erklären, ist nie einfach. Und da Pierre tot ist, werden wir die komplette Wahrheit nie erfahren. Ehrlich gesagt, ist mir das auch egal. Ich bin froh, dass er weg vom Fenster ist und keine unschuldigen Frauen mehr töten kann.«

»Letztlich hast du recht. Das Schwein ist tot, aber dass sein Vater wieder frei ist, wurmt mich mächtig«, äußerte sich Brandt.

»Wir haben nichts gegen ihn in der Hand. Er mag frei sein, aber gesellschaftlich ist er am Ende. Der Skandal ist genau das, wonach die Boulevardpresse im bevorstehenden Sommerloch giert. So schnell wird er sich davon nicht erholen. Er wollte seine Frau verteidigen, doch sie hat abgelehnt.«

»Ich verstehe sie nicht, will sie unbedingt ins Gefängnis?«

»Es klingt verrückt, aber wie es scheint, war ihr Sohn der einzige Halt, den sie in dieser Höllenehe hatte. Und jetzt, da der Sohn tot ist, bricht bei ihr alles zusammen. Psychologen werden viel Arbeit mit ihr haben«, erklärte Bender. »Man sieht einmal mehr: Geld allein macht nicht glücklich. Die Schönen und Reichen haben genauso ihre Leichen im Keller wie wir.«

»Alles andere wäre auch überraschend. Was ist mit Selma? Geht's ihr besser?«

»Ja, sie hat Glück gehabt. Der Krankenwagen war rechtzeitig bei ihr. Die Schnittwunde wird keine bleibenden Spuren hinterlassen.«

»Wie konnte das überhaupt geschehen? Ich dachte, wir beschatten sie. Sie stand doch auch auf der Liste.«

»Stimmt, aber als die Kollegen bei ihr waren, war sie nicht zu Hause. Sie hat großes Glück gehabt.«

»Eher Pech, dass sie Pierre in der Innenstadt begegnet ist. Schon brutal, dass er ihr mitten in der Stadt das Messer in den Körper rammt. Passt so gar nicht zu den anderen Taten.«

»Doch, es passt. Er hat sich sicher gefühlt in der Menschenmenge. Kramer geht davon aus, dass ihn eine enorme Wut überkommen haben muss, als er sie in der Innenstadt gesehen hat. Laut den Unterlagen, die wir bisher ausgewertet haben, schien sie nach Maike Schüler auf der Liste zu stehen. Vielleicht hat er sie aufgesucht und seine kranke Tat nicht ausführen können, dann sah er sie in der Fußgängerzone und die maßlose Wut packte ihn. Den Rest kennen wir ja«, mutmaßte Bender.

»Gut möglich. Sie lebt, das ist, was zählt ... Okay, ich muss los, Aydin aus dem Krankenhaus abholen«, sagte Brandt und rückte seinen Stuhl zurück. Auch wenn er Kramer nicht mochte, seine Annahme ergab Sinn.

Psychopathen verstehen eben Psychopathen, dachte er grinsend.

»Mach das, aber vergiss den Abschlussbericht nicht«, mahnte Bender mit einem Augenzwinkern, als sie das Büro verließ.

Keine dreißig Minuten später hatte Brandt Aydin aus der Uniklinik Köln abgeholt. Er trug noch einen Verband, wirkte aber äußerlich topfit.

»Haben Sie Hunger?«

»Ein wenig«, antwortete Aydin.

»Sehr gut. Ich auch. Ich lade Sie ein.«

»Danke, gibt es Neuigkeiten?«

Brandt klärte ihn über den aktuellen Stand auf. Die DNA-Analyse hatte eindeutig ergeben, dass Pierre der Mörder war. Er erzählte ihm auch von Frau Schwarz, die bei ihrer Position blieb, ihren Sohn angestiftet zu haben, und vom Anwalt Schwarz, der wieder auf freiem Fuß war.

»Wir können Schwarz drankriegen, mit Pohls Aussage«, erwiderte Aydin.

»Vergessen Sie es. Ich habe das tausendmal durchgekaut und sogar mit einem befreundeten Staatsanwalt über diese Möglichkeit gesprochen. Pohl ist ein Ex-Knacki und drogenabhängig. Wenn Schwarz aussagt, dass er

nichts von dem Meineid wusste, kriegen wir ihn nie dran. Pohl ist einfach ein schlechter Kandidat, um Schwarz bei den Eiern zu kriegen.

Er ist trotzdem am Ende. Die Journalisten stürzen sich auf die Geschichte. In der Bild-Zeitung und im Kölner Express sind die Morde des Sohnes aus der feinen Gesellschaft Titelthema. So schnell wird der nicht mehr auf die Beine kommen.«

»Kranke Welt. Der, der für alles verantwortlich ist, kommt frei.«

»Wieso verantwortlich?«, hakte Brandt nach.

»Seinetwegen ist Pierre doch zu dem Menschen geworden, der er ist.«

»Na ja …«, entgegnete Brandt.

»Unterschätzen Sie den Einfluss der Eltern auf ihre Kinder nicht. Fehlende Liebe in Kindestagen und übermäßige Strenge und Dominanz können ein Kinderleben zerstören. Und so, wie Sie es mir erzählt haben, sieht es doch stark danach aus. Pierre war schon immer labil und introvertiert und hat sich vielleicht nur nach Anerkennung und Liebe von seinem Vater gesehnt.«

»Da übersehen Sie aber etwas Wichtiges. Laut Gutachten aus früheren Zeiten, die uns vorliegen, neigte Pierre schon immer zu Gewalttaten. Er hat als Kind und Jugendlicher gerne Tiere gequält und getötet. Manche Menschen tragen vielleicht dieses gefährlich kranke Psychopathen-Gen in sich.«

»Nicht nur vielleicht. Die genetische Veranlagung für Psychopathie ist unter Forschern unumstritten, sie bricht nur nicht bei jedem aus. Es gibt Studien, die belegen, dass viele psychopathische Straftäter Traumata aus ihrer Kindheit haben und von ihren Eltern vernachlässigt wurden. Je intelligenter, desto komplexer, da sie sich beherrschen können und langfristige Pläne schmieden. Und wie es aussieht, hat Pierre sehr langfristige Pläne geschmiedet, bevor er seine Perversion ausgelebt hat.«

»Genug philosophiert, ich habe Hunger«, antwortete Brandt, der keine Lust auf eine Diskussion über Schuld und Unschuld hatte.

Pierre war ein erwachsener Mensch und er hatte diese Taten in vollem Bewusstsein begangen. Es mochte sein, dass er eine verkorkste Kindheit

gehabt hatte. Aber andere Kinder hatten sicherlich eine noch viel schlimmere Kindheit, und aus ihnen wurden nicht gleich Psychopathen und Mörder.

Brandt war der Überzeugung, dass jeder Mensch am Ende für sich selbst verantwortlich war und es in der Hand hatte, ob er eine kriminelle Laufbahn einschlug oder nicht.

Doch letzten Endes war das egal. Sie hatten den Mörder geschnappt. Was seine Motive waren, interessierte Brandt nicht mehr. Wichtig war, dass keine Frau zukünftig vor Pierre Schwarz Angst haben musste. Den Rest sollten Staatsanwälte, Richter, die Spurensicherung und Fallanalytiker wie Kramer klären. Er hatte seinen Job getan.

Brandt hielt vor seiner Lieblingsimbissbude an.

»Ich dachte, Sie laden mich in ein tolles Restaurant ein«, scherzte Aydin.

»Das ist leckerer als jedes Restaurant in Köln«, antwortete Brandt mit einem Augenzwinkern und stieg aus dem Wagen.

»Na, ihr Hübschen«, grüßte Walter mit einem breiten Grinsen. »Zwei Mal Currywurst?«

»Ich bleibe bei der Rindswurst«, entgegnete Aydin.

»Irgendwann kriege ich dich noch zur Currywurst«, lachte Brandt.

»Du?«, fragte Aydin irritiert.

»Wenn du willst, können wir zum Du übergehen«, antwortete Brandt, dem das »Du« eigentlich nur so herausgerutscht war. Dabei hatte er schon vorgehabt, es ihm anzubieten.

»Gerne, danke«, antwortete Aydin und reichte ihm die Hand, Brandt schlug ein.

»Sagt mal, seid ihr zum Essen oder zum Kuscheln hier?«, frotzelte Walter, der seine Hände an der Schürze säuberte, um danach mit der Zange die Würstchen zu wenden.

»Ein bisschen von beidem«, lachte Brandt. »Der junge Mann hier hat mir das Leben gerettet. Gib ihm ein besonders leckeres Rindswürstchen, bitte«.

In diesem Moment hatte Brandt das Gefühl, dass er mit Aydin vielleicht doch den richtigen Partner zur Seite hatte. Er war zwar jung und unerfahren,

aber er brachte Eigenschaften mit, die Brandt sehr wichtig waren: Ehrlichkeit, Zuverlässigkeit und Loyalität.

Die Zukunft würde zeigen, wie gut sie zusammenarbeiten würden. Brandt war bereit für diese Zukunft und gewillt, Aydin das nötige Vertrauen entgegenzubringen, das er verdient hatte.

Das Verbrechen schlief nie und schon sehr bald sollte der nächste Mord ihre volle Aufmerksamkeit auf sich ziehen. Ein Mord, der die Taten von Pierre Schwarz in den Schatten stellen sollte.

- Ende –

Eine Bitte

Sollte Ihnen das Buch gefallen haben, würde ich mich sehr über eine positive Bewertung bei Amazon freuen.

Weitere Bücher, bei Amazon als Ebook oder Taschenbuch erhältlich:
Band 1: MORD §78 – Tatort Lübeck
Band 2: VERSTUMMT – Tatort Lübeck
Band 3: SEBASTIAN – Tatort Lübeck
Band 4: TOTENBLÄSSE – Ein Lübeck Krimi (Ab Oktober 2015)

Honigblau
Täuschung
Wüstengrab
Nächstenliebe (Das Jesus Sakrileg)

sowie die Thriller Miniserie: **Peter Walsh**

Gerne können Sie auch direkt mit mir in Kontakt treten, alle Informationen

dazu finden Sie auf meiner Webseite:
www.salim-gueler.de
oder auf Facebook:
https://www.facebook.com/salim.gueler

Herzlichen Dank für Ihre Unterstützung
Ihr
Salim Güler